DE SCHIM

JO NESBØ BIJ UITGEVERIJ CARGO

De roodborst
Nemesis
Dodelijk patroon
De verlosser
De sneeuwman
Headhunters
De vleermuisman
Het pantserhart
De kakkerlak
Politie
De zoon
Bloed op sneeuw
Middernachtzon
De dorst
Het mes

Jo Nesbø

De schim

Vertaald door Annelies de Vroom

2019
AMSTERDAM

Cargo is een imprint van Uitgeverij De Bezige Bij, Amsterdam

Published by agreement with Salomonsson Agency

Eerste druk 2011
Dertiende druk 2019
Oorspronkelijke titel *Gjenferd*
Oorspronkelijke uitgever Aschehoug, Oslo
Omslagontwerp Wil Immink Design
Omslagillustratie Arcangel/Imageselect
Foto auteur Thron Ullberg
Vormgeving binnenwerk Peter Verwey, Heemstede
Druk GGP Media GmbH, Pößneck
ISBN 978 94 031 2110 9
NUR 305

uitgeverijcargo.nl

DEEL I

HOOFDSTUK 1

Het geschreeuw riep haar. Als geluidssperen doorboorde het alle andere geluiden van de avond in het centrum van Oslo: het gelijkmatige gebrom van auto's, het geluid van de sirene in de verte dat op en neer ging en de kerkklokken die daarnet vlakbij begonnen te luiden. Juist nu, 's avonds en als het nodig was tot zonsopgang, was ze op zoek naar eten. Overdag sliep ze met haar jongen in het nest. Tot ze weer op pad moest om voldoende eten te zoeken zodat ze melk kon produceren en haar jongen konden groeien. Groter konden worden. Hun eigen nakomelingen konden krijgen. Dat hoefde niet langer dan elf weken te duren. Ze draaide haar kop van links naar rechts. Niet dat ze veel zag, bruine ratten doen dat niet. Maar ruiken kon ze wel. En nu ging ze met haar neus over het vuile linoleum van de keukenvloer. Haar knaagdierhersenen registreerden en sorteerden de geuren bliksemsnel in drie categorieën: eetbaar, bedreigend en irrelevant voor overleving. De zure geur van grijze tabaksas. De zoete smaak van bloed op katoenen watten. De bittere stank van bier aan de onderkant van een kroonkurk van het merk Ringnes. Gasmoleculen van zwavel, salpeter en kooldioxide stegen op uit een metalen huls met plaats voor een loden kogel van het kaliber 9.18 millimeter, ook wel alleen Malakov genoemd, naar het pistool waar het kaliber oorspronkelijk aan was aangepast. Rook van een nog steeds smeulende peuk met geel filter en van zwart papier waarop de Russische rijksarend stond. Tabak kon gegeten worden. En daar: de lucht van alcohol, leer, vet en asfalt. Een schoen. Ze rook eraan. En ze stelde vast dat deze niet zo makkelijk verteerbaar was als de jas in de kast, die naar benzine en het rottende dier rook waarvan die was gemaakt. Dus concentreerden haar knaagdierhersenen zich op de vraag hoe ze een opening konden forceren in wat voor ze lag. Ze had het al van beide kanten geprobeerd, getracht haar vijfentwintig centimeter lange en ongeveer een halve kilo zware lichaam erlangs te persen, maar dat was niet gelukt. Het obstakel lag op zijn zij met zijn rug tegen de muur en versperde het gat dat leidde naar het nest waarin haar acht pasgeboren, blinde, vachtloze jongen steeds harder schreeuwden om haar tepels. De vleesberg rook naar zout, zweet en bloed. Het was een mens. Een nog steeds levend mens: haar sensitieve oren vingen door het hongerige geschreeuw van haar jongen heen het zwakke geklop van het hart op.

Ze was bang, maar ze had geen keus. Haar knaagdierhersenen waren geprogrammeerd op het voeden van de jongen, dat was belangrijker dan de eventuele gevaren, alle andere instincten en de problemen. Dus bleef ze staan met haar neus in de lucht en wachtte tot er een oplossing zou komen.

De kerkklokken sloegen nu hetzelfde ritme als het mensenhart. Drie, vier…

Ze ontblootte haar knaagtanden.

Juli. Verdomme. Je kunt niet doodgaan in juli. Zijn het echt de kerkklokken die ik hoor of hallucineer ik door die verrekte kogel? Oké, dan is dit het eind. En wat maakt dat verdomme uit? Hier of daar. Nu of later. Maar verdiende ik het echt om in juli dood te gaan? Met het vogelgezang, het gerinkel van flesjes, het gelach beneden bij de Akerselv en die fuckings zomerlucht die door het raam naar binnen komt? Verdien ik het om op de vloer van een smerig junkiehol te liggen met een gat te veel in mijn lijf waar het allemaal uitloopt: het leven, de seconden, de flashbacks van hoe ik hier ben beland? Al de kleine en grote dingen, die hele aaneenschakeling van toevalligheden en halfverkozen zaken: ben ik dat, is dit alles, is dit mijn leven? Ik had plannen, of niet? En nu is er een zak stof over, een grap zonder punchline, die zo kort is dat ik hem zou kunnen vertellen voor die verrekte klok stopt met slaan. O, die verdomde vlammenwerpers! Niemand heeft me verteld dat het zo fuckings pijn doet om dood te gaan. Ben jij daar, papa? Niet weggaan, nu niet. Luister, de grap gaat zo: ik heet Gusto. Ik ben negentien jaar geworden. Jij was een slechte kerel die een slechte vrouw heeft geneukt en negen maanden later floepte ik naar buiten en ik werd, nog voor ik 'papa' kon zeggen, naar een pleeggezin afgevoerd! En daar maakte ik zoveel kabaal als ik kon, maar zij trokken die wurgende deken van zorg alleen maar strakker om mij heen en vroegen me wat ik wilde hebben om rustiger te worden. Een fuckings softijsje? Ze begrepen verdomme niet dat types zoals jij en ik direct doodgeschoten moeten worden, vernietigd als ongedierte omdat we smerigheid en verval verspreiden en ons als ratten formeren als we de kans krijgen. Ze hebben het aan zichzelf te danken. Maar ze willen ook iets terug hebben. Iedereen wil iets terug hebben. Ik was dertien jaar toen ik voor het eerst in de blik van mijn pleegmoeder zag wat zij wilde hebben.

'Wat ben je knap, Gusto,' zei ze. Ze was de badkamer binnen gekomen waarvan ik met opzet de deur open had laten staan en de douche niet had opengedraaid waardoor ze niet gewaarschuwd werd door het geluid. Ze stond er precies een seconde te lang voor ze vertrok. En ik lachte want nu wist ik het. Want dat is mijn talent, papa: ik kan zien wat mensen willen hebben. Heb ik dat van jou, was jij ook zo? Nadat ze was vertrokken keek ik in de grote badkamerspiegel. Ze was niet de eerste die het had gezegd: dat ik knap was. Mijn lichaam was eerder dan bij de meeste andere jongens volwassen. Lang, slank en nu al brede schouders en gespierd. Mijn haar was zo zwart dat het glom, alsof al het licht gewoon weer-

kaatste. Hoge jukbeenderen. Brede, rechte kin. Een grote, gulzige mond, maar met lippen zo vol als van een meisjesmond. Bruine, gladde huid. Bruine, bijna zwarte, ogen. 'Bruine rat' had een van de jongens in de klas me genoemd. Heette hij geen Didrik? Hij wilde in elk geval later concertpianist worden. Ik was vijftien en hij zei het hardop in de klas. 'Die bruine rat kan niet eens fatsoenlijk lezen.'

Ik had gelachen en wist uiteraard waarom hij dat zei. Wat hij wilde hebben. Kamilla, op wie hij in stilte verliefd was, was niet zo heel in stilte verliefd op mij. Op een klassenfeest had ik even gevoeld wat ze onder haar truitje had. Dat was niet veel. Ik had het tegen een paar jongens gezegd en kennelijk had Didrik het gehoord en had hij besloten me uit de groep te treiteren. Niet dat ik het zo belangrijk vond om deel uit te maken van de groep, maar treiteren is treiteren. Dus ik ging naar Tutu van de motorclub. Ik had al wat hasj op school voor hen gedeald en ik legde uit dat ik respect nodig had als ik hun klusjes goed wilde doen. Tutu zei dat hij zich over Didrik zou ontfermen. Didrik weigerde later uit te leggen hoe hij het had klaargespeeld om twee vingers tussen de bovenste deurpost van de jongens-wc's te krijgen zodat hij zijn kootjes had gebroken, maar hij noemde me daarna nooit meer bruine rat. En, inderdaad, hij is later geen concertpianist geworden. Verdomme, wat doet het pijn! Nee, ik hoef niet getroost te worden, papa, ik heb een shot nodig. Slechts een laatste shot, dan zal ik deze wereld rustig en stil verlaten, dat beloof ik. Daar slaat de klok weer. Papa?

HOOFDSTUK 2

Het was bijna middernacht op Gardermoen, de luchthaven van Oslo, toen vlucht SK-459 uit Bangkok naar zijn toegewezen plek bij gate 46 taxiede. Gezagvoerder Tord Schultz remde zodat de Airbus 340 helemaal stilstond, waarna hij snel de kerosinetoevoer afsloot. Het metalen gejank van de jetmotoren nam in frequentie af tot een goedmoedig gebrom en stopte uiteindelijk. Tord Schultz keek automatisch naar de tijd, drie minuten en veertig seconden na touchdown, twaalf minuten voor op schema. De copiloot en hij gingen aan de gang met de shutdown-checklist en de parkinglist omdat het toestel de hele nacht zou blijven staan. Met alle spullen erin. Hij bladerde in de map met het logboek. September 2011. In Bangkok was het nog steeds regentijd en zoals gewoonlijk drukkend heet en hij had naar huis, naar Oslo, en de eerste frisse herfstavonden verlangd. Oslo in september. Er was geen betere plaats op aarde. Een ogenblik vergat hij dat zij het huis had gehouden en dat hij niet langer in Oslo woonde, maar er net buiten. Hij vulde de rubriek overgebleven brandstof in. Brandstofafrekening. Het was voorgekomen dat hij die moest verantwoorden. Bijvoorbeeld na vliegreizen uit Amsterdam of Madrid toen hij sneller had gevlogen dan economisch verantwoord was, duizenden kronen aan brandstof had verbruikt om het te kunnen halen. Ten slotte had zijn chef hem op het matje geroepen.

'Wat halen?' had hij gebruld. 'Je had geen passagiers aan boord die *connecting flights* moesten halen!'

''s Werelds punctueelste vliegtuigmaatschappij,' had Tord Schultz mompelend de reclame geciteerd.

''s Werelds fucking zuinigste vliegtuigmaatschappij! Is dat de enige verklaring die je kunt geven?'

Tord Schultz had zijn schouders opgehaald. Hij had immers niet kunnen zeggen hoe het zat, dat hij de brandstofsluizen had geopend omdat hij zelf iets moest halen. De vlucht die hij zelf moest halen, die naar Bergen, Trondheim of Stavanger. Dat het absoluut noodzakelijk was dat híj en niet een van de andere piloten die vlucht deed. Hij was te oud om iets anders tegen hem te kunnen doen dan schreeuwen en tieren. Hij had geen grote fouten gemaakt, de vakbond zorgde goed voor hem en het was nog maar een paar jaar voor hij *the two fives*, vijfenvijftig, had bereikt en met pensioen kon gaan. Tord Schultz zuchtte. Een paar jaar om dingen voor elkaar te krijgen, om te voorkomen dat hij zou eindigen als 's werelds fucking zuinigste piloot.

Hij tekende het logboek, stond op en verliet de cockpit om de passagiers de rij parelwitte pilotentanden in zijn pilotenbruine gezicht te tonen. Een glimlach die hen zou vertellen dat hij mister Veiligheid zelf was. Piloot. Door zijn beroep was hij ooit iets geweest in de ogen van andere mensen. Hij had het gezien, hoe mensen, zowel vrouwen als mannen, zowel jonge als oude, op het moment dat het magische woord 'piloot' werd uitgesproken, automatisch heel goed naar hem hadden gekeken, ernaar hadden gezocht. Naar het charisma van een filmster, de jongensachtige charme van een gevechtspiloot, de koude precisie en daadkracht van een gezagvoerder, het superieure intellect en de moed die hem de natuurkundige wetten en de aangeboren menselijke angsten deden trotseren, de man die de mensheid naar huis bracht. Maar dat was nu allemaal lang geleden. De glans en de glamour waren verdwenen, er waren andere beroepen die de heldenrol hadden overgenomen. Nu zagen ze hem als de buschauffeur die hij was en vroegen ze wat de goedkoopste vlucht naar Las Palmas kostte en waarom Lufthansa meer beenruimte had.

Verrek maar. Verrek allemaal maar.

Tord Schultz ging bij de uitgang naast de stewardessen staan, trok zijn rug recht en glimlachte, zei '*welcome back, Miss*' in het Texas-Amerikaans dat ze hadden geleerd op de luchtmachtbasis in Sheppard. Hij kreeg een waarderend lachje terug. Kijk eens aan. Er was een tijd geweest dat hij al half een afspraakje voor een ontmoeting in de aankomsthal had met zo'n glimlach. En daar ook op was ingegaan. Van Kaapstad tot Alta. Vrouwen. Dat was het probleem geweest. En de oplossing. Vrouwen. Meerdere vrouwen. Nieuwe vrouwen.

En nu?

De haargrens trok zich onder zijn uniformpet terug, maar het op maat gemaakte uniform benadrukte zijn lange gestalte met brede schouders. Dat was de reden geweest dat hij op de vliegschool geen gevechtspiloot mocht worden, maar eindigde als piloot van een Hercules, het werkpaard van het luchtruim. Hij had de mensen thuis verteld dat hij een paar centimeter te lang was, dat de cockpits van de Starfighter, de F-5 en de F-16 iedereen die geen dwerg was diskwalificeerde. De waarheid was dat hij de concurrenten niet had kunnen bijhouden. Zijn lichaam had de juiste maten gehad. Had altijd de juiste maat. Zijn lichaam was het enige wat kans had gezien om sindsdien in vorm te blijven. Al het andere was uit elkaar gevallen. Zijn huwelijk bijvoorbeeld. Zijn gezin. Zijn vriendschappen. Hoe was dat gebeurd? Waar was hij geweest toen dat gebeurde? Waarschijnlijk op een hotelkamer in Kaapstad of Alta, met cocaïne in zijn neus om de potentiedodende drankjes in de bar te compenseren terwijl zijn pik in een *not-welcome-back-Miss*-stand stond. Om te compenseren dat hij niets was en ook niets zou worden.

Tord Schultz' blik viel op een man die tussen de rijen stoelen op hem af kwam lopen. Hij liep met gebogen hoofd, toch stak hij boven de andere passagiers uit. Hij was slank en net als hij breedgeschouderd. Hij had kortgeknipt, blond haar dat als een borstel op zijn hoofd stond. Hij was jonger dan hij, zag er Noors uit, maar was geen toerist op weg naar huis, waarschijnlijk een expat. De lichte, bijna bruingrijze kleur was typerend voor blanken die lang in Zuidoost-Azië waren geweest. En het ongetwijfeld op maat gemaakte linnen kostuum drukte kwaliteit en ernst uit. Misschien een zakenman. Met een niet al te florerend bedrijf want hij reisde economyclass. Maar het waren niet het kostuum of de lengte geweest die Tord Schultz' aandacht hadden getrokken. Het was het litteken. Dat liep van zijn linker mondhoek bijna tot aan zijn oor als een lachende sikkel.

'See you.'

Tord Schultz schrok even, maar had geen tijd om de groet te beantwoorden voordat de man langs hem was gelopen en het vliegtuig had verlaten. De stem was ruw en hees en ook de bloeddoorlopen ogen duidden erop dat hij nog maar net wakker was.

Het vliegtuig was leeg. Toen de crew als groep het vliegtuig verliet, zat het personeel dat het toestel zou schoonmaken al klaar in een busje dat geparkeerd stond op het platform. Tord Schultz stelde vast dat de kleine, gedrongen Rus ook tussen het schoonmaakpersoneel zat. Hij wisselde geen blik met hem, liet slechts zijn blik over de gele reflecterende hes gaan met het logo van de firma, Solox.

See you.

Tord Schultz herhaalde die woorden terwijl hij door de sluis naar het crewcentrum liep.

'Had jij niet zo'n boarding bag boven op deze?' vroeg een van de stewardessen terwijl ze wees naar Tords Samsonite koffer op wieltjes. Hij herinnerde zich niet meer hoe ze heette. Mia? Maja? Hij had in elk geval ergens in de vorige eeuw tijdens een *stop-over* met haar gevrijd. Of misschien vergiste hij zich wel.

'Nee,' zei Tord Schultz.

See you. Zoals 'tot ziens'? Of als 'ik zie dat je me ziet'?

Ze liepen langs het dunne scheidingswandje bij de ingang van het crewcentrum, waar in theorie een duveltje in een doosje kon zitten in de vorm van een douanebeambte. In negenennegentig procent van de gevallen was de stoel bij het scheidingswandje leeg en hij was nooit – niet één keer in de dertig jaar dat hij voor de vliegtuigmaatschappij werkte – tegengehouden en gefouilleerd.

See you.

Zoals in 'ik zie je wel'. En 'ik zie wie je bent'.

Tord Schultz haastte zich door de deur van het crewcentrum.

Sergej Ivanov zorgde er zoals altijd voor dat hij als eerste uit het busje stapte toen ze stopten op het tarmac naast de airbus en hij sprintte de trap op naar het verlaten vliegtuig. Hij nam de stofzuiger mee de cockpit in en deed de deur achter zich dicht. Hij trok de latexhandschoenen aan, tot waar de tatoeages begonnen, wipte het voorste deel van de stofzuiger open en opende de kast van de gezagvoerder. Hij tilde de kleine Samsonite boarding bag eruit, opende het metalen deksel in de bodem en controleerde of de vier op bakstenen lijkende blokken van een kilo erin lagen. Toen schoof hij de tas de stofzuiger in, en duwde hem op zijn plaats tussen de slang en de grote stofzak die hij zojuist nog had geleegd. Hij klikte het frontpaneel weer dicht. Het had slechts enkele seconden geduurd.

Nadat ze de cabine hadden opgeruimd en schoongemaakt, sjokten ze het vliegtuig uit, gooiden de lichtblauwe vuilniszakken achter in de Daihatsu en reden terug naar de kantine. Er landdden nog maar een handjevol vliegtuigen dat ze moesten schoonmaken voor het vliegveld dichtging. Ivanov keek mee over de schouder van Jenny, de teamleider. Hij liet zijn blik over het pc-scherm gaan dat de aankomst- en vertrektijden gaf. Geen vertragingen.

'Ik neem Bergen op 28,' zei Sergej met zijn harde, Russische accent. Maar hij sprak de taal tenminste, hij had landgenoten die al tien jaar in Noorwegen woonden maar nog steeds in het Engels duidelijk moesten maken wat ze wilden. Maar toen Sergej vorig jaar hierheen werd gehaald, had oom hem gezegd dat hij de taal moest leren en hij had hem getroost met de woorden dat hij misschien iets van zijn talent had om talen te leren.

'Ik heb al mensen voor 28,' zei Jenny. 'Je kunt wachten op Trondheim op 22.'

'Ik neem Bergen,' zei Sergej. 'Nick neemt Trondheim.'

Jenny keek hem aan. 'Zoals je wilt. Werk niet te hard, Sergej.'

Sergej liep naar een van de stoelen die tegen de muur stonden en ging zitten. Voorzichtig leunde hij achterover tegen de stoelleuning, zijn huid tussen de schouderbladen waar de Noorse tatoeëerder had gewerkt was nog steeds gevoelig. Hij tatoeëerde van tekeningen die Sergej opgestuurd had gekregen van Imre, de tatoeëerder in de gevangenis van Tagil. Er moest nog wel wat bij voor het geheel compleet was en het zou nog een hele tijd duren voor hij net zoveel tatoeages had als Andrej en Peter, de luitenanten van oom. De bleekblauwe tatoeages van de twee Kozakken uit Altaj, in het zuiden van Siberië, verhaalden van dramatische levens met grote prestaties. Maar Sergej was op weg. Hij had al een klus geklaard. Een moord. Het was een simpele moord, maar die stond al met naald en inkt op zijn huid getekend in de vorm van een engel. En misschien kwam er een nieuwe moord. Een grote moord. Als het noodzakelijke noodzakelijk werd, had oom gezegd, en hij had hem aangeraden klaar te staan, zich mentaal voor te bereiden, te oefenen met het mes. Er zou een man komen, had hij gezegd. Het was nog niet zeker dat hij kwam, maar waarschijnlijk.

Waarschijnlijk.

Sergej Ivanov keek naar zijn handen. Hij had zijn latexhandschoenen aangehouden. Als het op een dag verkeerd zou gaan, was het uiteraard een enorme meevaller dat hun gebruikelijke werkkleding er ook voor zorgde dat hij geen vingerafdrukken achterliet op de pakketten dope. Zijn handen trilden absoluut niet. Ze hadden dit al zo lang gedaan dat hij af en toe na moest denken over de risico's om zichzelf scherp te houden. Hij hoopte dat ze net zo rustig zouden zijn als het noodzakelijke – *to sjto nuzhju* – moest worden uitgevoerd. Wanneer hij de tatoeage verdiende waarvan hij de tekeningen al had besteld. Hij stelde zich het beeld weer voor: hoe hij thuis in Tagil zijn overhemd zou openknopen, in aanwezigheid van alle Urkabroeders, en zijn nieuwe tatoeages zou laten zien. Die behoefden geen uitleg, geen woorden. Dus hij zou niets zeggen. Hij zou het alleen in hun ogen zien: dat hij niet langer Kleine Sergej was. Wekenlang had hij 's avonds gebeden dat de man snel zou komen. En dat het noodzakelijke noodzakelijk zou worden.

Het bericht van de schoonmaak van het vliegtuig naar Bergen kraakte over de walkietalkie.

Sergej stond op. Rustige pols.

De procedure in de cockpit was nog eenvoudiger.

De stofzuiger openen, de boarding bag in de kast van de copiloot leggen.

Op weg naar buiten kwamen ze de crew tegen die aan boord ging. Sergej Ivanov zorgde ervoor dat hij de copiloot niet aankeek, hij zag wel dat hij hetzelfde type koffer had als Schultz. Een Samsonite Aspire GRT. Zonder de kleine, rode boarding bag die bovenop vastgemaakt kon worden. Ze wisten niets van elkaar, niets van de redenen die ze hadden om mee te doen, helemaal niets van elkaars achtergrond of gezinnen. Hooguit hun namen. Het enige wat Sergej, Schultz en de jonge copiloot met elkaar verbond waren de telefoonnummers in hun niet-geregistreerde mobiele telefoons die gekocht waren in Thailand en gebruikt konden worden om sms'jes te sturen voor het geval er veranderingen in het schema optraden. Sergej betwijfelde of Schultz en de copiloot het van elkaar wisten. Andrej zorgde er goed voor dat alle informatie beperkt bleef tot *need-to-know*. Daarom wist Sergej niet wat er verder met de pakketten gebeurde. Maar hij kon het wel raden. Want als de copiloot van een binnenlandse vlucht tussen Oslo en Bergen op zijn bestemming arriveerde dan was er geen douane, geen controle. De copiloot nam de boarding bag mee naar het hotel in Bergen waar de crew overnachtte. Midden in de nacht een discreet klopje op de hoteldeur en vier kilo heroïne wisselde van hand. Hoewel de nieuwe dope, violine, de prijs van heroïne een beetje had gedrukt, was de straatprijs voor een kwart gram tweehonderdvijftig kronen. Duizend per gram. Aangezien de stof – die al was versneden – nog een keer werd versneden, leverde dat in totaal acht miljoen op. Yep, hij kon rekenen. Goed genoeg rekenen om te weten dat hij werd onderbetaald. Maar hij wist ook dat hij meer zou gaan verdienen als hij het noodzakelijke had gedaan. En van dat geld kon hij over een paar jaar een huis kopen in Tagil, een mooi Siberisch meisje trouwen en vader en moeder misschien bij hen in huis nemen als ze oud werden.

Sergej Ivanov voelde de tatoeage tussen zijn schouderbladen jeuken.

Het leek of zelfs zijn huid zich verheugde op de voortzetting.

HOOFDSTUK 3

De man in het linnen kostuum stapte op het centraal station van Oslo uit de luchthaventrein. Hij stelde vast dat het een warme, zonnige dag moest zijn geweest in zijn oude woonplaats, de lucht was nog steeds zacht en zwoel. Hij droeg een klein, bijna komisch koffertje en liep snel en energiek het station aan de zuidzijde uit. Buiten sloeg het hart van Oslo – sommige mensen beweerden dat de stad dat niet had – in een rustig nachtelijk ritme. De enkele auto's die rondreden op de rotonden van het verkeersknooppunt werden een voor een een kant op geslingerd. In oostelijke richting naar Stockholm en Trondheim, naar het noorden naar andere stadsdelen en naar het westen naar Drammen en Kristiansand. Zowel in grootte als in vorm leek het verkeersknooppunt op een brontosaurus, een uitstervende gigant die snel zou verdwijnen ten gunste van woningen en kantoorgebouwen in die prachtige nieuwe wijk van Oslo met zijn prachtige, nieuwe gebouw, de Opera. De man bleef staan en keek naar de witte ijsberg die tussen het verkeersknooppunt en de fjord lag. Het gebouw had al over de hele wereld architectuurprijzen gewonnen, de mensen kwamen van ver om over het Italiaanse marmeren dak te kunnen lopen dat schuin afliep naar zee. Het licht in het gebouw was net zo sterk als het maanlicht dat erop viel.

Verdomd, het was echt mooi, dacht de man.

Hij zag niet de toekomstige beloften van een nieuwe wijk, hij zag het verleden. Want dit was ooit Oslo's *shooting gallery* geweest, het territorium van de drugsverslaafden, waar ze hun shot hadden genomen, van hun roes hadden genoten achter een muurtje van een bouwval dat hun net wat bescherming bood. De verloren kinderen van de stad. Een muurtje tussen hen en hun onwetende, goedbedoelende sociaaldemocratische ouders. Schoonheid, dacht hij. Ze gaan naar de verdommenis in een mooie omgeving.

Het was drie jaar geleden dat hij hier voor het laatst had gestaan. Alles was nieuw. Niets veranderd.

Ze zaten op een strook gras tussen het station en de snelweg, haast een middenberm. Nog net zo onder invloed als toen. Liggend op hun rug met de ogen gesloten alsof de zon te sterk was, zittend op hun hurken op zoek naar een ader die nog niet kapot was of halfgebogen staand met de knikkende knieën van een junkie en met een rugzak op, niet wetend welke kant ze op moesten of waar ze vandaan kwamen. Dezelfde gezichten. Niet dezelfde levende doden als toen hij hier kwam, uiteraard, die waren allang echt dood. Maar dezelfde gezichten.

Op weg naar de Tollbugate zag hij er nog meer. Omdat het verband hield met de reden dat hij terug was gekomen, probeerde hij een indruk te krijgen. Probeerde te bepalen of het er meer of minder waren geworden. Hij stelde vast dat er op Plata weer handel plaatsvond. Dat kleine vierkantje in het asfalt aan de westzijde van het station was het Taiwan van Oslo geweest, een vrijhandelszone voor drugs. Door de overheid ingesteld zodat er enig toezicht was op wat er zich afspeelde in het drugsmilieu en om misschien de jongeren te kunnen pakken die voor de eerste keer drugs kochten. Maar naarmate de handel toenam en Plata het ware gezicht van Oslo liet zien als een van de beruchtste heroïnesteden van Europa, werd de plek een ware trekpleister voor toeristen. De heroïnehandel en de overdosisstatistieken waren een schandvlek voor de hoofdstad en Plata was een zichtbare schandvlek. Kranten en televisie voedden de rest van het land met beelden van verslaafde jongeren, van zombies op klaarlichte dag in het centrum. De politici kregen de schuld. Wanneer er een rechtse regering aan de macht was, brulde de linkse oppositie: 'Te weinig behandelprogramma's'. 'Gevangenisstraf leidt tot drugsgebruik'. 'De nieuwe klassenmaatschappij leidt tot bendevorming en drugshandel in het immigrantenmilieu'. Bij een linkse regering brulde de rechtse oppositie: 'Te weinig politie'. 'Asielzoekers te makkelijk binnengelaten'. 'Zeven tot tien jaar gevangenisstraf voor buitenlanders'.

Dus na heen en weer geslingerd te zijn, nam het gemeentebestuur van Oslo een onontkoombaar besluit: ze veegden hun eigen straatje schoon. De rotzooi werd onder het tapijt geschoven. Plata werd gesloten.

De man in het linnen pak zag een jongen in een roodwit Arsenalshirt boven aan de trap staan met vier ongeduldig trappelende mannen voor zich. De Arsenalsupporter draaide zijn hoofd naar rechts en naar links, als een ongecontroleerde kip. De hoofden van de vier mannen waren bewegingsloos, ze staarden slechts naar de jongen in het Arsenalshirt. Een groepje. De koper wachtte tot hij er genoeg had, een groepje, misschien vijf, misschien zes personen. Dan zou hij de betaling voor de bestelling in ontvangst nemen en hen meenemen naar de dope. Om de hoek of in een achterafsteegje waar zijn partner wachtte. Het was een eenvoudig principe: degene met de dope had nooit contact met het geld en degene met het geld nooit met de dope. Dat maakte het voor de politie moeilijker om duidelijke bewijzen van drugsdealen tegen een van hen te verkrijgen. Toch vond de man in het linnen pak het opmerkelijk, want het was de oude methode uit de jaren tachtig en negentig. Nadat de politie gestopt was kleine dealers op te pakken, waren de verkopers gestopt met die omstandige procedures van het verzamelen van groepjes, ze dealden direct met de klant: geld in de ene hand, de drugs in de andere. Was de politie weer begonnen dealers op te pakken?

Een man in een wielrenoutfit kwam aangefietst. Helm, oranje fietsbril en een hijgend fietsshirt in signaalkleuren. De dijbeenspieren stonden strak onder de nauwsluitende fietsbroek en de fiets zag er duur uit. Daarom nam hij hem kennelijk ook mee toen de rest van het groepje met de Arsenalsupporter de hoek om ging en achter het gebouw verdween. Alles was nieuw. Niets veranderd.

De hoeren op de Skippergate spraken hem in gebrekkig Engels aan – '*Hey, baby! Wait a minute, handsome!*' – maar hij schudde zijn hoofd. En het leek of het gerucht van zijn desinteresse, eventueel zijn gebrek aan geld, zich sneller verspreidde dan hij liep, want de meisjes verderop in de straat deden geen moeite voor hem. In zijn tijd droegen de hoeren van Oslo praktische kleding, spijkerbroek en windjack. Het waren er niet veel geweest, er was weinig aanbod op de markt. Maar nu was de concurrentie harder: zware make-up, kort rokje, hoge hakken en netkousen. De Afrikaanse dames leken het nu al steenkoud te hebben. Wacht maar tot het december is, dacht hij.

Hij liep verder Kvadraturen in, dit was ooit het eerste centrum geweest van Oslo, maar nu was het een asfalt- en steenwoestijn met regeringsgebouwen en kantoren voor vijfentwintigduizend werkmieren die tussen vier en vijf uur maakten dat ze wegkwamen uit deze poel van verderf, en dit stadsdeel overlieten aan de nachtelijke knagers. In de tijd dat koning Christian IV in 1642 dit stadsdeel liet bouwen volgens de idealen van de renaissance met een vierkant stratenplan en geometrisch geordend werd het bevolkingsaantal in Kvadraturen onder controle gehouden door branden. Volgens de overlevering kon je in schrikkeljaarnachten rond middernacht brandende mensen tussen hun huizen zien rennen, hun geschreeuw horen, hen zien verbranden en verdampen. De as die overbleef op het asfalt moest je proberen te pakken voor die weggeblazen werd en opeten, op die manier beschermde je je eigen huis tegen brand. Vanwege het brandgevaar liet Christian IV naar de arme maatstaven van Oslo brede straten aanleggen. Bovendien werden de gebouwen van on-Noors bouwmateriaal gebouwd: baksteen.

Hij liep langs een openstaande deur van een bar. Een nieuwe, verkrachte versie van Guns N' Roses' 'Welcome To The Jungle', een soort reggae met dance-elementen, met schijt aan zowel Marley als Rose en Slash en Stradlin, golfde de straat op voor de rokers die buiten stonden. Hij bleef staan voor een uitgestrekte arm.

'Vuur?'

Een mollige dame met een flinke boezem, ergens in de dertig, keek naar hem op. Haar sigaret wipte uitnodigend tussen de roodgeverfde lippen.

Hij trok een wenkbrauw op en keek naar haar lachende vriendin die achter haar stond met een brandende sigaret. De flinke boezem ontdekte het ook en wankelde lachend naar hem toe.

'Niet zo sloom,' zei ze in hetzelfde dialect als de kroonprinses. Hij had gehoord dat er een hoer op de binnenlandse markt was geweest die rijk was geworden omdat ze precies op haar leek, net zo sprak en zich kleedde als zij. En dat ze vijfduizend kronen per uur rekende, inclusief een plastic scepter die de klant tot op zekere hoogte vrij naar zijn koninklijke fantasie kon gebruiken.

De vrouw legde haar hand op zijn arm terwijl hij verder wilde lopen. Ze boog zich naar hem voorover en blies rode wijnadem in zijn gezicht.

'Je ziet eruit als een mooie kerel. Wil je me geen... vuur geven?'

Hij draaide de andere kant van zijn gezicht naar haar toe. De slechte kant. De niet-zo-mooie-kerel-kant. Hij zag dat ze schrok en ze liet hem los toen ze het spoor van een spijker in Congo zag, een slordig genaaide scheur die van zijn mond naar zijn oor liep.

Hij liep verder op het moment dat de muziek overging naar Nirvana. 'Come As You Are'. Originele versie.

'Hasj?'

De stem kwam uit een portiek, maar hij bleef niet staan en draaide zich niet om.

'Speed?'

Hij was al drie jaar afgekickt en nuchter en was niet van plan om nu weer te beginnen.

'Violine?'

Nu al helemaal niet.

Voor hem op het trottoir was een jongeman bij twee dealers blijven staan met wie hij sprak en die hij iets liet zien. De jongeman keek op toen hij dichterbij kwam, en bekeek hem met een paar grijze, onderzoekende ogen. De blik van een smeris, dacht de man. Hij boog zijn hoofd en stak over. Het was misschien een beetje paranoïde, het was immers niet waarschijnlijk dat zo'n jonge politieagent hem zou herkennen.

Daar was het hotel. De herberg. Leons.

Er waren in dit deel van de straat bijna geen mensen. Aan de overkant, onder een straatlantaarn, zag hij een koper van dope over zijn fiets hangen samen met een andere fietser, ook in een prof outfit. Hij hielp hem met het zetten van een spuit in zijn hals.

De man in het linnen pak schudde zijn hoofd en keek omhoog langs de gevel van het gebouw voor zich.

Het was dezelfde vlag, grijs van het vuil, die tussen de ramen van de bovenste en de derde verdieping hing. 'Vierhonderd kronen per nacht!' Alles was nieuw. Niets veranderd.

De receptionist bij Leons was nieuw. De jongen begroette de man in het linnen pak met een overrompelend beleefde lach en een – voor Leons – verbluffend gebrek aan wantrouwen. Hij wenste hem *welcome* zonder een spoortje van ironie in zijn stem en vroeg hem om zijn paspoort. Het moest vanwege zijn bruinverbrande huid en on-Noorse linnen pak zijn dat hij automatisch aannam dat de gast een buitenlander was. Ook goed, waarom niet? De man gaf de receptionist zijn rode, Noorse pas. Die was versleten en er stonden veel stempels in. Te veel om van een goed leven te kunnen spreken.

'Juist,' zei de receptionist en hij gaf hem zijn paspoort terug. Hij legde een formulier op de balie en gaf hem een pen.

'Het is voldoende om de aangekruiste vragen in te vullen.'

Een incheckformulier bij Leons? Misschien was er toch iets veranderd, dacht de man. Hij pakte de pen aan en zag de receptionist naar zijn hand staren, naar zijn middelvinger. Wat ooit zijn middelvinger was geweest voor hij in een huis op de Holmenkollås werd afgesneden. Nu was het eerste kootje vervangen door een matte, blauwgrijze prothese van titaan. Hij kon niet echt worden gebruikt, maar zorgde voor een betere balans voor de wijs- en ringvinger als hij iets wilde pakken en hij zat ook niet in de weg omdat hij zo kort was. Het enige nadeel was de ondervraging wanneer hij op het vliegveld door de detectiepoortjes ging.

Hij schreef zijn naam achter *First Name* en *Last Name.*

Date of Birth.

Hij vulde het in en wist dat hij er nu meer uitzag als een man van midden veertig dan die gewonde oude man die hier drie jaar geleden vertrokken was. Hij had zich onderworpen aan een streng regime van training, gezonde voeding, voldoende slaap en – uiteraard – voor honderd procent nuchter zijn. Dat regime was niet bedoeld om er jonger uit te willen zien, maar om niet dood te gaan. Bovendien hield hij ervan. Hij had eigenlijk altijd gehouden van vaste routines, discipline en regelmaat. Waarom had zijn leven dan toch bestaan uit chaos, zelfdestructie en verbroken relaties, zwarte perioden van zwaar drinken afgewisseld door goede perioden? De lege velden staarden hem vragend aan. Maar ze waren te klein voor de antwoorden die ze eisten.

Permanent Address.

Tja. Zijn appartement in de Sofies gate was verkocht, kort nadat hij drie jaar geleden was vertrokken, tegelijk met het huis van zijn ouders in Oppsal. In zijn huidige baan zou een vast, officieel adres een zeker risico met zich meebrengen. Dus hij schreef op wat hij altijd deed als hij in hotels incheckte: Chung King Mansion, Hongkong. Wat niet meer bezijden de waarheid was dan een ander antwoord.

Profession.

Moord. Dat schreef hij niet op. Die vraag was niet aangekruist.

Phone Number.

Hij vulde een fictief nummer in. Een mobiele telefoon kon worden opgespoord, zowel de gesprekken als waar je je bevond.

Phone Number Next of Kin.

Naaste familie? Welke echtgenoot vult nu vrijwillig het nummer van zijn vrouw in als hij incheckt bij Leons? Dit was immers bijna een officieel bordeel.

De receptionist kon kennelijk zijn gedachten lezen: 'Alleen voor het geval u zich niet goed voelt en we iemand moeten bellen.'

Harry knikte. In het geval van een hartaanval tijdens de inspanning.

'U hoeft het niet in te vullen als u geen...'

'Nee,' zei de man terwijl hij naar de woorden bleef kijken. Naaste familie. Hij had Søs. Een zus met wat ze zelf noemde '... een beetje het syndroom van Down', maar die het leven altijd beter had aangekund dan haar grote broer. Afgezien van Søs, was er niemand. Echt niemand. Maar toch, naaste familie.

Hij streepte cash aan als betalingswijze, ondertekende en gaf het formulier aan de receptionist, die het snel doorlas. En op dat moment zag Harry het eindelijk komen. Het wantrouwen.

'Ben jij… ben jij Harry Hole?'

Harry Hole knikte. 'Is dat een probleem?'

De jongen schudde zijn hoofd en slikte.

'Mooi,' zei Harry Hole. 'Heb je een sleutel voor me?'

'O, neem me niet kwalijk! Hier, kamer 301.'

Harry pakte hem aan en stelde vast dat de pupillen van de jongen groter waren geworden en zijn stem schor.

'Mijn… mijn oom is eigenaar van dit hotel,' zei de jongen. 'Hij zat hier vroeger altijd. Hij heeft me over u verteld.'

'Alleen maar leuke dingen, mag ik aannemen,' zei Harry lachend, hij greep zijn kleine koffer van stof en liep naar de trap.

'De lift…'

'Ik hou niet van liften,' zei Harry zonder zich om te draaien.

De kamer was nog hetzelfde. Versleten spullen, klein en min of meer schoon. Nee, de gordijnen waren nieuw. Groen. Stijf. Vast strijkvrij. Over strijken gesproken. Hij hing zijn pak in de badkamer en draaide de douchekraan open om de kreukels eruit te krijgen. Het pak had hem achthonderd Hongkongdollars gekost bij Punjab House in Nathan Road, maar in zijn werk was dat een noodzakelijke investering, niemand heeft respect voor een man in vodden. Hij ging onder de douche staan. Het warme water deed zijn huid tintelen. Daarna liep hij naakt door de kamer naar het raam en deed het open. Derde verdieping. Achtertuin. Door een open raam klonk een overdreven enthousiast gekreun. Hij legde zijn handen tegen de gordijnrail en leunde naar buiten. Hij keek precies in een vuilcontainer en rook de zoete geur van afval. Hij spuugde en hoorde dat hij papier in de container raakte. Maar het gekraak dat volgde kwam niet van papier. Op datzelfde ogenblik klonk er een krak en de groene, stijve gordijnen vielen aan weerszijden van hem op de grond. Verdomme! Hij trok de dunne gordijnroede uit de gordijnen. Het was een ouderwets type van hout met aan iedere kant een uivormige knop en was kennelijk al eerder gebroken, want er zat plakband omheen. Harry ging op bed zitten en opende de la van het nachtkastje. Een bijbel met een lichtblauwe omslag van skai en naaigerei met zwart draad rond een stukje karton en een naald lagen naast elkaar. Bij nader inzien bedacht Harry dat het wel handig was. Gasten konden losgerukte knopen van hun broek weer aannaaien en daarna lezen over de vergeving van zonden. Hij ging liggen en keek naar het plafond. Alles was nieuw en toch was er niets veranderd. Hij sloot zijn ogen. Hij had niet geslapen in het vliegtuig en met of zonder jetlag, met of zonder gordijnen: hij zou kunnen slapen. En hij zou dezelfde droom dromen die hij de laatste drie jaar elke nacht droomde: dat hij door een gang liep, op de vlucht voor een dreunende sneeuwlawine die alle lucht wegzoog waardoor hij geen adem kon halen.

Het was gewoon een kwestie van je ogen nog langer dichthouden.

Hij verloor greep op zijn gedachten, ze gleden van hem weg.

Naaste familie.

Naaste. Naaste van.

Dat was hij. Daarom was hij terug.

Sergej reed via de E6 Oslo in. Hij verlangde naar zijn bed in zijn flat in Furuset. Hij reed niet harder dan honderdtwintig hoewel het zo laat erg rustig was op de weg. Zijn mobieltje ging. Dat mobieltje. Het gesprek met Andrej was kort. Hij sprak met oom, of *ataman* – de leider – zoals Andrej oom noemde. Nadat ze de verbinding hadden verbroken, hield Sergej het niet meer. Hij trapte het gas in. Schreeuwde van vreugde. De man was aangekomen. Nu, vanavond. Hij was hier! Sergej zou voorlopig niets doen, het kon zijn dat de situatie vanzelf overging, had Andrej gezegd. Maar hij moest nu voorbereid zijn, mentaal en fysiek. Met het mes trainen, goed slapen en scherp zijn. Voor als het noodzakelijke noodzakelijk werd.

HOOFDSTUK 4

Het geluid van het vliegtuig dat over het huis denderde viel Tord Schultz nauwelijks op. Hij zat op de bank en haalde zwaar adem. Het zweet lag als een dun laagje op zijn naakte bovenlijf en de echo's van ijzer op ijzer hingen nog steeds tussen de kale kamermuren. Achter hem stond het statief met de stang met gewichten boven de bank met skaibekleding die nog nat was van zijn zweet. Van het televisiescherm voor hem tuurde Donald Draper hem door zijn eigen sigarettenrook aan en nipte aan een glas whisky. Weer brulde er een vliegtuig boven hem. *Mad Men*. Jaren zestig. Amerika. Echte dames in keurige kleding. Echte drinkers met echte glazen. Echte sigaretten zonder mentholsmaak en filter. De tijd dat je sterker werd van zaken waar je nu dood van ging. Hij had alleen de dvd-box van het eerste seizoen gekocht. Hij keek er steeds weer naar. Hij wist niet of hij het vervolg leuk zou vinden.

Tord Schultz keek naar de witte strepen op de glazen salontafel en veegde de onderkant van zijn ID-kaart af. Zoals gewoonlijk had hij de kaart gebruikt om te verdelen. De kaart die aan zijn borstzak van zijn gezagvoerdersuniform zat, de kaart die hem toegang gaf tot *airside*, de cockpit, de lucht, het salaris. De kaart die – samen met al het andere – van hem zou worden afgepakt als iemand iets te weten kwam. Daarom voelde het juist om de kaart te gebruiken. Er was – binnen alle oneerlijkheid – iets eerlijks aan.

Morgenvroeg zouden ze naar Bangkok vliegen. Twee dagen rust in Sukhumvit Residence. Mooi. Nu zou het beter zijn. Beter dan de laatste keer. Hij had de procedure waarbij hij een tijdje vanaf Amsterdam had moeten smokkelen niet prettig gevonden. Te veel risico. Nadat was ontdekt dat Zuid-Amerikaanse crews nauw betrokken waren bij de cocaïnesmokkel naar Schiphol, liepen alle crews het risico dat, ongeacht de maatschappij, hun handbagage werd gecheckt en ze onderworpen werden aan een visitatie. Bovendien had hij zelf de pakketten het land in moeten smokkelen en had hij ze de dag erna in zijn tas bij zich tijdens een binnenlandse vlucht naar Bergen, Trondheim of Stavanger. Die binnenlandse vluchten móést hij halen, zelfs als dat betekende dat hij vertragingen in Amsterdam soms moest inhalen door extra brandstof te verbruiken. Op Gardermoen was hij natuurlijk de hele tijd aan *airside* geweest, dus geen douane, maar soms moest hij de drugs zestien uur in zijn bagage houden voor hij ze kon afleveren. En dat afleveren was ook niet altijd zonder risico geweest. Auto's op parkeerplaatsen. Restaurants met weinig mensen. Hotels met opmerkzame receptionisten.

Hij rolde een biljet van duizend kronen op dat hij uit de envelop had gepakt die hij de laatste keer van hen had gekregen. Er bestonden rietjes speciaal voor dit doel, maar hij was niet zo: hij was geen zware gebruiker zoals zij bij de scheiding aan de advocaat had verteld. Die sluwe bitch beweerde dat ze wilde scheiden omdat ze de kinderen niet wilde laten opgroeien bij een drugsverslaafde vader, dat ze geen zin had toe te kijken hoe hij huis en haard opsnoof. Dat het helemaal niet te maken had met de stewardessen met wie hij het bed in dook, dat ze *couldn't care less*, dat ze dat allang had opgegeven, daar zou zijn leeftijd verder wel voor zorgen. De advocaat en zij hadden hem een ultimatum gesteld. Dat zij het huis, de kinderen en de rest van vaders erfenis zou krijgen, voor zover hij die er nog niet had doorgejaagd. Of dat ze hem zouden aangeven voor het in bezit hebben en gebruiken van cocaïne. Ze had zoveel bewijs verzameld dat zelfs zijn eigen advocaat zei dat hij zou worden veroordeeld en de laan uit gestuurd door de luchtvaartmaatschappij.

Het was een eenvoudige keus geweest. Het enige wat hij mocht houden, waren zijn schulden.

Hij stond op, liep naar het raam en staarde naar buiten. Kwamen ze nog niet?

De procedure was ditmaal heel anders. Hij moest een pakket meenemen, naar Bangkok. God mocht weten waarom. Vis naar de Lofoten. Hoe dan ook, het was al de zesde keer en tot nu toe was het goed gegaan.

Er brandde licht bij de buren, maar de huizen stonden ver uit elkaar. Eenzame huizen, dacht hij. Woningen van de vliegbasis toen Gardermoen nog een militair vliegveld was. Identieke dozen zonder verdieping met grote, kale pleinen ertussen. Zo min mogelijk hoogte zodat een laagvliegend vliegtuig er geen last van had. Zoveel mogelijk afstand tussen de huizen zodat een eventuele brand zich niet kon verspreiden.

Ze hadden hier gewoond toen hij in dienst zat en een Hercules vloog. De kinderen hadden tussen de huizen gerend op weg naar de kinderen van collega's. Zondag, zomer. Mannen rond de barbecue met een schort voor en een pilsje in de hand. Geklets door de openstaande ramen van de keuken waar vrouwen salades maakten en campari dronken. Net als in een scène in *The Right Stuff*, zijn favoriete film, over de eerste astronauten en testpiloot Chuck Yeager. Verdomde knap, die pilotenvrouwen. Ook al waren het maar Hercules vliegtuigen. Ze waren toen toch gelukkig geweest, of niet? Was hij daarom weer hier gaan wonen? Een onbewuste wens om daar weer iets van terug te vinden? Of om uit te zoeken waar het verkeerd ging en het te repareren?

Toen zag hij de auto komen en automatisch keek hij op zijn horloge. Hij stelde vast dat het achttien minuten na de afgesproken tijd was.

Hij liep naar de salontafel. Haalde twee keer diep adem. Toen zette hij het opgerolde biljet van duizend kronen tegen het onderste lijntje, boog zich en snoof het poeder op. Zijn slijmvliezen brandden. Hij likte aan een vingertop, haalde die over het overgebleven poeder en wreef dat over zijn tandvlees. Het smaakte bitter. De voordeurbel ging.

Het waren dezelfde mormonen als altijd. Een kleine en een grote, beiden in zondagse kleren. Maar de tatoeages staken onder hun mouwen uit. Het was bijna komisch.

Ze gaven hem het pakket. Een halve kilo in een langwerpige worst die precies onder het metalen beslag paste van het inklapbare handvat van zijn koffer op wieltjes. Hij moest de worst te voorschijn halen als ze geland waren op Suvarnabhumi en hem in de cockpit in de kast van de piloot onder het losse tapijtje leggen. En dat was het laatste wat hij zou zien van het pakket, waarschijnlijk zorgde het grondpersoneel voor de rest.

Toen Mr. Small en Mr. Big hem hadden voorgesteld het pakket mee te nemen naar Bangkok, had het hem waanzin geleken. Nergens ter wereld was de straatprijs van dope hoger dan in Oslo, dus waarom zou je het exporteren van de markt met de meeste vraag? Hij had het niet gevraagd, hij wist dat hij toch geen antwoord kreeg, en dat was goed. Maar hij had wel gezegd dat in Thailand op het smokkelen van heroïne de doodstraf stond, dus dat hij beter betaald wilde hebben.

Ze hadden gelachen. Eerst de kleine en toen de grote. En Tord had gedacht dat kortere zenuwbanen misschien snellere reacties gaven. Dat ze misschien daarom de cockpit van jachtvliegtuigen zo laag maakten, dat sloot piloten die traag waren of een lange rug hadden uit.

De kleine had Tord in zijn harde Russisch-Engels uitgelegd dat het geen heroïne was, maar iets heel nieuws, zo nieuw dat er nog geen verbod op bestond. Maar toen Tord vroeg waarom ze een wettig middel moesten smokkelen, hadden ze nog harder gelachen en hem gezegd dat hij zijn bek moest houden en gewoon ja of nee moest zeggen.

Tord Schultz had ja gezegd. Hij had een paar keer overwogen afwasmiddel rond de condooms en diepvrieszakken te smeren, maar iemand had hem verteld dat de drugshonden geuren konden onderscheiden en zich niet in de war lieten brengen door zulke eenvoudige trucs. Dat het een kwestie was van dichtheid van de verpakkingen.

Hij wachtte. Er gebeurde niets. Hij kuchte.

'Oh, I almost forgot,' zei Mr. Small. *'Yesterday's delivery...'*

Hij greep in zijn binnenzak en grijnsde boosaardig. Of misschien was het niet boosaardig, misschien was het gewoon Oostblokhumor? Tord had zin om hem te slaan, ongefilterde sigarettenrook in zijn gezicht te blazen, twaalf jaar oude whisky in zijn oog te spugen. Westblokhumor. In plaats daarvan mompelde hij een *thank you* en nam de envelop in ontvangst. Hij voelde dun tussen zijn vingertoppen. Het waren vast grote coupures.

Nadat ze weer vertrokken waren, ging hij bij het raam staan en zag de auto in het donker verdwijnen, het geluid werd overstemd door een Boeing 737. Misschien een 600. In elk geval een NG. Heser geluid en een hogere *pitch* dan de oude klassiekers. Hij zag zijn eigen spiegelbeeld in de ruit.

Ja, hij had in ontvangst genomen. En hij zou doorgaan met in ontvangst nemen. Hij zou alles ontvangen wat het leven hem in zijn gezicht slingerde. Want hij was Donald Draper niet. Hij was Chuck Yeager niet en Neil Armstrong niet. Hij was Tord Schultz. Een piloot met een lange rug en een financiële schuld. En een cocaïneprobleem. Hij moest...

Zijn gedachten werden overstemd door het volgende vliegtuig.

Die verrekte kerkklokken! Zie je ze, papa, die zogenaamde naasten die al bij mijn kist staan. Ze huilen krokodillentranen, bedroefde koppen die zeggen: Gusto toch, kon je niet gewoon leren om net zo te worden als wij? Nee, verdomde hypocrieten, dat kon ik niet! Ik kon niet zo worden als mijn pleegmoeder, oerstom, verwend, met een hoofd vol lucht en bloemen voor wie alles mooi is als je het juiste boek maar leest, naar de juiste goeroe luistert, de juiste fuckings kruiden maar eet. En als iemand een gaatje prikt in die vage wijsheden van haar dan lepelt ze altijd dezelfde tekst op: 'Maar kijk dan eens wat voor wereld we hebben gemaakt: oorlog, onrechtvaardigheid en mensen die niet meer in harmonie met zichzelf leven.' Drie dingen, beebie. Eén: oorlog, onrechtvaardigheid en disharmonie zijn natuurlijk. Twee: Jij bent de minst harmonieuze van allemaal in ons kleine, akelige gezinnetje. Jij wilde alleen de liefde die je werd geweigerd en had schijt aan die je kreeg. Sorry, Rolf, Stein en Irene, maar ze had alleen plaats voor mij. Wat mijn derde punt des te grappiger maakt: ik heb nooit van jou gehouden, beebie, hoe je ook vond dat je het verdiende. Ik zei mama tegen je omdat het je blij maakte en het leven simpeler voor mij. Toen ik deed wat ik deed, was dat omdat jij het toestond, omdat ik het niet kon laten. Omdat ik zo ben.

Rolf. Jij hebt me tenminste gevraagd je geen papa te noemen. Je hebt echt geprobeerd van me te houden. Maar het lukte je niet de natuur te verloochenen, jij besefte dat je meer van je eigen vlees en bloed hield: Stein en Irene. Wanneer ik tegen anderen zei dat jullie mijn pleegouders waren, kon ik de gekwetste blik op mama's gezicht zien. En jouw haat. Niet omdat de term 'pleegouders' jullie reduceerden tot de enige functie die jullie in mijn leven hadden, maar omdat ik de vrouw kwetste van wie jij onbegrijpelijk genoeg hield. Want ik geloof dat jij eerlijk genoeg was om jezelf te zien zoals ik je zag: iemand die het op een bepaald tijdstip in zijn leven, onder invloed van zijn idealisme, op zich nam om een wisselkind op te voeden, maar die al snel begreep dat dit een misrekening was. Dat het maandelijkse bedrag dat werd betaald voor mijn verzorging de feitelijke kosten niet dekten. Toen jij ontdekte dat ik een koekoeksjong was. Dat ik alles opat. Alles waar jij van hield. Iedereen van wie jij hield. Je had het eerder moeten zien en me uit het nest moeten gooien, Rolf! Jij was immers de eerste die merkte dat ik stal. De eerste keer was het maar honderd kronen. Ik ontkende. Zei dat ik het van mama had gekregen. 'Toch, mama? Je hebt het aan mij gegeven.' En 'mama' had aarzelend geknikt, met tranen in haar ogen, zei dat ze het vergeten was. De volgende keer was het duizend kronen. Uit jouw bureau. Geld voor onze vakantie, zei je. 'Het enige wat ik wil, is vakantie van jullie,' antwoordde ik. Toen sloeg je me voor de eerste keer. En het leek of dat iets in je losmaakte, want je bleef me slaan. Ik was al langer en breder dan jij, maar ik heb nooit kunnen vechten. Niet zo, niet met vuisten en spieren. Ik vecht op die andere manier, de manier waarop je wint. Maar jij sloeg en sloeg. Met gebalde vuist. En ik begreep waarom. Je wilde mijn gezicht kapotmaken. Mij m'n machtsmiddel afnemen. Maar de vrouw die ik mama noemde kwam tussenbeide. Toen zei je het. Het woord. Dief. Helemaal waar. Maar dat betekende alleen dat ik je kapot kon maken, mannetje.

Stein. De zwijgzame grote broer. De eerste die de koekoek herkende aan zijn veren, maar die slim genoeg was om zich op een afstand te houden. De verstandige, brave, slimme eenling die zo snel hij kon maakte dat hij wegkwam, naar een studentenstad zo ver mogelijk bij ons vandaan. Die probeerde Irene over te halen, zijn kleine, lieve zusje, om met hem mee te gaan. Hij dacht dat ze haar middelbare school wel af kon maken in fuckings Trondheim, dat het goed voor haar was weg te zijn uit Oslo. Maar mama weigerde de evacuatie van Irene. Mama had immers niets in de gaten. Wilde niets in de gaten hebben.

Irene. Mooie, heerlijke, kwetsbare Irene met haar sproeten. Je was te goed voor deze wereld. Jij was alles wat ik niet was. En toch hield je van me. Had je van me gehouden als je het had geweten? Had je van me gehouden als je had geweten dat ik je moeder al vanaf mijn vijftiende neukte? Jouw jammerende mama, dronken van de rode wijn, die ik van achteren neukte tegen de wc-deur, de kelderdeur of de keukendeur terwijl ik 'mama' in haar oor fluisterde omdat dat ons beiden zo ontzettend geil maakte. Dat ze me geld gaf, dat ze me rugdekking gaf als er iets was gebeurd, dat ze zei dat ze me alleen te leen had tot ze oud en lelijk was en ik een lief meisje tegenkwam. En toen ik zei: 'Maar mama, je bent toch al oud en lelijk', lachte ze het weg en smeekte ze om meer. Ik had jou kunnen nemen, Irene, maar ik nam haar.

Ik heb nog steeds littekens van het slaan en schoppen van mijn pleegvader van de dag dat ik hem op het werk belde om te zeggen dat hij om drie uur thuis moest zijn omdat ik iets belangrijks te vertellen had. Ik liet de buitendeur op een kier staan zodat zij niet zou horen dat hij thuiskwam. En ik praatte in haar oor om zijn voetstappen te overstemmen, ik zei de dingen die ze zo graag hoorde.

Ik zag zijn spiegelbeeld in het keukenraam toen hij in de deuropening stond.

De volgende dag verhuisde hij. Irene en Stein kregen het bericht dat papa en mama het de laatste tijd niet meer zo gezellig hadden en dat ze van plan waren te gaan scheiden. Irene was er kapot van. Stein was in zijn studentenstad, nam zijn telefoon niet op, maar antwoordde per sms: 'Jammer. Waar willen jullie dat ik kerst vier?'

Irene huilde en huilde. Ze hield van me. Uiteraard kwam ze naar mij toe. Naar de Dief.

De kerkklokken slaan voor de vijfde keer. Gehuil en gesnik van de banken. Cocaïne, enorme verdienste. Huur een flat in het mindere deel van het centrum, registreer hem op naam van een of andere junkie die je een eenmalige dosis geeft voor het gebruik van zijn naam en verkoop dope in kleine hoeveelheden op de trap of bij de voordeur, schroef de prijs op als ze zich veilig gaan voelen, drugsverslaafden betalen alles om zich maar veilig te voelen. Kom eruit, verman je, stop met de drugs, word iemand. Ga niet in het nest dood als een verrekte loser. De dominee schraapt zijn keel: 'We zijn hier bij elkaar om Gusto Hanssen te gedenken.'

Een stem in de verte: 'D-d-dief.'

Het gestotter van Tutu die een motorjas aanheeft en een hoofdband om. En nog iets verderop: het gejank van een hond. Rufus. Goeie, trouwe Rufus. Zijn jullie teruggekomen? Of ben ik al daar?

Tord Schultz legde zijn Samsonite-trolley op de lopende band die hem door de röntgenapparatuur voerde waarnaast een glimlachende beveiligingsbeambte stond.

'Ik begrijp niet dat ze je zo'n rooster laten draaien,' zei de stewardess. 'Twee keer Bangkok in een week.'

'Ik heb daar zelf om gevraagd,' zei Tord en hij liep door het detectiepoortje. Mensen binnen de vakbond hadden gezegd dat de crew moest staken vanwege het feit dat ze meerdere keren per dag blootstonden aan straling, dat een onderzoek in Amerika had uitgewezen dat er onder piloten en cabinepersoneel procentueel meer mensen doodgingen aan kanker. Maar de ophitsers hadden er niet bij gezegd dat de gemiddelde leeftijd ook hoger lag. Het vliegend personeel stierf aan kanker omdat er nog weinig anders overbleef om aan dood te gaan. Ze leefden 's werelds veiligste leven. 's Werelds saaiste leven.

'Wil je zoveel vliegen?'

'Ik ben piloot, ik hou van vliegen,' loog Tord. Hij zette zijn trolley op de grond, trok het handvat uit en liep verder.

Ze kwam snel naast hem lopen, het getik van haar hakken op de grijze marmeren vloer, antique fonce, overstemde bijna het geroezemoes van stemmen onder het gewelf van houten balken en staal. Maar helaas overstemde het niet haar fluisterende vraag: 'Is het omdat ze is weggegaan, Tord? Is het omdat je te veel tijd hebt en niets te doen hebt om die te vullen? Is het omdat je geen zin hebt om thuis te zitten en...'

'Het is omdat ik het geld van het overwerk nodig heb,' onderbrak hij haar. Dat was niet direct een leugen.

'Want ik weet precies hoe je je voelt, ik ben deze winter immers ook gescheiden.'

'O ja,' zei Tord die niet eens wist dat ze getrouwd was geweest. Hij wierp een snelle blik op haar. Vijftig? Drie keer raden hoe ze eruitzag als ze wakker werd, zonder make-up en foundation. Een verbleekte stewardess met een verbleekte stewardessendroom. Hij was er tamelijk zeker van dat hij haar nooit had geneukt. Niet van voren in elk geval. Van wie was die grap ook alweer? Van een van de oude piloten. Whisky-on-the-rocks-blauwe-lucht-in-ogen-jagerpiloot. Eén die het lukte om tot zijn pensioen zijn status hoog te houden. Hij versnelde zijn pas terwijl ze de gang naar het crewcentrum in liepen. Ze was buiten adem, maar het lukte haar nog om hem bij te benen. Maar als hij dit tempo aanhield, zou ze misschien geen lucht meer over hebben om te praten.

'Zeg, Tord, aangezien we een *stay-over* in Bangkok hebben, kunnen we misschien...'

Hij gaapte luid. En hij voelde dat ze geïrriteerd raakte. Hij was nog steeds een beetje groggy van de avond daarvoor, nadat de mormonen waren vertrokken was er nog wat whisky en wat poeder geweest. Natuurlijk niet zoveel dat hij een promillagetest niet zou doorstaan, maar genoeg om nu al op te zien tegen het gevecht tegen de slaap tijdens de elf uur durende vlucht.

'Kijk!' riep ze uit op die idiote glissando manier die vrouwen gebruiken wanneer ze iets onbeschrijfelijk, aandoenlijk liefs zien.

En hij zag het. Het kwam hen tegemoet. Een kleine, blonde, langorige hond met droeve ogen en een ijverig kwispelende staart. Een springer spaniël. Hij liep aan de riem van een vrouw met matchend blond haar, grote oorbellen, een constante, verontschuldigende lach en milde bruine ogen.

'Is-ie niet schattig?' kirde ze naast hem.

'Nou,' zei Tord met een schorre stem.

De hond stak in het voorbijgaan zijn snuit in de richting van het kruis van een van de piloten die voor hen liep. De piloot draaide zich naar hen om met een opgetrokken wenkbrauw en een scheef lachje wat kennelijk iets moest betekenen, iets jongensachtig, iets ondeugends. Maar Tord kon zijn gedachtegang niet volgen. Het lukte hem niet andere gedachten te volgen dan zijn eigen.

De hond droeg een klein geel hesje. Hetzelfde type hes dat de vrouw met de grote oorbellen droeg. Op de hes stond: TOLL.CUSTOMS.

Ze kwamen dichterbij, het was nog maar vijf meter nu.

Het moest geen probleem zijn. Kon geen probleem zijn. De drugs waren in condooms verpakt met een dubbele laag diepvrieszakken eromheen. Nog geen molecuul geurstof kon ontsnappen. Dus gewoon lachen. Rustig aan en lachen. Niet te veel. Niet te weinig. Tord draaide zich naar de snaterende stem naast hem, alsof de woorden die eruit kwamen een enorme concentratie vergden.

'Pardon.'

Ze hadden de hond gepasseerd en Tord bleef doorlopen.

'Pardon!' De stem klonk scherper.

Tord keek voor zich uit. De deur van het crewcentrum was nog minder dan tien meter van hem vandaan. De veiligheid. Tien stappen. *Home free.*

'Excuse me, sir!'

Zeven stappen.

'Ik geloof dat ze jou bedoelt, Tord.'

'Wat?' Tord bleef staan. Hij moest blijven staan. Hij keek om met niet te veel opgelegde verbazing, hoopte hij. De vrouw in de gele hes kwam op hem af gelopen.

'De hond reageerde op u.'

'Is dat zo?' Tord keek naar de hond. Hoe dan, dacht hij.

De hond keek terug en kwispelde wild, alsof Tord zijn nieuwe speelkameraadje was.

Hoe? Dubbele diepvrieszakken en condooms. Hoe?

'Dat betekent dat we u moeten controleren. Kunt u met me meegaan.'

Er straalde nog steeds mildheid uit haar bruine ogen, maar er stond geen vraagteken meer achter de woorden. En op dat moment begreep hij hoe het kwam. Hij wilde zijn ID-kaart pakken die aan zijn borstzak hing.

De cocaïne.

Hij was vergeten de ID-kaart schoon te vegen nadat hij het laatste lijntje had gelegd.

Dat moest het zijn.

Maar dat konden maar een paar korrels zijn, iets wat hij makkelijk kon verklaren door te zeggen dat hij de kaart op een feestje had uitgeleend. Dat was nu niet zijn grootste probleem. Zijn grootste probleem was zijn trolley op wieltjes. Die zouden ze doorzoeken. Als piloot had hij de noodprocedures zo vaak getraind en herhaald dat hij bijna automatisch handelde. Dat was namelijk de bedoeling, dat je hersenen bij gebrek aan andere orders overschakelden naar de noodprocedure, zelfs al had de paniek je in zijn greep. Hoeveel keren had hij die situatie niet voor zich gezien: de douanier die hem vroeg mee te lopen. Hij had nagedacht wat hij dan moest doen. Het in gedachten geoefend. Hij draaide zich om naar de stewardess en zei met een berustend lachje, terwijl hij nog net haar naambordje kon lezen: 'Kennelijk is er op me gereageerd, Kristin. Neem jij mijn trolley vast mee?'

'De trolley gaat met ons mee,' zei de douanier.

Tord Schultz draaide zich om. 'Ik dacht dat je zei dat de hond op mij reageerde, niet op de trolley.'

'Klopt, maar...'

'Er zitten vluchtgegevens in de trolley die de andere bemanningsleden moeten doornemen. Tenzij jij de verantwoording op je wilt nemen voor een vertraging van een volle airbus 340 naar Bangkok.' Hij merkte dat hij zich – zelfs letterlijk – flink had opgeblazen. Dat hij zijn longen vol lucht had gezogen en de borstspieren in het uniformjasje strak had gespannen. 'Als we die procedure niet naar behoren doen, kan dat vele uren vertraging betekenen en honderdduizend kronen verlies voor de maatschappij.'

'Ik ben bang dat de regels...'

'Driehonderd en tweeënveertig passagiers,' onderbrak Schultz haar. 'Onder wie veel kinderen.' Hij hoopte dat ze de serieuze bezorgdheid van een gezagvoerder hoorde, niet de beginnende paniek van een drugssmokkelaar.

De douanier klopte de hond op zijn kop en keek hem aan.

Ze zag eruit als een huismoeder, dacht hij. Een vrouw met kinderen en verantwoording. Een vrouw die zijn situatie kon begrijpen.

'De trolley gaat mee,' zei ze.

Op de achtergrond dook een andere douanier op. Hij stond met zijn armen over elkaar en zijn benen wijd.

'Laten we het dan maar snel afhandelen,' verzuchtte Tord.

De leider van de afdeling Geweld van het politiedistrict Oslo, Gunnar Hagen, leunde achterover in zijn bureaustoel en bestudeerde de man in het linnen pak. Het was drie jaar geleden, de dichtgenaaide scheur was vuurrood geweest en hij had een man gezien die echt aan het eind van zijn Latijn was. Maar nu zag zijn voormalige ondergeschikte er goed uit, hij had er een paar noodzakelijke kilo's bij getraind en zijn schouders vulden het colbert van het pak. Pak. Hagen herinnerde zich de rechercheur slechts in spijkerbroek met boots, nooit in iets anders. Het tweede dat ongebruikelijk was, was de sticker op zijn revers die vertelde dat hij geen medewerker was, maar een bezoeker: Harry Hole. Maar zijn houding in de stoel was dezelfde, meer liggend dan zittend.

'Je ziet er beter uit,' zei Hagen.

'Je stad ook,' zei Harry met een niet aangestoken sigaret tussen zijn tanden.

'Vind je?'

'Mooi operagebouw, minder junkies op straat.'

Hagen stond op en liep naar het raam. Vanaf de vijfde etage van het hoofdbureau kon hij de nieuwe wijk Bjørvika zien die baadde in het zonlicht. De renovatie was in volle gang. De sloop was klaar.

'Het laatste jaar is er een significante daling in het aantal sterfgevallen als gevolg van een overdosis geweest.'

'De prijzen zijn gestegen, het gebruik is gezakt. En het stadsbestuur heeft gekregen waar het om vroeg. Oslo staat niet langer in de top van de Europese od-lijst.'

'*Happy days are here again.*' Harry legde zijn handen achter zijn hoofd en leek uit zijn stoel te glijden.

Hagen zuchtte: 'Je hebt me niet verteld wat je naar Oslo brengt, Harry.'

'Is dat zo?'

'Nee, of meer specifiek naar deze afdeling.'

'Is het niet gebruikelijk om oude collega's op te zoeken?'

'Jazeker, voor andere, normale, sociale mensen wel.'

'Nou.' Harry beet in het filter van zijn Camelsigaret. 'Mijn beroep is moord.'

'Wás moord, bedoel je zeker?'

'Laat ik het beter formuleren: mijn professie, mijn vak, is moord. En dat is nog steeds het enige waar ik verstand van heb.'

'Dus wat wil je?'

'Mijn vak uitoefenen. Een moord onderzoeken.'

Hagen trok een wenkbrauw op. 'Wil je weer voor mij werken?'

'Waarom niet? Als ik me niet vergis was ik een van de beste rechercheurs.'

'Fout,' zei Hagen en hij draaide zich weer om naar het raam. 'Je was de beste.' En hij herhaalde met een zachtere stem: 'De ergste en de beste.'

'Ik doe graag een van de drugsmoorden.'

Hagen grinnikte droog. 'Welke? Het laatste halfjaar hebben we er al vier. Met geen ervan zijn we iets opgeschoten.'

'Gusto Hanssen.'

Hagen gaf geen antwoord, hij bleef naar de mensen kijken die beneden over het grasveld krioelden. En de gedachten kwamen automatisch. Uitkeringsfraudeurs. Dieven. Terroristen. Waarom zag hij dát in plaats van hardwerkende mensen die een paar welverdiende uurtjes vrij hadden en genoten van de septemberzon? Politieblik. Politieblindheid. Hij luisterde half naar Harry's stem achter zich.

'Gusto Hanssen, negentien jaar. Bekende van de politie, pusher en gebruiker. Op 12 juli dood aangetroffen in een flat in de Hausmannsgate. Doodgebloed nadat hij in de borst is geschoten.'

Hagen moest hard lachen: 'Waarom wil je nu net de enige hebben die wel is opgelost?'

'Ik geloof dat je dat wel weet, Hagen.'

'Ja, inderdaad,' zuchtte Hagen. 'Maar als ik je hier weer had aangenomen, zou ik je op een van de andere zaken gezet hebben. Op de undercoverzaak.'

'Ik wil deze hebben.'

'Er zijn ongeveer honderd redenen waarom jij die zaak nooit zou krijgen, Harry.'

'En die zijn?'

Hagen draaide zich om naar Harry: 'Alleen de eerste reden volstaat al. Namelijk dat de zaak al is opgelost.'

'En verder?'

'Dat niet wij de zaak hebben, maar Kripos. Dat ik geen vacatures heb, maar juist moet inkrimpen. Dat je niet geschikt bent. Moet ik nog doorgaan?'

'Hm. Waar is hij?'

Hagen wees uit het raam, over het grasveld naar het grijze stenen gebouw achter het gele gebladerte van de linden.

'Botsen,' zei Harry. 'In voorlopige hechtenis.'

'Voorlopig.'

'Verbod op bezoek?'

'Wie heeft je in Bangkok opgespoord en je verteld van de zaak? Was het...'

'Nee,' onderbrak Harry hem.

'Dus?'

'Dus.'

'Wie?'

'Misschien heb ik er wel over gelezen op internet.'

'Onwaarschijnlijk,' zei Hagen met een half lachje maar met dode ogen. 'De zaak heeft een dag in de krant gestaan en was toen weer vergeten. En er stond geen naam bij. Alleen dat een junkie onder invloed een andere junkie heeft doodgeschoten vanwege drugs. Niet iets waar mensen in geïnteresseerd zijn. Er was niets waardoor de zaak opviel.'

'Behalve dan dat het om twee tieners ging,' zei Harry. 'Negentien en achttien jaar.' Zijn stem klonk nu anders.

Hagen haalde zijn schouders op. 'Oud genoeg om te moorden,

oud genoeg om te sterven. Na nieuwjaar zouden ze worden opgeroepen voor militaire dienst.'

'Kun jij het regelen dat ik hem kan bezoeken?'

'Wie heeft je geïnformeerd, Harry?'

Harry wreef in zijn nek. 'Een vriend van de technische recherche.'

Hagen lachte. En ditmaal lachten zijn ogen mee. 'Je bent toch zo grappig, Harry. Je hebt voor zover ik weet drie vrienden bij de politie. Bjørn Holm en Beate Lønn bij de technische recherche. Dus wie was het?'

'Beate. Kun je dat bezoek regelen?'

Hagen was op de rand van het bureau gaan zitten en nam Harry op. Hij keek naar de telefoon.

'Op één voorwaarde, Harry. Dat je me belooft mijlen van de zaak vandaan te blijven. Er heerst nu vrede en verdraagzaamheid tussen Kripos en ons en ik heb geen behoefte aan nieuw gedonder.'

Harry lachte zuur. Hij was zo ver weggezakt in zijn stoel dat hij de gesp van zijn riem kon bestuderen. 'Vertel je me nu dat jij en de koning van Kripos dikke vrienden zijn geworden?'

'Mikael Bellman werkt niet meer bij Kripos,' zei Hagen. 'Vandaar die vrede en verdraagzaamheid.'

'Zijn jullie die psychopaat kwijt? *Happy days...*'

'Integendeel.' Hagen lachte hol. 'Bellman is aanweziger dan ooit. Hij zit hier op het hoofdbureau.'

'Wel verdomme. Hier bij Geweld?'

'God verhoede het. Hij geeft al een jaar leiding aan GC.'

'Jullie hebben ook nieuwe afkortingen gekregen.'

'Georganiseerde criminaliteit. Ze hebben een heleboel afdelingen samengevoegd. Overvallen, Verkeersdelicten, Drugscriminaliteit. Dat is nu allemaal GC. Meer dan tweehonderd werknemers, grootste afdeling van Criminaliteit.'

'Hm. Meer dan hij bij Kripos had.'

'Toch krijgt hij minder salaris. En weet je wat het betekent als mensen een minder betaalde baan accepteren?'

'Dan zijn ze op jacht naar meer macht,' zei Harry.

'Hij heeft orde op zaken gesteld in de drugshandel, Harry. Schoonmaak gehouden. Arrestaties en klopjachten. Er zijn minder bendes en geen bendeoorlogen meer. Sterfgevallen als gevolg van een overdosis zijn afgenomen, zoals ik al zei.' Hagen richtte zijn vinger naar het plafond. 'En Bellman is op weg naar boven. Die gozer ziet zichzelf ergens zitten, Harry.'

'En ik ook,' zei Harry terwijl hij opstond. 'In Botsen. Ik reken erop dat er bij de receptie een bezoekmachtiging ligt als ik daar aankom.'

'Dus we hebben een afspraak?'

'Natuurlijk hebben we die,' zei Harry, hij greep de hand van zijn voormalig chef, schudde die twee keer en liep naar de deur. Hongkong was een goede leerschool in liegen geweest. Hij hoorde Hagen de telefoon pakken, maar terwijl hij de drempel naderde, draaide hij zich toch om: 'Wie was de derde?'

'Wat?' Hagen keek naar de telefoon en ondertussen toetste hij met een dikke wijsvinger het nummer in.

'De derde vriend die ik hier op het bureau heb?'

Afdelingschef Gunnar Hagen duwde de hoorn tegen zijn oor, keek Harry vermoeid aan en zei met een zucht: 'Wie denk je?' En: 'Hallo? Met Hagen. Ik zou graag een bezoekmachtiging hebben. Ja?' Hagen legde een hand over de hoorn. 'Komt in orde. Het is er nu lunchtijd, maar meld je daar maar na twaalven.'

Harry lachte, mimede 'bedankt' en deed de deur zacht achter zich dicht.

Tord Schultz stond achter een schot, knoopte zijn broek weer dicht en trok zijn jasje aan. Ze hadden ervan afgezien de lichaamsopeningen te controleren. De douanier – dezelfde die hem had tegengehouden – wachtte voor het schot. Ze stond daar als een examinator na een afgelegd mondeling examen.

'Dank voor de medewerking,' zei ze en ze gebaarde naar de uitgang.

Tord vermoedde dat ze lange discussies hadden gehad of ze 'het spijt ons' moesten zeggen als de hond ten onrechte had gereageerd. Degene die was tegengehouden, vertraging opliep, verdacht was gemaakt en in verlegenheid gebracht, zou ongetwijfeld vinden dat een excuus op zijn plaats was. Maar moest je je verontschuldigen voor het feit dat je je werk deed? Dat de hond reageerde op mensen die geen drugs bij zich hadden gebeurde continu, en een verontschuldiging zou een soort erkenning zijn dat er fouten worden gemaakt, dat het systeem niet deugt. Aan de andere kant, ze moesten aan zijn strepen hebben gezien dat hij gezagvoerder is. Geen mislukte vijftigjarige met drie strepen die al die tijd op de stoel van copiloot was blijven zitten omdat hij niet verder kon komen. Integendeel, hij had de vier strepen die aangaven dat hij zijn zaakjes op orde had, dat hij de controle had, een man die de situatie en zijn leven beheerste. Het liet zien dat hij tot de Brahmin-kaste van de piloten behoorde. Een gezagvoerder was iemand die een verontschuldiging van een douanier met twee strepen diende te krijgen, of die nu op zijn plaats was of niet.

'Uiteraard, het is goed te weten dat iemand de boel in de gaten houdt,' zei Tord en hij zocht naar zijn trolley. In het ergste geval hadden ze die doorzocht, de hond had daar niet op gereageerd. En het metalen deel rond de ruimte waarin het pakket lag, was hoe dan ook ondoordringbaar voor röntgenstralen.

'De trolley komt zo,' zei ze.

Er viel een paar seconden stilte terwijl ze elkaar aankeken.

Gescheiden, dacht Tord.

Op dat moment kwam de andere douanier binnen.

'Uw trolley...' zei hij.

Tord keek hem aan. Hij zag het in zijn blik, en voelde een steen in zijn maag die omhoogkwam en tegen zijn slokdarm duwde. Hoe? Hoe?

'We hebben alles wat erin zat eruit gehaald en de trolley gewogen,' zei hij. 'Een lege Samsonite Aspire GRT, zesentwintig Rijnlandse duim, weegt vijf komma acht kilo. Die van u weegt zes komma drie kilo. Hoe verklaart u dat?'

De douanier was te professioneel om breeduit te lachen, maar Tord Schultz zag de triomf in zijn ogen. De douanier leunde een beetje naar voren, liet zijn stem zakken en zei: '... of zullen we?'

Na de lunch bij Olympen liep Harry de straat weer op. De oude, wat suffige bar die hij zich kon herinneren was opgeknapt en onherkenbaar veranderd in een aandoenlijke versie van een chic restaurant met heftige schilderijen van oude arbeiderswijken in Oslo. Niet dat het niet mooi was met de kroonluchters en zo. De makreel was zelfs goed geweest. Het was alleen... Olympen niet meer.

Hij stak een sigaret aan en doorkruiste het Botspark dat tussen het hoofdbureau van politie en de oude, grijze muren van Oslo's gevangenis lag. Hij liep langs een man die bezig was een rafelige, rode poster op een van de bomen op te hangen. Hij drukte de nietmachine tegen de bast van een honderd jaar oude, beschermde lindeboom. Hij leek zich niet bewust van het feit dat door alle ramen van het gebouw waarin de grootste verzameling politiemensen van Noorwegen zat, zichtbaar was dat hij een ernstige overtreding beging. Harry bleef een ogenblik staan. Niet om de overtreding te verhinderen, maar om naar het plakkaat te kijken. Ze adverteerden met een concert van Russian Amcar Club in Sardines. Harry herinnerde zich zowel de reeds lang geleden opgeheven band als de sluiting van de uitgaansgelegenheid. Olympen. Harry Hole. Dit was kennelijk het jaar van de opstanding van de doden. Hij wilde net verder lopen toen hij een bevende stem achter zich hoorde: 'Heb je violine?'

Harry draaide zich om. De man achter hem droeg een nieuw, schoon G-star-jack. Hij helde voorover alsof er een harde wind in zijn rug blies en hij had die onmiskenbare heroïne knik in zijn knieën. Harry wilde net antwoord geven toen hij begreep dat hij het tegen de posterplakker had. Maar die liep gewoon weg zonder antwoord te geven. Nieuwe afkortingen voor afdelingen, nieuwe drugsterminologie. Oude band, oude clubs.

De gevel van de gevangenis van Oslo, Botsen in de volksmond, was halverwege de negentiende eeuw gebouwd en bestond uit een toegangspoort die tussen twee vleugels geklemd zat en die Harry altijd deed denken aan een arrestant tussen twee politiemannen in. Hij belde aan bij de voordeur, keek in de videocamera, hoorde een laag gezoem en de deur schoof open. Binnen stond een geüniformeerde gevangenisbeambte die met hem meeliep de trappen op, een deur door langs twee andere bewakers en die hem vervolgens naar een rechthoekige, raamloze kamer bracht. Harry was hier eerder geweest. Hier mochten de gevangenen hun naaste familie ontvangen. Er was een halfslachtige poging gedaan om het gezellig te maken. Hij vermeed de bank, ging op een van de stoelen zitten, hij wist heel goed wat er zich afspeelde in die paar minuten dat de gevangene zijn of haar partner op bezoek kreeg.

Hij wachtte. Hij ontdekte dat hij nog steeds de sticker van het hoofdbureau op zijn revers had zitten, hij trok hem los en stak hem in zijn zak. De droom van de nauwe gang en de sneeuwlawine was erger dan anders geweest, hij was bedolven geweest en had zijn mond vol sneeuw gehad. Maar dat was niet de reden waarom zijn hart nu in zijn keel klopte. Was hij vol verwachting? Of was hij bang?

Hij had geen tijd om een conclusie te trekken voor de deur openging.

'Twintig minuten,' zei de bewaker, hij vertrok en gooide de deur achter zich in het slot.

De jongen die bij de deur was blijven staan was zo veranderd dat Harry een moment de neiging had te roepen dat ze de verkeerde persoon hadden gebracht, dat hij het niet was. Deze jongen droeg een Diesel spijkerbroek en een zwarte hooded sweater met opdruk van Machine Head, niet de oude plaat van Deep Purple begreep Harry, maar de nieuwe heavy metalband, gezien de leeftijd van de jongen. Heavy metal was natuurlijk een indicium, maar het bewijs waren de ogen en de jukbeenderen. Of beter gezegd: Rakels bruine ogen en hoge jukbeenderen. Het was bijna schokkend om te zien hoeveel ze nu op elkaar leken. Hij was weliswaar niet zo knap als Rakel, daarvoor stak zijn voorhoofd te veel naar voren waardoor de jongen een sombere, bijna agressieve uitdrukking kreeg. Dat werd nog versterkt door het steile haar dat hij volgens Harry van zijn vader in Moskou moest hebben geërfd. Een aan alcohol verslaafde vader die de jongen nooit goed had gekend, hij was nog maar een paar jaar oud toen Rakel hem had meegenomen naar Oslo. Waar ze later Harry tegenkwam.

Rakel.

De liefde van zijn leven. Zo simpel was het. En zo moeilijk.

Oleg. Slimme, ernstige Oleg. Oleg die altijd zo gesloten was, die zich voor niemand opende, behalve voor Harry. Harry had het nooit tegen Rakel gezegd, maar hij wist beter wat Oleg dacht, voelde en wilde dan Rakel. Oleg en hij terwijl ze Tetris speelden op zijn gameboy, beiden net zo fanatiek om het puntenaantal van de ander te verslaan. Oleg en hij op de schaatsbaan van Valle

Hovin, toen Oleg langebaanschaatser wilde worden en er ook echt talent voor had. Oleg die geduldig en mild lachte als Harry weer beloofde dat ze deze herfst of lente naar Londen zouden gaan om Tottenham te zien spelen op White Hart Lane. Oleg die hem af en toe 'papa' noemde als het laat werd en hij slaap kreeg. Het was bijna vijf jaar geleden dat Harry hem had gezien, vijf jaar geleden dat Rakel hem uit Oslo had meegenomen, weg van die vreselijke herinneringen aan de Sneeuwman, weg van Harry's wereld van moord en doodslag.

En nu stond hij bij de deur, achttien jaar oud, bijna volwassen en keek Harry aan zonder uitdrukking op zijn gezicht. In elk geval geen uitdrukking die Harry kon plaatsen.

'Hoi,' zei Harry. Verdomme, hij had niet eerst zijn stem getest, het was slechts een hees gefluister. De jongen zou wel denken dat hij een brok in zijn keel had of zoiets. Om zichzelf of hem af te leiden, trok Harry een pakje Camel uit zijn zak en stak een sigaret tussen zijn lippen.

Harry keek weer op en zag dat Olegs gezicht rood was geworden van het blozen. En van woede. Zijn explosieve aard die zijn ogen een tint donkerder maakte en de aders in zijn hals en op zijn voorhoofd deed opzwellen en trillen als gitaarsnaren.

'Rustig maar, ik zal hem niet aansteken,' zei Harry en hij knikte naar het bordje aan de muur: Verboden te roken.

'Mama zeker?' Olegs stem was ook ouder geworden. En schor van woede.

'Wat?'

'Zij heeft je ingelicht.'

'Nee, dat is niet zo, ik...'

'Natuurlijk is dat wel zo.'

'Nee, Oleg, ze weet eigenlijk niet eens dat ik in het land ben.'

'Je liegt! Zoals gewoonlijk lieg je weer!'

Harry keek hem verbaasd aan. 'Zoals gewoonlijk?'

'Zoals je gelogen hebt dat je er altijd voor ons zou zijn en meer van die onzin. Maar nu is het te laat. Dus ga maar weer terug naar het hol waar je uit bent gekropen!'

'Oleg! Luister naar me...'

'Nee! Ik wil niet naar je luisteren. Je had hier niet moeten komen. Je kunt hier nu niet komen om papa te spelen, begrijp je?' Harry zag de jongen slikken. Zag de razernij in zijn ogen voordat er een nieuwe golf van verwijten kwam. 'Je bent niet meer belangrijk voor ons. Je was iemand die even voorbijkwam, die er een paar jaar was en toen...' Hij deed een poging om met zijn vingers te knippen, maar de vingers gleden slechts geluidloos langs elkaar. 'Weg.'

'Dat is niet waar, Oleg. En dat weet je.' Harry hoorde zijn eigen stem die nu vast en zelfverzekerd klonk, die vertelde dat hij rustig en veilig was als een vrachtschip. Maar de knoop in zijn maag vertelde iets anders. Hij was eraan gewend uitgescholden te worden tijdens verhoren, dat deed hem niets, in het beste geval werd hij er alleen maar rustiger en analytischer van. Maar bij deze jongen, bij Oleg... hier had hij geen verweer tegen.

Oleg lachte bitter. 'Zullen we kijken of het nog steeds werkt?' Hij duwde zijn middelvinger langs zijn duim. 'Wegwezen... nu!'

Harry hief zijn handen op. 'Oleg...'

Oleg schudde zijn hoofd terwijl hij op de deur achter zich bonkte zonder acht te slaan op de inktzwarte blik van Harry. 'Bewaker! Het bezoek is voorbij. Haal me hieruit!'

Harry bleef nog een paar seconden nadat Oleg was vertrokken op zijn stoel zitten.

Toen stond hij moeizaam op, verliet het politiebureau en sjokte het zonovergoten Botspark in.

Harry bleef staan en keek omhoog naar het hoofdbureau. Hij dacht na. Toen liep hij naar het gebouw waar de arrestanten worden binnengebracht. Maar halverwege bleef hij staan, leunde met zijn rug tegen een van de bomen en kneep zijn ogen zo hard dicht dat hij voelde dat er tranen uitkwamen. Dat verrekte licht. Die verrekte jetlag.

HOOFDSTUK 5

'Ik wil ze alleen maar bekijken, ik zal niets meenemen,' zei Harry.

De dienstdoende agent achter de balie waar de arrestanten werden ingeschreven keek Harry aarzelend aan.

'Vooruit, Tore, je kent me toch?'

Nilsen schraapte zijn keel: 'Jazeker. Maar werk je hier dan weer, Harry?'

Harry haalde zijn schouders op en liet zijn oogleden half over zijn ogen zakken zodat zijn pupillen slechts deels zichtbaar waren, alsof hij zijn gemoedstoestand wilde wissen. Wissen wat niet belangrijk was. En wat overbleef was kennelijk in Harry's voordeel.

Nilsen zuchtte diep, verdween en kwam terug met een la. Zoals Harry al had verwacht waren de spullen die Oleg bij zich had tijdens de arrestatie hier achtergebleven. Als duidelijk werd dat de arrestant meer dan een paar dagen in hechtenis moest blijven en dat hij naar Botsen werd overgebracht, werden die spullen soms ook daarheen gebracht. Maar dat was lang niet altijd het geval.

Harry keek naar de inhoud. Kleingeld. Een sleutelring met twee sleutels, een doodshoofdje en een Slayermerk. Een Swiss Army-vouwmes met een lemmet, een schroevendraaier en inbussleutels. Een wegwerpaansteker. En nog iets.

Er ging een steek door Harry heen hoewel hij het al wist. De kranten hadden het over 'een afrekening in het drugsmilieu' gehad.

Een wegwerpspuit, nog in zijn plastic verpakking.

'Is dat alles?' vroeg Harry en hij pakte de sleutelring. Hij hield hem onder de balie en bestudeerde de sleutels. Nilsen vond het duidelijk niet prettig dat Harry de sleutelring uit het zicht hield en leunde over de balie.

'Geen portemonnee?' vroeg Harry. 'Geen bankpas of ID?'

'Kennelijk niet.'

'Zou je het opgaveformulier voor me kunnen checken?'

Nilsen pakte het formulier dat onder in de la lag, zette moeizaam een bril op zijn neus en bestudeerde het vel papier. 'Er was nog een mobieltje, maar dat hebben ze meegenomen. Waarschijnlijk om te kijken of hij het slachtoffer heeft gebeld.'

'Hm,' zei Harry. 'Nog meer?'

'Wat zou dat moeten zijn?' vroeg Nilsen, en hij liet zijn blik over het formulier gaan. Nadat hij het hele vel aandachtig had bekeken, zei hij: 'Kennelijk niet.'

'Bedankt, dat was alles. Bedankt voor je hulp, Nilsen.'

Nilsen knikte langzaam. Nog steeds met zijn bril op. 'De sleutelring.'

'Ja, natuurlijk.' Harry legde hem terug in de la. Hij zag dat Nilsen checkte of er nog steeds twee sleutels aan zaten.

Harry liep naar buiten, stak de parkeerplaats over en nam de Åkebergvei. Hij liep verder via Tøyen en de Urtegate. Klein Karachi. Koloniale winkeltjes, hidjab en oude mannen op plastic stoelen voor hun koffiehuizen. En Fyrlyset. Het café van het Leger des Heils, voor de stakkers van de stad. Harry wist dat het er op dagen zoals vandaag rustig was, maar als de winter en de kou kwamen, zouden ze zich verdringen rond de tafels. Koffie en gesmeerde boterhammen. Een set schone kleren, naar de mode van vorig jaar, blauwe sportschoenen uit het overschot van het leger. In de ziekenkamer op de eerste verdieping: verzorging van de nieuwste wonden ontstaan tijdens een gevecht onder invloed of – als het echt slecht ging – een vitamine B-injectie. Harry overwoog een ogenblik om bij Martine langs te gaan. Misschien werkte ze er nog wel. Een schrijver had ooit gezegd dat er na de grote liefde kleine kwamen. Zij was een van de kleine geweest. Maar daar was het niet om. Oslo was niet groot en de zware gebruikers verzamelden zich óf hier óf in het café van de kerk in de Skippergate. Het was niet onwaarschijnlijk dat ze Gusto Hanssen had gekend. En Oleg.

Maar Harry besloot de dingen in de juiste volgorde af te werken en liep door. Stak de Akerselv over. Hij keek van de brug. De bruine rivier die Harry zich uit zijn jeugd herinnerde was nu helder als een bergbeek. Ze zeiden dat je er nu zalm kon vangen. Op het pad aan weerszijden van het water stonden ze: de dealers. Alles nieuw. Niets veranderd.

Hij liep de Hausmannsgate in. Passeerde de Jakobkirke. Keek naar de nummers op de huizen. Een bord met Grusomhetens Teater – Theater van de wreedheid. Een deur vol graffiti met een smiley. Een lege, opgeruimde plek waar ooit een brand had gewoed. En daar was het. Een typerend Oslo's gebouw uit de negentiende eeuw, verveloos, saai, drie verdiepingen. Harry duwde tegen de poort die open gleed. Niet op slot. De poort leidde naar de trapopgang. Het rook er naar pis en afval.

Harry keek naar de gecodeerde graffitiberichten die overal op de muren stonden. Losse trapleuningen. Deuren met sporen van sloten die waren opengebroken en met nieuwe sterkere, en meerdere sloten. Op de tweede verdieping bleef hij staan, hij wist dat hij de plaats delict had gevonden. Wit-oranje afzetlint was in een kruis over de deur vastgezet.

Hij stak zijn hand in zijn zak en viste de twee sleutels op die hij van Olegs sleutelring had gehaald terwijl Nilsen het formulier bestudeerde. Harry wist niet precies welke sleutels hij zo snel van zichzelf had gepakt maar in Hongkong was het toch niet moeilijk nieuwe te laten maken.

De ene sleutel was van het merk Abus, Harry wist dat het een hangslot moest zijn omdat hij er zelf een had gekocht. Maar de andere was een Ving-sleutel. Hij stak hem in het slot. Hij kreeg hem er half in tot hij bleef steken. Hij probeerde te duwen. Probeerde te draaien.

'Verdomme.'

Hij pakte zijn mobieltje. Haar nummer stond in 'contacten' onder de letter b. Aangezien er maar acht namen in het register stonden, was één letter genoeg.

'Lønn.'

Wat Harry het prettigst vond aan Beate Lønn, naast het feit dat ze een van de twee beste technisch rechercheurs was met wie hij had gewerkt, was dat ze de informatie altijd beperkte tot dat wat relevant en noodzakelijk was.

'Hoi, Beate. Ik sta hier in de Hausmannsgate...'

'Bij de plaats delict? Wat heb je daar te...'

'Ik kan niet naar binnen. Heb jij een sleutel?'

'Of ik een sleutel heb?'

'Jij bent toch de chef van die toko daar?'

'Natuurlijk heb ik de sleutel. Maar ik ben niet van plan die aan jou te geven.'

'Tuurlijk niet. Maar je hebt vast nog wel een paar zaken die je nogmaals moet checken op de plaats delict. Ik herinner me iets over een goeroe die ooit zei dat je een plaats delict nooit grondig genoeg kunt doorzoeken.'

'Zo, herinner je je dat.'

'Dat was het eerste wat ze zei tegen de mensen die ze opleidde. Ik kan wel met je mee naar binnen gaan en kijken hoe je werkt.'

'Harry...'

'Ik zal niets aanraken.'

Stilte. Harry wist het. Hij wist dat hij haar gebruikte. En ze was meer dan een collega, ze was een vriendin en nog belangrijker: ze was zelf moeder.

Ze zuchtte. 'Geef me twintig.'

Het was niet nodig om 'minuten' te zeggen. Het was niet nodig om 'dank je wel' te zeggen. Harry verbrak gewoon de verbinding.

Politiebeambte Truls Berntsen liep met langzame passen door de gang van GC. Uit ervaring wist hij namelijk dat hoe langzamer hij liep, hoe sneller de tijd ging. En als er iets was wat hij genoeg had dan was het tijd. Op kantoor wachtte een uitgezakte stoel en een klein bureau met stapels rapporten die daar vooral voor de sier lagen. Zijn pc gebruikte hij vooral om op internet te surfen, maar zelfs dat was een beetje saai geworden sinds er strengere regels waren voor welke sites je mocht bezoeken. En aangezien hij zich met drugszaken bezighield en niet met zedenzaken, kon hij zich makkelijk een probleem op de hals halen als hij doorging zoals vroeger. Berntsen stapte voorzichtig met de overvolle kop koffie over de drempel op weg naar zijn bureau. Hij zorgde ervoor niet te knoeien op de brochure van de nieuwe Audi Q5. 211 pk. Een SUV, maar ook een auto voor patsers. Boevenauto. Rijdt in elk geval makkelijk de oude Volvo V70 van de politie eruit. Een auto die laat zien dat je iemand bent. Die haar, die in dat nieuwe huis op Høyenhall woont, liet zien dat je iemand bent. In plaats van niet-iemand.

Status-quo handhaven. Dat was nu de focus. De winst die we hebben bereikt zekerstellen, had Bellman maandag tijdens de algemene briefing gezegd. Wat betekende: zorgen dat er geen nieuwe actoren in het spel kwamen. 'We kunnen altijd nog minder drugsverslaafden op straat willen hebben. Maar nu we zoveel hebben bereikt in zo korte tijd, is er altijd gevaar voor een terugslag. Denk aan Hitler en Moskou. Het gaat erom niet meer af te bijten dan je kunt kauwen.'

Berntsen wist ongeveer wat dat betekende. Lange dagen en benen op tafel.

Het kwam voor dat hij terugverlangde naar zijn baan bij Kripos. Moordzaken waren niet als drugszaken, daar draaide het niet om politiek, het was gewoon een kwestie van oplossen, punt. Maar het was Mikael Bellman zelf geweest die erop had gestaan dat Truls met hem meeging van Bryn naar het hoofdbureau, hij zei dat hij geallieerden nodig had in het kamp van de vijand, iemand op wie hij kon vertrouwen, iemand die dekking in de flanken kon geven als hij onder vuur lag. Hij zei het zonder het uit te spreken: zoals Mikael zelf Truls flanken had gedekt. Zoals laatst nog met die zaak met de jongen die was gearresteerd en tegen wie Truls een beetje te hardhandig was opgetreden en die bijzonder ongelukkig schade had opgelopen aan zijn ogen. Mikael had Truls natuurlijk uitgescholden, gezegd dat hij politiegeweld haatte, dat het niet meer mocht voorkomen, gezegd dat het helaas zijn verantwoording was als chef om dit incident te melden bij de staf zodat bekeken zou worden of het gemeld moest worden bij Interne Zaken. Maar de jongen had zijn zicht bijna volledig teruggekregen, Mikael had een deal gemaakt met de advocaat van de jongen, de aanklacht van het bezit van drugs werd ingetrokken en verder was er niets gebeurd.

Net zoals er nu niets gebeurde.

Lange dagen en benen op tafel.

En net op het moment dat Truls Berntsen ze neer wilde leggen, keek hij – dat deed hij minstens tien keer per dag – naar het Botspark buiten en de oude lindeboom die midden op de allee stond die naar de gevangenis liep.

Het was er weer.

Het rode plakkaat.

Hij voelde zijn huid prikken, zijn hart sneller kloppen en zijn humeur verbeteren.

Hij stond snel op, pakte zijn jas en liet de koffie staan.

De kerk van Gamlebyen lag acht minuten lopen van het politiebureau, als je stevig doorliep. Truls Berntsen liep door de Oslogate naar het Minnepark, sloeg links af de Dyvekesbrug op en was in het hart van Oslo, waar de stad ooit begonnen was, volgens zijn grootmoeder. Zelfs de kerk was eenvoudig, op het armoedige af, zonder de ornamenten en overdrijvingen van de kerk die bij het politiebureau stond. Maar de geschiedenis van de kerk was des te rijker. Tenminste, als de helft klopte van wat zijn grootmoeder tijdens zijn jeugd in Manglerud vertelde. De familie Berntsen was van een vervallen huis in het centrum verhuisd naar de buitenwijk Manglerud toen die eind jaren vijftig werd gebouwd. Het vreemde was dat deze echte Oslo-familie – met drie generaties arbeiders – zich vreemden voelde in Manglerud. Omdat de meeste mensen in de buitenwijken van Oslo boeren en mensen van heel ver weg waren die naar de stad kwamen om een nieuw leven te beginnen. Toen de vader van Truls in de jaren zeventig en tachtig bijna constant dronken was, de flat niet meer uit kwam en iedereen de huid vol schold, vluchtte Truls naar zijn beste – en enige – vriend Mikael. Of naar zijn grootmoeder in Gamlebyen. Ze vertelde dat de kerk van Gamlebyen was gebouwd op de fundamenten van een klooster uit de dertiende eeuw waarin monniken zich tijdens de Zwarte Dood hadden opgesloten, waarschijnlijk om te bidden, maar er werd gezegd dat het ook was om hun christelijke plicht te ontlopen, de verzorging van zieken. Toen men, na een maand geen levensteken te hebben gezien, de deur van het klooster ontzette, aanschouwde men een waar rattenfeest met rottende monnikenlijken. Grootmoeder had ook verteld dat er later op die plek een hospitaal werd gebouwd met een afdeling voor gekken die 'het dolhuis' werd genoemd, en dat er toen geklaagd werd door een deel van de gekken dat er 's nachts mannen met kappen door de gangen liepen, maar dat ze niet reageerden op geroep om hulp en verzorging. En een van de patiënten zei dat toen hij de kap had weggetrokken hij een wit gezicht zag bedekt met rattenbeten en lege oogkassen. Maar het verhaal waar Truls het meest van hield, was dat over Askild Øregod – Askild Oorgoed. Hij leefde en stierf ongeveer honderd jaar geleden, in de tijd dat Kristiania, zoals Oslo vroeger heette, een echte stad werd en er allang een kerk was gebouwd op de lege plek. Er wordt gezegd dat zijn geest nog steeds rondwaart op het kerkhof, door de aangrenzende straten en in Kvadraturen. Maar nooit verder, want hij had maar één been en hij moest voldoende tijd hebben om voor het licht werd terug te keren naar zijn graf, zei grootmoeder. Askild Øregod was zijn ene been kwijtgeraakt toen hij als driejarig jongetje onder de wagen van de brandweer terechtkwam, maar dat ze hem liever een bijnaam gaven vanwege zijn grote oren, vond grootmoeder wel van humor getuigen. Het waren harde tijden en voor een kind met één been was de beroepskeuze een uitgemaakte zaak. Dus Askild Øregod bedelde en werd met zijn kreupele gang een bekende verschijning in de groeiende stad, hij was altijd vrolijk en in voor een praatje. Hij was met iedereen bevriend. Vooral met degenen die overdag in de kroeg zaten en geen werk hadden. Maar die soms ineens wel geld hadden. Dan drupte het ook een beetje op Askild Øregod. Maar Askild Øregod kon af en toe wel wat meer geld gebruiken en dan gebeurde het dat hij de politie vertelde wie de laatste tijd erg gul was geweest. En wie, een eind op weg in zijn vierde glas zonder acht te slaan op de onschuldige bedelaar die bij hen zat, kletste over een overval op een goudsmid in de Karl Johansgate of een rijke man in Drammen. Het gerucht ging dat Askild Øregods oren wel erg goed waren, en na het oprollen van een roversbende op Kampen verdween Askild Øregod. Hij werd nooit teruggevonden, maar op een winterochtend lagen er op de trappen van de kerk van Gamlebyen een kruk en twee afgesneden oren. Het gerucht wilde verder dat Askild ergens op het kerkhof werd begraven, maar aangezien daar geen enkele kerkdienaar bij betrokken was, vond Askild geen rust. Dus nadat het donker is geworden kun je in Kvadraturen, of rond de kerk, een man rond zien hinken met zijn muts ver over zijn oren getrokken, die vraagt om twee oren. *To øre!* En het brengt ongeluk om de bedelaar geen duit te geven.

Dat had grootmoeder hem verteld, maar toch negeerde Truls Berntsen de magere, bedelende man die in vreemde gewaden en met een gebruinde, verweerde huid bij de ingang van het kerkhof zat. Hij liep over het grindpad tussen de grafstenen door terwijl hij telde, links afsloeg toen hij bij zeven was, rechts afsloeg toen hij bij drie was en stopte bij de vierde steen.

De naam die in de steen was gehakt, A.C. Rud, zei hem niets. Hij was gestorven toen Noorwegen in 1905 onafhankelijk werd, op de leeftijd van negenentwintig jaar, maar afgezien van zijn geboorte- en sterfdatum had de grafsteen geen tekst, niet het gebruikelijke commando om in vrede te rusten of andere gevleugelde woorden. Misschien omdat de grove steen zo klein was dat er geen ruimte was voor meer tekst. Maar het lege, ruwe oppervlak maakte het perfect geschikt om met krijt berichten op te schrijven, daarom hadden ze hem zeker gekozen.

LTZCHUDSCORRNTBU

Truls ontcijferde de tekst met behulp van de simpele code die ze gebruikten voor het geval andere mensen de tekst lazen. Hij begon achteraan, pakte de laatste twee letters, sprong drie naar links, las er drie, sprong twee naar links, las twee, sprong drie, las drie, sprong drie, las drie, sprong drie, las drie.

BURN TORD SCHULTZ

Truls Berntsen schreef het niet op. Dat hoefde niet. Hij had een goed geheugen voor namen die hem dichter bij de Audi Q5 2.0 7-traps transmissie met leren bekleding brachten. Hij gebruikte de mouw van zijn jas om de letters uit te vegen.

De bedelaar keek op toen hij langs hem liep. Verrekte bruine hondenogen. Hij had vast een legertje bedelaars en een vette auto om de hoek staan. Een Mercedes, hielden ze daar niet van? De kerkklok sloeg twee. In de prijslijst stond dat de Q5 666.000 kostte. Als daar al een verborgen waarschuwing in lag dan had Truls Berntsen daar geen oog voor.

'Je ziet er goed uit,' zei Beate terwijl ze de sleutel in het slot duwde. 'Ook een vinger gekregen.'

'Made in Hongkong,' zei Harry terwijl hij over het korte stompje titaan wreef.

Hij nam de kleine, bleke vrouw op die de deur van het slot draaide. Het dunne, korte, blonde haar was samengebonden met een strik. Haar huid was zo dun en doorzichtig dat hij het fijne netwerk van adertjes bij haar slaap kon zien. Ze deed hem denken aan de vachtloze muizen uit een proeflaboratorium voor kankeronderzoek.

'Aangezien je vertelde dat Oleg logeerde op het adres van de plaats delict, dacht ik dat zijn sleutels me wel binnen zouden laten.'

'Het slot dat er zat was al lang geleden vernield,' zei Beate de deur openduwend. 'Je kon gewoon naar binnen lopen. We hebben er een nieuw slot opgezet zodat geen van de drugsverslaafden naar binnen kon en de plaats delict verstoren.'

Harry knikte. Dat was typerend voor drugsholen, flats waar drugsverslaafden samen woonden. Ten eerste breken junkies in op plaatsen waarvan ze vermoeden dat de bewoners drugs bezitten. Ten tweede doen de bewoners onderling ook hun best om elkaars drugs te stelen.

Beate hield het afzetlint omhoog en Harry liep gebukt naar binnen. Op haakjes in de gang hingen kleren en plastic zakken. Lege rollen keukenpapier, lege bierblikjes, een T-shirt met bloedvlekken, stukjes alufolie, een leeg pakje sigaretten. Tegen de ene muur stond een stapel Grandiosa-dozen, een scheve toren van pizza die tot halverwege het plafond kwam. Er stonden vier dezelfde, witte kapstokken. Dat verbaasde Harry, tot hij besefte dat het roofgoed betrof dat kennelijk niet te verhandelen was. Hij herinnerde zich dat ze in drugspanden vaak spullen vonden waarvan iemand had gedacht dat ze geld op zouden brengen. Ooit hadden ze eens zestig hopeloos verouderde mobiele telefoons gevonden in een tas en ergens anders een gedeeltelijk gedemonteerde brommer in een keuken.

Langzaam liep hij naar de kamer. Ze hadden geen meubels in de conventionele zin van het woord. Het rook er naar een mengeling van zweet, met bier doortrokken hout, natte as en iets zoets waarvan Harry niet wist wat dat was. Er lagen vier matrassen in een cirkel op de grond alsof ze rond een kampvuur lagen. Onder een matras stak een stuk staaldraad in een hoek van negentig graden omhoog. De ruimte tussen de matrassen was zwart van de brandmerken rond een grote, lege asbak. Harry nam aan dat de technische recherche die had geleegd.

'Gusto lag hier, vlak bij de keukenmuur,' zei Beate. Ze was in de deuropening tussen de kamer en de keuken gaan staan en wees.

In plaats van de keuken in te lopen, bleef Harry op de drempel staan en keek rond. Dat was een gewoonte. Niet de gewoonte van een technisch rechercheur die de plaats delict van buitenuit benadert, die start met het uitkammen van de periferie en stukje voor stukje naar het lijk toe werkt. Het was ook niet de gewoonte van de politieman van afdeling Misdaad of de surveillancedienst die wist dat de eerste man ter plaatse de plaats delict kon verontreinigen met zijn eigen sporen of in het ergste geval alles kon vernietigen wat er was. Want hier hadden de mensen van Beate allang gedaan wat ze moesten doen. Het was de gewoonte van een tactisch rechercheur. De man die weet dat hij maar één kans krijgt voor dit: de eerste indrukken laten inwerken, de bijna onmerkbare details die het verhaal maken voor het cement droog is. Het moest nu gebeuren, voor het analytische deel van de hersenen het weer overnam, het deel dat helder geformuleerde feiten nodig had. Harry definieerde intuïtie altijd als simpele, logische gevolgtrekkingen gebaseerd op gewone zintuiglijke waarnemingen die de hersenen niet konden vertalen in heldere taal.

Maar deze plaats delict vertelde Harry niet veel over de moord die hier had plaatsgevonden.

Het enige wat hij zag, hoorde en rook was een plek met min of meer toevallige bewoners die hier bij elkaar kwamen, drugs gebruikten, sliepen, zelden aten en na een poosje verdwenen. Naar een ander hol, naar een kamer in een afkickcentrum, een park, een container, een slaapzak van goedkoop dons onder een brug of tussen witgeschilderd hout onder een grafsteen.

'We moesten hier natuurlijk het een en ander opruimen,' zei Beate als antwoord op de vraag die hij niet hoefde te stellen. 'Er lag overal afval.'

'Drugs?' vroeg Harry.

'Een plastic zak vol ongekookte katoenen watten,' zei Beate.

Harry knikte. De meest verzwakte, verslaafde junkies spaarden de katoenen watten die ze gebruikten om het bezinksel uit de dope te halen voor ze hun spuiten voltrokken. Op een slechte dag konden de katoenen watten worden gekookt en het residu worden geïnjecteerd.

'Plus een condoom met sperma en heroïne erin.'

'O?' Harry trok een wenkbrauw op. 'Iets om aan te bevelen?'

Harry zag dat ze bloosde, als een echo van het schuwe, pasopgeleide politiemeisje dat hij zich nog steeds kon herinneren.

'Resten van heroïne, om precies te zijn. We gaan ervan uit dat het condoom is gebruikt voor het verstoppen van heroïne en later, nadat die was geconsumeerd, gebruikt is waar het feitelijk voor is gemaakt.'

'Hm,' zei Harry. 'Junkies die voorbehoedsmiddelen gebruiken. Niet slecht. Nog gevonden van wie...'

'Het DNA gevonden op de binnen- en de buitenkant van het condoom matcht met twee bekenden. Een Zweeds meisje en Ivar Torsteinsen, onder de undercoveragenten beter bekend als Hivar.'

'Hivar?'

'Hij had de gewoonte om politiemensen te bedreigen met vuile naalden, hij beweerde hiv-positief te zijn.'

'Hm, dat verklaart het condoom. Geweld op zijn strafblad?'

'Nee. Slechts vele honderden inbraken en heling. En wat smokkel.'

'En dat dreigen met moord met een naald dan?'

Beate zuchtte en stapte de keuken in terwijl ze met haar rug naar Harry toe stond. 'Het spijt me, maar er zitten geen losse eindjes in deze zaak, Harry.'

'Oleg heeft nooit een vlieg kwaad gedaan, Beate. Hij heeft dat gewoon niet in zich. Terwijl die Hivar...'

'Hivar en dat Zweedse meisje zijn... nou ja, uit de zaak weggestreept, kun je wel zeggen.'

Harry keek naar haar rug. 'Dood?'

'Overdosis. Een week voor de moord. Slechte heroïne versneden met fetanyl. Ze hadden kennelijk geen geld voor violine.'

Harry liet zijn blik over de wanden gaan. De meeste zware drugsverslaafden zonder vaste verblijfplaats hadden een stashplaats, een geheime bergplaats waar ze hun reservevoorraad drugs konden opbergen. Soms wat geld. En eventueel andere onmisbare eigendommen. Het was niet verstandig om die dingen bij je te hebben, een dakloze junkie moest zijn shots zetten op openbare plaatsen en was zodra het spul ging werken een hulpeloze prooi voor de gieren. Daarom waren de stashplaatsen heilig. Iemand die verder een volkomen wrak was kon veel energie en fantasie steken in het geheim houden van zijn stashplaats, zodat zelfs een geroutineerde fouilleerder en drugshonden hem niet konden vinden. Een geheime plek die de drugsverslaafde nooit aan iemand zou verraden, zelfs niet aan zijn beste vriend. Omdat hij uit eigen ervaring wist dat geen vriend van vlees en bloed een betere vriend kan worden dan codeïne, morfine, heroïne.

'Hebben jullie hier naar stashplaatsen gezocht?'

Beate schudde haar hoofd.

'Waarom niet?' vroeg Harry en hij wist dat het een domme vraag was.

'Omdat we waarschijnlijk de hele flat moeten afbreken om iets te vinden, iets wat hoe dan ook niet relevant zou zijn voor het onderzoek,' zei Beate geduldig. 'Omdat we zuinig moeten zijn op ons budget. En omdat we voldoende bewijs hadden gevonden.'

Harry knikte. Dit antwoord had hij kunnen verwachten.

'En de bewijzen?' zei hij zacht.

'We denken dat de moordenaar van het punt waar jij staat heeft geschoten.' Het was de gewoonte onder technisch rechercheurs om geen namen te noemen. Ze strekte haar ene arm uit. 'Van dichtbij. Nog geen meter. Kruitsporen in en rond de ingangswonden.'

'Meerdere?'

'Twee schoten.'

Ze keek hem aan met een spijtige blik die vertelde dat ze wist wat hij dacht – dat de advocaat zou kunnen beweren dat het schot per ongeluk was afgegaan, was hiermee van de baan.

'Beide schoten gingen door de borst.' Beate spreidde haar rechter wijs- en middelvinger en legde ze links op haar blouse alsof het een teken uit de doventaal was. 'Gezien het feit dat zowel het slachtoffer als de moordenaar rechtop stond en de moordenaar het wapen op een natuurlijke manier afvuurde, toont de uitgangswond van het eerste schot aan dat de moordenaar tussen de een meter tachtig en een meter vijfentachtig was. De verdachte is een meter drieëntachtig.'

Mijn god. Hij dacht aan de jongen die hij voor de deur van de bezoekkamer had zien staan. Het leek wel gisteren dat Oleg nog maar tot Harry's borst kwam als ze stoeiden.

Ze liep van de deuropening de keuken in. Wees naar de muur naast het vette fornuis.

'De kogels gingen hier en hier in, zoals je ziet. Wat consistent is met het feit dat het tweede schot relatief snel na het eerste kwam, terwijl het slachtoffer begon te vallen. De eerste kogel heeft een long doorboord, de tweede ging door het bovenste deel van de borst en doorboorde het schouderblad. Het slachtoffer...'

'Gusto Hanssen,' zei Harry.

Beate zweeg. Ze keek hem aan. Knikte. 'Gusto Hanssen is niet onmiddellijk overleden. Er waren afdrukken in de plas bloed en bloed op zijn kleding die erop duidden dat hij heeft bewogen nadat hij was gevallen. Maar het kan niet lang hebben geduurd.'

'Ik begrijp het. En wat...' Harry ging met zijn hand over zijn gezicht. Hij moest een paar uur slapen. '... verbindt Oleg met deze moord?'

'Twee personen hebben die avond om drie minuten voor negen de alarmcentrale gebeld dat ze dachten dat ze schoten hadden gehoord. De ene woonde in de Møllergate aan de andere kant van het kruispunt, de andere hier tegenover.'

Harry tuurde door het grauwvuile raam dat uitkeek op de Hausmannsgate. 'Bijzonder dat ze dat gehoord hebben zo midden in het centrum.'

'Bedenk dat het juli was. Het was een warme avond. Alle ramen stonden open, iedereen had vakantie, er was bijna geen verkeer. De buren hebben bovendien geprobeerd om dit drugspand door de politie te laten ontruimen, dus de drempel om overlast te melden was laag, kun je wel zeggen. De agent van de alarmcentrale heeft gevraagd niets te doen maar wel het huis in de gaten te houden tot de surveillanceauto er was. Er is direct alarm geslagen bij de afdeling Misdaad. Twee surveillanceauto's waren om twintig over negen ter plaatse en hielden de wacht tot de cavalerie kwam aan gegaloppeerd.'

'Delta?'

'Het duurt altijd even voor de jongens hun helm en uitrusting aanhebben. Toen kregen de surveillanceauto's de melding dat de buren een jongen de poort uit hadden zien komen, om het gebouw hadden zien lopen, naar de Akerselv. Dus twee politiemannen zijn naar de rivier gegaan en daar vonden ze...'

Ze aarzelde even tot ze een bijna onmerkbare knik van Harry kreeg.

'... Oleg. Hij verzette zich niet, hij was zo stoned dat hij nauwelijks leek te begrijpen wat er gebeurde. We hebben kruitsporen op zijn rechterhand en -arm gevonden.'

'Moordwapen?'

'Aangezien het om een ongebruikelijk kaliber ging, een 9.18 mm Malakov, zijn er niet veel alternatieven.'

'Nou, onder criminelen in de voormalige Sovjetlanden is de Malakov het favoriete pistool, zeker in de georganiseerde misdaad. En de Fort-12 die wordt gebruikt door de Oekraïense politie. Plus nog een paar andere.'

'Klopt. We hebben lege patroonhulzen op de grond gevonden met restanten van kruit. Het Malakov-kruit heeft een ander mengsel van salpeter en zwavel en ze gebruiken ook een beetje alcohol, zoals in zwavelvrij kruit. Het chemische mengsel van het kruit op de lege huls en rond de ingangswond komt overeen met het kruitmengsel op Olegs hand.'

'Hm. En het wapen zelf?'

'Is niet gevonden. We hebben mannen rond en duikers in de rivier laten zoeken, maar zonder resultaat. Dat betekent niet dat het pistool daar niet ligt, modder, plantenresten... nou ja, je begrijpt het.'

'Ik begrijp het.'

'Twee van de bewoners in dit huis hebben verklaard dat Oleg een pistool heeft laten zien en heeft opgeschept dat dit type wordt gebruikt door de Russische maffia. Geen van tweeën is deskundig op het gebied van wapens, maar nadat ze foto's hadden gezien van zo'n honderd pistolen, wezen ze allebei de Odessa aan. En die wordt gebruikt zoals je vast weet...'

Harry knikte. Malakov 9.18 mm. En bovendien is vergissen nauwelijks mogelijk. De eerste keer dat hij een Odessa zag, moest hij denken aan dat ouderwetse pistool op de cover van een van de cd's die hij naar Rakel en Oleg had opgestuurd, Foo Fighters.

'En ik neem aan dat het hier gaat om zeer betrouwbare getuigen met slechts een heel klein drugsprobleempje?'

Beate gaf geen antwoord. Dat hoefde ze niet, Harry wist dat ze wist wat hij deed: zoeken naar een strohalm.

'En de bloed- en urinetesten van Oleg,' zei Harry en hij trok aan de mouwen van zijn colbert alsof het ineens belangrijk was dat ze niet omhoogkropen. 'Wat wezen die uit?'

'De werkzame stoffen in violine. Het feit dat hij stoned was, kan uiteraard een verzachtende omstandigheid zijn.'

'Hm. Dan neem je aan dat hij al stoned was vóór hij Gusto Hanssen neerschoot. Maar hoe zit het met het motief?'

Beate keek Harry uitdrukkingsloos aan: 'Het motief?'

'Kun je je voorstellen dat een junk een andere junk vermoordt om iets anders dan dope?' Harry hoorde zijn scherpe toon, haalde diep adem en ging op vriendelijker toon verder: 'Als Oleg al stoned was, waarom zou hij dan iemand vermoorden? Drugsmoorden zoals deze zijn vaak een spontane, wanhopige handeling, ingegeven door een zucht naar dope of beginnende afkickverschijnselen.'

'Het motief is jouw afdeling,' zei Beate. 'Ik ben technisch rechercheur.'

Harry haalde diep adem. 'Oké. Nog meer?'

'Ik neem aan dat je de foto's wilt zien,' zei Beate en ze opende een smalle leren tas.

Harry pakte de bundel foto's aan. Het eerste wat hem opviel was de adembenemende schoonheid van Gusto. Hij had er geen ander woord voor. Knap of mooi dekte de lading niet. Zelfs dood, met gesloten ogen en een borstpartij doortrokken van het bloed, had Gusto Hanssen dezelfde ondefinieerbare, maar zeer opvallende schoonheid als Elvis Presley, een type schoonheid dat zowel aan mannen als aan vrouwen appelleerde als een androgyne verpersoonlijking van godenbeelden die je overal ter wereld in religies en culturen vindt. Hij bladerde door de stapel. Na de eerste foto's van het complete beeld, had de fotograaf ingezoomd op het gezicht en de schotwonden.

'Wat is dit?' vroeg hij wijzend naar de foto van Gusto's rechterhand.

'Hij had bloed onder zijn nagels. Er zijn monsters genomen, maar die zijn helaas vernietigd.'

'Vernietigd?'

'Dat gebeurt soms, Harry.'

'Niet op jouw afdeling.'

'Het monster is verloren gegaan op weg naar de DNA-test in het gerechtelijk laboratorium. We hebben ons er eigenlijk niet zo'n zorgen over gemaakt. Het bloed was relatief vers, maar toch zo opgedroogd dat het nauwelijks iets met de moord te maken gehad kan hebben. En gezien het feit dat het slachtoffer drugs spoot, was het hoogstwaarschijnlijk zijn eigen bloed. Maar...'

'Maar als dat niet het geval is, is het altijd interessant te weten met wie hij die dag heeft gevochten. Kijk eens naar die schoenen...' Hij liet een van de overzichtsfoto's aan Beate zien. 'Zijn dat geen Alberto Fasciani?'

'Ik wist niet dat jij verstand had van schoenen, Harry.'

'Een van mijn cliënten in Hongkong produceert ze.'

'Cliënt, hè? Voor zover ik weet, worden de originele Fasciani's alleen in Italië gemaakt.'

Harry haalde zijn schouders op. 'Onmogelijk om het verschil te zien. Maar als het inderdaad Alberto Fasciani is dan kloppen ze niet echt qua stijl met de rest van de kleren die hij droeg. Die lijken zo van het Leger des Heils te komen.'

'De schoenen kunnen gestolen zijn,' zei Beate. 'Gusto Hanssen had als bijnaam de Dief. Hij stond erom bekend alles te stelen wat los en vast zat, niet in de laatste plaats dope. Er gaat een verhaal dat Gusto een gepensioneerde drugshond had gestolen om stashplaatsen van drugs te vinden.'

'Misschien heeft hij die van Oleg gevonden,' zei Harry. 'Heeft hij daar iets over gezegd tijdens de verhoren?'

'Nog steeds zo gesloten als een oester. Het enige wat hij heeft gezegd is dat alles zwart is, dat hij zich niets herinnert, hij herinnert zich niet eens dat hij hier is geweest.'

'Misschien is hij hier ook niet geweest.'

'We hebben zijn DNA gevonden, Harry. Haren en zweet.'

'Hij sliep en woonde hier toch.'

'Op het lijk, Harry.'

Harry zweeg en staarde recht voor zich uit.

Beate hief haar hand op, misschien om die op zijn schouder te leggen, maar bedacht zich en liet hem weer vallen. 'Heb je met hem kunnen praten?'

Harry schudde zijn hoofd. 'Hij heeft me weggestuurd.'

'Hij schaamt zich.'

'Vast.'

'Ik meen het. Jij bent zijn grote voorbeeld. Het is vernederend voor hem dat je hem nu zo ziet.'

'Vernederend? Ik heb de tranen van die jongen gedroogd, op zijn geschaafde knieën geblazen, de spoken verjaagd, het licht aangelaten als hij bang was.'

'Die jongen is er niet meer, Harry. De Oleg die we nu zien, wil niet door jou geholpen worden, maar net zo zijn als jij.'

Harry stampte met zijn voeten op de houten planken terwijl hij naar de muur keek. 'Ik kan zijn voorbeeld niet zijn, Beate. Juist dat heeft hij begrepen.'

'Harry...'

'Zullen we naar de rivier gaan?'

Sergej stond in de flat voor zijn spiegel met zijn armen recht langs zijn lichaam hangend. Hij duwde op de veer. Het lemmet schoot naar buiten en weerkaatste in het licht. Het was een mooi mes, een Siberisch springmes, of 'het ijzer' zoals de Urka's – de criminele kaste in Siberië – het noemden. Het was het beste steekwapen ter wereld. Lang, slank heft met een lang, dun lemmet. Het was traditie dat men het als geschenk van een andere, oudere crimineel in de familie kreeg wanneer men vond dat je het verdiende. Maar tradities waren op hun retour, tegenwoordig kocht of stal je het, het mes werd zelfs nagemaakt. Maar dit mes had hij van oom gekregen. Volgens Andrej had *ataman* het mes onder zijn matras liggen voor Sergej het kreeg. Sergej dacht aan de mythe dat als je het ijzer onder de matras van een zieke legde, het de pijn en het lijden opzoog, die vervolgens werden overgebracht op degene die je er later mee stak. Dat was een van de mythen waar de Urka's zo van hielden. Algemeen bekend was ook de mythe dat degene die het mes van een ander stal getroffen zou worden door onheil en dood. Oude romantiek en bijgeloof die op het punt stonden te verdwijnen. Toch had hij het geschenk met grote, en misschien overdreven, eerbied in ontvangst genomen. En waarom niet? Hij dankte alles aan oom. Hij had hem gered uit de rotzooi waarin hij verzeild was geraakt, de papieren in orde gemaakt zodat Sergej naar Noorwegen kon, oom had zelfs gezorgd voor de baan als schoonmaker op de luchthaven van Oslo. De baan werd goed betaald, je werd makkelijk aangenomen, het was duidelijk niet het type werk dat de Noren wilden doen, die liepen liever in de bijstand. En die paar veroordelingen in Rusland die Sergej had, waren door oom weggewist. Dus had Sergej de blauwe ring van oom gekust toen hij hem het geschenk gaf. Hij had erbij gezegd dat hij goed moest oefenen met het mes. En Sergej moest bekennen dat het mes dat hij in zijn hand hield erg mooi was. Het donkerbruine heft was gemaakt van het gewei van een edelhert en had een ingelegd ivoorkleurig orthodox kruis.

Sergej duwde zijn heup naar voren, zoals hij had geleerd, voelde dat hij in balans was, trok het mes en duwde op de veer. Uit en weer in. Uit en weer in. Snel, maar ook weer niet zo snel dat het lange lemmet niet helemaal naar binnen ging. Iedere keer moest het lemmet helemaal naar binnen.

Het moest met een mes gebeuren omdat de man die hij moest vermoorden een politieman was. En als een politieman werd vermoord, was de jacht altijd intenser, dus was het zaak zo min mogelijk sporen achter te laten. Een pistoolkogel kon altijd leiden naar plaatsen, een wapen en personen. De snee van een scherp, glad mes was anoniem. De wond was niet anoniem, die kon vertellen over de lengte en de vorm van het lemmet, daarom had Andrej hem aangeraden om hem niet in het hart te steken, maar de halsslagader van de politieman door te snijden. Sergej had nog nooit iemand de strot doorgesneden, alleen een paar kruisbanden in een knie en een achillespees. Overigens had hij ook nog nooit iemand in het hart gestoken, hij had alleen een Georgiër in zijn dijbeen gestoken puur omdat hij Georgiër was. Daarom had hij bedacht dat hij iets nodig had om op te trainen, iets wat leefde. De Pakistaanse buurman had drie katten, en iedere ochtend dat hij in het trappenhuis kwam stonk het naar kattenpis.

Sergej liet het mes zakken, stond met gebogen hoofd voor de spiegel, keek op zodat hij zichzelf in de spiegel zag. Hij zag er goed uit: getraind, dreigend, gevaarlijk en klaar. Als een filmposter. Uit de tatoeage zou blijken dat hij een politieman had gedood.

Hij stond achter de politieman. Deed een stap naar voren. Met zijn linkerhand pakte hij zijn haar en trok zijn hoofd achterover. Zette de punt van het mes tegen zijn hals, helemaal links, penetreerde de huid, trok het snijvlak in een halve maanvormige beweging langs zijn strot. Ziezo.

Het hart zou een fontein aan bloed naar buiten pompen, drie kloppen van het hart en de stroom zou afnemen. De politieman zou allang hersendood zijn.

Hij zou het lemmet intrekken, het mes in zijn zak laten glijden terwijl hij wegliep. Snel, maar niet te snel, zonder eventuele voorbijgangers in de ogen te kijken. Weggaan en vrij zijn.

Hij deed een stap naar achteren. Ging weer klaar staan, haalde adem. Visualiseerde. Ademde weer uit. Klikte het lemmet uit. Het glom mat en heerlijk als een kostbaar sieraad.

HOOFDSTUK 6

Beate en Harry verlieten de Hausmannsgate, sloegen links af de hoek van het flatgebouw om en liepen over een terrein waar een huis was afgebrand. Er lagen nog steeds beroete glasscherven en geblakerde stenen. Aan het eind van het terrein liep een begroeide helling af naar de rivier. Harry stelde vast dat er in het gebouw geen achteruitgang naar de rivier zat en dat er bij gebrek aan een andere ontsnappingsroute een smalle brandtrap vanaf de bovenste verdieping langs de gevel was bevestigd.

'Wie wonen er nog meer op die etage?' vroeg Harry.

'Niemand,' zei Beate. 'Lege kantoren. Ruimten waar voorheen *Anarkisten* zat, een blaadje dat...'

'Ik weet het. Niet zo'n heel slecht fanzine. Die mensen werken nu op de cultuurredacties van de grote kranten. Waren die ruimten afgesloten?'

'Opengebroken. Waarschijnlijk al een tijd geleden.'

Harry keek naar Beate die een beetje somber bevestigend knikte op wat Harry niet hoefde te zeggen, dat iemand in de flat van Oleg kon zijn geweest en ongezien via die weg kon zijn ontsnapt. Strohalm.

Ze liepen over het pad langs de Akerselv. Harry stelde vast dat de rivier hier zo smal was dat een jongen met een goede werparm een pistool naar de andere oever kon gooien.

'Zolang jullie geen moordwapen hebben...' zei Harry.

'De aanklager heeft geen pistool nodig, Harry.'

Hij knikte. Kruit op zijn hand. De getuigen die hem met het

pistool hadden gezien. Het DNA op de dode.

Voor hen, geleund tegen een groene, ijzeren bank, keken twee blanke jongens in grijze *zip hoodies* naar hen, ze fluisterden iets tegen elkaar en sjokten het pad af.

'Het lijkt erop dat dealers nog steeds de politieman in je ruiken, Harry.'

'Hm. Ik dacht dat alleen Marokkanen hier hasj verkochten.'

'Ze hebben concurrentie gekregen. Kosovo-Albanezen, Somaliërs, Oost-Europeanen. Asielzoekers die het hele spectrum verkopen. Speed, methamfetamine, XTC, morfine.'

'Heroïne.'

'Dat betwijfel ik. Er is bijna geen gewone heroïne meer te koop in Oslo. Het draait nu allemaal om violine en die kun je alleen krijgen rond Plata. Althans, als je geen zin hebt in een tochtje naar Göteborg of Kopenhagen waar het vast ook is opgedoken.'

'Het gaat steeds over die violine. Iets om aan te bevelen?'

'Het is maar hoe je het bekijkt. Het is niet zo bedreigend voor de ademhaling als heroïne, dus hoewel het levens kapotmaakt, zijn er minder doden door een overdosis. Extreem verslavend, iedereen die het heeft geprobeerd wil meer. Maar het is zo duur dat de meeste verslaafden er geen geld voor hebben.'

'Dus zij kopen andere dope?'

'Er is bonanza in morfine.'

'Of je nu aan het een of het andere doodgaat.'

Beate schudde haar hoofd. 'Er woedt een oorlog tegen heroïne. En die heeft hij gewonnen.'

'Bellman?'

'Dus je hebt ervan gehoord?'

'Hagen zei dat hij de meeste heroïnebendes heeft opgerold.'

'De Pakistaanse bendes. De Vietnamese. *Dagbladet* noemde hem generaal Rommel nadat hij een groot netwerk van Noord-

Afrikanen had opgerold. De motorbende in Alnabru. Ze zitten allemaal achter de tralies.'

'De motorclub? In mijn tijd verkochten ze speed en meden ze heroïne als de pest.'

'Los Lobos. Hells Angels wannabe's. We denken dat zij onderdeel uitmaakten van slechts één van de twee netwerken die violine omzetten. Maar ze werden gepakt tijdens een massa-arrestatie en een klopjacht in Alnabru. Je had die grijns van Bellman moeten zien in de kranten. Hij was persoonlijk ter plaatse toen ze tot actie overgingen.'

'Let's do some good?'

Beate lachte. Dat was nog iets wat hij leuk vond aan Beate: ze was filmnerd genoeg om hem te kunnen volgen als hij redelijk goede filmreplieken citeerde uit redelijk goede films. Harry bood haar een sigaret aan, maar ze sloeg het aanbod af. Hij stak er zelf een op.

'Hm, hoe is het Bellman gelukt te doen waar de afdeling Drugs slechts van kon dromen in de jaren dat ik op het hoofdbureau werkte?'

'Ik weet dat je hem niet mag, maar hij is echt een goede leider. Ze waren bij Kripos dol op hem, ze nemen het de hoofdcommissaris echt kwalijk dat hij hem heeft overgehaald om op het hoofdbureau te gaan werken.'

'Hm.' Harry inhaleerde. Hij voelde dat de honger in zijn bloed werd gestild. Nicotine. Vierlettergrepig woord dat eindigt op -ine. 'Dus wie zijn er nog over?'

'Dat is de ellende bij ongediertebestrijding. Je grijpt in de voedselketen in en je weet niet of je misschien alleen maar plaats hebt gecreëerd voor iets anders. Iets wat erger is dan wat je hebt uitgeroeid...'

'Is er iets wat daarop wijst?'

Beate haalde haar schouders op.

'Ineens krijgen we geen info meer van de straat. De verklikkers weten niets of houden hun mond. Er wordt alleen gefluisterd over een kerel uit Dubai. Die niemand ooit heeft gezien en van wie niemand weet hoe hij heet, een soort onzichtbare marionettenspelers. We zien dat er violine wordt verhandeld, maar het lukt ons niet om de bron daarvan op te sporen. De dealers die we in de kraag vatten zeggen dat ze het hebben gekocht van dealers die op hetzelfde niveau in de organisatie opereren. Het is niet zo gebruikelijk dat iemand zijn sporen zo goed verbergt. En dat vertelt ons dat er één zeer professioneel netwerk is dat de invoer en distributie in handen heeft.'

'De man uit Dubai?' zei Harry droog. 'Die mysterieuze, geniale kerel. Hebben we dat verhaal niet eerder gehoord? En dan blijkt het uiteindelijk om een heel gewone schurk te gaan.'

'Dit is anders, Harry. Er waren dit jaar een paar drugsgerelateerde moorden. Met een wreedheid die we nog niet eerder hebben gezien. En niemand zegt iets. Twee Vietnamese dealers zijn hangend aan hun benen aan een balk gevonden in de flat van waaruit ze verkochten. Verdronken. Om hun hoofd zat een plastic zak met water.'

'Dat is geen Arabische methode, dat is Russisch.'

'Pardon?'

'De slachtoffers worden ondersteboven gehangen, ze binden een plastic zak om hun hoofd en rond de nek prikken ze gaten in de zak zodat ze kunnen ademhalen. Dan beginnen ze bij hun voetzolen water te gieten. Het water stroomt via het lichaam de plastic zak in die zich langzaam vult met water. De methode wordt Man On The Moon genoemd.'

'Hoe weet je dat?'

Harry haalde zijn schouders op. 'Er was een steenrijke boss uit Kirgizië die Birajev heette. In de jaren tachtig kwam hij in het bezit van een origineel astronautenpak van Apollo 11. Twee miljoen dollar op de zwarte markt. Mensen die Birajev een loer probeerden te draaien of hun schuld niet afbetaalden werden in dat pak gestopt. Ze filmden het gezicht van die stakker terwijl ze er water in goten. Na afloop werd de film gestuurd aan mensen met verlopen termijnen.'

Harry blies rook de lucht in.

Beate keek hem aan en schudde langzaam haar hoofd. 'Wat heb je daar in Hongkong eigenlijk gedaan, Harry?'

'Dat heb je me al aan de telefoon gevraagd.'

'En je hebt geen antwoord gegeven.'

'Precies. Hagen zei dat hij me een andere zaak kon geven in plaats van deze. Hij zei iets over een undercoveragent die vermoord was?'

'Ja,' zei Beate en ze klonk opgelucht dat ze niet langer over Oleg hoefde te praten.

'Wat was dat voor iets?'

'Een jonge agent die werkte als undercover in het drugsmilieu. Hij spoelde aan land waar het dak van het Operahuis het water raakt. Toeristen, kinderen, je begrijpt het: een enorme ophef.'

'Doodgeschoten?'

'Verdronken.'

'En hoe weten jullie dat het moord was?'

'Geen uiterlijke verwondingen, het leek er eerst zelfs op dat hij per ongeluk in het water terecht was gekomen. Hij hield zich immers op in het gebied rond de Opera. Maar toen checkte Bjørn Holm het water in zijn longen. En dat bleek dus zoet water te zijn. En het water in de Oslofjord is zoals bekend zout. Het lijkt erop dat iemand hem in de fjord heeft gegooid zodat het zou lijken alsof hij daar ter plekke verdronken was.'

'Nou,' zei Harry. 'Als undercover moet hij ook hier langs de rivier hebben gelopen. Zoet water dat bij het Operahuis in de fjord stroomt.'

Beate lachte. 'Goed dat je weer terug bent, Harry. Maar Bjørn heeft daar ook aan gedacht en hij heeft de bacterieflora, de hoeveelheid micro-organismen en dergelijke vergeleken. Het water in de longen was te schoon voor rivierwater. Het is door een drinkwaterfilter gegaan. Ik gok dat hij is verdronken in een badkuip. Of in een reservoir bij de waterzuiveringsinstallatie. Of...'

Harry gooide zijn peuk op het pad voor zich. 'Of in een plastic zak.'

'Ja.'

'De man uit Dubai. Wat weten jullie van hem?'

'Dat heb ik je zojuist verteld, Harry.'

'Je hebt me helemaal niets verteld.'

'Precies.'

Ze bleven bij de Akerbru staan. Harry keek op zijn horloge.

'Heb je een afspraak?' vroeg Beate.

'Nee,' zei Harry. 'Ik keek alleen om jou de gelegenheid te geven te zeggen dat je een afspraak hebt zonder dat je het gevoel krijgt dat je me dumpt.'

Beate lachte. Eigenlijk was ze best wel knap als ze lachte, dacht Harry. Vreemd dat ze niet meer iemand had gevonden. Of misschien had ze dat wel. Ze was een van zijn acht contactpersonen in zijn telefoon en zelfs dát wist hij niet.

B voor Beate.

H voor Halvorsen, Harry's voormalige collega en vader van het kind van Beate. Gedood in actie. Maar nog niet verwijderd uit zijn telefoonlijst.

'Heb je al contact gehad met Rakel?' vroeg Beate.

R. Harry vroeg zich af of haar naam was opgedoken als associatie op het woord 'dumpen'. Hij schudde zijn hoofd. Beate wachtte. Maar hij had er niets aan toe te voegen.

Ze begonnen tegelijk te praten.

'Je hebt vast...'

'Ik heb inderdaad...'

Ze lachte: '... ik heb inderdaad een afspraak.'

'Natuurlijk.'

Hij keek haar na toen ze de weg op liep.

Hij ging zitten op een bank en keek naar de rivier en de eendjes die rondzwommen op een inham van de rivier.

De twee *zip hooded* jongens kwamen terug. Ze liepen op hem af.

'Ben jij *five-o?*'

Amerikaanse slang voor politie, afkomstig uit de authentieke televisieserie. Ze hadden Beate geroken, niet hem.

Harry schudde zijn hoofd.

'Op zoek naar...'

'Vrede,' zei Harry. 'Rust en vrede.'

Hij trok zijn Prada-zonnebril uit zijn binnenzak. Hij had hem van een winkelier op Canton Road gekregen die een beetje achterliep met zijn betalingen, maar vond dat hij fair werd behandeld. Het was een damesmodel, maar dat kon Harry niets schelen, hij vond de bril mooi.

'Trouwens,' riep hij hen na. 'Hebben jullie violine?'

De een haalde ten antwoord slechts zijn neus op. 'Centrum,' zei de ander over zijn schouder wijzend.

'Waar dan?'

'Zoek naar Van Persie of Fabregas.' Hun gelach verdween in de richting van jazzclub Blå.

Harry leunde achterover en keek naar de merkwaardig effectieve afzet van de eenden waardoor ze over het water gleden als schaatsers over zwart ijs.

Oleg hield zijn mond. Zoals schuldige mensen hun mond hielden. Dat is het privilege van de schuldige en de enige verstandige strategie. Dus wat nu te doen? Hoe iets onderzoeken wat al volledig is onderzocht, vragen stellen die al een adequaat antwoord hebben? Dus de vraag luidde eigenlijk: waarom het onderzoek? Wat dacht hij te kunnen bereiken? De waarheid bedwingen door hem te negeren? Zoals hij als rechercheur bij Moordzaken de familie zo vaak het pathetische refrein had horen roepen: 'Mijn zoon? Nooit van me leven!' Hij wist waarom hij het onderzoek wilde. Omdat onderzoeken het enige was wat hij kon. Het enige wat hij kon bijdragen. Hij was de moeder die erop stond te bakken en te braden voor de begrafenis van haar zoon, de musicus die zijn instrument meenam naar de begrafenis van zijn vriend. De behoefte om iets te doen, als afleiding of gebaar van troost.

Een van de eenden dreef naar hem toe, misschien in de hoop een stukje brood te krijgen. Niet omdat hij ervan uitging, maar omdat het mogelijk was. Berekenend energieverbruik tegen de waarschijnlijkheid van een beloning. Hoop. Zwart ijs.

Harry ging plotseling rechtop zitten en haalde de twee sleutels uit zijn jaszak. Hij herinnerde zich ineens waarom hij ooit een hangslot had gekocht. Dat het niet voor zichzelf was geweest. Deze was van de schaatser. Van Oleg.

HOOFDSTUK 7

Politieman Truls Berntsen had een korte discussie met de inspecteur van politie van de luchthaven van Oslo. Berntsen zei dat hij wist dat de luchthaven onder het district Romerike viel en dat hij daarom niets te maken had met de arrestatie. Maar hij zei dat hij als undercoveragent van SO de arrestant al geruime tijd in de gaten hield en dat hij zojuist was gewaarschuwd door een van zijn bronnen dat Tord Schultz was gepakt met drugs. Hij toonde zijn ID-kaart die liet zien dat hij politiebeambte 3 was, bij *Special Operations* en Georganiseerde Criminaliteit, politiedistrict Oslo. De inspecteur haalde zijn schouders op en zonder een woord te zeggen nam hij hem mee naar een van de drie arrestantencellen.

Toen de celdeur achter Truls was dichtgevallen, keek hij rond om er zeker van te zijn dat de gang en de twee andere cellen leeg waren. Toen ging hij op het deksel van de wc-pot zitten en keek naar de man op de brits die voorovergebogen zat met zijn hoofd in zijn handen.

'Tord Schultz?'

De man tilde zijn hoofd op. Hij had zijn jasje uitgetrokken en zonder de strepen op zijn overhemd, had Truls Berntsen nooit gedacht dat hij gezagvoerder was. Gezagvoerders hoorden er zo niet uit te zien. Niet doodsbang, bleek met grote, zwarte pupillen van de shock. Aan de andere kant, zo zagen de meeste mensen eruit nadat ze de eerste keer waren opgepakt. Berntsen had even tijd nodig gehad om Tord Schultz op de luchthaven te vinden. Maar de rest was simpel geweest. Volgens het strafregister had

Tord Schultz geen strafblad, hij was nooit in aanraking geweest met de politie en was – volgens het officieuze register van de undercoveragenten – niet iemand die actief was in het drugsmilieu.

'Wie ben jij?'

'Ik ben hier namens de mensen voor wie je werkt, Schultz, en dan bedoel ik niet de vliegtuigmaatschappij. Verder gaat het je niet aan. Begrepen?'

Schultz wees naar de ID-kaart die aan een koord om Berntsens nek hing. 'Je bent een politieman. Je probeert me erin te luizen.'

'Dat zou goed nieuws voor je zijn als dat het geval was, Schultz. Dat zou een procedurefout zijn en het zou je advocaat de mogelijkheid geven om je weer op vrije voeten te krijgen. Maar we handelen dit zonder advocaat af. Goed?'

De gezagvoerder bleef hem met opengesperde ogen aankijken en leek zich vast te klampen aan elk sprankje hoop. Truls Berntsen zuchtte. Hij kon slechts hopen dat wat hij te zeggen had ook werkelijk tot hem doordrong.

'Weet je wat een mol doet?' vroeg Berntsen en hij ging verder zonder op antwoord te wachten. 'Dat is iemand die van binnenuit zaken binnen de politie kapotmaakt. Hij zorgt ervoor dat bewijzen worden vernietigd of verdwijnen, dat er procedurefouten worden gemaakt die ervoor zorgen dat een zaak nooit voor de rechter kan komen of dat er andere gewone blunders worden gemaakt tijdens het onderzoek zodat de arrestant vrijuit kan gaan. Begrijp je?'

Schultz knipperde twee keer met zijn ogen. Hij knikte langzaam.

'Mooi,' zei Berntsen. 'De situatie is nu zo dat we twee mannen in een vrije val hebben met slechts één parachute. Ik ben zojuist uit het vliegtuig gesprongen om je te redden, voorlopig hoef je me daar niet voor te bedanken, want nu moet je me voor de volle honderd procent vertrouwen om ervoor te zorgen dat we niet beiden te pletter slaan op de grond. *Capice*?'

Meer geknipper. Duidelijk niet.

'Er was eens een Duitse politieman, een mol. Hij werkte voor een bende Kosovo-Albanezen die heroïne importeerde via de Balkanroute. Het spul werd met vrachtwagens van de opiummarkten in Afghanistan naar Turkije gebracht en vandaar door het oude Joegoslavië naar Amsterdam waar Albanezen het verder vervoerden naar Scandinavië. Veel grenzen om te passeren, veel mensen om te betalen. Onder anderen die mol. En op een dag werd een jonge Kosovo-Albanees gepakt met een benzinetank vol ruwe opium, de blokken waren niet eens ingepakt, ze lagen gewoon in de benzine. Hij werd in verzekerde bewaring gesteld en dezelfde dag nog zochten de Kosovo-Albanezen contact met hun Duitse mol. Hij bezocht de jonge Kosovo-Albanees, legde uit dat hij een mol was en dat hij gewoon rustig moest afwachten, want dit zouden ze regelen. De mol zei dat hij de volgende dag zou terugkomen om te vertellen wat hij tegenover de politie moest verklaren. Het enige wat hij verder moest doen was zijn mond houden. Maar die jongen die was opgepakt was nieuw, hij had nooit eerder gezeten. Hij had wel veel verhalen gehoord over jonge gevangenen die zich in de gevangenisdouche bukten voor de zeep. In elk geval, tijdens het eerste verhoor barstte hij uit elkaar als een ei in de magnetron en verraadde het hele plan van de mol in de hoop dat hij beloond zou worden door de rechter. Dus, om bewijs te krijgen tegen de mol verborgen ze een microfoon in zijn cel. Maar de mol, de corrupte politieman, kwam niet. Pas zes maanden later vonden ze hem. In stukjes verspreid over een tulpenveld. Ik ben zelf een stadsjongen, maar ik heb gehoord dat het prima mest is.'

Berntsen zweeg en keek naar de gezagvoerder in afwachting van de gebruikelijke vraag.

De gezagvoerder was overeind gekomen op de brits, had weer

wat kleur op zijn gezicht gekregen en schraapte langdurig zijn keel: 'Waarom de… eh, mol? Hij had de zaak toch niet verraden?'

'Omdat er geen rechtvaardigheid bestaat, Schultz. Alleen noodzakelijke oplossingen voor praktische problemen. De mol die bewijs moest vernietigen, was zelf bewijs geworden. Hij was ontmaskerd en als de politie hem te pakken had gekregen, kon hij de rechercheurs naar de Kosovo-Albanezen leiden. Aangezien de mol geen Kosovo-Albanese broeder was, slechts een betaalde hoerenloper, was het logisch dat ze hem expedieerden. En ze wisten dat dit een politiemoord was waaraan de politie geen erg hoge prioriteit zou geven. Waarom zouden ze? De mol had zijn straf al gekregen en de politie zet geen onderzoek op touw waarbij de samenleving te horen krijgt dat er sprake is van een corrupte politieman. Begrepen?'

Schultz gaf geen antwoord.

Berntsen leunde naar voren. Zijn stem zakte in volume en steeg in intensiteit: 'Ik heb geen zin om gevonden te worden op een tulpenveld, Schultz. Onze enige redding hieruit is dat we elkaar vertrouwen. Eén parachute. Begrepen?'

De gezagvoerder schraapte zijn keel. 'Hoe is het met de Kosovo-Albanees afgelopen? Kreeg hij zijn straf?'

'Moeilijk te zeggen. Hij werd vlak voor de rechtszaak hangend aan zijn muur in de cel gevonden. Iemand had zijn achterhoofd door zijn kapstok geslagen, stel je voor.'

De gezagvoerder verbleekte weer.

'Diep ademhalen, Schultz,' zei Truls Berntsen. Dat vond hij het leukst aan dit werk. Het gevoel dat hij voor één keer de controle had.

Schultz leunde achterover op zijn brits en legde zijn hoofd tegen de muur. Hij sloot zijn ogen. 'En als ik je nu al bedank voor je hulp en doe alsof je hier nooit bent geweest?'

'Helpt niet. Jouw en mijn werkgever wil je niet in het getuigenbankje hebben.'

'Dus je zegt dat ik geen keus heb?'

Berntsen glimlachte. En sprak zijn favoriete zin uit: 'Keus, Schultz, is een luxe die je lang geleden had.'

Valle Hovin Stadion. Een kleine oase van beton midden in een woestijn van groene grasvelden, berkenbomen, hagen en veranda's met serres. In de winter werd de baan gebruikt als schaatsbaan, in de zomer als concertarena, over het algemeen voor giganten als The Rolling Stones, Prince, Bruce Springsteen. Rakel had Harry zelfs overgehaald mee te gaan naar U2, hoewel hij altijd meer van kleine podia had gehouden en stadionconcerten haatte. Later had ze hem geplaagd dat hij eigenlijk diep vanbinnen een muzikaal ouderwets mannetje was.

Het grootste deel van de tijd was Valle Hovin eigenlijk leeg en vervallen, zoals nu, en leek het op een failliete fabriek die iets had geproduceerd waar niemand meer behoefte aan had. Harry's beste herinneringen waren dat hij naar Oleg zat te kijken terwijl hij trainde. Alleen maar zitten en hem zien schaatsen. Vechten. Mislukken, weer mislukken en uiteindelijk winnen. Geen grote dingen: een nieuw persoonlijk record, een tweede plaats op een clubkampioenschap voor leeftijdsgenoten. Maar meer dan genoeg om Harry's idiote hart tot zo'n absurde grootte te doen opzwellen dat hij een onverschillig gezicht moest trekken om de situatie voor hen beiden niet ongemakkelijk te maken. 'Niet slecht, Oleg.'

Harry keek om zich heen. Geen mens te zien. Toen duwde hij de Ving-sleutel in het slot van de deur die toegang gaf tot het kleedkamergedeelte onder de tribune. Binnen was alles nog net als vroeger, alleen nog wat ouder. Hij liep naar de herenkleedkamer. Er lag afval op de grond, het was duidelijk dat hier niet vaak mensen kwamen. Dit was een plek waar je alleen kon zijn. Harry liep tussen de kasten door. De meeste stonden open. Maar toen vond hij wat hij zocht: het Abus-hangslot.

Hij duwde de punt van de sleutel in de gekartelde opening. Hij wilde er niet in. Verdomme!

Harry draaide zich om. Liet zijn blik langs de gedeukte stalen kasten glijden. Hij stopte en zijn blik sprong een kast terug. Die had ook een Abus-hangslot. En er was een cirkel in de groene verf gekrast. Een O.

Het eerste wat Harry zag toen hij de kast open had, waren de langebaanschaatsen van Oleg. De lange, smalle ijzers hadden een rode aanslag van roest over het glijvlak.

Aan de binnenkant van de kastdeur, gestoken tussen de sleuven van het ventilatierooster, zaten twee foto's. Twee foto's van gezinnen. Op de ene foto stonden vijf gezichten. Twee waren naar hij aannam de ouders en twee van de kinderen kende hij niet. Maar het derde kind herkende hij. Omdat hij hem net op andere foto's had gezien. Foto's van de plaats delict.

Het was de schoonheid. Gusto Hanssen.

Harry vroeg zich af of het kwam door de schoonheid, het onmiddellijke gevoel dat Gusto Hanssen niet thuishoorde op de foto. Of beter gezegd, dat hij niet bij dit gezin hoorde.

Datzelfde kon vreemd genoeg niet gezegd worden van de lange, blonde man die op de tweede foto achter de donkere vrouw en haar zoon zat. Die was een paar jaar geleden op een herfstdag genomen. Ze hadden gewandeld bij Holmenkollen, gewaad door het sinaasappelkleurige blad en Rakel had haar pocketcamera op een steen gezet en op de zelfontspanner gedrukt.

Was hij dat echt? Harry kon zich niet herinneren dat hij zulke zachte gelaatstrekken had gehad.

Rakels ogen schitterden en hij dacht haar lach te kunnen horen, de lach waar hij zo van hield, waar hij nooit genoeg van kreeg, die hij altijd probeerde op te roepen. Ze lachte ook met andere mensen, maar bij hem en Oleg had de lach een iets andere klank, een klank die alleen voor hun tweeën was voorbehouden.

Harry zocht door de rest van de kastinhoud.

Er lag een witte trui in met lichtblauwe boorden. Niet de stijl van Oleg, hij liep in korte jacks en zwarte T-shirts met Slayer en Slipknot. Harry rook aan de trui. Zwakke parfumgeur, vrouwelijk. Er lag een plastic zak op de bovenste plank. Hij deed hem open. Haalde snel adem. Daar was de uitrusting van een gebruiker: twee spuiten, een lepel, een rubberen band, een aansteker en een rol katoenen watten. Het enige wat ontbak was dope. Harry wilde de zak weer terugleggen toen hij iets anders zag. Er lag een shirt achter in de kast. Het was rood-wit. Hij trok het shirt uit de kast. Het was een voetbalshirt met een reclametekst op de borst: Fly Emirates. Arsenal.

Hij keek naar de foto, naar Oleg. Zelfs hij lachte. Hij lachte alsof hij geloofde, in elk geval toen en daar, dat hier drie mensen zaten die het erover eens waren dat het leuk was, dat het goed ging, dat ze het zo wilden hebben. Dus waarom toch de afgrond in rijden? Waarom moest hij, de man die achter het stuur zat, toch de afgrond in rijden?

Zoals je gelogen hebt dat je er altijd voor ons zou zijn.

Harry maakte beide foto's los van de kastdeur en stak ze in zijn binnenzak.

Toen hij naar buiten kwam was de zon bezig onder te gaan achter de Ullernås.

HOOFDSTUK 8

Zie je dat ik bloed, papa? Ik bloed jouw slechte bloed. En jouw bloed, Oleg. Ze hadden voor jou de kerkklokken moeten luiden. Ik vervloek je, ik vervloek de dag dat ik je tegenkwam. Je was in Spektrum naar een concert geweest van Judas Priest, een of andere band die satan had vereerd met rochelgeluiden en dubbel zware bastonen. Ik stond buiten te wachten en glipte de rij in die naar buiten stroomde.

'Wauw, cool T-shirt,' zei ik. 'Waar heb je dat gekocht?'

Je keek me vreemd aan. 'Amsterdam.'

'Heb je Judas Priest in Amsterdam gezien?'

'Waarom niet?'

Ik wist geen zak van Judas Priest, maar ik had in elk geval gecheckt of het een band was, en niet een kerel, en ik wist dat de zanger Rob-nog-wat heette.

'Vet! Priest rules.'

Je verstijfde een moment en keek me aan. Geconcentreerd als een dier dat waakzaam is. Is dit gevaar, een buit of een sparringpartner. Of – in dit geval – een mogelijke zielsverwant. Want je droeg je eenzaamheid als een zware, natte jas, Oleg, zoals je daar liep met gebogen rug en sjokkende voeten. Ik had je eruit gepikt juist vanwege die eenzaamheid. Ik zei dat ik zou trakteren op een cola als jij me vertelde over dat Amsterdam-concert.

Dus jij vertelde me over Judas Priest, het concert twee jaar geleden in de Heineken Music Hall, over die twee vrienden van achttien en negentien jaar oud die zichzelf met een hagelgeweer hadden neergeschoten toen ze op een Priest-cd een bericht meenden te horen dat zei 'do it'. Slechts een van hen had het overleefd. Priest was heavy metal en speed metal. En twintig minuten later had je zoveel verteld over goth en death dat het tijd werd om meth ter sprake te brengen.

'Laten we een tochtje in de hoogte gaan maken, Oleg. Deze ontmoeting tussen zielsverwanten vieren. Wat zeg je ervan?'

'Wat bedoel je?'

'Ik ken wat mensen die wat roken in het park.'

'O ja?' Scepsis.

'Geen zwaar spul. Alleen wat ice.'

'Dat doe ik niet, sorry.'

'Verdomme, dat doe ik ook niet. Alleen wat trekken aan een pijp. Jij en ik. Echte ice, geen poederrotzooi. Net als Rob.'

Oleg stopte halverwege een slok cola.

'Rob Halford?'

'Jazeker. Zijn roadie heeft het bij dezelfde kerel gekocht als ik het nu ga kopen. Heb je geld bij je?'

Ik zei het luchtig, zo luchtig en vanzelfsprekend dat er geen glimp van argwaan was te zien in de blik die hij op me wierp: 'Rob Halford rookt ice?'

Hij telde de vijfhonderd kronen uit die ik hem vroeg. Ik zei hem te wachten, stond op en liep weg. Over de weg naar de Vaterlandsbru. Toen ik uit het zicht was, sloeg ik rechts af, liep door de straat op weg naar het centraal station. En ik dacht dat het de laatste keer was dat ik Oleg fuckings Fauke zag.

Pas toen ik in de tunnel onder het perron zat met een pijp in mijn mond, begreep ik dat hij en ik nog niet klaar waren met elkaar. Nog lang niet. Hij stond over me heen gebogen zonder een woord te zeggen. Duwde zijn rug tegen de muur en gleed naast me neer. Stak zijn hand uit. Ik gaf hem de pijp. Hij inhaleerde. Hoestte. En stak zijn andere hand uit: 'Het wisselgeld.'

En daarmee was het team Gusto en Oleg een feit. Iedere dag dat hij klaar was bij Clas Ohlson waar hij een vakantiebaantje had, gingen we naar Oslo City, naar het park, zwommen in het vuile water in het Middelalderpark en keken naar de bouw van een nieuwe wijk rond het nieuwe operagebouw. We vertelden elkaar over alles wat we wilden doen en worden, over de plaatsen waar we naartoe wilden en we rookten en snoven alles wat we konden scoren van zijn verdiende geld.

Ik vertelde hem over mijn pleegvader, dat hij me eruit had gegooid omdat mijn pleegmoeder me had verleid. En jij, Oleg, vertelde over een kerel met wie je moeder samen was, een smeris die Harry heette van wie jij beweerde dat hij top-notch was. Iemand op wie je kon vertrouwen. Maar dat er iets fout was gegaan. Eerst tussen hem en je moeder. En daarna waren jullie betrokken geraakt bij een moordzaak waaraan hij werkte. Toen waren je moeder en jij naar Amsterdam verhuisd. Ik zei dat die kerel vast 'top-notch' was, maar dat het een tamelijk kinderlijke uitdrukking was. En jij zei dat 'fuckings' kinderachtig was, vroeg of nooit iemand me had verteld dat het fucking moest zijn en dat dat ook kinderachtig was. En waarom ik zo overdreven Noors sprak, zo was ik vast niet opgevoed. Ik zei dat ik uit principe overdreef, dat het sterker maakte wat ik zei en dat fuckings zo fout was dat het goed werd. En Oleg keek me aan en zei dat ik zo fout was dat ik goed werd. En de zon scheen en ik dacht dat dat het mooiste was wat iemand ooit over me had gezegd.

We gingen voor de lol geld stelen op de Karl Johansgate, ik jatte een skateboard op Rådhusplassen en ruilde het een halfuur later bij het station tegen speed. We namen de boot naar Hovedøya, zwommen daar en dronken bier. Een paar dames wilden me mee hebben op de zeilboot van hun vader en jij dook uit de mast. We namen de tram omhoog naar Ekeberg om de zonsondergang te zien en er werd gespeeld om de Norway Cup. Een zielige voetbaltrainer uit

Trøndelag of zoiets keek naar me, en ik zei dat ik hem voor duizend kronen wel wilde pijpen. Hij telde het geld uit en ik wachtte tot zijn broek goed rond zijn knieën zat en rende weg. En jij vertelde later dat hij er totally lost *had uitgezien, zich had omgedraaid naar jou alsof hij wilde vragen of jij de klus wilde overnemen. Jeez! Wat hebben we gelachen.*

Er kwam geen eind aan die zomer. Maar dat gebeurde toch. We gaven jouw laatste loon uit aan coke die we naar de bleke, lege nachthemel bliezen. Jij zei dat je weer naar school ging, goede cijfers wilde halen en net als je moeder rechten wilde gaan studeren. En daarna zou je naar de fuckings politieacademie gaan! We lachten en kregen tranen in onze ogen.

Maar toen de school begonnen was, zag ik je minder. En nog minder. Jij woonde bij je moeder op de Holmenkollås, terwijl ik kreunend op een matrasje in een repetitieruimte van een band lag. Ze zeiden dat het goed was dat ik daar lag, zolang ik maar op de spullen paste en weg was als ze oefenden. Dus ik had je al opgegeven, ik dacht dat je weer terug was in je veilige burgerleventje. En rond die tijd begon ik met dealen.

Dat kwam eigenlijk heel toevallig. Ik had een vrouw geneukt bij wie ik had overnacht en ik had wat geld. Dus toen ging ik naar het centraal station en vroeg aan Tutu of hij nog ice voor me had. Tutu stotterde licht en was een slaaf van Odin, de chef van Los Lobos in Alnabru. Hij had zijn bijnaam gekregen toen Odin een koffer met drugsgeld wilde witwassen en Tutu naar een officieel wedkantoor in Italië had gestuurd om geld te zetten op een voetbalwedstrijd waarvan Odin wist dat er mensen waren omgekocht. De thuisploeg moest winnen met 2-0. Odin had Tutu geïnstrueerd hoe hij 'two nill' moest zeggen, maar Tutu was zo nerveus en stotterde zo erg bij het loket dat de bookmaker alleen toe-toe hoorde en dat op de coupon schreef. Tien minuten voor het eindsignaal leidde de thuisploeg met 2-0 en alles was rustig. Behalve dan dat Tutu zojuist op zijn couponbewijs had ontdekt dat hij geld had gezet op toe-toe. 2-2. Hij wist dat Odin hem in zijn knie zou schieten. Odin had de gewoonte om mensen in hun knieën te schieten. Maar toen kwam er een omslag. Op de bank van de tegenpartij zat een pas aangekochte Poolse spits wiens Italiaans net zo slecht was als Tutu's Engels, dus hij had niet begrepen dat de club was omgekocht. Toen de coach hem het veld in stuurde deed hij waarvoor hij werd betaald: hij scoorde. Twee keer. Tutu was gered. Maar toen Tutu dezelfde avond in Oslo landde en direct naar Odin ging om te vertellen dat hij verdomd veel geluk had gehad, verdween zijn geluk. Hij begon namelijk met het slechte nieuws dat hij er een zootje van had gemaakt en het geld op de verkeerde uitslag had gezet. Hij was zo enthousiast en begon zo te stotteren dat Odin zijn geduld verloor, zijn revolver uit de la pakte en Tutu in zijn knie schoot, nog voor hij de tijd had om met de Pool op de proppen te komen.

Hoe dan ook, die dag op Oslo Centraal Station zei Tutu tegen me dat er geen ice meer te k-krijgen was, dat ik genoegen moest nemen met p-p-poeder. Dat was goedkoper en het was allebei methamfetamine, maar ik verdraag het niet. Ice zijn witte, heerlijke kristalletjes die je hoofd wegblazen, terwijl dat gele, stinkende poeder dat je in Oslo kunt kopen versneden is met bakpoeder, poedersuiker, aspirine, B12 vitaminen en god-weet-wat-voor-rotzooi. Of, voor de feinschmecker, *versneden met pijnstillende middelen die smaken als speed. Maar ik kocht met korting wat hij had en had nog wat geld voor wat pep. Aangezien amfetamine in vergelijking met methamfetamine een gezondheidsproduct is, alleen wat langzamer, snoof ik de speed, versneed de methamfetamine met meer bakpoeder en verkocht het op Plata met een aardige winst.*

De volgende dag ging ik terug naar Tutu en herhaalde de truc weer, dit keer kocht ik nog wat meer. Ik snoof een beetje, versneed en verkocht de rest. De volgende dag hetzelfde. Ik zei dat ik meer af kon nemen als ik het pas de volgende dag hoefde te betalen, maar hij lachte alleen maar. Toen ik op de vierde dag terugkwam, zei Tutu dat zijn chef vond dat het ge-georganiseerder kon. Ze hadden me zien verkopen en het had hen wel aangestaan wat ze zagen. Als ik iedere dag twee batch verkocht, betekende dat vijfduizend voor mij. En daarmee was ik een van de straatdealers van Odin en Los Lobos. Ik kreeg 's morgens het spul van Tutu en leverde de opbrengst en het eventuele overschot om vijf uur weer bij hem in. Dagdienst. Ik had nooit overschot.

Drie weken lang ging het goed. Een woensdag op Vippetangen. Ik had twee batch verkocht, had mijn zak vol poen en mijn neus vol speed toen ik ineens geen reden zag naar Tutu op Oslo Centraal Station te gaan. In plaats daarvan stuurde ik een sms'je dat ik vakantie opnam en sprong op de boot naar Denemarken. Daar moet je rekening mee houden als mensen te veel en te lang gebruiken.

Toen ik terugkwam, hoorde ik dat Odin naar me op zoek was. Ik kneep 'm een beetje, vooral omdat ik wel wist hoe Tutu aan zijn bijnaam was gekomen. Dus ik hield me gedeisd, hing wat rond op Grünerløkka. En wachtte op de dag des oordeels. Maar Odin had wel iets anders aan zijn hoofd dan een dealer die hem een paar duizend kronen schuldig was. Er was concurrentie gekomen in de stad. De man uit Dubai. Geen kleintje, hij was zeer actief op de heroïnemarkt die erg belangrijk was voor Los Lobos. Sommigen zeiden dat het Wit-Russen waren, anderen Litouwers en weer anderen Noorse Pakistani. Het enige wat iedereen zeker wist was dat het om een proforganisatie ging, dat ze voor niemand bang waren en dat het beter was om weinig te weten.

Het werd een kloteherfst.

Mijn geld was allang op, ik had geen werk en moest me gedeisd houden. Ik had een koper gevonden voor de spullen van de band in de Bispegate, hij was er geweest en had ernaar gekeken, hij was ervan overtuigd dat de spullen van mij waren: ik woonde er immers! Het was alleen een kwestie van ophalen. Toen – als een reddende engel – dook Irene ineens op. Lieve Irene met haar sproetjes. Het was een oktoberochtend en ik zat wat te klooien met jongens in het Sofienbergpark toen ze er ineens stond, ze huilde bijna van vreugde. Ik vroeg of ze geld had en ze zwaaide met de creditcard van haar vader Rolf. We liepen naar de dichtstbijzijnde pinautomaat en trokken zijn rekening leeg. Irene wilde dat eerst niet, maar toen ik haar vertelde dat mijn leven ervan afhing, begreep ze dat ze het moest doen. Eénendertigduizend. We gingen naar Olympen, aten en dronken en kochten speed en gingen naar huis in Bispelokket. Ze vertelde dat ze ruzie had met mama. Ze bleef slapen. De volgende dag nam ik haar mee naar Oslo Centraal Station. Tutu zat op een motor en droeg een leren jas met een wolvenkop op zijn rug. Tutu met een hangsnor, piratensjaal rond zijn hoofd en tatoeages in zijn nek, maar hij zag er nog steeds uit als een fuckings piccolo. Hij wilde van de motor springen en me achternakomen toen hij begreep dat ik naar hem op weg was. Ik gaf hem de twintigduizend die ik hem schuldig was plus vijf procent rente. Ik bedankte hem voor het lenen van het vakantiegeld. En zei dat ik hoopte dat we weer met een schone lei konden beginnen. Tutu belde Odin terwijl hij naar Irene keek. Ik zag wat hij wilde hebben. En ik keek naar Irene. Arme, mooie, bleke Irene.

'Odin zegt dat hij nog v-v-vijfduizend wil hebben,' zei Tutu. 'Zoniet dan moet ik je i-i-in-in-in...' Hij haalde adem.

'In elkaar slaan,' zei ik.

'Hier en nu,' zei Tutu.

'Goed, ik verkoop vandaag nog twee batch.'

'Die moet je eerst b-b-betalen.'

'Toe zeg, ik heb ze binnen twee uur verkocht.'

Tutu keek me aan. Knikte naar Irene die bij de trap van het station stond te wachten. 'H-h-hoe zit het met haar?'

'Ze helpt me.'

'Meisjes zijn goede v-v-verkopers. Gebruikt ze?'

'Nog niet,' zei ik.

'D-d-dief,' zei Tutu grijnzend met een tandeloze mond.

Ik telde het geld uit. Het laatste. Het was altijd het laatste. Het bloed loopt uit me weg.

Een week later, voor Elm Street Rock Café, bleef een jongen voor mij en Irene staan.

'Zeg hallo tegen Oleg,' zei ik en ik sprong van het muurtje af. 'Zeg hallo tegen mijn zus, Oleg.'

Toen omhelsde ik hem. Ik voelde dat hij zijn hoofd optilde om over mijn schouder te kijken. Naar Irene. En door zijn spijkerjack heen voelde ik zijn hart sneller gaan kloppen.

Politiebeambte Berntsen zat met zijn benen op het bureau en de telefoonhoorn tegen zijn oor gedrukt. Hij had het politiebureau in Lillestrøm, politiedistrict Romerike, gebeld en zich voorgesteld als Roy Lunder, laborant bij Kripos. De agent met wie hij sprak bevestigde dat ze de zak, waarin naar ze aannamen heroïne zat, hadden ontvangen van Gardermoen. Het was protocol dat alle in beslaggenomen stoffen naar het laboratorium van Kripos op Bryn in Oslo werden gestuurd voor verschillende tests. Een keer per week maakte een auto van Kripos een rondje langs alle politiedistricten in Østlandet om de spullen te verzamelen. Andere politiedistricten lieten hun spullen door een eigen koerier brengen.

'Mooi,' zei Berntsen terwijl hij speelde met de valse ID-kaart waarop zijn foto en de naam van Roy Lunder, Kripos stond. 'Ik moet toch naar Lillestrøm, dan kan ik gelijk die zak meenemen naar Bryn. Een dergelijk grote vangst willen we graag direct testen. Goed, dan zien we elkaar morgenvroeg.'

Hij hing op en keek uit het raam. Naar de nieuwe wijk rond Bjørvika die bezig was naar de hemel te reiken. Hij dacht aan al die kleine details: de grootte van de schroeven en de moeren, de kwaliteit van het cement, de flexibiliteit van de ruiten: alles wat moest kloppen zodat het geheel fungeerde. En hij voelde een enorme tevredenheid. Want dat deed het. De stad fungeerde.

HOOFDSTUK 9

De lange, slanke vrouwenbenen van de dennenbomen verdwenen in een rok van groen die vage schaduwen wierp op het kale grind voor het huis. Harry stond boven aan de oprit, veegde het zweet van zijn voorhoofd na de steile klimmetjes vanaf Holmendammen en nam het donkere huis op. Het zwartgebeitste, zware hout straalde soliditeit en veiligheid uit en het huis was een bolwerk tegen natuurgeweld en trollen. Maar het had geen stand gehouden. De aangrenzende huizen waren grote, lelijke villa's die constant werden verbeterd en verbouwd. Øystein, Ø in het contactregister, beweerde dat het bouwen in hout, met de traditionele zomerboerderijen in de bergen als voorbeeld, een statement van de bemiddelde burgerij was dat men terugverlangde naar het natuurlijke, het eenvoudige, het gezonde leven. Wat Harry zag was de zieke, perverse gijzeling van een gezin door een seriemoordenaar. Toch had ze ervoor gekozen het huis te houden.

Harry liep naar de deur en drukte op de bel.

Zware voetstappen klonken in de hal. En Harry besefte op dat moment dat hij eerst had moeten opbellen.

De deur ging open.

De man die voor hem stond had een rond gezicht, een paar onschuldige, blauwe kinderogen en een flinke blonde kuif die in zijn jeugd dik en overdadig was geweest en zonder twijfel voordelen had gehad en die hij daarom had gehandhaafd in zijn volwassen leven in de hoop dat dit slappe aftreksel nog steeds zijn uitwerking zou hebben of op zijn minst daaraan zou herinneren. De man droeg een lichtblauw, gestreken overhemd van het type dat hij volgens Harry ook had gedragen toen hij jong was.

'Ja?' zei de man. Open, vriendelijk gezicht. Zijn ogen zagen eruit alsof ze niets anders dan vriendelijkheid waren tegengekomen. Er was een klein merkje van een polospeler op zijn borstzakje genaaid.

Harry voelde dat zijn mond droog werd. Hij had een blik geworpen op het naambordje onder de bel.

Rakel Fauke.

Toch stond deze man met zijn knappe, zachte gezicht daar en hield de deur open alsof die van hem was. Harry wist dat hij vele mogelijkheden had voor een gewone openingszin, maar hij koos deze: 'Wie ben jij?'

De man voor hem kreeg een uitdrukking op zijn gezicht die Harry nooit was gelukt. Hij fronste zijn voorhoofd en lachte tegelijk. Het soevereine, milde plezier over de brutaliteit van een mindere. De onschuld en de vriendelijkheid leken weggeblazen.

'Aangezien jij buiten staat en ik binnen is het toch het meest voor de hand liggend dat jij vertelt wie jij bent. En wat je wilt.'

'Zoals je wilt,' zei Harry luid gapend. Hij kon dat uiteraard wijten aan de jetlag. 'Ik ben hier om te praten met de persoon die op het naambordje staat.'

'En je komt van?'

'De Jehova's getuigen,' zei Harry en hij keek op zijn horloge.

De blik van de ander ging automatisch op zoek naar de obligate nummer twee van het span.

'Ik heet Harry en ik kom uit Hongkong. Waar is ze?'

De ander trok een wenkbrauw op. 'Dé Harry?'

'Aangezien het de laatste vijftig jaar een van de minst trendy namen in Noorwegen is geweest, kun je daar wel van uitgaan.'

De ander bestudeerde Harry nu terwijl hij knikte en er een lachje rond zijn lippen speelde alsof de hersenen alle informatie doorgaven die ze hadden gekregen over het karakter van de man die voor hem stond. Maar hij leek geen aanstalten te maken om weg te stappen uit de deuropening of antwoord te geven op Harry's vraag.

'Nou?' zei Harry en hij wisselde van standbeen.

'Ik zal zeggen dat je bent geweest.'

Harry was snel met zijn voet. Hij duwde zijn schoenzool automatisch iets omhoog zodat de deur tegen de zool klapte in plaats van tegen het bovenleer. Dergelijke dingen had hij geleerd in zijn nieuwe baan. De ander keek naar Harry's voet en daarna naar hem. Het soevereine plezier was weg. Hij wilde iets zeggen. Iets scherps wat de zaken even rechttrok. Maar Harry wist dat hij zich zou bedenken. Zodra hij datgene in Harry's gezicht zag waardoor iedereen zich altijd bedacht.

'Je moet...' zei de ander. En zweeg. Hij knipperde een keer met zijn ogen. Harry wachtte. Op de verwarring. De aarzeling. Het terugtrekken. Nogmaals knipperen. De man schraapte zijn keel. 'Ze is er niet.'

Harry stond doodstil. Liet de stilte zijn werk doen. Twee seconden. Drie seconden.

'Ik... eh, weet niet wanneer ze terug is.'

Er bewoog geen spier in Harry's gezicht, terwijl het gezicht van de ander van de ene uitdrukking naar de andere schoot alsof het op zoek was naar een uitvlucht om zich achter te verschuilen. En het eindigde waar het was gestart: het onschuldige, het vriendelijke.

'Ik heet Hans Christian. Het... het spijt me dat ik zo afwijzend was. Maar er gebeuren zoveel vreemde dingen in verband met de zaak en het belangrijkste is dat Rakel nu een beetje rust krijgt. Ik ben haar advocaat.'

'Haar advocaat?'

'Hun. Van haar en van Oleg. Wil je binnenkomen?'

Harry knikte.

Op de eetkamertafel lagen stapels papieren. Harry liep erheen. Papieren van de zaak. Rapporten. De hoogte van de stapels duidde erop dat ze veel en lang hadden gezocht.

'Mag ik vragen waarom je hier bent?' vroeg Hans Christian.

Harry bladerde door de papieren. DNA-tests. Getuigenverklaringen. 'Waarom jij?'

'Wat?'

'Waarom ben jij hier? Heb je geen kantoor waar je je kunt voorbereiden op de verdediging?'

'Rakel wil erbij betrokken zijn, ze is immers zelf juriste. Luister, Hole. Ik weet heel goed wie jij bent en dat je heel close bent geweest met Rakel en Oleg, maar...'

'En hoe close ben jij met hen?'

'Ik?'

'Ja, je klinkt alsof je voor zowel de een als de ander de zorg op je hebt genomen.'

Harry hoorde het ondertoontje in zijn stem en wist dat hij zich verraadde, wist dat de ander hem met verbazing aankeek. En hij wist dat hij zijn superieure positie was kwijtgeraakt.

'Rakel en ik zijn oude vrienden,' zei Hans Christian. 'Ik ben hier vlakbij opgegroeid, we hebben samen rechten gestudeerd en... ja. Wanneer je je beste jaren samen hebt doorgebracht dan schept dat een band.'

Harry knikte. Wist dat hij zijn mond moest houden. Wist dat alles wat hij zou zeggen het alleen maar erger zou maken.

'Hm. Dan is het vreemd dat ik nog nooit heb gehoord van die band toen Rakel en ik samen waren.'

Hans Christian kon geen antwoord meer geven. De deur ging open. En daar was ze.

Harry voelde een klauw rond zijn hart sluiten en draaide zich om.

Haar lichaam was nog even slank en rank. Haar gezicht was nog steeds hartvormig met die bruine, donkere ogen en de iets te brede mond die zo graag lachte. Haar haren waren bijna hetzelfde, lang, maar misschien een tikkeltje fletser. Maar haar blik was anders. Het was de blik van een opgejaagd, nerveus, wild dier. Maar toen de blik op Harry werd gericht, was het toch of er iets terugkwam. Iets van wat ze was. Van wat zij waren.

'Harry,' zei ze. En met het geluid van haar stem kwam de rest, kwam alles terug.

Hij deed twee grote stappen en trok haar in zijn armen. De geur van haar haren. Haar vingers tegen zijn ruggengraat. Zij liet als eerste los. Hij deed een stap naar achteren en keek naar haar.

'Je ziet er goed uit,' zei ze.

'Jij ook.'

'Leugenaar.' Ze lachte even. De tranen stonden al in haar ogen.

Zo bleven ze staan. Harry liet zich bekijken, liet haar zijn drie jaar oudere gezicht met het nieuwe litteken opnemen. 'Harry,' herhaalde ze, haar hoofd scheef houdend, ze lachte. De eerste traan trilde aan een wimper en liet los. Hij trok een streep over haar zachte huid.

Ergens in de kamer kuchte een man met een polospeler op zijn overhemd en zei iets over een afspraak die hij had.

Toen waren ze alleen.

Terwijl Rakel koffiezette, zag hij dat haar blik naar de metalen vinger ging, maar ze zeiden er beiden niets over. Het was een niet-uitgesproken afspraak dat ze het nooit over de Sneeuwman hadden. In plaats daarvan zat Harry aan de keukentafel en vertelde over zijn nieuwe leven in Hongkong. Vertelde wat hij kon vertellen. Wat hij wilde. Dat zijn baan als 'debiteurenadviseur' voor Herman Kluit inhield dat hij personen met een schuld die reeds lang de vervaldatum waren gepasseerd, opzocht en op een vriendelijke manier herinnerde aan hun verplichtingen. Het advies bestond kort samengevat uit de raad om zo snel mogelijk te betalen. Harry vertelde dat zijn belangrijkste, en feitelijk enige, kwaliteiten waren: zijn lengte van een meter drieënnegentig, zijn brede schouders, zijn bloeddoorlopen ogen en zijn nieuwste litteken.

'Vriendelijk, professioneel. In pak met stropdas, multinationals in Hongkong, Taiwan en Sjanghai. Businessclass. Mooie kantoorgebouwen. Beschaafd, *private banking* à la Zwitserland met een Chinese *touch*. Met westerse handdrukken en beleefdheidsfrasen. En een Aziatische glimlach. Over het algemeen betalen ze de volgende dag. Herman Kluit is tevreden. We begrijpen elkaar.'

Ze schonk koffie in voor hen beiden en ging zitten. Haalde diep adem.

'Ik had een baan gekregen bij het Internationaal Gerechtshof in Den Haag, met een kantoor in Amsterdam. Ik dacht als we weggingen uit dit huis, uit deze stad, van alle aandacht, van...'

Van mij, dacht Harry.

'... alle herinneringen, dat alles dan beter zou gaan. En een poosje zag dat er ook zo uit. Maar toen begon het. Eerst met redeloze woedeaanvallen. Als jongen verhief Oleg nooit zijn stem zoals je weet. Chagrijnig, ja, maar nooit... zo. Schreeuwen, kwaad. Hij zei dat ik hem kapot had gemaakt door hem weg te halen uit Oslo. Hij zei het omdat hij wist dat ik me daar niet tegen kon verdedigen. Als ik begon te huilen, begon hij te huilen. Hij vroeg waarom ik jou had weggeduwd, jij had ons gered van... van...'

Hij knikte zodat ze zijn naam niet hoefde te zeggen.

'Hij begon later thuis te komen. Zei dat hij met vrienden had afgesproken, maar het waren vrienden die ik nog nooit had gezien. Op een dag bekende hij dat hij in een coffeeshop was geweest op het Leidseplein en hasj had gerookt.'

'De Bulldog, samen met alle toeristen?'

'Precies, dat is onderdeel van *the Amsterdam experience*, dacht ik. Maar tegelijkertijd was ik bang. Zijn vader... tja, je weet het.'

Harry knikte. Olegs Russische vader uit een rijke familie. Alcoholroes, razernij en depressies. Dostojevski-land.

'Hij zat veel alleen op zijn kamer naar zijn muziek te luisteren. Zware, sombere muziek. Ach, je kent die bands wel...'

Harry knikte weer.

'Maar ook jouw platen. Frank Zappa, Miles Davis, Supergrass, Neil Young, Supersilent.'

De namen kwamen er zo vlot en natuurlijk uit dat Harry haar ervan verdacht stiekem mee te hebben geluisterd.

'Op een dag was ik op zijn kamer aan het stofzuigen en toen vond ik twee pillen met een smiley erop.'

'XTC?'

Ze knikte. 'Twee maanden later had ik een nieuwe baan gevonden en verhuisden we weer hierheen.'

'Naar het veilige, onschuldige Oslo.'

Ze haalde haar schouders op. 'Hij had verandering van omgeving nodig. Een nieuwe start. En het werkte. Hij is niet een type dat makkelijk vrienden maakt, maar hier trof hij weer een paar oude vrienden en hij deed het goed op school tot...' Haar stem brak ineens.

Harry wachtte. Ze nam een slok van haar koffie. Had zich weer onder controle.

'Hij kon ineens dagen achter elkaar weg zijn. Ik wist niet wat ik moest doen. Hij deed wat hij wilde. Ik belde de politie, psychologen, sociologen. Hij was nog niet volwassen, maar toch kon niemand iets doen zolang er geen bewijzen van overlast of overtredingen waren. Ik voelde me zo hulpeloos. Ik! Die altijd had gedacht dat er iets niet deugde aan de ouders, die altijd een oplossing klaar had bij het horen van een kind dat het verkeerde pad op ging. Niet apathisch blijven, niet verdringen. Handelen!'

Harry keek naar haar hand die naast de zijne op tafel lag. Die delicate vingers. De fijne adertjes op de bleke handpalm die anders altijd in de herfst nog bruin waren. Maar hij volgde niet zijn impuls om zijn hand op de hare te leggen. Er stond iets in de weg. Oleg stond in de weg. Ze zuchtte: 'Dus ik ging in het centrum naar hem op zoek. Avond na avond. Tot ik hem vond. Hij stond op de hoek van de Tollbugate en was blij me te zien. Hij zei dat hij gelukkig was. Dat hij werk had en een flat deelde met een paar vrienden. Dat hij deze vrijheid nodig had, dat ik niet zoveel moest vragen. Dat hij "op reis" was, dat dit zijn versie van een jaar reizen over de wereld was, zoals veel leeftijdsgenoten op de Holmenkollås doen. Een wereldreis in het centrum van Oslo.'

'Wat had hij aan?'

'Wat bedoel je?'

'Niets. Ga verder.'

'Hij zei dat hij gauw weer naar huis zou komen. En zijn school zou afmaken. Dus we spraken af dat hij zondag thuis zou komen eten.'

'En dat deed hij?'

'Ja. Maar toen hij was vertrokken ontdekte ik dat hij in mijn slaapkamer was geweest en mijn sieradenkistje had gestolen.' Ze haalde diep en bevend adem. 'De ring die jij op Vestkanttorget voor me had gekocht lag in het kistje.'

'Op Vestkanttorget?'

'Herinner je je dat niet?'

Harry's hersenen spoelden in een razend tempo terug. Er waren een paar zwarte plekken van bewusteloosheid, een paar witte die hij had verdrongen en grote, blanco gebieden die de alcohol hadden uitgewist. Maar ook gebieden met kleur en textuur. Zoals over die dag dat ze rondliepen op een vlooienmarkt op Vestkanttorget. Was Oleg daarbij? Ja, zeker was hij daarbij. Uiteraard. De foto. Zelfontspanner. Herfstbladeren. Of was dat een andere dag geweest? Ze waren van kraam naar kraam gewandeld. Oud speelgoed, serviezen, verroeste sigarendoosjes, lp's met en zonder hoes, aanstekers. En een gouden ring.

Die had er zo eenzaam uitgezien. Dus had Harry hem gekocht en om haar vinger gedaan. Om hem een nieuw thuis te geven, had hij gezegd. Zoiets. Iets grappigs waarvan hij wist dat zij het zou opvatten als verlegenheid, als een verdekte liefdesverklaring. En misschien was het dat ook wel, ze hadden in elk geval beiden gelachen. Om de gebeurtenis, om de ring, omdat ze wisten dat de ander het wist. En dat het helemaal goed was. Want alles wat ze wilden en niet wilden, zat in die versleten, goedkope ring. Een belofte om van elkaar te houden, zo innig en lang als ze konden, en weg te gaan als er geen liefde meer was. Toen ze uiteindelijk was vertrokken was dat natuurlijk om andere redenen. Betere redenen. Maar, stelde Harry vast, ze had hun nepring bewaard, opgeborgen bij de sieraden die ze had geërfd van haar Oostenrijkse moeder.

'Zullen we naar buiten gaan nu de zon nog schijnt?' vroeg Rakel.

'Ja,' zei Harry en hij beantwoordde haar glimlach. 'Laten we dat doen.'

Ze liepen de weg op die naar de top van de heuvel, de Holmenkollås, leidde. De loofbomen in het oosten waren zo rood dat ze wel in brand leken te staan. Het zonlicht speelde op de fjord, het water was als gesmolten metaal. Maar zoals altijd was het de door mensenhanden gemaakte stad onder hen die Harry het meest fascineerde. Het mierenhoopaspect. De huizen, de parken, de wegen, de kranen, de boten in de haven, de lichten die al aan gingen. De auto's en treinen die van hier naar daar gingen. De som van de dingen die we doen. En de vraag die alleen degene kan stellen die tijd heeft om stil te staan en te kijken naar de bezige mieren: waarom?

'Ik droom van vrede en rust,' zei Rakel. 'Alleen dat. Hoe zit dat met jou, waar droom jij van?'

Harry haalde zijn schouders op. 'Dat ik in een nauwe gang zit en dat er een sneeuwlawine komt die me levend begraaft.'

'Oef.'

'Tja, ik en mijn claustrofobie.'

'Vaak dromen we over de dingen die we zowel vrezen als willen. Te verdwijnen, begraven te worden. In zekere zin is dat ook veilig, of niet?'

Harry stopte zijn handen dieper in zijn zakken. 'Ik ben drie jaar geleden door een lawine gegrepen. Laten we zeggen dat het zo simpel is.'

'Dus je bent je schimmen uit het verleden niet kwijtgeraakt, hoewel je helemaal naar Hongkong bent gegaan?'

'Jawel,' zei Harry. 'Mijn vertrek heeft de rij wel kleiner gemaakt.'

'O?'

'Ja, het is echt mogelijk om dingen achter je te laten, Rakel. De kunst met schimmen is om ze onder ogen te zien en er zo lang naar te kijken dat je begrijpt waarom ze er zijn. Schimmen. Dode, machteloze schimmen.'

'Zo,' zei Rakel op een toon die Harry deed beseffen dat ze het onderwerp niet prettig vond. 'Nog vrouwen in je leven?' De vraag was luchtig gesteld, zo luchtig dat hij er niet in geloofde.

'Nou.'

'Vertel.'

Ze had haar zonnebril opgezet. Het was moeilijk in te schatten hoeveel ze wilde horen. Harry besloot dat zijn informatie kon worden ingewisseld tegen soortgelijke informatie van haar kant. Als hij die wilde horen.

'Ze was Chinees.'

'Was? Is ze dood?' Ze glimlachte stiekem. Harry besloot dat ze het wel kon verdragen, maar hij had verwacht dat ze de vraag omzichtiger zou inkleden.

'Een zakenvrouw uit Sjanghai. Ze zorgt goed voor haar *guanxi*, haar netwerk van nuttige contacten. En voor haar steenrijke, stokoude Chinese echtgenoot. En – als het zo uitkomt – voor mij.'

'Jij maakt met andere woorden gebruik van haar goede zorgen?'

'Ik zou willen dat ik daar ja op zou kunnen antwoorden.'

'O?'

'Ze stelt tamelijk specifieke eisen aan het waar en wanneer. En hoe. Ze houdt van...'

'Genoeg!' zei Rakel.

Harry lachte een beetje. 'Zoals je weet heb ik altijd een zwak gehad voor vrouwen die weten wat ze willen.'

'Genoeg, zei ik.'

'Begrepen.'

Ze liepen zwijgend verder. Tot Harry eindelijk de vraag stelde die met enorme letters in de lucht voor hem stond geschreven: 'Hoe zit het met die Hans Christian?'

'Hans Christian Simonsen? Hij is de advocaat van Oleg.'

'Ik heb nog nooit gehoord van een Hans Christian Simonsen die als advocaat betrokken was bij moordzaken.'

'Hij komt hier uit de buurt. We zaten bij rechten in hetzelfde jaar. Hij heeft contact met me opgenomen en zich aangeboden.'

'Hm, juist.'

Rakel lachte. 'Ik herinner me dat hij me een keer of twee heeft uitgenodigd tijdens onze studie. Hij wilde samen met me op een cursus swingen.'

'Godbetert.'

Ze lachte nog luider. Mijn god, wat had hij verlangd naar die lach.

Ze prikte hem in zijn zij. 'Zoals je weet heb ik altijd een zwak gehad voor mannen die weten wat ze willen.'

'Juist,' zei Harry. 'Wat hebben die ooit voor je gedaan?'

Ze gaf geen antwoord. Dat hoefde ze niet. In plaats daarvan trok ze een rimpel tussen haar brede, zwarte wenkbrauwen, een rimpel die hij altijd wegveegde met zijn wijsvinger als hij hem zag.

'Af en toe is het belangrijker een jurist te hebben die toegewijd is dan één die zo ervaren is dat hij de uitkomst bij voorbaat al weet.'

'Hm. Iemand die weet dat het een verloren zaak is, bedoel je.'

'Jij vindt dat ik een van de oude rotten in het vak had moeten inschakelen?'

'Nou, die zijn vaak ook erg toegewijd.'

'Dit gaat om een kleine drugsmoord, Harry. De beste juristen houden zich bezig met prestigieuze zaken.'

'Dus wat heeft Oleg zijn toegewijde advocaat verteld over wat er is gebeurd?'

Rakel zuchtte. 'Dat hij zich niets kan herinneren. En behalve dat wil hij helemaal niets vertellen.'

'En daarop willen jullie de verdediging baseren?'

'Luister, Hans Christian is een heel goede advocaat op zijn vakgebied, hij begrijpt waar het om draait. Hij heeft advies ingewonnen bij de beste advocaten. Hij werkt werkelijk dag en nacht.'

'Jij maakt met andere woorden gebruik van zijn goede zorgen?'

Deze keer lachte Rakel niet. 'Ik ben een moeder. Zo simpel is het. Ik ben bereid alles te doen.'

Ze hielden halt waar het bos begon en gingen op een omgevallen boom zitten. De zon zakte als een futloze feestballon achter de boomtoppen in het westen.

'Ik begrijp echt wel waarom je bent gekomen,' zei Rakel. 'Maar wat stond je precies voor ogen?'

'Uitzoeken of Oleg boven alle schuld is verheven.'

'Omdat?'

Harry trok zijn schouders op. 'Omdat ik rechercheur ben. Omdat het zo is geregeld in onze mierenhoop. Dat niemand veroordeeld kan worden voor we het zeker weten.'

'En jij bent er niet zeker van?'

'Nee, ik ben er niet zeker van.'

'En alleen daarom ben je hier?'

De schaduwen van de sparrenbomen kropen over hen heen. Harry huiverde in zijn linnen pak, zijn innerlijke thermostaat was duidelijk nog niet omgeschakeld naar 59,9 graden noorderbreedte.

'Het is vreemd,' zei hij. 'Ik vind het moeilijk om me iets anders dan brokstukken te herinneren van de tijd dat we samen waren. Als ik bijvoorbeeld naar een foto kijk, dan herinner ik het me alleen maar zo. Zoals we er op de foto uitzien. Zelfs als ik weet dat het zo niet klopt.'

Hij keek haar aan. Haar kin leunde op haar ene hand. De zon glinsterde in haar starende ogen.

'Maar misschien nemen we daarom wel foto's,' ging Harry verder. 'Om ons een vals bewijs te verschaffen om de valse voorstelling van zaken dat we gelukkig waren te ondersteunen. Want de gedachte dat we in elk geval een deel van de tijd niet gelukkig waren, is onverdraaglijk. Volwassenen geven kinderen de opdracht te lachen op foto's, sleuren hen mee in de leugen, dus we lachen en beweren gelukkig te zijn. Maar Oleg kon nooit lachen als hij het niet meende, hij kon niet liegen, die gave had hij niet.' Harry draaide zich weer om naar de zon, hij kon nog net de laatste zonnestralen als gouden vingers tussen de boomtoppen op de bergtop zien. 'Ik heb een foto van ons gevonden in de kledingkast van hem op Valle Hovin. En weet je, Rakel? Hij lacht op die foto.'

Hij concentreerde zich op de sparren. Het leek of de kleur er heel snel uit werd getrokken en nu stonden ze als zwarte gardisten in de houding. Toen voelde hij haar komen, hij voelde hoe haar arm door de zijne werd gestoken, voelde haar hoofd tegen zijn schouder, hij rook haar haren en haar warme huid door de linnen stof heen. 'Ik heb geen foto nodig om te weten hoe gelukkig we waren, Harry.'

'Hm.'

'Misschien heeft hij geleerd te liegen. Dat gebeurt ons allemaal.'

Harry knikte. Hij moest rillen door een windvlaag. Wanneer had hij leren liegen? Was dat die keer toen Søs vroeg of mama hen vanuit de hemel zag? Had hij het zo vroeg geleerd, was het daarom dat hij het zo makkelijk vond om te doen alsof hij niet doorhad waar Oleg zich mee bezighield? Olegs verloren onschuld was niet dat hij had leren liegen, niet dat hij had geleerd heroïne te spuiten of de sieraden van zijn moeder te stelen. Maar dat hij had geleerd hoe hij zonder risico en op een effectieve manier drugs kon verkopen, drugs die de ziel opeten, het lichaam afbreken en de gebruiker naar een eeuwigheid van een koude, vochtige hel sturen. Als Oleg onschuldig is aan de moord op Gusto, zou hij toch schuldig zijn. Hij had ze op het vliegtuig gezet. Naar Dubai.

Fly Emirates.

Dubai ligt in de Verenigde Arabische Emiraten.

Er waren geen Arabieren, alleen maar dealers in Arsenalshirts die violine verkochten. De shirts die ze hadden gekregen samen met de instructies hoe ze het best drugs konden verkopen: met één geldman en één drugsman. Een opvallende en tegelijkertijd een gebruikelijke outfit die toonde wat ze verkochten en bij welke organisatie ze hoorden. Niet bij een van die gewone tijdelijke bendes die altijd ten onder gingen aan hun eigen hebzucht, domheid, luiheid en overmoed. Maar een organisatie die geen onnodige risico's nam, niets losliet over wie er achter alles zat en toch een monopoliepositie had op deze nieuwe favoriete stof van junkies. En Oleg was een van hen. Harry wist niet veel van voetbal, maar hij was er tamelijk zeker van dat Van Persie en Fabregas spelers waren van Arsenal. En heel zeker dat geen Tottenhamfan een Arsenalshirt wilde hebben als daar geen heel goede reden voor is. Zoveel had Oleg hem daar wel over geleerd.

Er was een goede reden dat Oleg niet met hem, noch met de politie wilde praten. Hij werkte voor iemand van wie geen mens iets af wist. Iemand die iedereen zijn mond liet houden. Daar moest Harry beginnen.

Rakel begon te huilen en boorde haar gezicht in zijn hals onder zijn kin. De tranen verwarmden zijn huid voor ze achter zijn shirt liepen, over zijn borst, over zijn hart.

De duisternis viel snel.

Sergej lag op bed naar het plafond te staren.

De seconden tikten een voor een weg.

Dit was de langzaamste tijd: de wachttijd. En hij wist niet eens zeker dat het zou gaan gebeuren. Of het noodzakelijk zou zijn. Hij sliep slecht. Droomde slecht. Hij moest het weten. Dus belde hij Andrej en vroeg of hij oom kon spreken. Maar Andrej had gezegd dat *ataman* niet beschikbaar was. Meer niet.

Zo was het altijd met oom geweest. Dat wil zeggen, het grootste deel van zijn leven had Sergej niet eens geweten dat hij bestond. Dat was pas gebeurd nadat hij – of beter zijn Armeense stroman – was opgedoken en alles had geregeld. Toen pas was Sergej vragen gaan stellen. Het was opvallend hoe weinig de anderen wisten van hun zwager. Sergej was te weten gekomen dat oom uit het westen kwam en in de jaren vijftig door zijn huwelijk bij de familie was gekomen. Sommigen zeiden dat hij uit Litouwen kwam, uit een koelakkenfamilie, een rijke familie van boeren en landeigenaars die door Stalin werd gedeporteerd en dat ooms familie onder dwang naar Siberië werd gestuurd. Anderen beweerden dat hij deel uitmaakte van een groep Jehova's getuigen die in 1951 uit Moldavië naar Siberië was gedeporteerd. Een oude tante zei dat oom een belezen, welbespraakte en beleefde man was, hij had zich zonder problemen aangepast aan de eenvoudige manier van leven en de oeroude Siberische tradities overgenomen alsof die zijn eigen waren. En dat het misschien juist zijn aanpassingsvermogen was, in combinatie met een duidelijk talent voor zakendoen, dat maakte dat de Urka's hem in korte tijd accepteerden als hun leider. Al snel gaf hij leiding aan een van de winstgevendste smokkelaarsactiviteiten in heel Zuid-Siberië. Ooms werkzaamheden werden in de jaren tachtig zo omvangrijk dat de overheid niet langer omgekocht kon worden om de andere kant op te kijken. Toen de Sovjetpolitie toesloeg, terwijl hun eigen Unie op het punt stond in te storten, was dat met zoveel geweld en bloed dat het meer leek op een *blitzkrieg* dan op het handhaven van de wet, volgens een buurman van oom. Oom werd eerst als gedood gerapporteerd. Er werd gezegd dat oom in de rug was geschoten en dat de politie hem uit angst voor represailles had verdronken in de rivier de Lena. Maar dat een van de politiemannen het ijzer, zijn springmes, had ingepikt en het niet kon nalaten om erover op te scheppen. Maar een jaar later gaf oom een levensteken vanuit Frankrijk. Hij zei dat hij zich had verstopt en dat hij alleen maar wilde weten of zijn vrouw zwanger was of niet. Dat was ze niet en daarna hoorden ze in Tagil jarenlang niets van oom. Niet voor ooms vrouw stierf. Toen kwam hij naar de begrafenis, vertelde vader. Hij betaalde alles, en een Russisch-orthodoxe begrafenis is duur. Hij gaf ook geld aan de familieleden die dat goed konden gebruiken. Vader hoorde daar niet bij, maar oom vroeg hem in kaart te brengen welke familieleden zijn vrouw nog had in Tagil. En op dat moment werd hij opmerkzaam gemaakt op zijn neef, de kleine Sergej. De volgende ochtend was oom weer vertrokken, even mysterieus en onaangekondigd als hij was opgedoken. De jaren verstreken, Sergej werd puber en toen volwassen, en de meeste mensen dachten dat oom – die ze zich al als oud herinnerden toen hij naar Siberië terugkwam – allang dood en begraven moest zijn. Maar toen, op het moment dat Sergej voor het smokkelen van hasj werd opgepakt, was er ineens een man opgedoken, een Armeniër, die zich had gepresenteerd als de stroman van oom. Hij had alles voor Sergej geregeld en de uitnodiging van oom om naar Noorwegen te komen doorgegeven.

Sergej keek op de klok. En hij stelde vast dat hij precies twaalf minuten geleden voor het laatst had gekeken. Hij sloot zijn ogen en zag hem voor zich. De politieman.

Er was trouwens nog iets opvallends aan het verhaal van ooms zogenaamde dood. De politieman die het mes had ingepikt werd kort daarna gevonden in de taiga. Tenminste wat er van het lijk over was, het grootste deel was door een beer opgegeten.

Het was buiten en in de kamer helemaal donker geworden toen de telefoon overging.

Het was Andrej.

HOOFDSTUK 10

Tord Schultz opende de voordeur van zijn huis, staarde in het donker en luisterde een moment naar de compacte stilte. Hij ging op de bank zitten zonder het licht aan te doen en wachtte op het geruststellende gebrul van het volgende vliegtuig.

Ze hadden hem vrijgelaten.

Een man die zich had voorgesteld als inspecteur was zijn cel binnen gekomen, voor hem op zijn hurken gaan zitten en had gevraagd waarom hij in godsnaam aardappelmeel in zijn trolley had verstopt.

'Aardappelmeel?'

'Het laboratorium van de technische recherche heeft gezegd dat ze dat binnen hadden gekregen.'

Tord Schultz herhaalde wat hij had gezegd toen hij werd gearresteerd, dat was de noodprocedure: hij wist niet hoe de zak daar terecht was gekomen en ook niet wat erin zat.

'Je liegt,' had de inspecteur gezegd. 'En we zullen je in de gaten houden.'

Toen had hij de celdeur opengedaan en met een knik aangegeven dat hij moest maken dat hij wegkwam.

Tord schrok van het doordringende geluid dat ineens de kale, donkere kamer vulde. Hij stond op en vond op de tast het telefoontoestel dat op een keukenstoel naast een fitnessapparaat stond.

Het was zijn chef. Hij deelde Tord mee dat hij tot nader order geen internationale vluchten kreeg en was overgeplaatst naar *domestic.*

Tord vroeg waarom.

De chef zei dat er met de leiding overleg was geweest over de ontstane situatie.

'Ik neem aan dat je begrijpt dat we je niet op onze buitenlandse vluchten willen hebben met de verdenking die boven je hoofd hangt.'

'Waarom ontslaan jullie me dan niet?'

'Daarom niet.'

'Daarom niet?'

'Als we je nu ontslaan en de arrestatie lekt uit naar de pers, dan zal men al snel de conclusie trekken dat wij denken dat je onzuiver poeder in die zak had. Eh... *no pun intended.*'

'En dat denken jullie niet?'

Het was even stil voor het antwoord kwam: 'Het zou niet goed zijn voor het imago van de maatschappij als we een van onze piloten verdenken van drugssmokkel, of wel?'

Pun intended.

Wat de chef daarna nog zei verdronk in het geluid van een TU-154.

Tord hing op.

Hij ging op de tast naar de bank en liet zich vallen. Ging met zijn vingertoppen over de glasplaat van de salontafel. Hij voelde de vlekken van opgedroogd slijm, speeksel en cocaïneresten. Wat nu? Een borrel of een lijntje? Een borrel én een lijntje?

Hij stond op. De Toepolev kwam laag over. Het licht dat van boven kwam vulde een ogenblik de kamer en Tord zag zijn eigen spiegelbeeld in de ruit van de huiskamer.

Toen was het weer donker. Maar hij had het gezien. Hij had het in zijn eigen blik gezien en hij wist dat hij het zou zien in de blikken van zijn collega's. De verachting, de veroordeling en – het allerergste – het medelijden.

Domestic. We zullen je in de gaten houden. *I see you.*

Als hij niet op het buitenland kon vliegen, zou hij geen waarde meer voor hen hebben. Het enige wat hij zou zijn was een risicovolle, wanhopige cocaïneverslaafde met schulden. Een man op wie het zoeklicht van de politie gericht stond, een man onder druk. Hij wist niet veel, maar meer dan genoeg om de infrastructuur die ze hadden opgebouwd kapot te laten gaan. En ze zouden doen wat ze moesten doen. Tord Schultz legde kreunend zijn handen achter zijn hoofd. Hij was niet in de wieg gelegd om een jachtvliegtuig te vliegen. En nu was het een grote puinhoop en hij had het niet in zich om het heft in eigen handen te nemen, hij zat daar maar en keek toe hoe de boel instortte. En hij wist dat hij alleen kon overleven door alles op te offeren. Hij moest de schietstoel gebruiken. Hij moest eruit. Nu.

Hij moest contact zoeken met iemand bij de politie die hoog genoeg in de hiërarchie zat, iemand van wie hij zeker wist dat hij geen drugsgeld aannam. Hij moest naar de top.

Ja, dacht Tord Schultz. Hij ademde uit en voelde hoe de spieren, waarvan hij niet eens had geweten dat hij ze had gespannen, zich ontspanden. Hij zou naar de top gaan.

Maar eerst een borrel.

En een lijntje.

Harry kreeg van dezelfde jongen bij de receptie de kamersleutel. Hij bedankte en liep de trap op. Van het metrostation op Egertorget naar Leons was er geen enkel Arsenalshirt te zien.

Toen hij kamer 301 naderde ging hij langzamer lopen. Twee peertjes in de gang waren kapot, waardoor het zo donker was dat hij duidelijk licht onder zijn kamerdeur zag schijnen. In Hongkong waren de elektriciteitsprijzen dusdanig hoog dat hij de Noorse gewoonte had afgeleerd om het licht aan te laten als hij zijn kamer verliet, maar hij kon niet zeker weten of de schoonmaakster dat ook deed. In dat geval was ze ook vergeten de deur op slot te draaien.

Harry stond met de sleutel in zijn rechterhand terwijl de deur vanzelf opengìng. In het licht van een eenzame plafondlamp zag hij een gedaante. Hij stond met de rug naar hem toe gebogen over zijn geopende stoffen koffer op het bed. Op het moment dat de deur met een zachte bonk de muur raakte, draaide de gedaante zich langzaam om en een man met een langwerpig, gegroefd gezicht keek Harry aan met aandoenlijke sint-bernhardsogen. Hij was lang, had een kromme rug en was gekleed in een lange jas en een wollen trui met een vuile priesterkraag rond zijn nek. Het lange, onverzorgde haar werd aan weerszijden van het hoofd gespleten door de grootste oren die Harry ooit had gezien. De man moest minstens zeventig jaar zijn. Het verschil tussen hen beiden kon niet groter zijn, maar het eerste wat Harry opviel, was dat het leek of hij naar zijn spiegelbeeld keek.

'Wat doe je hier verdomme?' vroeg Harry terwijl hij in de gang bleef staan. Puur uit routine.

'Waar lijkt het op?' De stem was jonger dan het gezicht, dat vol groeven zat, en had dat opvallend Zweedse accent dat bij veel mensen om onverklaarbare redenen zo populair is. 'Ik heb zoals je ziet bij je ingebroken om te zien of je iets van waarde bij je hebt.' Hij tilde beide handen op. De rechter hield een universele adapter vast en de linker de pocketuitgave van Philip Roths *American Pastoral.*

'Je hebt verder niets.' Hij gooide de spullen op het bed. Keek in de kleine koffer en vervolgens vragend naar Harry: 'Niet eens een scheerapparaat?'

'Wel godverdomme...' Harry had schijt aan de routine, stampte de kamer binnen en smeet zijn koffer dicht.

'Kalm, mijn zoon,' zei de man met zijn handpalmen omhoog. 'Vat het niet persoonlijk op. Jij bent nieuw in dit etablissement.

Het gaat hier slechts om de vraag wie er het eerst bij je inbreekt.'

'Hier? Dat wil zeggen...'

De oude man stak zijn hand uit. 'Welkom. Ik ben Cato. Ik zit in kamer 310.'

Harry keek naar de flinke, vuile kolenschop van een hand.

'Vooruit,' zei Cato. 'Mijn handen zijn de enige onderdelen van me die ik je zou aanraden aan te raken.'

Harry zei zijn naam en schudde zijn hand. Die was verrassend zacht.

'Domineeshanden,' zei de man als antwoord op zijn gedachten. 'Heb je iets te drinken, Harry?'

Harry knikte naar de koffer en de geopende kastdeuren. 'Dat weet je al.'

'Dat je het niet hebt, ja. Ik bedoel bij je. Nu. In je jaszak, bijvoorbeeld.'

Harry haalde de gameboy uit zijn jaszak en gooide hem op bed bij zijn andere eigendommen die her en der verspreid lagen.

Cato hield zijn hoofd schuin en keek Harry aan. Zijn oor werd tegen zijn schouder gevouwen. 'Met dat pak zou ik je houden voor een van de klanten die per uur betalen, niet voor een vaste klant. Wat doe je hier eigenlijk?'

'Volgens mij ben ik nog altijd degene die die vraag mag stellen.'

'Mijn zoon,' zei hij met schorre stem, en hij ging met twee vingertoppen over de stof. 'Dit is een erg mooi kostuum. Hoeveel heb je daarvoor betaald?'

Harry wilde iets zeggen. Een combinatie van een beleefdheidsfrase, een afwijzing en een dreigement. Maar hij begreep dat het geen zin had. Hij gaf het op en lachte.

Cato lachte terug.

Als tegen een spiegelbeeld.

'Ik zal niets jatten, bovendien moet ik nu naar mijn werk.'

'En dat is?'

'Kijk eens aan, je bent ook een beetje geïnteresseerd in de medemens. Ik verkondig het woord van de Heer aan de minderbedeelden.'

'Nu?'

'Mijn roeping kent geen kerktijden. Vaarwel.'

Met een galante buiging draaide de oude man zich om en verdween. Op het moment dat hij over de drempel stapte zag Harry een van zijn ongeopende pakjes Camel uit Cato's jaszak steken. Harry deed de deur achter hem dicht. De geur van een oude man en as hing in zijn kamer. Hij liep naar het raam en duwde het open. De geluiden van de stad vulden direct de ruimte: het zwakke, gelijkmatige gebrom van verkeer, jazzmuziek uit een open raam, een politiesirene in de verte die steeg en weer daalde, een wanhopige schreeuw tussen de gevels van de huizen, gevolgd door brekend glas, de wind die door het droge blad ritselde, tikkende vrouwenhakken. Geluiden van Oslo.

Een beweging deed hem naar beneden kijken. Het licht van een eenzame lamp aan de muur van de binnenplaats viel op een vuilcontainer onder hem. Een bruine staart glom. Er zat een rat op de rand van de container die zijn kale snuit naar hem omhoogstak. Harry dacht aan de uitspraak van zijn verstandige werkgever Herman Kluit die misschien sloeg op zijn werkzaamheden, maar misschien ook niet: 'Een rat is niet goed en niet slecht, hij doet slechts wat een rat moet doen.'

Het was in Oslo de moeilijkste periode van de winter. De periode waarin er nog geen ijs op de fjord lag en de wind zout, ijskoud water door de straten blies. Ik stond zoals gewoonlijk in de Dronningensgate en dealde speed, stesolid en rohypnol. Ik stampte met mijn voeten op de grond. Ik had geen gevoel meer in mijn tenen en overwoog om de opbrengst van vandaag uit te geven aan de dure Freelance-

laarzen die ik in de etalage van het warenhuis Steen & Strøm had gezien. Of aan ice dat weer te krijgen was op Plata, zoals ik had gehoord. Eventueel kon ik wat speed achteroverdrukken – Tutu zou het niet merken – en de laarzen kopen. Maar toen ik goed nadacht, vond ik het toch veiliger om de laarzen te laten zitten en te zorgen dat Odin kreeg wat hij wilde. Ik had het hoe dan ook beter dan Oleg, die helemaal onderaan moest beginnen met het verkopen van hasj in de snijdende kou langs de rivier. Tutu had hem die plaats onder Nybrua gegeven waar hij moest concurreren met lieden uit alle uithoeken van de wereld. Oleg was waarschijnlijk van Akerbru tot de haven de enige die vloeiend Noors sprak.

Ik zag verderop in de straat een jongen in een Arsenalshirt. Meestal stond Bisken daar, een pokdalige jongen met een hondenhalsband. Dit keer was het een nieuwe, maar de procedure was dezelfde: hij verzamelde een groepje om hem heen. Hij had inmiddels drie klanten die voor hem stonden. God mag weten waar ze zo bang voor waren. De politie had dit deel allang opgegeven en als ze een dealer in deze straat in de bak gooiden, was dat alleen voor de show omdat een of andere politicus kennelijk langs was gekomen en zijn mond had opengetrokken.

Een kerel die gekleed was alsof hij naar zijn belijdenis moest liep langs het groepje, en ik zag dat hij en het Arsenalshirt bijna onmerkbaar naar elkaar knikten. De kerel bleef voor me staan. Overjas van Ferner Jacobsen, pak van Ermenegildo Zegna en een kapsel van koorknaapjes. Dit was geen kleine jongen.

'Somebody wants to meet you.' *Hij sprak van dat grommende Russisch-Engels.*

Ik dacht dat het weer om het gebruikelijke klusje ging. Hij had mijn gezicht gezien, dacht dat ik een schandknaap was en wilde gepijpt worden of genieten van een jongenskontje. En ik moet toegeven dat ik op dagen als deze overwoog om naar een andere branche over te stappen: verwarmde autostoelen en vier keer beter betaald.

'No, thanks,' *antwoordde ik.*

'Right answer is "yes, thanks",' *zei de kerel. Hij pakte me bij mijn arm en tilde me meer dan hij me trok naar een zwarte limousine die op hetzelfde ogenblik geluidloos naast ons aan de stoeprand stopte. Het achterste portier ging open en aangezien tegenstribbelen geen zin had, begon ik liever te denken aan een goede prijs. Betaalde verkrachting is immers beter dan onbetaalde.*

Ik werd op de achterbank geduwd en het portier viel met een zachte, dure klik dicht. Door de ramen, die van de buitenkant zwart en ondoordringbaar hadden geleken, zag ik dat we in westelijke richting reden. Achter het stuur zat een klein mannetje met een veel te klein hoofd voor alle grote dingen die een plek moesten hebben; een brutale gok, een witte, liploze smoel en uitpuilende ogen onder wenkbrauwen die er wel opgeplakt leken met slechte lijm. Ook hij droeg een kostbaar begrafenispak en had het kapsel van een koorknaap. Hij keek in de spiegel naar me: 'Sales good, eh?'

'What sales, fuckhead?'

De kleine lachte vriendelijk en knikte. Ik had in gedachten besloten om geen kwantumkorting te geven als ze daarom vroegen, maar ik zag aan zijn blik dat hij geen zin in me had. Dat er iets anders was, iets wat ik voorlopig niet kon lezen. Het stadhuis dook op en verdween weer. De Amerikaanse ambassade. Het Slottspark. Nog verder naar het westen. De Kirkevei. Het NRK*-gebouw. En toen: villa's en adressen van de rijke stinkerds.*

We bleven voor een grote, houten villa op een heuvel staan en de begrafenisondernemer bracht me naar de poort. Terwijl we door het grind naar de eikendeur waadden, keek ik om me heen. Het terrein rond het huis was groter dan een voetbalveld en had appel- en perenbomen, een bunkerachtige cementtoren met zo'n waterreservoir dat ze in woestijnlanden hebben en een dubbele garage met een ijzeren hek ervoor dat je het gevoel gaf dat de gevechtsvoertuigen ieder moment konden uitrukken. Een hek van drie meter hoog omlijstte de heerlijkheid. Ik had al een vermoeden naar wie we op weg waren. De limousine, dat grommende Engels, 'sales good?' *, de villavesting.*

In de hal fouilleerde het grootste kostuum me, toen liepen hij en de kleine naar een hoek waar een tafeltje stond met rood viltdoek en een heleboel iconen en crucifixen aan de muur. Ze trokken beiden hun pistolen uit de schouderholsters, legden ze op het rode vilt en legden beiden een kruis op hun pistool. Toen opende de kleinste de deur van een andere kamer.

'Ataman,' *zei hij, me gebarend naar binnen te gaan.*

De oude vent in de kamer was minstens zo oud als de leren stoel waarin hij zat. Ik staarde hem aan. Een knokige vinger rond een zwarte sigaret.

In de buitenproportionele open haard knetterde het hout en ik ging zo staan dat het vuur mijn rug verwarmde. Het licht van de vlammen flakkerde op het witte, zijden overhemd en het gezicht van de oude vent. Hij legde zijn sigaret neer en tilde zijn hand op alsof hij dacht dat ik die grote, blauwe steen die hij om zijn ringvinger had zou kussen.

'Birmasaffier,' zei hij. 'Zes komma zes karaats, vijfenveertighonderd dollar per karaat.'

Hij had een accent. Het was niet goed te horen, maar het was er wel. Uit Polen? Rusland? Iets Slavisch in elk geval.

'Hoeveel?' zei hij.

Het duurde een paar seconden voor ik begreep wat hij wilde.

'Iets onder de dertigduizend.'

'Hoeveel eronder?'

Ik dacht even na. 'Negenentwintigduizend zevenhonderd is pretty close.'

'De dollarkoers is vijf drieëntachtig.'

'Rond de honderdzeventigduizend.'

De oude man knikte. 'Ze zeiden dat je goed bent.' De ogen van die oude vent leken blauwer dan die fuckings birmasaffier.

'Dat hebben ze goed gezien,' zei ik.

'Ik heb je bezig gezien. Je hebt nog veel te leren, maar ik kan zien dat je slimmer bent dan die andere imbecielen. Jij kunt aan een klant zien wat hij bereid is te betalen.'

Ik haalde mijn schouders op. Ik vroeg me af wat hij bereid was te betalen.

'Maar ze zeggen ook dat je steelt.'

'Alleen als het wat oplevert.'

De oude man lachte. Hoewel ik dacht, aangezien het de eerste keer was dat ik hem ontmoette, dat het een halfslachtige hoestbui was, type longkanker. Er was een soort rochel diep in zijn keel te horen waardoor hij op een oude zaagmachine leek. Toen richtte hij zijn koude, blauwe ogen weer op me en zei op een toon of hij me de tweede wet van Newton leerde: 'Dan moet je het volgende rekensommetje ook begrijpen. Als je van mij steelt, vermoord ik je.'

Het zweet liep langs mijn rug. Ik dwong mezelf om hem aan te kijken. Het leek of ik fuckings Siberië aankeek. Niets. Koud, verrekt niemandsland. Maar ik zag in elk geval twee van de dingen die hij wilde hebben. Ten eerste: geld.

'Die motorclubjongens laten je tien gram zelf verkopen voor iedere vijftig gram die je voor hen verkoopt. Zeventien procent. Bij mij verkoop je alleen mijn drugs en krijg je contant uitbetaald. Vijftien procent. Je krijgt je eigen straathoek. Jullie zijn met z'n drieën. Geldman, drugsman en spion. Zeven procent voor de drugsman, drie procent voor de spion. Je rekent iedere avond om middernacht af met Andrej.' Hij knikte naar de kleinste koorknaap.

Straathoek. Spion. Fuckings The Wire.

'Afgesproken,' zei ik. 'Kom maar op met dat T-shirt.'

De oude vent glimlachte, zo'n reptielenlach die je duidelijk moet maken waar je staat in de hiërarchie. 'Daar zorgt Andrej voor.'

We praatten nog wat. Hij vroeg naar mijn ouders, vrienden, of ik een plek had om te wonen. Ik vertelde dat ik samenwoonde met mijn pleegzus en ik loog niet meer dan nodig was, want ik had het gevoel dat hij de antwoorden al kende. Over één kwestie week ik een beetje af van de waarheid, namelijk toen hij vroeg waarom ik zulk archaïsch Noors sprak terwijl ik was opgegroeid in een academisch milieu. En ik antwoordde dat mijn vader, mijn echte vader, dat ook sprak. Dat was flauwekul, maar ik had je me altijd zo voorgesteld, papa, dat je, zonder opleiding en zonder werk, woonde in een klein, koud appartement waarin je geen kind kon laten opgroeien. Of misschien ben ik alleen maar zo gaan praten om Rolf en die bekakte buurkinderen te irriteren. En ik ontdekte dat het me een bepaalde positie gaf, net als je handen te laten tatoeëren: mensen werden een beetje bang, liepen met een boogje om me heen, gaven me meer ruimte. Terwijl ik maar wat doordraafde over mijn leven, bestudeerde die oude vent de hele tijd mijn gezicht en tikte met zijn saffieren ring op de armleuning, gelijkmatig en onontkoombaar, alsof hij terugtelde of zoiets. Toen er een stilte viel na het uitvragen en hij ook ophield met tikken, kreeg ik het gevoel dat we in de lucht zouden vliegen als ik de stilte niet verbrak.

'Coole villa,' zei ik.

Dat klonk zo onnozel dat ik ervan bloosde.

'Dit was van 1942 tot 1945 het huis van de Gestapoleider in Noorwegen, Hellmuth Reinhard.'

'Je hebt hier geen last van de buren.'

'Ik bezit het huis hiernaast ook. Daar woonde de luitenant van Reinhard. Of omgekeerd.'

'Omgekeerd?'

'Niet alles is hier zoals het lijkt,' zei de oude vent. Hij lachte zijn hagedissenlach. Een komodovaraan.

Ik wist dat ik voorzichtig moest zijn, maar ik kon het niet laten: 'Er is alleen één ding dat ik niet begrijp. Odin betaalt me zeventien procent en dat is tamelijk standaard, de anderen betalen dat ook.

Maar jij wilt een team van drie hebben en betaalt in het totaal vijfentwintig procent. Waarom?'

De oude vent keek me van opzij aan. 'Omdat drie veiliger is dan één, Gusto. Het risico van mijn verkopers is mijn risico. Als je al je pionnen kwijtraakt, is het slechts een kwestie van tijd voor je schaakmat staat, Gusto.' Het leek wel of hij mijn naam herhaalde om hem alleen maar te horen.

'Maar de verdiensten...'

'Daar moet jij je niet om bekommeren,' antwoordde hij op scherpe toon. Toen glimlachte hij weer en zijn stem werd weer zacht: 'Onze waar komt direct van de bron, Gusto. Het is zes keer zuiverder dan die zogenaamde heroïne die eerst versneden is in Istanbul, daarna in Belgrado en daarna in Amsterdam. Toch betalen we minder voor een gram. Begrijp je?'

Ik knikte. 'Je kunt het spul wel acht keer versnijden.'

'We versnijden het, maar minder dan de anderen. We verkopen iets wat je echt heroïne kunt noemen. Dit weet je al en daarom stemde je ook zo snel in tegen een lagere provisie.' Het licht van de vlammen schitterde in zijn witte tanden. 'Omdat je weet dat je het beste product van de stad gaat verkopen, dat je drie tot vier keer meer zal omzetten dan met dat tarwemeel van Odin. Je weet het omdat je het iedere dag ziet: de kopers die direct langs de drugsdealers lopen, op weg naar de jongen in...'

'... het Arsenalshirt.'

'De klanten weten dat je vanaf dag één de beste waren hebt, Gusto.'

Daarna liep hij met me mee naar de voordeur.

Omdat hij met een wollen deken over zijn benen had gezeten, had ik gedacht dat hij kreupel was of zo, maar hij was verrassend goed ter been. Bij de deur bleef hij staan, hij wilde duidelijk zijn gezicht niet buiten laten zien. Hij legde zijn hand op mijn arm, recht boven de elleboog. Kneep zacht in mijn triceps.

'We zien elkaar gauw, Gusto.'

Ik knikte. Ik wist zoals ik al zei wat hij nog meer van me wilde. Ik heb je bezig gezien. *Vanuit een limousine met geblindeerde ruiten, hij had me zitten bestuderen als fuckings Rembrandt. Daarom wist ik al wat hij wilde.*

'Mijn spion zal mijn pleegzus zijn. En de drugsman iemand die Oleg heet.'

'Klinkt goed. Verder nog iets?'

'Ik wil een shirt met nummer 23.'

'Arshavin,' mompelde de grootste koorknaap tevreden. 'Een Rus.' Hij had kennelijk nog nooit gehoord van Michael Jordan.

'We zullen zien,' gromde de oude vent. Hij keek omhoog naar de lucht. 'Nu zal Andrej je iets laten zien, dan kun je aan het werk.' Zijn hand bleef maar op mijn arm kloppen en hij bleef verdomme aldoor glimlachen. Ik was bang. En opgewonden. Bang en opgewonden als een jager op een komodovaraan.

De koorknapen reden naar de verlaten haven van de plezierjachtjes in Frognerkilen. Ze hadden sleutels van een poort en we reden tussen bootjes door die voor de winter in het dok lagen. Op een van de kaden bleven we staan en stapten uit. Ik staarde in het zwarte, stille water terwijl Andrej de kofferbak opende.

'Come here, *Arshavin.'*

Ik liep naar hem toe en keek in de kofferbak.

Hij droeg nog steeds de hondenhalsband en het Arsenal T-shirt. Bisken was altijd al lelijk geweest, maar ik moest bijna overgeven toen ik hem zag. Zijn pokdalige tronie had grote, zwarte gaten met geronnen bloed, het ene oor was in tweeën gescheurd en de ene oogkas had geen oog meer, maar er leek rijstepap uit te komen. Toen ik eindelijk mijn ogen van de rijstepap kon losmaken, zag ik dat er een gaatje in het T-shirt zat, recht boven de m van Emirates. Als een kogelgat.

'What happened?' *stamelde ik.*

'He talked to the cop in sixpence.'

Ik wist wat hij bedoelde. Er was een verklikker in Kvadraturen geweest. Iedereen wist wie tijdens de actie die verklikker was geweest. Maar hij hier was een undercover geweest. Dat dacht hij zelf tenminste.

Andrej wachtte, liet me nog eens goed kijken voor hij vroeg: 'Got the message?'

Ik knikte. Ik kon het niet laten om naar het kapotte oog te kijken. Wat hadden ze verdomme met hem gedaan?

'Peter,' zei Andrej. Samen tilden ze het lijk uit de kofferbak, trokken zijn Arsenalshirt uit en gooiden hem van de kade. Het zwarte water nam hem in ontvangst, slikte hem geluidloos door en sloot zijn mond. Weg.

Andrej gooide het T-shirt naar mij. 'This is yours now.'

Ik stak mijn vinger door het kogelgat. Draaide het shirt om en keek naar de rug.

52. Bendtner.

HOOFDSTUK 11

Het was halfzeven 's morgens, een kwartier voor zonsopgang volgens de achterpagina van de ochtendeditie van *Aftenposten*. Tord Schultz vouwde de krant op en legde hem op de stoel naast zich. Hij keek weer naar de toegangsdeur van het verlaten atrium.

'Hij komt altijd vroeg op het werk,' zei de Securitasbewaker achter de receptie.

Tord Schultz had voor dag en dauw een trein naar Oslo genomen en gezien hoe de stad ontwaakte terwijl hij van Oslo Centraal Station in oostelijke richting naar Grønlandsleiret liep. Hij was langs een vuilniswagen gelopen. De mannen behandelden de vuilcontainers met een ruwheid waarvan Tord vermoedde dat het meer te maken had met een attitude dan met effectiviteit. F-16 piloten. Een Pakistaanse groenteboer had zijn waar in kistjes naar buiten gesjouwd en die voor zijn winkel gezet, hij droogde zijn handen aan zijn schort en zei glimlachend 'goedemorgen' tegen hem. Herculespiloot. Na de kerk van Grønland was hij links afgeslagen. Een enorme glazen gevel, getekend en gebouwd in de jaren zeventig, had boven hem uitgetorend. Het hoofdbureau van politie.

Om 06.37 uur ging de deur open. De receptionist schraapte zijn keel en Tord keek op. Hij kreeg een bevestigende knik en stond op. De man die op hem af liep was kleiner dan hijzelf.

Hij liep met snelle, energieke passen en had langer haar dan Tord had verwacht van een chef van de grootste politieafdeling van Noorwegen. Toen hij dichterbij kwam, vielen Tord de witte en lichtrode strepen op in het zongebruinde, knappe, bijna feminiene gezicht. Hij herinnerde zich een stewardess die pigmentvlekken had. Een witte vlek was dwars over de solariumbruine huid van haar nek gegaan, naar haar borsten, helemaal tot haar geschoren schaamlippen. Daardoor had de rest van de huid op een strakzittende nylonkous geleken.

'Mikael Bellman?'

'Ja, waarmee kan ik u van dienst zijn?' antwoordde de man glimlachend, zonder echter zijn pas in te houden.

'Ik zou graag onder vier ogen met u praten.'

'Ik ben bang dat ik nu een vergadering moet voorbereiden, maar als u belt om...'

'Ik móét nu met u praten,' zei Tord, en hij was zelf verrast over de dwingende toon in zijn stem.

'O ja?' De chef van GC, Georganiseerde Criminaliteit, had zijn pasje al in de lezer van de personeelssluis gestopt, maar bleef staan om hem op te nemen.

Tord Schultz kwam naderbij. Hij ging zachter praten hoewel de Securitasbewaker nog steeds de enige was in het atrium. 'Mijn naam is Tord Schultz, ik ben piloot bij de grootste vliegtuigmaatschappij van Scandinavië en beschik over informatie betreffende het smokkelen van drugs naar Noorwegen via de luchthaven van Oslo.'

'Ik begrijp het. Gaat het over veel?'

'Acht kilo per week.'

Tord kon bijna fysiek voelen hoe de ogen van de man hem opnamen. Hij wist dat de hersenen van de man alle beschikbare informatie verzamelden en analyseerden: Tords lichaamstaal, kleding, houding, gezichtsuitdrukking, zijn trouwring die hij om een of andere reden nog steeds droeg, de oorbel die hij niet had, de gepoetste schoenen, zijn taalgebruik, de vastberaden blik.

'Misschien moeten we u even inschrijven,' zei Bellman naar de receptionist knikkend.

Tord Schultz schudde voorzichtig zijn hoofd: 'Ik zou deze ontmoeting het liefst vertrouwelijk houden.'

'Het reglement zegt echter dat iedereen dient te worden ingeschreven, maar ik verzeker u dat deze informatie binnen de muren van het bureau blijft.' Bellman gaf de Securitasbewaker een teken.

In de lift naar boven ging Schultz met zijn vinger heen en weer over de sticker die de Securitasbewaker had geprint en die hij op de revers van zijn colbert had moeten plakken.

'Is er iets?' vroeg Bellman.

'Nee hoor,' zei Tord. Maar hij bleef wrijven alsof hij zijn naam wilde uitwissen.

De kamer van Bellman was verrassend klein.

'Het gaat niet om de grootte,' zei Bellman op een toon waaruit bleek dat hij gewend was aan deze reactie. 'Er worden van hieruit grootse dingen verricht.' Hij wees op een foto aan de muur. 'Lars Axelsen, hoofd van de afdeling Misdaad. Leidde in de jaren negentig het oprollen van de Tveitabende.'

Hij gebaarde naar Tord dat hij moest gaan zitten. Hij pakte een notitieblok, maar zijn blik kruiste die van Tord en hij legde het weer weg.

'En?' zei hij.

Tord haalde diep adem. En vertelde. Hij begon bij zijn scheiding, dat wilde hij. Hij wilde eerst uitleggen waarom het zover gekomen was. Toen ging hij over naar wanneer en waar. En vervolgens naar wie en hoe. En uiteindelijk vertelde hij over de mol.

Gedurende het hele relaas zat Bellman voorovergeleund en luisterde aandachtig. Pas toen Tord vertelde over de mol, verloor zijn gezicht zijn professionele, geconcentreerde uitdrukking. Na de eerste verbazing kwam er een rode kleur over de witte pigmentvlekken. Het was een wonderlijk gezicht, alsof er vanbinnen een vuurtje was aangestoken. Het oogcontact met Bellman verdween, hij staarde met een verbeten uitdrukking op zijn gezicht naar de muur achter Tord, misschien wel naar de foto van Lars Axelsen.

Toen Tord klaar was met zijn verhaal, zuchtte Bellman en boog zijn hoofd.

Toen hij het weer optilde zag Tord dat er iets nieuws in zijn blik was gekomen. Iets hards en onverzettelijks.

'Het spijt me,' zei de afdelingschef. 'Uit naam van mezelf, mijn functie en het korps. Het spijt me dat we deze wandluis hebben.'

Tord dacht dat Bellman het tegen zichzelf had, en tegen hem, een piloot die acht kilo heroïne per week had gesmokkeld.

'Ik begrijp dat u bang bent,' zei Bellman. 'Ik zou willen dat ik kon zeggen dat u niets te vrezen hebt. Maar mijn duurverworven ervaring heeft me geleerd dat als dit type corruptie wordt ontdekt, het veel verder gaat dan dit ene individu.'

'Ik begrijp het.'

'Hebt u andere mensen hierover verteld?'

'Nee.'

'Weet iemand dat u hier bent om met mij te praten?'

'Nee, niemand.'

'Echt helemaal niemand?'

Tord keek hem aan met een scheef lachje en hij dacht: wie zou dat moeten zijn?

'Oké,' zei Bellman. 'Zoals u waarschijnlijk zult begrijpen, bent u met een enorme en uiterst delicate kwestie gekomen. Ik moet intern uiterst behoedzaam te werk gaan om niemand te waarschuwen die niet gewaarschuwd dient te worden. Dat betekent dat ik hiermee hogerop moet. Ik zou u voor uw veiligheid in een isolatiecel moeten opsluiten na wat u hebt verteld, maar dat zou zowel u als mij kunnen ontmaskeren. Dus tot de situatie onder controle is, moet u naar huis gaan en daar blijven. Begrijpt u? Vertel niemand over deze ontmoeting, ga niet naar buiten, doe de deur niet open voor mensen die u niet kent, neem geen telefoontjes aan met onbekende nummers.'

Tord knikte langzaam. 'Hoe lang gaat dat duren?'

'Max drie dagen.'

'Roger.'

Bellman leek iets te willen zeggen, maar dacht na voor hij een besluit nam.

'Dit is iets wat ik nooit heb kunnen accepteren,' zei hij. 'Dat sommige mensen bereid zijn het leven van anderen kapot te maken alleen maar om geld te verdienen. Dat wil zeggen, ik kan het in zekere zin begrijpen van een straatarme Afghaanse boer, maar een Noorse man met het salaris van een piloot...'

Tord Schultz ontmoette zijn blik. Hij had zich erop voorbereid en het voelde haast bevrijdend dat het eindelijk kwam.

'Toch heb ik respect voor het feit dat u vrijwillig bent gekomen en alle kaarten op tafel hebt gelegd. Ik weet dat u beseft wat u riskeert. Het zal niet makkelijk voor u worden in de toekomst, Schultz.'

Daarmee stond de afdelingschef op en stak zijn hand uit. En Tord dacht opnieuw wat hij had gedacht toen hij Bellman naar de receptie had zien lopen: dat hij de perfecte lengte had voor een jagerpiloot.

Op het moment dat Tord Schultz de deur van het hoofdbureau van politie uit liep, belde Harry Hole aan bij Rakel. Ze deed in haar ochtendjas open en had kleine oogjes. Ze gaapte.

'Ik zie er later op de dag beter uit,' zei ze.

'Mooi dat dat bij een van ons tenminste het geval is,' zei Harry naar binnen stappend.

'Succes,' zei ze, toen ze voor de eetkamertafel stonden waarop stapels papieren lagen. 'Alles is er. Onderzoeksrapporten. Foto's. Krantenartikelen. Getuigenverklaringen. Hij is grondig. Ik moet naar mijn werk.'

Toen de deur achter haar dichtviel, had Harry zijn eerste kopje koffie al gezet en was hij aan het werk.

Na drie uur te hebben gelezen, moest hij even pauzeren om het wanhopige gevoel van zich af te schudden. Hij nam zijn kop koffie mee en ging bij het keukenraam staan. Hij zei bij zichzelf dat hij hier was om iets te vinden wat aan Olegs schuld deed twijfelen, niet om bewijzen voor zijn onschuld te vinden. Twijfel was genoeg. Maar toch. Het materiaal was eenduidig. En zijn jarenlange ervaring als onderzoeker in moordzaken werkte tegen: de dingen waren verbluffend vaak precies zo als ze eruitzagen.

Na nog eens drie uur lezen was de conclusie nog hetzelfde. Er was geen materiaal dat aanleiding gaf tot een andere verklaring. Dat betekende niet dat het er niet was, maar het zat niet in dít materiaal. Zo hield hij zichzelf voor.

Hij vertrok voor Rakel thuiskwam, hij zei tegen zichzelf dat het door de jetlag kwam, dat hij moest slapen. Maar hij wist wat het feitelijk was. Hij durfde haar niet te vertellen dat wat hij had gelezen het alleen maar moeilijker had gemaakt te twijfelen aan zijn onschuld. Dit was de waarheid, de weg en het leven en de enige mogelijkheid tot verlossing.

Hij trok zijn jas aan en verliet het huis. Hij liep de hele weg van Holmenkollen, langs Ris, via Sogn, Ullevål en Bolteløkka naar Restaurant Schrøder. Hij overwoog even om naar binnen te gaan, maar vervolgde zijn weg. In plaats daarvan liep hij in oostelijke richting, naar Tøyen.

Toen hij de deur van Fyrlyset openduwde was het daglicht buiten al aan het verdwijnen. Alles was nog precies zoals hij het zich herinnerde. Lichte muren, lichte meubels, grote ramen die zoveel mogelijk licht binnenlieten. En in al dat licht zaten de avondgasten rond de tafels achter hun koffie en gesmeerde boterhammen. Sommigen zaten met gebogen hoofden boven de tafel alsof ze zojuist acht kilometer hadden gerend, anderen voerden staccato gesprekken in de onbegrijpelijke taal van verslaafden, terwijl weer anderen absoluut niet zouden opvallen als ze hun espresso dronken tussen de burgerlijke kinderwagenarmada bij United Bakeries.

Een paar gasten hadden tweedehands kleding gekregen die ze ofwel nog in een plastic tas hadden zitten, ofwel hadden aangetrokken. Een enkeling zag eruit als een verzekeringsagent of een dorpsonderwijzeres.

Harry baande zich een weg naar de balie en een mollig, lachend meisje in een sweater van het Leger des Heils bood hem een kopje koffie uit de automaat aan en een boterham met geitenkaas.

'Vandaag niet, bedankt. Is Martine aanwezig?'

'Ze werkt vandaag in de ziekenboeg.'

Het meisje wees met haar vinger naar het plafond. Harry kende het noodhospitaaltje van het Leger des Heils boven.

'Maar ze zal zo wel kla…'

'Harry!'

Hij draaide zich om.

Martine Eckhoff was nog net zo klein als vroeger. Haar lachende kattengezicht had nog steeds die buitenproportioneel brede mond en een neus die slechts een verhoging was in het gezichtje. En haar pupillen leken wel naar de rand van de bruine irissen uitgelopen zodat ze de vorm van een sleutelgat kregen, iets wat, zo had ze eens aan hem uitgelegd, een aangeboren afwijking was en iris coloboom heette en in haar geval niet had geleid tot een beperkter gezichtsvermogen.

Het kleine vrouwtje ging op haar tenen staan en omhelsde hem lang. Toen ze eindelijk klaar was, wilde ze hem nog niet loslaten, maar hield ze zijn beide handen vast terwijl ze naar hem opkeek. Hij zag een schaduw over haar gezicht glijden toen ze het litteken in zijn gezicht zag.

'Wat ben je... mager geworden.'

Harry lachte. 'Bedankt, maar ik ben niet mager geworden, jij bent...'

'Ik weet het,' riep Martine. 'Ik ben dikker geworden. Maar iedereen wordt dikker, Harry. Iedereen behalve jij. Bovendien heb ik een reden dat ik dikker word.'

Ze klopte op haar buik waar de zwarte lamswollen trui strak over gespannen stond.

'Hm. Heeft Rikard je dat aangedaan?'

Ze lachte luid en knikte enthousiast. Haar gezicht was rood, de warmte kwam hem als de hitte van een plasmascherm tegemoet.

Ze liepen naar de enige vrije tafel. Harry ging zitten en keek toe hoe de zwarte halve bol van een buik in een stoel probeerde te zakken. Het zag er zo absurd uit tegen de achtergrond van deze kantelende levens en apathische wanhoop.

'Gusto,' zei hij. 'Ken je die zaak?'

Ze zuchtte diep. 'Uiteraard. Iedereen hier. Hij was iemand uit dit milieu. Hij kwam hier niet vaak, maar af en toe zagen we hem. De meisjes die hier werkten waren allemaal verliefd op hem. Hij was zo knap!'

'Hoe zit het met Oleg, de jongen van wie beweerd wordt dat hij Gusto heeft vermoord?'

'Hij was hier ook af en toe. Samen met een meisje.' Ze fronste haar voorhoofd. 'Beweerd? Wordt daar nog aan getwijfeld dan?'

'Dat probeer ik nu juist uit te zoeken. Een meisje, zeg je?'

'Lief, maar bleek en schriel. Ingunn? Iriam?' Ze draaide zich om en riep: 'Zeg, hoe heet die pleegzus van Gusto ook alweer?' En nog voor ze antwoord kreeg riep ze zelf: 'Irene!'

'Rood haar en sproeten?' vroeg Harry.

'Ze was zo bleek dat ze zonder dat haar volkomen onzichtbaar was geweest. Ik meen het, aan het eind scheen de zon dwars door haar heen.'

'Aan het eind?'

'Ja, we hadden het er net over dat het lang geleden is dat we haar hebben gezien. Ik heb al meerdere mensen hier gevraagd of ze misschien naar een andere stad of zo is gegaan, maar het lijkt erop dat iedereen haar lang niet meer gezien heeft.'

'Herinner je je nog iets uit de tijd dat de moord plaatsvond?'

'Niet in het bijzonder, afgezien dan van die nacht zelf. Ik hoorde de politiesirenes en vermoedde dat het om een van onze zorgenkindjes ging toen een van jouw collega's een telefoontje kreeg en gelijk daarna wegstormde.'

'Ik dacht dat het een ongeschreven wet was dat undercovers niet in dit gebouw mogen komen.'

'Ik geloof niet dat hij aan het werk was, Harry. Hij zat hier alleen aan dat tafeltje daar en deed of hij *Klassekampen* las. Het klinkt misschien een beetje verwaand, maar ik geloof dat hij hier voor *moi* zat.' Ze legde haar handpalm koket op haar borst.

'Je trekt zeker eenzame politiemannen aan.'

Ze lachte. 'Ik had jou aan de haak geslagen, ben je dat vergeten?'

'Zo'n keurig christelijk opgevoed meisje als jij?'

'Het werd me eigenlijk iets te opdringerig, dat gestaar van hem, maar hij kwam hier niet meer toen mijn zwangerschap duidelijk zichtbaar werd. Hoe dan ook. Die avond zag ik hem de deur uit stormen in de richting van de Hausmannsgate. De plaats delict was hier immers maar vierhonderd meter vandaan. Kort daarna ging het gerucht dat Gusto was neergeschoten. En dat Oleg was gearresteerd.'

'Wat weet jij over Gusto, los van het feit dat hij aantrekkingskracht op de dames had en is opgegroeid in een pleeggezin?'

'Hij werd de Dief genoemd. Hij verkocht violine.'

'Voor wie verkocht hij?'

'Oleg en hij verkochten eerst voor die motorbende bij de Alnabru, Los Lobos. Maar later zijn ze overgegaan naar Dubai, geloof ik. Iedereen die de kans kreeg deed dat. Ze hadden de zuiverste heroïne en toen violine opdook, hadden alleen de Dubai-dealers het. En zo zal het nu nog wel zijn.'

'Wat weet jij van Dubai? Wie is hij?'

Ze schudde haar hoofd. 'Ik weet niet eens wie of wat hij is.'

'Zo zichtbaar op straat en toch zo op de achtergrond. Is er echt niemand die het weet?'

'Zeker, maar niemand wil iets zeggen.'

Iemand riep Martines naam.

'Blijf zitten,' zei Martine, terwijl ze zich omhoogwerkte uit haar stoel. 'Ik ben zo terug.'

'Ga maar, ik moet ervandoor,' zei Harry.

'Waarheen dan?'

Er viel een korte stilte waarin beiden zich realiseerden dat er geen verstandig antwoord was op deze vraag.

Tord Schultz zat in de keuken bij het raam. De zon stond laag maar er was nog daglicht genoeg om te zien wie er kwamen en gingen tussen de huizen. Maar hij keek niet naar de straat. Hij nam een hap van zijn boterham met cervelaatworst.

De vliegtuigen kwamen en gingen boven zijn huis. Ze landen en stijgen op. Landden en stegen weer op.

Tord Schultz luisterde naar de verschillen in motorgeluiden. Het was als een tijdslijn: de oude motoren die goed klonken, die precies dat brommende, warme geluid voortbrachten die de goede herinneringen boven haalden uit de tijd dat alles nog zin had. Het was een soundtrack van toen alles nog betekenis had: werk, punctualiteit, gezin, liefde van een vrouw, het respect van collega's. De nieuwe generatie motoren verplaatste meer lucht, maar was hectischer, moest sneller zijn met minder brandstof. Was effectiever, maar had minder tijd voor onbelangrijke zaken. Ook voor de wezenlijk onbelangrijke zaken. Hij keek naar de grote klok die boven op de koelkast stond. Hij tikte hard en hectisch als een klein bang hart. Zeven. Nog twaalf uur wachten, over niet al te lange tijd zou het donker zijn. Hij hoorde een Boeing 747. Klassiek type. Het beste. Het geluid werd steeds harder, tot het een gebrul werd dat de ruiten deed trillen en ook het waterglas, tegen de halflege fles op tafel. Tord Schultz deed zijn ogen dicht. Het was het geluid van optimisme over de toekomst, ruwe macht, goedgefundeerde arrogantie. Het geluid van onoverwinnelijkheid van een man in de bloei van zijn leven.

Toen het geluid weg was en het ineens weer stil was in huis, viel het hem op dat de stilte anders was. Alsof de lucht een andere dichtheid had gekregen.

Alsof hij bevolkt was.

Hij draaide zich om naar de kamer. Door de deur kon hij de fitnessapparatuur zien en het uiterste puntje van de salontafel. Hij keek naar de parketvloer, naar de schaduwen uit het ene deel van de kamer dat hij niet kon zien. Hij hield zijn adem in en luisterde. Niets. Alleen het getik van de klok op de koelkast. Hij nam weer een hap van zijn boterham, nam een slok uit zijn glas en leunde achterover op zijn stoel. Er was een groot vliegtuig onderweg. Hij hoorde het achter zich komen. Het verdronk het geluid van de tijd die doortikte. En hij bedacht dat het tussen het huis en de zon moest vliegen omdat er een schaduw op hem en de tafel viel.

Harry liep de Urtegate af naar Grønlandsleiret. Als op de automatische piloot koerste hij af op het politiebureau. Hij bleef staan bij het Botspark. Keek naar de solide, grijze, stenen muren van de gevangenis.

Waarheen dan, had ze gevraagd.

Twijfelde hij eigenlijk nog wie Gusto Hanssen had vermoord?

Iedere dag ging er tegen middernacht een vliegtuig rechtstreeks van Oslo naar Bangkok. En vandaar vijf keer per etmaal een vliegtuig naar Hongkong. Hij kon nu naar Leons gaan. Zijn koffer inpakken en uitchecken, dat zou niet meer dan vijf minuten duren. Luchthaventrein naar Gardermoen. Bij de SAS-balie een ticket kopen. Businessclass, Herman Kluit betaalde. Dineren in de businesslounge.

Harry draaide zich om. Zag dat de rode concertposter van de dag daarvoor weg was.

Hij ging verder via de Oslogate en het Minnepark, tot aan het kerkhof van Gamlebyen, toen hij een stem hoorde uit de schaduw bij het hek.

'Kun je tweehonderd missen?' zei een stem in het Zweeds.

Harry bleef min of meer staan en de bedelaar stapte naar voren. Zijn jas was lang en kapot en door het licht van de lantaarn werden er schaduwen van zijn grote oren op zijn gezicht geworpen.

'Ik neem aan dat je om een lening vraagt?' zei Harry, die zijn portemonnee te voorschijn trok.

'Collecte,' zei Cato zijn hand uitstekend. 'Je ziet ze nooit weer terug. Mijn portemonnee ligt bij Leons.' Er kwam geen bier- of sterkedrankklucht uit de mond van de oude baas, hij rook alleen naar tabak en naar iets wat Harry deed denken aan zijn jeugd, als ze verstoppertje speelden bij grootvader en Harry zich verstopte in de klerenkast op de slaapkamer en hij de zoete geur van kleding opsnoof die daar al jaren hing en die net zo oud als het huis moest zijn.

Harry vond een briefje van vijfhonderd kronen en gaf dat aan Cato.

'Hier.'

Cato keek naar het bankbiljet, ging er met zijn hand overheen. 'Ik hoor van alles,' zei hij. 'Ze zeggen dat jij van de politie bent.'

'O?'

'En dat je zuipt. Hoe heet jouw vergif?'

'Jim Beam.'

'Ah, Jim. Een bekende van mijn Johnny. En dat je die jongen kent, die Oleg.'

'Ken jij hem?'

'De gevangenis is erger dan de dood, Harry. De dood is makkelijk, die maakt je ziel vrij. Maar de gevangenis eet je ziel op tot er geen mens meer in je zit. Tot je een schim bent geworden.'

'Wie heeft je over Oleg verteld?'

'Mijn gemeente is groot en ik heb vele leden, Harry. Ik luister alleen maar. Ze zeggen dat je jacht maakt op die Dubai.'

Harry keek op zijn horloge. Er was vaak nog voldoende plaats in het vliegtuig in deze tijd van het jaar. Van Bangkok kon hij ook naar Sjanghai gaan. Zhan Yin had een sms'je gestuurd om te zeggen dat ze deze week alleen was. Dat ze samen naar het platteland konden gaan.

'Ik hoop dat je hem niet vindt, Harry.'

'Ik heb niet gezegd dat ik...'

'Degenen die dat doen, sterven.'

'Cato, ik ga vanavond naar...'

'Heb je gehoord over de kever?'

'Nee, maar...'

'Zes insectenbeten die je gezicht doorboren.'

'Ik moet nu gaan, Cato.'

'Ik heb het zelf gezien.' Cato duwde zijn kin op zijn priesterkraag. 'Onder de Älsborgsbro bij de haven van Göteborg. Een politieman die onderzoek deed naar een heroïneliga. Ze hadden een baksteen met spijkers in zijn gezicht geslagen.'

Nu begreep Harry waar Cato het over had. *Zjuk*. De kever.

De methode was oorspronkelijk Russisch en werd gebruikt voor verraders. Eerst spijkerden ze een oor van de verrader vast aan de vloer, recht onder een balk van het plafond. Daarna sloegen ze zes grote spijkers tot halverwege in een gewone baksteen, de baksteen bonden ze vast aan een touw dat ze rond de balk aan het plafond slingerden en ze lieten de verrader het uiteinde van het touw tussen zijn tanden vasthouden. Het punt – en de symboliek – was dat de verrader bleef leven zolang hij kans zag zijn mond dicht te houden. Harry had het resultaat van de *zjuk* gezien die was uitgevoerd door de Tapei-Triade op een stakker die ze hadden gevonden in een achterafstraatje in Taiwan. Ze hadden brede spijkerkoppen gebruikt die niet zulke diepe gaten maakten als ze binnendrongen. Toen het ambulancepersoneel de baksteen van het dode slachtoffer haalden, trokken ze zijn gezicht mee.

Cato stopte het briefje van vijfhonderd kronen in zijn broekzak en legde zijn andere hand op de schouder van Harry.

'Ik begrijp dat je je zoon wilt beschermen. Maar wat nu als hij die andere knul heeft vermoord? Die had ook een vader, Harry. Ze noemen het zelfopoffering als een ouder voor zijn kind wil vechten, maar je wilt jezelf, je kloon, beschermen. En er is geen morele moed voor nodig, het is slechts het egoïsme van de genen. Toen ik kind was en vader las uit de Bijbel voor, vond ik het altijd laf van Abraham dat hij God gehoorzaamde om zijn zoon te offeren. Toen ik volwassen werd, begreep ik dat alleen een vader die niet egoïstisch is, bereid is zijn kind te offeren als dat een hoger doel dient dan de vader en de zoon. Want dat is mogelijk.'

Harry gooide zijn sigaret op het trottoir. 'Je vergist je. Oleg is mijn zoon niet.'

'Niet? Waarom ben je dan hier?'

'Ik ben politieman.'

Cato lachte. 'Zevende gebod, Harry. Gij zult niet liegen.'

'Is dat niet het achtste?' Harry trapte zijn sigaret uit. 'En voor zover ik weet gaat het erover dat je geen onwaarheden mag verkondigen over je naasten, wat inhoudt dat een beetje liegen over jezelf best mag. Maar misschien heb je je theologiestudie niet afgemaakt?'

Cato haalde zijn schouders op. 'Jezus en ik hebben geen formele kwalificaties. We zijn mannen van het woord. Maar zoals alle sjamanen, waarzeggers en charlatans kunnen we af en toe valse hoop en echte troost bieden.'

'Ben je niet eens een christen?'

'Laat ik het zo formuleren: het geloof heeft me niet veel goeds gebracht, slechts twijfel. Dus dat is mijn nalatenschap.'

'De twijfel.'

'Precies.' Cato's gele tanden lichtten op in het donker. 'Ik vraag me af: is het wel zo zeker dat er een God bestaat en dat Hij een doel heeft?'

Harry lachte zacht.

'We verschillen niet zoveel van elkaar, Harry. Ik heb een valse priesterkraag, jij een valse sheriffster. Hoe standvastig geloof jij in jouw evangelie? De geliefden bescherming bieden en ervoor zorgen dat de verdwaalden worden gestraft voor hun zonden? Ben jij ook geen twijfelaar?'

Harry tikte een nieuwe sigaret uit het pakje. 'Helaas is in deze zaak de twijfel verdwenen. Ik ga terug naar huis.'

'In dat geval wens ik je een goede reis. Ik moet me haasten voor mijn preek.'

Er toeterde een auto en Harry draaide zich automatisch om. Een stel koplampen verblindde hem voor de auto de hoek om ging. De remlichten gloeiden in het donker toen de politieauto vaart minderde bij de garage van het politiebureau. Toen Harry zich weer omdraaide naar Cato, was de Zweed verdwenen. Het leek of de oude priester was opgelost in het donker, het enige wat Harry hoorde waren voetstappen in de richting van het kerkhof.

Het duurde inderdaad maar vijf minuten om in te pakken en uit te checken bij Leons.

'We geven een beetje korting als gasten contant betalen,' zei de jongen achter de receptie. Niet alles veranderde.

Harry zocht in zijn portemonnee. Hongkongdollars, yuan, Amerikaanse dollars, euro's. Zijn mobieltje ging. Harry bracht het toestel naar zijn oor terwijl hij de biljetten in een waaiervorm in zijn hand hield en ze onder de neus van de jongen duwde. '*Speak.*'

'Met mij. Wat doe je?'

Verdomme. Hij was van plan geweest te wachten met haar te bellen tot hij op het vliegveld was. Om het zo simpel en brutaal mogelijk te doen. Het in één ruk los te trekken.

'Ik ben bezig uit te checken. Kan ik je om twee uur bellen?'

'Ik wilde alleen maar zeggen dat Oleg contact heeft opgenomen met zijn advocaat. Eh... Hans Christian dus.'

'Noorse kronen,' zei de jongen.

'Oleg heeft gezegd dat hij met je wil praten, Harry.'

'Verdomme!'

'Sorry? Harry, ben je er nog?'

'Accepteer je Visa?'

'Het is goedkoper als je naar een pinautomaat gaat en cash haalt.'

'Met me praten?'

'Dat zegt hij. Zo snel mogelijk.'

'Dat gaat niet, Rakel.'

'Waarom niet?'

'Omdat...'

'Honderd meter verderop, bij de Tollbugate, is een pinautomaat.'

'Omdat?'

'Accepteer gewoon de kaart, oké?'

'Harry?'

'Ten eerste omdat het niet mogelijk is, Rakel. Hij heeft een bezoekverbod en het lukt me niet om dat nog een keer te omzeilen.'

'En ten tweede?'

'En ten tweede zie ik er het nut niet van in, Rakel. Ik heb het dossier gelezen. Ik...'

'Ja, wat?'

'Ik geloof dat hij Gusto Hanssen heeft doodgeschoten, Rakel.'

'We accepteren geen Visa. Heb je geen ander? MasterCard, American Express?'

'Nee! Rakel?'

'Dan betaal je maar met dollars of euro's. De wisselkoers is niet zo gunstig, maar het is beter dan een creditcardbetaling.'

'Rakel? Rakel? Verdomme!'

'Is er iets, Hole?'

'Ze heeft opgehangen. Is dit genoeg?'

HOOFDSTUK 12

Ik stond in de Skippergate en keek naar de regen die met bakken uit de hemel kwam. De winter was nooit echt begonnen dit jaar, maar geregend had het des te meer. Zonder dat de vraag was afgenomen. Oleg, Irene en ik zetten per dag meer om dan ik in een hele week bij Odin en Tutu had gedaan. Ik verdiende grof gerekend zesduizend kronen per dag. Ik had alle andere Arsenalshirts geteld in het centrum. Die oude kerel moest per week twee miljoen omzetten, en dat was een voorzichtige schatting.

Iedere avond, voor we afrekenden met Andrej, telden Oleg en ik precies de kronen en onze voorraad. Er ontbrak nog geen kroon. Dat zou geen zin hebben.

Ik kon voor de volle honderd procent op Oleg vertrouwen, ik geloof dat het niet eens bij hem op zou komen om te stelen of hij had het concept stelen gewoon niet begrepen. Of misschien kwam het gewoon doordat zijn hersenen en hart te vol waren van Irene. Het was bijna komisch om te zien hoe hij begon te kwijlen zodra zij in de buurt was. En hoe volkomen blind zij was voor zijn aanbidding. Omdat Irene maar één jongen kon zien.

Mij.

Het maakte mij niets uit, zo was het nu eenmaal en zo was het altijd geweest.

Ik kende haar zo goed, ik wist precies hoe ik haar helderwitte Omo-hartje sneller moest laten kloppen, dat lieve mondje moest laten lachen – als ik daar zin in had – en hoe ik ervoor kon zorgen dat haar blauwe ogen zich vulden met grote tranen. Ik kon haar opdragen te vertrekken, de deur openhouden en tot ziens zeggen. Maar ik ben een dief en dieven geven niets weg waarvan ze op een dag profijt kunnen hebben. Irene was van mij, maar die twee miljoen per week waren dus van die oude kerel.

Het is merkwaardig hoe zesduizend kronen per dag je benen helpen te lopen als je crystal meth als ijsklontjes in je drinken lust en van kleding houdt die je niet kunt kopen bij Cubus. Daarom woonde ik nog steeds in de oefenruimte, samen met Irene die op een matras tussen de trommels lag. Maar ze redde zich, bietste niet eens een sigaret, at alleen van die vegetarische rommel en had een fuckings bankrekening geopend. Oleg woonde thuis bij zijn moeder, dus hij zwom in het geld. Hij was bovendien afgekickt, ging soms naar school en was zelfs begonnen met trainen op Valle Hovin.

Terwijl ik in de Skippergate stond en nadacht over de getallen, zag ik een gedaante op me af komen in de stortregen. Zijn bril was beslagen, zijn dunne haar plakte op zijn schedel en hij had zo'n jas aan, geschikt voor alle weertypen, die zijn dikke, lelijke geliefde voor kerst voor hen beiden had gekocht. Dat wil zeggen: of de geliefde van die kerel was lelijk of hij had er geen. Dat kon ik zien aan de manier van lopen. Hij trok met zijn been. Ze hebben vast een woord uitgevonden dat iets beter camoufleert wat het eigenlijk is, maar ik noem het een klompvoet – maar ik zeg ook manisch depressief en neger.

Hij bleef voor me staan.

Nu verbaasde ik me er allang niet meer over welke mensen heroïne kochten, maar deze man behoorde absoluut niet tot de gewone categorie junkies.

'Hoeveel...'

'Driehonderdvijftig voor een kwart.'

'... betalen jullie voor een gram heroïne?'

'Betalen? We verkopen, fuckhead.*'*

'Dat weet ik. Ik doe alleen wat research.'

Ik keek hem aan. Een journalist? Een maatschappelijk werker? Of misschien een politicus? Toen ik voor Odin en Tutu werkte, was er net zo'n type naar me toe gekomen dat had gezegd dat hij voor de gemeenteraad werkte of een of andere organisatie en hij vroeg me verdomde netjes of ik naar de vergadering 'drugs en jeugd' van de organisatie wilde komen. Ze wilden 'de stemmen van de straat' horen. Ik ging er voor de grap heen en ik hoorde ze praten over een groot internationaal plan voor een drugsvrij Europa. Ik kreeg frisdrank en broodjes en heb me rot gelachen. Maar de vrouw die het leidde was een MILF*-dame, ordinair blond met mannelijke trekken, flinke voorgevel en een commandostem. Een ogenblik vroeg ik me af of ze aan meer was geopereerd dan aan haar tieten. Na de vergadering kwam ze naar me toe, zei dat ze de gemeentesecretaris voor sociale en drugsproblematiek in Oslo was en dat ze graag over deze zaken met me wilde praten en of ik een keer naar haar toe wilde komen als ik 'in de gelegenheid' was. Ze was een* MILF *zonder m, zo bleek. Ze woonde alleen op een boerderij, droeg een strakzittende rijbroek toen ze de deur opendeed en wilde dat het in de stal gebeurde. Of ze echt een pik had laten weghalen interesseerde me niet. Ze hadden de boel keurig opgeruimd en een melkmachine achtergelaten die prima functioneerde. Maar het was een beetje vreemd om een vrouw te neuken die jankt als een modelvliegtuigje, twee meter van grote, kauwende paarden die halfgeinteresseerd toekijken. Na afloop plukte ik strohalmen tussen mijn ballen vandaan en vroeg haar of ze me duizend kronen wilde lenen. Tot ik zesduizend per dag ging verdienen troffen we elkaar af en toe, en tussen het neuken door vertelde ze me dat een secretaris geen brieven zat te schrijven voor de gemeenteraad, maar dat ze beleid uitvoerde. Dat hoewel ze nu het slaafje was, ze in haar werk dingen voor elkaar kreeg. En als de juiste mensen dat doorkregen, zou ze promotie gaan maken. Wat ik leerde van haar verhalen over het gemeentehuis was dat alle politici – klein en groot – twee dingen* *willen hebben: macht en seks. In die volgorde. Als ik 'macht' in haar oor fluisterde terwijl ik twee vingers bij haar naar binnen stak, kon ze gillen als een speenvarken. Ik overdrijf niet. En in het gezicht van die kerel voor me kon ik dezelfde, intense lust lezen.*

'Fuck off.'

'Wie is je baas? Ik zou graag met hem praten.'

Take me to your leader? *Die vent was of gek of alleen maar dom.*

'Wegwezen.'

De kerel verroerde zich niet, hij stond daar maar, aan één kant merkwaardig door zijn heup gezakt, en hij trok iets uit de zak van zijn jas voor alle weertypen. Een plastic zakje met wit poeder, het ging zo te zien om een halve gram.

'Dit is een monster. Geef het aan je baas. De prijs is achthonderd kronen per gram. Doe voorzichtig met de dosering, deel hem door tien. Ik kom overmorgen terug, zelfde tijdstip.'

De man gaf me het zakje, draaide zich om en hinkte weg.

Normaal gesproken zou ik het zakje in de dichtstbijzijnde afvalbak gooien. Ik kon die rotzooi niet eens voor eigen rekening verkopen, ik moest denken aan mijn goede naam. Maar er was iets in de glans van de ogen van die gek. Alsof hij iets wist. Dus toen de werkdag ten einde was en we hadden afgerekend met Andrej, nam ik Oleg en Irene mee naar het heroïnepark. Daar vroegen we of er mensen waren die zin hadden om testpiloot te zijn. Ik was eerder aanwezig geweest bij een test die Tutu had gedaan. Als er een nieuwe drug in de stad kwam, ging je naar de plek waar zich de wanhopigste junkies ophielden. Junkies die bereid zijn om wat dan ook te testen als het maar gratis is, die schijt hebben aan het feit dat het ze hun leven kon kosten omdat ze weten dat de dood toch op de loer ligt.

Er meldden zich vier gegadigden, maar een zei dat hij ook een echte nul-tien bij de deal wilde. Ik zei dat daar geen sprake van was en hield er dus drie over. Ik maakte voor elk de dosis klaar.

'Veel te weinig!' riep een van de junkies met een dictie van een herseninfarctpatiënt. Ik zei hem zijn bek te houden als hij nog een dessert wilde.

Irene, Oleg en ik zaten toe te kijken hoe ze tussen alle wondjes een ader trachtten te vinden en zichzelf vervolgens met verrassend effectieve bewegingen injecteerden.

'O, verdomme,' kreunde een van hen.

'Wauau...' jammerde een ander.

Toen werd het stil. Helemaal stil. Het leek of er een raket het heelal in was gestuurd en alle contact verloren was. Maar toen wist ik het al, ik kon het zien aan de extase in hun ogen voor ze verdwenen: Houston, we have no problem. *Toen ze weer op aarde waren geland, was het inmiddels donker geworden. De tocht had meer dan vijf uur geduurd, twee keer zo lang als een gewone heroïnetrip. Het testpanel was unaniem in zijn oordeel. Ze hadden nog nooit eerder zo'n trip gemaakt. Ze wilden meer hebben, de rest van het zakje, nu, alsjeblieft en ze wankelden als de levende doden in 'Thriller' op ons af. We lachten luid en renden weg.*

Toen we een halfuur later op mijn matras in de oefenruimte zaten, had ik wat denkwerk te doen. Een geoefende junkie zette een kwart gram straatheroïne per shot, terwijl hier de verslaafdste junkies van de stad al op een kwart daarvan een fuckings maagdelijke trip maakten! Die kerel had me een pure drug gegeven. Maar wat was het? Het zag eruit, rook als en had de consistentie van heroïne, maar een trip van vijf uur op zo weinig? Hoe dan ook, ik begreep dat ik op een goudmijn zat. Achthonderd kronen per gram die drie keer kon worden versneden en kon worden verkocht voor veertienhonderd. Vijftig gram per dag. Dertigduizend direct in je zak. In die van mij. En van Oleg en van Irene.

Ik stelde mijn bedrijfsplan voor. Legde de getallen uit.

Ze keken naar elkaar. Ze leken niet zo enthousiast als ik had gedacht.

'Maar Dubai…' zei Oleg.

Ik loog en zei dat er geen gevaar was zolang we die oude vent niet bedrogen. Eerst had ik naar hem toe willen gaan en zeggen dat we ermee ophielden, dat we Jezus hadden gezien of zoiets. Dan even wachten voor we in het klein voor onszelf begonnen.

Ze keken weer naar elkaar. En ik begreep ineens dat er iets was, iets wat ik nog niet eerder had gezien.

'Het is alleen dat…' zei Oleg terwijl hij zijn blik op de muur richtte. '… dat Irene en ik, we…'

'Jullie wat?'

Hij spartelde als een gespietste paling en keek ten slotte naar Irene voor hulp.

'Oleg en ik willen gaan samenwonen,' zei Irene. 'We sparen voor een flatje op Bøler. We zijn van plan om tot de zomer te werken en dan…'

'En dan?'

'Dan willen we school afmaken,' zei Oleg. 'En daarna misschien gaan studeren.'

'Rechten,' zei Irene. 'Oleg haalt immers zulke goede cijfers.' Ze lachte zoals ze altijd deed als ze dacht dat ze iets verkeerds had gezegd, maar haar altijd zo bleke wangen waren warm en rood van blijdschap.

Ze waren stiekem, achter mijn rug, een fuckings stel geworden! Hoe had ik dat niet kunnen zien?

'Rechten,' zei ik, terwijl ik het zakje openmaakte waar nog steeds wat in zat. 'Worden zulke mensen later niet chef van de smerissen?'

Geen van beiden gaf antwoord.

Ik vond een lepel waar ik meestal cornflakes mee at en wreef hem schoon aan mijn broekspijp.

'Wat doe je?' vroeg Oleg.

'Dit moeten we toch vieren,' zei ik, en ik schudde het poeder op de lepel. 'Bovendien moeten we het product zelf testen voor we het bij die oude kerel aanbevelen.'

'Dus het is goed?' riep Irene opgelucht uit. 'We gaan door als vroeger?'

'Natuurlijk, liefje.' Ik hield de aansteker onder de bolle kant van de lepel. 'Deze is voor jou, Irene.'

'Voor mij? Ik geloof niet...'

'Doe het voor mij, zusje.' Ik keek naar haar op en lachte. Lachte die lach waarvan ze wist dat ik wist dat ze daar geen weerstand tegen kon bieden. 'Saai om alleen high te zijn, snap je. Eenzaam, eigenlijk.'

Het gesmolten poeder borrelde op de lepel. Ik had geen katoen, dus ik overwoog om een afgebroken sigarettenfilter te gebruiken om de boel schoon te maken. Maar het zag er zo schoon uit. Wit en gelijkmatig van consistentie. Dus ik liet het een paar seconden afkoelen voor ik het in een spuit trok.

'Gusto...' begon Oleg.

'We moeten zorgen dat we geen od krijgen, er is genoeg voor ons drieën. Jij bent ook uitgenodigd, mijn vriend. Maar misschien wil je alleen maar toekijken?'

Ik hoefde hem niet aan te kijken. Ik kende hem te goed. Zuiver van hart, blind van verliefdheid en met een hoeveelheid moed die hem uit een vijftien meter hoge mast van een zeilboot in de Oslofjord had laten duiken.

'Prima,' zei hij, terwijl hij zijn overhemdmouw oprolde. 'Ik doe mee.'

Diezelfde moed zou hem naar de bodem trekken, laten verzuipen als een rat.

Ik werd wakker omdat er op de deur werd gebonkt. Het leek of er mijnbouw werd gepleegd in mijn hoofd en ik had grote moeite om een oog te openen. Het ochtendlicht viel naar binnen door een spleet tussen de houten platen die voor de ramen waren gespijkerd. Irene lag op haar matras en ik zag een voet met Olegs witte Puma

Speed Cat-sportsok tussen twee gitaarversterkers steken. Ik kon aan het geluid horen dat de persoon nu zijn been was gaan gebruiken.

Ik stond op en wankelde naar de deur om open te doen, terwijl ik me eventuele berichten over bandrepetities of het ophalen van instrumenten probeerde te herinneren. Ik deed de deur op een kier open en zette uit gewoonte een voet tegen de binnenkant van de deur. Dat hielp niet. De duw deed me ruggelings de kamer in vallen en ik kwam terecht tussen de trommels. Een ongelooflijk kabaal gaf dat. Toen ik de cimbaalstatieven en een kleine trommel had weggeschoven, keek ik recht in de tronie van mijn geliefde pleegbroer, Stein.

Streep geliefd maar door.

Hij was groter geworden, maar het kortgeknipte soldatenkapsel en de intense blik waar zoveel haat uit sprak waren nog dezelfde. Ik zag dat hij zijn mond opende en iets zei, maar mijn oren suisden nog van de cimbalen. Ik hield mijn armen automatisch voor mijn gezicht toen hij op me af kwam. Maar hij liep langs me heen en stapte over de trommels naar Irene. Ze werd met een kleine kreet wakker toen hij haar bij haar arm greep en omhoogtrok.

Hij hield haar met één hand vast terwijl hij met de ander wat eigendommen in haar rugzak stouwde. Ze was gestopt zich te verzetten toen hij haar naar de deur leidde.

'Stein...' begon ik.

Hij bleef in de deuropening staan, keek me vragend aan, maar ik ging niet verder.

'Jij hebt ons gezin genoeg kapotgemaakt,' zei hij.

Hij zag eruit als fuckings Bruce Lee toen hij de ijzeren deur achter zich dichtsmeet. De lucht trilde. Oleg richtte zich op boven de versterker en zei iets, maar ik was weer doof.

Ik stond met mijn rug naar de open haard en voelde de warmte op mijn huid prikken. De vlammen en een verrekte antieke lamp waren het enige licht in de kamer. In de leren stoel zat de oude kerel te kijken naar de man die we in de limousine uit de Skippergate hadden meegenomen. Hij had nog steeds die jas voor alle weertypen aan. Andrej stond achter de man en maakte de blinddoek voor zijn ogen los.

'Goed,' zei de oude kerel. 'Jij bent de leverancier van dat product waarover ik zoveel heb gehoord.'

'Ja,' zei de man, hij zette zijn bril op en keek met half samengeknepen ogen de kamer rond.

'Waar komt het vandaan?'

'Ik ben hier om het te verkopen, niet om er informatie over te geven.'

De oude man ging met twee vingers over zijn kin. 'In dat geval ben ik niet geïnteresseerd. Andermans dievengoed overnemen leidt in deze branche altijd tot doden. En dode mensen betekent trubbels en dat is slecht voor de toko.'

'Het is geen dievengoed.'

'Ik durf te zeggen dat ik een tamelijk goed zicht heb op de kanalen en dit is een product dat niemand ooit eerder heeft gezien. Dus ik herhaal: Ik koop niets voor ik de zekerheid krijg dat dit niet tegen ons gaat werken.'

'Ik heb me hier geblinddoekt heen laten brengen omdat ik begrip heb voor de behoefte aan discretie. Ik hoop dat jullie hetzelfde begrip voor mij hebben.'

Door de warmte was zijn bril beslagen, maar hij hield hem op. Andrej en Peter hadden hem in de auto gefouilleerd terwijl ik zijn blik, lichaamstaal, stem en handen had opgenomen. Het enige wat ik vond was eenzaamheid. Er bestond geen dikke, lelijke geliefde, alleen deze man en zijn fantastische dope.

'Wat mij betreft kun je ook gewoon een politieman zijn,' zei de oude man.

'Hiermee?' vroeg de man naar zijn voet wijzend.

'Als jij je bezighoudt met invoer, hoe komt het dan dat ik nog nooit eerder van je heb gehoord?'

'Omdat ik nieuw ben. Ik heb geen strafblad en niemand kent me, niet binnen de politie, noch binnen deze branche. Ik heb een zogenaamd respectabel beroep en heb tot nu toe een normaal leven geleid.' Hij grijnsde en ik begreep dat hij probeerde te glimlachen. 'Een ongewoon gewoon leven, zouden sommige mensen waarschijnlijk beweren.'

'Hm.' De oude man ging herhaaldelijk met zijn hand over zijn kin. Toen pakte hij me bij mijn hand en trok me naar zijn stoel zodat ik naast hem kwam te staan en met hem naar de man staarde.

'Weet je wat ik geloof, Gusto? Ik geloof dat hij het product zelf maakt. Wat denk jij?'

Ik dacht daarover na. 'Misschien,' zei ik.

'Je weet het, Gusto, je hoeft niet direct een Einstein te zijn in chemie. Er zijn gedetailleerde uitwerkingen op internet te vinden over hoe men opium verandert in morfine en daarna in heroïne. Laten we zeggen dat je de hand hebt weten te leggen op tien kilo ruwe opium. Je schaft een kookuitrusting aan, een koelkast, een beetje methanol en een ventilator en weegschaal. Dan hou je achtenhalve kilo heroïnekristallen over. Versnij dat en je hebt één komma twee kilo straatheroïne.'

De man in zijn jas voor alle weertypen schraapte zijn keel: 'Daar heb je een beetje meer voor nodig.'

'De vraag,' zei de oude kerel, 'is hoe je aan ruwe opium komt.'

De man schudde zijn hoofd.

'Aha,' zei de oude kerel terwijl hij aan de binnenkant van zijn arm wreef. 'Geen opiaat. Opioïde.'

De man gaf geen antwoord.

'Hoorde je wat hij zei, Gusto?' De oude kerel richtte zijn wijsvinger op de klompvoet. 'Hij maakt een volledig synthetische drug. Hij

heeft de hulp van de natuur en Afghanistan niet nodig, hij maakt enkel gebruik van chemie en produceert alles aan zijn keukentafel. Volledige controle en geen risicovolle smokkel. En net zo krachtig als heroïne. We hebben een slimmerik in ons midden, Gusto. Dergelijke ondernemingszin dwingt respect af.'

'Respect,' mompelde ik.

'Hoeveel kun je produceren?'

'Twee kilo per week, misschien. Dat hangt er een beetje van af.'

'Ik neem alles,' zei de oude kerel.

'Alles?' vroeg de man, vlak en zonder verbazing in zijn stem.

'Ja, alles wat je maakt. Mag ik u een zakelijk voorstel doen, meneer...?'

'Ibsen.'

'Ibsen?'

'Als u daar niets op tegen hebt.'

'Voor mijn part, hij was immers ook een groot kunstenaar. Ik wil dus voorstellen dat we partners worden, meneer Ibsen. Verticale integratie. We beheersen de markt en kunnen de prijs vaststellen. Een bredere marge voor ons beiden. Wat zegt u daarvan?'

Ibsen schudde zijn hoofd.

De oude kerel hield met een lachje rond zijn liploze mond zijn hoofd scheef. 'Waarom niet, meneer Ibsen?'

Ik zag hoe de kleine man zich oprichtte, het leek of hij groeide in die voor-het-hele-jaar-geschikte-saaiste-jas-ter-wereld.

'Als ik u het monopolie geef, meneer...?'

De oude kerel zette zijn vingertoppen tegen elkaar. 'Noem me zoals u wilt, meneer Ibsen.'

'Ik wil niet afhankelijk zijn van één enkele afnemer, meneer Dubai. Dat is te risicovol. En dat betekent dat u de prijzen kunt drukken. Aan de andere kant wil ik niet te veel hebben, dan is het risico dat de politie me kan opsporen groter. Ik kom naar u omdat u erom bekendstaat dat u onzichtbaar bent, maar ik wil nog een afnemer

hebben. Ik heb al contact gezocht met Los Lobos. Ik hoop dat u daar begrip voor hebt.'

De oude kerel lachte zijn reptielenlach. 'Luister en leer, Gusto. Hij weet niet alleen van alles over farmacie, maar is ook een zakenman. Goed, meneer Ibsen, dan spreken we het zo af.'

'De prijs...'

'Ik betaal waar u om hebt gevraagd. U zult merken dat dit een branche is waar niet veel tijd wordt verspild aan afdingen. Het leven is te kort en de dood te dichtbij. Zullen we zeggen dat de eerste levering volgende week dinsdag is?'

Op weg naar de buitendeur deed de oude kerel alsof hij steun bij me moest zoeken. Zijn nagels schraapten langs de binnenkant van mijn arm.

'Hebt u gedacht aan export, Ibsen? Controle op de uitvoer van drugs bestaat in Noorwegen niet, begrijpt u.'

Ibsen gaf geen antwoord. Maar nu zag ik het. Wat hij wilde hebben. Ik zag het terwijl hij daar zo stond met zijn klompvoet en naar binnen draaiende heup. Ik zag het in de weerschijn van zijn bezwete, bleke schedel onder dat dunne haar. Zijn bril was niet meer beslagen en hij had dezelfde blik in zijn ogen als in de Skippergate. Afrekenen, papa. Hij wilde afrekenen. Afrekenen met het feit dat hij nooit respect, liefde, bewondering, acceptatie, al die dingen waarvan ze beweren dat je die niet kunt kopen, had gekregen. Maar natuurlijk kun je dat allemaal kopen, met geld, niet met fuckings medelijden. Is het niet, papa? Het leven is je bepaalde dingen schuldig en als je het niet krijgt dan moet je het opeisen. Je moet je eigen verrekte torpedo worden. En als we daarvoor moeten branden in de hel, dan wordt het dunbevolkt in de hemel. Of niet soms, papa?

Harry zat bij de gate en keek naar buiten. Hij keek naar de vliegtuigen die over de banen taxieden.

Over acht uur zou hij in Sjanghai zijn.

Hij hield van Sjanghai. Hij hield van het eten, hield ervan over The Bund langs de Huangpu-rivier te lopen naar het Peace Hotel, hield ervan de Old Jazz bar te bezoeken en naar de stokoude jazzmuzikanten te luisteren die zich door hun standaarddeuntjes werkten, hij hield van de gedachte dat ze daar al zaten sinds de revolutie van 1949 voorbij was. Hield van haar. Hield van wat ze hadden en niet hadden, en was er tevreden mee.

Tevreden zijn dat was een geweldige eigenschap, niet iets waarmee hij van nature gezegend was, maar wat hij de laatste drie jaar wel geleerd had. Niet met je kop tegen de muur bonken als dat niet nodig was.

Hoe standvastig geloof jij in jouw evangelie? Ben jij ook geen twijfelaar?

Over acht uur zou hij in Sjanghai zijn.

Kón hij in Sjanghai zijn.

Verdomme.

Ze nam na de tweede keer op.

'Wat wil je?'

'Niet ophangen, oké?'

'Ik ben er nog.'

'Luister, in hoeverre heb je die Nils Christian in je macht?'

'Hans Christian.'

'Is hij verliefd genoeg dat je hem kunt overhalen mee te werken aan een twijfelachtige stunt?'

HOOFDSTUK 13

Het had de hele nacht geregend en toen Harry voor de gevangenis van Oslo stond kon hij zien dat er een nieuwe, natte en gouden laag van blad als een soort verpakking over het park was gelegd. Hij had niet veel geslapen sinds hij rechtstreeks van het vliegveld naar Rakel was gegaan. Hans Christian was gekomen, had niet al te veel geprotesteerd en was weer vertrokken. Daarna hadden Rakel en Harry samen theegedronken en over Oleg gepraat. Over hoe het vroeger was. Over hoe het was geweest. Maar niet over hoe het had kunnen zijn. Tegen zonsopgang had Rakel gezegd dat Harry op Olegs kamer kon slapen. Voor Harry in bed stapte had hij Olegs pc gebruikt om wat op te zoeken op internet en had hij oude artikelen gevonden over een politieman die in Göteborg vermoord was en onder Älvsborgbro lag. Wat hij las bevestigde wat Cato had verteld, maar Harry vond bovendien in de altijd sensatiebeluste *Göteborgstidningen* een artikel over deze zaak waarin stond dat er geruchten gingen dat het om een man ging die door criminelen als mol werd gebruikt. Het was nog maar twee uur geleden dat Rakel hem fluisterend had gewekt met een geurende kop koffie. Dat had ze altijd gedaan, de dag starten met gefluister, zowel bij hem als bij Oleg. Alsof ze de overgang van dromenland naar de werkelijkheid kalm wilde laten verlopen.

Harry keek in de videocamera, hoorde het zachte gezoem en duwde de deur open. Toen ging hij snel naar binnen. Hij hield zijn koffertje duidelijk zichtbaar voor zich en legde de ID-kaart op de balie voor de gevangenisbeambte terwijl hij haar zijn goede wang toekeerde.

'Hans Christian Simonsen...' mompelde ze zonder op te kijken terwijl haar ogen over de lijst voor zich gingen. 'Daar, ja. Voor Oleg Fauke.'

'Klopt,' zei Harry.

Een andere werknemer leidde hem door de gangen en over de open galerij in het midden van de gevangenis. De man zei dat het een warme herfst leek te worden en maakte bij iedere keer dat hij een nieuwe deur opende veel lawaai met de sleutelbos. Ze liepen door de gemeenschappelijke ruimte en Harry zag een tafeltennistafel met twee batjes, een opengeslagen boek op de tafel en een aanrechtblok waarop nog beleg, brood en een broodmes lagen. Maar geen gevangenen.

Ze bleven staan voor een witte deur en de man draaide hem van het slot.

'Ik dacht dat de celdeuren op deze tijd van de dag open waren,' zei Harry.

'De andere zijn dat wel, maar het gaat hier om een gevangene in voorarrest die een gevaar voor zichzelf en anderen kan zijn,' zei de werknemer. 'Slechts één uur luchten per dag.'

'Waar zijn al de andere gevangen dan nu?'

'God mag het weten, misschien staat Hustler Channel in de televisiekamer wel aan.'

Toen de man hem had binnengelaten, bleef Harry bij de deur staan tot hij hoorde dat de voetstappen wegstierven. Het was een gewone cel. Tien vierkante meter. Een bed, een kast, een bureau met een stoel en een televisie. Oleg zat aan het bureau en keek verbaasd naar hem op.

'Je wilde me spreken,' zei Harry.

'Ik dacht dat ik geen bezoek mocht ontvangen,' zei Oleg.

'Dit is geen bezoek, maar een consult met je advocaat.'

'Advocaat?'

Harry knikte. Toen begon het Oleg te dagen. Slimme jongen.

'Hoe...'

'Het type moord waarvan jij verdacht wordt gaf geen aanleiding tot plaatsing in een zwaarbewaakte gevangenis, het was dus niet zo moeilijk.' Harry opende zijn koffertje, pakte de witte gameboy en gaf hem aan Oleg. 'Alsjeblieft, deze is voor jou.'

Oleg liet zijn vingers over de display gaan. 'Hoe ben je hieraan gekomen?'

Harry dacht het begin van een glimlachje te zien op het ernstige jongensgezicht. 'Vintagemodel met batterij. Ik heb hem in Hongkong gevonden. Mijn plan was om je volgende keer dat ik je zag te verslaan met Tetris.'

'Nooit van je leven!' lachte Oleg. 'Niet daarmee, noch met het onderwater zwemmen.'

'In het Frognerbad toen? Hm, ik dacht dat ik een meter verder dan jij...'

'Een meter achter me was je! Mama was getuige.'

Harry zat stil om het moment niet kapot te maken, hij genoot van de blijdschap op Olegs gezicht. Hij rommelde wat met de gameboy, hij draaide hem om en om alsof hij op zoek was naar het knopje om hem aan te zetten.

'Neem de tijd die je nodig hebt, Oleg, maar het is vaak het makkelijkst om bij het begin te beginnen.'

De jongen tilde zijn hoofd op en keek Harry aan: 'Kan ik je vertrouwen? Hoe dan ook?'

Harry wilde iets zeggen, maar bedacht zich. Hij knikte slechts.

'Je moet iets voor me regelen.'

Het leek of iemand een mes in Harry's hart ronddraaide. Hij wist al wat er komen ging.

'Ze hebben hier in de nor alleen maar boy en speed, maar ik heb violine nodig. Kun je me helpen, Harry?'

'Heb je me daarom gevraagd te komen?'

'Jij bent de enige die het is gelukt om het bezoekverbod te omzeilen.' Oleg staarde Harry aan met zijn donkere, ernstige blik. Slechts een kleine trilling in de dunne huid onder het ene oog verraadde zijn wanhoop.

'Je weet dat ik dat niet kan doen, Oleg.'

'Natuurlijk kun je dat wel!' Zijn stem klonk hard en metalig tussen de celmuren.

'Hoe zit het met de mensen voor wie je dealde, kunnen die niets regelen?'

'Wat dealde?'

'Verdomme, lieg niet tegen me!' Harry sloeg met zijn handpalm op het deksel van zijn koffertje. 'Ik vond in je klerenkast op Valle Hovin een Arsenalshirt.'

'Heb je ingebroken in...'

'En dit heb ik ook gevonden.' Harry smeet de foto van het gezin op het bureau voor hem. 'Het meisje op de foto, weet je waar ze is?'

'Wie...'

'Irene Hanssen. Jij en zij waren een stel.'

'Hoe...'

'Jullie zijn in Fyrlyset gezien. Een trui die ruikt naar een bloemenwei, en een set spuiten voor twee personen lagen in je klerenkast. Je geheime stashplaats delen is intiemer dan het delen van een bed, of niet? Plus het feit dat je moeder me heeft verteld dat je eruitzag als een gelukkige idioot toen ze je in de stad vond. Mijn diagnose: smoorverliefd.'

Olegs adamsappel schoot op en neer.

'Nou?' zei Harry.

'Ik weet niet waar ze is! Oké? Ze verdween gewoon. Misschien heeft haar oudste broer haar opgehaald. Misschien zit ze opgesloten in zo'n shit afkickkliniek. Misschien heeft ze het vliegtuig genomen en wilde ze weg uit de hele klerezooi.'

'Of misschien ging het allemaal niet zo lekker. Wanneer heb je haar voor het laatst gezien?'

'Herinner ik me niet.'

'Je herinnert het je tot op de minuut nauwkeurig.'

Oleg sloot zijn ogen. 'Honderdtweeëntwintig dagen geleden. Lang voor dat gedoe met Gusto. Dus wat heeft het met de zaak te maken?'

'Alles heeft met elkaar te maken, Oleg. Een moord is een witte walvis. Een persoon die zomaar verdwijnt, is een witte walvis. Als je twee keer een witte walvis ziet, gaat het om dezelfde walvis. Wat kun je me vertellen over Dubai?'

'Dat is de grootste stad, maar niet de hoofdstad van de Verenigde Arabische Emira...'

'Waarom bescherm je hem, Oleg? Wat kun je me niet vertellen?'

Oleg had het knopje op de gameboy gevonden en schoof het heen en weer. Toen wipte hij het batterijdekseltje aan de achterkant los, tilde het deksel van de metalen afvalbak die naast het bureau stond op en gooide de batterijen erin voor hij het speelgoed teruggaf aan Harry.

'Dood.'

Harry keek naar de gameboy en liet hem in zijn zak glijden.

'Als jij geen violine voor me kunt regelen moet ik die rommel die ik hier kan krijgen wel spuiten. Heb je al eens gehoord van fetanyl en heroïne?'

'Fetanyl gebruiken staat gelijk aan vragen om een overdosis, Oleg.'

'Precies. Dan kun jij later aan mama uitleggen dat het jóúw schuld was.'

Harry gaf geen antwoord. Olegs pathetische poging om hem te manipuleren maakte hem niet kwaad, hij had alleen de neiging om zijn armen om de jongen te slaan en hem tegen zich aan te drukken. Want Harry hoefde de tranen die in Olegs ogen stonden niet te zien om te weten wat voor strijd er in zijn hoofd en lichaam woedde. Hij voelde fysiek het verlangen in de jongen. En dan bestond er niets anders, geen moraal, geen liefde, geen medeleven, alleen maar die eindeloze gedachten aan het middel, de roes, de vrede. Harry had ooit op een punt in zijn leven gestaan dat hij bijna een shot heroïne had geaccepteerd, maar een toevallig moment van helderheid had hem doen bedanken. Misschien was het het besef geweest dat heroïne in staat zou zijn wat alcohol niet was gelukt: hem zijn leven af te nemen. Misschien kwam het door het meisje dat hem had verteld hoe verslaafd ze na de eerste keer was geraakt omdat niets, helemaal niets van wat ze ooit had beleefd of wat ze zich kon voorstellen, de extase kon overtreffen. Misschien kwam het door zijn vriend in Oppsal die naar een afkickkliniek was gegaan om volledig af te kicken omdat hij hoopte dat hij daarna na het zetten van de eerste shot, weer in de buurt zou komen van wat hij de allereerste keer had beleefd. En die hem had verteld dat hij bij het zien van de inentingsprikken van zijn drie maanden oude zoontje moest huilen en de zucht naar drugs zo sterk voelde dat hij wel direct van het consultatiebureau naar Plata had willen gaan.

'Laten we een deal maken,' zei Harry die zijn eigen hese stem hoorde. 'Ik zorg dat je krijgt wat je wilt hebben en jij vertelt me alles wat je weet.'

'Prima!' zei Oleg, en Harry zag hoe zijn pupillen groter werden. Hij had ooit gelezen dat delen van de hersenen bij zware heroïneverslaafden al konden worden geactiveerd nog voordat de spuit was gezet. Fysiek gezien werden ze al high terwijl ze het poeder smolten en een ader oppompten. En Harry wist ook dat die delen van de hersenen van Oleg nu spraken, dat daarbinnen geen enkel ander antwoord was dan: Prima! Of dat nu waar was of niet.

'Maar ik wil het niet op straat kopen,' zei Harry. 'Heb je violine in jouw geheime stashplaats?'

Oleg leek een ogenblik te aarzelen. 'Je hebt daar al gekeken.'

Harry besefte dat het niet waar was dat er niets heilig was voor een heroïneverslaafde. Zijn stashplaats was heilig.

'Ik heb alleen die.'

'Ik zal niets van je stelen.'

'Ik heb geen andere stashplaats, zeg ik toch!'

Harry kon horen dat hij loog, maar dat was niet zo belangrijk, dat betekende waarschijnlijk dat hij geen violine had.

'Ik kom morgen terug,' zei Harry, hij legde de gameboy terug in zijn koffertje en klapte hem dicht.

Harry klopte op de deur en wachtte. Maar er kwam niemand. Ten slotte duwde hij de deurklink naar beneden. De deur gleed open. Absoluut geen zwaarbewaakte gevangene.

Harry liep dezelfde weg terug als hij was gekomen. Het was leeg in de gang en ook de gemeenschappelijke ruimte was verlaten, Harry stelde automatisch vast dat het brood en beleg er nog steeds lagen maar dat het broodmes was opgeruimd. Hij liep door naar de deur die hem op de galerij bracht – tot zijn verbazing was die ook open.

Bij de receptie vond hij gesloten deuren. Hij meldde de open deuren bij de gevangenisbeambte achter de glazen ruit en ze tilde een wenkbrauw op en keek naar de monitor boven zich. 'Niemand kan verder dan tot hier komen.'

'Behalve ik dan, hoop ik.'

'Hè?'

'Niets.'

Harry had al bijna honderd meter door het park in de richting van Grønlandsleiret gelopen toen alles op zijn plaats viel. De lege ruimten, de open deuren, het broodmes. Hij bleef ineens staan. Zijn hart begon zo snel te kloppen dat hij er misselijk van werd.

Hij hoorde een vogel zingen. Rook het gras. Toen draaide hij zich om en rende terug naar de gevangenis. Hij voelde dat zijn mond droog was van angst en dat zijn hart de adrenaline door zijn aderen pompte.

HOOFDSTUK 14

De violine trof Oslo als een fuckings asteroïde. Oleg had me het verschil uitgelegd tussen een meteoriet en een meteoroïde en al die andere rotzooi die op ieder moment op onze kop kan vallen, en dit was dus een asteroïde, zo'n kloteding dat de aarde kan... Verdomme, je begrijpt wel wat ik bedoel, papa, lach niet. Van 's ochtends tot 's avonds verkochten we nul-tien, kwarten, hele grammen of zelfs vijf gram per keer. Het centrum stond op zijn kop. En we verhoogden de prijs. En de rijen werden alleen maar langer. En we verhoogden weer de prijs. En de rijen bleven net zo lang. En we verhoogden de prijs weer. Toen brak de hel los.

Een bende Kosovo-Albanezen beroofde ons team achter de beurs. Het waren twee broers uit Estland die zonder spion werkten en de Kosovo-Albanezen gebruikten knuppels en boksbeugels. Ze namen het geld en de dope mee, braken de dijbenen van de broers. Twee avonden later sloeg een Tsjechische bende toe in de Prinsensgate, tien minuten voor Andrej en Peter de dagelijkse opbrengst kwamen halen. Ze pakten de drugsman op de binnenplaats zonder dat de geldman en de spion het in de gaten hadden. En de vraag was: wat nu?

Die vraag werd twee dagen later beantwoord.

Inwoners van Oslo die al vroeg op weg waren naar hun werk konden een spleetoog aan de Sannerbru zien bungelen. Hij was gekleed als een gek, in een dwangbuis en een prop in zijn bek. Het touw dat rond zijn enkels gebonden zat was zo lang dat hij zijn hoofd niet boven water kon houden. Niet eindeloos in elk geval, tot de buikspieren het opgaven.

Diezelfde avond kregen Oleg en ik een pistool van Andrej. Het was Russisch, Andrej vertrouwde alleen Russische spullen. Hij rookte zwarte Russische sigaretten, belde met een Russisch mobieltje (ik maak geen grapje, papa: een Gresso, een duur ding van Afrikaans blackwood, absoluut waterdicht, zendt geen signalen uit als het niet aanstaat, dus de politie kan je niet traceren) en hij zwoer bij Russische wapens. Andrej legde uit dat het merk van het pistool Odessa was, een goedkope versie van een Stechkin, alsof een van ons ook maar iets wist van zulke zaken. Het had een magazijn waarin twintig kogels van het kaliber Malakov 9.18 mm pasten, hetzelfde kaliber dat Andrej en Peter en andere dealers in hun pistolen hadden. We kregen samen een doos patronen, en hij liet ons zien hoe we moesten laden, zekeren en dat rare, grove pistool moesten afvuren. En hij zei dat we hem stevig moesten vasthouden en iets lager moesten richten dan waar we het slachtoffer wilden raken. En dat we niet op het hoofd moesten richten, maar liever op het bovenlichaam. Als we het kleine knopje op C zetten, schoot het pistool salvo's af en een lichte druk op de trekker was voldoende om drie tot vier kogels af te vuren. Maar hij verzekerde ons dat het in negen van de tien gevallen voldoende was om het pistool te laten zien. Nadat hij was vertrokken zei Oleg dat het pistool leek op het pistool dat op de hoes van een album van Foo Fighters stond en dat hij verdomme niemand ging neerschieten. Dus ik zei dat ik het pistool wel wilde.

De kranten gingen amok maken. Ze schreeuwden dat er een bendeoorlog was losgebarsten, blood in the streets, *fuckings L.A., en zo. De politici van partijen die niet in de gemeenteraad zaten riepen dat de aanpak van de criminaliteit, de drugsproblemen, niet deugde, dat de gemeenteraad niet deugde. De stad deugde niet zei de Centrumpartij en Oslo was een schande voor het land en moest van de kaart worden geveegd. Wie de meeste kritiek kreeg was de hoofdcommissaris van politie, maar bagger zakt naar beneden dus toen een Somaliër op klaarlichte dag twee stamleden bij Plata doodschoot zonder dat hij werd opgepakt, nam de afdelingschef van* GC *ontslag. De burgemeester – die ook hoofd van de politie is – zei dat de criminaliteit, de drugs en de politie allereerst de verantwoording waren van de landelijke politiek, maar dat het haar opdracht was om ervoor te zorgen dat de inwoners van Oslo veilig over straat konden. Er stond een foto van haar in de krant. En achter haar stond haar gemeentesecretaris. Zij was een oude bekende van me. De* MILF *zonder* M. *Ze zag er serieus en zakelijk uit. Ik zag alleen een geile dame met een rijbroek op haar enkels.*

Op een avond kwam Andrej vroeger, hij zei dat we klaar waren voor vandaag en dat ik mee moest naar Bygdøy.

Toen hij langs het huis van die oude kerel reed, schoten er allerlei vervelende gedachten door mijn hoofd. Maar toen draaide Andrej gelukkig de oprit op van het huis ernaast, het huis waarvan de oude kerel had verteld dat dat ook van hem was. Andrej liep met me mee naar binnen. Het huis was niet zo verlaten als het er aan de buitenkant uit had gezien. Achter de afgebladderde muren en kapotte ruiten bleken sommige vertrekken gemeubileerd en verwarmd. De oude kerel zat in een kamer met boekenkasten van vloer tot plafond en uit enorme luidsprekers kwam van die klassieke muziek. Ik ging op de enige andere stoel in de kamer zitten en Andrej vertrok en deed de deur achter zich dicht.

'Ik wil je vragen of je iets voor me kunt doen, Gusto,' zei de oude kerel, terwijl hij zijn hand op mijn knie legde.

Ik gluurde naar de dichte deur.

'We zijn in oorlog,' zei hij en hij stond op. Hij liep naar een boekenplank en pakte een dik boek met een bruine, gevlekte omslag. 'Deze tekst is zeshonderd jaar voor Christus geschreven. Ik ken geen Chinees, dus ik heb slechts de tweehonderd jaar oude Franse versie die door een jezuïet met de naam Joseph Marie Amoit is vertaald. Ik heb het boek op een veiling gekocht en er honderdnegentigduizend kronen voor betaald. Het gaat over hoe je de vijand in een

oorlog om de tuin kunt leiden en het is het meest geciteerde werk over dit onderwerp. Zowel Stalin en Hitler als Bruce Lee gebruikten het boek als bijbel. En weet je?' Hij zette het boek weer terug op zijn plaats in de boekenkast. 'Ik geef de voorkeur aan dit boek.' Hij gooide een boek naar me toe. Het was een dun boekje met een helderblauwe kaft, duidelijk tamelijk nieuw. Ik las de titel: 'Schaken voor beginners.'

'Zestig kronen in de uitverkoop,' zei de oude kerel. 'We zullen een rokade doen.'

'Een rokade?'

'Een zet in het schaakspel waarbij de koning een beschermende toren aan zijn zijde krijgt. We zullen een alliantie aangaan.'

'Met een toren?'

'Denk daarbij aan de toren van het gemeentehuis.'

Ik dacht na.

'De gemeenteraad,' zei de oude kerel. 'De gemeenteraad heeft een secretaris die Isabelle Skøyen heet en feitelijk bepaalt zij het beleid op het gebied van de drugsproblematiek. Ik heb een bron gecheckt en ze is perfect. Intelligent, effectief en ongelooflijk ambitieus. Kort samengevat een politieke bulldozer. Maar volgens mijn bron heeft ze toch nog geen geweldige carrière gemaakt omdat ze soms een ongeleid projectiel is en een leven leidt dat aanleiding kan geven tot schandalen. Ze feest erop los, zegt wat ze wil en heeft overal minnaars.'

'Dat klinkt vreselijk,' zei ik.

De oude kerel keek me waarschuwend aan voor hij verderging: 'In elk geval niet de aanbevelingen die je je zou wensen voor een verantwoordelijke partij. Ze is via haar overleden vader in de politiek gekomen, die woordvoerder was voor de Centrumpartij, maar die het nooit is gelukt om door te dringen tot de landelijke politiek. En mijn bron zegt dat Isabelle de droom die haar vader had wil verwezenlijken: door de minister-president gebeld en gevraagd worden voor een ministerpost. En aangezien de kans daarop het grootst is in de Arbeiderspartij, heeft ze zich laten uitschrijven uit de kleine boerenpartij van haar vader. Kort samengevat, alles aan Isabelle is flexibel en kan worden aangepast aan haar ambities. Bovendien is ze alleen en heeft de familieboerderij een niet onaanzienlijke schuld.'

'Dus wat doen we?' vroeg ik alsof ik meebesliste in het beleid op het gebied van violine.

De oude kerel glimlachte, hij leek dat wel amusant te vinden. 'We dwingen haar naar de onderhandelingstafel waar we haar een alliantie voorstellen. En jij bent haar dwangmiddel, Gusto. Daarom ben je hier.'

'Ik? Ik moet een dame uit de politiek dwingen?'

'Inderdaad. Een dame uit de politiek met wie jij hebt gecopuleerd, Gusto. Een volwassen politica die haar positie heeft ingezet om haar seksuele behoeften te bevredigen door een puber met grote, sociale problemen te gebruiken.'

Ik geloofde eerst mijn eigen oren niet. Tot hij een foto uit zijn jaszak trok en die voor me op tafel legde. Hij leek vanuit een auto met donkere ramen genomen te zijn. Hij was gemaakt op de Tollbugate en je zag een jongen in een Land Rover stappen. Het nummerbord was te zien. Ik was die jongen. De auto van Isabelle Skøyen.

Er liep een rilling over mijn rug. 'Hoe weet...'

'Beste, Gusto, ik heb je toch verteld dat ik je al een poos in de gaten hou. Wat ik wil, is dat je contact opneemt met Isabelle Skøyen via het privénummer dat je vast van haar hebt en dat je haar de versie vertelt die we klaar hebben voor de media. En daarna vraag je om een zeer geheime ontmoeting met ons drieën.'

Hij liep naar het raam en keek naar het troosteloze weer.

'Je zult zien dat ze tijd vrij kan maken in haar agenda.'

HOOFDSTUK 15

Gedurende de laatste drie jaar in Hongkong had Harry meer hardgelopen dan hij ooit in zijn leven had gedaan. Maar toch, in de twaalf seconden die hij nodig had om de honderd meter af te leggen naar de toegangsdeur van de gevangenis, speelden zijn hersenen verschillende scenario's af die allemaal één ding gemeen hadden: dat hij te laat kwam.

Hij belde aan en onderdrukte de neiging aan de deur te rammelen terwijl hij wachtte op het geluid van de automatische deuropener. Eindelijk klonk het gezoem en hij rende de trappen op naar de receptie.

'Iets vergeten?' vroeg de gevangenisbeambte.

'Ja,' zei Harry terwijl hij wachtte tot ze hem binnen had gelaten. 'Sla alarm!' riep hij. Hij liet zijn koffertje vallen en rende door. 'De cel van Oleg Fauke!'

Zijn voetstappen weerklonken in het lege atrium, de lege gangen en de veel te lege gemeenschappelijke ruimte. Hij had niet het gevoel buiten adem te zijn, maar toch klonk zijn ademhaling als gebrul in zijn hoofd.

Olegs schreeuw bereikte hem toen hij de laatste gang in kwam. De deur van zijn cel stond half open en de seconden voor hij er was voelden als in de nachtmerrie: de sneeuwlawine, de voeten die niet snel genoeg konden lopen.

Toen was hij binnen.

Hij stond stil en nam de situatie in zich op.

Het bureau was omgegooid, papier en boeken lagen verspreid

over de grond. En met zijn rug tegen de klerenkast stond Oleg. Zijn zwarte Slayer T-shirt was doordrenkt van het bloed. Hij hield het metalen deksel van de vuilnisemmer voor zich. Zijn mond stond open en hij schreeuwde en schreeuwde. Voor zich zag Harry een rug in een Gymtec-singlet, daarboven een brede, bezwete stierennek, daarboven een kale schedel en daarboven een opgeheven hand die een broodmes vasthield. Het klonk naar metaal op metaal toen het lemmet het deksel van de metalen vuilnisemmer raakte. De man moest de verandering in lichtinval in de cel hebben opgemerkt want op hetzelfde moment draaide hij zich om. Hij liet zijn hoofd zakken en hield het mes lager zodat het naar Harry wees.

'Eruit!' siste hij.

Harry liet zich niet afleiden en volgde met zijn ogen niet het mes, maar concentreerde zich op de voeten van de man. Hij registreerde dat Oleg achter de man in elkaar zakte en op de grond plofte. Vergeleken met iemand die aan een vechtsport deed, had Harry een bedroevend klein repertoire van aanvalstechnieken. Hij kende maar twee regels. Regel één: er zijn geen regels. Regel twee: val als eerste aan. Dus toen Harry aanviel, was dat met de automatische bewegingen van iemand die slechts twee manieren van aanvallen had geleerd, getraind en gerepeteerd. Harry stapte naar het mes toe zodat de man het mes naar achteren moest halen om er vaart aan te geven. En op het moment dat de man die beweging startte, had Harry zijn rechtervoet opgetild en draaide hij zijn heup naar voren. Nog voordat het mes op de terugweg was, kwam Harry's voet naar beneden. Die trof de knie van de man net boven de knieschijf. En omdat de menselijke anatomie niet bestand is tegen dergelijk geweld vanuit die hoek, scheurde de quadriceps, onmiddellijk gevolgd door de ligamenten van het kniegewricht en – op het moment dat de knieschijf naar beneden langs het scheenbeen werd gedrukt – brak ook de patellaris.

De man viel met een schreeuw op zijn rug. Het mes kletterde op de grond terwijl zijn handen reikten naar zijn knieschijf. Zijn ogen sperden zich verder open toen zijn handen die op een heel nieuwe plaats aantroffen.

Harry schopte het mes weg en tilde zijn voet op om de aanval af te maken zoals hij dat had geleerd: hard stampen op de dijbeenspier waardoor er massieve inwendige bloedingen ontstonden zodat hij niet kon opstaan. Maar hij zag dat het karwei al geklaard was en liet zijn voet weer zakken.

Hij hoorde het geluid van snelle voetstappen en geratel van sleutelbossen op de gang.

'Hierheen!' riep Harry en hij stapte van de schreeuwende man naar Oleg.

Hij hoorde gehijg in de deuropening.

'Neem die man hier mee en haal een arts.' Harry moest roepen om boven het geschreeuw uit te komen.

'Wel verdomme, wat heb...'

'Bek dicht, zorg dat je een arts vindt!' Harry trok het Slayer T-shirt kapot en ging met zijn vingers door het bloed om de wond te vinden. 'En de arts moet eerst hiernaar kijken, die heeft alleen maar een kapotte knie.'

Harry hield Olegs gezicht tussen zijn bloederige handen terwijl hij hoorde dat ze de schreeuwende man naar buiten trokken.

'Oleg? Ben je daar? Oleg?'

De jongen knipperde met zijn ogen en het woord dat hem ontsnapte was zo zwak dat Harry het maar net kon horen. Hij voelde dat zijn keel samenkneep.

'Oleg, het komt goed. Hij heeft geen gat in iets gestoken wat je echt nodig hebt.'

'Harry...'

'En zo meteen is het kerstavond, ze zullen je morfine geven.'

'Hou je bek, Harry.'

Harry hield zijn bek. Oleg deed zijn ogen helemaal open. Ze hadden een koortsachtige, wanhopige weerschijn. Zijn stem was hees, maar duidelijk: 'Je had hem zijn werk moeten laten afmaken, Harry.'

'Wat zeg je nou?'

'Je moet het me laten doen.'

'Wat laten doen?'

Geen antwoord.

'Wat laten doen, Oleg?'

Oleg legde een hand achter Harry's hoofd, trok hem helemaal naar zich toe en fluisterde: 'Dit is iets wat jij niet kunt stoppen, Harry. Het is al gebeurd, het moet gewoon zijn loop hebben. Als jij in de weg gaat staan, zullen er meer doden vallen.'

'Wie zullen er dan doodgaan?'

'Dit is te groot, Harry. Je zult erin verdrinken, we zullen er allemaal in verdrinken.'

'Wie zullen er doodgaan? Wie bescherm je. Oleg? Is het Irene?'

Oleg sloot zijn ogen weer. Zijn lippen bewogen een beetje. Toen niet meer. En Harry dacht dat hij op dat elfjarige jongetje leek dat zojuist in slaap was gevallen na een lange dag. Toen zei hij toch nog wat.

'Het gaat om jou, Harry. Ze zullen jou vermoorden.'

Toen Harry de gevangenis verliet, was de ambulance er al. Hij dacht aan de dingen zoals ze vroeger waren. Aan de stad zoals die vroeger was. Aan zijn leven zoals dat vroeger was. Toen hij gisteravond de pc van Oleg gebruikte, had hij ook gezocht naar *Sardines* en *Russian Amcar Club*. Hij had niets kunnen vinden wat erop duidde dat ze weer opgestaan waren. Wederopstanding was misschien sowieso iets waarop je niet te veel moest hopen. Het leven leert je misschien niet veel, behalve dan dat ene: er is geen weg terug.

Harry stak een sigaret aan en voor hij de eerste trek nam, in de seconde dat de hersenen de nicotine al vierden die met de bloedbaan mee zou komen, hoorde hij het geluid weer, het geluid dat hij vast de hele avond en nacht nog zou horen. Dat bijna niet te horen eerste woord dat in de cel over Olegs lippen was gekomen: 'Papa.'

DEEL II

HOOFDSTUK 16

De rattenmoeder likte aan het metaal. Het smaakte zout. Ze schrok toen de koelkast weer wakker werd en begon te zoemen. De kerkklok sloeg nog steeds. Er was nog een weg naar het nest die ze niet had geprobeerd. Een weg die ze niet had durven nemen omdat het lichaam dat de ingang versperde nog niet dood was. Maar het hoogfrequente gejammer van de jongen maakte haar wanhopig. Toen deed ze het. Ze schoot omhoog door de mouw van het lichaam. Het stonk zwak naar rook. Niet rook van sigaretten of een vuur, maar naar iets anders. Iets in gasvorm dat in de stof zat, maar aangezien het eruit was gewassen hingen er nog maar een paar geurmoleculen tussen de binnenste draden van de stof. Ze kwam bij de elleboog, maar daar werd het te nauw. Ze stopte en luisterde. In de verte klonk een politiesirene.

Het zijn al die kleine momenten en keuzes, papa. Waarvan jij dacht dat ze onbelangrijk waren, here today, gone tomorrow, *zoiets. Maar ze hopen zich op. En voor je het in de gaten hebt, zijn ze een rivier geworden die je met zich meeneemt. Hij brengt je waar je wezen moet. En ik moest hierheen. In fuckings juli. Nee, ik moest niet hierheen! Ik wilde naar heel andere plekken, papa. Toen we afsloegen bij het hoofdgebouw, stond Isabelle Skøyen al wijdbeens in haar rijbroek op haar erf.*

'Andrej, jij wacht hier,' zei de oude kerel. 'Peter, jij controleert de omgeving.'

We stapten de limousine uit en de stallucht, het gezoem van strontvliegen en verre geklingel van koeienbellen in. Ze gaf de oude kerel stijfjes een hand zonder acht op mij te slaan en vroeg ons binnen te komen voor één kopje koffie, met de nadruk op één.

In de gang hingen foto's van knollen met de beste bloedlijn, de meeste met een kampioenslint bij het wedrennen en god mag weten wat nog meer. De oude kerel liep langs de foto's en vroeg of het Engelse volbloedpaarden waren en hij prees de slanke benen en de grote voorpartij zodat ik me begon af te vragen of hij het over de paarden of over haar had. Maar het werkte: Isabelle ontdooide wat en haar antwoorden werden minder kortaf.

'Laten we in de kamer gaan zitten om wat te praten,' zei hij.

'Ik dacht dat we dat wel in de keuken konden doen,' zei ze, terwijl het ijs weer terugkeerde in haar stem.

We gingen zitten en ze zette de koffiepot midden op tafel.

'Schenk ons even koffie in, Gusto,' zei de oude kerel, terwijl hij zich half omdraaide om naar buiten te kijken. 'U en uw man hebben een mooie boerderij, mevrouw Skøyen.'

'Er is hier geen meneer Skøyen.'

'Dan heb ik groot respect voor u. Waar ik ben opgegroeid worden vrouwen die alleen een boerderij kunnen runnen, of ze nu weduwe, gescheiden of ongehuwd zijn, met enorm respect behandeld.'

Hij draaide zich breeduit lachend naar haar om. Hun ogen kruisten elkaar. En een paar seconden was het zo stil dat je alleen een achterlijke vlieg hoorde die tegen de ruit vloog omdat hij naar buiten wilde.

'Bedankt,' zei ze.

'Goed. Laten we die foto's voorlopig vergeten, mevrouw Skøyen.'

Ze verstijfde op haar stoel. In het gesprek dat zij en ik aan de telefoon hadden, had ze het eerst trachten weg te lachen toen ik haar uitlegde dat er foto's waren van haar en mij die we naar de pers konden sturen. Ze zei dat ze alleenstaand en seksueel actief was en iemand had die jonger was dan zij, en wat dan nog? Ten eerste was ze zo'n vreselijke politica en ten tweede hadden we het hier wel over Noorwegen, een dubbele moraal was iets wat ze in Amerikaanse presidentsverkiezingen hanteerden. Dus ik had kort en consistent het beeld in felle kleuren geschetst. Dat ze me eigenlijk had betaald en dat ik dat kon bewijzen. Dat ze me feitelijk had geprostitueerd en dat drugs en prostitutie zaken waren die ze als sociale politica nu juist wilde aanpakken, zoals ze beweerde in de media. Of niet soms?

Twee minuten later hadden we een tijdstip en een plaats afgesproken voor dit gesprek.

'De pers schrijft genoeg over het privéleven van politici,' zei de oude kerel. 'Laten we het liever hebben over een zakelijk voorstel, mevrouw Skøyen. Een goed zakelijk voorstel moet, in tegenstelling tot chantage, voordeel opleveren voor beide partijen. Bent u het daarmee eens?'

Ze fronste haar voorhoofd. De oude kerel keek haar weer lachend aan. 'Met een zakelijk voorstel bedoel ik uiteraard niet dat er geld mee is gemoeid. Hoewel de boerderij geen winstgevende zaak zal zijn. Maar dan is er sprake van corruptie. Wat ik u aanbied is een pure politieke deal. Weliswaar een geheime afspraak, maar gebeurt dat niet dagelijks op het gemeentehuis? En dat is altijd voor het welzijn van de burgers, heb ik gelijk?'

Skøyen knikte, maar was op haar hoede.

'Deze deal moet tussen u en ons blijven, mevrouw Skøyen. Zoals gezegd zal in de eerste plaats de stad ervan profiteren en ik zie voor u alleen een voordeel als u politieke ambities hebt. Stel dat dat het geval is, dan zal deze deal de weg naar de burgemeestersstoel veel korter maken. Om nog maar te zwijgen over de landelijke politiek.'

Het kopje koffie bleef in de lucht hangen.

'Ik ben niet van plan u te vragen iets onethisch te doen, mevrouw Skøyen. Ik wil alleen toelichten op welk vlak wij gemeenschappelijke interesses hebben en dan wil ik het aan u overlaten dat te doen wat ik denk dat juist is.'

'Ik moet doen wat ú denkt dat juist is?'

'De gemeenteraad zit in een lastig parket. Al voor de rampzalige ontwikkelingen van de laatste maanden, had de gemeenteraad zich het doel gesteld Oslo van de ranglijst van de ergste Europese drugssteden te krijgen. Jullie wilden dat de handel erin naar beneden ging, er minder jongeren drugs gingen gebruiken en niet in de laatste plaats het aantal sterfgevallen ten gevolge van een overdosis terugdringen. Op het moment lijken die doelstellingen verder weg dan ooit, is het niet, mevrouw Skøyen?'

Ze gaf geen antwoord.

'Wat er nu nodig is, is een held, of heldin, die heel grondig opruimt.'

Ze knikte langzaam.

'Ze zal opruiming moeten houden onder de bendes en de liga's.'

Isabelle snoof. 'Bedankt, maar dat is al in iedere grote stad in Europa gebeurd. Nieuwe bendes komen als onkruid op. Waar vraag is, zal altijd aanbod zijn.'

'Precies,' zei hij. 'Net als bij onkruid. Ik zie dat u akkerbouwgrond hebt, mevrouw Skøyen. Maakt u gebruikt van bodembedekkende groenbemesters?'

'Ja, klaver.'

'Ik kan u een bodembedekker aanbieden,' zei de oude kerel. 'Klaver gekleed in Arsenalshirts.'

Ze keek hem aan. Ik zag haar begerig kijken en haar hersenen werkten op volle toeren. De oude kerel zag er opgetogen uit.

'Een bodembedekker, mijn beste Gusto,' zei hij, een slok van zijn koffie nemend, 'is een onkruid dat je zaait om te verhinderen dat een ander onkruid gaat woekeren. Gewoon omdat klaver minder erg is dan de alternatieven. Begrijp je?'

'Ik geloof van wel,' zei ik. 'Waar toch onkruid zal groeien, is het beter om een onkruid te helpen dat de aarde niet verpest.'

'Precies. En in deze kleine analogie gaat het om het droombeeld

van de gemeenteraad om een schonere aarde in Oslo te hebben, waarbij alle bendes die levensgevaarlijke heroïne verkopen en zorgen voor anarchie op straat, het onkruid zijn. Terwijl wij en de violine de bodembedekkers zijn.'

'Zodat?' zei Isabelle.

'Zodat we al het onkruid, uitgezonderd de klaver, moeten wegtrekken. De klaver moet je met rust laten.'

'En waarom zou de klaver zoveel beter zijn?' vroeg ze.

'We schieten niemand neer. We werken discreet. We verkopen een drug die zelden tot een sterfgeval ten gevolge van een overdosis leidt. Met een monopoliepositie binnen de akkerbouw kunnen we onze prijzen zo hoog opschroeven dat er steeds minder gebruikers komen en er steeds minder jongeren gaan gebruiken. Zonder dat onze totale winst daalt, dat spreekt voor zich. Minder gebruikers en minder dealers. De junkies zullen niet langer de parken en de straten in het centrum bevolken. Kort samengevat: Oslo zal voor de toeristen, politici en kiezers een lust voor het oog worden.'

'Ik heb niet veel politieke macht.'

'Nog niet, mevrouw. Maar het wieden van onkruid is ook niet het werk van de burgemeester. Daar hebben ze hun secretarissen voor. Die moeten alle kleine, dagelijkse besluiten nemen die samen bepalen wat er feitelijk gebeuren zal. U volgt de uitgestippelde lijn van het gemeentebestuur, maar u hebt dagelijks contact met de politie waarmee u bijvoorbeeld de activiteiten en arrestaties in Kvadraturen bespreekt. U zult uiteraard uw rol iets meer moeten profileren, maar ik geloof dat u daar wel talent voor hebt. Een interviewtje over het drugsbeleid in Oslo hier, een uitspraak over een sterfgeval door een overdosis daar. Dus als het succes een feit is, zullen zowel de pers als uw partijgenoten weten wie de hersenen en de handen achter...' Hij grijnsde zijn reptielenlach. '... de grootste oogst van jaren is.'

Iedereen zat doodstil. Ook de vlieg die zijn vluchtpoging had op-

gegeven toen hij de suikerpot ontdekte.

'Dit gesprek heeft uiteraard nooit plaatsgevonden,' zei Isabelle.

'Uiteraard niet.'

'We hebben elkaar zelfs nog nooit ontmoet.'

'Jammer, maar waar, mevrouw Skøyen.'

'En hoe had u gedacht dat het... wieden moest verlopen?'

'Uiteraard kunnen wij u daar de helpende hand bieden. We kennen een lange traditie als het gaat om het verklikken van informatie om concurrenten in deze branche kwijt te raken. We zullen u voorzien van de noodzakelijke informatie. U brengt uiteraard ook de gemeenteraad op de hoogte over het voorstel aan de politie. Maar u hebt ook een vertrouweling nodig binnen het politieapparaat. Misschien iemand die wil profiteren van een dergelijke succesgeschiedenis. Iemand... hoe zal ik het formuleren?'

'Een ambitieuze persoon die pragmatisch kan zijn zolang dat het beste is voor de stad?' Isabelle Skøyen tilde haar koffiekopje op alsof ze een kleine proost wilde uitbrengen. 'Zullen we in de woonkamer gaan zitten?'

Sergej lag op zijn rug op de brits terwijl de tatoeëerder in stilte zijn tekeningen bestudeerde.

Toen hij op de afgesproken tijd het zaakje binnen kwam, was de tatoeëerder net bezig met een grote draak op de rug van een jongen die zijn tanden op elkaar beet, terwijl een vrouw die overduidelijk zijn moeder was hem troostte en steeds opnieuw aan de tatoeëerder vroeg of de tatoeage echt zo groot moest zijn. Maar toen ze had betaald, vroeg ze op weg naar buiten aan de jongen of hij niet blij was dat zijn tatoeage stoerder was dan die van Preben en Kristoffer.

'Deze past beter op je rug,' zei de tatoeëerder wijzend op een van de tekeningen.

'*Tupoy*,' zei Sergej zacht. Idioot.

'Hè?'

'Alles moet precies zoals op de tekening staat. Moet ik dat iedere keer weer herhalen?'

'Ja, ja. Maar ik kan het niet in een dag af hebben.'

'Jawel, alles moet in een dag. Ik betaal je dubbel.'

'Dus het heeft haast?'

Sergej knikte even. Andrej had hem elke dag gebeld om hem op de hoogte te houden. Dus toen hij vandaag belde was Sergej niet voorbereid. Niet voorbereid op wat Andrej hem te zeggen had.

Dat het noodzakelijke noodzakelijk was geworden.

Toen de verbinding werd verbroken was Sergejs eerste gedachte geweest dat er geen ontkomen meer aan was.

Direct had hij zichzelf gecorrigeerd: geen ontkomen meer aan? Wie wilde ontkomen?

Misschien had hij het gedacht omdat Andrej hem had gewaarschuwd. Hij had hem verteld dat het de politieman was gelukt een gevangene te overmeesteren die was betaald om Oleg Fauke te vermoorden. De gevangene was weliswaar een Noor en hij had nog nooit eerder iemand met een mes gedood, maar dat betekende wel dat het niet zo eenvoudig zou worden als de laatste keer. Toen hij die jongen, hun dealer, had moeten doodschieten, was dat gewoon een liquidatie geweest. Hij moest die politieman besluipen, wachten tot hij hem had waar hij hem wilde hebben, hem te pakken nemen op het moment dat hij het het minst verwachtte.

'Ik wil geen *showstopper* zijn, maar de tatoeages die je al hebt zijn niet bepaald eerste klas kwaliteit. De lijnen zijn onduidelijk en hij heeft slechte inkt gebruikt. Zullen we ze niet een beetje opfrissen?'

Sergej gaf geen antwoord. Wat wist die kerel van kwaliteitswerk? De lijnen waren onduidelijk omdat de tatoeëerder in de gevangenis moest werken met een puntige gitaarsnaar die hij als een naald had vastgemaakt op een scheerapparaat, en de inkt was gemaakt van gesmolten schoenzool vermengd met urine.

'De tekening,' zei Sergej wijzend. 'Nu!'

'En je weet zeker dat je een pistool wilt hebben? Het is jouw besluit, maar het is mijn ervaring dat mensen schrikken van gewelddadige symbolen. Ik heb je dus gewaarschuwd.'

Die kerel wist duidelijk niets van de tatoeages die criminele Russen lieten zetten. Hij wist niet dat de kat betekende dat hij veroordeeld was voor diefstal, dat de kerk met twee koepels betekende dat hij twee keer was veroordeeld. Hij wist niet dat de littekens van een brandwond op zijn borst kwamen van het wegbranden van een tatoeage door magnesiumpoeder direct op zijn huid aan te brengen. Het was een tatoeage van het vrouwelijk geslachtsorgaan en leden van de Georgische bende *Seme Nero* – Zwart Zaad – hadden die bij hem aangebracht tijdens het uitzitten van zijn tweede straf. De bende meende dat hij hun geld schuldig was na een spelletje kaarten.

De tatoeëerder had ook geen idee dat de tekening van het pistool, een Malakov, het Russische dienstwapen van de politie, symboliseerde dat hij, Sergej Ivanov, een politieman had gedood.

Hij wist helemaal niets, en dat was prima, het was het beste dat hij vlinders, Chinese tekens en kleurrijke draken bleef tatoeëren op goeddoorvoede, Noorse jeugd die dacht dat al die tatoeages een statement voor iets waren.

'Zullen we dan maar beginnen?' vroeg de tatoeëerder.

Sergej aarzelde een ogenblik. De tatoeëerder had gelijk, dat hij haast had. Sergej stelde zichzelf de vraag waarom het zo'n haast had, waarom kon hij niet wachten tot de politieman dood was? En hij gaf zichzelf het antwoord dat hij wilde horen: als hij na de moord werd gepakt en in een Noorse gevangenis terechtkwam dan waren daar niet zoveel gevangenen als in Rusland die een tatoeage konden zetten. En hij wilde verdomme die tatoeage hebben.

Maar Sergej wist dat er ook een ander antwoord was op die vraag.

Liet hij zich voor de moord tatoeëren omdat hij diep vanbinnen toch bang was? Zo bang dat hij niet in staat zou zijn de moord te plegen? Dat hij zich daarom al liet tatoeëren, om alle schepen achter zich te verbranden, dat hij zich niet meer kon terugtrekken, dat hij de moord wel móést plegen? Geen Siberische Urka kon rondlopen met een leugen gekrast in zijn huid, dat spreekt voor zich. En hij had zich immers verheugd, hij wíst dat hij zich had verheugd, dus waar kwamen deze gedachten vandaan?

Hij wist waar ze vandaan kwamen.

De dealer. De jongen in het Arsenalshirt.

Hij begon in zijn dromen op te duiken.

'Ga je gang,' zei Sergej.

HOOFDSTUK 17

'De dokter denkt dat Oleg over een paar dagen weer op de been is,' zei Rakel. Ze stond tegen de koelkast geleund met een kop thee in haar handen.

'Dan moet hij overgebracht worden naar een plek waar absoluut niemand hem te pakken kan nemen,' zei Harry.

Hij stond bij haar keukenraam en keek naar de stad onder hem waar de avondspits zich als glimwormen langs de hoofdwegen kronkelde.

'De politie heeft toch wel van die plekken voor bescherming van getuigen?' zei ze.

Rakel was niet hysterisch geworden, maar had het nieuws over de aanslag met het mes op Oleg met een soort moedeloze berusting opgenomen. Alsof ze het half had verwacht. Tegelijkertijd kon Harry de verbittering van haar gezicht lezen. Maar ook een zekere strijdlust.

'Hij moet in een gevangenis zitten, maar ik zal met de officier van justitie overleggen of hij overgeplaatst kan worden,' zei Hans Christian Simonsen. Hij was direct gekomen na het telefoontje van Rakel en zat nu met zweetkringen onder zijn oksels aan de keukentafel.

'Kijk of je het buiten de officiële kanalen kunt regelen,' zei Harry.

'Wat bedoel je?' zei de advocaat.

'De deuren waren niet op slot, dus minstens een van de gevangenisbewakers moet daaraan hebben meegewerkt. Zolang we geen idee hebben wie hier achter zit, moeten we ervan uitgaan dat het iedereen geweest kan zijn.'

'Ben je nu niet een beetje paranoïde?'

'Paranoia redt levens,' zei Harry. 'Kun jij daarvoor zorgen, Simonsen?'

'Ik zal zien wat ik kan doen. Hoe zit het met waar hij nu ligt?'

'Hij ligt in het Ullevål ziekenhuis en ik heb ervoor gezorgd dat twee politiemannen hem bewaken. En dan is er nog één ding: de man die Oleg heeft aangevallen ligt nu ook in het ziekenhuis, maar hij zal later onder een strenger regime vallen.'

'Geen brieven en geen bezoek?' vroeg Simonsen.

'Yep. Kun jij ervoor zorgen dat we te weten komen wat hij zegt in de verklaring tegen de politie of zijn advocaat?'

'Dat kan moeilijk worden,' zei Simonsen, zich op zijn hoofd krabbend.

'Waarschijnlijk krijgen ze geen woord uit hem, maar probeer het in elk geval,' zei Harry terwijl hij zijn jas dichtknoopte.

'Waar ga je heen?' vroeg Rakel.

'Naar de bron,' zei Harry.

Het was acht uur 's avonds en het verkeer in het land waar de bevolking de kortste werkdag heeft, was allang tot rust gekomen. De jongen die op de hoek van de Tollbugate stond, dicht bij de trap, droeg een shirt met nummer 23, Arshavin. Hij had de capuchon van zijn vest over zijn hoofd getrokken en had een paar enorme Air Jordan-basketbalschoenen aan. De Girbaud-jeans was gestreken en zag er zo stijf uit dat de broek bijna vanzelf leek te staan. Zijn hele outfit leek gekopieerd van de laatste Rick Ross-video en Harry nam aan dat er een boxershort van het juiste merk te zien zou zijn als de broek helemaal naar beneden zakte. Geen littekens van een messteek of een schot, maar minstens één tatoeage waarop geweld werd verheerlijkt.

Harry liep recht op hem af zonder naar rechts of naar links te kijken.

'Violine, een kwart.'

De jongen nam Harry op zonder zijn handen uit de zak van zijn vest te halen en knikte.

'Nou?' zei Harry.

'Je zult moeten wachten, *dude*.' De jongen sprak met een Amerikaans accent dat hij volgens Harry kwijt was als hij in zijn oernoorse ouderlijk huis de gehaktballen van zijn moeder at.

'Ik heb geen tijd om te wachten tot je een paar mensen hebt.'

'*Chillax*, het gaat snel.'

'Ik betaal honderd extra.'

De jongen nam Harry aandachtig op. En Harry wist wat hij ongeveer dacht: lelijke zakenman in een raar kostuum, gecontroleerd gebruik en doodsbang dat zijn collega's en familie toevallig voorbijkomen. Een man die erom vraagt bedonderd te worden.

'Zeshonderd,' zei de jongen.

Harry knikte zuchtend.

De jongen gebaarde met zijn hoofd en begon te lopen.

Harry nam aan dat het betekende dat hij hem moest volgen.

Ze sloegen de hoek om en gingen door een poort naar een binnenplaats. De drugsman was zwart, waarschijnlijk Noord-Afrikaans, en hij stond tegen een stapel houten palen geleund. Zijn hoofd wipte op en neer in de maat van de muziek uit zijn iPod. Het ene oordopje hing langs zijn lichaam.

'Een kwart,' zei Rick Ross in zijn Arsenalshirt.

De drugsman viste iets uit een diepe jaszak en gaf het aan Harry met zijn handpalm naar beneden zodat het niet te zien was. Harry keek naar het zakje dat hij had gekregen. Het poeder was wit, met een paar kleine, donkere stukjes erin.

'Ik heb een vraag,' zei Harry, het zakje in zijn jaszak stoppend.

De twee anderen verstijfden en Harry zag dat de hand van de drugsman naar zijn rug ging. Hij gokte dat er een licht kaliber pistool onder de broekband zat.

'Heeft een van jullie dit meisje gezien?' Hij hield de foto van het gezin Hanssen voor hen.

Ze keken en schudden hun hoofd.

'Ik heb vijfduizend kronen voor degene die me een tip, een gerucht, of wat dan ook kan geven.'

De twee keken elkaar aan. Harry wachtte. Toen gebaarden ze met hun armen en draaiden ze zich weer om naar Harry. Misschien hadden ze zo'n vraag al eerder gehad van een vader die op zoek was naar zijn dochter in het Oslose drugsmilieu. Het ontbrak hen echter aan fantasie om iets te verzinnen om de beloning op te kunnen strijken.

'Nee, dus,' zei Harry. 'Maar ik wil dat jullie de groeten doen aan Dubai en zeg hem dat ik informatie heb die interessant voor hem kan zijn. Het gaat om Oleg. Zeg dat hij naar Leons moet komen en moet vragen naar Harry.'

Het volgende ogenblik was het er. En Harry had gelijk, het leek op een Beretta in de Cheetah-serie. Negen millimeter. Korte loop, simpel ding.

'*A cop, are ya*?'

Politie.

'Nee,' zei Harry en hij probeerde de misselijkheid weg te slikken die hij altijd kreeg als hij in een pistoolloop keek.

'Je liegt. Jij spuit geen violine, je bent een undercover.'

'Ik lieg niet.'

De drugsman knikte even tegen Rick Ross die op Harry af kwam en diens mouw opsjorde. Harry probeerde zijn ogen van de pistoolloop te halen. Er klonk zacht gefluit. 'Het lijkt erop dat we toch met een junkie te maken hebben,' zei Rick Ross.

Harry had een gewone naald gebruikt die hij onder de vlam

van zijn aansteker had gehouden. Hij had hem zo'n keer of vijf diep in zijn arm gestoken, de naald rondgedraaid en de wondjes met salmiak ingewreven zodat ze rood werden. Ten slotte had hij aan beide kanten de ader in zijn elleboog geperforeerd zodat er bloed onder zijn huid kwam en hij echte blauwe plekken kreeg.

'Toch denk ik dat-ie liegt,' zei de drugsman. Hij ging wijdbeens staan en pakte het pistool met beide handen vast.

'Waarom? Kijk, hij heeft ook een spuit en alufolie in zijn zak.'

'Hij is niet bang.'

'Wat bedoel je, verdomme? Kijk naar die kerel!'

'Hij is niet bang genoeg. Hé, cop, zet nu een spuit.'

'Ben je gek, Rage?'

'Hou je bek!'

'*Chillax, man.* Waarom ben je zo kwaad?'

'Ik geloof dat Rage het niet zo leuk vindt dat je zijn naam hebt genoemd.'

'Jij ook, hou je bek! Vooruit, spuit! En je gebruikt je eigen zakje.'

Harry had nog nooit eerder een spuit klaargemaakt en zichzelf ingespoten, in elk geval niet bewust, maar hij had opium gebruikt en wist wat er moest gebeuren. Eerst de drug vloeibaar maken en die zoog je op in een schone spuit. Hoe moeilijk kon het zijn? Hij ging op zijn hurken zitten, schudde het poeder in de aluminiumfolie, er bleven een paar korrels achter en hij maakte zijn vingers vochtig, kreeg de korrels op zijn vingertop en wreef ze over zijn tandvlees. Hij probeerde er gulzig uit te zien. Het smaakte bitter, als het poeder dat hij als politieman had moeten testen. Een bijna onmerkbare bijsmaak van ammoniak. Nee, geen ammoniak. Hij wist het weer, de bijsmaak deed hem denken aan de geur van een overrijpe papaja. Hij stak zijn aansteker aan, hij hoopte dat zijn wat klungelige manier van doen werd uitgelegd als nervositeit omdat hij een pistool op zich gericht had.

Twee minuten later had hij de spuit klaar.

Rick Ross had zijn *gangsta coolness* weer hervonden. Hij had zijn mouwen opgestroopt en poseerde wijdbeens met zijn armen over elkaar geslagen en zijn hoofd een beetje achterover.

'Spuit,' commandeerde hij. Hij zakte een beetje door zijn knieën en hield een hand afwerend voor zich. 'Jij ook niet, Rage?'

Harry keek naar hen tweeën. Rick Ross had geen wondjes op zijn blote onderarmen en Rage zag er een beetje te helder uit. Harry pompte twee keer zijn linkervuist naar zijn linkerschouder, tikte tegen zijn onderarm en bracht de spuit in de voorgeschreven hoek van dertig graden naar binnen. Hij hoopte dat het er professioneel genoeg uitzag voor iemand die zelf niet spoot.

'Aaaah,' kreunde Harry.

Professioneel genoeg om te zorgen dat ze zich niet afvroegen hoe ver de naald eigenlijk naar binnen was gegaan en of die in een ader dan wel gewoon vlees was gezet.

Hij rolde met zijn ogen en zijn knieën knikten.

Professioneel genoeg om te zorgen dat ze in een gefaket orgasme trapten.

'Vergeet niet het bericht aan Dubai door te geven,' fluisterde hij.

Toen wankelde hij van de binnenplaats af, de straat uit en strompelde in de richting van het Slot.

Pas in de Dronningensgate richtte hij zich op.

In de Prinsensgate kwam de verlate reactie. Dat waren die delen van de stof die in het bloed waren terechtgekomen en die nu via de capillaire werking de hersenen hadden bereikt. Het was als een verre echo van een roes van een spuit die direct in de ader was gezet. Toch voelde Harry hoe tranen zijn ogen vulden. Het was als een hereniging met een vriend van wie je dacht dat je hem nooit meer zou zien. Zijn zintuigen werden gevuld, niet met hemelse licht, maar met hemelse muziek. En op dat moment begreep hij waarom het violine werd genoemd.

Het was tien uur 's avonds en bij GC waren de lichten in de kamers uit en de gangen leeg. Maar in de kamer van Truls Berntsen wierp het pc-scherm blauw licht op de politieman die met beide benen op tafel zat. Hij had honderd kronen op City gezet en ze waren bezig te verliezen. Maar nu hadden ze een vrije schop. Achttien meter en Tévez aan de bal.

Hij hoorde dat de deur openging en zijn rechterwijsvinger ging automatisch naar de *escape*-toets. Maar het was al te laat.

'Ik hoop dat dit niet ten koste gaat van mijn budget.'

Mikael Bellman liet zich in de enige andere stoel vallen. Het was Truls allang opgevallen dat Bellman steeds netter ging praten naarmate hij hoger op de ladder klom. Slechts af en toe als hij met Truls samen was, kon je nog horen dat hij uit Manglerud kwam.

'Heb je de krant gelezen?'

Truls knikte. Aangezien hij niets anders te lezen had, was hij na de misdaad- en sportpagina's verdergegaan met de rest van de krant. Hij had onder andere een aantal foto's gezien van Isabelle Skøyen. Ze stond steeds vaker op foto's van premières en sociale evenementen nadat VG in de zomer een interview met foto had gepubliceerd. Boven het artikel had gestaan 'Straatveger': ze had alle eer gekregen als architect van het schoonvegen van de straten van Oslo. Heroïneverslaafden en drugsbendes waren opgeruimd en Skøyen werd getipt als toekomstig parlementslid. Het gemeentebestuur zat in elk geval op rozen. Truls viel het op dat de diepte van haar decolleté gelijke tred hield met afname van haar tegenstanders. En de lach op de foto's was net zo breed als een achteruitkijkspiegeltje.

'Ik heb een informeel babbeltje gehad met de hoofdcommissaris,' zei Bellman. 'Ze wil me bij de minister van Justitie voordragen als commissaris.'

'Wel verdomme!' riep Truls uit. Tévez had de vrije schop in de kruising geschoten.

Bellman stond op. 'Ik dacht dat je dat wel wilde weten. Ulla en ik nodigen komende zaterdag een paar mensen uit bij ons thuis.'

Truls voelde weer die steek bij het noemen van de naam Ulla.

'Nieuw huis, nieuwe baan, je snapt het wel. En jij hebt immers geholpen met het leggen van het terras.'

Geholpen, dacht Truls. Ik heb verdomme het hele terras gelegd.

'Dus als je het niet te druk hebt...' zei Bellman knikkend naar het pc-scherm. 'Je bent uitgenodigd.'

Truls bedankte hem, zoals hij hem altijd bedankte vanaf de tijd dat ze jongens waren, zoals hij hem bedankte voor het feit dat hij het vijfde wiel aan de wagen mocht zijn, dat hij toeschouwer mocht zijn bij het vanzelfsprekende geluk van Mikael en Ulla Bellman. Bedankte hem voor weer een avond waarop hij moest verbergen wie hij was en wat hij voelde.

'Nog even iets anders,' zei Bellman. 'Herinner je je nog dat ik je heb gevraagd te zorgen dat de naam van die man in het bezoekregister van de receptie zou verdwijnen?'

Truls knikte zonder een spier te vertrekken. Bellman had hem gebeld en uitgelegd dat er zojuist ene Tord Schultz bij hem was geweest die hem inlichtingen had gegeven over een drugssmokkel en een mol binnen de politie. Hij zei dat hij zich zorgen maakte over de veiligheid van de man en dat zijn naam verwijderd moest worden uit het bezoekregister voor het geval de mol op het hoofdbureau werkte en inzage had in het register.

'Ik heb hem nu al meerdere malen getracht te bellen, maar er wordt niet opgenomen. Ik ben een beetje bezorgd. Weet je zeker dat Securitas zijn naam heeft verwijderd en dat niemand anders er iets van weet?'

'Helemaal zeker, commissaris,' zei Truls. City was nu in de verdediging en tikte de bal rond. 'Heb jij trouwens nog iets gehoord van die zeurende inspecteur van politie op de luchthaven van Oslo?'

'Nee,' zei Bellman. 'Het lijkt erop dat hij zich erbij heeft neergelegd dat het spul aardappelmeel was. Hoezo?'

'Ik vroeg het me alleen af, commissaris. Doe de groeten thuis aan de draak.'

'Ik heb liever dat je een andere benaming gebruikt.'

Truls haalde zijn schouders op. 'Jij noemt haar altijd zo.'

'Ik bedoel dat "commissaris". Het is pas over een paar weken officieel.'

De chef zuchtte. De vluchtvoorbereider had zojuist gebeld met de mededeling dat het vliegtuig naar Bergen vertraging had omdat de gezagvoerder niet was komen opdagen en zich ook niet had afgemeld en dat ze razendsnel een andere gezagvoerder hadden moeten optrommelen.

'Schultz gaat op het moment door een moeilijke tijd,' zei de chef.

'Hij neemt zijn telefoon ook niet op,' zei de vluchtvoorbereider.

'Daar was ik al bang voor. Hij schijnt wel vaker voor zijn plezier alleen te vliegen in zijn vrije tijd.'

'Dat heb ik gehoord, ja. Maar het gaat hier niet om vrije tijd. We hadden de vlucht bijna moeten afgelasten.'

'Hij heeft zoals ik al zei wat problemen. Ik zal met hem praten.'

'We hebben allemaal problemen, Georg. Ik moet het rapporteren, dat begrijp je toch wel?'

De chef aarzelde, maar gaf het op. 'Uiteraard.'

Toen de verbinding werd verbroken, schoot er ineens een beeld door het hoofd van de chef. Avond, barbecue, zomer. Campari. Budweiser en enorme Texaanse steaks, ingevlogen door een piloot in opleiding. Hij en Else op een slaapkamer, niemand had gezien dat ze naar boven slopen. Ze had zacht gekreund, zacht genoeg dat het niet werd gehoord boven het geschreeuw van de kinderen uit, de binnenkomende vliegtuigen en het zorgeloze gelach van de anderen vlak voor het open raam. De vliegtuigen bleven maar komen. Zijn, Tords, schallende lach na weer een klassiek pilotenverhaal. En haar, Elses, Tords vrouw, zachte gekreun.

HOOFDSTUK 18

'Je hebt violine gekocht?'

Beate Lønn staarde Harry, die in de hoek van haar kantoor zat, wantrouwend aan. Hij had de stoel uit het felle ochtendlicht naar de schaduw getrokken en zat met zijn handen gevouwen rond een beker koffie die ze hem had gegeven. Het zweet lag als een laagje plasticfolie op zijn gezicht en hij had zijn jas over de rugleuning gegooid.

'Je hebt niet...?'

'Ben je gek.' Harry slurpte aan de hete koffie. 'Alcoholisten kunnen zoiets niet doen.'

'Goed, want anders zou ik denken dat dit een klassieke arm van een verslaafde was,' zei ze naar zijn arm wijzend.

Harry keek naar zijn onderarm. Het enige wat hij aan kleren had, behalve zijn pak, waren drie onderbroeken, een paar schone sokken en twee overhemden met korte mouwen. Hij was van plan geweest in Oslo te kopen wat hij nodig had, maar tot nu toe was daar geen tijd voor geweest. En vanmorgen was hij wakker geworden met iets wat zo op een *hangover* leek dat hij uit gewoonte bijna had moeten overgeven op de wc. Het resultaat van de spuit die hij in zijn vlees had gezet was een plek die in vorm en kleur het meest leek op de Verenigde Staten nadat Reagan was herkozen.

'Ik wil dat je dit voor me analyseert,' zei Harry.

'Waarom?'

'Vanwege de foto's van de plaats delict waarop een zakje te zien is dat ze bij Oleg hebben gevonden.'

'Ja?'

'Jullie hebben ontzettend goede camera's. Je kon zien dat het poeder helemaal wit was. Kijk hier, dit poeder heeft bruine deeltjes. Ik wil weten wat dat is.'

Beate pakte een vergrootglas uit een la en leunde over het poeder dat Harry op de voorpagina van *Forensic Magazine* gestrooid had.

'Je hebt gelijk,' zei ze. 'De monsters die we binnen hebben gekregen waren wit, maar de laatste maanden hebben we nergens meer beslag op kunnen leggen, dus dit is interessant. Vooral omdat er onlangs een inspecteur van het politiekorps op de luchthaven Oslo belde en ons hetzelfde vertelde.'

'Wat dan?'

'Ze hadden een zak met poeder gevonden in de handbagage van een piloot. De inspecteur vroeg zich af hoe we hadden kunnen concluderen dat het aardappelmeel was, hij had namelijk met eigen ogen bruine korreltjes in het poeder gezien.'

'Hij dacht dat de piloot violine smokkelde?'

'Eigenlijk is er tot nu toe geen enkele keer violine in beslag genomen bij de grens, dus de inspecteur heeft waarschijnlijk nog nooit violine gezien. Witte heroïne is immers zeldzaam, het meeste is bruin, dus de inspecteur dacht eerst te maken te hebben met twee partijen die vermengd waren. Overigens was de piloot niet op weg het land in, maar uit.'

'Uit?'

'Ja.'

'Waarheen dan?'

'Naar Bangkok.'

'Hij wilde aardappelmeel meenemen naar Bangkok?'

'Zeker voor een paar Noren die witte saus wilden bij hun vis.' Ze lachte en bloosde gelijktijdig van haar poging grappig te zijn.

'Hm. Nog iets heel anders. Ik heb zojuist iets gelezen over een undercoveragent die dood is aangetroffen in de haven van Göteborg. Er gingen geruchten dat hij een mol was. Gaan er ook dergelijke geruchten de ronde over die vermoorde undercover hier in Oslo?'

Beate schudde beslist haar hoofd. 'Nee, integendeel. Hij stond er eerder om bekend een beetje te ijverig te zijn in het pakken van boeven. Kort voor hij werd vermoord, had hij het over een grote vis die hij aan de haak had geslagen en helemaal zelf wilde binnenhalen.'

'Helemaal zelf, ja.'

'Hij wilde niet meer loslaten, hij zei dat hij alleen zichzelf vertrouwde. Klinkt dat misschien bekend, Harry?'

Hij lachte even, stond op en trok zijn jas aan.

'Waar ga je heen?'

'Een oude vriend opzoeken.'

'Ik wist niet dat je die had.'

'Bij wijze van spreken. Ik heb de chef van Kripos gebeld.'

'Heimen, echt waar?'

'Ja. Ik heb gevraagd of hij me een lijst kon geven van mobiele gesprekken die Gusto in de tijd voor de moord heeft gevoerd. Hij antwoordde dat ten eerste de zaak zo duidelijk was dat ze een dergelijke lijst niet hadden gemaakt. En ten tweede: dat als ze dat wel hadden gedaan ze die nooit van hun leven zouden geven aan een... even denken,' Harry sloot zijn ogen en telde op zijn vingers, '... uitgerangeerde smeris, een alcoholist en een verrader zoals jij.'

'Zoals ik al zei, ik wist wel dat je geen oude vrienden hebt.'

'Dus nu moet ik het op een andere manier proberen.'

'Oké, ik zal in elk geval dit poeder laten analyseren.'

Harry bleef bij de deur staan. 'Je zei laatst dat er ook violine was opgedoken in Göteborg en Kopenhagen. Wil dat zeggen dat het daar is opgedoken nadat het naar Oslo kwam?'

'Ja.'

'Gaat dat niet meestal omgekeerd, dat een nieuwe drug eerst in Kopenhagen opduikt en zich dan verspreidt over het noorden?'

'Daar heb je misschien wel gelijk in. Hoezo?'

'Ik weet het nog niet precies. Hoe zei je dat die piloot heette?'

'Dat heb ik niet gezegd. Schultz. Tord. Verder nog iets?'

'Ja, heb je overwogen of die undercover gelijk kan hebben gehad?'

'Gelijk?'

'In het houden van zijn mond en niemand willen vertrouwen. Misschien had hij begrepen dat er ergens een mol zat.'

Harry keek rond in de grote, ruimtelijke kathedraal van een receptie van het hoofdkwartier van Telenor op Fornebu. Bij de balie, tien meter van hem vandaan, stonden twee personen te wachten. Hij zag dat ze een naamkaartje kregen en achter de personeelspoortjes werden opgehaald door de persoon die ze wilden bezoeken. Telenor had de regels duidelijk aangescherpt en zijn plan om het kantoor van Klaus Torkildsen min of meer te overvallen was niet meer zo goed.

Harry nam de situatie op.

Torkildsen zou bezoek beslist niet op prijs stellen. Om de simpele reden dat hij een oude veroordeling had voor exhibitionisme, iets wat hij geheim had weten te houden voor zijn werkgever, maar wat Harry jaren had gebruikt om hem onder druk te zetten als hij informatie van hem wilde hebben. Soms ging het zelfs om informatie die de telefoonmaatschappij juridisch gezien helemaal niet mocht verstrekken. Hoe dan ook, zonder de volmachten die samen dienden te gaan met een ID-kaart van de politie, zou Torkildsen Harry waarschijnlijk niet eens willen ontvangen.

Rechts van de personeelspoortjes die leidden naar de lift, was een grotere poort opengezet waar een grote groep bezoekers naar binnen werd gelaten. Harry nam snel een besluit. Hij liep er met grote passen heen en manoeuvreerde zich in het midden van de groep die langzaam langs de Telenor-werknemer schuifelde die de poort openhield. Harry wendde zich tot zijn buurman, een kleine man met Chinese gelaatstrekken: '*Nín hăo.*'

'*Excuse me?*'

Harry keek naar de naam op de sticker. Yuki Nakazawa.

'*Oh, Japanese,*' lachte Harry en hij sloeg het mannetje een paar keer op de schouder alsof hij een oude vriend was. Yuki Nakazawa lachte onzeker terug.

'*Nice day,*' zei Harry met nog steeds zijn hand op de schouder van de ander.

'*Yes,*' zei Yuli. '*Which company are you?*'

'*TeliaSonera,*' zei Harry.

'*Very, very good.*'

Ze liepen langs de Telenor-medewerker en vanuit zijn ooghoeken kon Harry zien dat hij op hem af kwam lopen en hij had een vermoeden wat hij zou gaan zeggen. En dat klopte: '*Sorry, sir, I can't let you in without a tag.*'

Yuki Nakazawa keek de man verbaasd aan.

Torkildsen had een nieuw kantoor gekregen. Na een kilometer te hebben gelopen door een open kantoorlandschap, zag Harry eindelijk een stevig en bekend corpus in een glazen kooi.

Harry liep direct door naar binnen.

De man zat met zijn rug naar hem toe en duwde een telefoon tegen zijn oor. Harry kon de speekseldouche tegen het raam zien spatten: 'Nu moeten jullie verdomme zorgen dat die sw2-server werkt!'

Harry kuchte.

De stoel draaide om. Klaus Torkildsen was nog dikker geworden. Een verrassend elegant, handgemaakt kostuum slaagde er gedeeltelijk in om de vetkwabben te verbergen, maar niets kon de uitdrukking van pure, onvervalste schrik die zich verspreidde over zijn merkwaardige gezicht verbergen. Het merkwaardige bestond uit het feit dat in het enorme gebied dat het gezicht tot zijn beschikking had, slechts een klein eilandje in een zee van huidplooien werd gebruikt voor de ogen, neus en mond. Zijn blik zakte naar de rechterkant van zijn jas.

'Yuki... Nakazawa?'

'Klaus.' Harry glimlachte breeduit en spreidde zijn armen voor een omhelzing.

'Wat doe je hier, verdomme?' fluisterde Klaus Torkildsen.

Harry liet zijn armen weer zakken. 'Ik ben ook blij je weer te zien.'

Hij ging op de rand van het bureau zitten. Op dezelfde plek waar hij altijd had gezeten. Binnenvallen en gezag uitstralen. Simpele en effectieve techniek van een overheerser. Torkildsen slikte en Harry zag dat er grote, heldere zweetdruppels op zijn voorhoofd kwamen.

'Het mobiele net in Trondheim,' gromde Torkildsen knikkend naar de telefoon. 'Ik zou de server vorige week al krijgen. Mensen zijn tegenwoordig niet meer te vertrouwen. Ik heb weinig tijd, wat wil je?'

'Een lijst van in- en uitgaande gesprekken sinds mei op het mobieltje van Gusto Hanssen.' Harry greep een pen en schreef de naam op een geel *post-it*-briefje.

'Ik ben nu operationeel leider, ik werk niet meer in de centrale.'

'Nee, maar je kunt me de nummers nog wel verschaffen.'

'Heb je een autorisatie?'

'Dan was ik direct met de contactpersoon voor de politie gaan praten in plaats van met jou.'

'En waarom wilde de officier van justitie dat niet geven?'

De oude Torkildsen zou dat niet hebben durven vragen. Hij was flinker geworden. Had meer zelfvertrouwen gekregen. Kwam het door zijn hogere functie? Of door iets anders? Harry keek naar de achterkant van een fotolijstje op het bureau. Een dergelijke foto stond daar om niet te vergeten dat je iemand had. Dus als het geen hond was, dan was het een dame. Misschien zelfs met kinderen. Wie had dat gedacht? Die oude potloodventer had een vrouw aan de haak geslagen.

'Ik werk niet meer bij de politie,' zei Harry.

Torkildsen lachte even. 'En toch wil je info over gesprekken?'

'Ik vraag niet veel, alleen maar van die ene telefoon.'

'Waarom zou ik dat doen? Als wordt ontdekt dat ik zulke info over een privépersoon heb doorgegeven, word ik ontslagen. En het is niet moeilijk om uit te zoeken dat ik in het systeem ben geweest.'

Harry gaf geen antwoord.

Torkildsen lachte verbitterd. 'Ik begrijp het. Het is weer dat oude, laffe chantagemiddel. Als ik je die info niet buiten de officiële kanalen om geef, zul jij ervoor zorgen dat mijn collega's op de hoogte zijn van mijn veroordeling.'

'Nee,' zei Harry. 'Nee, ik zal niet uit de school klappen. Ik vraag je alleen om een gunst, Klaus. Dit is persoonlijk. De zoon van een ex-vriendin loopt het risico levenslang te krijgen terwijl hij onschuldig is.'

Harry zag dat de onderkinnen van Torkildsen trilden en een golf veroorzaakten die verderging naar zijn nek als een rimpeling in het vlees tot die werd opgenomen in de vleesmassa en verdween. Harry had Klaus Torkildsen nog nooit eerder aangesproken met zijn voornaam. Torkildsen keek Harry aan en knipperde met zijn ogen. Hij leek zich te concentreren. Er blonk een zweetdruppel op zijn voorhoofd en Harry kon zien hoe zijn hersenen alles verwerkten, bewerkten en – ten slotte – een conclusie trokken. Torkildsen spreidde zijn armen en leunde achterover in zijn stoel die kreunde onder het gewicht: 'Het spijt me, Harry. Ik zou je graag helpen. Maar op het moment kan ik geen medelijden opbrengen. Ik hoop dat je dat begrijpt.'

'Uiteraard,' zei Harry zich over zijn kin wrijvend. 'Dat is volkomen begrijpelijk.'

'Fijn dat je het inziet,' zei Torkildsen, duidelijk opgelucht en hij begon zich omhoog te werken in zijn stoel, kennelijk om Harry uit zijn glazen kooi en leven te werken.

'Dus,' zei Harry. 'Als je me die nummers niet geeft zullen niet alleen je collega's te horen krijgen over je exhibitionisme, maar ook je vrouw. Ook nog kinderen? Eén, twee?'

Torkildsen zakte weer terug in zijn stoel. Hij staarde Harry argwanend aan. Dat was de oude, bevende Klaus Torkildsen weer. 'Jij... jij zei dat je niet...'

Harry haalde zijn schouders op. 'Het spijt me. Maar op het moment kan ik geen medelijden opbrengen.'

Het was tien over negen 's avonds en Restaurant Schrøder was halfvol.

'Ik had liever niet dat je naar mijn werk kwam,' zei Beate. 'Ik kreeg zojuist een telefoontje van Heimen en hij vertelde me dat je naar telefoonlijsten hebt gevraagd en dat hij had gehoord dat je bij mij bent geweest. Hij waarschuwde me dat ik me niet moest bemoeien met die Gusto-zaak.'

'Nou,' zei Harry. 'Fijn dat je hierheen kon komen.' Hij kreeg oogcontact met Nina die een halve liter bier naar de andere kant van het restaurant bracht. Hij stak twee vingers omhoog. Ze knikte. Het was drie jaar geleden dat hij hier voor het laatst was, maar ze begreep nog steeds de gebarentaal van haar oude stamgast: een biertje voor zijn gezelschap en een koffie voor de alcoholist.

'Was je vriend behulpzaam bij het geven van de telefoongesprekkenlijst van Gusto?'

'Enorm behulpzaam.'

'En, wat heb je ontdekt?'

'Dat Gusto aan het eind erg weinig geld moet hebben gehad, het abonnement is meerdere keren geblokkeerd. Hij belde niet veel, maar Oleg en hij hadden korte gesprekken. Hij heeft wat gebeld met zijn pleegzus, Irene, maar die gesprekken hielden een paar weken voor zijn dood plotseling op. Verder belde hij vooral naar de PizzaXpress. Ik ga hierna naar Rakel en zal de andere namen googelen. Wat kun je me vertellen over de analyse?'

'De stof die je hebt gekocht is bijna identiek aan de eerdere analyses die we van violine hebben gemaakt. Maar er is een klein verschil in de chemische samenstelling. En dan hebben we die bruine deeltjes nog.'

'Ja?'

'Het is geen actief farmaceutisch middel. Het is simpelweg een glazuur dat men gebruikt bij pillen. Je weet wel, om het doorslikken te vergemakkelijken of om ze een betere smaak te geven.'

'Is het mogelijk om de producent van het glazuur te vinden?'

'In theorie wel. Maar ik heb het nagekeken en heb ontdekt dat de meeste geneesmiddelenproducenten hun eigen glazuur maken, dat wil zeggen dat het grofweg om enkele duizenden producenten gaat.'

'Dus daar komen we niet verder mee?'

'Niet met het glazuur alleen,' zei Beate. 'Maar aan de binnenkant van het glazuur zaten nog steeds restjes van de pillen. Het ging om methadon.'

Nina kwam met de koffie en het bier. Harry bedankte haar en ze verdween.

'Ik dacht dat methadon vloeibaar was en in flessen zat.'

'Methadon dat gebruikt wordt in zogenaamde hulpmiddelen

bij het afkicken van drugsverslaafden zit inderdaad in flessen. Dus toen heb ik het St. Olavhospitaal gebeld. Zij onderzoeken opioïden en opiaten en konden me vertellen dat methadonpillen gebruikt worden bij pijnbestrijding.'

'En in violine?'

'Ze zeiden dat het heel goed mogelijk was dat gemodificeerde methadon bij de productie wordt gebruikt.'

'Dat betekent alleen dat violine niet helemaal vanaf de basis wordt gemaakt, maar hoe helpt ons dat verder?'

'Dat kan ons verder helpen,' zei Beate en ze legde haar handen rond het glas bier, 'omdat er maar heel weinig producenten van methadonpillen zijn. En één ervan zit in Oslo.'

'AB? Nycomed?'

'Het Radiumhospitaal. Ze hebben een eigen onderzoeksafdeling die methadonpillen maakt tegen extreme pijn.'

'Tegen kanker.'

Beate knikte. De ene hand bracht het bierglas naar haar mond terwijl de andere iets uit haar zak haalde wat ze voor Harry op tafel legde.

'Van het Radiumhospitaal?'

Beate knikte weer.

Harry pakte de pil. Hij was rond, klein en er was een R op het bruine glazuur gestempeld.

'Weet je wat ik denk, Beate?'

'Nee.'

'Ik geloof dat Noorwegen een nieuw exportartikel heeft gekregen.'

'Bedoel je dat iemand in Noorwegen violine produceert en exporteert?' vroeg Rakel. Ze stond met haar armen over elkaar geslagen tegen de deurpost van Olegs kamer geleund.

'Daar duiden in elk geval een aantal zaken op,' zei Harry de volgende naam intoetsend die hij van de lijst van Torkildsen haalde. 'Ten eerste gaat het om Oslo en omstreken. Niemand bij Interpol heeft ooit gehoord van violine of deze drug gezien. Pas sinds kort kun je het ook in Zweden en Denemarken op straat kopen. Ten tweede bevat de stof verpulverde methadonpillen die in Noorwegen zijn gemaakt, daar wil ik heel wat om verwedden.' Harry klikte op 'zoeken'. 'Ten derde is er onlangs een piloot betrapt op luchthaven Oslo met iets wat violine kan zijn geweest, maar wat stiekem is omgewisseld.'

'Omgewisseld?'

'In dat geval is er sprake van een mol in het systeem. Het punt is dat die piloot bezig was het land uit te gaan, naar Bangkok.'

Harry rook de geur van haar parfum en voelde dat ze van de deur was weggelopen en nu over zijn schouder stond gebogen. De weerschijn van de pc was het enige licht in de donkere jongenskamer.

'Sexy foto. Wie is dat?' Haar stem was vlak bij zijn oor.

'Isabelle Skøyen. Werkt voor de gemeenteraad. Een van de personen die Gusto heeft gebeld. Of beter gezegd, zij heeft Gusto gebeld.'

'Dat bloeddonor T-shirt is wel een maatje te klein voor haar.'

'Dat is kennelijk een deel van het werk van politici: reclame maken om bloed te geven.'

'Ben je eigenlijk een politica als je voor de gemeenteraad werkt?'

'De dame in kwestie zegt dat ze AB rhesus-negatief is en dan is het immers je burgerplicht.'

'Zeldzame bloedgroep, ja. Kijk je daarom al zo lang naar die foto?'

Harry lachte. 'Ik had bij haar veel hits. Paardenfokker. "Straatveger"?'

'Zij heeft alle eer gekregen voor het feit dat alle drugsbendes achter slot en grendel zijn verdwenen.'

'Niet allemaal blijkbaar. Ik vraag me af wat zij en iemand als Gusto hadden te bespreken.'

'Tja. Ze was immers betrokken bij de drugsproblematiek, misschien heeft ze hem wel gebruikt om algemene informatie te krijgen.'

'Midden in de nacht?'

'Oeps!'

'Ik ga het haar vragen.'

'Ja, daar heb je vast zin in.'

Hij draaide zijn hoofd naar haar om. Haar gezicht was zo dichtbij dat hij haar niet scherp kon zien.

'Hoor ik, wat ik denk dat ik hoor, liefje?'

Ze lachte zacht. 'Helemaal niet. Ze ziet er goedkoop uit.'

Harry haalde langzaam adem. Ze had zich niet bewogen. 'En wat doet jou vermoeden dat ik niet van goedkoop hou?' vroeg hij.

'En waarom fluister je?' Haar lippen bewogen zich zo dicht bij de zijne dat hij de luchtstroom van woorden kon voelen.

In twee lange seconden was de ventilator van de pc het enige wat ze hoorden. Toen richtte ze zich abrupt op. Ze keek Harry aan met een afwezige blik en legde haar handen tegen haar wangen om ze af te koelen. Toen draaide ze zich om en liep de kamer uit.

Harry legde zijn hoofd in zijn nek en vloekte zachtjes. Hij hoorde haar in de keuken rommelen en haalde een paar keer diep adem. Hij besloot dat wat er zojuist was gebeurd, niet was gebeurd. Hij probeerde zich weer te concentreren. Toen ging hij verder.

Hij googelde de resterende namen. Bij sommige namen kreeg hij tien jaar oude ranglijsten van skiwedstrijden of een familiestamboom. Bij andere namen niet eens dat. Het waren mensen die niet meer bestonden, die zich onttrokken hadden aan het alomvattende zoeklicht van de moderne samenleving, die donkere schuilplaatsen hadden gevonden waar ze zaten te wachten op de volgende dosis en verder helemaal niets.

Harry bleef naar de muur zitten kijken, naar een affiche van een kerel met een tooi van veren op zijn hoofd. 'Jonsi' stond eronder. Harry had vaag het idee dat het iets te maken had met de IJslandse band Sigur Ros. Etherische geluidsmuren en een constante kopstem. Tamelijk ver verwijderd van Megadeath en Slayer. Maar Oleg kon natuurlijk een andere smaak hebben gekregen. Of zijn beïnvloed. Harry legde zijn handen achter zijn hoofd.

Irene Hanssen.

Het schoot hem te binnen dat hem iets was opgevallen aan de telefoonlijst. Gusto en Irene hadden bijna iedere dag met elkaar gebeld, tot het laatste gesprek. En daarna had hij niets eens geprobeerd haar te bellen. Alsof ze ruzie hadden gekregen. Of Gusto had geweten dat Irene na dat tijdstip geen telefoon meer kon opnemen. Maar toen, 's morgensvroeg, op de dag dat hij werd doodgeschoten, had hij haar gebeld op haar vaste huistelefoon. En er was opgenomen. Het gesprek had een minuut en twaalf seconden geduurd. Waarom vond hij dat raar? Harry probeerde te achterhalen waar die gedachte vandaan kwam. Maar hij moest het opgeven. Hij toetste het nummer van de vaste telefoon in. Er werd niet opgenomen. Probeerde Irenes mobieltje. Een stem vertelde dat het abonnement was geblokkeerd. Onbetaalde rekeningen.

Geld.

Het begon en eindigde met geld. Dat was bij drugs altijd zo. Harry dacht na. Hij probeerde zich de naam te herinneren die Beate had genoemd. Die piloot die met drugs in zijn handbagage was gepakt. Zijn politiegeheugen werkte nog. Hij toetste 'Tord Schultz' in op de website van de telefoongids.

Hij kreeg een mobiel nummer.

Harry opende een la van Olegs bureau om een pen te zoeken. Hij tilde het *Masterful Magazine* op en zijn blik viel op een uitgeknipt krantenartikel in een plastic mapje. Hij herkende zijn eigen, jongere gezicht. Hij pakte het mapje, bladerde door de andere artikelen. Het waren allemaal artikelen over zaken waaraan Harry had gewerkt en waarin hij werd genoemd of afgebeeld. Er zat ook een oud interview tussen uit een psychologisch tijdschrift waarin hij vragen beantwoordde – niet zonder een lichte irritatie, herinnerde hij zich – over seriemoordenaars. Harry sloot de la. Keek om zich heen. Hij had de neiging om iets kapot te maken. Hij zette de pc uit, pakte zijn koffertje, liep naar de gang en trok zijn linnen jasje aan. Rakel kwam de gang in gelopen. Ze veegde een onzichtbaar pluisje van zijn revers.

'Het is zo vreemd,' zei ze. 'Ik heb je zo lang niet gezien, ik was je juist een beetje vergeten en dan ben je er weer.'

'Ja,' zei hij. 'Is dat goed?'

Ze lachte even. 'Ik weet het niet. Het is goed en niet goed. Begrijp je?'

Harry knikte en trok haar naar zich toe.

'Jij bent het slechtste wat me ooit is overkomen,' zei ze. 'En het beste. Zelfs nu kun je me alles doen vergeten door alleen maar hier te zijn. Nee, ik weet niet of dat goed is.'

'Ik weet het.'

'Wat is dat?' zei ze naar zijn koffertje wijzend.

'Ik check weer in bij Leons.'

'Maar...'

'We spreken elkaar morgen. Slaap lekker, Rakel.'

Harry kuste haar op haar voorhoofd, opende de voordeur en liep de warme herfstavond in.

De jongen bij de receptie van Leons zei dat hij geen nieuwe registratiekaart hoefde in te vullen en bood Harry dezelfde kamer aan, nummer 301. Harry zei dat het goed was als ze maar wel die gebroken gordijnroede maakten.

'Is die alweer kapot?' zei de jongen. 'Dat heeft de vorige gast gedaan. Hij had weleens een woedeaanval, de stakker.' Hij gaf Harry de kamersleutel. 'Hij zat trouwens ook bij de politie.'

'De vorige gast?'

'Ja, hij was een vaste klant. Een geheim agent. *Under cover*, noemen jullie dat.'

'Hm, het klinkt meer als een *over cover* als jij wist dat hij een geheim agent was.'

De jongen lachte. 'Ik zal even kijken of ik nog een gordijnroede in de achterkamer heb.' De jongen verdween.

'Sixpence leek erg op jou,' zei een zware stem. Harry draaide zich om.

Cato zat in een stoel in wat je met een beetje goede wil de lobby zou kunnen noemen. Hij zag er moe uit en schudde langzaam zijn hoofd. 'Leek heel erg op jou, Harry. Enorm gedreven. Enorm geduldig. Enorm eigenwijs. Een twintiger. Niet zo lang als jij, dat niet, en hij had grijze ogen. Maar dezelfde politieblik en net zo eenzaam. En hij is doodgegaan in jouw kamer. Je had weg moeten gaan, Harry. Je had in het vliegtuig moeten zitten.' Hij gebaarde iets onbegrijpelijks met zijn lange vingers. Zijn blik was zo droevig dat Harry een ogenblik dacht dat hij ging huilen. Hij trachtte overeind te komen en Harry draaide zich om naar de jongen die inmiddels weer terug was uit de achterkamer.

'Is het waar wat hij zegt?'

'Wie?' zei de jongen.

'Hij,' zei Harry en hij draaide zich om om naar Cato te wijzen. Maar hij was al verdwenen. Hij moest snel in het donker naar de trap zijn gelopen.

'Is die geheim agent hier op mijn kamer doodgegaan?'

De jongen keek Harry lang aan voor hij antwoord gaf. 'Nee, hij verdween. Hij dreef aan land bij de Opera. Zeg, ik heb geen gordijnroede meer, maar misschien heb je wat aan nylondraad? Je kunt dat door de zoom van het gordijn halen en dan vastknopen aan de haken.'

Harry knikte langzaam.

Om twee uur 's nachts was Harry nog steeds wakker en rookte hij zijn laatste sigaret. Op de grond lag het gordijn en het dunne nylondraad. Hij kon de vrouw in de kamer aan de andere kant van de binnenplaats zien, ze danste een geluidloze wals, zonder partner. Harry luisterde naar de stad en keek naar de rook die naar het plafond steeg. Hij bestudeerde de kronkelige wegen die er genomen werd, de ogenschijnlijk toevallige figuren die de rook maakte en probeerde er een patroon in te ontdekken.

HOOFDSTUK 19

Er zaten twee maanden tussen het gesprek van de oude kerel met Isabelle en de start van de schoonveegactie.

De eerste groep die werd aangepakt, waren de Vietnamezen. In de krant stond dat de politie op negen plaatsen tegelijkertijd een inval had gedaan, vijf heroïne opslagplaatsen had gevonden en zesendertig Vietcongstrijders had gearresteerd. De smerissen hadden Delta ingezet om een flat in Helsefyr te ontruimen waarvan de zigeunerchef dacht dat niemand daar iets van afwist. Toen waren de Noord-Afrikanen en de Litouwers aan de beurt. Die vent die nu chef was bij GC, een waanzinnig knappe dude met lange wimpers, zei in de krant dat ze anonieme tips hadden gekregen. In de loop van de volgende weken werden de straatdealers, van koolzwarte Somaliërs tot melkwitte Noortjes, opgepakt en in de lik gegooid. Maar niet één van ons in de shirts van Arsenal. We merkten al dat we meer armslag kregen en dat de rijen langer werden. De oude kerel rekruteerde een aantal werkloze dealers, maar hield zich aan zijn deel van de afspraak: de handel in heroïne werd minder zichtbaar in het centrum van Oslo. We verminderden de import van heroïne omdat we zoveel verdienden aan violine. Violine was duur, sommige verslaafden gingen over op morfine, maar na een poosje kwamen ze weer terug.

We verkochten sneller dan Ibsen kon produceren.

Op een dinsdag waren we al om halfeen uitverkocht en aangezien het streng verboden was om mobieltjes te gebruiken – de oude kerel dacht dat Oslo fuckings Baltimore was – liep ik naar het station en belde de Russische Gresso-telefoon uit een van de telefooncellen. Andrej zei dat hij bezig was maar dat hij zou zien wat hij kon doen. Oleg, Irene en ik gingen op de trap van Skippergate zitten, gebaarden kopers weg te gaan en relaxten. Een uur later zag ik een hinkende gedaante op ons af komen. Het was Ibsen zelf. Hij was pissed. Schreeuwde en vloekte. Tot zijn oog op Irene viel. Het leek of het lagedrukgebied werd weggeblazen en zijn toon werd vriendelijker. Hij liep met ons mee naar een binnenplaats waar hij ons een plastic tas met honderd zakjes gaf.

'Twintigduizend,' zei hij en hij stak zijn klauw uit. Cash business. Ik trok hem opzij en zei dat wij de volgende keer dat we uitverkocht waren beter naar hem toe konden komen.

'Ik wil geen bezoek,' zei hij.

'Misschien betaal ik iets meer dan tweehonderd per zakje,' zei ik.

Hij keek me argwanend aan. 'Heb je plannen om voor jezelf te beginnen? Wat zegt je chef daarvan?'

'Dit is iets tussen jou en mij,' zei ik. 'We hebben het over een kleine partij, tien tot twintig zakjes voor vrienden en bekenden.'

Hij lachte luid.

'Ik neem het meisje mee,' zei ik. 'Ze heet trouwens Irene.'

Hij stopte met lachen. Keek me aan. Probeerde weer te lachen, maar dat lukte hem niet echt, die klompvoet. En nu stond het in grote letters geschreven in zijn blik: eenzaamheid, gulzigheid, haat en lust. Fuckings lust.

'Vrijdag,' zei hij. 'Om twee uur. Drinkt ze gin?'

Ik knikte. Vanaf nu deed ze dat.

Hij gaf me het adres.

Twee dagen later vroeg de oude kerel me te eten. Een ogenblik dacht ik dat Ibsen had gekletst, tot ik me zijn blik voor de geest haalde. We werden bediend door Peter en we zaten aan de lange tafel in de koude eetkamer terwijl de oude kerel vertelde dat hij gestopt was met de heroïne-import over land en uit Amsterdam en *dat hij nu alleen maar importeerde uit Bangkok via een stel piloten. Hij gaf me de cijfers, controleerde of ik het begreep en stelde weer zijn vaste vraag: of ik van de violine afbleef. Hij zat in het schemerdonker naar me te kijken en toen het al laat was riep hij Peter en vroeg hem me naar huis te brengen. In de auto overwoog ik Peter te vragen of de oude kerel impotent was.*

Ibsen woonde in zo'n echte vrijgezellenflat op Ekeberg. Groot plasmascherm, kleine koelkast en niets aan de muur. Hij serveerde een slappe gin-tonic met lauwe tonic, zonder een schijfje citroen, maar met drie ijsklontjes. Irene deed wat haar gevraagd was. Ze lachte, was lief en liet het praten aan mij over. Ibsen zat met een idiote grijns naar Irene te gluren, maar gelukkig lukte het hem op tijd zijn mond te sluiten als het kwijl over zijn lippen begon te lopen. Hij draaide fuckings klassieke muziek. Ik kreeg mijn zakjes en we spraken af dat ik over veertien dagen terug zou komen. Met Irene.

Toen kwamen de eerste rapporten dat het aantal sterfgevallen ten gevolge van een overdosis afnam. Wat ze niet schreven was dat beginnende gebruikers van violine al na een paar weken met bevende lijven en ogen wijd opengesperd bij ons in de rij stonden. En ze huilden toen ze met hun verfrommelde biljetten van honderd kronen in hun hand te horen kregen dat de prijs weer omhoog was gegaan.

Na ons derde bezoek aan Ibsen nam hij me even apart en zei dat hij wilde dat Irene de volgende keer alleen kwam. Ik zei dat het goed was, maar dat ik dan wel vijftig zakjes wilde hebben en dat de prijs honderd kronen per stuk was. Hij knikte.

Ik had wat moeite om Irene over te halen en deze keer lukte het me niet met mijn oude trucs, ik moest haar stevig toespreken. Ik legde haar uit dat dit mijn kans was. Onze kans. Ik vroeg haar of ze wilde dat ik altijd op een matras in een oefenruimte moest slapen. En ten slotte mompelde ze dat ze dat niet wilde. Maar dat ze niet wilde... En ik zei dat ze dat niet hoefde, ze moest alleen een beetje aardig zijn tegen die arme, eenzame man, hij had nooit veel plezier gehad door die voet. Ze knikte en zei dat ik moest beloven niets tegen Oleg te zeggen. Nadat ze was vertrokken, voelde ik me zo down dat ik het restant van een zakje violine in een sigaret deed en hem oprookte. Ik werd wakker omdat iemand me door elkaar schudde. Ze stond over de matras gebogen en griende zo dat de tranen op mijn kop vielen en het zout in mijn ogen prikte. Ibsen had geprobeerd het met haar te doen, maar ze had weg weten te komen.

'Heb je de zakjes wel gekregen?' vroeg ik.

Dat was duidelijk de verkeerde vraag. Ze brak. Dus ik zei dat ik iets had wat het weer helemaal goed zou maken. Ik maakte een spuit klaar en ze staarde me met grote, natte ogen aan toen ik een blauwe ader in haar witte, tere huid vond en de punt naar binnen duwde. Ik voelde hoe de spasmen zich van haar lichaam naar het mijne verplaatsten toen ik de spuit helemaal leeg duwde. Haar mond opende zich als in een geluidloos orgasme. Toen trok de roes een helder gordijn voor haar ogen.

Ibsen was een smerig, oud varken, maar hij verstond zijn vak.

Maar ik wist ook dat ik Irene kwijt was. Ik zag het in haar blik toen ik om die zakjes vroeg. Het zou nooit meer hetzelfde worden. Die avond zag ik Irene wegglijden samen met mijn kans miljonair te worden.

Maar de oude kerel ging door met zijn miljoenenbusiness. Toch eiste hij steeds meer en het moest sneller. Het leek of hij een deadline moest halen, een schuld moest afbetalen waarvan de vervaldatum naderde. Want ik kon zien dat hij het geld niet gebruikte: het huis bleef bij het oude, de limousine werd gewassen, maar niet vervangen en zijn staf bleef uit twee personen bestaan: Andrej en Peter. De enige concurrent die we hadden was Los Lobos. Maar ook zij hadden hun groep van dealers uitgebreid. Ze namen de Vietnamezen en Marokkanen in dienst die niet achter de tralies zaten. En ze verkochten niet alleen violine in het centrum van Oslo, maar ook in Kongsvinger, Tromsø en Trondheim en – zo ging het gerucht in elk geval – in Helsinki. Het is mogelijk dat Odin en Los Lobos meer verdienden dan de oude kerel, maar zij deelden de markt, er was geen fight over het territorium, ze waren beiden goed op weg steenrijk te worden. Een echte geslaagde zakenman zou blij zijn met deze fuckings status-quo.

Er stonden alleen twee wolkjes aan de knalblauwe hemel.

Het ene was de undercover met dat strakke mutsje. We wisten dat de politie de opdracht had gekregen de Arsenalshirts niet de hoogste prioriteit te geven, maar die sixpence-kerel draaide toch om ons heen. Het tweede was dat Los Lobos begonnen was goedkopere violine in Lillestrøm en Drammen te verkopen waardoor sommige klanten van ons daarheen gingen.

Op een dag werd ik bij de oude kerel geroepen en kreeg ik opdracht een bericht door te geven aan een politieman. Zijn naam was Truls Berntsen en het moest zeer discreet gebeuren. Ik vroeg waarom Andrej of Peter dat niet kon doen, maar de oude kerel legde uit dat het een principe was dat zowel zij als Berntsen geen contact met elkaar hadden zodat de politie niet naar de oude kerel kon worden geleid. En hoewel ik ook informatie had die hem kon ontmaskeren, was ik naast Andrej en Peter de enige die hij vertrouwde. Ja, hij vertrouwde me vele keren meer. De drugsbaron vertrouwt de Dief, dacht ik.

Het bericht was dat hij een ontmoeting had gearrangeerd met Odin om te overleggen over Drammen en Lillestrøm. Ze zouden elkaar ontmoeten bij McDonald's in de Kirkevei op Majorstua, donderdag om zeven uur 's avonds. Ze hadden de hele eerste verdieping gereserveerd voor een kinderpartijtje en anderen zouden niet naar binnen mogen. Ik zag het al voor me: ballonnen, slingers, papieren kroontjes en een fuckings clown. Zijn lach zou achter zijn clownsmasker verstijven als hij het feestgezelschap zag: opgevoerde motorclubtypes, gehouwen uit beton, die met moord in hun ogen en spijkers op hun knokkels boven de frietjes Odin en de oude kerel naar de andere wereld staarden.

Truls Berntsen woonde alleen in een flat op Manglerud, maar toen ik zondagmorgen vroeg bij hem aanbelde was er niemand thuis. De buurman, die kennelijk de bel van Berntsen had gehoord, leunde over het balkon en riep dat Truls bij Mikael was om het terras te leggen. Terwijl ik naar het adres reed, bedacht ik me dat Manglerud op een vreselijk dorp leek. Iedereen kende duidelijk iedereen.

Ik was eerder op Høyenhall geweest. Het is het Beverly Hills van Manglerud. Enorme vrijstaande villa's met uitzicht over het Kværnerdal, het centrum van Oslo en Holmenkollen. Ik stond op de weg en keek naar het skelet van een huis dat half af was. Ervoor stond een groep mannen in ontbloot bovenlijf en elk met een blikje bier in de hand te discussiëren, te lachen en te wijzen naar het fundament waarop kennelijk het terras moest worden aangelegd. Ik herkende een van hen direct. Waanzinnig knap met lange wimpers. De nieuwe chef van GC. *De mannen stopten abrupt met praten toen ze me in het oog kregen. En ik begreep waarom. De situatie was lullig. Ik had het de oude kerel niet gevraagd, maar ik had al bedacht dat Truls Berntsen het contact binnen de politie moest zijn.*

'Ja?' zei de man met de lange wimpers. Hij had ook nog een ongelooflijk goed getraind lijf. Zijn buikspieren leken op straatstenen. Ik had nog steeds de mogelijkheid weg te rennen en Berntsen later op de dag een bezoekje te brengen. Dus ik weet niet precies waarom ik deed wat ik deed.

'Ik heb een boodschap voor Truls Berntsen,' zei ik luid en duidelijk.

De anderen draaiden zich om naar een man die zijn blikje bier had neergezet en met O-benen op me af kwam gewaggeld. Hij stopte pas toen hij heel dicht bij me stond en de anderen niet konden horen wat we tegen elkaar zeiden. Hij had blond haar, een flinke onderbeet met een onderkaak die openhing als een opengebroken la. Hatelijk en achterdochtig staarde hij me met zijn varkensogen aan. Als hij een huisdier was geweest dan was hij om esthetische redenen afgemaakt.

'Ik weet niet wie je bent,' fluisterde hij. 'Maar ik kan het wel raden en ik wil verdomme niet dat je me op deze manier komt opzoeken. Begrepen?'

'Begrepen.'

'Vooruit, vertel op.'

Ik vertelde van de ontmoetingsplaats en het tijdstip.

'Iets anders durft hij zeker niet,' zei Berntsen en hij gromde.

'We hebben info dat ze net een grote partij horse hebben binnengekregen,' zei ik. De kerels op het terras gingen weer door met bier drinken, maar ik zag dat de chef GC *steeds naar ons keek. Ik sprak zacht en concentreerde me om alles door te geven. 'Het ligt opgeslagen in de club in Alnabru, maar moet over een paar dagen weg.'*

'Dat klinkt naar een paar arrestaties en een kleine klopjacht daarna,' zei Berntsen en hij gromde weer. Pas nu begreep ik dat het een lach moest voorstellen.

'Dat was alles,' zei ik, me omdraaiend om weg te gaan.

Ik had nog maar een paar meter gelopen toen ik iemand hoorde roepen. Ik hoefde me niet om te draaien om te weten wie dat was. Ik had het direct in zijn blik gezien. Dat is immers mijn specialiteit. Hij kwam naast me lopen en ik bleef staan.

'Wie ben je?' vroeg hij.

'Gusto.' Ik streek mijn haar uit mijn ogen zodat hij me beter kon zien. 'En jij?'

Hij keek me een seconde verbaasd aan, alsof het een domme vraag was. Toen antwoordde hij met een glimlach: 'Mikael.'

'Hallo Mikael. Waar train je voor?'

Hij kuchte. 'Wat doe je hier?'

'Dat zei ik toch al. Een boodschap voor Truls. Mag ik een slokje van je bier?'

Het leek of die vreemde, witte vlekken in zijn gezicht ineens oplichtten. Zijn stem was gespannen van ingehouden woede toen hij weer sprak: 'Als je hebt gedaan waarvoor je bent gekomen, stel ik voor dat je nu vertrekt.'

Onze ogen kruisten elkaar. Een woedende, groene blik. Mikael Bellman was zo verrekte knap dat ik zin kreeg mijn hand op zijn borst te leggen. Die warme, bezwete huid onder mijn vingertoppen te voelen. De spieren te voelen die zich automatisch zouden spannen door de shock over wat ik me durfde te permitteren. De tepel die hard zou worden wanneer ik die tussen duim en wijsvinger zou nemen. De heerlijke pijn als hij me zou slaan om zijn reputatie en goede naam te redden. Mikael Bellman. Ik voelde de lust. Mijn eigen fuckings lust.

'Tot ziens,' zei ik.

Diezelfde avond besefte ik het. Hoe ik zou kunnen bereiken wat jij volgens mij nooit had bereikt. Want als je het had bereikt, had je me toch nooit gedumpt, of wel? Hoe ik compleet moest worden. Hoe ik iemand kon worden. Hoe ik een miljonair kon worden.

HOOFDSTUK 20

De zon schitterde zo intens in de fjord dat Harry zijn ogen half moest dichtknijpen achter zijn dameszonnebril.

Oslo was niet alleen bezig met een facelift in Bjørvika, er was een siliconenborst geïmplanteerd: een heel nieuwe wijk stak nu de fjord in op een plaats waar het vroeger vlak en saai was. Het siliconenwonder heette Tjuvholmen en zag er duur uit. Dure flats met duur uitzicht op de fjord, dure aanlegplaatsen voor de boten, kleine, dure modewinkeltjes met slechts één exemplaar van een bepaald kledingstuk, galeries met parket uit een jungle waarvan je nog nooit had gehoord en dat meer in het oog viel dan de kunst aan de muur. De tepel op het uiterste puntje in de fjord heette Sjømagasinet en had niets met de zee te maken, maar was een restaurant van het exclusieve soort en met prijzen van het kaliber dat ervoor had gezorgd dat Oslo Tokio voorbij was gestreefd als 's werelds duurste stad.

Harry liep naar binnen en een vriendelijke gerant heette hem welkom.

'Ik ben op zoek naar Isabelle Skøyen,' zei Harry terwijl hij rondkeek in het restaurant dat afgeladen was.

'Weet u onder welke naam de tafel is gereserveerd?' vroeg de gerant met een klein lachje dat Harry vertelde dat alle tafels vooraf gereserveerd waren.

De vrouw die de telefoon had opgenomen toen Harry Isabelle Skøyens kantoor belde had eerst alleen willen zeggen dat ze op het moment aan het lunchen was. Maar toen Harry had geantwoord dat hij daarom juist belde, dat hij namelijk in het Continental op haar zat te wachten, had de secretaresse een beetje ontzet uitgeroepen dat de lunch in Sjømagasinet was!

'Nee,' zei Harry. 'Zou ik zelf even mogen kijken?'

De gerant aarzelde. Bestudeerde zijn kostuum.

'Het is in orde,' zei Harry. 'Ik zie haar al.'

Hij beende langs de gerant voor die zich kon bedenken.

Hij herkende zowel haar gezicht als haar postuur van de foto's op internet. Ze stond bij de bar, leunend op haar ellebogen en met haar rug naar de eetzaal toe. Ze stond blijkbaar te wachten op de mensen met wie ze zou lunchen, maar eerlijk gezegd leek het er meer op dat ze bezig was met een optreden. En aan de mannen bij de tafels te zien, was dat ook het geval, meende Harry. Het grove, bijna mannelijke gezicht werd doormidden gespleten door een bijlblad van een neus. Toch bezat Isabelle Skøyen een soort conventionele schoonheid die andere vrouwen meestal omschreven met 'interessant'. Ze had zwarte eyeliner rond haar ogen waardoor de koude, blauwe irissen de jagersblik van een wolf kregen. Daarom was haar kapsel ook bijna een komisch contrast: blonde poppenlokken die in lieflijke krullen aan weerszijden van haar mannelijke gezicht hingen. Maar het was haar lichaam dat de blikvanger van Isabelle Skøyen vormde.

Ze was erg lang en atletisch met brede schouders en heupen. De strakke zwarte broek benadrukte haar flinke, gespierde dijbenen. Harry stelde vast dat haar borsten of gekocht waren of gesteund werden door een onwaarschijnlijk geraffineerde bh of gewoonweg imponerend waren. Zijn zoektocht op internet had hem geleerd dat ze zich bezighield met het fokken van paarden op een boerderij in Rygge, twee keer gescheiden was, de laatste keer van een zakenman die vier keer rijk was geweest en drie keer failliet was gegaan, dat ze lid was van de landelijke schuttersvereniging, bloeddonor was, problemen had gehad omdat ze een medewerker had ontslagen 'omdat hij zo benepen was' en dat ze heel graag poseerde voor fotografen bij film- en theaterpremières. Kort samengevat: veel dame voor je geld.

Hij kwam in haar blikveld en al halverwege lieten haar ogen hem niet los. Het was haar natuurlijke recht om te kijken. Harry liep op haar af, zich realiserend dat hij minstens een dozijn ogen op zijn rug gericht had.

'U bent Isabelle Skøyen,' zei hij.

Ze leek hem eerst een kort antwoord te willen geven, maar bedacht zich, hield haar hoofd scheef en zei: 'Dat heb je met die veel te dure restaurants in Oslo, of niet? Iedereen is iemand. Dus...' Ze hield de s lang aan terwijl ze hem van top tot teen opnam. 'En u bent?'

'Harry Hole.'

'U hebt iets bekends, bent u op televisie geweest?'

'Dat is vele jaren geleden. Voor dit.' Hij wees naar het litteken op zijn gezicht.

'O ja, de politieman die de seriemoordenaar heeft gepakt.'

Hij kon nu twee wegen nemen. Harry koos voor de kortste.

'Dat was ik.'

'En wat doet u nu?' vroeg ze geïnteresseerd, terwijl ze over zijn schouder naar de deur keek. Ze perste haar rode lippen op elkaar en sperde haar ogen een paar keer wijd open. Opwarmen. Het moest om een belangrijke lunch gaan.

'Confectie en schoenen,' zei Harry.

'Ik kan het zien. Cool kostuum.'

'Coole boots. Rick Owens?'

Ze keek hem aan, leek hem opnieuw te ontdekken. Wilde iets zeggen, maar ving een beweging achter hem op. 'Mijn lunchafspraak is er. Misschien zien we elkaar nog eens, Harry.'

'Hm. Ik had gehoopt dat we nu even een praatje konden maken.'

Ze lachte en leunde naar hem toe. 'Ik hou van de aanval, Harry. Maar het is twaalf uur 's middags, ik ben broodnuchter en ik heb al een lunchafspraak. Een prettige dag nog.'

Ze liep weg terwijl de hakken van haar boots roffelden.

'Was Gusto Hanssen jouw minnaar?'

Harry zei het zacht en Isabelle Skøyen was al drie meter van hem vandaan. Toch verstijfde ze alsof hij een frequentie had gevonden die ondanks het geroffel van haar hakken, de stemmen en het jazznummer van Diana Krall haar trommelvlies bereikte.

Ze draaide zich om.

'Je hebt hem op één avond vier keer gebeld, de laatste keer om vier minuten over halftwaalf.' Harry was op een van de barkrukken gaan zitten. Isabelle Skøyen liep de drie meter terug. Ze torende boven hem uit. Harry moest denken aan Roodkapje en de wolf. En zij was niet Roodkapje.

'Wat wil je van me, Harry?' vroeg ze.

'Ik wil alles weten wat jij weet over Gusto Hanssen.'

De neusgaten van het bijlblad bewogen zich en de majestueuze borsten kwamen omhoog. Harry zag dat haar huid grote, zwarte poriën had, als pixels in een tekenfilm.

'Aangezien ik een van de weinige mensen in de stad ben die zich bezighouden met het in leven houden van de drugsverslaafden, ben ik ook een van de weinigen die zich Gusto kunnen herinneren. We zijn hem kwijtgeraakt en dat is triest. Die telefoontjes zijn heel simpel te verklaren: hij staat in de telefoonlijst in mijn mobieltje omdat ik hem had uitgenodigd voor een vergadering van het drugscomité, zijn naam lijkt erg op die van een goede vriend van mij dus het komt wel voor dat ik me vergis. Dat kan gebeuren.'

'Wanneer heb je hem voor het laatst gezien?'

'Luister, Harry Hole,' siste ze zacht met nadruk op Hole en ze bracht haar gezicht nog een beetje dichter bij het zijne. 'Als ik het goed begrepen heb, ben je niet meer bij de politie, maar zit je in de confectie en de schoenen. Ik zie geen reden waarom ik met jou zou moeten praten.'

'Het is alleen,' zei Harry en hij leunde achterover tegen de bar, 'dat ik zo'n ongelooflijke zin heb om met iemand te praten. Dus als ik dat niet met jou kan dan maar met een journalist. En die zijn altijd zo blij als ze over schandalen van bekende mensen kunnen praten.'

'Bekend?' zei ze en ze zette een stralende lach op die niet voor Harry was bedoeld maar voor een goedgeklede man die naast de gerant naar haar stond te gebaren. 'Ik ben niet bekend, Harry. Een paar foto's in de krant wil niets zeggen. Je bent ook zo weer vergeten.'

'Ik dacht dat de kranten je als een rijzende ster zien.'

'Is dat zo? Misschien, maar zelfs de grootste roddelbladen moeten iets concreets hebben en jij hebt niets. Een verkeerd telefoontje kan...'

'... kan gebeuren. Wat niet kan gebeuren, is dat...' Harry haalde diep adem. Ze had gelijk, hij had niets. En daarom had hij hier niets te zoeken '... er AB rhesus-negatief bloed op twee plekken in dezelfde moordzaak opduikt. Dat is geen toeval. Slechts een op de tweehonderd mensen heeft dat type bloed. Dus als het analyserapport van het gerechtelijk laboratorium zegt dat er bloed onder Gusto's nagel is gevonden van die bloedgroep en als er in de krant staat dat jij die bloedgroep hebt, dan kan een voormalig rechercheur het niet nalaten om een en een bij elkaar op te tellen. Het enige wat ik nu nog hoef te doen is vragen om een DNA-analyse, dan weten we honderd procent zeker in wie Gusto zijn klauwen heeft gezet vlak voor hij werd vermoord. Klinkt dat misschien als een meer dan gemiddeld interessante krantenkop, Skøyen?'

Isabelle Skøyen knipperde meerdere malen met haar ogen alsof die haar mond in beweging moesten zetten.

'Vertel me eens, is dat niet de kroonprins van de Arbeiderspartij?' vroeg Harry terwijl hij haar lunchafspraak opnam. 'Hoe heet hij ook alweer?'

'We kunnen praten,' zei Isabelle Skøyen. 'Later. Maar dan moet jij beloven je gedeisd te houden.'

'Wanneer en waar?'

'Geef me je telefoonnummer, dan bel ik je na het werk.'

Buiten schitterde de fjord nog net zo hysterisch. Harry zette zijn zonnebril op en stak een sigaret aan om te vieren dat hij dit spelletje blufpoker had gewonnen. Hij ging aan de kade zitten, genoot van iedere trek, weigerde het verlangen te voelen dat er wel was en concentreerde zich op de zinloze, kostbare speeltjes die de rijkste arbeidersklasse ter wereld aangemeerd had liggen. Toen drukte hij zijn sigaret uit, spuugde in de fjord en was klaar voor het volgende bezoek op zijn lijst.

Harry bevestigde tegenover de receptioniste van het Radiumhospitaal dat hij een afspraak had, waarop ze hem een formulier gaf. Harry vulde zijn naam en telefoonnummer in, maar liet 'firmanaam' open.

'Privébezoek?'

Harry schudde zijn hoofd. Hij wist dat het beroepsdeformatie van goede receptionisten was om informatie in te zamelen, overzicht te krijgen zowel over wie er kwamen en gingen als over wie er werkten. Als hij als rechercheur op zoek was naar privéinformatie van een werkplek, was de receptionist de eerste met wie hij ging praten.

Ze vroeg Harry naar het kantoor aan het eind van de gang te gaan. Op weg door de gang liep Harry langs gesloten deuren en glazen ruiten waarachter mensen in witte jassen bij tafels met glazen kolven en statieven met reageerbuisjes stonden. In de ruimten zag hij stalen kasten met grote hangsloten en Harry vermoedde dat de inhoud een eldorado bevatte voor elke drugsverslaafde.

Aan het eind van de gang bleef hij staan voor een gesloten deur en voor de zekerheid las hij het naambordje voor hij aanklopte: Stig Nybakk. Hij hoefde slechts één keer te kloppen voor een stem galmde: 'Binnen!'

Nybakk stond achter een bureau met een telefoon tegen zijn oor, maar hij gebaarde Harry binnen te komen en te gaan zitten. Na drie 'ja's', twee 'nee's', een 'wel verdomme' en een smakelijke lach, hing hij op en richtte hij een stel heldere ogen op Harry die gewoontegetrouw onderuit was gezakt op zijn stoel met zijn benen voor zich uitgestoken.

'Harry Hole. Je herinnert je mij vast niet, maar ik herinner me jou wel.'

'Ik heb zoveel mensen gearresteerd,' zei Harry.

Opnieuw die smakelijke lach.

'We zaten samen in Oppsal op school, ik zat een paar klassen lager.'

'De jongkies herinneren zich de ouderejaars.'

'Dat klopt. Maar om eerlijk te zijn, herinner ik me je niet van school. Ik heb je op televisie gezien en iemand vertelde me toen dat je in Oppsal op school had gezeten en dat je bevriend was met Tresko.'

'Hm.' Harry keek naar de punten van zijn schoenen om aan te geven dat hij geen interesse had om zich in de privésfeer te bewegen.

'Dus jij bent rechercheur bij de afdeling Moord geworden? Welke moord ben je nu aan het onderzoeken?'

'Ik,' begon Harry de zin die zo dicht mogelijk bij de waarheid moest zijn, 'onderzoek een drugsmoord. Hebben jullie naar de stof kunnen kijken die ik had opgestuurd?'

'Ja.' Nybakk tilde de telefoonhoorn weer op, toetste een nummer in en krabde zich fanatiek op zijn achterhoofd terwijl hij wachtte. 'Martin, kun je even komen? Ja, het gaat om die analyse.'

Nybakk hing op en er volgde een stilte van drie seconden. Nybakk glimlachte terwijl Harry wist dat zijn hersenen koortsachtig op zoek waren naar een gespreksonderwerp. Harry zei niets. Nybakk kuchte. 'Jij woonde toch in dat gele huis vlak bij het sportveld? Ik ben opgegroeid in het rode huis boven op de berg. De familie Nybakk?'

'O ja,' loog Harry, opnieuw stelde hij vast hoe schrikbarend weinig hij nog van zijn jeugd wist.

'Hebben jullie het huis nog?'

Harry sloeg zijn ene been over het andere. Hij wist dat hij deze strijd niet ging winnen voor die Martin kwam. 'Mijn vader is drie jaar geleden overleden. De verkoop heeft even geduurd, maar...'

'Geesten.'

'Sorry?'

'Ze zeggen toch dat je eerst de geesten uit je huis moet verjagen voor je het kunt verkopen? Mijn moeder is vorig jaar overleden, maar het huis staat nog steeds leeg. Getrouwd en kinderen?'

Harry schudde zijn hoofd. En hij sloeg de bal naar de overkant van het net. 'Maar jij bent getrouwd, zie ik.'

'O?'

'De ring.' Harry knikte naar de hand van de ander. 'Ik had er ook zo een.'

Nybakk hield de hand met de ring omhoog en zei glimlachend: 'Had? Dus je bent gescheiden?'

Harry vloekte in zichzelf. Waarom moesten mensen altijd samen praten? Gescheiden? Wis en waarachtig was hij gescheiden. Gescheiden van wie hij had gehouden. Van wie hij allemaal had gehouden. Harry kuchte.

'Daar ben je,' zei Nybakk.

Harry draaide zich om. Een kromgebogen gedaante in een blauw laborantenuniform stond hem bij de deur aan te staren. Een zwarte, lange pluk haar hing over een bleek, bijna wit, hoog voorhoofd. De ogen lagen diep in zijn gezicht verzonken. Harry had hem niet eens horen binnenkomen.

'Dit is Martin Pran, een van onze beste onderzoekers,' zei Nybakk.

Dat is de klokkenluider van de Notre Dame, dacht Harry.

'En, Martin?' vroeg Nybakk.

'Wat jij violine noemt is geen heroïne, maar een stof die lijkt op levorphanol.'

Harry noteerde de naam. 'En dat is?'

'Een atoombom onder de opioïden,' voegde Nybakk toe. 'Extreem pijnstillend. Zes tot acht keer sterker dan morfine. Drie keer sterker dan heroïne.'

'Echt?'

'Echt,' zei Nybakk. 'En het werkt twee keer zo lang als morfine, zo'n acht tot veertien uur. Slik je slechts drie milligram levorphanol, dan is er al sprake van een volledige narcose. De helft bij inspuiten.'

'Hm, dat klinkt gevaarlijk.'

'Niet zo gevaarlijk als je zou denken. Afgemeten doses met pure opioïden als heroïne maken het lichaam niet kapot. Het is in de eerste plaats de verslaving die de levensstandaard verlaagt.'

'O ja? De heroïneverslaafden in de stad sterven anders als ratten.'

'Ja, maar dat komt vooral door twee oorzaken. Ten eerste vanwege het feit dat heroïne wordt versneden met andere stoffen waardoor het puur vergif wordt. Als je bijvoorbeeld heroïne met cocaïne mengt...'

'Speedball,' zei Harry. 'John Belushi.'

'Moge hij rusten in vrede. De tweede veelvoorkomende doodsoorzaak is dat door heroïne de ademhaling stokt. Als je een te grote dosis spuit dan stop je gewoon met ademhalen. En als je tolerantieniveau voor de stof stijgt, zul je steeds grotere doses gaan spuiten. Maar het interessante bij levorphanol is dat het lang niet zoveel invloed heeft op je ademhaling. Toch, Martin?'

De klokkenluider knikte zonder op te kijken.

'Hm,' zei Harry, en hij keek Pran aan. 'Sterker dan heroïne, langere werking en bovendien is de kans op een overdosis geringer. Dat klinkt naar de ideale drug voor junkies.'

'Afhankelijkheid,' mompelde de klokkenluider. 'En de prijs.'

'Pardon?'

'We zien het bij patiënten,' zuchtte Nybakk. 'Ze worden zó verslaafd,' hij knipte met zijn vingers. 'Maar bij kankerpatiënten is dat geen issue. We passen de dosering van de pijnstillende middelen steeds aan. Het doel is om de pijn voor te zijn, niet om die op de hielen te zitten. En levorphanol is duur om te fabriceren en te importeren. Dat kan de reden zijn dat we het niet op straat zien.'

'Het is geen levorphanol.'

Harry en Nybakk draaiden zich om naar Martin Pran.

'Het is gemodificeerd.' Pran tilde zijn hoofd op. En Harry meende dat zijn ogen licht gaven, alsof er zojuist een lamp daarbinnen was aangedaan.

'Hoe dan?' vroeg Nybakk.

'Het duurt even voor we hebben ontdekt hoe dat wordt gedaan, maar het lijkt er in elk geval op dat een van de chloormoleculen plaats heeft gemaakt voor een fluormolecuul. Het hoeft niet duur te zijn om dat te fabriceren.'

'Jezus,' zei Nybakk met argwaan in zijn stem. 'Hebben we het hier over een Dreser?'

'Is goed mogelijk,' zei Pran met een bijna onmerkbaar lachje.

'Grote genade!' riep Nybakk uit en hij krabde zich enthousiast met beide handen op het achterhoofd. 'Dan hebben we het over het werk van een genie. Of over iemand met enorm veel geluk.'

'Ik ben bang dat ik dit niet helemaal meekrijg, jongens,' zei Harry.

'O, sorry,' zei Nybakk. 'Heinrich Dreser. Hij heeft in 1897 aspirine uitgevonden. De dag daarna werkte hij verder om zijn aspirine verder te modificeren. Er was niet veel voor nodig, een molecuul hier, een molecuul daar en – hopla! – de stof hecht zich aan andere receptoren in het lichaam. In 1913 werd het verkocht als hoestmiddel.'

'En de stof was?'

'De naam stamt van het Engelse woord *hero*.'

'Heroïne.'

'Correct.'

'Hoe zit het met het glazuur?' vroeg Harry, zich tot Pran wendend.

'Dat heet drageren,' zei de klokkenluider zuur. 'Wat is daarmee?' Zijn gezicht was naar Harry gekeerd, maar zijn ogen waren gericht op de muur. Als een dier dat naar een vluchtroute zoekt, dacht Harry. Of een kuddedier dat geen strijd wil met het alfamannetje door hem recht in zijn ogen te kijken. Of gewoon een mens met een beetje meer dan gemiddelde sociale beperkingen. Maar er was iets anders wat ook Harry's aandacht trok, iets aan de manier waarop hij stond, alsof hij helemaal scheef was.

'Nou,' zei Harry, 'in het gerechtelijk laboratorium dachten ze dat fijngehakt pillenglazuur voor de bruine deeltjes in de violine zorgde. En dat de manier van... eh, drageren die jullie hier in het Radiumhospitaal voor methadonpillen gebruiken dergelijk pillenglazuur oplevert?'

'En?' zei Pran snel.

'Is het mogelijk dat violine door iemand in Noorwegen wordt gemaakt die ook toegang heeft tot jullie methadonpillen?'

Stig Nybakk en Martin Pran keken elkaar aan.

'We leveren ook methadonpillen aan andere ziekenhuizen, dus andere mensen hebben ook toegang tot de pillen,' zei Nybakk. 'Maar violine is chemie op hoog niveau.' Hij blies lucht tussen zijn lippen door. 'Wat zeg jij, Pran? Hebben we mensen van dat kaliber in het Noorse onderzoeksmilieu die een dergelijke stof kunnen uitvinden?'

Pran schudde zijn hoofd.

'Hoe zit het met geluk?' vroeg Harry.

Pran haalde zijn schouders op. 'Het is natuurlijk mogelijk dat Brahms geluk had toen hij *Ein deutsches Requiem* componeerde.'

Het werd stil in de kamer. Zelfs Nybakk leek niets te willen toevoegen.

'Goed,' zei Harry, terwijl hij opstond.

'Ik hoop dat we je van dienst konden zijn,' zei Nybakk, die zijn hand over zijn bureau naar Harry stak. 'En doe de groeten aan Tresko. Hij is zeker nog steeds nachtwaker bij Hafslund Energi om op het lichtknopje van de stad te passen?'

'Zoiets.'

'Houdt hij niet van daglicht?'

'Hij houdt niet van gezeur.'

Nybakk lachte onzeker.

Onderweg naar buiten bleef Harry twee keer staan. Eén keer om in het lege laboratorium te kijken waar het licht voor die dag al was uitgedaan. En de tweede keer voor de deur met het naambordje Martin Pran. Er kwam licht onder de deur vandaan. Harry duwde de deurklink voorzichtig naar beneden. De deur was op slot.

Het eerste wat Harry deed toen hij in de huurauto zat was zijn mobiele telefoon checken. Hij zag dat hij een gemiste oproep had van Beate, maar nog geen sms'je van Isabelle Skøyen. Al bij het Ullevaal Stadion besefte Harry hoe verkeerd hij zijn rit door de stad had getimed. Het werkvolk met de kortste werktijd ter wereld was op weg naar huis. Hij had vijftig minuten nodig om bij Karihaugen te komen.

Sergej zat in zijn auto op het stuur te trommelen. In theorie was zijn werk aan de goede kant van de file, maar wanneer hij avonddienst had, raakte hij toch gevangen in de verkeersfuik die de stad uit reed. De auto's zakten als lauwe lava in de richting van Karihaugen. Hij had de politieman gegoogeld. Had oude krantenberichten gekregen. Over moordzaken. Hij had een seriemoordenaar in Australië ontmaskerd. Dat was Sergej opgevallen omdat hij diezelfde middag op Animal Planet een programma over Australië had gezien. Het ging over de intelligentie van krokodillen in het Northern Territory, over hoe zij de gewoonten van hun prooi leerden kennen. Wanneer een man in de bush kampeerde dan liep hij bijvoorbeeld iedere ochtend als hij wakker werd over een pad langs de billabong om water te halen. Op het pad was hij veilig voor de krokodil die beneden in het water naar hem lag te kijken. Bleef hij daar nog een nacht dan zou dat ritueel zich de volgende morgen herhalen. Overnachtte hij daar een derde keer en liep hij 's morgens weer over het pad dan zou hij geen krokodil zien. Niet voordat er aan de andere kant van het pad takken kraakten in de bush en de krokodil hen beiden in het water dwong.

De politieman leek niet erg op zijn gemak op de foto's van internet. Alsof hij er niet van hield gefotografeerd te worden. Of dat er naar hem gekeken werd.

De telefoon ging. Het was Andrej. Hij kwam direct ter zake.

'Hij logeert in Leons.'

Het Zuid-Siberische dialect van Andrej klonk eigenlijk snaterend en had vele staccato klanken, maar Andrej zag kans het zacht en vloeiend te laten klinken. Hij zei het adres twee keer, zacht en duidelijk, en Sergej sloeg het op in zijn geheugen.

'Goed,' zei Sergej terwijl hij enthousiast probeerde te klinken. 'Ik vraag welke kamer hij heeft. En als die niet aan het eind van de gang ligt, dan wacht ik daar. Als hij dan zijn kamer verlaat en naar de trap of de lift loopt, moet hij me zijn rug toekeren.'

'Nee, Sergej.'

'Nee?'

'Niet in het hotel. Hij zal erop voorbereid zijn dat we naar Leons komen.'

Sergej schrok. 'Op voorbereid?'

Hij wisselde van baan en ging achter een huurauto rijden terwijl Andrej uitlegde dat hij contact had gezocht met twee van hun dealers en dat hij *ataman* bij Leons had uitgenodigd. Dat het van verre naar een val stonk. En dat *ataman* duidelijke orders had gegeven dat Sergej zijn karwei ergens anders moest klaren.

'Waar dan?' vroeg Sergej.

'Wacht hem op in de straat voor het hotel,' zei Andrej.

'Maar waar zal ik het dóén?'

'Dat mag je zelf kiezen,' zei Andrej. 'Maar mijn persoonlijke voorkeur is: vanuit de achterhoede.'

'Achterhoede?'

'Altijd vanuit de achterhoede, Sergej. En nog iets...'

'Ja?'

'Hij is bezig achter zaken te komen waarvan we liever niet willen dat hij daarachter komt. Dat betekent dat het haast begint te krijgen.'

'Wat... eh, wil dat zeggen?'

'*Ataman* zegt dat je de tijd moet nemen die je nodig hebt, maar niet meer. Binnen een etmaal is beter dan binnen twee etmalen. Wat weer beter is dan drie etmalen. Begrepen?'

'Begrepen,' zei Sergej, en hij hoopte dat Andrej de trilling in zijn stem niet hoorde.

Toen ze ophingen, stond Sergej nog steeds in de file. Hij had zich zijn hele leven nog niet zo eenzaam gevoeld.

De avondspits was nu op zijn ergst en de file loste zich niet op voor Berger, vlak voor Skedsmokrysset. Harry zat op dat moment een uur in de auto en was al langs alle radiozenders gegaan voor hij uit louter protest de radio maar op NRK Altijd Klassiek had laten staan. Twintig minuten later zag hij het bordje voor de afslag van luchthaven Oslo. Hij had het nummer van Tord Schultz de afgelopen dag vele malen gebeld zonder dat er werd opgenomen. Schultz' collega, die hij uiteindelijk te pakken had kunnen krijgen bij de vliegtuigmaatschappij, zei dat hij geen idee had waar Tord kon zijn maar dat hij de gewoonte had thuis te zijn als hij niet vloog. En hij bevestigde het adres dat Harry op internet had gevonden.

Het begon al donker te worden toen Harry op het naambordje las dat hij goed zat. Hij reed langzaam tussen de identieke, schoenendoosachtige woonhuizen die aan weerszijden van de pas geasfalteerde weg stonden. Hij kwam erachter welk huis van Schultz was doordat de huizen van de buren voldoende verlicht waren om de huisnummers te lezen. Het huis van Tord Schultz was volkomen donker.

Harry parkeerde zijn auto. Hij keek omhoog. Er steeg zilver op in het donker, een vliegtuig, geluidloos als een roofvogel. De lichten streken over de daken en het vliegtuig verdween achter hem terwijl het zijn geluid als een bruidssluier achter zich aan trok.

Harry liep naar de voordeur, legde zijn gezicht tegen de ruit in de voordeur en belde aan. Wachtte. Belde nog een keer aan. Wachtte een minuut.

Toen trapte hij het glas in.

Hij stak zijn hand naar binnen, kreeg de deurklink te pakken en deed open.

Hij stapte over de glasscherven en liep door naar de kamer.

Het eerste wat hem opviel aan het donker, was dat het donkerder was dan het zou moeten zijn in een kamer zonder licht aan. Hij besefte dat de gordijnen dicht waren. Dikke verduisteringsgordijnen van het type dat ze gebruikten op de legerbasis in Finnmark om de middernachtzon buiten te sluiten.

Het tweede wat hem opviel, was het gevoel niet alleen te zijn. En aangezien het Harry's ervaring was dat dergelijke gevoelens bijna altijd het resultaat waren van heel concrete zintuiglijke waarnemingen, concentreerde hij zich op de vraag wat die zintuiglijke waarnemingen konden zijn en hij negeerde zijn persoonlijke, hoogst natuurlijke reactie: een snellere pols en een neiging zich, via de weg die hij was gekomen, terug te trekken. Hij luisterde, maar het enige wat hij hoorde was een klok die ergens tikte, waarschijnlijk in een aangrenzende kamer. Hij snoof de lucht op. Het rook muf en bedompt, maar er was ook iets anders, iets vaags, maar bekends. Hij sloot zijn ogen. Meestal kon hij ze voelen voor ze kwamen. Door de jaren heen had hij gedachtestrategieën ontwikkeld om ze buiten te houden. Maar nu hadden ze hem al in hun macht voor hij de deur had kunnen dichtsmijten. De schimmen. Het rook hier naar een plaats delict.

Hij opende zijn ogen en werd verblind. Het licht viel door het dakraam van de bovenverdieping, die via een open trap vanuit de woonkamer was te bereiken, op zijn gezicht. Het streek over de vloer. Toen kwam het geluid van het vliegtuig en in de volgende seconde was de kamer weer donker. Maar hij had het gezien. En het was niet langer mogelijk zijn snellere pols en zijn neiging om te vluchten te negeren.

Het was de kever. *Zjuk.* Hij zweefde in de lucht recht voor zijn gezicht.

HOOFDSTUK 21

Het gezicht was kapot.

Harry had het licht aangedaan en keek neer op de dode man.

Het rechteroor was vastgespijkerd aan de parketvloer en het gezicht had zes zwarte, bloedige kraters. Hij hoefde niet naar het moordwapen te zoeken, dat hing op ooghoogte vlak voor hem. Aan het eind van het touw dat over de plafondbalk hing, was een baksteen bevestigd. Uit de baksteen staken zes bebloede spijkers.

Harry ging op zijn hurken zitten en tilde de arm van het lijk op. De man was koud en ondanks de warmte in de kamer was de rigor mortis beslist ingetreden. Hetzelfde was het geval met livor mortis: de combinatie van de zwaartekracht en de afwezigheid van de bloeddruk hadden ervoor gezorgd dat het bloed zich in de laagste punten van het lichaam had verzameld waardoor het onderste deel van de arm een lichte rode kleur had gekregen. De man moest al minstens twaalf uur dood zijn, gokte Harry. Zijn witte, keurig gestreken overhemd was omlaag gezakt zodat er een stukje van de huid van de buik was te zien. Die had nog niet die groene kleur gekregen door de bacteriën die Tord Schultz gingen opeten, dat eetgilde begon meestal pas na achtenveertig uur en verspreidde zich van de buik naar de andere gebieden.

Behalve het overhemd had hij ook een stropdas om en droeg hij een zwarte pantalon en gepoetste schoenen. Alsof hij net van een begrafenis of van zijn werk kwam, dacht Harry.

Hij pakte de telefoon en vroeg zich af of hij eerst de meldkamer zou bellen of direct de afdeling Geweld. Hij toetste het nummer van de meldkamer in terwijl hij rondkeek. Hij had geen tekenen van inbraak gezien en er was ook niet gevochten in de kamer. Afgezien van de baksteen en het lijk waren er geen tekenen van wat dan ook en Harry wist dat wanneer de technische recherche kwam er niets te vinden zou zijn. Geen vingerafdrukken, geen schoenafdrukken, geen DNA-materiaal. En de tactische rechercheurs zouden ook met lege handen komen te staan: geen buur die iets had gezien, geen bewakingscamera bij benzinepompen in de omgeving die vreemde gezichten had gefilmd, geen verhelderende telefoongesprekken van en naar Schultz' telefoon. Niets. Terwijl Harry wachtte tot er werd opgenomen, ging hij de keuken in. Uit gewoonte liep hij voorzichtig en zorgde hij ervoor dat hij niets aanraakte. Zijn blik viel op de keukentafel waarop een bord stond met een halfopgegeten boterham met cervelaatworst. Over de rugleuning van de stoel hing het colbert dat paste bij de pantalon. Harry doorzocht de zakken en vond vierhonderd kronen, een briefje, een treinkaartje en een ID-kaart van de vliegtuigmaatschappij. Tord Schultz. Het professioneel lachende gezicht op de foto leek op de restanten van het gezicht dat hij in de kamer had gezien.

'Meldkamer.'

'Ik heb een lijk hier. Het adres is...'

Harry's blik viel op het briefje.

'Ja?'

Er was iets bekends aan.

'Hallo?'

Harry pakte het briefje. Bovenaan stond in grote letters: Oslo Politiedistrict. Daaronder stond: Tord Schultz en een datum. Hij had drie dagen geleden het hoofdbureau of een districtsbureau bezocht. En nu was hij dus dood.

'Hallo?'

Harry hing op.

Hij ging zitten.

En dacht na.

Hij had anderhalf uur nodig om het huis te doorzoeken. Daarna veegde hij alle plekken waar hij vingerafdrukken had kunnen achterlaten schoon en hij verwijderde de plastic zak die hij om zijn haar had gebonden om geen haartjes achter te laten. Het was een vaste gewoonte dat alle moordonderzoekers en andere politiemensen die mogelijk aanwezig konden zijn op een plaats delict, hun vingerafdrukken en DNA lieten registreren. Als hij iets liet zitten of achterliet zou het de politie vijf minuten kosten om te concluderen dat Harry daar was geweest. Het resultaat van het doorzoeken van het huis waren drie zakjes met cocaïne geweest en vier flessen met wat hij aannam gesmokkelde sterke drank. Verder was het resultaat zoals hij al had vermoed: niets.

Hij liep naar buiten, ging in de auto zitten en reed weg.

Oslo Politiedistrict.

Verdomme, verdomme.

Toen Harry in het centrum was aangekomen en zijn auto had geparkeerd, bleef hij door de voorruit zitten staren. Toen toetste hij het nummer van Beate in.

'Hoi, Harry.'

'Twee dingen. Ik wil je om een gunst vragen. En een anonieme tip geven dat er in de zaak een man is doodgegaan.'

'Dat heb ik zojuist al gehoord.'

'Dus jullie weten het al?' zei Harry verbaasd. 'De methode wordt *zjuk* genoemd. Russisch voor "kever".'

'Waar heb je het over?'

'De baksteen.'

'Welke baksteen?'

Harry haalde diep adem. 'Over wie heb jíj het?'

'Goijko Tošić.'

'Wie is dat?'

'De man die Oleg heeft aangevallen.'

'En?'

'Hij is dood aangetroffen in zijn cel.'

Harry keek recht in een paar koplampen die op hem af kwamen. 'Hoe...?'

'Ze zijn het nu aan het onderzoeken. Het lijkt erop dat hij zich heeft opgehangen.'

'Streep dat "zich" maar door, ze hebben de piloot ook vermoord.'

'Wat?'

'Tord Schultz ligt in de kamer van zijn huis op Gardermoen.'

Het duurde twee seconden voor Beate antwoordde. 'Ik zal het doorgeven aan de meldkamer.'

'Oké.'

'Wat was het andere?'

'Wat?'

'Je zei dat je me om een gunst wilde vragen?'

'O ja.' Harry haalde het briefje uit zijn zak. 'Ik vroeg me af of je in het bezoekersregister van het hoofdbureau kunt checken wie Tord Schultz drie dagen geleden heeft gesproken.'

Het was weer even stil.

'Oké, weet je zeker dat dit iets is waarbij ik betrokken wil raken, Harry?'

'Ik weet zeker dat dit iets is waar jij niet bij betrokken wilt zijn.'

'De duivel moge je halen.'

Harry verbrak de verbinding.

Harry zette de huurauto in de parkeergarage onder Kvadraturen en liep naar Leons. Hij liep langs een bar en de muziek die uit de open deur kwam deed hem denken aan de avond dat hij hier arriveerde. Nirvana's uitnodigende 'Come As You Are'. Hij besefte niet dat hij door de open deur was gegaan voor hij voor de lange bar stond van deze darmvormige ruimte.

Drie gasten zaten in elkaar gedoken op hun barkrukken, het leek wel een dodenwake van een maand lang: niemand was weggegaan, het rook naar lijken en het mensenvlees kraakte. De barkeeper keek Harry aan met een blik van: bestel of maak als de sodemieter dat je wegkomt, terwijl hij bezig was langzaam de kurk van een kurkentrekker los te draaien. Hij had drie grote, gotische letters dwars over zijn nek laten tatoeëren. EAT.

'Wat zal het zijn?' riep de barman, en het lukte hem maar net om boven Kurt Cobain uit te komen die Harry vroeg te komen als een vriend, als een vriend. Als een oude vijand.

Harry likte aan zijn lippen die direct droog waren geworden. Hij keek toe hoe de handen van de barman draaiden. Het was een flessenopener van het simpelste soort met slechts een korte spiraal, eentje dat een vaste, getrainde hand vergde, maar wel met een paar keer draaien diep de kurk binnendrong zodat het snel ging. Deze kurk was helemaal doorboord. Het was dus geen wijnbar. Wat schonken ze hier dan nog meer? Hij zag het verwrongen spiegelbeeld van zichzelf in de spiegel achter de barman. Het gehavende gezicht: het waren de gezichten van hen allemaal, van alle schimmen. En Tord Schultz had zich net bij hen aangesloten. Zijn ogen gleden langs als een warmtezoekende raket langs de glazen plank tot ze hun doel vonden. De oude vijand. Jim Beam.

Kurt Cobain riep dat hij geen pistool had.

Harry kuchte. Eentje maar.

Je moet komen zoals je bent en nee, ik heb geen pistool.

Hij sprak zijn bestelling uit.

'Wát?' riep de barman naar voren leunend.

'Jim Beam.'

Geen pistool.

'Gin wat?'

Harry slikte. Cobain zong het woord memoria. Harry had het nummer wel honderd keer gehoord, maar hij begreep nu dat hij altijd had gedacht dat Cobain zong: *The more* dit of dat.

Memoria. In memoriam. Waar had hij dat gezien? Op een grafsteen?

Harry zag een beweging in de spiegel. Op dat moment begon zijn mobieltje te vibreren in zijn zak.

Harry pakte de telefoon. Keek op de display. R. Hij drukte op het hoorntje.

'Hoi Rakel.'

Een nieuwe beweging achter hem.

'Ik hoor alleen maar lawaai, Harry. Waar ben je?'

Harry stond op en liep met grote stappen naar de uitgang. Hij snoof de uitlaatgassen op, maar toch was de lucht frisser dan binnen.

'Wat doe je?' vroeg Rakel.

'Ik vraag me af of ik links of rechts zal gaan,' zei Harry. 'En jij?'

'Ik wil net naar bed gaan. Ben je nuchter?'

'Wat?'

'Je hebt me wel gehoord. En ik hoor jou. Ik merk het als je gestrest bent. En op de achtergrond lijk ik wel een bar te horen.'

Harry viste zijn pakje Camel op. Trok er een sigaret uit, merkte dat zijn handen trilden. 'Fijn dat je belt, Rakel.'

'Harry?'

Hij stak zijn sigaret aan. 'Ja?'

'Hans Christian heeft voor elkaar gekregen dat Oleg op een geheime plaats in voorarrest zit. Het is ergens in Østlandet, maar niemand mag weten waar.'

'Niet slecht.'

'Het is een goede man, Harry.'

'Daar twijfel ik niet aan.'

'Harry?'

'Ik ben hier.'

'Stel dat we met het bewijs hadden kunnen rommelen. Stel dat ik de schuld van de moord op me had genomen. Zou je me dan helpen?'

Harry inhaleerde. 'Nee.'

'Waarom niet?'

Er ging een deur achter Harry open. Maar hij hoorde niet dat de voetstappen zich verwijderden.

'Ik bel je vanuit het hotel. Oké?'

'Oké.'

Harry verbrak de verbinding en rende door de straat zonder zich om te draaien.

Sergej keek naar de man die over straat jogde.

Zag hem verdwijnen in Leons.

Hij was dichtbij geweest. Zó dichtbij. Eerst in die bar en nu hier buiten op straat.

Sergej had nog steeds zijn hand rond het heft geklemd dat van het gewei van een edelhert was gemaakt. Het lemmet was uitgeklapt en stak in de voering van de zak. Twee keer stond hij op het punt een stap naar voren te doen, zijn haar met zijn linkerhand te grijpen en met het mes zijn keel door te snijden. De politieman was weliswaar langer dan hij, maar dat zou geen probleem opleveren.

Niets zou een probleem zijn. Want toen zijn pols zakte, voelde hij de rust terugkeren. De rust die hij kwijt was geraakt, die door de angst was verdrongen. En opnieuw voelde hij dat hij zich verheugde, zich verheugde op het volbrengen van zijn taak, het samensmelten met het verhaal dat al was verteld.

Want dit was de plek, de achterhoede waar Andrej het over had gehad. Sergej had namelijk de blik van de politieman gezien toen hij naar de flessen staarde. Het was dezelfde blik die zijn vader had gehad toen hij uit de gevangenis kwam. Sergej was de krokodil in de billabong, de krokodil die wist dat de man hetzelfde pad zou nemen om iets te drinken te halen, die wist dat het slechts een kwestie van wachten was.

Harry ging in kamer 301 op bed liggen, blies de rook naar het plafond en luisterde naar haar stem door de telefoon.

'Ik weet dat jij ergere dingen hebt gedaan dan met bewijzen rommelen,' zei ze. 'Dus waarom niet? Waarom zou je dat niet doen voor iemand van wie je houdt?'

'Je drinkt witte wijn,' zei hij.

'Hoe weet je dat het geen rode wijn is?'

'Ik kan dat horen.'

'Goed, leg uit waarom je me niet zou helpen.'

'Moet ik dat?'

'Ja, Harry.'

Harry drukte zijn sigaret uit in het lege koffiekopje op het nachtkastje. 'Ik, wetsovertreder en voormalig politieman, meen dat de wet iets betekent. Klinkt dat ziek?'

'Ga verder.'

'De wet is het hek dat we hebben neergezet aan de rand van de afgrond. Iedere keer dat iemand de wet overtreedt, wordt het hek een beetje afgebroken. Dus dan moeten we het repareren. De dader moet boeten.'

'Nee, íémand moet boeten. Iemand moet de straf op zich nemen die de samenleving het signaal geeft dat moord onacceptabel is.'

'Je hanteert de wet zoals het jou uitkomt. Je bent jurist, je weet wel beter.'

'Ik ben moeder, ik werk als jurist. Wat ben jij, Harry? Ben je een politieman? Ben je dat gebleven? Een robot, een slaaf van de mierenhoop en de gedachten die anderen hebben gedacht? Ben je daar nog?'

'Hm.'

'Heb je een antwoord voor me?'

'Nou, waarom denk je dat ik naar Oslo ben gekomen?'

Stilte.

'Harry?'

'Ja?'

'Het spijt me.'

'Niet huilen.'

'Ik weet het. Het spijt me.'

'Je hoeft je niet te verontschuldigen.'

'Slaap lekker, Harry. Ik...'

'Slaap lekker.'

Harry werd wakker. Hij had iets gehoord. Iets wat zijn eigen rennende voetstappen in de gang en de sneeuwlawine had overstemd. Hij keek op de wekker. De geknakte gordijnroede stond tegen het raamkozijn en had het silhouet van een tulp. Hij stond op, liep naar het raam en keek naar beneden naar de binnenplaats. Een deksel van een vuilnisbak lag op het asfalt en draaide nog steeds ratelend rond. Hij leunde met zijn voorhoofd tegen het koude glas.

HOOFDSTUK 22

Het was nog vroeg en de ochtendspits bewoog zich fluisterend door Grønlandsleiret toen Truls de trap van het politiebureau op liep. Hij kreeg de rode poster op de lindeboom in het oog op het moment dat hij net voor de deuren met die grappige koeienogen stond. Dus draaide hij zich om en liep rustig terug. Langs de traag stromende rijen auto's in de Oslogate, in de richting van de begraafplaats.

Hij liep de begraafplaats op die er zoals altijd op dit tijdstip van de dag verlaten uitzag. In elk geval wat de levenden betrof. Hij bleef staan voor de grafsteen van A.C. Rud. Er was niets op geschreven dus het was uitbetalingsdag.

Hij ging op zijn hurken zitten en groef in de aarde tot hij bij de steen kwam. Hij kreeg de bruine envelop te pakken en trok hem omhoog. Hij weerstond de aanvechting om hem direct te openen en het geld te tellen, maar stak hem in zijn jaszak. Hij wilde omhoog komen, maar kreeg plotseling het gevoel te worden geobserveerd en bleef nog even op zijn hurken zitten alsof hij nadacht over A.C. Rud, over de vergankelijkheid van het leven of iets dergelijks.

'Blijf zitten, Berntsen.'

Er viel een schaduw over hem heen. En daarmee een kilte alsof er een wolk voor de zon was geschoven. Truls Berntsen had het gevoel een vrije val te maken en zijn hart klopte in zijn keel. Dus zo zou het gaan. De ontmaskering.

'We hebben dit keer een andere klus voor je.'

Truls voelde weer vaste grond onder zijn voeten. De stem. Dat lichte accent. Hij was het. Truls keek opzij. Zag de gedaante met gebogen hoofd twee grafstenen achter hem staan, zogenaamd verdiept in een gebed.

'Je moet uitzoeken waar ze Oleg Fauke hebben verborgen. Kijk voor je!'

Truls staarde naar de grafsteen voor zich.

'Ik heb het geprobeerd,' zei hij. 'Maar de verhuizing staat nergens geregistreerd. Nergens waar ik toegang tot heb in elk geval. En de personen met wie ik heb gesproken hebben nog nooit van die jongen gehoord, dus ik vermoed dat ze hem een andere naam hebben gegeven.'

'Je moet gaan praten met degene die het weet. Praat met zijn advocaat, Simonsen.'

'Waarom niet met zijn moeder? Zij zal toch...'

'Geen vrouwen!' De woorden kwamen als een zweepslag, als er andere mensen op de begraafplaats waren moesten ze hem gehoord hebben. Toen rustiger: 'Probeer zijn advocaat. En als dat niet lukt...'

In de stilte die volgde hoorde Berntsen het geruis in de bomen van de begraafplaats. Het moest de aantrekkende wind zijn geweest waardoor het ineens zo koud was geworden.

'... dan is er een kerel die Chris Reddy heet,' ging de stem verder. 'Op straat wordt hij Adidas genoemd. Hij dealt in...'

'Speed. Adidas betekent amfet...'

'Hou je bek, Berntsen. Luister alleen maar.'

Truls hield zijn bek. En luisterde. Zoals hij altijd deed als iemand op dergelijke toon hem zei zijn bek te houden. Hij luisterde wanneer ze hem zeiden stront op te graven. Hem zeiden om...

De stem gaf hem een adres.

'Je hebt een gerucht gehoord dat iemand heeft lopen opscheppen dat hij Gusto Hanssen heeft doodgeschoten. Dus je neemt hem mee voor verhoor. En daar zal hij een openhartige bekentenis doen. Ik laat het aan jullie over om het eens te worden over de details zodat het honderd procent geloofwaardig is. Maar eerst ga je proberen om te praten met Simonsen. Begrepen?'

'Ja, maar waarom moet die Adidas…'

'Waarom is niet jouw probleem, Berntsen. Jouw enige vraag moet zijn "hoeveel".'

Truls Berntsen slikte. Slikte en slikte. Veegde stront. Slikte stront door. 'Hoeveel?'

'Juist. Zestigduizend kronen.'

'Honderdduizend.'

Geen antwoord.

Het enige wat hij hoorde was het gefluister van de ochtendspits.

Berntsen bleef roerloos zitten. Keek opzij. Er was niemand. Hij voelde dat de zon weer warmer werd. En zestigduizend was ook goed.

Er hing nog mist over de berg toen Harry op de oprit voor het hoofdgebouw van de Skøyen boerderij reed. Isabelle Skøyen stond glimlachend op de trap en tikte zacht met een rijzweepje op haar zwarte rijbroek. Terwijl Harry uit de huurauto stapte, hoorde hij het grind onder de hakken van haar rijlaarzen knarsen.

'Goedemorgen, Harry. Wat weet je van paarden?'

Harry gooide het portier van de auto dicht. 'Ik heb het nodige geld aan ze verloren. Zegt dat iets?'

'Dus je bent ook een gokker?'

'Ook?'

'Ik heb wat research naar je gedaan. Jouw prestaties houden gelijke tred met je slechte gewoonten. Dat is in elk geval wat je collega's vinden. Heb je in Hongkong geld verloren?'

'Happy Valley renbaan. Het was eens maar nooit weer.'

Ze begon naar een laag, roodgeverfd houten gebouw te lopen en hij moest stevig doorstappen om haar te kunnen bijhouden.

'Heb je weleens paardgereden, Harry?'

'Mijn grootvader in Åndalsnes had een werkpaard.'

'Ervaren ruiter dus.'

'Ook een geval van "eens maar nooit weer". Grootvader zei dat paarden geen speelgoed waren. Hij zei dat paardrijden voor het plezier een gebrek aan respect voor het werkpaard was.'

Ze bleef staan voor een houten bok met twee smalle leren zadels. 'Geen van mijn paarden heeft ooit een kar of een ploeg gezien of zal die zien. Terwijl ik de paarden zadel, stel ik voor dat jij daar...' ze wees naar een woonhuis, '... iets passends uitzoekt in de klerenkast van mijn ex-man. We moeten je mooie pak sparen, vind je niet?'

In de kast in de gang vond Harry een trui en een spijkerbroek die inderdaad lang genoeg was. Haar ex-man moest echter veel kleinere voeten hebben want hij kon eerst geen schoenen vinden die hem pasten. Maar helemaal achterin vond hij een paar versleten blauwe sportschoenen uit het leger.

Toen hij weer buiten was, stond Isabelle al klaar met twee gezadelde paarden. Harry opende het portier van de huurauto, ging zitten met zijn benen buitenboord, trok zijn schoenen uit, haalde de zolen uit de sportschoenen en zijn zonnebril uit het handschoenenvakje en trok de schoenen aan. 'Klaar.'

'Dit is Medusa,' zei Isabelle, een grote vos op haar hoofd kloppend. 'Ze is een Oldenburger uit Denemarken, perfect ras voor de springsport. Tien jaar oud en de leidster van de kudde. En dit is Balder, hij is vijf jaar. Een ruin, dus hij zal Medusa volgen.'

Ze gaf hem de teugels van de kleinere ruin en zwaaide in het zadel van Medusa.

Harry kopieerde haar, zette zijn linkervoet in de stijgbeugel en kwam terecht in de zadel. Zonder op een commando te wachten begon het paard achter Medusa aan te lopen.

Harry had overdreven toen hij zei dat hij slechts één keer had gereden, maar dit was wel iets anders dan grootvaders kolossale knol. Hij moest balanceren in dit zadel en wanneer hij zijn kuiten in de flanken van het paard drukte kon hij de spieren en ribben van dit slanke dier voelen. Toen Medusa een beetje meer vaart maakte op het pad door de akker en Balder daarop reageerde, kreeg hij zelfs door deze lichte versnelling al het idee dat hij een Formule 1-dier tussen zijn benen had. Aan het eind van de akker sloegen ze een pad in dat verdween in het bos en omhoogging. Op een plaats waar het pad zich splitste, probeerde Harry Balder naar links te sturen, maar hij negeerde hem en volgde Medusa's voetsporen.

'Ik dacht altijd dat de hengsten de leiders van de kudde waren,' zei Harry.

'Meestal is dat ook zo,' zei Isabelle over haar schouder. 'Maar het draait allemaal om karakter. Een sterke, ambitieuze, slimme merrie kan alle hengsten achter zich laten als ze wil.'

'En dat wil jij?'

Isabelle Skøyen lachte: 'Uiteraard. Als je iets gedaan wilt krijgen, moet je het willen. Politiek gaat om het verkrijgen van macht en als politicus moet je natuurlijk bereid zijn om de concurrentie aan te gaan.'

'En jij vindt het leuk om de concurrentie aan te gaan?'

Hij zag dat ze haar schouders optrok. 'Concurrentie is gezond. Dat betekent dat de sterkste en de beste het mag bepalen en dat is voor de hele kudde het beste.'

'En de betreffende persoon mag paren met wie hij of zij wil?'

Ze gaf geen antwoord. Harry keek naar haar. Haar rug was licht gebogen en de bilpartijen leken het paard te masseren, ze schoven heen en weer met zachte heupbewegingen. Ze kwamen op een open stuk. De zon scheen en onder hen lagen her en der verspreid dotten mist over het landschap.

'We geven ze even wat rust,' zei Isabelle Skøyen terwijl ze van haar paard afsteeg. Nadat ze de paarden aan een boom hadden gebonden, ging Isabelle in het gras liggen en gebaarde Harry naast haar te komen. Hij ging naast haar zitten en zette zijn zonnebril op.

'Vertel me eens, is dat een zonnebril voor heren?' vroeg ze plagerig.

'Hij beschermt tegen de zon,' zei Harry en hij viste zijn pakje sigaretten op.

'Ik hou er wel van.'

'Waar hou je wel van?'

'Als mannen vertrouwen op hun mannelijkheid.'

Harry keek haar aan. Ze leunde op haar onderarmen en had nog een knoopje van haar blouse opengedaan. Hij hoopte dat de zonnebrilglazen donker genoeg waren. Ze glimlachte.

'Dus wat kun je me vertellen over Gusto?' zei Harry.

'Ik hou ervan als mannen echt zijn,' zei ze, en haar glimlach werd nog breder.

Een libelle die bezig was aan haar laatste herfsttochtje, suisde voorbij. Harry vond het niet prettig wat hij zag in haar ogen. Het was er al sinds hij hier arriveerde. Een verwachtingsvolle blijdschap. Helemaal niet die knagende onrust die er zou moeten zijn bij iemand die een carrière verwoestend schandaal vreest.

'Ik hou niet van onecht,' zei ze. 'Bluffen bijvoorbeeld.'

De triomf straalde uit haar blauwe, met mascara omlijnde ogen.

'Ik heb een contact bij de politie gebeld, moet je weten. En los van wat hij me vertelde over de legendarische moordrechercheur Harry Hole, kon hij me ook vertellen dat er in de zaak

Gusto Hanssen helemaal geen bloed is geanalyseerd. Het monster bleek niet geschikt te zijn. Er bestaat geen nagel met mijn type bloed eronder. Je blufte, Harry.'

Harry stak een sigaret aan. Er steeg geen bloed naar zijn wangen en oren. Hij vroeg zich af of hij misschien te oud was om te blozen.

'Hm. Als al het contact dat je met Gusto hebt gehad slechts onschuldige gesprekjes waren, waarom was je dan zo bang dat ik bloed voor een DNA-analyse zou doorsturen?'

Ze lachte zacht. 'Wie zegt dat ik bang was? Misschien wilde ik alleen dat je hierheen kwam. Om te genieten van de natuur en zo.'

Harry stelde vast dat hij niet te oud was om te blozen, hij ging liggen en blies de rook naar de belachelijk blauwe hemel. Hij sloot zijn ogen en probeerde goede redenen te bedenken om niet met Isabelle Skøyen te vrijen. Dat waren er meerdere.

'Zie ik het verkeerd,' vroeg ze. 'Ik zeg alleen dat ik een volwassen, alleenstaande vrouw ben met natuurlijke behoeften. Dat betekent niet dat ik niet serieus ben. Ik zal me nooit inlaten met iemand die niet mijn gelijke is, zoals Gusto bijvoorbeeld.' Hij hoorde haar stem dichterbij komen. 'Met een volwassen, grote man, daarentegen...' Ze legde haar hand op zijn buik.

'Hebben Gusto en jij hier ook gelegen?' vroeg Harry zacht.

'Wat?'

Hij trok zijn ellebogen onder zich, duwde zich omhoog en knikte naar de blauwe sportschoenen. 'Jouw kast stond vol exclusieve herenschoenen in maat tweeënveertig. Deze schuiten waren de enige in maat vijfenveertig.'

'En wat dan nog? Ik kan je geen garanties geven dat ik geen herenbezoek heb gehad met maat vijfenveertig.' Haar hand ging heen en weer.

'Deze sportschoenen zijn een poosje speciaal voor het leger gemaakt, toen er van schoentype werd gewisseld, werd de voorraad die overschoot overgenomen door geweldige organisaties die ze konden uitdelen aan de mensen die ze nodig hadden. Binnen de politie noemen we ze junkieschoenen omdat ze in Fyrlyset door het Leger des Heils worden uitgedeeld. De vraag is natuurlijk waarom een toevallige bezoeker, met maat vijfenveertig, een paar schoenen achterlaat. De meest logische verklaring is dat hij ineens een nieuw paar had gekregen.'

Isabelle Skøyens hand stopte met bewegen. Dus Harry ging verder: 'Een collega van me heeft me de foto's van de plaats delict laten zien. Toen Gusto stierf had hij een goedkope broek aan, maar een veel te duur paar schoenen. Alberto Fasciani, als ik me niet vergis. Een genereus geschenk. Hoeveel heb je ervoor betaald? Vijfduizend?'

'Ik heb geen idee waar je het over hebt.' Ze trok haar hand terug.

Harry keek misprijzend naar zijn erectie die al tegen de binnenkant van de geleende broek duwde. Hij trok zijn voeten op.

'Ik heb de zolen in de auto gelegd. Wist je dat zweet van voeten uitstekend DNA-materiaal oplevert? We vinden vast ook nog een paar microscopisch kleine huidresten. En er zullen niet veel winkels in Oslo zijn waar ze Alberto Fasciani-schoenen verkopen. Hooguit twee? Het is heel eenvoudig om je creditcard te checken.'

Isabelle Skøyen was overeind gaan zitten. Ze keek recht voor zich uit.

'Zie je die boerderijen?' vroeg ze. 'Zijn ze niet mooi? Ik hou van cultuurlandschap. En ik haat bos. Behalve dan aangeplant bos. Ik haat chaos.'

Harry bestudeerde haar profiel. Haar bijlbladneus zag er beslist levensgevaarlijk uit.

'Vertel me alles over Gusto Hanssen.'

Ze haalde haar schouders op. 'Waarom zou ik? Je hebt het grootste deel duidelijk zelf al begrepen.'

'Je kunt kiezen van wie je de vragen wilt horen. Van mij of van VG.'

Ze liet een kort lachje horen. 'Gusto was jong en knap. Zo'n hengst die mooi is om te zien, maar die twijfelachtige genen heeft. Zijn biologische vader is een crimineel en zijn moeder een drugsverslaafde, volgens zijn pleegvader. Geen paard om mee te fokken, maar dat je graag berijdt, als je...' Ze haalde diep adem. 'Hij kwam hierheen en we hadden hier seks. Af en toe kreeg hij geld. Hij had ook anderen, het was niet exclusief.'

'Was je jaloers?'

'Jaloers?' Isabelle schudde haar hoofd. 'Seks heeft me nooit jaloers gemaakt. Ik had ook anderen. En later slechts één speciale en daarom ben ik gestopt met Gusto. Of misschien stopte hij met mij. Het leek erop dat hij geen behoefte meer had aan het zakgeld dat hij kreeg van mij. Maar uiteindelijk nam hij contact met me op. Hij werd vervelend. Ik geloof dat hij geldproblemen had. En ook drugsproblemen.'

'Hoe was hij?'

'Wat bedoel je met "hoe"? Hij was egoïstisch, onbetrouwbaar en charmant. Een zelfverzekerde duivel.'

'En wat wilde hij hebben?'

'Zie ik eruit als een psycholoog, Harry?'

'Nee.'

'Nee, want mensen kunnen me maar matig interesseren.'

'Echt?'

Isabelle Skøyen knikte. Keek recht voor zich uit. Haar ogen glinsterden.

'Gusto was eenzaam,' zei ze.

'Hoe weet je dat?'

'Ik weet wat eenzaamheid is, oké? En hij verachtte zichzelf.'

'Zelfverzekerd en zelfverachting?'

'Dat is geen tegenstelling. Je weet wat je kunt en wat je talenten zijn, maar dat betekent niet dat je jezelf ziet als een persoon van wie een ander mens kan houden.'

'En wat kan daarvan de oorzaak zijn?'

'Luister, ik ben geen psycholoog.'

'Nee.'

Harry wachtte.

Ze schraapte haar keel.

'Zijn ouders hebben hem weggegeven. Wat denk je wat dat doet met een jongen? Achter al dat uiterlijk vertoon en die stoere blik zat iemand die dacht dat hij niet veel waard was. Net zo weinig als de personen die hem hadden opgegeven. Is dat geen simpele logica, meneer de bijna-politieman?'

Harry keek haar aan en knikte. Hij merkte dat ze ongemakkelijk werd van zijn blik. Ze verwachtte kennelijk dat hij de vraag zou stellen, maar dat deed hij niet. De vraag of ze het had over haar eigen geschiedenis. Hoeveel eenzaamheid, hoeveel zelfverachting zat er achter haar façade?

'Hoe zit het met Oleg, heb je hem ontmoet?'

'De jongen die is opgepakt voor de moord? Nooit. Gusto heeft het een paar keer over Oleg gehad, hij zei dat hij zijn beste vriend was. Ik geloof zijn enige vriend.'

'Hoe zit het met Irene?'

'Over haar heeft hij het ook een paar keer gehad. Ze was als een zus voor hem.'

'Ze was zijn zus.'

'Geen bloedband, Harry. Dat is nooit hetzelfde.'

'O nee?'

'Mensen zijn naïef en denken dat we in staat zijn tot onbaatzuchtige liefde. Maar alles draait om het doorgeven van genen die zoveel als mogelijk identiek zijn aan de jouwe. Ik zie het iedere dag bij het fokken, geloof me. En ja, mensen zijn als paarden, we zijn kuddedieren. Een vader wil zijn biologische zoon beschermen, een broer zijn biologische zus. In een conflict zullen we instinctief partij kiezen voor degene die het meest op ons lijkt. Stel dat je in de jungle bent en je ziet ineens een gevecht tussen een andere blanke, net zo gekleed als jij, en een halfnaakte, zwarte man in krijgsuitrusting. Ze hebben beiden een mes en leveren een gevecht van leven op dood. Jij hebt een pistool. Wat is jouw eerste, instinctieve gedachte? De blanke neerschieten om de zwarte te redden? Of...?'

'Hm. Wat bewijst dat?'

'Dat bewijst dat onze loyaliteit biologisch bepaald is, dat die zich vanuit het centrum, onszelf en onze genen, in cirkels verspreidt.'

'Dus jij schiet een van de twee neer om je genen te beschermen?'

'Zonder te aarzelen.'

'En hoe zit het met beiden doden om zeker van je zaak te zijn?'

Ze keek hem aan. 'Wat bedoel je?'

'Wat deed jij op de avond dat Gusto werd vermoord?'

'Wat?' Ze kneep een oog dicht tegen de zon en keek hem met een brede grijns aan. 'Verdenk je me ervan Gusto te hebben vermoord, Harry? En nu achter die... Oleg aan te zitten?'

'Geef gewoon antwoord.'

'Ik herinner me nog waar ik was omdat ik erover nadacht toen ik in de krant over die moord las. Ik had een vergadering met de narcoticabrigade. Dat moeten betrouwbare getuigen zijn. Wil je namen hebben?'

Harry schudde zijn hoofd.

'Nog iets?'

'Nou, die Dubai. Wat weet je van hem?'

'Dubai, ja. Net zo weinig als ieder ander. Er wordt over hem gesproken, maar de politie komt niet verder. Het is typerend, de grote mannen op de achtergrond ontspringen altijd de dans.' Harry keek naar veranderingen in de grootte van de pupillen, de kleur op haar wangen. Als Isabelle Skøyen loog dan loog ze goed.

'Ik vraag het omdat je alle drugsdealers van straat hebt geveegd, behalve die van Dubai en een paar kleine jongens.'

'Ik niet, Harry. Ik ben slechts een klein radertje dat de besluiten van de burgemeester en de gemeenteraad uitvoert. En wat jij schoonvegen noemt, is strikt genomen door de politie gedaan.'

'Hm. Noorwegen is een sprookjesland. Maar ik heb de laatste jaren in de echte wereld geleefd, Skøyen. En de echte wereld wordt geleid door twee type mensen. Het ene type wil macht, het andere geld. Het eerste wil een standbeeld, het andere wil genieten. En het wisselgeld dat ze gebruiken als ze met elkaar handelen om te krijgen wat ze willen, heet corruptie.'

'Ik heb vandaag nog dingen te doen, Harry. Waar wil je heen?'

'Daar waar anderen blijkbaar de moed of de fantasie niet voor hadden. Als je lang in een stad woont, zie je de situatie graag als een mozaïek van details die je goed kent. Maar iemand die terugkomt naar die stad, en niet alle details kent, ziet slechts het beeld. En het beeld is dat de situatie in Oslo gunstig is voor twee partijen. De dealers hebben de markt voor zichzelf en de politici hebben de eer gekregen voor het opruimen.'

'Wil je beweren dat ik corrupt ben?'

'Ben je dat?'

Hij zag de razernij in haar ogen komen. Ongetwijfeld echt. Hij vroeg zich alleen af of het om woede van een oprecht of een schuldig mens ging. Plotseling lachte ze. Een schallende, verrassend meisjesachtige lach.

'Ik mag je wel, Harry.' Ze stond op. 'Ik ken mannen, het zijn lafaards als het erop aankomt. Maar ik geloof echt dat jij een uitzondering bent.'

'Nou,' zei Harry. 'Je weet in elk geval wat je aan me hebt.'

'De realiteit roept, schat.'

Harry draaide zich om en zag Isabelle Skøyens achterwerk in de richting van de paarden wiegen.

Hij liep achter haar aan. Steeg in het zadel van Balder. Deed zijn voeten in de stijgbeugels. Keek op en kruiste de blik van Isabelle. Ze had een uitdagend lachje midden in het harde, goed opgemaakte gezicht. Ze vormde een kus met haar lippen. Maakte een obsceen smakkend geluid en zette haar hielen in de flanken van Medusa. En haar rug kromde zich licht toen het grote dier ervandoor ging.

Balder reageerde direct en Harry kon zich nog net vastgrijpen.

Isabelle en haar paard hadden een flinke voorsprong en het regende natte aardkluiten door de hoeven van Medusa. Toen zette het volwassen springpaard er nog een tandje bij en Harry zag de paardenstaart recht naar achteren staan voor het paard en haar berijder uit het zicht verdwenen. Hij greep de teugels hoger vast, maar trok ze niet strak, dat had hij van grootvader geleerd. Het pad was zo smal dat de takken in Harry's gezicht sloegen, maar hij boog voorover en klemde zijn knieën stevig tegen de flanken van het paard. Hij wist dat het hem niet zou lukken het paard te stoppen, dus concentreerde hij zich op het in de stijgbeugels houden van zijn voeten en het laag houden van zijn hoofd. In zijn ooghoeken schoten de bomen voorbij in geelrode strepen. Automatisch kwam hij iets omhoog in het zadel en bracht het gewicht over op zijn knieën en stijgbeugels. Onder hem rekten en strekten de spieren zich. Hij had het gevoel dat hij op een wurgslang zat. Ze hadden een soort ritme te pakken dat vergezeld ging van een donderend geroffel van de hoeven op de grond. Het gevoel van angst concurreerde met het gevoel van bezetenheid. Het pad werd recht en vijftig meter voor zich zag Harry Medusa en Isabelle. Het leek een ogenblik of het beeld bevroor, alsof ze gestopt waren met draven, alsof de equipe boven de grond zweefde. Toen hervatte Medusa de galop weer. Het duurde nog een seconde voor Harry begreep wat het geweest was.

En dat bleek een kostbare seconde te zijn geweest.

Op de politieacademie had Harry onderzoeksrapporten gelezen die aantoonden dat het menselijk brein in levensbedreigende situaties een enorm bestand aan data in een korte tijd probeert te verwerken. Bij sommige politiemensen kan dat leiden tot een tijdelijke verlamming van daadkracht en bij andere tot een gevoel dat de tijd langzamer gaat, dat het leven aan je voorbijtrekt en dat je een verbazingwekkende hoeveelheid observaties en analyses van de situatie kunt verwerken. Bijvoorbeeld dat ze met een vaart van bijna zeventig kilometer per uur een afstand van twintig meter hadden afgelegd en dat het nog maar dertig meter en anderhalve seconde duurde voor ze bij de kloof waren waar Medusa zojuist overheen was gesprongen.

Dat het onmogelijk was om te zien hoe breed de kloof was.

Dat Medusa een getraind, volwassen springpaard was met een geroutineerde springruiter, terwijl Balder jonger, kleiner was met een novice van bijna negentig kilo op zijn rug.

Dat Balder een kuddedier was en dat Isabelle Skøyen dat vanzelfsprekend wist.

Dat het hoe dan ook te laat was om te stoppen.

Harry liet zijn handen langs de teugels zakken en sloeg zijn hakken in de flanken van Balder. Hij voelde dat hij vaart meerderde. Toen werd het ineens doodstil. Het geroffel was opgehouden. Ze zweefden. Ver onder hen zag hij de top van een boomkruin en een beek. Toen schoot hij naar voren en klapte met zijn hoofd tegen de nek van het paard. Ze vielen.

HOOFDSTUK 23

Was jij ook een dief, papa? Want ik heb de hele tijd geweten hoe ik miljonair moest worden. Mijn motto luidt dat je alleen moet stelen als het de moeite waard is, dus ik was geduldig geweest en had gewacht. En gewacht. Ik had zo lang gewacht dat ik vond dat ik het verdomme ook verdiende toen de kans zich eindelijk aandiende.

Het plan was even simpel als geniaal. Terwijl de motorbende van Odin in McDonald's een bespreking had met die oude kerel, zouden Oleg en ik een deel van de heroïne uit de opslag bij Alnabru stelen. Ten eerste zou er niemand in het clubhuis zijn omdat Odin iedereen met spieren mee zou nemen. Ten tweede zou Odin er nooit achter komen dat hij was bestolen omdat hij opgepakt zou worden bij McDonald's. Als hij in het beklaagdenbankje zat, moest hij Oleg en mij haast dankbaar zijn omdat we het aantal kilo's hadden gereduceerd dat de politie zou vinden bij de huiszoeking. Het enige probleem was de politie en de oude kerel. Als de politie erachter zou komen dat iemand hen voor was geweest en een deel van de lading had ingepikt en de oude kerel zou daar lucht van krijgen, zouden wij de pineut zijn. Het probleem loste ik op een manier op die de oude kerel me had geleerd: met een rokade, een strategische alliantie. Ik ging gewoon naar de flat op Manglerud en dit keer was Truls Berntsen wel thuis.

Hij staarde me sceptisch aan terwijl ik het uitlegde, maar ik maakte me geen zorgen. Want ik had het in zijn blik gezien. De begerigheid. Weer een van die mensen die wilden bijverdienen, die denken dat ze met geld een medicijn kunnen kopen tegen een-

zaamheid en verbittering. Dat het niet alleen rechtvaardig is, maar ook een soort ruilmiddel. Ik legde uit dat we zijn expertise nodig hadden om onze sporen uit te wissen waarnaar de politie op zoek zou gaan, om wat ze eventueel konden vinden te verbranden. Misschien zelfs de verdenking op een ander richten als dat noodzakelijk mocht zijn. Ik zag zijn ogen nog meer glimmen toen ik zei dat we vijf van de twintig kilo zouden stelen. Twee voor mij en hem en één voor Oleg. Ik zag dat hij zelf het rekensommetje kon maken, een komma twee miljoen maal twee: twee komma vier voor hem.

'En die Oleg is de enige met wie je hierover hebt gesproken?' vroeg hij.

'Ik zweer het.'

'Hebben jullie een wapen?'

'We delen een Odessa.'

'Hè?'

'Hennes & Mauritz-versie van een Stetchin.'

'Oké, het is niet zeker dat de politie bedenkingen zal krijgen bij het aantal kilo's zolang ze maar geen sporen van inbraak vinden, maar jij bent dus bang dat Odin weet hoeveel het moet zijn en dat hij achter jou aan gaat?'

'Nee,' zei ik. 'Ik heb schijt aan Odin. Ik ben bang voor mijn chef. Ik weet niet hoe, maar ik weet dat hij tot op de gram weet hoeveel heroïne er is geleverd.'

'Ik wil de helft hebben dan kunnen Boris en jij de rest verdelen.'

'Oleg.'

'Je mag blij zijn dat ik een slecht geheugen heb. Maar dat geldt niet voor alles. Het kost me een halve dag om jullie te vinden en vijf øre om jullie te vermoorden.' Hij liet de r's in vermoorden lang rollen.

Oleg bedacht hoe we de inbraak konden camoufleren. Het was zo simpel en voor de hand liggend dat ik niet begrijp dat ik het zelf niet kon verzinnen.

‘We vervangen alleen het deel dat we meenemen door aardappelmeel. De politie rapporteert altijd het aantal kilo’s dat ze in beslag hebben genomen, niet de zuiverheid, toch?’

Het plan was zoals gezegd even geniaal als simpel.

Op de avond dat Odin en de oude kerel een verjaardagsfeestje vierden bij McDonald’s en spraken over de prijs van violine in Drammen en Lillestrøm, stonden Berntsen, Oleg en ik in het donker bij het hek van het motorclubhuis in Alnabru. Berntsen had de regie genomen en we hadden een nylonkous over ons hoofd, zwarte jacks en handschoenen aan. In de rugzakken hadden we het pistool, een boor, schroevendraaier, breekijzer en zes kilo in plastic verpakt aardappelmeel. Oleg en ik hadden uitgelegd waar Los Lobos hun bewakingscamera’s hadden, maar door over het hek te klauteren en naar de linker lange muur te rennen, bleven we de hele tijd in de dode hoek van de camera’s. We wisten dat we zoveel herrie als we maar wilden konden maken omdat het vrachtverkeer op de E6 vlak onder ons alles zou overstemmen. Dus Berntsen zette de boor in de houten muur en boorde erop los, terwijl Oleg op de uitkijk stond en ‘Been Caught Stealing’ *neuriede, dat was de soundtrack van het* GTA*-computerspel van Stein en volgens Oleg een nummer van Jane’s Addiction. Dat herinner ik me omdat ik het zo’n coole naam vond voor een band, cooler dan het nummer zelf, trouwens. Oleg en ik waren op bekend terrein en wisten dat het eenvoudig was om het motorclubhuis te overzien: het bestond uit een grote ruimte. Maar aangezien ze zo slim waren geweest alle ramen met planken dicht te timmeren, was het plan om, voor we naar binnen gingen, eerst een kijkgat te boren om er zeker van te zijn dat het clubhuis verlaten was. Berntsen had daarop gestaan, hij had geweigerd te geloven dat Odin twintig kilo heroïne, met een straatwaarde van vijfentwintig miljoen, onbewaakt zou achterlaten. Wij kenden Odin beter, maar gaven toe.* Safety first.

‘Zo,’ zei Berntsen en hij trok de boor naar zich toe die met een gil

stopte. Ik legde mijn oog tegen het gat. Ik zag geen bal. Of iemand had het licht uitgedaan of we waren niet door de muur. Ik draaide me om naar Berntsen die de boor schoonveegde. 'Verdomme, wat voor isolatiemateriaal is dat?' vroeg hij, terwijl hij een vinger ophield. Het zag eruit als eigeel en fuckings haar.

We liepen een paar meter door en boorden opnieuw een gat. Ik keek er weer door. En daar was dat goede, oude motorclubhuis. Met dezelfde oude leren meubels, dezelfde bar en dezelfde foto van Karen McDougal, Playmate of the Year, uitdagend boven een fantastische motor hangend. Ik ben nooit te weten gekomen wat hen het meest opwond: de dame of de motor.

'De kust is veilig,' zei ik.

De achterdeur was versierd met hangsloten en gewone sloten.

'Ik dacht dat je zei dat er maar één slot was!' zei Berntsen.

'Dat hadden ze eerder ook,' zei ik. 'Odin is blijkbaar wat paranoide geworden.'

Het plan was om het slot eraf te schroeven en het er weer op te zetten als we vertrokken, zodat er geen spoor van braak te zien zou zijn. Dat was nog steeds mogelijk, maar niet in de tijd die we ervoor hadden berekend. We gingen aan het werk.

Na twintig minuten keek Oleg op zijn horloge en zei dat we moesten opschieten. We wisten niet precies wanneer de politie-inval zou komen, alleen dat die na de arrestatie zou plaatsvinden die kort na zevenen zou gebeuren omdat Odin niet gezellig zou blijven zitten als duidelijk werd dat de oude kerel niet zou opduiken.

We hadden een halfuur nodig om de rotzooi eraf te krijgen, drie keer zo lang als we hadden berekend. We trokken ons pistool, sjorden de nylonkous over ons gezicht en gingen naar binnen, Berntsen voorop. We waren nog maar net binnen of hij viel op zijn knieën, zijn pistool met beide handen vasthoudend net als een fuckings SWAT-cop.

Er zat een kerel op een stoel bij de lange muur. Odin had Tutu achtergelaten als waakhond. Op zijn schoot lag een afgezaagd hagelgeweer. Maar de waakhond zat met gesloten ogen, open mond en met zijn hoofd geleund tegen de muur. Er werd beweerd dat Tutu zelfs als hij snurkte nog stotterde, maar nu sliep hij als een baby.

Berntsen kwam weer overeind en sloop voorzichtig naar Tutu met zijn pistool voor zich. Oleg en ik volgden hem voorzichtig.

'Er is maar één gat,' fluisterde Oleg tegen mij.

'Wat?' fluisterde ik.

Maar toen begreep ik het.

Ik kon het laatste gat zien dat we hadden geboord. En ik schatte waar het eerste gat ongeveer moest zitten.

'O, shit,' fluisterde ik. Zelfs nu ik al had begrepen dat er geen reden meer was om te fluisteren.

Berntsen was bij Tutu. Hij gaf hem een duw. Tutu zakte zijwaarts van zijn stoel en plofte op zijn rug. Hij bleef liggen met zijn tronie op het beton zodat we het ronde gat in zijn achterhoofd konden zien.

'Hij heeft een keurig gaatje,' zei Berntsen. Hij stak zijn vinger in het gaatje van de muur.

'Wel verdomme,' fluisterde ik tegen Oleg. 'Hoe groot is die kans nou?'

Maar hij gaf geen antwoord, hij staarde slechts naar het lijk met een uitdrukking op zijn gezicht of hij niet wist of hij moest overgeven of janken.

'Gusto,' fluisterde hij. 'Wat hebben we gedaan?'

Ik weet niet wat me bezielde, maar ik begon te lachen. Ik kon het niet meer tegenhouden. Het kwam door de stoere houding van de smeris met een overbeet als een graafmachine, de wanhoop van Oleg met zijn platgedrukte gezicht achter de nylonkous en de wond van Tutu waaruit bleek dat hij toch hersenen had. Ik lachte zo dat ik begon te schreeuwen. Tot er een klap klonk en ik sterretjes voor mijn ogen zag.

'Beheers je, zo niet, dan krijg je er nog een,' zei Berntsen over zijn hand wrijvend.

'Bedankt,' zei ik en ik meende het. 'Laten we op zoek gaan naar de dope.'

'Eerst moeten we beslissen wat we met Boorgat hier doen,' zei Berntsen, naar Tutu wijzend.

'Het is te laat,' zei ik. 'Ze zullen nu toch ontdekken dat er is ingebroken.'

'Niet als we Tutu in de auto leggen en de sloten er weer opschroeven,' zei Oleg met een zwak, huilerig stemmetje. 'Als ze ontdekken dat er drugs weg zijn, zullen ze denken dat hij die heeft gestolen.'

Berntsen keek Oleg aan en knikte. 'Sneldenkende partner heb je, Dusto. Kom, we gaan aan het werk.'

'Dope eerst,' zei ik.

'Boorgat eerst,' zei Berntsen.

'Dope,' herhaalde ik.

'Boorgat.'

'Ik ben van plan vanavond miljonair te worden, verrekte pelikaan.'

Berntsen tilde zijn hand op. 'Boorgat.'

'Bek houden!' Dat was Oleg. We staarden hem aan.

'Dit is simpele logica: als we Tutu niet in de kofferbak hebben voor de politie komt, zijn we de dope en onze vrijheid kwijt. Als Tutu, maar niet de dope, in de kofferbak ligt, zijn we alleen het geld kwijt.'

Berntsen draaide zich om naar mij: 'Boris is het kennelijk eens met mij, Dusto. Twee tegen één.'

'Oké,' zei ik. 'Jullie dragen het lijk, ik ga op zoek naar de dope.'

'Fout,' zei Berntsen. 'Wij dragen het lijk en jij ruimt de smurrie op.' Hij wees naar de gootsteen naast de bar. Ik liet een emmer vol water lopen terwijl Oleg en Berntsen Tutu elk bij een been pakten, ze sleepten hem naar de deur en lieten een smal bloedspoor achter.

Onder Karen McDougals vrolijke blik schrobde ik de herseninhoud en het bloed van de muur en daarna van de vloer. Ik was net klaar en wilde beginnen met de zoektocht naar de dope toen ik een geluid van de E6 hoorde door de nog openstaande deur. Een geluid, zo probeerde ik mezelf gerust te stellen, dat op weg was naar een andere plaats. Het feit dat het steeds luider werd deed ik af als verbeelding. Politiesirenes.

Ik keek in de barkast, het kantoor en de plee. Het was een simpele ruimte, geen zolder, geen kelder, niet veel plaatsen om twintig kilo horse te verstoppen. Toen viel mijn oog op de werkkast. Een hangslot. Dat was er eerst niet.

Oleg riep bij de deur.

'Geef me het breekijzer,' riep ik terug.

'We moeten nu weg! Ze zijn vlakbij!'

'Het breekijzer!'

'Nu, Gusto!'

Ik wist dat het daarin zat. Vijfentwintig miljoen kronen, recht voor me, in die verdomde houten kast. Ik begon tegen het slot te trappen.

'Ik schiet, Gusto!'

Ik draaide me om naar Oleg. Hij richtte op me met dat verrekte Russische pistool. Ik dacht niet dat hij me zou kunnen raken vanaf die afstand, maar het feit dat hij een wapen op me richtte!

'Als ze jou pakken, dan pakken ze ons!' riep hij met verstikte stem. 'Kom!'

Ik stortte me weer op het slot. De sirenes werden steeds luider. Maar sirenes klinken altijd dichterbij dan ze zijn.

Het leek of er een zweepslag werd gegeven op de muur boven me. Ik keek weer naar de deur en er liep een rilling over mijn rug. Het was Berntsen. Hij stond met een rokend politiepistool in zijn hand.

'De volgende keer schiet ik raak,' zei hij rustig.

Ik gaf de kast een laatste trap en rende toen naar de deur.

We waren net over het hek, op de weg, en hadden de nylonkousen van ons gezicht getrokken toen we de koplampen van de politie-auto's zagen. We liepen rustig in hun richting.

Ze stoven voorbij en sloegen af bij het clubhuis.

We liepen de heuvel op waar Berntsen zijn auto had geparkeerd. We stapten in en reden rustig weg. Toen we het clubhuis passeerden, draaide ik me om en keek Oleg aan die op de achterbank zat. Het zwaailicht veegde over zijn gezicht dat roodgevlekt was van de tranen en de strakke nylonkous. Hij zag er helemaal leeg uit, staarde in het donker alsof hij klaar was om te sterven.

Geen van ons zei iets voor Berntsen afsloeg bij een bushalte bij Sinsen.

'Je hebt de boel verkloot, Dusto,' zei hij.

'Dat met die sloten kon ik niet weten,' antwoordde ik.

'Dat heet voorbereiding,' zei Berntsen. 'Recognosceren en zo. Klinkt dat bekend? We zullen een open deur aantreffen met losgeschroefde sloten.'

Ik begreep dat hij met 'we' de smerissen bedoelde. Rare snuiter.

'Ik heb het slot en de hangsloten meegenomen,' snufte Oleg. 'Het zal eruitzien alsof Tutu weg is gerend toen hij de sirenes hoorde, hij had geen tijd om af te sluiten. En de sporen van de inbraak kunnen van veel eerder dit jaar komen. Of niet?'

Berntsen keek in de spiegel naar Oleg. 'Leer van je partner, Dusto. Of beter, doe het niet. Oslo heeft geen behoefte aan meer slimme dieven.'

'Juist,' zei ik. 'Maar het is ook niet zo slim om met een lijk in de kofferbak stil te staan bij een bushalte.'

'Mee eens,' zei Berntsen. 'Dus maak dat jullie wegkomen.'

'Het lijk...'

'Boorgat regel ik.'

'Hoe...'

'Gaat jullie geen bal aan. Eruit!'

We stapten uit en de Saab van Berntsen spoot weg.

'Vanaf nu moeten we die kerel uit de weg gaan,' zei ik.

'Waarom?'

'Hij heeft iemand vermoord, Oleg. Hij moet alle fysieke bewijzen verwijderen. Eerst moet hij een plek vinden om het lijk te laten verdwijnen. Maar daarna…'

'Moet hij zijn getuigen laten verdwijnen.'

Ik knikte. Ik voelde me zwaar klote. Dus ik probeerde iets optimistisch te zeggen: 'Het leek of hij een prima plek wist voor Tutu, of niet?'

'Ik wilde het geld gebruiken om met Irene naar Bergen te verhuizen,' zei Oleg.

Ik keek hem aan.

'Ik ga daar rechten studeren aan de universiteit. Irene is in Trondheim bij Stein. Ik was van plan daarheen te gaan om haar over te halen.'

We namen de bus naar het centrum. Ik verdroeg de lege blik van Oleg niet meer, die moest met iets worden gevuld.

'Kom,' zei ik.

Terwijl ik een spuit voor hem klaarmaakte in de oefenruimte, zag ik dat hij me ongeduldig aankeek, alsof hij zin had om het over te nemen omdat ik zat te klungelen. Toen hij zijn mouw opstroopte om ingespoten te worden, begreep ik waarom. De jongen had over zijn hele onderarm kleine wondjes.

'Alleen tot Irene terugkomt,' zei hij.

'Heb jij ook een geheime stashplaats?' vroeg ik.

Hij schudde zijn hoofd. 'Ik had het gestolen.'

Op die avond heb ik hem uitgelegd hoe en waarom je een fatsoenlijke stashplaats maakt.

Truls Berntsen had meer dan een uur in de parkeergarage gewacht toen er eindelijk een auto ging staan op de laatste lege plaats die volgens het bordje gereserveerd was voor het advocatenkantoor Bach & Simonsen. Hij had besloten dat dit de juiste plek was: slechts twee auto's waren weggereden of aangekomen in dit deel van de parkeergarage in het uur dat hij hier was en er hing hier geen bewakingscamera. Truls checkte of het hetzelfde nummerbord was als hij had gevonden bij de RDW. Hans Christian Simonsen sliep lang uit. Of misschien had hij niet geslapen, misschien had hij een vrouwtje. De man die uitstapte had een blond, jongensachtig kapsel, zoals de kakkers hadden in zijn jeugd.

Truls Berntsen zette zijn zonnebril op, stopte zijn hand in zijn jaszak en klemde die rond de kolf van zijn pistool, een Steyr, Oostenrijks en halfautomatisch. Hij had zijn dienstpistool niet meegenomen want de advocaat moest geen onnodige aanknopingspunten krijgen. Hij liep snel om Simonsen de pas af te kunnen snijden terwijl deze nog tussen de auto's stond. Een bedreiging had het meeste effect als het snel en agressief gebeurde. Als het slachtoffer niet de tijd kreeg om andere gedachten dan angst voor zijn leven te mobiliseren, bereikte je meestal wat je wilde.

Het leek of hij bruispoeder in zijn aderen had, het ruiste en klopte in zijn oren, slapen en hals. Hij visualiseerde wat er komen zou. Het pistool tegen het gezicht van Simonsen, zo dichtbij dat hij zich alleen het pistool zou kunnen herinneren. 'Waar is Oleg Fauke? Antwoord snel en precies anders schiet ik je nu dood.' Het antwoord. Dan: 'Als je iemand waarschuwt of vertelt dat dit gesprek heeft plaatsgevonden, komen we terug en vermoorden we je. Begrepen?' Ja. Of alleen knikken, verlamd van angst. Misschien een onvrijwillige urinelozing. Truls glimlachte bij de gedachte. Hij ging sneller lopen. Het gebons was nu ook in zijn buik te voelen.

'Simonsen!'

De advocaat keek op. En zijn gezicht lichtte op. 'O, hé, hallo! Berntsen, Truls Berntsen is het toch?'

Truls' rechterhand bevroor in zijn jaszak. En hij moet een verbijsterde uitdrukking op zijn gezicht hebben gehad, want Simonsen lachte hartelijk. 'Ik heb een goed geheugen voor gezichten, Berntsen. Jij en jouw chef, Mikael Bellman, hadden onderzoek gedaan naar die verduisteringszaak in het Heidermuseum. Ik was de advocaat van de verdediging. Jullie hebben die zaak gewonnen, ben ik bang.'

Simonsen lachte weer. Zo'n joviale, godvruchtige, arrogante lach. De lach van iemand die is opgegroeid met het idee dat iedereen het beste voor heeft met de ander, ergens waar genoeg is voor iedereen zodat je een ander ook wat kunt gunnen. Truls haatte alle Simonsens in deze wereld.

'Kan ik je met iets helpen, Berntsen?'

'Ik...' Truls Berntsen zocht naar een antwoord. Maar dit was niet zijn sterkste kant: iets verzinnen als hij face to face met... Met wie eigenlijk? Mensen van wie hij wist dat ze sneller dachten dan hij? Die keer in Alnabru was het geen probleem geweest, toen ging het om twee jongens, toen had hij het commando over kunnen nemen. Maar Simonsen droeg een kostuum, was hoog opgeleid, sprak anders, was superieur, hij... verdomme!

'Ik wilde alleen even "hoi" zeggen.'

'Hoi?' vroeg Simonsen met een vragend gezicht.

'Hoi,' zei Berntsen en hij dwong zichzelf te glimlachen. 'Jammer van die zaak. De volgende keer beter.'

Toen liep hij met snelle passen richting uitgang. Hij voelde Simonsens blik in zijn rug. Stront schuiven, stront eten. De duivel moge ze allemaal halen.

'Probeer zijn advocaat. En als dat niet lukt dan is er een kerel die Chris Reddy heet. Op straat wordt hij Adidas genoemd.'

Speedverkoper. Truls hoopte dat hij de kans kreeg om hem tijdens de arrestatie te slaan.

Harry zwom naar het licht, naar de oppervlakte. Het licht werd sterker en sterker. Toen verbrak hij het oppervlak, opende zijn ogen en staarde recht naar de hemel. Hij lag op zijn rug. Er kwam iets in zijn gezichtsveld. Een paardenhoofd. En nog een.

Hij hield een hand boven zijn ogen. Op het ene paard zat iemand, maar hij werd verblind door het licht.

De stem kwam van ver: 'Ik dacht dat je kon paardrijden, Harry.'

Harry kreunde en krabbelde overeind terwijl hij zich probeerde te herinneren wat er net was gebeurd. Balder was over de kloof gezeild en had aan de andere kant met zijn voorbenen de grond geraakt, zo hard dat Harry naar voren was geschoten, tegen de nek van Balder was geklapt, zijn stijgbeugels was kwijtgeraakt en van het paard was gevallen terwijl hij de teugels in zijn hand hield. Hij herinnerde zich vaag dat hij Balder mee had getrokken, maar dat hij zich tegen hem had afgezet om niet een halve ton paard op zich te krijgen.

Zijn rug was beurs, maar verder leek hij nog heel.

'Die knol van mijn grootvader sprong niet over ravijnen,' zei Harry.

'Ravijnen?' schaterde Isabelle en ze gaf hem de teugels van Balder. 'Dit was een spleet van slechts vijf meter. Ik kan zonder paard verder springen. Ik wist niet dat je zo bang was, Harry. Wie het eerste bij de boerderij is?'

'Balder?' zei Harry, terwijl hij het paard op zijn nek klopte en Isabelle Skøyen met Medusa in de richting van de akkers verdween.

'Ben jij ook bekend met de gang "rustige wandelpas"?'

Harry stopte bij een benzinepomp op de E6. Hij zat in de auto en keek in de spiegel. Isabelle had hem een pleister voor zijn schaafwond op zijn voorhoofd gegeven, een uitnodiging voor

Don Giovanni in de Opera ('... ik kan nooit een date vinden die verder komt dan mijn kin wanneer ik mijn hakken aanheb, dat staat altijd zo raar op de foto voor de krant...') en een stevige omhelzing als afscheid. Harry pakte zijn mobieltje en belde de gemiste oproep terug.

'Waar zat je?' vroeg Beate.

'Op de grond,' antwoordde Harry.

'Er was niet veel te vinden op de plaats delict op Gardermoen. Mijn mensen hebben de plek minutieus onderzocht. Nada. Het enige wat we nu weten is dat het om heel gewone stalen spijkers gaat, alleen met een extra grote aluminium kop van zestien millimeter en dat de baksteen waarschijnlijk afkomstig is van een gebouw in Oslo dat aan het eind van de negentiende eeuw is gebouwd.'

'Want?'

'We hebben varkensbloed en paardenhaar gevonden in het cement. Het is bekend dat metselaars in Oslo dat gebruikten in hun cement, er zijn daar massa's voorbeelden van in de gebouwen in het centrum. De baksteen kan overal zijn meegenomen.'

'Hm.'

'Kort samengevat, ook daar geen enkel spoor.'

'Ook?'

'Ja, dat bezoek waar jij het over had. Dat moet ergens anders zijn geweest dan op het hoofdbureau, want er is hier nergens een Tord Schultz geregistreerd. Er staat immers alleen Oslo Politiedistrict op het briefje en op meerdere politiebureaus gebruiken ze van die stickers.'

'Oké, bedankt.'

Harry tastte in zijn zakken tot hij vond wat hij zocht. Tord Schultz' bezoekersbriefje. En zijn eigen, dat hij had gekregen toen hij op zijn eerste dag in Oslo Hagen van de afdeling Geweld had bezocht. Hij legde ze naast elkaar op het dashboard. Bestudeerde ze. Trok een conclusie en stopte ze weer terug in zijn zak. Hij draaide het contactsleuteltje om, snoof de lucht door zijn neusgaten op, concludeerde dat hij nog steeds naar paard rook en besloot een oude rivaal op Høyenhall op te zoeken.

HOOFDSTUK 24

Rond vijf uur begon het te regenen en toen Harry om zes uur aanbelde bij de grote villa op Høyenhall was het zo donker als op kerstavond. Het huis vertoonde alle tekenen van recente bouw, er lag nog steeds bouwmateriaal op stapels naast de garage en onder de trap zag hij een verfblik en isolatieverpakking.

Harry zag de gedaante achter het pantserglas en hij voelde hoe zijn nekharen overeind gingen staan.

Toen ging de deur open, snel en woest, als van een man die niets te vrezen heeft. Toch verstijfde hij toen hij Harry zag.

'Goedenavond, Bellman,' zei Harry.

'Harry Hole. Ik moet zeggen...'

'Ja, wat moet je zeggen?'

Bellman lachte even. 'Zeggen dat het verrassend is om je hier voor mijn deur te zien. Hoe wist je waar ik woon?'

'Iedereen kent de gek. In de meeste andere landen zou de chef Georganiseerde Criminaliteit bewaking bij de poort hebben, weet je dat? Stoor ik?'

'Helemaal niet,' zei Bellman. Hij krabde aan zijn kin. 'Ik vraag me af of ik je binnen zal laten of niet.'

'Nou,' zei Harry. 'Het is nogal nat buiten. En ik kom in vrede.'

'Je weet niet eens wat dat woord betekent,' zei Bellman maar hij deed de deur helemaal open. 'Veeg je voeten.'

Mikael Bellman ging Harry voor door de gang, langs een toren kartonnen dozen, door een keuken waarin nog geen witgoed stond, naar de kamer. Harry stelde vast dat het een kwaliteitshuis was. Niet zo luxe als de villa's die hij in West-Oslo had gezien, maar solide en met voldoende ruimte voor een gezin. Het uitzicht over Kværnerdumpa, Oslo Centraal Station en het centrum was fantastisch. Harry maakte er een opmerking over.

'De grond kostte bijna meer dan het huis,' zei Bellman. 'Excuus voor de rommel. We zijn net hierheen verhuisd. Volgende week geven we een housewarming.'

'En je bent mij vergeten uit te nodigen?' zei Harry zijn natte colbert uittrekkend.

Bellman glimlachte. 'Ik kan je nu een drankje aanbieden. Wat...'

'Ik drink niet,' glimlachte Harry terug.

'Verdomme,' zei Bellman zonder uiterlijke tekens van spijt. 'Wat vergeet een mens snel. Kijk of je een stoel kunt vinden dan zal ik op zoek gaan naar het koffiezetapparaat en twee kopjes.'

Tien minuten later zaten ze voor het raam en keken uit over het terras en de stad. Harry ging recht op zijn doel af. Mikael Bellman luisterde zonder hem te onderbreken, zelfs niet toen Harry achterdocht in zijn ogen meende te zien. Toen Harry klaar was, vatte Bellman samen: 'Jij denkt dus dat de gezagvoerder Tord Schultz violine het land uit probeerde te smokkelen. Hij werd gepakt, maar ontsnapte aan rechtsvervolging nadat een mol met een politie-ID de violine door aardappelmeel had vervangen. En dat Schultz na zijn vrijlating in zijn eigen huis is geliquideerd, waarschijnlijk omdat zijn opdrachtgevers hadden ontdekt dat hij naar de politie was gegaan en ze bang waren dat hij zou vertellen wat hij wist.'

'Hm.'

'En je baseert je vermoeden dat hij op het hoofdbureau is geweest door een sticker die hij had waarop Oslo Politiedistrict stond?'

'Ik heb de sticker vergeleken met die van mezelf van toen ik

Hagen bezocht. Bij beide is het dwarsbalkje in de t vaag te zien. Gegarandeerd dezelfde printer.'

'Ik zal maar niet vragen hoe je aan de sticker van Schultz bent gekomen, maar hoe weet je zo zeker dat het niet om een gewoon bezoek ging. Misschien wilde hij nog iets uitleggen over het aardappelmeel in de hoop dat we hem geloofden.'

'Omdat zijn naam uit het bezoekersregister is verwijderd. Het was belangrijk dat zijn bezoek geheim bleef.'

Mikael Bellman zuchtte. 'Dit is nu precies wat ik altijd heb gevonden, Harry. We zouden moeten samenwerken en in plaats van elkaar tegenwerken. Je had het naar je zin gehad bij Kripos.'

'Waar hebben we het over?'

'Voor ik je dit vertel, moet ik je om een gunst vragen. Dat je je mond houdt over wat ik je hier vanavond vertel.'

'Oké.'

'Deze zaak heeft me toch al in een moeilijke positie gebracht. Schultz wilde mij namelijk spreken. Hij wilde inderdaad praten over wat hij wist. Hij vertelde onder andere wat ik al een tijd vermoedde: dat we een mol in ons midden hebben. Ik geloof dat hij op het hoofdbureau werkt, dicht bij GC. Ik heb hem gevraagd thuis te wachten terwijl ik met de leiding ging praten. Ik moest voorzichtig te werk gaan om de mol niet te alarmeren. Maar voorzichtigheid betekent vaak dat de zaken langzaam gaan. Ik sprak met onze scheidende commissaris, maar hij liet het aan mij over hoe ik het moest aanpakken.'

'Waarom?'

'Zoals ik al zei stopt hij er bijna mee. Hij wilde niet zo'n rotkwestie als een corrupte politieman als afscheidscadeau.'

'Dus hij wilde dat het op een lager niveau werd uitgezocht tot hij afscheid nam?'

Bellman staarde in zijn koffiekopje. 'Het is mogelijk dat ik de nieuwe commissaris word, Harry.'

'Jij?'

'En dus kon ik net zo goed direct mijn eerste rotklus aanpakken, vond hij. Het probleem is alleen dat ik te traag was. Ik bleef maar nadenken. We konden Schultz direct de mol laten ontmaskeren, maar dan zouden zijn opdrachtgever en andere betrokkenen in dekking gaan en verdwijnen. Ik overwoog om Schultz uit te rusten met een zendertje zodat hij ons naar de criminelen kon leiden. En misschien konden we zelfs de grote man in Oslo oppakken.'

'Dubai.'

Bellman knikte. 'Het probleem was: wie op het hoofdbureau kon ik vertrouwen en wie niet? Ik was net klaar met het formeren van een klein groepje, ik had ze door en door gecheckt, maar toen kwam het bericht dat er een anonieme tip was dat...'

'Tord Schultz vermoord was aangetroffen,' zei Harry.

Bellman keek hem indringend aan.

'En nu loop jij het risico, als uitkomt dat jij niet slagvaardig bent opgetreden, dat er een spaak in het wiel gestoken wordt bij jouw benoeming als commissaris,' zei Harry.

'Dat ook,' zei Bellman. 'Maar dat baart me nog niet de meeste zorgen. Het probleem is dat wat Schultz me heeft verteld, helemaal niets heeft opgeleverd. We weten nog net zo weinig. Die zogenaamde politieman die Schultz in zijn cel heeft bezocht en die de dope kan hebben verwisseld...'

'Ja?'

'Hij heeft zich geïdentificeerd als politieman. De inspecteur op de luchthaven Oslo meent zich te herinneren dat hij Thomas nog wat heette. We hebben vijf Thomassen op het hoofdbureau. Geen van hen werkt voor GC trouwens. Ik heb foto's van onze Thomassen gestuurd, maar hij herkende geen ervan. Dus uitgaande van wat we weten is het niet eens zeker dat er een mol binnen de politie is.'

'Hm. Maar wel iemand met een vals politie-ID. Of nog waarschijnlijker: iemand zoals ik.'

'Hoezo?'

Harry haalde zijn schouders op. 'Je moet politieman zijn om een politieman voor de gek te houden.'

De buitendeur viel dicht.

'Schat!' riep Bellman. 'We zitten hier.'

De kamerdeur ging open en een lief, gebruind gezicht van een vrouw in de dertig stak om de hoek. Haar blonde haar was samengebonden in een paardenstaart en ze deed Harry denken aan de ex-vrouw van Tiger Woods. 'Ik heb de kinderen bij mama gebracht. Kom je, mannetje van me?'

Bellman kuchte. 'We hebben bezoek.'

Ze hield haar hoofd scheef: 'Dat zie ik, mannetje van me.'

Bellman keek Harry aan met een wanhopige blik van wat-kan-ik-eraan-doen.

'Hallo,' zei ze en ze keek Harry plagerig aan en vroeg: 'Papa en ik zijn net aangekomen met een volle aanhanger. Zin om…'

'Slechte rug en plotseling opkomende hoofdpijn,' mompelde Harry die zijn koffie opdronk en opstond.

'Nog even iets anders,' zei hij toen Bellman en hij bij de voordeur stonden. 'Dat bezoek aan het Radiumhospitaal waarover ik je vertelde.'

'Ja?'

'Daar was een wetenschapper, een vreemde snuiter met een bochel. Martin Pran. Het is slechts een onderbuikgevoel, maar ik vraag me af of je hem voor me zou kunnen checken.'

'Voor jou?'

'Sorry, oude gewoonte. Voor de politie, voor het land, voor de mensheid.'

'Onderbuikgevoel?'

'Dat is zo'n beetje het enige in deze zaak waar ik op af kan gaan. Als je me een tip zou kunnen geven over wat jullie vinden...'

'Ik zal erover nadenken.'

'Bedankt, Mikael.' Harry merkte hoe vreemd het voor hem was om de voornaam van de man uit te spreken. Hij vroeg zich af of hij dat ooit eerder had gedaan. Mikael opende de deur naar de regenbui en de kou sloeg hen tegemoet.

'Het spijt me van die jongen,' zei Bellman.

'Welke van de twee?'

'Beide.'

'Hm.'

'Weet je? Ik heb Gusto Hanssen een keer ontmoet. Hij kwam hierheen.'

'Hierheen?'

'Ja, een ongelooflijk knappe jongen. Zo'n...' Bellman zocht naar het juiste woord, maar kwam er blijkbaar niet op. 'Was je als jongen ook gek op Elvis? *Man crush*, noemen ze dat in het Amerikaans.'

'Nou,' zei Harry die zijn pakje sigaretten tevoorschijn trok. 'Nee.'

Hij kon zweren dat Mikael Bellmans witte pigmentvlekken rood werden.

'Die jongen had dat type gezicht. En uitstraling.'

'En wat wilde hij?'

'Met een politieman praten. Er waren hier enkele collega's die me hielpen met een klus. Als je alleen een politiesalaris hebt, moet je het meeste zelf doen, weet je.'

'Met wie heeft hij gesproken?'

'Met wie?' Bellman keek Harry aan. Dat wil zeggen, zijn blik was op Harry gericht, maar hij zag iets wat ver weg was, iets wat hij nu pas zag. 'Dat weet ik niet meer. Die drugsverslaafden hebben altijd iets te vertellen als ze maar geld krijgen voor drugs. Goedenavond, Harry.'

Het was al helemaal donker toen Harry door Kvadraturen liep. Verderop in de straat, bij een van de zwarte hoeren, stopte een camper. Het portier ging open en drie jongens, die niet veel ouder dan twintig konden zijn, sprongen naar buiten. De ene filmde terwijl de andere twee iets aan de vrouw vroegen. Ze schudde haar hoofd. Kennelijk wilden de jongens dat ze meedeed aan een gangbangfilm voor *YouPorn*. In het land waar ze vandaan kwam hadden ze ook internet. Gezin, familieleden. Misschien dacht de familie dat het geld dat ze stuurde van haar baan als serveerster kwam. Of misschien dachten ze dat niet, maar vroegen ze het ook niet. Toen Harry dichterbij kwam, spuugde een van de jongens voor haar op het asfalt en zei met schelle, aangeschoten stem: *'Cheap nigger ass.'*

De zwarte vrouw keek Harry met een vermoeide blik aan. Ze knikten naar elkaar alsof ze iets in elkaar herkenden. De twee andere jongens kregen Harry in de gaten en trokken hun rug recht. Grote, weldoorvoede jongens. Gevulde wangen, biceps van de sportschool, misschien een jaar kickboksen of karate.

'Goedenavond, beste mensen,' zei Harry zonder langzamer te gaan lopen.

Toen was hij voorbij en hij hoorde hoe het portier werd dichtgegooid en er flink werd gas gegeven.

Weer kwam dezelfde melodie uit de openstaande deur. 'Come As You Are'. Een uitnodiging.

Harry ging langzamer lopen. Een ogenblik maar.

Toen liep hij snel door, zonder op of om te kijken.

De volgende ochtend werd hij wakker van zijn mobieltje. Hij ging rechtop zitten, kneep zijn ogen dicht tegen het licht dat door het gordijnloze raam viel, strekte zijn arm uit naar zijn jas die over de stoel hing en doorzocht zijn zakken op zoek naar zijn mobieltje.

'Zeg het maar.'

'Met Rakel.' Ze was buiten adem van opwinding. 'Ze hebben Oleg vrijgelaten. Hij is vrij, Harry!'

HOOFDSTUK 25

Harry stond in het ochtendlicht van de gordijnloze hotelkamer. Afgezien van de telefoon die zijn rechteroor bedekte, was hij naakt. In de kamer aan de overkant van de binnenplaats zat een vrouw hem met slaperige ogen en een scheef hoofd te bekijken terwijl ze op een boterham zat te kauwen.

'Hans Christian is het pas een kwartier geleden te weten gekomen toen hij op zijn werk kwam,' zei Rakel aan de telefoon. 'Ze hebben Oleg gistermiddag laat vrijgelaten. Iemand anders heeft de moord op Gusto bekend. Is het niet fantastisch, Harry?'

Jazeker, dacht Harry. Het was fantastisch. Maar dan in de zin van 'niet te geloven'.

'Wie heeft bekend?'

'Ene Chris Reddy alias Adidas. Hij komt uit het drugsmilieu. Hij heeft Gusto doodgeschoten omdat hij hem geld schuldig was voor amfetamine.'

'Waar is Oleg nu?'

'Dat weten we niet. We weten het nog maar net.'

'Denk na, Rakel! Waar kan hij zijn?' Harry's stem klonk strenger dan hij bedoelde.

'Wat... wat is er aan de hand?'

'De bekentenis. De bekentenis, dat is er aan de hand, Rakel.'

'Wat is daarmee?'

'Begrijp je het niet? De bekentenis is verzonnen.'

'Nee, nee, Hans Christian zegt dat die erg gedetailleerd en zeer geloofwaardig is. Daarom hebben ze Oleg ook vrijgelaten.'

'Die Adidas zegt dat hij Gusto heeft doodgeschoten omdat hij hem geld schuldig was. Een ijskoude, cynische moordenaar. Die ineens last krijgt van een slecht geweten en gewoon bekent?'

'Maar als de verkeerde op het punt staat berecht te worden dan...'

'Vergeet het maar! Een wanhopige junk heeft maar één ding aan zijn hoofd: drugs. Er is gewoon geen plaats voor een slecht geweten, geloof me. Adidas is een verslaafde zonder geld die tegen een gepaste vergoeding meer dan bereid is een moord te bekennen om de bekentenis weer in te trekken zodra de hoofdverdachte is vrijgelaten. Zie je niet wat de bedoeling is? Als de kat heeft begrepen dat hij niet bij het vogeltje in de kooi kan komen...'

'Hou op!' riep Rakel huilend uit.

Maar Harry hield niet op: '... moet het vogeltje uit de kooi.'

Hij hoorde haar huilen. Hij wist dat hij vermoedelijk alleen onder woorden bracht wat ze al half besefte, maar niet volledig tot zich durfde laten doordringen.

'Kun je me niet geruststellen, Harry?'

Hij gaf geen antwoord.

'Ik wil niet meer bang zijn,' fluisterde ze.

Harry haalde diep adem. 'We hebben het eerder gered en we zullen dat weer doen, Rakel.'

Hij verbrak de verbinding en stelde opnieuw vast dat hij een uitstekende leugenaar was.

De dame achter het raam wenkte hem sloom.

Harry haalde zijn hand over zijn gezicht.

Nu was het alleen de vraag wie Oleg het eerste vond, hij of zij.

Denk na.

Oleg was gistermiddag vrijgelaten, ergens in Østlandet. Een verslaafde die zo snel mogelijk violine wil. Hij was spoorslags naar Oslo gegaan, naar Plata als hij geen reservevoorraad in zijn stashplaats had. Hij kon het huis aan de Hausmannsgate niet in, de plaats delict was nog steeds niet vrijgegeven. Dus waar moest hij slapen, zonder geld, zonder vrienden. Urtegata? Nee, Oleg zou begrijpen dat het gerucht zich snel zou verspreiden als hij daar werd gezien.

Er was maar één plek waar Oleg kon zijn.

Harry keek op zijn horloge. Het was nu zaak daarheen te gaan voor de vogel was gevlogen.

Valle Hovin Stadion was net zo verlaten als de laatste keer. Het eerste wat Harry zag toen hij de hoek om ging bij de kleedkamers, was dat een van de ruitjes kapot was. Hij keek naar binnen. De glasscherven lagen binnen. Hij liep snel naar de buitendeur en draaide die van het slot met de sleutel die hij nog steeds had, liep naar de deur van de kleedkamer en keek naar binnen.

Het leek of hij werd aangereden door een goederentrein.

Harry snakte naar adem terwijl hij op de grond lag te spartelen met iets boven op zich. Het stonk, was nat en wanhopig. Harry probeerde los te komen uit de greep. Hij weerstond de reflex om te slaan, in plaats daarvan kreeg hij een arm te pakken, een hand die hij naar de onderarm duwde. Hij krabbelde omhoog op zijn knieën terwijl hij tegelijkertijd de greep gebruikte om het gezicht tegen de vloer te drukken.

'Au! Verdomme! Laat me los!'

'Ik ben het! Dit is Harry, Oleg.'

Hij liet los, hielp Oleg overeind en liet hem op een bank vallen.

De jongen zag er slecht uit. Bleek, mager en zijn ogen puilden uit. En hij stonk naar een mengeling van ontsmettingsmiddel en excrementen. Maar hij was nuchter.

'Ik dacht...' zei Oleg.

'Je dacht dat zij het waren.'

Oleg legde zijn hoofd in zijn handen.

'Kom,' zei Harry. 'We gaan naar buiten.'

Ze gingen op de tribune zitten. Ze zaten in de bleke ochtendzon die op het gebarsten beton scheen. Harry dacht aan al die keren dat hij hier naar Oleg had zitten kijken, hoe hij de ijzers van zijn schaatsen hoorde zingen terwijl de schijnwerpers mat reflecteerden op het zeegroene en later melkwitte oppervlak.

Ze zaten dicht tegen elkaar alsof het druk was op de tribune.

Harry luisterde een poosje naar de ademhaling van Oleg voor hij begon: 'Wie zijn ze, Oleg? Je moet me vertrouwen. Als ik je kan vinden, kunnen zij dat ook.'

'En hoe heb je me gevonden?'

'Dat heet deductie.'

'Ik weet wat dat is. Het onmogelijke uitsluiten en kijken wat er overblijft.'

'Wanneer ben je hier gekomen?'

Oleg haalde zijn schouders op: 'Gisteravond ergens rond negenen.'

'Waarom heb je je moeder niet gebeld toen je werd vrijgelaten? Je weet dat het levensgevaarlijk voor je is om nu buiten te zijn.'

'Ze zou me alleen maar ergens heen hebben gebracht, me hebben verstopt. Zij of die Nils Christian.'

'Hans Christian. Ze zullen je vinden, dat weet je.'

Oleg keek naar zijn handen.

'Ik dacht dat je naar Oslo was gegaan om een shot te halen,' zei Harry. 'Maar je bent niet onder invloed.'

'Al meer dan een week niet.'

'Waarom niet?'

Oleg gaf geen antwoord.

'Gaat het om haar? Is het Irene?'

Oleg keek naar de betonnen baan alsof hij zichzelf daarbeneden kon zien. Hij hoorde de hoge toon van de afzet. Hij knikte langzaam. 'Ik ben de enige die haar probeert te vinden. Ze heeft alleen mij.'

Harry zei niets.

'Dat doosje met sieraden dat ik van mama heb gestolen...'

'Ja?'

'Ik heb het verkocht voor dope. Behalve die ring die jij voor haar had gekocht.'

'Waarom die niet?'

Oleg grinnikte. 'Ten eerste was die niet veel waard.'

'Wat?' Harry deed of hij geschokt was. 'Ben ik bedrogen?'

Oleg lachte. 'Een gouden ring met zwarte puntjes? Dat heet koperaanslag. Een beetje lood toevoegen voor het gewicht.'

'Waarom liet je dat nepding dan niet gewoon liggen?'

'Mama droeg de ring ook niet. Dus ik wilde hem aan Irene geven.'

'Koper, lood en goudverf.'

Oleg haalde zijn schouders op. 'Het voelde goed. Ik herinner me hoe blij mama was toen jij hem aan haar vinger schoof.'

'Wat herinner je je nog meer?'

'Zondag. Op de markt. De zon stond laag en we banjerden door een berg gevallen herfstblad. Jij en mama lachten om iets. Ik had zin om je hand te pakken, maar ja, ik was immers geen kind meer. Je hebt die ring gekocht in die zaak waar ze inboedels verkochten van overleden mensen.'

'Dat herinner je je allemaal nog?'

'Ja. En ik dacht als Irene ook maar de helft zo blij is als mama toen...'

'En was ze dat?'

Oleg keek Harry aan. 'Dat herinner ik me niet. We zullen wel high zijn geweest toen ik hem aan haar gaf.'

Harry slikte.

'Hij heeft haar,' zei Oleg.

'Wie?'

'Dubai. Hij heeft Irene. Hij houdt haar gegijzeld zodat ik niet zal praten.'

Oleg boog zijn hoofd en Harry staarde naar hem.

'Daarom heb ik niets gezegd.'

'Je wéét dat? En ze hebben je gezegd wat er met Irene zou gebeuren als je praat?'

'Dat hoefden ze niet. Ze weten dat ik niet dom ben. Bovendien moeten ze ook zorgen dat zij haar mond houdt. Ze hebben haar, Harry.'

Harry leunde tegen de muur. Hij bedacht dat ze meestal ook zo gezeten hadden voordat er een belangrijke wedstrijd begon. Met gebogen hoofden, zwijgend, in een soort gemeenschappelijke concentratie. Oleg wilde nooit raad. En Harry had die ook niet. Maar Oleg had het prettig gevonden om zo te zitten.

Harry kuchte. Dit was niet Olegs wedstrijd.

'Als we een kans willen hebben om Irene te redden, moet je me helpen Dubai te vinden,' zei Harry.

Oleg keek Harry aan. Hij stopte zijn handen onder zijn dijen en zwaaide met zijn voeten. Zoals hij altijd deed. Toen knikte hij.

'Begin met de moord,' zei Harry. 'Neem de tijd die je nodig hebt.'

Oleg sloot een paar seconden zijn ogen. Toen deed hij ze weer open.

'Ik was high, ik had net een shot violine genomen bij de rivier achter onze flat aan de Hausmannsgate. Dat was veiliger, het was namelijk wel voorgekomen dat anderen in de flat zo wanhopig waren dat ze op me sprongen om m'n shot te stelen, snap je?'

Harry knikte.

'Het eerste wat me opviel toen ik de trap op liep, was dat de deur tegenover onze flat was opengebroken. Alweer. Ik dacht er niet verder over na. Ik liep onze kamer in en daar stond Gusto.

Voor hem stond een man met een bivakmuts op. Hij hield zijn pistool op Gusto gericht. En ik weet niet of het kwam van de dope of wat me bezielde, maar ik wist instinctief dat dit geen overval was, maar dat hij Gusto zou vermoorden. Ik reageerde instinctief. Ik wierp me op de hand met het pistool. Maar het was te laat, hij kon nog schieten. Ik viel op de grond en toen ik weer opkeek lag ik naast Gusto met een pistoolloop tegen mijn voorhoofd.' Oleg stopte en haalde diep adem. 'Maar het leek wel of hij geen besluit kon nemen. Dus hij deed met zijn hand een pratende eend na en ging toen met zijn vinger langs zijn keel.'

Harry knikte. Bek houden of je gaat eraan.

'Hij herhaalde de beweging en ik knikte dat ik het had begrepen. Toen vertrok hij. Gusto bloedde als een gek en ik begreep dat hij als de bliksem naar een arts moest. Maar ik durfde niet weg te gaan, ik was ervan overtuigd dat de man met het pistool nog buiten stond, want ik had geen voetstappen op de trap gehoord. En als hij me zag zou hij zich misschien bedenken en me toch doodschieten.'

De voeten van Oleg gingen op en neer.

'Ik probeerde Gusto's pols te voelen, probeerde met hem te praten, zei dat ik hulp zou gaan halen. Maar hij gaf geen antwoord. En toen voelde ik zijn pols niet meer. En ik wilde daar niet langer blijven. Ik rende naar buiten.' Oleg richtte zich op alsof hij pijn in zijn rug had, vouwde zijn handen en legde die op zijn hoofd. Toen hij verderging was zijn stem schor: 'Ik was high, ik kon niet helder denken. Ik liep naar de rivier. Ik wilde gaan zwemmen. Misschien had ik geluk en zou ik verdrinken. Toen hoorde ik de sirenes. En toen waren ze er... En het enige waar ik aan kon denken was die pratende eend en die vinger langs die keel. En dat ik mijn mond moest houden. Want ik weet hoe de mensen zijn, ik heb ze horen praten over hoe ze het doen.'

'En hoe doen ze het dan?'

'Ze pakken je waar het het meest pijn doet. Eerst was ik bang voor mama.'

'Maar het was simpeler om Irene te pakken,' zei Harry. 'Niemand zou reageren als een meisje van de straat een poosje verdween.'

Oleg keek Harry aan. 'Dus je gelooft me?'

Harry haalde zijn schouders op. 'Ik ben makkelijk voor de gek te houden als het om jou gaat, Oleg. Dat is zo als je van... als je van... je weet wel.'

De tranen stonden in Olegs ogen. 'Maar... maar het is zo'n onwaarschijnlijk verhaal. Alle bewijzen...'

'Dingen vallen op hun plaats,' zei Harry. 'De kruitsporen op je arm heb je gekregen toen je je op hem wierp. Gusto's bloed toen je zijn pols voelde. En op dat moment heb je ook vingerafdrukken op hem achtergelaten. De reden dat ze alleen jou na het schot naar buiten hebben zien komen, is dat de moordenaar door het kantoor is gelopen, uit het raam is geklommen en de brandtrap heeft genomen die bij de rivier uitkomt. Daarom heb je ook geen voetstappen op de trap gehoord.'

Oleg staarde nadenkend naar Harry's borst. 'Maar waarom is Gusto vermoord? Door wie?'

'Dat weet ik niet. Maar ik denk dat hij vermoord is door iemand die jij kent.'

'Ik?'

'Ja. Daarom gebruikte hij gebarentaal in plaats van te praten. Zodat je zijn stem niet zou herkennen. En de bivakmuts duidt erop dat hij bang was dat iemand in het milieu hem zou herkennen. Hij kan iemand zijn geweest die de meesten die bij jullie wonen kennen.'

'Maar waarom heeft hij mij gespaard?'

'Dat weet ik ook niet.'

'Ik begrijp het niet. Ze hebben me later in de gevangenis wel geprobeerd te vermoorden. Terwijl ik geen woord heb gezegd.'

'Misschien had de moordenaar geen instructies gekregen wat hij moest doen met eventuele getuigen. Hij aarzelde. Aan de ene kant kon je hem ontmaskeren op grond van zijn postuur, lichaamstaal, manier van lopen als je hem eerder had gezien. Aan de andere kant was zo je zo high dat je niet veel hebt meegekregen.'

'Dope redt levens?' zei Oleg met een voorzichtig lachje.

'Ja. Maar wellicht was zijn baas het niet eens met zijn besluit toen de dader naderhand verslag uitbracht. Maar toen was het te laat. Dus om er zeker van te zijn dat je je mond zou houden, kidnapten ze Irene.'

'Ze wisten dat ik mijn mond zou houden zolang ze Irene hebben, dus waarom wilden ze me dan toch vermoorden?'

'Ik dook op,' zei Harry.

'Jij?'

'Ja, ze wisten vanaf het moment dat ik in Oslo landde al dat ik er was. Ze wisten dat ik je aan het praten kon krijgen, dat het niet genoeg was dat ze Irene hadden. Dus gaf Dubai orders om je in de gevangenis het zwijgen op te leggen.'

Oleg knikte langzaam.

'Vertel me over Dubai,' zei Harry.

'Ik heb hem nooit ontmoet. Ik geloof dat ik een keer in het huis ben geweest waar hij woont.'

'En waar is dat?'

'Ik weet het niet. Gusto en ik werden door zijn luitenants opgepikt en naar een huis gereden, maar ik moest een blinddoek om.'

'Je weet dat het om het huis van Dubai ging?'

'Dat heb ik van Gusto begrepen. En het rook bewoond. Het klonk als een huis met meubels, tapijten en gordijnen, als je...'

'Ik begrijp het. Ga door.'

'We werden naar een kelder gebracht en pas toen mocht mijn blinddoek af. Er lag daar een dode man op de grond. Ze vertelden dat ze dat deden met mensen die hen probeerden te bedonderen. We moesten goed naar hem kijken. En daarna vertellen wat er in Alnabru was gebeurd. Waarom de deur niet op slot zat toen de politie kwam. En waarom Tutu was verdwenen.'

'Alnabru?'

'Daar kom ik nog op.'

'Oké. Die man, hoe was hij vermoord?'

'Hoe bedoel je?'

'Had hij steekwonden in zijn gezicht? Of was hij doodgeschoten?'

'Zei ik dat niet? Ik begreep niet waaraan hij was doodgegaan tot Peter hem op zijn buik duwde. Toen liep er water uit zijn mond.'

Harry maakte zijn lippen nat. 'Weet je wie de dode was?'

'Ja, een verrader die altijd rondhing op plekken waar wij waren. We noemden hem Sixpence vanwege de muts die hij droeg.'

'Hm.'

'Harry?'

'Ja?'

Oleg tikte nerveus met zijn voeten op het beton. 'Ik weet niet zoveel over Dubai. Gusto wilde ook niet over hem praten. Maar ik weet dat het je dood zal worden als je hem probeert te pakken.'

DEEL III

HOOFDSTUK 26

De rat trippelde ongeduldig over de grond. Het mensenhart klopte, maar steeds zwakker. Ze bleef weer bij zijn schoenen staan. Beet in het leer. Zacht, maar dik en stevig leer. Ze liep weer over het mensenlijf. De kleren roken meer dan de schoenen naar zweet, voedsel en bloed. Hij – ze kon ruiken dat het een hij was – lag nog in dezelfde houding, hij had zich niet verroerd en versperde nog steeds de ingang. Ze krabde aan zijn buik want ze wist dat dat de kortste weg was. Zwakke hartslag. Het zou niet lang meer duren voor ze kon beginnen.

Het is niet zo dat je moet stoppen met leven, papa. Maar dat je moet sterven om de klotezooi te stoppen. Er zou een betere methode moeten zijn, of niet? Een pijnvrije exodus naar het licht in plaats van die vreselijk koude duisternis die bezit van je neemt. Ze hadden in elk geval wel een beetje opiaat in de Malakov-kogels mogen doen, net als ik heb gedaan voor Rufus, die schurftige hond, me gewoon een enkele reis naar Euforia kunnen geven, goede reis naar satan! Maar alles wat goed is in deze klotewereld is of alleen op recept verkrijgbaar of uitverkocht of de prijs is zo hoog dat je moet bulken van het geld om er een hapje van te mogen nemen. Het leven is een restaurant waarvoor je geen geld hebt. De dood is de rekening voor het eten dat je niet eens hebt geproefd. Dus je bestelt het duurste dat op het menu staat, je gaat toch naar de verdommenis, of niet, en misschien kun je er net een mondvol van proeven.

Oké, ik zal stoppen met klagen, papa, ga nog niet weg, je hebt de rest nog niet gehoord. De rest is goed. Waar waren we? O ja. Al na een paar dagen na de inbraak in Alnabru kwamen Peter en Andrej Oleg en mij halen. Ze bonden een sjaal voor Olegs ogen, reden ons naar het huis van de oude kerel en namen ons mee naar de kelder. Ik was daar nog niet eerder geweest. We werden door een lange, smalle en lage gang geloodst waarin we moesten bukken om ons hoofd niet te stoten. Onze schouders schuurden tegen de wanden. Ik begreep dat we niet in een kelder zaten maar in een onderaardse tunnel. Misschien een vluchtroute. Die Sixpence niet had geholpen. Hij zag eruit als een verdronken rat. Nou ja, hij was ook een verdronken rat.

Daarna bonden ze de sjaal weer voor Olegs ogen en zetten hem in de auto terwijl ik naar de oude kerel werd gebracht. Hij zat in een stoel tegenover me, zonder een tafel tussen ons in.

'Waren jullie daar?' vroeg hij.

Ik keek hem strak aan. 'Als je vraagt of we in Alnabru waren, dan is het antwoord nee.'

Hij bestudeerde me zwijgend.

'Je bent net als ik,' zei hij uiteindelijk. 'Onmogelijk om te zien wanneer je liegt.'

Ik wil er niet op zweren, maar ik dacht een lachje te zien.

'Nou, Gusto, begreep je wat dat was daarbeneden?'

'Dat was een verrader. Sixpence.'

'Correct. En waarom?'

'Ik weet het niet.'

'Probeer het.'

Ik vermoed dat hij vroeger een irritante leraar was, maar oké, dus ik antwoordde: 'Hij had iets uitgevreten.'

De oude kerel schudde zijn hoofd. 'Hij had ontdekt dat ik hier woon. Hij wist dat hij geen reden had voor een huiszoekingsbevel. Na de recente arrestatie van Los Lobos en de inbeslagneming in Alnabru, begreep hij hoe het zat. Hij zou nooit een huiszoekingsbevel krijgen, hoe goed zijn zaak ook was...' De oude kerel grijnsde. 'We hadden hem een waarschuwing gegeven, we dachten dat we hem konden stoppen.'

'Hoe?'

'Verraders als hij denken dat ze kunnen vertrouwen op hun valse identiteit. Ze denken dat het onmogelijk is om uit te vinden wie ze echt zijn. Wie hun familie is. Maar alles is te vinden in het politiearchief, als je de juiste passwords maar hebt. Die heb je bijvoorbeeld als je een betrouwbaar contact hebt op GC. En hoe hebben we hem gewaarschuwd?'

Ik antwoordde zonder verder na te denken: 'Door zijn kinderen af te maken?'

Er kwam iets donkers in zijn gezicht. 'We zijn geen beesten, Gusto.'

'Sorry.'

'Bovendien had hij geen kinderen.' Gegrinnik. 'Maar hij had een zus, of misschien was het maar een pleegzus.'

Ik knikte. Het was niet te zien of hij loog.

'We zeiden dat ze eerst verkracht zou worden en daarna vermoord. Maar ik had hem verkeerd ingeschat. In plaats van aan zijn familieleden te denken, ging hij tot de aanval over. Een behoorlijk eenzame en wanhopige aanval. Het lukte hem om hier 's nachts binnen te komen. We waren daar niet op voorbereid. Kennelijk was hij erg dol op die zus. Hij was gewapend. Ik ging naar de kelder. Hij volgde me. En ging dood.' Hij hield zijn hoofd schuin. 'Door wat?'

'Er liep water uit zijn mond. Verdronken?'

'Correct. Waar is hij verdronken?'

'Hij is naar een meer of zo gebracht.'

'Nee, hij is hier in huis gebleven en verdronken. Dus?'

'Dat weet ik nie...'

'Denk!' Het klonk als een zweepslag. 'Als je wilt overleven, moet je kunnen denken en concluderen aan de hand van wat je ziet. Zo gaat dat in het echte leven.'

'Goed, goed.' Ik probeerde na te denken. 'De kelder is geen kelder maar een tunnel.'

De oude kerel sloeg zijn armen over elkaar. 'Dus?'

'Die is er al langer dan het huis. Hij kan natuurlijk ergens buiten uitkomen.'

'Maar?'

'Maar je hebt verteld dat je het huis van de buren ook bezit, dus hij kan ook daarheen lopen.'

De oude kerel glimlachte tevreden. 'Raad eens hoe oud de tunnel is.'

'Oud. De wanden waren bedekt met mos.'

'Algen. Nadat de verzetsbeweging vier mislukte aanvalspogingen op dit huis had gedaan, liet de Gestapo-chef de tunnel bouwen. Ze zagen kans om dat geheim te houden. Als Reinhard 's middags thuiskwam, ging hij door de voordeur van dit huis zoals iedereen kon zien. Hij deed het licht aan en liep dan via de tunnel naar zijn eigenlijke woonhuis, het buurhuis, en stuurde de Duitse luitenant van wie iedereen dacht dat hij daar woonde, naar zijn huis. En die luitenant stapte in hetzelfde uniform als de Gestapo-chef door het huis, het liefst in de buurt van de ramen.'

'Hij was de sitting duck.*'*

'Correct.'

'Waarom vertel je me dit?'

'Omdat ik wil dat je weet hoe het er in de echte wereld aan toegaat, Gusto. De meeste mensen in dit land weten dat niet. Maar ik vertel je dit ook omdat ik wil dat je weet dat ik je vertrouw.'

Hij keek me aan alsof dat wat hij zei belangrijk was. Ik deed alsof ik het begreep, ik wilde naar huis. Misschien zag hij dat.

'Bedankt, Gusto. Andrej zal jullie wegbrengen.'

Toen de auto langs de universiteit reed was er blijkbaar een of ander studentenfestival op de campus aan de gang. We konden enthousiaste gitaren van een band horen die op een openluchtpodium speelde. Jonge mensen liepen ons tegemoet op de Blindernvei. Vrolijke, verwachtingsvolle gezichten alsof hun iets was beloofd, een toekomst of zoiets.

'Wat is dat?' vroeg Oleg die nog steeds een blinddoek voor zijn ogen had.

'Dat,' zei ik, 'is de onechte wereld.'

'En je hebt geen idee hoe hij is verdronken?' vroeg Harry.

'Nee,' zei Oleg. Het tikken van zijn voet was toegenomen, zijn hele lichaam vibreerde.

'Oké, je had dus een blinddoek voor, maar vertel me alles wat je je kunt herinneren van de rit ernaartoe en weer terug. Alle geluiden. Toen jullie uit de auto stapten, hoorde je toen een trein of een tram?'

'Nee. Maar het regende toen we aankwamen, dus ik hoorde dat vooral.'

'Hard of zacht?'

'Zachte regen. Ik voelde het nauwelijks toen we uitstapten, maar ik hoorde het wel.'

'Oké, als zachte regen zoveel geluid maakt, is het misschien omdat die op bladeren valt?'

'Misschien.'

'Wat voelde je onder je voeten toen je naar de deur liep? Asfalt? Klinkers? Gras?'

'Grind, geloof ik. Ja, het knarste. Op die manier wist ik waar Peter liep, hij is de grootste dus bij hem knarste het het hardst.'

'Goed. Trap voor de deur?'

'Ja.'

'Hoeveel treden?'

Oleg kreunde.

'Oké,' zei Harry. 'Regende het nog steeds toen je voor de deur stond?'

'Ja, natuurlijk.'

'Ik bedoel, werd je haar nog steeds nat?'

'Ja.'

'Dus er was geen overkapping voor de deur.'

'Ben je van plan alle plekken te bezoeken in Oslo waar geen overkapping voor de voordeur is?'

'Nou, verschillende delen van Oslo zijn in verschillende perioden gebouwd en die perioden hebben dingen gemeen.'

'En over welke periode hebben we het bij houten villa's met een tuin, grindpad en een trap voor een niet-overkapte voordeur zonder tramrails in de buurt?'

'Je klinkt als een rechercheur.' Het lukte Harry niet om Oleg aan het lachen of zelfs maar glimlachen te krijgen. 'Toen jullie daar weer weggingen, zijn je toen andere geluiden opgevallen?'

'Zoals?'

'Gepiep van een verkeerslicht waar jullie stopten.'

'Nee, zoiets niet. Maar er was muziek.'

'Live of cd?'

'Ik geloof live. De bekkens waren duidelijk te horen. De wind nam flarden gitaarmuziek mee.'

'Dat klinkt live. Goed dat je het nog weet.'

'Ik herinner het me omdat ze een van jouw liedjes speelden.'

'Mijn liedjes?'

'Van een van jouw platen. Ik herinner het me omdat Gusto zei dat het de onechte wereld was en ik dacht dat het om een onbewuste gedachte ging want hij hoorde een deel van de tekst.'

'Welk deel?'

'Iets met een droom, ik herinner het me niet. Maar jij draaide die plaat met dat liedje heel vaak.'

'Vooruit, Oleg, dit is belangrijk.'

Oleg keek Harry aan. De voeten stopten met zwaaien. Hij sloot zijn ogen en neuriede voorzichtig. *'It's just a dreamy Gonzales...'*

Hij opende zijn ogen weer en bloosde. 'Zoiets.'

Harry neuriede het zelf en schudde zijn hoofd.

'Sorry,' zei Oleg. 'Ik weet het niet zeker meer en het duurde maar een paar seconden.'

'Het is goed,' zei Harry, en hij legde een hand op de schouder van de jongen. 'Vertel me wat er in Alnabru gebeurde.'

De voet van Oleg kwam weer in beweging. Hij haalde twee keer adem, trok twee keer zijn buik in zoals hij had geleerd te doen bij de startstreep voor hij in elkaar dook voor de starthouding. Toen vertelde hij het.

Toen Oleg klaar was, zweeg Harry lang en wreef zich over zijn kin. 'Jullie hebben dus een man doodgeboord?'

'Niet wij. Dat was die politieman.'

'En je weet niet hoe hij heette? Of waar hij werkte?'

'Nee, zowel Gusto als hij was daar heel duidelijk in. Gusto zei dat het beter was dat ik het niet wist.'

'En jullie hadden geen idee wat er met het lijk gebeurde?'

'Nee. Ga je me aangeven?'

'Nee.' Harry trok het pakje sigaretten uit zijn zak en wipte er een sigaret uit.

'Mag ik er ook eentje?' vroeg Oleg.

'Sorry, jongen. Slecht voor je gezondheid.'

'Maar...'

'Op één voorwaarde. Dat je ermee akkoord gaat dat Hans Christian je ergens onderbrengt en dat je het zoeken naar Irene aan mij overlaat.'

Oleg staarde naar de woonblokken op de heuvel achter het stadion. De bloembakken hingen nog aan de balkonranden. Harry keek naar zijn profiel. De adamsappel die op en neer ging in zijn dunne nek.

'Deal.'

'Mooi.' Harry gaf hem een sigaret en stak beide aan.

'Nu snap ik die metalen vinger,' zei Oleg. 'Die heb je voor het roken.'

'Yep,' zei Harry die de sigaret tussen zijn titaanprothese en zijn middelvinger hield terwijl hij Rakels nummer intoetste. Hij hoefde niet te vragen om het nummer van Hans Christian, aangezien hij net bij haar was. De advocaat zei dat hij onmiddellijk zou komen.

Oleg dook in elkaar alsof het ineens kouder was geworden. 'Waar brengt hij me naartoe?'

'Dat weet ik niet en dat wil ik ook niet weten.'

'Waarom niet?'

'Ik heb gevoelige testikels. Ik begin als een waterval te praten alleen al bij het woord "accu".'

Oleg lachte. Heel even, maar het was een lach. 'Dat geloof ik niet. Ze zouden je kunnen vermoorden zonder dat je een kik zou geven.'

Harry keek naar de jongen. Hij zou de rest van de dag wel door willen gaan met het produceren van maffe grapjes alleen maar om een glimp van die lach te krijgen.

'Je had me altijd hoog zitten, Oleg. Te hoog. En ik vond het prettig dat je dat deed. Maar ik was niet zo goed als jij dacht.'

Oleg keek naar zijn handen. 'Maken alle jongens geen held van hun vader?'

'Misschien. En ik wilde niet dat je me zou ontmaskeren als een slappeling, als iemand die ervandoor gaat. Maar het ging zoals het ging. Wat ik wil zeggen is: hoewel ik er niet voor je kon zijn, wil dat nog niet zeggen dat je niet belangrijk voor me was. Het lukt ons niet het leven te leiden dat we het liefst zouden willen leiden. We zijn gevangen door... dingen. Door wie we zijn.'

Oleg tilde zijn kin op. 'Door dope en rotzooi.'

'Dat ook.'

Ze inhaleerden synchroon. Keken naar de rook die in doelloze flarden naar de weidse, blauwe hemel steeg. Harry wist dat de nicotine het verlangen van de jongen niet kon verdoven, maar hij had in elk geval een paar minuten afleiding. En daar ging het om: de volgende minuten.

'Harry?'

'Ja?'

'Waarom ben je niet teruggekomen?'

Harry nam een trek voor hij antwoordde. 'Omdat je moeder dacht dat ik niet goed voor je was. En daar had ze gelijk in.'

Harry ging door met roken terwijl hij recht voor zich uit keek. Hij wist dat Oleg niet wilde dat hij naar hem keek. Achttienjarige jongens willen niet dat je ziet dat ze huilen. Hij moest ook geen arm om zijn schouder leggen of iets zeggen. Hij moest er gewoon zijn. Niet weggaan. Alleen maar denken aan de wedstrijd waar ze voor stonden.

Toen ze de auto hoorden aankomen, liepen ze de tribune af naar de parkeerplaats. Harry zag dat Hans Christian voorzichtig een hand op Rakels arm legde toen ze de auto uit wilde stormen.

Oleg draaide zich om naar Harry, trok zijn rug recht, haalde diep adem, zijn armen stonden van zijn lichaam af en hij haakte zijn duim in die van Harry en duwde met zijn rechterschouder tegen die van hem. Maar Harry liet hem niet zo makkelijk los en trok hem tegen zich aan. Hij fluisterde in zijn oor: 'Win.'

Het adres van Irene Hanssen was hetzelfde als dat van haar ouders. Het huis stond in Grefsen, een twee-onder-een-kapwoning. Een kleine, dichtbegroeide tuin met appelbomen zonder appels maar met een schommel.

Een jongen van rond de twintig jaar, schatte Harry, deed open. Hij had een bekend gezicht en zijn politiehersenen moesten enkele seconden zoeken voor ze een hit vonden in zijn database.

'Mijn naam is Harry Hole. En ben jij toevallig Stein Hanssen?'

'Ja.'

Zijn gezicht vertoonde die combinatie van onschuld en achterdocht die jongemannen krijgen als ze zowel goede als slechte ervaringen hebben gehad en ze nog geen besluit kunnen nemen of ze de wereld met een ongecompliceerde openheid of een remmende voorzichtigheid tegemoet zullen treden.

'Ik herken je van een foto. Ik ben een vriend van Oleg Fauke.'

Harry keek naar een reactie in de grijsblauwe ogen, maar die bleef uit.

'Je hebt misschien gehoord dat hij is vrijgelaten, dat een ander de moord op je pleegbroer heeft bekend?'

Stein Hanssen schudde zijn hoofd. Er was nog steeds weinig mimiek te zien.

'Ik zat vroeger bij de politie. Ik probeer je zus te vinden. Irene.'

'Waarom?'

'Om er zeker van te zijn dat het goed met haar gaat. Ik heb Oleg beloofd dat ik dat zal doen.'

'Tof. En daarna kan hij haar weer drugs gaan voeren?'

Harry wisselde van standbeen. 'Oleg gebruikt niet meer. Dat is moeilijk, zoals je zult begrijpen. Maar hij gebruikt niet omdat hij haar probeert te vinden. Hij houdt van haar, Stein. Maar ik wil proberen Irene te vinden voor iedereen, niet alleen voor hem. En men vindt dat ik heel goed ben in het opsporen van mensen.'

Stein Hanssen keek Harry aan. Hij aarzelde even. Toen opende hij de deur helemaal.

Harry liep achter hem aan naar de kamer. Die was opgeruimd, keurig gemeubileerd en leek niet te worden bewoond.

'Je ouders...'

'Die wonen hier nu niet. En ik woon hier alleen als ik niet in Trondheim ben.'

Hij sprak geaffecteerd, een manier van spreken die lange tijd het statussymbool was van gezinnen die wilden laten zien dat ze zich een kindermeisje konden veroorloven. Een dergelijk accent maakte wel dat je je die stem makkelijk kon herinneren, dacht Harry zonder te weten waarom hij dat dacht.

Er stond een foto op de piano die nooit bespeeld leek te worden. Het portret moest zo'n jaar of zes oud zijn. Irene en Gusto waren jongere, kleinere versies van zichzelf, met kleding en kapsels die ze nu ongetwijfeld vreselijk vonden om te zien, naar Harry aannam. Stein met een ernstig gezicht staand achter de anderen. De moeder stond met haar armen over elkaar en lachte arrogant, bijna spottend. Door de manier waarop de vader lachte kreeg Harry het vermoeden dat hij wilde dat deze foto werd genomen, hij leek in elk geval de enige die gefotografeerd wilde worden.

'Dus dat is jullie gezin.'

'Was. Vader en moeder zijn gescheiden. Vader is verhuisd naar Denemarken. Ervandoor gegaan is misschien beter geformuleerd. Moeder is opgenomen. De rest... ja, de rest is u duidelijk bekend.'

Harry knikte. Eén vermoord. Eén verdwenen. Flinke verliezen voor een gezin.

Harry ging ongevraagd in een van de diepe leunstoelen zitten. 'Wat kun je me vertellen om me te helpen Irene te vinden?'

'Ik zou het niet weten.'

Harry glimlachte. 'Probeer het.'

'Irene is met mij naar Trondheim verhuisd nadat ze betrokken was geraakt bij iets wat ze me niet wilde vertellen. Maar ik ben er zeker van dat Gusto haar ergens toe gedwongen had. Ze verafgoodde Gusto, deed alles voor hem, ze beeldde zich in dat hij om haar gaf alleen maar omdat hij haar af en toe over haar wang aaide. Maar na een paar maanden kwam er een telefoontje, ze zei dat ze terug moest naar Oslo, maar ze wilde niet zeggen waarom. Dat is nu meer dan vier maanden geleden en sindsdien heb ik haar niet meer gezien of gesproken. Toen ik twee weken niets van haar had gehoord, ben ik naar de politie gegaan en heb haar als vermist opgegeven. Ze hebben het geregistreerd en een beetje gezocht, maar verder gebeurde er niets. Niemand maakt zich druk om een junkie zonder vaste verblijfplaats.'

'Heb je een theorie?' vroeg Harry.

'Nee, maar ze is niet vrijwillig vertrokken. Ze is niet het type dat er zomaar vandoor gaat zoals... sommige anderen.'

Harry begreep wie hij bedoelde, maar toch had hij het idee dat hij getroffen werd door een verdwaald schot.

Stein Hanssen krabde zich aan een wondje op zijn onderarm. 'Wat zien jullie in haar? Jullie eigen dochter? Is dit een manier om jullie eigen dochter te krijgen?'

Harry keek hem verwonderd aan. 'Jullie? Wat bedoel je?'

'Al die oude kerels die van haar kwijlen. Alleen maar omdat ze eruitziet als een veertienjarige Lolita.'

Harry dacht aan de foto in de deur van de klerenkast op Valle Hovin. Stein Hanssen had gelijk. En de gedachte bekroop Harry dat hij zich misschien vergiste, dat Irene het slachtoffer kon zijn geworden van iets wat niets met deze zaak te maken had.

'Je studeert in Trondheim. Aan de NTNU – de technische universiteit?'

'Ja.'

'Welke richting?'

'Computertechniek.'

'Hm. Oleg wilde ook gaan studeren. Ken je hem?'

Stein schudde zijn hoofd.

'Nog nooit met hem gesproken?'

'We hebben elkaar een paar keer gezien. Heel kort, kan ik wel zeggen.'

Harry keek naar de onderarm van Stein. Beroepsdeformatie.

Maar behalve dat ene wondje had de arm geen andere tekenen. Uiteraard niet, Stein Hanssen was een overlever, een jongeman die zich wel zou redden. Harry stond op: 'Hoe dan ook. Het spijt me wat er met je broer is gebeurd.'

'Pleegbroer.'

'Hm. Zou ik je telefoonnummer kunnen krijgen? Voor het geval er iets opduikt.'

'Zoals wat dan?'

Ze keken elkaar aan. Het antwoord bleef tussen hen in hangen, niet nodig om verder uit te diepen, onverdraaglijk om uit te spreken. Het wondje was kapot gekrabd en een straaltje bloed liep naar zijn hand.

'Ik weet één ding wat misschien zou kunnen helpen,' zei Stein Hanssen toen Harry bij de trap stond. 'De plaatsen waar je misschien naar haar zou gaan zoeken. De Urtegate, de ontmoetingsplaats, de parken, de opvangcentra, de krotten van de verslaafden, de hoerenbuurt. Vergeet het allemaal, ik ben daar al geweest.'

Harry knikte. Hij zette zijn damesbril op. 'Zorg dat je telefoon aanstaat, oké?'

Harry ging naar Lorry om te lunchen, maar op de trap al voelde hij zijn verlangen naar bier en bij de deur draaide hij om. In plaats daarvan ging hij naar een nieuw restaurant, tegenover Litteraturhuset. Na snel de clientèle gescand te hebben liep hij terug en eindigde ten slotte bij Pla waar hij een Thaise tapasvariant bestelde.

'Iets te drinken? Singha?'

'Nee.'

'Tiger?'

'Hebben jullie alleen maar bier?'

De ober begreep de hint en kwam terug met water.

Harry at tijgergarnalen en kip, maar bedankte voor de worst in Thaise stijl. Toen belde hij Rakel en vroeg haar door zijn platen te gaan die hij in de loop der jaren had meegenomen naar Holmenkollen en die daar waren gebleven. Sommige had hij zelf willen horen, met andere wilde hij hen gelukkig maken. Costello, Miles Davis, Led Zeppelin, Count Basie, Jayhawks, Muddy Waters. Was er iemand beter van geworden?

Ze had zijn muziek, die ze zonder al te veel ironie 'Harrymuziek' noemde, in een apart deel van haar muziekcollectie gezet.

'Ik wil dat je alle titels van de songs opleest,' zei hij.

'Maak je een grapje?'

'Ik zal het later uitleggen.'

'Oké. De eerste is Aztec Camera.'

'Heb je...'

'Ja, ik heb ze op alfabetische volgorde gezet.' Ze klonk bezorgd.

'Het zijn spullen van een jongen.'

'Het zijn spullen van Harry. Het zijn jouw platen. Kan ik nu beginnen met lezen?'

Na twintig minuten waren ze bij de W van Wilco gekomen zonder dat Harry een associatie had gekregen. Rakel zuchtte diep, maar ging verder: 'When You Wake Up Feeling Old.'

'Hm. Nee.'

'Summerteeth.'

'Hm. Volgende.'

'In A Future Age.'

'Wacht!'

Rakel wachtte.

Harry begon te lachen.

'Wat is er zo grappig?' zei Rakel.

'Het refrein van Summerteeth. Het gaat zo...' Harry zong: *'It's just a dream he keeps having.'*

'Dat klinkt niet zo mooi, Harry.'

'Jawel! Ik bedoel het origineel is mooi. Zo mooi dat ik het vaak voor Oleg heb gedraaid. Maar hij heeft de tekst opgevat als: *'It's just a dreamy Gonzales.'* Harry lachte weer. En hij begon te zingen *'It's just a dreamy Gon...'*

'Alsjeblieft, Harry.'

'Oké, maar kun je op Olegs pc iets voor me opzoeken?'

'Wat dan?'

'Googel op Wilco en ga naar hun website. Kijk of ze dit jaar hebben opgetreden in Oslo. En als dat het geval is: waar.'

Rakel was na zes minuten terug.

'Maar één concert.' Ze vertelde waar.

'Bedankt,' zei Harry.

'Nu heb je die stem weer.'

'Welke stem?'

'Die enthousiaste jongensstem.'

Als een vijandige armada kwamen om vier uur dreigende, staalgrijze wolken over de Oslofjord aangezeild. Harry sloeg af in de richting van het Frognerpark en parkeerde in de Thorvald Erichsen Vei. Nadat hij drie keer Bellmans mobiele nummer had geprobeerd zonder dat er werd opgenomen, had hij het hoofdbureau gebeld en te horen gekregen dat Bellman vroeg was weggegaan om de jongens van de Oslo Tennisklubb te trainen.

Harry keek naar de wolken. Toen liep hij naar binnen en nam het complex van de OTK op.

Een mooi clubhuis, gravelbanen, hardcourt en zelfs een centercourt met tribunes. Toch waren er maar twee van de twaalf banen in gebruik. In Noorwegen werd voornamelijk gevoetbald en geschaatst. Als je ervoor uitkwam dat je tenniste leverde dat achterdochtige blikken en gefluister op.

Harry vond Bellman op een van de gravelbanen. Hij pakte ballen uit een metalen mand op een statief en sloeg die voorzichtig naar een jongen die vermoedelijk oefende op zijn backhand cross, maar zeker wist Harry dat niet, want de ballen vlogen alle kanten op.

Harry opende de deur in het hek achter Bellman, liep de baan op en ging naast hem staan. 'Het lijkt erop dat hij moe is,' zei Harry, terwijl hij zijn sigaretten pakte.

'Harry,' zei Bellman zonder te stoppen of zijn blik van de jongen af te wenden. 'Hij kan het wel.'

'Ik zie een zekere gelijkenis, is dat...?'

'Mijn zoon, Filip. Tien jaar.'

'De tijd gaat snel. Talent?'

'Een beetje van zijn vader, maar ik heb goede hoop. Hij moet alleen wat gepusht worden.'

'Ik dacht dat dat verboden was.'

'We hebben het beste voor met onze kinderen, Harry. Denk aan je voetenwerk, Filip!'

'Heb je nog iets gevonden over Martin Pran?'

'Pran?'

'Die kromgebogen gek in het Radiumhospitaal.'

'O ja, onderbuikgevoel. Ja en nee. Dat wil zeggen, ja, ik heb hem gecheckt. En nee, we hebben niets over hem. Helemaal niets.'

'Hm. Ik wilde je nog iets anders vragen.'

'Door de knieën! Wat dan?'

'Een gerechtelijk bevel om het graf van Gusto Hanssen te mogen openen om te zien of hij nog bloed onder zijn nagels heeft voor een nieuwe analyse.'

Bellman keek even weg van zijn zoon, kennelijk om te zien of Harry het echt meende.

'We hebben een geloofwaardige bekentenis, Harry. Ik geloof

dat een dergelijk verzoek zal worden afgewezen.'

'Gusto had bloed onder zijn nagels. Het monster verdween voor het geanalyseerd kon worden.'

'Dat kan gebeuren.'

'Hoogst zelden.'

'En van wie denk jij dat het bloed is?'

'Weet ik niet.'

'Je weet het niet eens?'

'Nee, maar als het eerste monster is gesaboteerd, dan betekent het dat het voor iemand gevaarlijk was.'

'Voor die speedverkoper die heeft bekend, bijvoorbeeld. Adidas?'

'Volledige naam Chris Reddy.'

'Hoe dan ook, ben je niet klaar met de zaak nu Oleg Fauke is vrijgelaten?'

'Hoe dan ook, moet die jongen zijn racket niet met beide handen vasthouden als hij een backhand slaat?'

'Heb je verstand van tennis?'

'Ik kijk er vaak naar op televisie.'

'Enkelhandige backhand is goed voor het karakter.'

'Ik weet niet eens of het bloed iets te maken heeft met de moord, misschien is iemand alleen maar bang om in verband gebracht te worden met Gusto.'

'Zoals wie dan?'

'Dubai, bijvoorbeeld. Bovendien geloof ik niet dat Adidas Gusto heeft vermoord.'

'O? Waarom niet?'

'Een door de wol geverfde dealer die *out of the blue* zoiets bekent?'

'Ik snap je punt,' zei Bellman. 'Maar het is een bekentenis. En een goede.'

'En het gaat om een gewone drugsmoord,' ging Harry verder

terwijl hij moest bukken voor een verdwaalde bal. 'En jullie hebben genoeg andere zaken die jullie moeten oplossen.'

Bellman zuchtte. 'Het is weer het oude liedje, Harry. Ons budget is te beperkt om zaken waarin we al een bekentenis hebben voorrang te geven.'

'Eén bekentenis? Zeg liever dé bekentenis!'

'Als chef leer je je formuleringen aan te passen.'

'Oké, laat ik je twee bekentenissen aanbieden. Als tegenprestatie hoef je alleen maar te helpen bij het zoeken naar een huis.'

Bellman stopte met slaan. 'Welke bekentenissen dan?'

'Een moord in Alnabru. Een motormuis die Tutu werd genoemd. Een bron heeft me verteld dat hij een boor door zijn hoofd heeft gekregen.'

'En die bron is bereid te getuigen?'

'Misschien.'

'En die andere?'

'De undercoveragent die drijvend in de fjord bij het Operahuis werd aangetroffen. Dezelfde bron heeft hem dood gezien in de kelder van Dubai.'

Bellman kneep een oog dicht. De pigmentvlekken vlamden op en Harry moest denken aan een tijger.

'Papa!'

'Ga de waterfles even vullen in de kleedkamer, Filip.'

'De kleedkamer zit op slot, papa.'

'En de code is?'

'Het jaar dat de koning geboren werd, maar ik weet niet meer...'

'Denk na en je dorst zal gelest worden, Filip.'

De jongen liep met hangende schouders naar het hek.

'Wat wil je, Harry?'

'Ik wil een groep mensen om het gebied rond Fredrikkeplassen bij de universiteit in een straal van één kilometer uit te kammen.

Ik wil een lijst van villa's die voldoen aan deze beschrijving.' Hij gaf Bellman een vel papier.

'Wat gebeurde er op Fredrikkeplassen?'

'Daar was alleen maar een concert.'

Toen Bellman begreep dat hij toch niet meer te horen kreeg, keek hij naar de lijst en las hardop: 'Oudere houten villa met lang grindpad naar de voordeur, loofbomen en een trap naar de voordeur zonder overkapping? Dat geldt voor de helft van de bebouwing op Blindern. Waar zoek je naar?'

'Tja.' Harry stak een sigaret aan. 'Een rattennest. Een adelaarsnest.'

'En als je dat vindt, wat dan?'

'Jij en je mensen hebben een huiszoekingsbevel nodig om iets te kunnen doen, terwijl een gewone burger op een herfstige avond kan verdwalen en de weg vragen bij de dichtstbijzijnde villa.'

'Oké, ik zal kijken wat ik voor elkaar kan krijgen. Maar vertel me eerst waarom je zo geïnteresseerd bent in die Dubai.'

Harry haalde zijn schouders op. 'Beroepsdeformatie misschien. Zorg dat je die lijst krijgt en stuur die naar het e-mailadres dat onderaan staat. Dan zullen we eens kijken wat ik jou kan geven.'

Filip kwam zonder water terug, Harry vertrok en op weg naar de auto kon hij het geluid van de racketslagen en het zachte gevloek horen.

In de verte hoorde hij het gedreun van kanonnen in de wolkenarmada en het werd al snel donker toen Harry in de auto ging zitten. Hij startte de motor en belde Hans Christian Simonsen.

'Met Harry. Wat voor straf staat er op grafschennis?'

'Tja, vier tot zes jaar, gok ik.'

'Ben je bereid dat te riskeren?'

Het was even stil. Toen: 'Voor wat?'

'Om de moordenaar van Gusto te pakken. En misschien degene die achter Oleg aan zit.'

Een langere stilte. Toen: 'Als je zeker bent van je zaak dan doe ik mee.'

'En als ik dat niet ben?'

Een korte stilte. 'Dan doe ik ook mee.'

'Oké, zoek uit waar Gusto ligt, zorg voor scheppen, een zaklantaarn, een nagelschaartje en twee schroevendraaiers. We doen het morgennacht.'

Toen Harry over Solliplass reed begon het te regenen. Het regende op de daken, het regende op de straten, het regende op de jongen die in Kvadraturen tegenover de open deur van de bar stond waar iedereen binnen kon komen zoals hij was.

De jongen bij de receptie keek Harry meewarig aan toen hij binnenkwam.

'Wil je een paraplu lenen?'

'Alleen als je hotel lekt,' zei Harry en hij ging met zijn hand over zijn borstelige haar zodat er een fijne douche van water opspatte. 'Nog berichten voor me?'

De jongen lachte alsof het een grap was.

Toen Harry de trap op liep naar de derde verdieping, meende hij voetstappen achter zich te horen. Hij bleef staan en luisterde. Stilte. Misschien was het slechts de echo van zijn eigen voetstappen geweest of de ander was ook gestopt.

Harry liep langzaam door. Op de gang ging hij sneller lopen, hij stak de sleutel in het slot en opende de deur. Hij keek dwars door de donkere kamer naar de verlichte kamer van de vrouw. Er was niemand. Niemand daar, niemand hier.

Hij knipte het licht aan.

Op het moment dat het licht aanfloepte zag hij zijn eigen

spiegelbeeld in het raam. En hij zag dat er iemand achter hem stond. Op hetzelfde ogenblik voelde hij een zware hand rond zijn schouder klemmen.

Alleen een spook kan zo snel en geluidloos zijn, dacht Harry, hij draaide zich bliksemsnel om maar wist dat het al te laat was.

HOOFDSTUK 27

'Ik heb ze een keer gezien. Het leek wel een begrafenisstoet.'

De grote, vuile hand van Cato rustte nog steeds op Harry's schouder.

Harry hoorde zijn eigen snelle ademhaling en hij voelde zijn hart tegen zijn ribben bonken.

'Wie?'

'Ik stond te praten met iemand die dat duivelse spul verkoopt. Hij heette Bisken en droeg een halsband van leer. Hij wilde me spreken omdat hij bang was. De politie had hem gearresteerd met heroïne en hij had Sixpence verteld waar Dubai woonde. Sixpence had hem bescherming en vrijwaring van rechtsvervolging beloofd als hij voor de rechter wilde getuigen. Maar de avond voor de rechtszaak dreef Sixpence bij het Operahuis aan land en niemand bij de politie had iets van de deal gehoord. En terwijl ik daar stond, kwam er een zwarte auto aanrijden. Zwarte pakken, zwarte handschoenen. Hij was oud. Breed gezicht. Hij zag eruit als een blanke Aboriginal.'

'Wie?'

'Hij was onzichtbaar. Ik zag hem, maar... hij was er niet. Als een spook. Bisken zag hem maar bleef gewoon staan, hij probeerde niet te vluchten of zich te verzetten toen ze hem meenamen. Toen ze wegreden, was het alsof ik alles had gedroomd.'

'Waarom heb je me dat niet eerder verteld?'

'Daar was ik te laf voor. Heb je een peuk?'

Harry gaf hem zijn pakje sigaretten en Cato plofte neer op de stoel. 'Jij jaagt achter een spook aan en ik wil er niet bij betrokken worden.'

'Maar nu?'

Cato trok zijn schouders op en stak zijn arm uit. Harry gaf hem zijn aansteker.

'Ik ben een oude, stervende man. Ik heb niets te verliezen.'

'Ben je stervend?'

Cato stak de sigaret aan. 'Niet acuut, misschien, maar we zijn allemaal stervende, Harry. Ik wil je gewoon helpen.'

'Met wat?'

'Weet ik niet. Wat zijn je plannen?'

'Je bedoelt dat ik je kan vertrouwen?'

'Nee, verdomme, je kunt niet op me bouwen. Maar ik ben een sjamaan. Ik kan me ook onzichtbaar maken. Ik kan komen en gaan zonder dat iemand het merkt.'

Harry wreef over zijn kin. 'Waarom?'

'Dat zei ik al.'

'Ik heb het gehoord, maar ik vraag het nog een keer.'

Cato keek Harry aan, eerst met een verwijtende blik, maar toen dat niet hielp zuchtte hij diep en geërgerd. 'Misschien heb ik ooit ook een zoon gehad. Voor wie ik niet heb gedaan wat ik had moeten doen. Misschien is dit een nieuwe kans. Geloof jij in nieuwe kansen, Harry?'

Harry nam de oude man op. De groeven in zijn gezicht leken in dit spaarzame licht nog dieper, als ravijnen, als messteken. Harry stak zijn hand uit en Cato trok met tegenzin het pakje uit zijn zak en gaf het terug.

'Ik stel het op prijs, Cato. Ik zal het zeggen als ik je nodig heb. Maar wat ik nu moet doen is een link vinden tussen Dubai en de moord op Gusto. De sporen wijzen duidelijk in de richting van Dubai en dat geldt ook voor de mol bij de politie en de moord op de undercoveragent die bij Dubai thuis is verdronken.'

Cato schudde langzaam zijn hoofd. 'Je hebt een zuiver en moedig hart, Harry. Misschien kom je in de hemel.'

Harry stak een sigaret tussen zijn lippen. 'Dan wordt het toch nog een soort happy end.'

'Dat moet worden gevierd. Kan ik je uitnodigen voor een drankje, Harry Hole?'

'Wie betaalt?'

'Ik uiteraard. Als jij me geld geeft. Jij kunt jouw Jim begroeten, ik mijn Johnny.'

'Reken niet op mij.'

'Vooruit. Jim is diep vanbinnen goed.'

'Welterusten, slaap goed.'

'Welterusten en slaap niet te goed, voor het geval...'

'Welterusten.'

Het was er de hele tijd geweest, maar Harry had het kunnen onderdrukken. Tot nu, tot Cato's uitnodiging om iets te gaan drinken. Het was genoeg, het was onmogelijk om het verlangen nu te negeren. Het was begonnen met die shot violine, die had het proces op gang gebracht, daardoor waren de honden weer wakker geworden. En nu hapten en krabden ze, blaften zich hees en beten in zijn ingewanden. Harry lag met gesloten ogen op bed naar de regen te luisteren en hij hoopte dat de slaap zou komen en hem mee zou nemen.

Dat gebeurde niet.

Hij had een telefoonnummer in zijn telefoonlijst staan waaraan hij twee letters had gegeven. AA. Anonieme Alcoholisten. Trygve, een AA-lid en zijn buddy die hij een paar keer had gebeld als het kritiek werd. Drie jaar. Waarom nu weer beginnen, nu alles op het spel stond en hij meer dan ooit nuchter moest zijn? Het was idioot. Hij hoorde buiten een kreet, gevolgd door een lach.

Om tien over elf stond hij op en ging naar buiten. Toen hij de straat overstak naar de geopende deur merkte hij nauwelijks dat de regen hard op zijn schedel trommelde. En dit keer hoorde hij geen voetstappen achter zich, want Kurt Cobains stem vulde zijn gehoorgangen, de muziek was als een omarming, hij liep naar binnen, ging op de kruk voor de bar zitten en riep de barman terwijl hij wees: 'Whis-ky. Jim Beam.'

De barman stopte met het schoonvegen van de bar, legde de doek naast de kurkentrekker en pakte een fles uit de spiegelkast. Hij schonk in. Zette het glas op de bar. Harry legde zijn onderarmen aan weerszijden van het glas en staarde naar het stralende, bruine vocht. En verder bestond er niets.

Geen Nirvana, geen Oleg, geen Rakel, geen Gusto, geen Dubai. Niet het gezicht van Tord Schultz. En ook niet de gedaante die bij binnenkomst een ogenblik de geluiden van de straat dempte. Of vlak achter hem ging staan. Of de zingende toon van de veer toen het lemmet naar voren schoot. Of de zware ademhaling van Sergej Ivanov die een meter achter hem stond met zijn benen dicht tegen elkaar en beide handen laag.

Sergej keek naar de rug van de man. Hij had beide armen op de bar gelegd. Het kon niet beter. Het moment was gekomen. Zijn hart bonkte. Het sloeg wild en gezond, zoals het in het begin had gedaan toen hij de pakken heroïne uit de cockpit ging halen. Alle angst was verdwenen. Want hij voelde het: hij leefde. Hij leefde en hij zou de man voor zich doden. Hem van het leven beroven en dat een deel van zichzelf maken. Alleen de gedachte al deed hem groeien, het was alsof hij het hart van zijn vijand reeds had uitgerukt. Nu. De bewegingen. Sergej haalde diep adem, stapte naar voren en legde zijn linkerhand op Harry's hoofd. Als een zegening. Het leek of hij hem ging dopen.

HOOFDSTUK 28

Sergej Ivanov had geen grip. Hij kreeg gewoon geen grip. De regen had de schedel en het haar van de man natgemaakt en de korte stekels gleden gewoon tussen zijn vingers door zodat hij het hoofd niet naar achteren kon trekken. Sergejs linkerhand schoot weer naar voren, ditmaal legde hij hem rond het voorhoofd en hij trok het hoofd naar achteren terwijl hij het mes voor zijn nek zwaaide. Het lichaam van de man schokte. Sergej haalde het mes naar zich toe, voelde dat het contact maakte, voelde het door de huid gaan. Zo! Het warme bloed spoot op zijn duim. Niet zo krachtig als hij had gehoopt, maar nog drie hartkloppingen en het was voorbij. Hij keek in de spiegel om de fontein te zien. Hij zag een ontblote rij tanden en daaronder een gapende wond waaruit bloed stroomde en op het overhemd liep. En hij zag de blik van de man. Het was die blik – een koude, woedende roofdierblik – die hem deed beseffen dat de klus nog niet geklaard was.

Toen Harry de hand op zijn hoofd voelde, had hij het instinctief begrepen. Dit was geen dronken gast of een oude bekende. Dit waren zij. De hand gleed weg en dat gaf Harry een fractie van een seconde de tijd om in de spiegel te kijken en het blinkende staal te zien. Hij wist al dat het onderweg was. Toen voelde hij de hand rond zijn voorhoofd en de ruk achterwaarts. Het was te laat om zijn hand tussen zijn hals en het lemmet te brengen, dus plaatste Harry zijn schoenen op de stang onder aan de bar en duwde zijn lichaam met een ruk omhoog, terwijl hij gelijktijdig zijn kin naar zijn borst bracht. Hij voelde geen pijn toen het snijvlak van het mes door zijn huid drong, hij voelde het niet tot het zijn kaakbeen bereikte en door het gevoelige botvlies sneed.

Hij had de blik van de ander in de spiegel gezien. Hij had Harry's hoofd helemaal naar het zijne getrokken zodat het eruitzag of ze twee vrienden waren die poseerden voor een foto. Harry voelde het mes tegen zijn kin en borst drukken, op weg naar een van de twee halsslagaders en hij wist dat het slechts een kwestie van seconden was voor dat zou lukken.

Sergej legde zijn arm helemaal rond het voorhoofd van de man en trok uit alle macht. Het hoofd van de man knakte iets verder naar achteren en in de spiegel zag hij dat het lemmet eindelijk de spleet tussen de kin en de borst had gevonden en het gleed naar binnen. Het staal sneed door de hals en ging verder naar rechts, naar carotis – de halsslagader. *Blin!* Het was de man gelukt om zijn rechterhand op te tillen en hij had een vinger tussen het lemmet en de halsslagader gestoken. Maar Sergej wist dat het vlijmscherpe snijvlak dwars door de vinger kon snijden. Hij moest gewoon flink duwen. Hij duwde. En duwde.

Harry voelde de druk van het snijvlak, maar wist dat het er niet doorheen kon komen. De hardste grondstof in verhouding tot het gewicht. Niets ging door titanium heen, made in Hongkong of niet. Maar de kerel was sterk, het was slechts een kwestie van tijd voor hij begreep dat het mes niet verder wilde.

Hij ging tastend met zijn vrije hand over de bar, stootte zijn drankje om en vond iets.

Het was de T-vormige kurkentrekker. Van het simpelste soort en met een korte spiraal. Hij greep het handvat zodat de punt tussen zijn wijsvinger en middelvinger uitstak. Hij voelde de paniek komen toen hij hoorde dat het lemmet over de prothese gleed. Hij kon net in de spiegel zien waar hij moest steken. Hij bracht zijn hand opzij en stak. Recht achter zijn eigen hoofd.

Hij voelde dat het lichaam van de ander verstijfde toen de punt van de kurkentrekker in de zijkant van zijn hals stak. Maar het was een oppervlakkige, ongevaarlijke wond die hem niet deed stoppen. Hij begon het mes naar links te bewegen. Harry concentreerde zich. Het was een kurkentrekker die een vaste, getrainde hand nodig had. Maar die wel in een paar omwentelingen diep in de kurk verdween. Harry draaide twee keer. Hij voelde hem door het vlees glijden. Zich een weg boren. Hij voelde de weerstand. Slokdarm. Toen was hij erdoorheen.

Het leek of hij aan de zijkant van een fles de kurk eruit had getrokken want de rode wijn gulpte eruit.

Sergej Ivanov was volledig bij bewustzijn en zag in de spiegel hoe bij de eerste hartklopping een bloedstraal naar rechts spoot. Zijn hersenen registreerden, analyseerden en concludeerden: de man van wie hij de keel wilde doorsnijden, had met een kurkentrekker zijn halsslagader gevonden, had die er met de kurkentrekker uitgetrokken en nu werd het leven uit hem gepompt. Sergej kon nog net drie dingen denken voor het hart voor de tweede keer klopte en hij het bewustzijn verloor:

Dat hij zijn oom had verraden.

Dat hij zijn geliefde Siberië nooit meer zou zien.

Dat hij begraven zou worden met een leugenachtige tatoeage.

Bij de derde hartklopping viel hij om. En nog voordat Kurt Cobain *memoria, memoria* zong en het nummer voorbij was, was Sergej Ivanov dood.

Harry stond op van de kruk. In de spiegel zag hij de snee dwars over zijn kin lopen. Maar dat was niet zo erg, erger waren die diepe wonden in zijn hals waar bloed uit sijpelde dat de voorkant van zijn overhemd al helemaal rood had gekleurd.

De drie andere gasten hadden de bar al verlaten. Hij keek naar de man op de grond. Er liep nog steeds bloed uit het gat in zijn hals, maar niet meer schoksgewijs. Dat betekende dat het hart gestopt was met slaan en dat hij geen moeite hoefde te doen om hem weer tot leven te wekken. En zelfs als er nog leven in zat, wist Harry dat hij nooit zou verraden wie hem had gestuurd. Want hij zag de tatoeages onder het overhemd vandaan komen. Hij kende de symbolen niet, maar wist dat ze Russisch waren. Misschien van *Seme Nero*. Het was iets anders dan die typisch westerse steekwoordentatoeages van de barman die nu tegen de spiegelkast stond gedrukt met pupillen die zo groot en zwart van de shock waren dat ze het hele oogwit leken te bedekken. De laatste tonen van Nirvana waren uitgestorven en het was volledig stil. Harry keek naar het omgevallen whiskyglas.

'Het spijt me van de troep,' zei hij.

Hij pakte de doek van de bar, veegde eerst de bar schoon, waar zijn handen hadden gelegen, toen het glas, toen het handvat van de kurkentrekker die hij vervolgens teruglegde. Hij keek of er geen bloed van hem op de vloer of de bar was gedrupt. Toen boog hij zich over de dode en veegde zijn bloederige hand, het lange hoornen heft en het dunne lemmet af. Het wapen – want het was een wapen en kon niet gebruikt worden voor iets anders – was zwaarder dan welk ander mes dat hij ooit in zijn hand had gehad. Het snijvlak was zo scherp als een Japans sushimes. Harry aarzelde. Toen klapte hij het lemmet in, hoorde een zachte klik toen het in het heft verdween, vergrendelde het mes en liet het in zijn jaszak glijden.

'Mag ik je in dollars betalen?' vroeg Harry, die de doek gebruikte om het twintigdollarbiljet uit zijn portemonnee te trekken. 'De Verenigde Staten staan garant, zeggen ze.'

Er kwamen wat jammergeluidjes uit de barman, alsof hij iets wilde zeggen maar de taal was vergeten.

Harry liep naar de uitgang, maar bleef plotseling staan. Hij draaide zich om en keek naar de fles in de spiegelkast. Hij maakte zijn lippen nat. Stond een seconde roerloos stil. Toen ging er een schok door zijn lichaam en verliet hij de bar.

In de stromende regen stak Harry de straat over. Ze wisten waar hij verbleef. Ze konden hem natuurlijk hebben geschaduwd, maar het kon ook de jongen bij de receptie zijn geweest. Of de mol die zijn naam te pakken had gekregen via de routinematige hotelregistratie van buitenlandse gasten voor Interpol. Harry wilde onopgemerkt via de binnenplaats naar zijn kamer gaan.

De poort naar de binnenplaats zat op slot. Harry vloekte.

De receptie was niet bemand toen hij naar binnen ging. Op de traptreden en de gang liet hij een spoor achter van rode puntjes, als morsetekens op lichtblauw linoleum.

Op zijn kamer pakte hij het naaigerei van het nachtkastje en nam het mee naar de badkamer. Hij kleedde zich uit en leunde over de wasbak die direct rood werd van het bloed. Hij maakte een handdoek nat en waste zijn nek en kin, maar de wonden in zijn hals vulden zich direct weer met bloed. In het koude, witte licht lukte het hem de draad in de naald te krijgen en hij stak de naald in een witte huidflap van de hals, eerst aan de onderkant en daarna aan de bovenkant van de wond. Hij naaide met grove steken, stopte om het bloed weg te vegen en ging weer verder. De draad brak toen hij bijna klaar was. Hij vloekte, trok de draad eruit en begon opnieuw, dit keer met een dubbele draad. Toen hij klaar was met de snee in zijn hals, naaide hij de wond op zijn kin dicht, dat was makkelijker. Hij waste het bloed van zijn bovenlichaam en haalde een schoon overhemd uit zijn koffer. Toen hij op bed ging zitten voelde hij zich duizelig. Maar het had haast, ze waren niet ver weg, hij moest handelen voor ze wisten dat hij nog leefde. Hij toetste het nummer van Hans Christian Simonsen in en na de vierde keer overgaan hoorde hij een slaperige stem 'Hans Christian' zeggen.

'Harry. Waar ligt Gusto begraven?'

'Het Vestrekerkhof.'

'Heb je het gereedschap al?'

'Ja.'

'We doen het vannacht. Ik zie je over een uur op het pad aan de oostzijde.'

'Nú?'

'Ja, en neem pleisters mee.'

'Pleisters?'

'Ongelukje met scheren. Over zestig minuten, oké?'

Een korte stilte. Een zucht. En toen: 'Oké.'

Op het moment dat Harry de verbinding verbrak meende hij een slaperige stem, een andere stem, te horen. Maar toen hij was aangekleed, had hij zich er al van overtuigd dat hij zich had vergist.

HOOFDSTUK 29

Harry stond onder een eenzame straatlantaarn al twintig minuten te wachten toen Hans Christian, gekleed in een zwart trainingspak, over het pad kwam aangerend.

'Ik sta geparkeerd in de Monolittvei,' zei hij buiten adem. 'Is een linnen pak de juiste kleding voor grafschennis?'

Harry tilde zijn hoofd op en Hans Christians ogen sperden zich wijd open. 'Wel verdomme zeg, wat zie jij eruit. Dat scheren...'

'... is niet aan te bevelen,' zei Harry. 'Kom, laten we uit het licht gaan.'

Toen ze in het donker stonden, bleef Harry staan. 'Pleisters?'

'Hier.'

Hans Christian keek naar de donkere villa's op de helling achter hen terwijl Harry ondertussen voorzichtig de pleisters over de dichtgenaaide wonden in zijn hals en op zijn kin plakte.

'Rustig maar, niemand kan ons zien,' zei Harry. Hij pakte een van de scheppen en begon te lopen. Hans Christian kwam snel achter hem aan gerend, pakte de zaklantaarn uit zijn tas en knipte hem aan.

'Nu kunnen ze ons zien,' zei Harry.

Hans Christian deed de lantaarn weer uit.

Ze liepen tussen de oorlogsgraven en langs die van de Britse marine over de grindpaden naar de gewone graven. Harry stelde vast dat het niet waar was wat er gezegd werd, de dood wiste niet alle verschillen uit: de grafstenen hier in het rijke deel van Oslo waren groter en witter. Het grind kraakte onder hun voeten, ze gingen steeds sneller lopen en ten slotte klonk het als een constant geruis.

Ze stopten bij de zigeunergraven.

'Het is het tweede pad links,' fluisterde Hans Christian en hij probeerde de kaart die hij had geprint zo te houden dat hij hem in het spaarzame maanlicht kon bekijken.

Harry staarde in de richting vanwaar ze waren gekomen.

'Is er iets?' fluisterde Hans Christian.

'Ik dacht dat ik voetstappen hoorde. Ze stopten toen wij stopten.'

Harry tilde zijn hoofd op alsof hij iets rook.

'Echo,' zei hij. 'Kom.'

Twee minuten later stonden ze voor een bescheiden, zwarte steen. Harry legde de lantaarn dicht tegen de steen aan voor hij hem aandeed. De tekst stond er in goudverf op:

GUSTO HANSSEN

14-03-19.. – 12-07-2011

RUST IN VREDE

'Bingo,' fluisterde Harry droog.

'Hoe gaan...' begon Hans Christian, maar hij werd onderbroken door een schrapend geluid toen Harry zijn schep in de rulle aarde zette. Hij greep zijn schep en begon woest te scheppen.

Om halfvier, de maan was achter een wolkendek verdwenen, stootte Harry op iets hards.

Vijftien minuten later was het witte deksel vrij.

Ze pakten allebei een schroevendraaier, gingen op hun knieën op de kist zitten en begonnen de zes schroeven van het deksel los te draaien.

'We krijgen het deksel niet omhoog als we er beiden op zitten,' zei Harry. 'Een van ons moet omhoog zodat de ander de kist kan openen. Vrijwilligers?'

Hans Christian krabbelde al omhoog.

Harry perste een voet naast de kist, zette de andere voet tegen de aarden wand en zette zijn vingers onder het deksel. Toen trok hij en begon gelijktijdig uit oude gewoonte door zijn mond te ademen. Al voor hij naar beneden keek, voelde hij de warmte die uit de kist omhoog steeg. Hij wist dat er bij verrotting warmte vrijkwam, maar waar zijn nekharen van overeind kwamen, was het geluid. Het geknaag van vliegenlarven in het vlees. Hij duwde met zijn knie het deksel tegen de aarden wand.

'Schijn hierin,' zei Harry.

Witte, kronkelende larven glinsterden in en rond de mond en neus van de dode. De oogleden lagen diep verzonken omdat de oogbollen het eerst verteerd werden. De stank kwam niet tot hem als een gas, maar als iets wat vloeibaar was of een vaste vorm had.

Harry sloot de geluiden van Hans Christian, die stond over te geven, buiten en ging over op zijn automatische analyse-piloot: het gezicht was donker verkleurd en het was niet mogelijk te zien of het inderdaad om Gusto Hanssen ging, maar de haarkleur en gezichtsvorm kwamen overeen.

Maar er was iets anders wat Harry's aandacht opeiste en zijn adem deed stokken.

Gusto bloedde.

Op het witte doodskleed groeiden rode rozen, rode rozen van bloed die zich uitbreidden.

Het duurde twee seconden voor Harry begreep dat het bloed van hem kwam. Hij greep naar zijn nek en voelde dat zijn vingers kleverig werden van het bloed. De hechtingen waren kapot.

'Geef me je T-shirt,' zei Harry.

'Wat?'

'Ik moet hier wat verbinden.'

Harry hoorde een rits opengaan en enkele ogenblikken later kwam er een T-shirt aangezeild in het licht. Hij pakte het en zag de tekst: 'Pro Deo, goede zaak!' Mijn god, nog een idealist ook. Harry bond het T-shirt rond zijn nek zonder de illusie te hebben dat het enig nut had, maar iets beters kon hij nu niet bedenken. Toen boog hij zich weer over Gusto, pakte met beide handen het doodskleed en trok het kapot. Het lichaam was zwart, een beetje opgezwollen, en uit de kogelgaten in zijn borst kropen larven.

Harry stelde vast dat de schotwonden overeenstemden met het rapport.

'Geef me de schaar.'

'De schaar?'

'Het nagelschaartje.'

'Wel verdomme,' kreunde Hans Christian. 'Dat ben ik vergeten. Misschien heb ik iets in de auto, zal ik...?'

'Niet nodig,' zei Harry die het grote mes uit zijn jaszak haalde. Hij maakte de vergrendeling los en drukte op een knopje. Het lemmet sprong er met zo'n brute kracht uit dat het heft trilde. Hij voelde de perfecte balans van het wapen.

'Ik hoor iets,' zei Hans Christian.

'Dat is het liedje van Slipknot,' zei Harry. '"Pulse of the Maggots".' Hij neuriede zacht.

'Nee, verdomme. Er komt iemand!'

'Leg de lantaarn zo dat ik iets kan zien en maak dat je wegkomt,' zei Harry en hij tilde een hand op van Gusto en bestudeerde zijn nagels.

'Maar jij...'

'Wegwezen,' zei Harry. 'Vooruit.'

Harry hoorde de rennende voetstappen van Hans Christian verdwijnen. De nagel van Gusto's middelvinger was kortgeknipt. Hij bestudeerde de pink en de ringvinger. En zei kalm: 'Ik ben van de begrafenisonderneming, ik doe nog wat nazorg.'

Toen keek hij op naar een jonge bewaker in uniform die aan de rand van het graf naar hem stond te kijken.

'De familie was niet tevreden over de manicure.'

'Kom daar onmiddellijk uit!' beval de bewaker met slechts een lichte trilling in zijn stem.

'Waarom?' zei Harry, hij pakte een plastic zakje uit zijn jaszak en hield dat onder de ringvinger van het lijk terwijl hij de nagel afsneed. Het lemmet gleed door de nagel alsof het boter was. Werkelijk een geweldig instrument. 'Helaas voor jou staat er in jouw contract dat je niet zelf mag optreden tegen indringers.'

Harry gebruikte de punt van het mes om opgedroogd bloed onder de kortgeknipte nagel uit te peuteren.

'Als je dat doet, word je ontslagen en mag je niet naar de politieacademie en zul je nooit pistolen mogen dragen, laat staan ermee schieten.'

Harry ging verder met de pink.

'Doe wat je moet doen, jongen, bel een paar volwassenen bij de politie. Als je geluk hebt, komen ze over een halfuur. Maar als we realistisch zijn, moeten we waarschijnlijk wachten tot morgenochtend. Zo!'

Harry sloot het zakje, stopte het in zijn jaszak, deed het deksel dicht en klauterde uit het graf. Hij veegde de aarde van zijn pak en bukte zich om de schep en de lantaarn te pakken.

Hij zag koplampen van een auto die voor de kapel stilstond.

'Eerlijk gezegd zeiden ze dat ze direct zouden komen,' zei de jonge bewaker die een stap naar achteren deed om op veilige afstand van Harry te blijven. 'Ik vertelde ze namelijk dat het om het graf ging van die jongen die laatst was neergeschoten. Wie ben jij?'

Harry deed de lantaarn uit en het werd pikdonker.

'Je mag me aanmoedigen,' zei Harry en hij rende weg.

Hij rende in oostelijke richting, naar de kapel, in dezelfde richting waarvandaan hij was gekomen.

Hij nam een lichtpunt als richtpunt, in de veronderstelling dat het een lantaarn in het Frognerpark was. Als hij eenmaal in het park was, kon hij de meeste mensen wel voor blijven door de conditie die hij nu had. Hij hoopte alleen dat ze geen honden hadden. Hij haatte honden. Hij moest over de grindpaden rennen om niet het risico te lopen over de graven en de bloemstukken te struikelen, maar het gekraak van het grind maakte het moeilijk te horen of hij werd achtervolgd. Bij de oorlogsgraven ging hij op het gras rennen. Hij hoorde niemand achter zich. Maar toen zag hij het. Een dansende lichtkegel op de boomtoppen voor hem. Er rende iemand met een lantaarn achter hem aan.

Harry verliet het kerkhof en rende het park in. Hij probeerde de pijn aan zijn nek te negeren en ontspannen en effectief te rennen, hij concentreerde zich op zijn techniek en ademhaling. Hij zei tegen zichzelf dat hij het ging redden. Hij rende naar de Monoliet, wist dat ze hem konden zien in het licht van de lantaarns die langs het pad stonden, dat het eruit zou zien alsof hij naar de hoofduitgang van het park vluchtte.

Harry wachtte tot hij over de top van de heuvel en uit het zicht was voor hij in zuidwestelijke richting verderging, naar de Madserudallé. Tot nu toe had de adrenaline alle vermoeidheidsignalen buitengesloten, maar nu kon hij de verzuring van zijn spieren voelen. Een seconde werd het zwart voor zijn ogen en hij dacht dat hij het bewustzijn verloor. Maar toen was hij weer terug, een plotselinge misselijkheid golfde over hem heen en vervolgens werd hij overmand door een enorme duizeligheid. Hij keek naar beneden. Het bloed stroomde traag uit zijn mouw en liep als verse aardbeienjam op een boterham bij grootvader tussen zijn vingers door. Hij zou de wedstrijd niet uit kunnen lopen.

Hij draaide zich om en zag een gedaante door het licht van de lantaarn boven op de heuvel rennen. Een grote man, maar met een lichte tred. Strakzittende, zwarte kleding. Geen politie-uniform. Zou het iemand van Delta kunnen zijn? Midden in de nacht en zo snel ter plaatse? Omdat iemand op een kerkhof aan het graven was?

Harry wankelde. Hij was kansloos tegen wie dan ook in deze toestand. Hij moest een plek vinden om zich te verstoppen.

Harry bekeek een van de woningen aan de Madserudallé. Hij verliet het pad, draafde het grastalud af, moest een paar flinke passen maken om niet te struikelen, spurtte over het asfalt naar de overkant, sprong over het lage hekje, rende tussen de appelbomen door naar de achterkant van het huis. Daar liet hij zich in het gras vallen. Hij hijgde, voelde zijn maag samentrekken om te kunnen braken. Hij concentreerde zich op zijn ademhaling terwijl hij luisterde.

Niets.

Maar het was slechts een kwestie van tijd voor ze hier waren. En hij had iets nodig om zijn nek mee te verbinden. Harry krabbelde overeind en liep het terras naar het huis op. Hij keek door de terrasdeur. Donkere kamer.

Hij schopte de ruit in en stak zijn hand naar binnen. Dat goede, oude, naïeve Noorwegen. De sleutel zat in de deur. Hij glipte het donker in.

Hij hield zijn adem in. De slaapkamers lagen waarschijnlijk op de eerste verdieping.

Hij deed een tafellamp aan.

Pluchen stoelen, televisie, encyclopedie, een dressoir vol ingelijste familiefoto's, een breiwerk. Oudere bewoners dus. En oude mensen slapen goed. Of juist niet?

Harry vond de keuken en deed het licht aan. Doorzocht de laden. Bestek, vaatdoeken. Hij probeerde zich te herinneren waar ze het bewaarden toen hij klein was. Hij deed de onderste la open. En daar was het. Gewoon plakband, tape voor pakketten, ducttape. Hij pakte de rol ducttape en moest twee deuren openen voor hij de badkamer had gevonden. Hij trok zijn jas en overhemd uit, hing zijn hoofd boven het bad en hield de handdouche tegen zijn nek. Hij keek naar het witte email dat een ogenblik een rood filter kreeg. Toen gebruikte hij het T-shirt om zich af te drogen en probeerde de randen van de wond dicht te klemmen met zijn vingers terwijl hij de zilverkleurige ducttape een paar maal rond zijn nek draaide en toen afscheurde. Hij probeerde te voelen of het niet te strak zat, hij had immers nog wat bloed nodig voor zijn hersenen. Daarna trok hij zijn overhemd en jas weer aan. Opnieuw werd hij duizelig. Hij ging op de rand van het bad zitten.

Hij merkte een beweging. Tilde zijn hoofd op.

In de deuropening staarde een bleek, oud vrouwengezicht hem met wijd opengesperde ogen aan. Over haar nachtjapon droeg ze een rode, gewatteerde ochtendjas die een wonderlijke glans had en knetterde van de statische elektriciteit als ze bewoog. Harry vermoedde dat hij van een kunststof was die allang niet meer bestond, die verboden was, kankerverwekkend was of asbest of zoiets bevatte.

'Ik ben van de politie,' zei Harry en hij kuchte. 'Voormalig politieman. Nu een beetje in de problemen.'

Ze zei niets, stond daar alleen maar.

'Ik zal uiteraard betalen voor de kapotte ruit.' Harry pakte zijn portemonnee.

Hij legde een paar biljetten op de rand van de wasbak. 'Hongkongdollars. Dat zijn... ze zijn beter dan het klinkt.'

Hij probeerde te lachen naar haar maar zag dat er twee tranen over de gerimpelde wangen liepen.

'Maar, lieve mevrouw,' zei Harry die de paniek voelde opkomen, het gevoel de controle kwijt te raken, weg te glijden. 'Niet bang zijn. Ik zal u echt niets doen. Ik zal direct weggaan, oké?'

Hij liep op haar af. Ze stapte met kleine pasjes naar achteren zonder haar blik van hem af te wenden. Harry stak zijn handen in de lucht en liep snel naar de terrasdeur.

'Bedankt,' zei hij. 'En neem me niet kwalijk.'

Toen duwde hij de deur open en stapte het terras op.

De kracht van de dreun tegen de muur maakte dat hij vermoedde dat het om een groot kaliber ging. Daarna kwam het geluid van het vuren zelf, de kruitexplosie, en dat bevestigde het. Harry viel op zijn knieën op het moment dat het volgende schot de rug van de tuinstoel naast hem versplinterde.

Enorm zwaar kaliber.

Harry kroop achterwaarts de kamer weer in.

'Ga liggen!' riep hij, terwijl het kamerraam explodeerde. Glassplinters spatten op het parket, de televisie en het dressoir met de ingelijste familiefoto's.

Harry rende ineengedoken door de kamer, door de gang naar de voordeur. Deed hem open. En zag de vuurspugende loop uit het open portier van een zwarte limousine die onder een lantaarn stond. Hij voelde een brandende pijn in zijn gezicht en toen begon er een bel te rinkelen, een hoog snerpend, metalig geluid. Harry draaide zich automatisch om en zag dat de voordeurbel aan flarden was geschoten. Grote, witte houtsplinters staken uit de muur.

Hij trok zich weer terug in het huis en ging op de grond liggen.

Een grover kaliber dan de politie gebruikt. Harry haalde zich de grote gedaante voor de geest die hij over de heuvel had zien rennen. Dat was geen politieman geweest.

'Je hebt iets in je wang...'

Het was de vrouw, ze moesten roepen om boven het geluid van de voordeurbel uit te komen die maar door bleef bellen. Ze stond achter hem in de gang. Harry voelde met zijn vingers.

Het was een houtsplinter. Hij trok hem eruit en bedacht dat de splinter gelukkig aan dezelfde kant had gezeten als zijn litteken, dus zijn marktwaarde hoefde niet dramatisch te zakken. Toen knalde het weer. Dit keer was het het keukenraam dat aan diggelen ging. Als het zo doorging raakte hij langzamerhand wel al zijn Hongkongdollars kwijt.

Boven het bellen kon hij in de verte de sirenes horen. Harry tilde zijn hoofd op. Door de gang en de kamer kon hij zien dat de zwaailichten bij het huis waren gearriveerd. De straat aan de voorkant van het huis was als een kerstboom verlicht. Hij zou als een wild zwijn in de schijnwerpers komen te staan, welke kant hij ook koos. De twee opties waren: beschoten worden of gearresteerd worden. Nee, dit keer niet. Zij hoorden de sirenes natuurlijk ook en ze wisten dat ze niet veel tijd hadden. Hij had het vuur niet beantwoord, dus ze moeten hebben begrepen dat hij ongewapend was. Ze zouden hem volgen. Hij moest weg. Hij pakte zijn mobieltje. Verdomme, waarom had hij niet de moeite genomen om zijn nummer op te slaan? Niet omdat de telefoonlijst vol zat.

'Wat is het nummer van inlichtingen ook alweer?' riep hij boven het geluid van de bel uit.

'Het nummer... van... inlichtingen?'

'Ja.'

'Tja.' Ze stak nadenkend een vinger in haar mond, trok de rode asbest ochtendjas strakker om zich heen en ging op een houten stoel zitten. 'Je hebt 1880. Maar ik vind 1881 veel prettiger. Daar doen ze niet zo gehaast, ze nemen de tijd om een praatje te maken als je iets...'

'1880 inlichtingen,' klonk een nasale stem in Harry's oor.

'Asbjørn Treschow,' zei Harry. 'Met sch.'

'We hebben een Asbjørn Berthold Treschow in Oppsal in Oslo en een Asbjø...'

'Dat is hem! Kunt u me doorverbinden met zijn mobiele nummer?'

Drie seconden eeuwigheid later antwoordde een bekende, chagrijnige stem.

'Ik ben niet geïnteresseerd.'

'Tresko?'

Lange pauze zonder reactie. Harry zag het verblufte, dikke gezicht van zijn jeugdvriend voor zich.

'Harry? *Long time.*'

'Hoogstens zeven jaar. Zit je op je werk?'

'Ja.' Het feit dat hij de a lang aanhield wees op zijn achterdocht. Niemand belde Tresko zomaar.

'Ik heb heel snel je hulp nodig.'

'O, is dat zo? Duh, hoe zit het met die honderd kronen die ik je heb geleend? Je zei...'

'Ik wil dat je in het gebied Frognerpark Madserudallé de stroom uitschakelt.'

'Wat wil je?'

'Er is hier een politieactie aan de gang met een vent die met een groot kaliber loopt te knallen. We moeten hem in het donker zetten. Je werkt nog steeds bij de centrale op Montebello?'

Nieuwe stilte.

'Nog wel, maar ben jij nog steeds een smeris?'

'Natuurlijk. Zeg, het heeft wel een beetje haast.'

'Ik heb schijt aan jou. Ik heb niet de bevoegdheid om zoiets te doen. Je moet met Henmo praten en hij...'

'Hij slaapt en we hebben geen tijd!' riep Harry. Op dat moment klonk een nieuw schot dat de keukenkast aan gruzelementen schoot. Het servies viel kapot op de grond.

'Wat was dat in godsnaam?'

'Wat denk je? Je kunt kiezen: verantwoordelijk zijn voor veertig seconden stroomuitval of voor meerdere mensenlevens.'

Het was een paar seconden stil aan de andere kant. Toen kwam het: 'Moet je nagaan, Harry. Nu zit ik hier en bepaal wat er moet gebeuren. Dat had je niet gedacht, hè?'

Harry haalde diep adem. Zag een schaduw over het terras lopen. 'Nee, Tresko, dat had ik niet gedacht. Kun je...'

'Jij en Øystein dachten dat ik niets zou worden, of niet?'

'Inderdaad, maar daar hebben we duidelijk ongelijk in gekregen.'

'Als je nu eens zei: alsjeblieft.'

'Sluit die verrekte stroom af!' brulde Harry. En hij merkte dat de verbinding was verbroken. Hij krabbelde overeind, greep de oude dame onder haar arm en sleepte haar half naar de badkamer. 'Hier blijven!' fluisterde hij, en hij gooide de deur dicht en rende naar de openstaande voordeur. Hij stormde het licht in, zette zich schrap voor de kogelregen.

Daarna werd het zwart.

Zo zwart dat hij van de trap voor de voordeur viel en over het grind doorrolde. In een ogenblik van verwarring dacht hij dat hij dood was. Toen begreep hij dat Asbjørn 'Tresko' Treschow de schakelaar had omgezet, op de knop had gedrukt of wat ze verdomme ook deden daar in de centrale. En dat hij veertig seconden had.

Harry rende als een blinde in het pikkedonker. Struikelde over het hekje, kwam weer overeind, voelde asfalt onder zijn voeten en rende door. Hij hoorde roepende stemmen en sirenes die dichterbij kwamen. Maar ook het gebrom van een zware motor van een auto die werd gestart. Harry hield rechts, hij zag net genoeg om op de weg te blijven. Hij was in het zuidelijke deel van het Frognerpark, er bestond een kans dat hij het ging redden. Hij kwam langs donkere villa's, bomen en bos. De wijk was nog steeds donker. De auto kwam dichterbij. Hij draafde links een parkeerplaats op die bij de tennisbanen lag. Door een gat of een put viel hij bijna, maar hij bleef op de been. Het enige wat nog een beetje licht reflecteerde in het donker, waren de witte kalkstrepen op de tennisbanen achter de hekken. Harry zag de omtrekken van het clubhuis van de Oslo Tennisklubb. Hij sprintte naar de muur voor de kleedkamerdeur en sprong naar beneden op het moment dat een paar koplampen over de weg streken. Hij landde en rolde op zijn zij over het beton. Het was een zachte landing, toch was hij duizelig.

Hij bleef muisstil liggen wachten.

Hij hoorde niets en staarde in het donker.

Toen, zonder waarschuwing, werd hij verblind door het licht.

De buitenlamp aan de onderkant van de tribune recht boven hem. De stroom was weer ingeschakeld.

Harry bleef tien minuten liggen luisteren naar de sirenes. Op de weg tegenover het clubhuis was het een komen en gaan van auto's. Manschappen voor een zoekactie. De omgeving was vast al afgezet. Het zou niet lang duren voor ze met honden kwamen.

Hij kon hier niet weg dus hij moest het clubhuis in.

Hij stond op en keek voorzichtig over de muur.

Hij zag het kastje met het rode lampje en het cijferpaneeltje aan de buitenkant.

Het geboortejaar van de koning. God mag het weten.

Hij zag een foto voor zich uit een roddelblad en probeerde 1941. Er klonk gepiep en hij trok aan de deurklink. Op slot. Wacht eens, was de koning niet net geboren toen ze naar Londen vertrokken in 1940? 1939. Misschien iets ouder. Harry vreesde dat dit zo'n geval was van: drie pogingen en je bent af. 1938. Hij trok aan de deurklink. Verdomme. 1937 dan? Er ging een groen lampje branden. De deur gleed open.

Harry glipte naar binnen en merkte dat de deur achter hem weer in het slot viel.

De geluiden verdwenen. Veilig.

Hij deed het licht aan.

Kleedkamer, smalle houten banken. IJzeren kasten.

Nu pas merkte hij hoe moe hij was. Hij kon hier blijven tot het licht was, tot de jacht was afgeblazen. Hij nam de kleedkamer op. Een wastafel met een spiegel erboven in het midden van de muur. Vier douches. Een wc. Hij opende een zware houten deur aan het eind van de kleedkamer.

Een badkamer.

Hij ging naar binnen en liet de deur achter zich dichtvallen. Het rook er naar hout. Hij ging op een van de brede houten banken voor de koude verwarming liggen. Hij deed zijn ogen dicht.

HOOFDSTUK 30

Ze waren met z'n drieën. Ze renden door een gang en hielden elkaars handen vast, en Harry riep dat ze vast moesten houden als de lawine kwam zodat ze elkaar niet kwijt zouden raken. Toen hoorde hij de sneeuwmassa achter hen, eerst gerommel, toen gebulder. Toen was ze er, de witte duisternis. De zwarte chaos. Hij probeerde beiden vast te houden, toch voelde hij hoe hun handen uit de zijne gleden.

Met een schok werd Harry wakker. Hij keek op de klok en stelde vast dat hij drie uur had geslapen. Hij ademde met een diepe zucht uit alsof hij zijn adem had ingehouden. Zijn lichaam leek wel murw geslagen. Zijn hals deed pijn. En hij had een denderende hoofdpijn. En hij zweette. Hij was zo bezweet dat zijn colbert zwarte plekken vertoonde. Hij hoefde zich niet om te draaien om de reden te zien. De verwarming. Iemand had de verwarming aangezet.

Hij kwam kreunend overeind en wankelde de kleedkamer in. Er lagen kleren op de bank en hij hoorde buiten het geluid van rackets tegen een tennisbal. Hij zag dat de schakelaar van de badkamer was ingedrukt. Kennelijk wilden ze een warme badkamer na het tennissen.

Harry liep naar de wasbak. Keek in de spiegel. Rode ogen, rood, opgeblazen gezicht. Die belachelijke halsband van zilveren ducttape, waarvan de randen in de weke halshuid drukten. Hij plensde water in zijn gezicht en liep de ochtendzon in.

Drie mannen, allen pensioenbruin en met dunne gepensioneerde benen, stopten met spelen en keken hem aan. De ene zette zijn bril recht: 'We hebben een man te weinig voor een dubbel, jongeman, heb je zin om...'

Harry keek recht voor zich uit en concentreerde zich om rustig te kunnen praten.

'Sorry jongens, tennisarm.'

Harry voelde hun blikken in zijn rug terwijl hij in de richting van Skøyen liep. Hij moest ergens een bus kunnen pakken.

Truls Berntsen klopte op de deur van de afdelingschef.

'Binnen!'

Bellman stond met de telefoon tegen zijn oor gedrukt. Hij zag er kalm uit, maar Truls kende Mikael te goed. De hand die voortdurend door het keurige kapsel ging, de iets snellere manier van praten, die concentratierimpel op zijn voorhoofd.

Bellman hing op.

'Gezeik vanmorgen?' zei Truls, terwijl hij een dampende kop koffie voor Bellman neerzette.

De afdelingschef keek verbaasd naar de koffie, maar accepteerde hem.

'De commissaris,' zei Bellman naar de telefoon knikkend. 'De kranten zitten op zijn nek vanwege die oude vrouw in de Madserudallé. Haar huis is half aan flarden geschoten en hij wilde dat ik uitlegde wat er was gebeurd.'

'En wat heb je geantwoord?'

'Dat de meldkamer een surveillancewagen heeft gestuurd nadat een bewaker van het Vestrekerkhof melding had gemaakt van mensen die het graf van Gusto Hanssen openmaakten. Dat de grafschenners ontsnapten toen de surveillancewagen arriveerde, maar even later het geknal begon in de Madserudallé. Er werd geschoten op iemand die zich had verschanst in het huis. De oude dame is in shock, ze kan alleen vertellen dat de indringer een beleefde jongeman was van meer dan twee meter met een litteken dwars over zijn gezicht.'

'Denk je dat de schietpartij verband houdt met de grafschennis?'

Bellman knikte. 'Op de vloer van haar woonkamer lagen kleideeltjes die waarschijnlijk afkomstig zijn uit het graf. Nu vraagt de commissaris zich af of deze kwestie met drugs te maken heeft, of dat er sprake is van nieuwe bendevorming. Alsof ik daar de controle over heb!' Bellman liep naar het raam en ging met zijn wijsvinger over zijn smalle neusrug.

'Heb je me daarom gevraagd te komen?' vroeg Truls, die voorzichtig een slokje van zijn hete koffie nam.

'Nee,' zei Bellman met zijn rug naar Truls toe. 'Die avond dat we een anonieme tip kregen dat de hele Los Lobos-bende bij McDonald's zat, was jij niet aanwezig bij de arrestatie, of wel?'

'Nee,' zei Berntsen en hij moest hoesten. 'Ik kon niet. Ik was die avond ziek.'

'Hetzelfde wat je nu hebt?' vroeg Bellman zonder zich om te draaien.

'Hè?'

'Het is sommige agenten opgevallen dat de deur van de motorclub niet op slot zat toen ze daar aankwamen. En men vroeg zich af hoe die Tutu, die volgens Odin de wacht moest houden, kans heeft gezien om weg te komen. Niemand wist toch dat we kwamen, of wel?'

'Voor zover ik weet niet,' zei Truls. 'Alleen wij.'

Bellman keek uit het raam en wipte op en neer op zijn hakken. Zijn handen lagen op zijn rug. Op en neer. Op en neer.

Truls veegde zijn bovenlip af, hij hoopte dat het zweet niet te zien was. 'Verder nog iets?'

Op en neer. Als een jongen die over de rand wilde kijken, maar net te klein is.

'Dat was alles, Truls. En... bedankt voor de koffie.'

Toen Truls terugkwam in zijn eigen kamer, liep hij naar het raam. Hij keek naar wat Bellman buiten gezien moest hebben. De rode poster hing weer op de boom.

Het was twaalf uur en op het trottoir voor Restaurant Schrøder stonden zoals gewoonlijk al een paar dorstige zielen te wachten tot Nina opendeed.

'Nee, toch,' zei ze toen ze Harry in het oog kreeg.

'Rustig maar, ik wil geen bier, alleen ontbijt,' zei Harry. 'En een gunst.'

'Ik bedoel je hals,' zei Nina, en ze hield de deur voor hem open. 'Die is helemaal blauw. En wat is dat...'

'Ducttape,' zei Harry.

Nina knikte en liep door om voor de bestelling te zorgen. Bij Schrøder was het policy om niet naar details te vragen en je alleen met je eigen zaken te bemoeien.

Harry ging aan zijn vaste tafeltje in de hoek bij het raam zitten en belde Beate Lønn.

Hij kreeg het antwoordapparaat en wachtte op de piep.

'Met Harry. Ik heb onlangs een oudere dame ontmoet op wie ik een zekere indruk heb gemaakt, dus ik kan voorlopig niet in de buurt komen van politiebureaus en zo. Daarom laat ik twee zakjes met bloed achter bij Schrøder. Kom zelf en vraag naar Nina. Ik wil je ook om een andere gunst vragen. Bellman is bezig een lijst met adressen op Blindern te maken. Ik wil dat je zo discreet mogelijk kopieën maakt van iedere lijst, voor ze naar GC worden gestuurd.'

Harry hing op. Toen belde hij Rakel. Opnieuw het antwoordapparaat.

'Hoi, met Harry. Ik heb wat schone kleren nodig die me passen en er moet nog wat van me bij jou hangen van... toen. Ik doe wat luxer en zal in Plaza logeren, dus als je daar wat kleding naartoe wilt sturen zodra je thuiskomt, dan zou dat...' Hij merkte dat hij automatisch een woord zocht dat haar aan het lachen zou maken. 'Vet' bijvoorbeeld of 'cool' of 'suu-per gaaf'. Maar hij kon niets verzinnen wat echt leuk was, dus het bleef bij: '... heel fijn zijn.'

Nina kwam naar hem toe met koffie en een spiegelei terwijl Harry het nummer van Hans Christian intoetste. Ze keek hem vermanend aan. Schrøder hanteerde een ongeschreven regel dat er geen laptop, spelcomputers en mobieltjes mochten worden gebruikt. Het was een plek om te drinken, het liefst bier, te eten, wat te praten samen of je mond te houden of desnoods de krant te lezen. Het lezen van een boek behoorde tot een grijs gebied.

Harry gaf een teken dat het maar even zou duren en Nina knikte welwillend.

Hans Christian klonk slechts opgelucht en geschrokken: 'Harry? Verdomme, zeg. Ging het goed?"

'Op een schaal van één tot tien...'

'Ja?'

'Heb je gehoord over die schietpartij in de Madserudallé?'

'Verrek! Was jij dat?'

'Heb jij een wapen, Hans Christian?'

Harry dacht te horen hoe de ander slikte.

'Heb ik dat nodig, Harry?'

'Niet jij. Ik.'

'Harry...'

'Alleen voor zelfverdediging. Voor het geval dat.'

Stilte. 'Ik heb alleen een oud jachtgeweer van mijn vader. Voor de elandenjacht.'

'Dat klinkt prima. Kun je dat ergens in wikkelen en binnen drie kwartier afleveren bij Schrøder?'

'Ik zal het proberen. Wa... Wat ga je doen?'

'Ik...' zei Harry en hij zag de waarschuwende blik van Nina achter de bar, '... ga ontbijten.'

Toen Truls Berntsen bij het kerkhof van Gamlebyen kwam, zag hij bij de toegangspoort waar hij altijd naar binnen ging een zwarte limousine geparkeerd staan. Toen hij dichterbij kwam, ging het portier aan de passagierskant open en stapte er een man uit. Hij was gekleed in een zwart pak en moest minstens twee meter zijn. Krachtige kaakpartij, glad haar en iets ondefinieerbaars Aziatisch in zijn gezicht wat Truls altijd associeerde met mensen uit Lapland, Finnen en Russen. Zijn colbert moest wel op maat zijn gemaakt, maar het leek toch te krap rond de schouders.

Hij stapte opzij en gebaarde met zijn hand dat Truls zijn plaats in de auto moest innemen.

Truls ging langzamer lopen. Als zij de mannen van Dubai waren, was dit een onverwachte inbreuk op de regel dat er geen direct contact mocht zijn. Hij keek rond. Niemand anders te zien.

Hij aarzelde.

Als ze besloten hadden om zich te ontdoen van de mol, dan was dit de methode om het te doen.

Hij keek naar de grote man. Het was onmogelijk om iets van zijn gezichtsuitdrukking af te lezen en Truls kon ook niet besluiten of het een goed of een slecht teken was dat de man niet de moeite had genomen om zijn zonnebril op te zetten.

Hij kon natuurlijk omdraaien en weggaan. Maar wat dan?

'Q5', mompelde Truls zacht tegen zichzelf. Toen stapte hij in.

Het portier werd achter hem dichtgegooid. Het werd merkwaardig donker, dat moest door het donkere glas komen. En de airconditioning moest erg goed werken want het leek wel of het vroor binnen. Achter het stuur zat een man met het gezicht van een veelvraat. Ook een zwart pak. Glad haar. Vast Russen.

‘Fijn dat je kon komen,’ zei een stem achter Truls. Hij hoefde zich niet om te draaien. Het accent. Hij was het. Dubai. De man van wie niemand wist wie hij was. Niemand ánders wist wie hij was. Maar wat zou Truls eraan hebben dat hij een naam had, een gezicht kende? Bovendien, je bijt de hand niet die je voedt.

‘Ik wil dat je iemand opspoort voor ons.’

‘Opspoort?’

‘Meeneemt. Ook aflevert. Over de rest hoef je je niet te bekommeren.’

‘Ik heb al gezegd dat ik niet weet waar Oleg Fauke is.’

‘Het gaat niet om Oleg Fauke, Berntsen. Het gaat om Harry Hole.’

Truls Berntsen kon zijn oren niet geloven. ‘Harry Hole?’

‘Weet je niet wie dat is?’

‘Jazeker, verdomme. Hij werkte op de afdeling Geweld. Totaal gestoord. Alcoholist. Heeft een paar zaken opgelost. Is hij in de stad?’

‘Hij logeert in Leons. Kamer 301. Haal hem daar precies om middernacht op.’

‘En hoe moet ik hem “ophalen”?’

‘Arresteer hem. Sla hem neer. Zeg dat je hem je boot wilt laten zien. Doe wat je wilt, zorg alleen dat hij naar de jachthaven op Kongen komt. De rest doen wij. Vijftigduizend.’ De rest. Hij had het over het leven van Harry Hole. Hij had het over moord. Op een politieman.

Truls deed zijn mond open om nee te zeggen, maar de stem op de achterbank was hem voor: ‘Euro.’

Truls Berntsens mond stond nog half open voor een nee. Maar in plaats daarvan herhaalde hij de woorden die hij dacht te hebben gehoord, maar nauwelijks kon geloven: ‘Vijftigduizend euro?’

‘En?’

Truls keek op zijn horloge. Hij had nog elf uur. Hij kuchte.

'Hoe weten jullie dat hij om middernacht op zijn hotelkamer zal zijn?'

'Omdat hij weet dat we komen.'

'Hè?' zei Truls. 'Je bedoelt dat hij niet weet dat we komen?'

De stem achter hem lachte. Het klonk als een motor van een houten boot. Tsjoek, tsjoek.

HOOFDSTUK 31

Het was vier uur en op de negentiende etage van Radison Plaza stond Harry onder de douche. Hij hoopte dat de ducttape tegen warm water kon, de pijn werd in elk geval wel kortstondig verdoofd. Hij had kamer 1937 gekregen en het was wel door zijn hoofd geschoten toen hij de sleutel kreeg. Het geboortejaar van de koning, Koestler, synchroniciteit en al die andere kwesties. Harry geloofde er niet in. Hij geloofde wel in het vermogen van de mens om patronen te zien. Ook waar er eigenlijk geen patronen waren. Daarom had hij als rechercheur altijd getwijfeld. Getwijfeld en gezocht, gezocht en getwijfeld. Patronen gezien, maar getwijfeld over de schuld. Of omgekeerd.

Harry hoorde een telefoon piepen. Net hoorbaar, maar discreet en prettig. Het geluid van een duur hotel. Hij draaide de douche dicht en liep naar het bed. Tilde de hoorn op.

'Er is een dame voor u,' zei de receptionist. 'Rakel Fauske. Neem me niet kwalijk, Fauke, zegt ze. Ze heeft iets voor u en dat wil ze graag bij u boven brengen.'

'Geef haar een sleutelkaart voor de lift en laat haar naar boven komen,' zei Harry. Hij bekeek zijn pak dat hij in de kast had gehangen. Het leek wel of het twee wereldoorlogen had overleefd. Hij deed de deur open en bond een vierkante meter handdoek van zware kwaliteit om zijn middel. Hij ging op het bed zitten en luisterde. Hij hoorde de pling van de lift en daarna haar voetstappen. Hij kon ze nog steeds herkennen. Korte, harde voetstappen met een hoge frequentie, alsof ze altijd een kokerrok droeg.

Hij sloot zijn ogen even en toen hij ze opendeed stond ze voor hem.

'Hallo, naakte man,' lachte ze en ze liet de tassen op de grond vallen en ging naast hem op het bed zitten. 'Wat is dat?' Ze ging met haar vinger over de ducttape.

'Gewoon een geïmproviseerde pleister,' antwoordde hij. 'Je hoefde niet zelf te komen.'

'Dat had ik begrepen,' zei ze. 'Maar ik kon bij ons geen kleren van jou vinden. Blijkbaar verdwenen tijdens onze verhuizing naar Amsterdam.'

Weggegooid, dacht Harry. Ook goed.

'Maar Hans Christian had nog een kast vol kleding die hij niet meer draagt. Niet helemaal jouw stijl, maar jullie hebben ongeveer dezelfde maat.'

Ze opende de tassen en met afschuw zag hij dat er een Lacoste-overhemd, vier fris gewassen onderbroeken, een Armani-spijkerbroek met vouw, een V-halstrui, een Timberland-jack, twee shirts met een polospeler erop en zelfs een paar zacht leren, bruine schoenen in zaten.

Ze begon de kleding in de kast te hangen en hij stond op en nam het van haar over. Ze keek hem van opzij aan en lachte terwijl ze een haarlok achter haar oren stopte.

'Je zou geen nieuwe kleren gekocht hebben voor dit pak letterlijk van je af was gevallen, of wel?'

'Nou,' zei Harry, een stel klerenhangers verschuivend. De kleren waren vreemd, maar hadden vaag een bekend geurtje. 'Ik moet toegeven dat ik heb overwogen een nieuw shirt te kopen en een paar onderbroeken.'

'Heb je geen schone onderbroeken?'

Harry keek haar aan. 'Definieer schoon.'

'Harry!' Ze sloeg hem lachend op zijn schouder.

Hij glimlachte. Haar hand bleef op zijn schouder liggen.

'Je bent warm,' zei ze. 'Koortsachtig warm. Weet je zeker dat de wond onder die zogenaamde pleister niet geïnfecteerd is?'

Hij schudde glimlachend zijn hoofd. Hij wist dat de wond ontstoken was, hij voelde die kloppende, zware pijn. Maar door zijn jarenlange ervaring op de afdeling Geweld wist hij ook iets anders. Dat de politie de barman en de gasten in de Nirvana-bar had verhoord en te weten was gekomen dat degene die de man met het mes had vermoord, de bar met diepe wonden in zijn nek had verlaten. En dat ze allang alle dokterspraktijken in de stad hadden gewaarschuwd en de eerstehulpdiensten in de gaten hielden. En hij had geen tijd om nu in voorarrest te zitten.

Ze streelde hem over zijn schouder, in zijn nek en weer terug. Over zijn borst. En hij dacht dat ze zijn hart moest voelen en dat zij als die Pioneer-televisie was die niet meer werd geproduceerd omdat die te goed was, en waarvan je kon zien dat die zo goed was omdat het zwarte beeld echt zwart was.

Hij had een van de ramen op een kier gezet, verder kon ook niet: ze wilden geen springers in dit hotel. En zelfs op de negentiende etage konden ze de avondspits horen met af en toe wat getoeter en ergens, misschien uit een van de andere kamers, kwam een verlaat liedje over de zomer vandaan.

'Weet je zeker dat je dit wilt?' vroeg hij zonder een poging te doen zijn heesheid weg te hoesten. Zo bleven ze staan, zij met haar hand op zijn schouder, terwijl haar blik hem als een geconcentreerde tangopartner volgde.

Ze knikte.

Zo kosmisch en intens zwart in het zwarte dat het je naar binnen trok.

Hij merkte niet eens dat ze haar voet optilde en die tegen de deur zette. Hij hoorde hem alleen maar dichtvallen, heel zacht, het geluid van een duur hotel, als een kus.

En terwijl ze vreeën, dacht hij alleen aan de zwartheid en de geur. De zwartheid in haar haren, haar wenkbrauwen en ogen. En de geur van haar parfum waarvan hij nooit had gevraagd hoe het heette, maar die gewoon van haar was, die in haar kleren zat, haar klerenkast, die in zijn kleding was getrokken toen die in de kast dicht tegen de hare had gehangen. En die nu hier in de klerenkast was. Want zijn, de kleren van de ander, hadden ook in haar kast gehangen. En daar had ze die uitgehaald, niet bij hem thuis, misschien was het niet eens zijn idee geweest, van die ander, misschien had ze de kleren gewoon uit de kast gepakt en was ze hierheen gekomen. Maar Harry zei niets. Want hij wist dat hij haar alleen maar te leen had. Hij had haar nu en hij kon daarvan genieten of niet. Dus hield hij zijn mond. Hij vree met haar zoals hij altijd met haar gevreeën had, intens en langzaam. Hij liet zich niet van de wijs brengen door haar begerigheid en ongeduld, maar deed het zo zacht en diep dat ze afwisselend vloekte en kreunde. Niet omdat hij dacht dat ze het zo wilde, maar omdat hij het zo wilde. Omdat hij haar alleen maar te leen had. Hij had alleen deze uren.

Toen ze klaarkwam, verstijfde en hem aanstaarde met die paradoxaal verongelijkte blik, kwamen alle nachten die ze samen hadden gehad terug en kreeg hij vooral zin om te gaan huilen.

Naderhand deelden ze een sigaret.

'Waarom heb je me niet verteld dat jullie samen zijn?' vroeg Harry, hij inhaleerde en gaf de sigaret aan haar.

'Omdat we dat niet zijn. Het is alleen... een tijdelijk toevluchtsoord.' Ze schudde haar hoofd. 'Ik weet het niet. Ik weet helemaal niets meer. Ik zou weg moeten blijven van alles en iedereen.'

'Hij is een goede man.'

'Dat is het nu juist. Ik heb een goede man nodig, dus waarom wil ik geen goede man hebben? Waarom zijn we zo verdomd irrationeel wanneer we eigenlijk wel weten wat het beste voor ons is?'

'De mens is een pervers en slecht wezen,' zei Harry. 'En er bestaat geen genezing, alleen maar verlichting.'

Rakel kroop tegen hem aan. 'Dat vind ik nou zo fijn aan jou, dat onverbeterlijke optimisme.'

'Ik zie het als mijn taak om zonneschijn te verspreiden, liefje.'

'Harry?'

'Hm.'

'Bestaat er een weg terug? Voor ons?'

Harry sloot zijn ogen. Luisterde naar het kloppen van zijn hart. En dat van haar.

'Niet terug.' Hij draaide zich naar haar om. 'Maar als jij denkt dat je nog steeds toekomst in je hebt.'

'Meen je dat?'

'Dit zijn toch gewoon bedpraatjes, of niet?'

'Gek.' Ze kuste hem op zijn wang, gaf hem de sigaret en stond op. Ze kleedde zich aan.

'Je kunt bij mij logeren, dat weet je,' zei ze.

Hij schudde zijn hoofd. 'Zo is het beter,' zei hij.

'Denk eraan dat ik van je hou,' zei ze. 'Vergeet dat nooit. Hoe dan ook. Beloof je me dat?'

Hij knikte en sloot zijn ogen. Voor de tweede keer viel de deur zacht dicht. Hij deed zijn ogen weer open. Keek op zijn horloge.

Zo is het beter.

Wat had hij dan moeten doen? Met haar mee terug gaan naar Holmenkollen, ervoor zorgen dat Dubai zijn sporen daarheen volgde en Rakel meetrekken in deze strijd, net zoals hij had gedaan met de Sneeuwman? Want hij besefte het nu, hij besefte dat ze vanaf de eerste dag zijn doen en laten hadden gevolgd, dat het overbodig was geweest om via zijn dealers een boodschap naar Dubai te sturen. Ze zouden hem vinden voor hij hen vond. En dan zouden ze Oleg vinden.

Het enige voordeel dat hij had, was dat hij de plaats kon bepalen. De plaats delict. En hij had gekozen. Niet hier in Plaza, dit was alleen bestemd voor een korte time-out, een paar uur slaap en een beetje op adem komen. De plaats was Leons.

Harry had overwogen contact op te nemen met Hagen. Of met Bellman. Hen de situatie uit te leggen. Maar dat zou hun geen andere keus geven dan hem te arresteren. Het was hoe dan ook slechts een kwestie van tijd voor de politie de drie signalementen die gegeven waren door de barman, de bewaker op het Vestre kerkhof en de oude vrouw aan de Madserudallé aan elkaar had gekoppeld. Een man van een meter drieënnegentig in een linnen pak, een litteken aan de ene kant van zijn gezicht en pleisters in zijn hals en op zijn kin. Ze zouden al snel bij Harry Hole uitkomen. Dus het had haast.

Hij kwam met een kreun overeind en deed de klerenkast open.

Hij trok de gewassen onderbroek en het shirt met de polospeler aan. Hij bekeek de Armani-broek. Schudde zacht vloekend zijn hoofd en trok in plaats daarvan zijn linnen pak aan.

Toen pakte hij de tennistas die op de bovenste plank lag. Hans Christian had uitgelegd dat het geweer alleen daarin paste.

Harry hing hem over zijn schouder en vertrok. De deur viel met een zachte klik achter hem dicht.

HOOFDSTUK 32

Ik weet niet of het mogelijk is om precies aan te geven wanneer de troonswisseling plaatsvond. Het was op het moment dat de violine de macht overnam en besluiten over ons begon te nemen in plaats van omgekeerd. Alles was naar de klote gegaan: de deal die ik had geprobeerd met Ibsen, de coup in Alnabru. En Oleg liep rond met die Russische depressiekop van hem en zei dat het leven geen zin had zonder Irene. Na drie weken spoten we meer dan we verdienden, we waren high op het werk en wisten dat we bezig waren naar de bliksem te gaan. Wat toen al minder belangrijk voor ons was dan de volgende spuit. Het klinkt als een fuckings cliché, het is een cliché, en dat is precies wat het is. Zo verdomde simpel en zo volkomen onmogelijk. Ik geloof dat ik gerust kan zeggen dat ik nog nooit van een mens heb gehouden, ik bedoel echt gehouden. Maar ik was hopeloos verliefd op violine. Want terwijl Oleg het gebruikte om de pijn te verzachten, gebruikte ik violine zoals het moest worden gebruikt. Om gelukkig te worden. En dat bedoel ik ook echt: fuckings gelukkig. Het was beter dan eten, seks, slaap, ja, beter dan ademhalen.

En het was daarom geen schok toen Andrej me op een avond na de afrekening apart nam en zei dat die oude kerel bezorgd was.

'It's okay,' *zei ik.*

Hij legde me uit dat die oude kerel had gezegd dat ik gedwongen opgenomen zou worden als ik vanaf die dag niet mijn best deed om nuchter op het werk te verschijnen.

Ik lachte en zei dat ik wist dat dit soort werk geen secundaire ar-

beidsvoorwaarden kende zoals een ziekteverlof en zo. Kregen Oleg en ik nu ook gratis tandheelkundige hulp en pensioen?

'Not Oleg.'

Ik zag in zijn blik wat dat betekende.

Ik was verdomme helemaal niet van plan om niet te gebruiken als ik moest werken. En Oleg ook niet. Dus we hadden er schijt aan en de volgende avond waren we zo high als het Postgirogebouw. We verkochten de helft van de voorraad, namen de rest mee, huurden een auto en reden naar Kristiansand. We zetten fuckings Sinatra zo hard mogelijk, 'I Got Plenty Of Nothing', *en dat was waar, we hadden verdomme niet eens geld. Uiteindelijk zong Oleg ook, maar alleen om Sinatra en moi te overstemmen, beweerde hij. We lachten en dronken lauw bier, net als vroeger. We logeerden in het Ernst Hotel en dat was niet zo saai als het klonk, maar toen we bij de receptie vroegen waar de drugsdealers in de stad zaten, staarde men ons alleen maar dom aan. Oleg had me verteld dat het festival van de stad naar de klote was gegaan omdat een of andere idioot zo hyper was dat hij dacht dat hij een goeroe was en hij een band had geboekt die zo cool was dat ze er geen geld voor hadden. Hoe dan ook, de brave christelijke bevolking in de stad beweerde dat de helft van de inwoners tussen de achttien en vijfentwintig door het festival verslaafd waren geraakt aan drugs. Maar wij vonden geen drugsverslaafden, we hingen wat rond in het voetgangersgebied waar we een – één – dronken man zagen en een Ten-Sing-koor dat zich afvroeg of we Jezus wilden ontmoeten.*

'Als hij violine heeft,' antwoordde ik.

Maar dat had Jezus natuurlijk niet, dus we gingen terug naar onze hotelkamer en gaven onszelf een goedenachtshot. Ik weet niet waarom, maar we bleven in dat boerendorp. We deden niets, werden alleen maar high en zongen Sinatra. Op een nacht werd ik wakker omdat Oleg over me heen gebogen stond met een fuckings hond in zijn armen. Hij zei dat hij wakker was geworden van pie-

pende remmen buiten en toen hij uit het raam had gekeken, lag er een hond op straat. Ik keek. Het zag er niet goed uit. Oleg en ik waren het met elkaar eens: zijn rug was gebroken. Hij had schurft en ook veel oude wonden. De stakker had het zwaar gehad, of het nu door zijn baasje of door andere honden kwam. Maar de hond was leuk. Hij had bruine, rustige ogen die me aankeken alsof hij van me verwachtte dat ik het allemaal in orde zou maken. Dus dat probeerde ik. Ik gaf hem eten en drinken, klopte hem op zijn kop en sprak tegen het beest. Oleg zei dat we hem naar een dierenarts moesten brengen, maar ik wist wat ze dan zouden doen, dus we hielden de hond op onze hotelkamer, hingen het bordje DON'T DISTURB *aan de deurklink en lieten hem op bed liggen. We waakten afwisselend bij hem om te kijken of hij nog ademde. Hij lag er alleen maar, werd warmer en warmer en zijn hartslag werd zwakker. De derde dag gaf ik hem een naam. Rufus. Waarom niet? Het is fijn om een naam te hebben als je doodgaat.*

'Hij lijdt,' zei Oleg. 'De dierenarts zal hem met een spuitje laten inslapen. Dat doet helemaal geen pijn.'

'Niemand zal goedkope dierendope in Rufus spuiten,' zei ik tikkend tegen een spuit.

'Ben je gek geworden?' zei Oleg. 'Dat is violine van tweeduizend kronen.'

Kon zijn. Rufus heeft deze wereld in elk geval via de fuckings businessclass verlaten.

Volgens mij was het zwaarbewolkt toen we terugreden. Zeker geen Sinatra, er werd niet gezongen.

Terug in Oslo was Oleg doodsbang voor wat er zou gaan gebeuren. Zelf was ik vreemd genoeg erg cool. Het leek of ik wist dat de oude kerel ons nothing *zou doen. We waren twee weerloze junkies die bezig waren naar de verdommenis te gaan. Bankroet, werkloos en bijna zonder violine. Oleg had gelezen dat het woord junkie al meer dan honderd jaar oud was, uit de tijd dat de eerste heroïne-*

verslaafden oud ijzer in de haven van Philadelphia pikten en het verkochten om hun verslaving te kunnen betalen. En dat was precies wat Oleg en ik deden. We begonnen stiekem de bouwplaatsen bij de haven in Bjørvika af te struinen en stalen wat we tegenkwamen. Koper en gereedschap waren goud. Het koper verkochten we aan een schroothandelaar op Kalbakken, het gereedschap aan een paar arbeiders uit Litouwen.

Maar langzaam kwamen er meer op dat idee en de hekken werden hoger, er kwamen meer bewakers, de smerissen lieten zich zien en de kopers verdwenen. Dus daar zaten we met een verlangen naar violine dat ons iedere dag teisterde als een slavendrijver. En ik wist dat ik met een echt goed idee moest komen, een Endlösung. *Dus dat deed ik.*

Ik zei uiteraard niets tegen Oleg.

Ik bereidde de hele dag mijn verhaal voor. Toen belde ik haar.

Irene was net thuis van een training. Ze leek bijna blij mijn stem te horen. Ik sprak haast een uur onafgebroken. Ze huilde toen ik klaar was.

De volgende avond ging ik naar Oslo Centraal Station en stond op het perron te wachten op de trein uit Trondheim.

De tranen rolden over haar wangen toen ze me omhelsde.

Zo jong. Zo zorgzaam. Zo dierbaar.

Ik heb zoals gezegd nog nooit echt van iemand gehouden, dat weet ik. Maar het scheelde niet veel, want ik griende zelf ook bijna.

HOOFDSTUK 33

Doordat het raam van kamer 301 op een kier stond hoorde Harry ergens in de donkere verte een kerkklok elf uur slaan. De pijnlijke wonden in zijn hals hadden als voordeel dat ze hem wakker hielden. Hij stond op van het bed en ging in de stoel zitten, hij wipte met stoel en al achterover en steunde tegen de muur naast het raam. Hij zat zodanig dat hij zicht had op de deur, het geweer lag op zijn schoot.

Hij was naar de receptie gegaan en had om een felle gloeilamp gevraagd omdat het peertje in zijn kamer kapot was en hij had een hamer geleend om een paar spijkers in de drempel terug te slaan die omhoogstaken. Hij had gezegd dat hij het zelf wel deed. Daarna had hij het zwakke peertje in de lamp op de gang vlak voor zijn deur vervangen, en hij had de hamer gebruikt om de drempel los te slaan en te verwijderen.

Van het punt waar hij nu zat zou hij de schaduw onder de deur kunnen zien als ze kwamen.

Harry rookte nog een sigaret. Controleerde het geweer. Rookte de rest van het pakje. In het donker sloeg de kerkklok twaalf uur.

De telefoon ging. Het was Beate. Ze vertelde dat ze kopieën had van vier van de vijf lijsten die surveillanten in het Blinderngebied hadden opgesteld.

'De laatste groep had hun lijst al bij GC ingeleverd,' zei ze.

'Bedankt,' zei Harry. 'Heb je de zakjes van Nina in Schrøder gekregen?'

'Jazeker. Ik heb in het gerechtelijk laboratorium gezegd dat het haast heeft. Ze analyseren het bloed nu.'

Stilte.

'En?' vroeg Harry.

'Wat en?'

'Ik herken die toon, Beate. Er is meer.'

'De DNA-analyses zijn niet binnen een paar uur klaar, Harry, het...'

'... kan dagen duren voor er een definitief resultaat is.'

'Ja, dus op het moment is dit een voorlopige uitslag.'

'Hoe voorlopig dan?' Harry hoorde voetstappen op de gang.

'Tja, minstens vijf procent kans dat het niet klopt.'

'Je hebt een voorlopig DNA-profiel en je hebt een match in het DNA-dataregister, of niet?'

'We gebruiken voorlopige analyses alleen om personen uit te sluiten, personen dus die het niet kunnen zijn.'

'Met wie heb je een match gevonden?'

'Ik kan niets zeggen voor...'

'Vooruit.'

'Nee, maar ik kan wel zeggen dat het niet om Gusto's bloed gaat.'

'En?'

'En het is niet van Oleg. Goed?'

'Heel erg goed,' zei Harry die voelde dat hij zijn adem had ingehouden. 'Maar...'

Een schaduw op de vloer onder de deur.

Harry verbrak de verbinding. Richtte het geweer op de deur. Wachtte. Drie korte klopjes. Hij wachtte en luisterde. De schaduw ging niet weg. Hij sloop langs de muur naar de deur, zorgde ervoor buiten een eventuele schootslijn te zijn. Hij legde zijn oog tegen het spionnetje in het midden van de deur.

Hij zag de rug van een man.

Zijn jack hing recht naar beneden en was zo kort dat hij de broekband kon zien. Er hing een zwart kledingstuk uit zijn achterzak, een muts misschien. Maar hij had geen riem. Zijn armen hingen dicht langs zijn lichaam. Als hij een wapen droeg, moest dat in een holster voor zijn borst zijn of om zijn kuit. Beide opties waren niet erg gebruikelijk.

De man draaide zich om en klopte twee keer, harder dit keer. Harry hield zijn adem in terwijl hij het verwrongen beeld van het gezicht bestudeerde. Verwrongen, maar het had toch iets onmiskenbaars. Een forse onderbeet. En hij krabde zich onder zijn kin met een kaart die vastzat aan een koord rond zijn nek. Zoals politiemensen soms hun ID-bewijs droegen als ze iemand moesten arresteren. Verdomme! De politie was er sneller dan Dubai.

Harry aarzelde. Als die kerel een arrestatiebevel had dan had hij ook een blauw formulier met een huiszoekingsbevel dat hij al bij de receptie had laten zien, waar hij dan een loper had gekregen. Harry's hersenen kraakten. Hij sloop terug, duwde het geweer achter de klerenkast. Liep terug, opende de deur en vroeg: 'Wie ben je en wat wil je?' Hij keek links en rechts de gang in.

De man staarde hem aan. 'Jezus, wat zie je eruit, Hole. Kan ik binnenkomen?' Hij hield zijn ID-kaart omhoog.

Harry las. 'Truls Berntsen. Jij werkte toch voor Bellman?'

'Dat doe ik nog steeds. Je moet de groeten hebben.'

Harry stapte opzij en liet Berntsen eerst naar binnen gaan.

'Gezellig,' zei Berntsen terwijl hij rondkeek.

'Ga zitten,' zei Harry. Hij klapte met zijn hand op het bed en ging zelf in de stoel bij het raam zitten.

'Kauwgom?' vroeg Berntsen en hij stak het pakje uit.

'Gat in mijn kies. Wat wil je?'

'Vriendelijk zoals altijd.' Berntsen lachte grommend, vouwde een plat stuk kauwgom dubbel, stopte het in de schuif van zijn onderbeet en ging zitten.

Harry's hersenen registreerden zijn toon, lichaamstaal, oogbewegingen en geur. De man was relaxed, maar hij straalde toch iets dreigends uit. Open handen, geen plotselinge bewegingen, maar ogen die alle data opsloegen, de situatie opnamen. Hij bereidde iets voor. Harry had er al spijt van dat hij het geweer had weggezet. Geen wapenvergunning was niet zijn grootste probleem.

'De kwestie is dat we bloed hebben gevonden op het lijkhemd van Gusto Hanssen. We hebben de grafschennis op het Vestre kerkhof gisteravond onderzocht en uit de DNA-analyse blijkt dat het om jouw bloed gaat.'

Harry keek toe hoe Berntsen het zilveren papiertje van de kauwgom keurig opvouwde. Harry kon zich hem nu beter voor de geest halen. Ze noemden hem Beavis. Bellmans loopjongen. Dom en geslepen. En gevaarlijk. *Forrest Gump gone bad.*

'Ik heb geen idee waar je het over hebt,' zei Harry.

'Nee hè,' zei Berntsen zuchtend. 'Een fout in het register misschien? Dan moet je wat aantrekken en met me meegaan naar het hoofdbureau zodat we een nieuwe bloedproef kunnen doen.'

'Ik ben op zoek naar een meisje,' zei Harry. 'Irene Hanssen.'

'En ze ligt op het Vestre kerkhof?'

'Ze wordt in elk geval sinds de zomer vermist. Ze is de pleegzus van Gusto Hanssen.'

'Nieuw voor me. Maar toch moet je met me meegaan naar...'

'Het is het meisje in het midden,' zei Harry. Hij had de foto van het gezin Hanssen uit zijn zak getrokken en gaf die aan Berntsen. 'Ik heb wat tijd nodig. Niet veel. Later zullen jullie begrijpen waarom ik het zo heb moeten doen. Ik beloof dat ik me over achtenveertig uur zal melden.'

'Achtenveertig uur,' zei Berntsen en hij bestudeerde de foto.

'Goeie film. Nolte en die neger. McMurphy?'

'Murphy.'

'Precies. Ineens was hij niet meer grappig. Is dat niet raar? Je hebt iets en op een dag ben je het kwijt. Hoe zou dat zijn, Hole?'

Harry keek Truls Berntsen aan. Hij was niet langer overtuigd van dat met Forrest Gump. Berntsen hield de foto meer in het licht. Hij tuurde er geconcentreerd naar.

'Herken je haar?'

'Nee,' zei Berntsen en hij gaf de foto terug en tegelijkertijd verschoof hij wat, het was kennelijk niet prettig om op dat kledingstuk dat in zijn achterzak zat te zitten, want hij bracht het snel over naar zijn jaszak. 'We rijden naar het hoofdbureau, dan nemen we daar een beslissing over jouw achtenveertig uur.'

Zijn toon was nonchalant. Iets te nonchalant. En Harry had al nagedacht. Beate had ervoor gezorgd dat haar DNA-analyse met spoed werd behandeld en toch had ze nog niet het definitieve resultaat. Dus hoe kon het dat Truls Berntsen wel al het resultaat binnen had van de bloedanalyse op het lijkkleed van Gusto? En er was nog iets. Berntsen had het kledingstuk niet snel genoeg weggemoffeld. Het was geen gewone muts maar een bivakmuts. Zo'n muts werd ook gebruikt toen Gusto werd geliquideerd.

En de volgende gedachte volgde onmiddellijk. De mol.

Was het misschien toch niet de politie die als eerste was gekomen, maar een lakei van Dubai?

Harry dacht aan het geweer achter de klerenkast. Maar het was nu te laat om weg te komen, op de gang hoorde hij nieuwe voetstappen. Twee personen. Een van hen zo groot dat de vloerplanken kraakten. De voetstappen stopten voor zijn deur. De schaduwen van twee paar benen die wijdbeens stonden, vielen op de grond onder de kier door. Hij kon natuurlijk hopen dat het collega's van Berntsen waren, dat het echt om een arrestatie ging. Maar hij had de vloer horen kraken. Een grote man, hij gokte zo groot als de gedaante die achter hem aan had gerend in het Frognerpark.

'Kom mee,' zei Berntsen, hij stond op en ging voor Harry staan. Hij krabde zich zogenaamd toevallig op zijn borst onder zijn jas. 'Even een tochtje, jij en ik samen.'

'We zullen vast met meer zijn,' zei Harry. 'Ik zie dat je back-up hebt.'

Hij knikte naar de schaduw onder de deur door. Er was een vijfde schaduw tussen twee benen bijgekomen. Een rechthoekige, rechte schaduw. Truls volgde zijn blik. En Harry zag het. De oprechte verbazing op zijn gezicht. Het type verbazing dat mensen als Truls Berntsen niet kunnen imiteren. Dit waren geen mannen van Berntsen.

'Weg bij die deur,' fluisterde Harry.

Truls stopte met het bewerken van zijn kauwgom en keek op hem neer.

Truls Berntsen vond het prettig om zijn Steyr-pistool in een schouderholster te hebben waarbij de holster naar voren werd getrokken waardoor het pistool plat tegen zijn borst lag. Het pistool was dan moeilijker te zien wanneer je face to face met iemand stond. Aangezien hij wist dat Harry Hole een geroutineerde rechercheur was, opgeleid door de FBI in Chicago en zo, wist hij dat Hole automatisch bollingen onder zijn kleding zou zien. Niet dat Truls van plan was zijn Steyr te gebruiken, maar hij had voorzorgsmaatregelen getroffen. Als Harry zich verzette, zou hij hem dwingen mee te gaan door de Steyr discreet tegen zijn rug te drukken, zelf zou hij de bivakmuts opdoen zodat eventuele getuigen niet konden vertellen met wie Hole samen had gelopen vlak voor hij van de aardbodem verdween. De Saab stond in een achterafstraatje geparkeerd, hij had zelfs de enige lantaarn daar kapotgemaakt zodat niemand het kenteken kon zien. Vijftigduizend euro. Hij zou geduldig zijn, het steen voor steen opbouwen. Het huis zou iets hoger op Høyenhall worden gebouwd, met uitzicht op hen. Op haar.

Harry Hole had kleiner geleken dan de gigant die hij zich herinnerde. En lelijker. Bleek, lelijk, vuil en vermoeid. Wanhopig en ongeconcentreerd. Het zou een simpelere klus worden dan hij zich had voorgesteld. Dus toen Hole hem fluisterend had gezegd weg te gaan bij de deur, was Truls Berntsens eerste reactie er een van irritatie geweest. Kwam die kerel nu met zo'n kinderlijke truc nu alles zo goed ging? Maar zijn tweede reactie was dat het wel de toon was die ze gebruikten. Politiemensen in kritieke situaties. Geen kleurrijke beschrijvingen of dramatische gebaren, slechts een neutrale, koude manier van praten die de minste kans gaf op miscommunicatie. En de grootste kans op overleven.

Dus Truls Berntsen deed – bijna zonder er verder over na te denken – een stap opzij.

Op hetzelfde moment kwam het bovenste deel van de deurplaat in splinters de kamer in.

Terwijl Truls Berntsen ronddraaide, concludeerde hij instinctief dat de loop moest zijn afgezaagd, want de lading hagel had van die korte afstand een enorme reikwijdte. Hij had zijn hand al in zijn jack. Met de schouderholster in de gewone positie en zonder jack zou hij sneller zijn geweest omdat de kolf uit de holster stak. Maar met zijn jack aan was het toch niet moeilijk om het pistool te pakken dat dicht tegen zijn borst aan lag, vlak bij de opening van zijn jack.

Truls Berntsen liet zich achterover op het bed vallen, ondertussen zijn pistool stevig in zijn hand klemmend en hij hield zijn arm al gestrekt op het moment dat de rest van de deur met veel kabaal kapotgeschoten werd. Hij hoorde het glas achter hem breken voordat het geluid overstemd werd door een nieuw schot.

Het geluid vulde en verstopte zijn oren en er leek wel een sneeuwstorm te woeden in de kamer.

Twee silhouetten van mannen stonden in de sneeuwstorm in de deuropening. De grootste had zijn pistool getrokken. Zijn hoofd raakte bijna de deurpost, hij moest meer dan twee meter zijn. Truls haalde de trekker over. En schoot. Hij voelde de verrukkelijke terugslag en nog verrukkelijker was de zekerheid dat het deze keer echt was, wat er hierna ook zou gebeuren. Het lijf van de grote man schokte, hij leek zijn haar naar achteren te gooien voor hij achterover klapte en uit beeld verdween. Truls richtte zijn pistool op de ander. Die stond daar roerloos. Witte donsveertjes daalden op hem neer. Truls hield hem onder schot. Maar haalde niet over. Hij zag hem nu duidelijker. Het gezicht van een veelvraat. Een gezicht dat Truls altijd aan Samen, Finnen en Russen deed denken.

En nu tilde die kerel heel rustig zijn pistool op, hield het voor zich. Zijn vinger rond de trekker.

'*Easy*, Berntsen,' zei hij.

Truls Berntsen liet een langgerekte schreeuw horen.

Harry viel.

Hij hield zijn hoofd gebogen, kromde zijn rug en viel achterover op het moment dat de eerste hagel over zijn hoofd vloog, op de plek waar hij wist dat het raam zat. Hij voelde de ruit haast buigen voor die zich leek te herinneren dat hij van glas was en moest toegeven.

Toen bevond hij zich in een vrije val.

De tijd had ineens op de rem getrapt, het leek of hij door water viel. Zijn handen en armen draaiden als langzame schoepen in een automatische poging de beweging van het lichaam, dat aan een achterwaartse salto was begonnen, te stoppen. Halve gedachten schoten heen en weer tussen de synapsen van zijn hersenen. Dat hij eerst op zijn hoofd en nek zou landen.

Dat het een geluk was dat hij geen gordijnen had.

De vrouw achter het raam tegenover hem.

Toen werd hij ontvangen door alleen maar zachtheid. Lege kartonnen dozen, oude kranten, volle luiers, melkpakken en brood van een dag oud uit de keuken van het hotel, filters met koffiedik.

Hij lag op zijn rug in een open afvalcontainer en zat onder de glasscherven. Uit het raam boven hem kwamen bliksemflitsen. Vlammen uit een loop. Maar het was merkwaardig stil, alsof de schoten van een televisie kwamen waarvan het geluid zachter was gezet. Hij voelde dat de ducttape rond zijn nek was gescheurd. Dat het bloed eruit stroomde. En even schoot de dwaze gedachte door zijn hoofd om gewoon te blijven liggen. Zijn ogen te sluiten, te slapen en weg te drijven. Het leek of hij zichzelf observeerde terwijl hij overeind krabbelde, over de rand sprong en naar de poort aan de overkant van de binnenplaats spurtte. Hij trok de poort net open toen hij een lang, razend gebrul uit het raam hoorde komen. Hij stond op straat, struikelde bijna over een deksel van een afvalemmer, maar bleef op de been. Hij zag een zwarte vrouw aan het werk in haar strakke spijkerbroek, ze glimlachte automatisch naar hem en vormde een kusmond voor ze de situatie nog eens opnam en haar hoofd afwendde.

Harry begon te rennen.

En hij besloot dat hij door zou rennen.

Tot hij niet meer kon.

Tot het over was, tot ze hem hadden.

Hij hoopte dat dat niet te lang zou duren.

In de tijd die hem nog restte deed hij wat ieder prooidier automatisch doet: vluchten, proberen te ontsnappen, proberen nog een paar uur, minuten, desnoods seconden te overleven.

Zijn hart protesteerde bonzend en hij begon te lachen toen hij voor de nachtbus de straat overstak en in de richting van Oslo Centraal Station rende.

HOOFDSTUK 34

Harry was ingesloten. Hij was net wakker geworden en was tot deze conclusie gekomen. Op de muur recht boven hem hing een gravure van een gevild menselijk lichaam. Daarnaast een mooi uitgesneden houten figuur van een gekruisigde man die bezig was dood te bloeden. En daarnaast medicijnkast na medicijnkast.

Hij draaide zich om op de bank. Hij probeerde door te gaan waar hij gisteren was opgehouden. Hij trachtte het hele beeld te zien. Het had vele punten en het lukte hem nog niet die punten met elkaar te verbinden. En zelfs die punten waren voorlopig slechts veronderstellingen.

Veronderstelling één: Truls Berntsen was de mol. Werkzaam bij GC nam hij de perfecte positie in om Dubai van dienst te zijn.

Veronderstelling twee: het bloed van Berntsen had gematcht met de DNA-analyse die Beate had uitgevoerd. Daarom wilde ze niets zeggen voor het honderd procent zeker was. De analyse van het bloed onder de nagels van Gusto wees immers naar iemand in de eigen gelederen. En als dat klopte, dan had Gusto Truls Berntsen op de dag dat hij werd vermoord gekrabd.

Maar nu werd het moeilijker: als Berntsen inderdaad voor Dubai werkte en hij had de opdracht gekregen om Harry koud te maken, waarom doken die Blues Brothers dan op en probeerden ze hun hoofden van hun romp af te schieten? En als het inderdaad om mannen van Dubai ging, waarom reden de mol en zij elkaar dan zo in de wielen? Stonden ze toch niet aan dezelfde kant of was het een slecht gecoördineerde actie? Misschien was die niet gecoördineerd omdat Truls Berntsen op eigen initiatief had gehandeld om te verhinderen dat Harry bewijzen kon leveren uit Gusto's graf en hem kon ontmaskeren?

Er klonk gerinkel van sleutels en de deur ging open.

'Goedemorgen,' kraaide Martine. 'Hoe voel je je vandaag?'

'Beter,' loog Harry op zijn horloge kijkend. Zes uur in de ochtend. Hij gooide de deken van zich af en zwaaide zijn benen van de bank.

'Onze ziekenboeg is niet berekend op overnachtingen,' zei Martine. 'Blijf liggen dan zal ik een nieuw verband rond je nek doen.'

'Bedankt dat je me vannacht wilde binnenlaten,' zei Harry. 'Maar het is zoals gezegd niet ongevaarlijk om me nu te verbergen, dus ik denk dat ik maar vertrek.'

'Ga liggen!'

Harry keek haar aan. Hij zuchtte en gehoorzaamde. Hij sloot zijn ogen en luisterde naar Martine die laden opentrok en weer sloot. Hij hoorde dat een schaar op glas kletterde, het geluid van de eerste gasten die, een verdieping lager, de kantine van het Leger des Heils binnen liepen voor het ontbijt.

Terwijl Martine het verband van de dag daarvoor verwijderde, gebruikte Harry één hand om Beate te bellen en werd doorgeschakeld naar een antwoordapparaat met het minimalistische verzoek om het vooral kort te houden, piep.

'Ik weet dat het bloed afkomstig is van een voormalig rechercheur bij Kripos,' zei Harry. 'Zelfs als je dat in de loop van de dag bevestigd krijgt, moet je dit nog aan niemand melden. Dat alleen is namelijk niet voldoende reden om een arrestatiebevel te krijgen, en als we hem opjagen lopen we het risico dat hij de hele zaak kapotmaakt en verdwijnt. Daarom moeten we hem arresteren voor iets anders, dat zal ons wat tijd geven. De inbraak en de moord in het motorclubgebouw in Alnabru. Als ik me niet vergis is hij dezelfde persoon met wie Oleg probeerde in te breken. En Oleg wil getuigen. Daarom wil ik dat je een foto van Truls Berntsen, nu rechercheur bij GC, naar het advocatenkantoor van Hans Christian Simonsen stuurt en hem vraagt de foto aan Oleg te laten zien voor de identificatie.'

Harry verbrak de verbinding, haalde diep adem, voelde het komen, zo snel en zo sterk dat hij snakte naar adem. Hij draaide zich om, voelde dat zijn maaginhoud van plan was omhoog te komen.

'Doet het pijn?' vroeg Martine. Ze ging met watten in alcohol gedoopt langs de wonden in zijn hals. Harry schudde zijn hoofd en knikte naar de geopende fles met alcohol.

'Juist,' zei Martine en ze draaide de fles dicht.

Harry lachte schaapachtig en voelde dat het zweet hem uitbrak.

'Wordt het nooit beter?' vroeg Martine zacht.

'Wat?' zei Harry hees.

Ze gaf geen antwoord.

Harry's blik ging heen en weer tussen de banken op zoek naar afleiding, iets waarop hij zijn gedachten kon richten, wat dan ook. Zijn blik vond de gouden ring die ze had afgedaan en op de bank had gelegd voor ze zijn wonden ging verzorgen. Zij en Rikard waren nu al een paar jaar getrouwd, de ring had wat lichte beschadigingen, was niet nieuw meer en glom niet zo als de ring van Torkildsen bij Telenor. Harry voelde zich ineens koud worden en zijn hoofdhuid begon te prikken. Maar dat kon natuurlijk gewoon door het zweten komen.

'Echt goud?' vroeg hij.

Martine begon een nieuw verband aan te leggen. 'Het is een trouwring, Harry.'

'Dus?'

'Dus natuurlijk is die van goud. Hoe arm of gierig je ook bent, je koopt geen trouwring die niet van goud is.'

Harry knikte. Het prikte en het prikte, hij voelde zijn nekharen overeind staan. 'Ik heb dat wel gedaan,' zei hij.

Ze lachte. 'Dan ben jij de enige op de hele wereld, Harry.'

Harry staarde naar de ring. Ze zei het. 'Verdomd, ik ben de enige...' zei hij langzaam. De nekharen vergisten zich nooit.

'Hé, ik ben nog niet klaar!'

'Het is goed zo,' zei Harry die al was opgestaan.

'Je moet in elk geval schone, nieuwe kleren aantrekken. Je stinkt naar afval, zweet en bloed.'

'De Mongolen smeerden zich altijd in met excrementen van dieren voor ze een groot gevecht begonnen,' zei Harry terwijl hij zijn shirt dichtknoopte. 'Als je me nog iets wilt geven wat ik nodig heb, dan zou een kop koffie...'

Ze gaf zich gewonnen. Hoofdschuddend liep ze de deur uit en de trap af.

Harry pakte snel zijn mobieltje.

'Ja?' Klaus Torkildsen klonk als een zombie. Het geschreeuw van kinderen op de achtergrond verklaarde waarom.

'Met Harry Hole. Als je dit voor me doet, zal ik je nooit meer lastigvallen, Torkildsen. Je moet een paar basisstations voor me checken. Ik moet alle plaatsen weten waar het mobiele telefoonnummer van Truls Berntsen, adres ergens in Manglerud, zich op de avond van 12 juli bevond.'

'We kunnen dat niet op de vierkante meter nauwkeurig bepalen.'

'... de bewegingen van minuut tot minuut. Ik weet dat allemaal. Maak er gewoon het beste van.'

Stilte.

'Was dat alles?'

'Nee, nog een naam.' Harry sloot zijn ogen en dacht na. Zag

de letters voor zich op het naamplaatje op een deur in het Radiumhospitaal. Mompelde voor zich uit. Hij zei de naam hardop in de telefoon.

'Genoteerd. En wat betekent "nooit meer"?'

'Nooit meer.'

'Juist,' zei Torkildsen. 'Nog één ding.'

'Ja?'

'De politie heeft gisteren naar je nummer gevraagd. Je hebt geen geregistreerd nummer.'

'Ik heb een ongeregistreerd Chinees nummer. Hoezo?'

'Ik kreeg haast het gevoel dat ze dat nummer wilden opsporen. Wat is er aan de hand?'

'Weet je zeker dat je dat wilt weten, Torkildsen?'

'Nee,' zei Torkildsen na weer een stilte. 'Ik bel je als ik iets heb.'

Harry verbrak de verbinding en dacht na. Hij werd gezocht. Zelfs als de politie zijn nummer niet in het register kon vinden, konden ze twee en twee bij elkaar optellen als ze de gesprekken van en naar Rakel checkten en een Chinees nummer zagen opduiken. De telefoon was een peilstation, hij moest hem wegdoen.

Toen Martine met een dampende kop koffie terugkwam, had Harry nog net tijd om twee slokken te nemen om vervolgens recht op de man af te vragen of hij haar mobieltje een paar dagen mocht lenen.

Ze keek hem met die heldere, directe blik aan en zei ja en vroeg of hij daar goed over na had gedacht.

Harry knikte. Hij kreeg de kleine, rode telefoon, kuste haar op haar wang en nam de koffie mee naar de kantine. Vijf tafels waren al bezet en er kwamen nog meer vroege vogels binnen. Harry ging aan een leeg tafeltje zitten en kopieerde de belangrijkste nummers uit zijn eigen Chinese iPhone-kopie. Hij stuurde hen een kort sms'je over zijn nieuwe, tijdelijke, nummer.

Drugsverslaafden zijn net zo ondoorgrondelijk als alle andere mensen, maar op één gebied zijn ze tamelijk voorspelbaar, dus toen Harry zijn Chinese telefoon op de lege tafel liet liggen en naar de wc ging, was hij behoorlijk zeker van de uitkomst. Toen hij terugkwam was de telefoon in rook opgegaan. Die begon aan een reis waarbij de politie een achtervolging kon inzetten langs allerlei basisstations in de stad.

Harry zelf verliet het gebouw en liep via de Tøyengate naar Grønland.

Achter hem kwam een politieauto aangereden. Hij boog automatisch zijn hoofd, pakte de telefoon van Martine en deed of hij in gesprek was om de helft van zijn gezicht met zijn hand te kunnen bedekken.

De auto reed voorbij. De komende uren was het zaak zich zoveel mogelijk schuil te houden.

Maar wat belangrijk was: hij wist iets. Hij wist waar hij moest beginnen.

Truls Berntsen lag onder twee lagen dennentakken en had het stervenskoud.

Hij had de film die nacht steeds opnieuw afgespeeld in zijn hoofd. Het veelvraatgezicht dat voorzichtig naar achteren bewoog terwijl hij *easy* herhaalde, als een soort smeekbede om een wapenstilstand. Ze hielden elkaar onder vuur. Veelvraatgezicht. De chauffeur in de limousine voor het kerkhof van Gamlebyen. De man van Dubai. Toen de man bukte om zijn grote collega die Truls had neergeschoten mee te krijgen, moest hij zijn pistool laten zakken en Truls had begrepen dat die kerel wist dat hij zijn leven riskeerde door zijn kameraad mee te willen nemen. Dat veelvraatgezicht moest vroeger een soldaat of politieman zijn geweest, iemand met zo'n ziekelijk eergevoel, in elk geval. Op dat moment kwam er gekreun uit die enorme kerel. Truls was zowel opgelucht als teleurgesteld. Maar hij had het veelvraatgezicht laten doen wat hij wilde doen, de enorme man werd op de been geholpen en Truls kon het bloed in zijn schoenen horen soppen terwijl ze de gang op wankelden naar de achterdeur. Toen ze buiten waren, had hij zijn bivakmuts opgezet en was weggerend, langs de receptie, de straat op naar zijn Saab. Hij was direct hierheen gereden, hij durfde niet naar huis te gaan. Maar dit was een veilige plaats, zijn geheime plaats. De plek waar niemand hem kon zien, de plek die alleen hij kende en waar hij heen ging als hij haar wilde zien.

De plek lag in Manglerud, in een populair wandelgebied, maar de mensen die daar wandelden bleven op de paden en kwamen nooit op deze rotspunt van hem die ook nog eens omgeven werd door dicht struikgewas en bomen.

Het huis van Mikael en Ulla Bellman lag op de heuvel recht tegenover de rotspunt, en vanaf daar had hij een perfect uitzicht op het raam van de woonkamer waarachter ze vele avonden zat. Ze zat daar gewoon op de bank met haar mooie gezichtje, haar tengere lichaam dat in de loop der jaren nauwelijks was veranderd, ze was nog steeds Ulla, het mooiste meisje van Manglerud. Soms zat Mikael daar ook. Hij had gezien hoe ze elkaar kusten en liefkoosden, maar ze waren altijd naar de slaapkamer verdwenen voor er meer gebeurde. Hij wist niet of hij meer had willen zien. Want hij vond het het prettigst als ze daar alleen zat. Op de bank met een boek en haar voeten onder zich getrokken. Af en toe kon ze een blik uit het raam werpen alsof ze voelde dat ze werd geobserveerd. En dan kon hij opgewonden raken bij de gedachte dat ze het misschien wist. Wist dat hij daar ergens was.

Maar nu was het raam van de woonkamer donker. Ze waren verhuisd. Zij was verhuisd. En er waren geen uitzichtpunten bij het nieuwe huis. Hij had het gecheckt. En zoals de zaken nu lagen, was het niet zeker of hij er nog gebruik van kon maken. Of hij sowieso nog iets kon gebruiken. Hij was een getekend man.

Ze hadden hem 's nachts naar Hole in Leons gelokt en toen aangevallen.

Ze hadden geprobeerd van hem af te komen. De mol te begraven. Maar waarom? Omdat hij te veel wist? Maar hij was toch een mol en mollen weten te veel, dat ligt in de lijn van de verwachting. Hij kon het niet begrijpen. Verdomme! De reden maakte eigenlijk ook niet uit, hij moest zorgen dat hij in leven bleef.

Hij had het zo koud en was zo moe dat zijn botten hem pijn deden, maar hij durfde niet voor het licht was naar huis te gaan en hij had gecontroleerd of de kust veilig was. Als hij eenmaal achter de voordeur van zijn flat was, had hij artillerie genoeg voor een belegering. Hij had ze natuurlijk beiden dood moeten schieten toen hij de kans kreeg, maar als ze het weer probeerden zouden ze verdomme wel merken dat Truls Berntsen niet zo makkelijk te pakken was.

Truls ging staan. Hij klopte de dennennaalden van zijn kleren, huiverde en klapte met beide handen op zijn rug. Keek weer naar het huis. Het begon al licht te worden. Hij dacht aan de andere Ulla's. Die kleine, donkere uit Fyrlyset. Martine. Hij had eigenlijk gedacht dat hij haar wel kon krijgen. Ze werkte tussen gevaarlijke mensen en hij was in staat haar te beschermen. Maar hij was haar niet opgevallen en zoals gewoonlijk had hij niet de *guts* gehad om op haar af te stappen en de afwijzing te incasseren. Het was beter geweest om te wachten en te hopen, uit te stellen, zichzelf te pijnigen, een aanmoediging te zien waar minder wanhopige mannen alleen maar gewone vriendelijkheid zagen. En op een dag had hij iemand iets tegen haar horen zeggen waaruit hij op kon maken dat ze zwanger was. Verrekte hoer. Het zijn allemaal hoeren. Net als dat meisje dat Gusto Hanssen had gebruikt als spion. Hoer, hoer. Hij haatte die vrouwen. En de mannen die erin slaagden die vrouwen voor zich te winnen.

Hij sprong op en neer en sloeg zijn armen om zich heen, maar hij wist dat hij nooit meer warm zou worden.

Harry was teruggelopen naar Kvadraturen. Hij ging in het Postcafé zitten. Dat was het vroegst open, vier uur eerder dan Schrøder, en hij moest in de rij staan met naar bier snakkende mannen om een soort ontbijt te krijgen.

Rakel was de eerste die hij belde. Hij vroeg haar in de mailbox van Oleg te kijken.

'Ja,' zei ze. 'Er is een bericht van Bellman voor je. Het lijkt op een lijst adressen.'

'Oké,' zei Harry. 'Stuur die door aan Beate Lønn.' Hij gaf haar het e-mailadres.

Toen stuurde hij een sms aan Beate, meldde dat de lijsten naar haar waren doorgestuurd en ging verder met zijn ontbijt. Hij verhuisde naar Stortorvets Gjæstgiveri, waar hij net een tweede kop prima koffie had gekregen, toen Beate belde.

'Ik heb dus de lijsten vergeleken met de lijsten die ik had gekopieerd van de surveillanten. Wat is dit voor lijst?'

'Dat is de lijst die Bellman heeft ontvangen en naar mij heeft doorgestuurd. Ik wilde alleen weten of ik een juiste versie heb gekregen of dat ermee gerommeld is.'

'Ik begrijp het. Alle adressen die ik eerder had gekregen staan op de lijst die Bellman en jij gekregen hebben.'

'Hm,' zei Harry. 'Was er niet nog een lijst? Die jij niet hebt gekregen?'

'Waar gaat dit allemaal over, Harry?'

'Ik probeer uit te zoeken of de mol ons niet kan helpen.'

'Waarmee helpen?'

'Ons het huis van Dubai aan te wijzen.'

Stilte.

‘Ik zal proberen die laatste lijst te pakken te krijgen,’ zei Beate.

‘Bedankt, we spreken elkaar nog.’

‘Wacht.’

‘Ja?’

‘Ben je niet geïnteresseerd in de rest van de uitkomst van het DNA-profiel van het bloed onder Gusto’s nagels?’

HOOFDSTUK 35

Het was zomer en ik was de koning van Oslo. Ik had een halve kilo violine gekregen voor Irene en de helft daarvan had ik op straat verkocht. Dat zou het startkapitaal zijn van iets groots, een nieuwe liga die de oude kerel zou wegvagen. Maar eerst moest de start worden gevierd. Ik gebruikte een beetje van de verkoopsom om een pak te kopen dat paste bij de schoenen die ik van Isabelle Skøyen had gekregen. Ik zag eruit als een million dollar man *en ze trokken niet eens hun wenkbrauwen op toen ik in het fuckings Grand om een suite vroeg. We logeerden daar. We feestten vierentwintig uur door. Wie 'we' waren dat varieerde een beetje, maar het was zomer, Oslo, dames, jongens: het was als in vroeger tijden, alleen met een iets zwaardere medicatie. Zelfs Oleg fleurde op en werd een poosje weer de oude. Het bleek dat ik meer vrienden had dan ik dacht en de dope ging sneller dan je zou denken. We werden het Grand uitgeschopt dus namen we onze intrek in Christiania. Daarna in het Radisson, Holbergsplass.*

Uiteraard kon het niet eeuwig duren, maar wat kon ons dat verrekken?

Een keer of twee zag ik een zwarte limousine aan de overkant van de straat staan toen ik uit het hotel kwam. Maar er zijn meer van die auto's en hij stond er alleen maar.

Toen kwam de onherroepelijke dag dat het geld op was en ik meer van de dope moest verkopen. Ik had een geheime stashplaats in de Hausmannsgate in een van de bezemkasten op de verdieping onder ons, tussen de lichte plafondplaten, achter een tros kabels. Maar óf ik had in een vlaag van verstandsverbijstering gepraat óf ik was gezien toen ik erheen ging. Want de stashplaats was leeg. En ik had geen reserveplek.

We waren terug bij scratch. Behalve dan dat er geen 'wij' meer was. Het werd tijd om uit te checken. En de eerste shot van de dag te nemen die nu op straat moest worden bemachtigd. Maar toen ik wilde afrekenen voor de kamer waar we twee weken hadden gelogeerd, kwam ik nota bene vijftigduizend kronen te kort.

Ik deed het enige verstandige: ik rende weg.

Ik rende door de hal, de straat op, door het park en naar de fjord. Niemand volgde me.

Toen sjokte ik naar Kvadraturen om wat te kopen. Er was geen Arsenalshirt te zien, alleen hologige junkies die strompelend op zoek waren naar een dealer. Ik sprak met iemand die me meth wilde verkopen. Hij zei dat er al een paar dagen geen violine te krijgen was, dat de toevoer gewoon was opgedroogd. Maar er gingen geruchten dat een paar slimme spuiters hun laatste kwarten violine tegen vijfduizend kronen verkochten op Plata, zodat ze in plaats daarvan voor een week horse konden kopen.

Ik had verdomme niet eens vijfduizend kronen, dus ik begreep dat ik in trouble *was. Drie opties. Verpatsen, smeken of stelen.*

Eerst verpatsen. Maar wat had ik eigenlijk nog, ik die zelfs zijn pleegzus had verkocht? Ik bedacht iets. De Odessa. Die lag in de repetitieruimte en de Pakistani in Kvadraturen hadden vast wel vijfduizend kronen over voor een pistool met fuckings salvo's. Dus draafde ik langs de Opera en Oslo Centraal Station. Maar er moest daar zijn ingebroken, want de deur had een nieuw hangslot en de gitaarversterkers waren weg, alleen de trommels waren er nog. Ik zocht naar de Odessa, maar die was verdomme ook weg. Die verrekte dieven.

Smeken dan. Ik nam een taxi, stuurde hem naar het westen, naar Blindern. De chauffeur begon al om geld te zeuren toen ik ging zit-

ten, blijkbaar voelde hij nattigheid. Ik vroeg hem te stoppen waar de weg doodliep, ik sprong uit de taxi en de chauffeur werd pislink toen ik de loopbrug over rende. Ik ging door het Forskningspark, ik bleef rennen hoewel er niemand achter me aan zat. Maar ik rende omdat ik haast had. Ik wist alleen niet waarom.

Ik deed de poort open, rende het grindpad op naar de garage. Ik keek door een kier naast de ijzeren deur naar binnen. De limousine stond er. Ik klopte op de deur van de villa.

Andrej deed open. De oude kerel was niet thuis, zei hij. Ik wees naar het buurhuis, zei dat hij daar moest zijn, de limousine stond immers in de garage. Hij herhaalde dat ataman niet thuis was. Ik zei dat ik geld nodig had. Hij zei dat hij me niet kon helpen en dat ik daar nooit meer mocht komen. Ik zei dat ik violine nodig had, alleen maar voor deze ene keer. Hij zei dat er op het moment geen violine te krijgen was, dat Ibsen een of ander bestanddeel niet had, dat ik een paar weken moest wachten. Ik zei dat ik dan allang dood zou zijn, dat ik geld of violine moest hebben.

Andrej wilde de deur dichtdoen, maar ik kon mijn voet tussen de deur zetten.

Ik zei dat als ik het niet kreeg, ik zou vertellen waar hij woonde.

Andrej keek me aan.

'Are you trying to get yourself killed?' zei hij met een komisch accent. 'Remember Bisken?'

Ik stak mijn hand uit. Ik zei dat de smeris goed zou betalen om te weten te komen waar Dubai en zijn ratten woonden. Maar ze zouden vooral goed uitpakken als ik vertelde over die dode undercover op hun keldervloer.

Andrej schudde langzaam zijn hoofd.

Dus ik zei tegen die Kozak passhol vchorte wat volgens mij Russisch is voor: loop naar de hel, en vertrok.

Ik voelde de hele weg naar de poort zijn blik in mijn rug.

Ik begreep niet waarom die oude kerel Oleg en mij weg liet ko-

men met de diefstal van de dope, maar ik wist wel dat ik hier niet zo makkelijk mee wegkwam. Maar het kon me niet verrekken, ik voelde me klote, ik hoorde slechts één ding: het hongerige geschreeuw van mijn aderen.

Ik liep het pad op naar de Vestre Aker kerk. Ik stond daar te kijken naar een paar oude vrouwen die voorbijliepen. Weduwen op weg naar het graf, dat van hun man of van hen zelf, met tassen vol geld. Maar ik had het verdomme niet in me. Ik, de Dief, stond doodstil te zweten als een otter, doodsbang voor deze breekbare, tachtigjarige vrouwen. Het was om te janken.

Het was zaterdag en in mijn hoofd nam ik de vrienden door die me geld konden lenen. Dat was snel gedaan. Niemand.

Toen bedacht ik dat één persoon me in elk geval geld moest lenen. Als hij begreep dat het voor zijn bestwil was.

Ik glipte de bus in, kwam in het juiste deel van de stad terecht en stapte uit bij Manglerud.

Dit keer was Truls Berntsen thuis.

Hij stond op de vijfde etage in de deuropening van zijn appartement en hij hoorde hoe ik ongeveer hetzelfde ultimatum stelde als in de Blindernvei. Als hij niet snel met vijfduizend kwam, zou ik verraden dat hij Tutu had vermoord en het lijk later had laten verdwijnen.

Maar Berntsen keek me cool aan. Hij vroeg me binnen te komen zodat we het in alle rust eens konden worden, zei hij.

In zijn ogen stond iets heel anders te lezen.

Ik bleef staan en zei dat er niet veel te bepraten viel, óf hij kwam over de brug óf ik ging hem tegen geld verraden. Hij zei dat de politie verraders niet betaalde. Maar dat vijfduizend goed was, we hadden immers een verleden samen, waren bijna kameraden. Hij zei dat hij niet zoveel cash in huis had, dus we moesten naar een pinautomaat rijden. De auto stond beneden in de garage.

Ik dacht na. De alarmbellen rinkelden, maar de pijn en het ver-

langen waren niet meer om uit te houden, het blokkeerde mijn vermogen om helder na te denken. Dus hoewel ik wist dat het niet goed zat, knikte ik ja.

'Zei je dat je de rest van het DNA-profiel hebt?' vroeg Harry terwijl hij de mensen in het Postcafé scande. Geen verdachte personen. Of beter gezegd, een heleboel verdachte personen, maar niemand van wie hij aannam dat ze bij de politie zaten.

'Ja,' zei Beate.

Harry veranderde de greep op het mobieltje. 'Ik geloof dat ik al weet wie Gusto heeft gekrabd.'

'O?' zei Beate, duidelijk met verbazing in haar stem.

'Yep. Een man in het DNA-register is óf een verdachte óf veroordeeld óf het is een politieman die mogelijk een plaats delict kan verontreinigen. In dit geval gaat het om de laatste categorie. Hij heet Truls Berntsen en werkt bij GC.'

'Hoe weet je dat hij het is?'

'Nou, de optelsom van dingen die zijn gebeurd, kun je zeggen.'

'Laat maar,' zei Beate. 'Ik twijfel er niet aan dat er goede overwegingen aan ten grondslag liggen.'

'Bedankt,' zei Harry.

'En toch is het helemaal fout,' zei Beate.

'Wat zeg je?'

'Het bloed onder de nagels van Gusto komt niet van ene Berntsen.'

Maar terwijl ik daar voor de deur stond van Truls Berntsen, die zijn autosleutels pakte, keek ik naar beneden. Naar mijn schoenen. Die verdomd mooie schoenen. Dus toen moest ik denken aan Isabelle Skøyen.

Zij was niet zo gevaarlijk als Berntsen. En ze was gek op me, ja toch?

Knettergek.

Dus voor Berntsen terug was, stormde ik met zeven treden tegelijk de trap af terwijl ik op iedere verdieping op de knop van de lift drukte.

Ik sprong op de tram naar Oslo Centraal Station. Eerst was ik van plan haar te bellen, maar ik bedacht me. Ze kon me misschien door de telefoon afpoeieren, maar niet als ik in levenden, heerlijke lijve opdook. Zaterdag betekende bovendien dat haar stalknecht vrij was. Wat weer betekende – aangezien knollen en varkens erg slecht zijn in het zelf halen van eten uit de koelkast – dat ze thuis was. Dus op Oslo Centraal Station reisde ik zwart met Østfoldbanen, aangezien een ritje naar Rygge honderdvierenveertig kronen kost wat ik nog steeds niet had. Vanaf het station liep ik naar de boerderij. Dat is een heel stuk, vooral als het gaat regenen. En het begon te regenen.

Toen ik het erf op liep, zag ik dat haar auto er stond, zo'n bak met vierwielaandrijving die mensen gebruiken om de straten in het centrum mee te veroveren. Ik klopte op de deur van het woonhuis waar, zoals ze me had verteld, geen dieren woonden. Maar er kwam niemand. Ik riep, de echo weerkaatste tussen de gebouwen, maar niemand gaf antwoord. Ze kon natuurlijk zijn gaan paardrijden. Prima, ik wist immers waar ze haar geld bewaarde en hier op het land is men nog niet begonnen alle deuren op slot te draaiden. Dus duwde ik de deurklink naar beneden en inderdaad, de deur was behoorlijk open.

Ik was al onderweg naar de slaapkamer toen ze ineens voor me stond. Stevig en wijdbeens boven aan de trap, met een badjas aan.

'Wat doe je hier, Gusto?'

'Ik wilde je zien,' zei ik en ik toverde een glimlach op mijn gezicht. Maakte dat ik straalde.

'Je moet naar de tandarts,' zei ze koud.

Ik begreep wat ze bedoelde, ik had bruine plekken in mijn gebit gekregen. Het zag er allemaal een beetje verrot uit, maar niet iets wat een staalborstel niet kon fiksen.

'Wat doe je hier?' herhaalde ze. 'Geld?'

Dat is zo bijzonder aan Isabelle en mij, we lijken op elkaar, we hoeven niet te doen alsof.

'Vijfduizend?' zei ik.

'Dat gaat niet, Gusto, we zijn klaar. Zal ik je terugbrengen naar het station?'

'Hè? Vooruit, Isabelle. Neuken?'

'Sst!'

Het duurde even voor ik de situatie doorkreeg. Dom van me, kwam zeker door mijn fuckings verslaving. Ze stond daar midden op de dag in een badjas, met make-up op.

'Verwacht je iemand?' vroeg ik.

Ze gaf geen antwoord.

'Nieuwe jongen om mee te neuken?'

'Zo gaat dat als men in gebreke blijft, Gusto.'

'Ik ben goed in een comeback,' zei ik en ik was zo snel dat ze haar evenwicht verloor toen ik haar pols pakte en haar naar me toe trok.

'Je bent nat,' zei ze tegenstribbelend, maar niet heftiger dan anders als ze harde seks wilde.

'Het regent,' zei ik en ik beet haar in haar oorlelletje. 'Wat is jouw excuus?' Ik had al een hand onder haar badjas.

'En je stinkt. Laat me los!'

Mijn hand streelde over haar pasgeschoren kutje, ik vond de spleet. Ze was nat. Drijfnat. Ik kon direct twee vingers gebruiken. Te nat. Ik voelde iets kleverigs. Trok mijn hand terug. Hield het voor me. Mijn vingers waren bedekt met iets wits en slijmerigs. Ik keek haar verbaasd aan. Ik zag haar triomfantelijke grijns terwijl ze naar me toe leunde en fluisterde: 'Zoals ik al zei. Als je in gebreke blijft…'

Ik verloor mijn zelfbeheersing en tilde mijn hand op om te slaan, maar ze greep die en hield me tegen. Sterke bitch, die Skøyen.

'Ga nu, Gusto.'

Ik zag iets in haar ogen. Als ik niet beter wist dan had ik gedacht dat het tranen waren.

'Vijfduizend,' fluisterde ik.

'Nee,' zei ze. 'Dan kom je terug. En dat kunnen we niet hebben.'

'Verrekte hoer!' riep ik. 'Je vergeet een paar verdomd belangrijke zaken. Kom over de brug of ik ga naar de krant met het hele verhaal. En dan heb ik het niet over onze vrijpartijen, maar dat die hele schoonveegactie werk is van die oude kerel en jou. Fuckings nepsocialisten, drugs en politiek in een bed. Hoeveel denk je dat VG zal betalen?'

Ik hoorde de slaapkamerdeur.

'Als ik jou was, zou ik nu snel gaan,' zei Isabelle.

Ik hoorde de houten planken achter haar kraken.

Ik wilde wegrennen, echt dat wilde ik. Toch bleef ik staan.

Het kwam naderbij.

Ik dacht dat ik de vlekken in zijn gezicht kon zien oplichten in het donker. Haar bedgenoot. Een tijger.

Hij kuchte.

Toen kwam hij helemaal in het licht staan.

Hij was zo ongelooflijk knap dat ik het weer kon voelen, hoewel ik beroerd was. Het verlangen mijn hand op zijn borst te leggen. Die warme, bezwete huid onder mijn vingers te voelen. De spieren te voelen die zich automatisch zouden spannen vanwege de schok over wat ik me durfde te permitteren.

'Wie zei je?' zei Harry.

Beate kuchte en herhaalde het: 'Mikael Bellman.'

'Bellman?'

'Ja.'

'Gusto had het bloed van Mikael Bellman onder zijn nagels toen hij doodging?'

'Daar ziet het naar uit.'

Harry legde zijn hoofd in zijn nek. Dit veranderde alles. Hoewel, was dat wel zo? Dit hoefde niets met de moord te maken te hebben. Maar het had wel ergens mee te maken. Met iets wat Bellman niet durfde te vertellen.

'Maak dat je wegkomt,' zei Bellman met een stem die niet luid hoefde te zijn.

'Dus jullie zijn het,' zei ik, en ik liet Isabelle los. 'Ik dacht dat ze Truls Berntsen had ingehuurd. Slim om het hogerop te zoeken, Isabelle. Wat is je plan? Is Berntsen alleen maar je slaaf, Mikael?'

Ik gebruikte zijn voornaam met opzet. Zo waren we immers aan elkaar voorgesteld bij zijn huis, Gusto en Mikael. Als twee jongens, twee potentiële speelkameraden. Ik zag dat er iets ontbrandde in zijn blik, er vlamde iets op. Bellman was spiernaakt, misschien dat ik me daarom inbeeldde dat hij me niet zou pakken. Hij was te snel voor me. Nog voor ik kon wegstappen bij Isabelle, had hij me al vastgepakt en hield hij mijn hoofd in zijn arm geklemd.

'Laat los!'

Hij trok me omhoog de trap op. Mijn neus zat tussen zijn borstspieren en arm geklemd en ik rook de geur van haar en hem. Ik dacht de hele tijd: als hij me weg wil hebben, waarom trekt hij me dan de trap op? Het lukte me niet om me los te rukken, in plaats daarvan groef ik mijn nagels in zijn borst en trok mijn hand als een klauw naar me toe, ik voelde dat mijn nagel een tepel te pakken kreeg. Hij vloekte en liet me los. Ik glipte weg en sprong naar beneden. Ik kwam halverwege de trap terecht, maar zag kans op de been te blijven. Ik stormde de gang door, griste haar autosleutels mee en rende het erf over. De auto was natuurlijk niet op slot. De wielen slipten in het grind toen ik optrok. In de spiegel zag ik Mikael Bellman het huis uit komen rennen. Er blonk iets in zijn hand. Toen kregen de wielen grip, ik werd tegen de rugleuning gedrukt en de auto spoot over het erf naar de weg toe.

'Het was Bellman die Truls Berntsen meenam naar GC,' zei Harry. 'Is het mogelijk dat Berntsen de mol is in opdracht van Bellman?'

'Besef je waar we ons nu in begeven, Harry?'

'Ja,' zei Harry. 'En vanaf hier mag je eruit stappen, Beate.'

'Nee, verdomme!' Zijn trommelvlies deed pijn. Harry kon zich niet herinneren dat Beate ooit eerder had gevloekt. 'Het gaat om mijn korps, Harry. Ik wil niet dat mensen als Berntsen het door het slijk halen.'

'Oké,' zei Harry. 'Maar laten we geen overhaaste conclusie trekken. Het enige wat we hebben is het bewijs dat Bellman Gusto heeft gezien. We hebben nog niet eens iets concreets tegen Truls Berntsen.'

'Dus wat wil je gaan doen?'

'Ik wil aan het andere eind beginnen. En als het is zoals ik hoop, dan staan de dominostenen al in het gelid. Het probleem is alleen dat ik lang genoeg op vrije voeten moet blijven om het plan te kunnen uitvoeren.'

'Je bedoelt dat je een plan hebt?'

'Uiteraard heb ik een plan.'

'Een goed plan?'

'Dat heb ik niet gezegd.'

'Maar een plan?'

'Zeer zeker.'

'Je liegt, of niet?'

'Hoe kom je erbij?'

Ik zoefde over de E18 in de richting van Oslo toen ik besefte in wat voor problemen ik was geraakt.

Bellman had geprobeerd me de trap op te slepen. Naar de slaapkamer. Daar was het pistool waarmee hij achter me aan was gerend. Hij was bereid om me fuckings te liquideren zodat ik mijn mond niet kon opendoen. Wat alleen maar kon betekenen dat hij tot aan zijn nek in de shit zat. Dus wat ging hij nu doen? Me achter de tralies gooien, natuurlijk. Voor autodiefstal, dealen, de niet-betaalde hotelrekening, hij had genoeg. Als ik eenmaal achter slot en grendel zat, zou hij me pakken voor ik ook maar met iemand kon praten. Zodra ik in de bak zat was het afgelopen, het zou eruitzien als zelfmoord of alsof een van mijn medegevangenen me te grazen had genomen. Het stomste wat ik dus kon doen was rondrijden in deze auto waar ze waarschijnlijk al naar uitkeken. Ik gaf gas. De plek waar ik heen wilde lag in het oosten van de stad, dus ik hoefde niet door het centrum te rijden. Ik reed omhoog, zocht een rustige wijk. Parkeerde op een afgelegen plek en stapte uit de auto.

De zon was weer verschenen en er liepen mensen buiten met kinderwagens en wegwerpbarbecues in hun boodschappentassen. Ze grijnsden naar de zon of die het geluk zelf was.

Ik smeet de autosleutels in een tuin en liep naar het flatgebouw.

Ik vond de naam bij de bel in de hal en drukte erop.

'Ik ben het,' zei ik toen er eindelijk reactie kwam.

'Ik heb het een beetje druk,' zei de stem in de luidspreker.

'En ik ben een drugsverslaafde,' zei ik. Ik bedoelde het als grap, maar ik kende de uitwerking van het woord. Oleg vond het leuk als ik af en toe voor de grap aan klanten vroeg of ze leden aan narcomanie en of ze een beetje violine wilden.

'Wat wil je?' vroeg de stem.

'Ik wil violine hebben.'

De vraag van de klanten was de mijne geworden.

Stilte.

'Heb ik niet. Ik ben uitverkocht. Ik heb een bepaalde stof niet om meer te maken.'

'Een bepaalde stof?'

'Levorphenol. Wil je de formule soms ook?'

Ik wist dat het waar was, maar hij moest iets hebben. Dat moest gewoon. Ik dacht na. Ik kon niet naar de repetitieruimte gaan, daar wachtten ze me vast op. Oleg, die goede, oude Oleg, zou me binnenlaten.

'Je hebt twee uur, Ibsen. Als je dan niet naar de Hausmannsgate bent gekomen met vier kwarten, ga ik naar de smerissen en vertel alles. Ik heb niets meer te verliezen, snap je? Hausmannsgate 92. Je kunt zo doorlopen naar de tweede etage.'

Ik trachtte zijn gezicht voor me te zien. Doodsbang, zwetend. Arme, perverse smeerlap.

'Goed,' zei hij.

Kijk, je moest gewoon zorgen dat ze de ernst van de situatie begrepen.

Harry dronk de rest van de koffie op en keek naar buiten. Het werd tijd om van plek te wisselen.

Hij liep over Youngstorget naar de kebabzaakjes in de Torggate toen zijn telefoon ging.

Het was Klaus Torkildsen.

'Goed nieuws,' zei hij.

'O ja?'

'Op het bewuste tijdstip is het mobieltje van Truls Berntsen op vier basisstations in het centrum van Oslo geregistreerd en daaruit is op te maken dat hij in het gebied van de Hausmannsgate 92 was.'

'Hoe groot is het gebied waar we het over hebben?'

'Tja, een soort zeshoek met een diameter van achthonderd meter.'

'Oké,' zei Harry en hij liet de informatie bezinken. 'Hoe zit het met die andere kerel?'

'Op zijn naam heb ik niets kunnen vinden, maar hij heeft een zakelijke telefoon die geregistreerd staat op naam van het Radiumhospitaal.'

'En?'

'En zoals gezegd heb ik goed nieuws. Ook die telefoon bevond zich op datzelfde tijdstip in dat gebied.'

'Hm.' Harry stapte een kebabzaak binnen, liep langs drie bezette tafeltjes en bleef bij een counter staan waar een bord een keus aan onnatuurlijk gekleurde kebabs toonde. 'Heb je zijn adres?'

Klaus Torkildsen las het adres op en Harry noteerde het op een servet.

'Is er nog een ander nummer op dat adres?'

'Wat bedoel je?'

'Ik vraag me af of hij een vrouw of een partner heeft.'

Harry hoorde Torkildsen op het toetsenbord bezig. Toen kwam het antwoord: 'Nee, geen andere nummers op dat adres.'

'Bedankt.'

'Dus we hebben een afspraak? We spreken elkaar nooit meer?'

'Ja, nog één laatste ding. Ik wil dat je Mikael Bellman checkt. Met wie heeft hij de laatste maanden gesproken en waar was hij rond het tijdstip van de moord?'

Hard gelach. 'De chef van GC? Vergeet het maar! Een zoekopdracht naar een arme diender kan ik nog wegmoffelen of me eruit kletsen, maar wat je me nu vraagt zou betekenen dat ik vandaag nog ontslagen word.'

Nog meer gelach, alsof het idee erg komisch was.

'Ik reken erop dat je je aan je afspraak houdt, Hole.'

De verbinding was al verbroken.

Toen de taxi arriveerde bij het adres op het servet stond er buiten al een man op hem te wachten.

Harry stapte uit en liep naar hem toe. 'Conciërge Ola Kvernberg?'

De man knikte.

'Inspecteur Hole. Ik heb gebeld.' Hij zag de conciërge met een scheef oog naar de wachtende taxi kijken. 'We maken gebruik van taxi's wanneer er geen dienstauto's beschikbaar zijn.'

Kvernberg keek naar de ID-kaart die de man voor hem omhooghield. 'Ik heb niets gezien van een inbraak.'

'Maar er is wel gebeld, dus laten we even gaan kijken. U hebt een universele sleutel, of niet?'

Kvernberg hield een sleutelbos omhoog.

Hij draaide de toegangsdeur naar de hal van het slot terwijl de politieman de bellen bestudeerde. 'De getuige dacht dat hij iemand langs het balkon zag klauteren en op de tweede etage zag inbreken.'

'Wie belde er?' vroeg de conciërge op weg naar boven.

'Ik heb zwijgplicht, Kvernberg.'

'Er zit iets op uw broek.'

'Kebabsaus. Ik ben steeds van plan naar de stomerij te gaan. Kunt u deze deur openmaken?'

'Van de farmaceut?'

'Nee maar, is hij dat?'

'Hij werkt in het Radiumhospitaal. Moeten we hem niet eerst even op zijn werk bellen voor we naar binnen gaan?'

'Ik wil liever eerst kijken of de inbreker nog binnen is en hem arresteren.'

De conciërge mompelde een verontschuldiging en draaide de deur snel van het slot.

Hole liep de flat in.

Het was duidelijk dat daar een vrijgezel woonde. Maar een nette vrijgezel. Klassieke cd's in een aparte cd-kast, alfabetisch gerangschikt. Vakbladen op het gebied van chemie en farmacie op hoge, maar keurige stapels. Op een boekenplank stond een foto van twee volwassenen en een jongen. Harry herkende de jongen. Hij stond scheef en keek chagrijnig. Hij kon niet ouder dan een jaar of dertien zijn op die foto. De conciërge stond in de deuropening en volgde precies wat hij deed. Dus controleerde Harry voor de schijn de balkondeur voor hij van kamer naar kamer liep. Hij opende laden en kasten. Maar er was niets compromitterends te vinden.

Verdacht weinig compromitterends, zouden sommige collega's zeggen.

Maar Harry had het eerder gezien: sommige mensen hebben geen geheimen. Het kwam weliswaar niet vaak voor, maar het gebeurde wel. Hij hoorde dat de conciërge in de deuropening van de slaapkamer zijn gewicht op zijn andere been overbracht.

'Ik zie geen tekenen van inbraak of dat er iets zou zijn meegenomen,' zei Harry. Hij liep langs hem heen en ging naar de voordeur. 'Zo te zien een vals alarm.'

'Ik begrijp het,' zei de conciërge, terwijl hij de deur op slot draaide. 'Wat had u gedaan als we er wel een inbreker hadden aangetroffen. Hem meegenomen in de taxi?'

'Dan had ik een surveillancewagen gebeld,' lachte Harry. Hij bleef staan en keek naar de laarzen die op een schoenenrek bij de deur stonden. 'Zeg, hebben deze laarzen niet twee erg verschillende maten?'

Kvernberg wreef over zijn kin terwijl hij Harry met een onderzoekende blik aankeek.

'Ja, misschien wel. Hij kan een klompvoet hebben. Kan ik uw ID-kaart nog een keer zien?'

Harry gaf hem die aan.

'De vervaldatum...'

'De taxi wacht,' zei Harry, hij griste de kaart uit zijn hand en begon de trap af te rennen. 'Bedankt voor de hulp, Kvernberg!'

Ik liep naar de Hausmannsgate en natuurlijk had nog niemand het slot gemaakt, dus ik kon zo doorlopen naar de flat. Oleg was er niet. Er was helemaal niemand. Zeker bezig te scoren. Dope kopen, dope kopen. Vijf junkies die samen wonen en zo zag het er ook binnen uit. Natuurlijk was er niets te vinden, alleen maar lege flessen, gebruikte spuiten, bloederige watten en lege pakjes sigaretten. Fuckings verbrande aarde. En terwijl ik daar zat te vloeken op een vuil matras, zag ik de rat. Als mensen een rat beschrijven hebben ze het altijd over een grote rat. Maar ratten zijn niet groot. Ze zijn tamelijk klein. Alleen de staarten kunnen erg lang zijn. Oké, als ze zich bedreigd voelen en op hun achterpoten gaan staan, kunnen ze er groter uitzien dan ze zijn. Afgezien daarvan zijn het zielige wezens die zich druk maken over hetzelfde als wij: scoren.

Ik hoorde de klok slaan. En ik zei tegen mezelf dat Ibsen wel zou komen.

Moest komen. Verdomme, wat voelde ik me slecht. Ik had ze wel gezien. Die junkies die al met het geld in hun hand op ons stonden te wachten. Bevend, gereduceerd tot smekende schepsels. En nu was ik zelf zo geworden. Ziek van verlangen wachtte ik op de hinkende voetstappen van Ibsen op de trap, op het zien van zijn idiote tronie.

Ik had mijn troeven op een krankzinnige manier verspeeld. Ik wilde alleen maar een shot hebben en het enige wat ik had bereikt was dat de hele club achter me aan zat. Die oude kerel en zijn Kozakken. Truls Berntsen met zijn boor en gestoorde blik. Koningin Isabelle die met haar chef neukte.

De rat sloop langs de muur. Uit pure wanhoop keek ik onder het tapijt en de matrassen. Onder een van de matrassen vond ik een foto en een stuk staaldraad verbogen tot een L, met een Y aan het eind. Het was een verbleekte, kreukelige foto van Irene, dus ik begreep dat het het matras van Oleg moest zijn. Maar die staaldraad begreep ik niet. Tot het me langzaam begon te dagen. Ik voelde dat ik zweethanden kreeg en mijn hart begon sneller te kloppen. Ik had Oleg immers geleerd hoe hij een geheime stashplaats moest maken.

HOOFDSTUK 36

Hans Christian Simonsen slalomde tussen de toeristen door de witte helling van Italiaans marmer op, waardoor het Operahuis op een ijsberg leek die bezig was de fjord in te storten. Toen hij bovenaan was gekomen, keek hij rond en kreeg Harry Hole in het oog die op een muurtje zat. Hij zat helemaal alleen omdat de meeste toeristen naar de andere kant gingen om te genieten van het uitzicht over de fjord. Maar Harry keek naar de oude, lelijke gebouwen van de stad.

Hans Christian ging naast Harry zitten.

'H.C.,' zei Harry zonder op te kijken uit de brochure die hij aan het lezen was. 'Wist jij dat dit marmer carraramarmer heet en dat de Opera iedere Noor meer dan tweeduizend kronen heeft gekost?'

'Ja.'

'Ken jij *Don Giovanni*?'

'Mozart. Twee bedrijven. Een jonge, arrogante vrouwenversierder die gelooft dat alle vrouwen en mannen blij met hem zullen zijn. Gods gave. Maar hij bedriegt iedereen en hij wordt alom gehaat. Hij denkt dat hij onsterfelijk is, maar aan het eind verschijnt er een mystiek standbeeld om hem van het leven te beroven. Beiden worden ze verzwolgen door de aarde.'

'Hm. Over een paar dagen is de première. Hier staat dat het operakoor aan het eind zingt: "Zo sterft een man van het kwaad; de dood van een zondaar weerspiegelt altijd zijn leven". Geloof jij dat dat waar is, H.C.?'

'Ik wéét dat het niet waar is. De dood is helaas niet rechtvaardiger dan het leven.'

'Hm. Wist je dat hier een dode politieman uit het water is gehaald?'

'Ja.'

'Is er nog iets wat je niet weet?'

'Wie Gusto Hanssen heeft doodgeschoten.'

'O, dat mystieke standbeeld,' zei Harry terwijl hij de brochure weglegde. 'Wil jij weten wie het was?'

'Jij niet dan?'

'Niet per se. Het enige wat telt is bewijzen wie het niet heeft gedaan. Dat Oleg het niet was.'

'Mee eens,' zei Hans Christian, terwijl hij ondertussen Harry aandachtig opnam. 'Maar jou dit horen zeggen komt zo weinig overeen met wat er over de strenge Harry Hole wordt verteld.'

'Dus misschien veranderen mensen wel.' Harry lachte even. 'Heb je de status van de opsporing gecheckt bij je vriend de politierechter?'

'Ze zijn nog niet met je naam naar de media gegaan, maar die is wel naar alle vliegvelden en grensovergangen gestuurd. Jouw paspoort is niet veel meer waard, om het zo maar te zeggen.'

'Daar gaat mijn reisje naar Mallorca.'

'Je weet dat je gezocht wordt en toch spreek je af op toeristenattractie nummer één?'

'Beproefde visjeslogica, Hans Christian, het is veiliger in de school.'

'Ik dacht dat je de eenzaamheid veiliger vond?'

Harry haalde een pakje sigaretten te voorschijn, schudde het en stak het naar voren. 'Heeft Rakel je dat verteld?'

Hans Christian knikte en nam een sigaret.

'Zijn jullie lang samen geweest?' vroeg Harry en hij vertrok even zijn gezicht.

'Een poosje. Doet het pijn?'

'Mijn hals. Een beetje geïnfecteerd, misschien.' Harry stak de sigaret van Hans Christian aan. 'Je houdt van haar, of niet?'

De advocaat inhaleerde op een manier die Harry deed vermoeden dat hij niet meer had gerookt sinds zijn feestjes als rechtenstudent.

'Inderdaad, dat doe ik.'

Harry knikte.

'Maar jij was er altijd,' zei Hans Christian en hij zoog aan de sigaret. 'In de schaduw, in de kast, onder het bed.'

'Het lijkt wel een monster,' zei Harry.

'Ja, daar lijkt het wel op,' zei Hans Christian. 'Ik heb geprobeerd je te verjagen, maar dat is me niet gelukt.'

'Je hoeft die sigaret niet op te roken, Hans Christian.'

'Bedankt.' De advocaat gooide hem weg. 'Waar heb je me dit keer voor nodig?'

'Inbraak,' zei Harry.

Ze reden weg toen het net donker was.

Hans Christian pikte Harry op bij Bar Boca in Grünerløkka.

'Mooie auto,' zei Harry. 'Een gezinsauto.'

'Ik had een auto die bestand was tegen elanden,' zei Hans Christian. 'Jacht. Hut. Je kent het wel.'

Harry knikte. 'Het goede leven.'

'Die auto was total loss na een botsing met een eland. Ik troostte me met de gedachte dat het voor die eland een goede manier was om te sterven. In actie, zeg maar.'

Harry knikte. Ze reden naar Ryen en omhoog naar de huizen van Oost-Oslo die het mooiste uitzicht hadden.

'Hier rechts is het,' zei Harry en hij wees naar een donkere villa. 'Parkeer een beetje schuin zodat de koplampen op het voorraam zijn gericht.'

'Moet ik...'

'Nee,' zei Harry. 'Jij wacht hier. Doe je mobieltje aan en bel als er iemand komt.'

Harry nam het breekijzer mee en liep het grindpad naar het huis op. Herfst, scherpe avondlucht, de geur van appels. Hij kreeg een déjà vu. Hij en Øystein sluipend een tuin in en Tresko op wacht bij het hek. En ineens, uit het niets, een gedaante die op hen af kwam gestrompeld met een indianentooi op zijn hoofd en gillend als een varken.

Hij belde aan.

Wachtte.

Er kwam niemand.

Harry had echter het gevoel dat er wel iemand was.

Hij zette het breekijzer in de kier van de deur naast het slot en duwde er voorzichtig tegen. Het was een oude deur met zacht, vochtig hout en een ouderwets slot. Toen Harry genoeg ruimte had tussen de deur en de deurpost, pakte hij met zijn andere hand zijn ID-kaart en stak die naast het slot. Hij drukte. Het slot sprong open. Harry glipte naar binnen en sloot de deur achter zich. Hij stond in het donker en hield zijn adem in. Hij voelde een dunne draad tegen zijn hand, waarschijnlijk resten van een spinnenweb. Het rook naar een vochtig en verlaten huis. Maar ook naar iets anders, iets prikkelends. Ziekte, ziekenhuis. Luiers en medicijnen.

Harry deed zijn zaklantaarn aan. Zag een kale kapstok. Hij liep verder.

De kamer zag eruit alsof er poeder was uitgestrooid, het leek of de kleuren uit de muren en meubels waren gezogen. De lichtkegel gleed door de kamer. Harry's hart stond even stil toen het licht gereflecteerd werd door een paar ogen. Maar het ging weer door met kloppen. Een opgezette uil. Net zo grijs als de rest van de kamer.

Harry inspecteerde de hele benedenverdieping en kon slechts constateren dat het was zoals je kon verwachten: geen verrassingen.

Dat wil zeggen, tot hij in de keuken kwam en twee paspoorten en vliegtickets ontdekte op de keukentafel.

Ondanks het feit dat de foto in het paspoort minstens tien jaar oud moest zijn, herkende Harry de man van het bezoek aan het Radiumhospitaal. Haar paspoort was fonkelnieuw. Op de foto was ze bijna onherkenbaar, bleek en haar haren in slierten. De reis ging naar Bangkok, vertrek over tien dagen.

Harry liep naar de enige deur waarachter hij nog niet had gekeken. Er zat een sleutel in het slot. Hij deed de deur open. Dezelfde lucht die hem was opgevallen in de gang sloeg hem tegemoet. Hij tastte naar de lichtschakelaar, vond hem binnen naast de deur en deed het licht aan. Een kaal peertje verlichtte de trap die naar de kelder leidde. Het gevoel dat er iemand thuis was. Of 'o ja, het onderbuikgevoel' zoals Bellman een beetje ironisch had gezegd toen Harry hem had gevraagd naar het strafblad van Martin Pran. Een gevoel dat Harry, zoals hij nu wist, had misleid.

Harry wilde de trap af lopen, maar hij voelde dat iets hem tegenhield. De kelder. Met zo'n kelder was hij opgegroeid. Wanneer zijn moeder hem vroeg aardappels uit de kelder te halen uit de twee zakken die ze daar in het donker bewaarden, was Harry naar beneden gestormd en had hij geprobeerd niet na te denken. Hij trachtte zichzelf in te beelden dat hij rende omdat het daar zo koud was. Of omdat zijn moeder haast had met het eten. Omdat hij het fijn vond om te rennen. Dat het niets te maken had met die gele man die ergens op hem stond te wachten: een naakte, glimlachende man met een lange tong die sissend in en uit zijn mond ging. Maar dat weerhield hem nu niet. Het was iets anders. De droom. De sneeuwlawine door de keldergang.

Harry duwde die gedachten weg en zette zijn voet op de eerste tree. Die kraakte alarmerend. Hij dwong zichzelf langzaam af te dalen. Hij had het breekijzer nog steeds in zijn hand. Toen hij beneden kwam zag hij dat de kelder onderverdeeld was in afzonderlijke ruimten. Een peertje aan het plafond wierp een spaarzaam licht en maakte nieuwe schaduwen. Het viel Harry op dat alle kelders afgesloten waren met hangsloten. Wie sluit in zijn eigen kelder ruimten op die manier af?

Harry stak de spitse punt van het breekijzer onder een van de hangsloten. Haalde diep adem, zag op tegen het geluid. Hij boog het ijzer snel naar achteren en er klonk een korte knal. Hij hield zijn adem in en luisterde. Het leek of het huis ook zijn adem inhield. Geen geluid te horen.

Toen opende hij voorzichtig de deur. De geur prikte in zijn neus. Zijn vingers vonden een lichtschakelaar en het volgende moment baadde Harry in het licht. Van tl-buizen.

De ruimte was veel groter dan hij van de buitenkant had gedacht. Hij herkende de inrichting. Die was een kopie van een ruimte die hij eerder had gezien. Het laboratorium in het Radiumhospitaal. Tafels met glazen stolpen en statieven met reageerbuisjes. Harry liep naar een tafel. Tilde een deksel van een grote plastic doos op. Het witte poeder bevatte bruine deeltjes. Harry likte aan de top van zijn wijsvinger, stak die in het poeder en wreef het tegen zijn tandvlees. Bitter. Violine.

Harry schrok. Een geluid. Hij hield zijn adem in. En daar was het weer. Iemand snoof.

Harry deed snel het licht uit en dook in elkaar in het donker, hield zijn breekijzer paraat.

Opnieuw gesnuif.

Harry wachtte een paar seconden. Toen liep hij snel en zachtjes die ruimte uit en ging links, naar waar het geluid vandaan kwam. Aan het eind was nog een ruimte. Hij bracht het breekijzer over naar zijn rechterhand. Hij sloop naar de deur waarin een luikje zat met een stukje gaas ervoor, zoals ze dat bij hem thuis ook hadden.

Met dit verschil dat deze deur ijzerbeslag had.

Harry pakte de zaklantaarn goed vast, ging tegen de muur naast de deur staan, telde tot drie, deed de lantaarn aan en richtte het licht door het luikje.

Wachtte.

Toen er drie seconden waren verstreken en er niemand had geschoten of het licht had aangedaan, bracht hij zijn hoofd naar het luikje en keek naar binnen. Het licht danste over de muren, werd gereflecteerd door een ketting, gleed over een matras en toen vond hij waar hij naar zocht. Een gezicht.

Haar ogen waren gesloten. Ze zat doodstil. Alsof ze hieraan gewend was. Gecontroleerd te worden met licht.

'Irene?' vroeg Harry voorzichtig.

Op dat moment begon het mobieltje in Harry's zak te trillen.

HOOFDSTUK 37

Ik keek op mijn horloge. Ik had de hele flat doorzocht en nog steeds de stashplaats van Oleg niet gevonden. Ibsen had hier twintig minuten geleden al moeten zijn. Hij moest eens wagen niet te komen, die perverse smeerlap! Er stond levenslang op vrijheidsberoving en verkrachting. Die dag dat Irene aankwam op Oslo Centraal Station had ik haar meegenomen naar de repetitieruimte waar Oleg op haar zou zitten wachten, had ik gezegd. Dat deed hij uiteraard niet, maar Ibsen wel. Hij had haar vastgehouden terwijl ik haar een spuit gaf. Ik dacht aan Rufus. Dat het beter was zo. Toen was ze helemaal rustig geworden en hoefden we haar alleen nog maar naar zijn auto te slepen. Hij had mijn halve kilo bij zich in de kofferbak. Had ik spijt? Ja, ik had spijt dat ik geen kilo had geëist! Nee, verdomme, ik had wel een beetje wroeging. Ik ben niet helemaal gevoelloos. Maar als ik dacht: 'Verdomme, dit had ik niet moeten doen', dan bedacht ik me dat Ibsen vast wel goed voor haar zou zorgen. Hij moest wel van haar houden, op zijn eigen, gestoorde manier. Maar het was hoe dan ook te laat, nu ging het er alleen maar om mijn medicijn te krijgen zodat ik weer gezond werd.

Het was een nieuwe gewaarwording voor me, niet te krijgen wat je lichaam moest hebben. Het had altijd gekregen wat het wilde, dat besefte ik nu. En als het vanaf nu zo zou zijn, dan viel ik liever ter plekke dood neer. Jong en knap sterven met je tanden nog min of meer intact. Ibsen kwam niet. Ik wist het nu. Ik stond bij het keukenraam en keek op straat, maar die verrekte hinkepoot was nergens te bekennen. Hij, noch Oleg.

Ik had iedereen geprobeerd. Er was nog maar één persoon over.

Ik had dat alternatief zo lang mogelijk van me afgeschoven. Ik was bang. Ja, dat was ik. Maar ik wist dat hij in de stad was, vanaf de dag dat hij begreep dat ze was verdwenen. Stein. Mijn pleegbroer.

Ik keek weer op straat.

Nee, ik ging nog liever dood dan hem bellen.

De seconden tikten door. Ibsen kwam niet.

Verdomme! Liever dood dan ziek.

Ik kneep mijn ogen dicht, maar er kropen insecten uit mijn oogkassen, ze kwamen onder mijn oogleden vandaan en kriebelden over mijn gezicht.

Doodgaan had het verloren van bellen of ziek zijn.

De finale ontbrak nog.

Hem bellen of zo ziek zijn?

Verdomme, verdomme!

Harry deed zijn lantaarn uit toen zijn mobieltje begon te trillen. Hij zag aan het nummer dat het Hans Christian was.

'Er komt iemand aan,' fluisterde de stem in Harry's oor. Hij was hees van de nervositeit. 'Hij heeft zijn auto geparkeerd en loopt nu naar het huis.'

'Oké,' zei Harry. 'Kalm aan. Laat het me via een sms'je weten als er iets gebeurt. En ga weg als...'

'Weggaan?' Hans Christian klonk oprecht bezorgd.

'Alleen als je merkt dat het helemaal verkeerd is gelopen, oké?'

'Waarom moet ik...'

Harry verbrak de verbinding, deed zijn lantaarn weer aan en richtte die op het luikje. 'Irene?'

Het meisje knipperde met grote ogen tegen het licht.

'Luister naar me. Ik heet Harry, ik ben politieman en ik ben hier om je te halen. Maar er komt iemand en daar moet ik eerst wat aan doen. Als hij bij je komt, doe dan alsof er niets is gebeurd, oké? Ik zal je hier snel uithalen, Irene. Ik beloof het.'

'Heb je...' mompelde ze, maar Harry kon de rest niet horen.

'Wat zei je?'

'Heb je... violine?'

Harry beet stevig op zijn tanden. 'Hou het nog even vol,' fluisterde hij.

Harry rende de trap op en deed het licht uit. Hij opende de deur op een kier en gluurde naar buiten. Hij had vrij zicht op de voordeur. Hij hoorde iemand moeizaam over het grind lopen. Een voet sleepte achter de ander aan. Klompvoet. Toen ging de deur open.

Het licht werd aangedaan.

En daar stond hij. Groot, rond en aardig.

Stig Nybakk.

De afdelingschef in het Radiumhospitaal. Die zich Harry nog kon herinneren van school. Die Tresko kende. Die een trouwring had met een zwart plekje. Die een flat had waar het niet mogelijk was iets abnormaals te doen. Maar die ook het huis van zijn ouders nog had.

Hij hing zijn jas op de kapstok en liep op Harry af met zijn hand voor zich uit. Plotseling stopte hij. Hij zwaaide met zijn hand. En kreeg een diepe rimpel boven zijn ogen. Hij stond te luisteren. Ineens begreep Harry waarom. De draad die Harry tegen zijn gezicht had gevoeld, waarvan hij had gedacht dat het spinrag was, die moest iets anders zijn geweest. Een of andere onzichtbare draad die Nybakk over de gang had gespannen om te kunnen zien of hij ongewenst bezoek had gehad.

Nybakk bewoog zich verrassend snel in de richting van de kast in de gang. Hij stak zijn hand erin en trok er iets uit wat van mat metaal was. Een hagelgeweer.

Verdomme, verdomme. Harry had een hekel aan hagelgeweren vanwege de hagelpatronen.

Nybakk pakte een doosje patronen dat al open was. Pakte twee rode patronen, hield ze vast tussen zijn middelvinger en wijsvinger, met zijn duim erachter, zodat hij ze in een vloeiende beweging in het geweer kon duwen.

Harry spande zich enorm in, maar er kwam geen goed idee in hem op. Toen koos hij een slecht idee. Hij pakte zijn mobieltje en begon in te toetsen.

T-o-e-t-e-r e-n-w-a-v-t

Verdomme! Fout!

Hij hoorde de metalen klik toen Nybakk de hagel verder duwde.

Verwijdertoets, waar ben je? Daar. Weg met de v en de t. Een c en een h.

Hij hoorde dat Nybakk zijn geweer bijna gereed had.

... w-a-c-h-t-t-o-t-h-i-j-b-i-j-

Verdomde kleine toetsjes! Opschieten!

Hij hoorde dat de loop op zijn plaats werd geklikt.

... h-e-t-r-a-m

Fout! Harry hoorde de slepende voet van Nybakk naderbij komen. Geen tijd meer, hij moest vertrouwen dat Hans Christian fantasie had.

...l-i-c-h-t!

Hij drukte op 'verzend'.

In het donker kon Harry zien dat Nybakk het geweer tegen zijn schouder hield. Harry besefte dat de chef Farmacie gezien had dat de kelderdeur op een kier stond.

Op dat moment klonk het getoeter van een auto. Hard en dwingend. Nybakk schrok. Hij keek naar de kamer die uitkeek op de kant waar Hans Christian stond geparkeerd. Hij aarzelde. Toen draaide hij zich om en liep de kamer in.

De auto toeterde weer en dit keer hield hij niet op.

Harry opende de kelderdeur en liep Nybakk achterna, hij hoefde niet te sluipen want het getoeter overstemde zijn voetstappen. In de deuropening zag hij dat Stig Nybakk de gordijnen opzijschoof. De kamer werd verlicht door de Xenon-duizendmeter koplampen van de gezinswagen van Hans Christian.

Harry had vier grote passen nodig en Stig Nybakk hoorde of zag hem niet naderen. Hij hield zijn ene hand voor zijn gezicht om zich te beschermen tegen het felle licht toen Harry zijn armen over Nybakks schouders stak, met beide handen het geweer pakte, het naar zich toe rukte en het tegen de dikke hals van Nybakk aan drukte terwijl hij hem gelijktijdig achterover trok waardoor hij uit balans raakte. Hij zette zijn knieën in de knieholten van Nybakk zodat ze beiden in kniestand kwamen terwijl Nybakk naar lucht hapte.

Hans Christian moest hebben begrepen dat zijn getoeter effect had gehad want het hield op, maar Harry bleef aan het geweer trekken. Tot Nybakks bewegingen langzamer werden, zijn krachten afnamen en hij haast leek flauw te vallen.

Harry wist dat Nybakk bezig was het bewustzijn te verliezen, nog een paar seconden zonder zuurstof en de hersenen zouden schade oplopen en enkele seconden later zou Nybakk, de kidnapper en het brein achter de violine, dood zijn.

Harry kende het gevoel. Hij telde tot drie en liet toen met één hand het geweer los. Nybakk gleed geluidloos op de grond.

Harry ging op een stoel zitten uitblazen. Nadat het adrenalineniveau in zijn bloed zakte, kwam de pijn van de wonden in zijn hals in alle hevigheid terug. Die werd met het uur erger. Hij probeerde de pijn te negeren en stuurde Hans Christian een sms met oké.

Nybakk begon zacht te kreunen en krulde zich op in de foetushouding.

Harry fouilleerde hem. Hij legde alles wat hij vond op tafel. Portemonnee, mobieltje en een pillendoosje met de naam van

Nybakk en zijn arts erop. Zestril. Harry herinnerde zich dat zijn grootvader dat slikte tegen een hartinfarct. Harry stak het pillendoosje in zijn eigen zak, zette de geweerloop tegen Nybakks bleke voorhoofd en beval hem op te staan.

Nybakk keek op naar Harry. Hij wilde iets zeggen, maar bedacht zich. Moeizaam krabbelde hij overeind en even later stond hij wankelend op zijn benen.

'Waar moeten we heen?' vroeg hij toen Harry hem voor zich uit de gang in duwde.

'Het kelderappartement,' zei Harry.

Stig Nybakk stond nog steeds onvast op zijn benen en Harry ondersteunde hem met een hand op zijn schouder en het geweer in zijn rug terwijl ze samen de trap afdaalden. Ze bleven staan voor de deur waar hij Irene had gevonden.

'Hoe wist je dat ik het was?'

'De ring,' zei Harry. 'Maak open.'

Nybakk pakte een sleutel uit zijn zak en draaide het hangslot open.

Binnen deed hij het licht aan.

Irene was opgestaan. Ze stond in de hoek het verst bij hen vandaan, met een schouder opgetrokken alsof ze bang was geslagen te worden. Om haar enkel had ze een ijzeren band die vastzat aan een ketting die naar het plafond ging waar hij was vastgemaakt aan een balk.

Het viel Harry op dat de ketting lang genoeg voor haar was om zich te kunnen bewegen in de ruimte. Ver genoeg om het licht aan te kunnen doen.

Maar ze had er de voorkeur aan gegeven in het donker te zitten.

'Maak haar los,' zei Harry. 'En doe die band om je eigen enkel.'

Nybakk hoestte. Hij hield zijn handen omhoog. 'Luister, Harry...'

Harry sloeg. Hij verloor zijn zelfbeheersing en sloeg. Hij hoorde het doffe geluid van metaal tegen vlees en zag de rode streep die de loop van het geweer op de neusrug van Nybakk had gemaakt.

'Als je nog een keer mijn naam zegt,' siste Harry, die voelde dat hij de woorden eruit moest persen, 'dan plak ik je hoofd tegen de muur met het foute eind van het geweer.'

Met bevende handen maakte Nybakk het hangslot van de enkelband open terwijl Irene verstijfd en apathisch voor zich uit staarde, alsof dit iets was wat haar niet aanging.

'Irene,' zei Harry. 'Irene!'

Ze leek wakker te worden en keek hem aan.

'Ga naar buiten.'

Ze kneep haar ogen dicht, kennelijk moest ze zich heel erg concentreren om de geluiden die hij produceerde om te zetten in woorden met een inhoud. En daarnaar handelen. Ze liep met de langzame, stijve stappen van een slaapwandelaar langs hem de keldergang in.

Nybakk was op de matras gaan zitten en trok zijn broekspijp op. Hij probeerde de smalle enkelband rond zijn eigen dikke, witte been te krijgen.

'Ik...'

'Rond je pols,' zei Harry.

Nybakk gehoorzaamde en Harry checkte met een ruk of de ketting goed vastzat.

'Doe die ring af en geef hem aan mij.'

'Waarom? Het is maar een goedkope rin...'

'Omdat die niet van jou is.'

Nybakk kreeg de ring af en gaf hem aan Harry.

'Ik weet niets,' zei hij.

'Waarvan?' vroeg Harry.

'Van degene over wie je me vragen wilt stellen. Over Dubai. Ik heb hem twee keer ontmoet, maar beide keren had ik een blinddoek voor dus ik weet niet waar ik was. Die twee Russen van hem kwamen hier twee keer in de week om het spul op te halen, maar ik heb nooit een naam gehoord. Luister, als je geld wilt hebben, dan heb ik...'

'Waarom?'

'Waarom wat?'

'Alles. Was het voor het geld?'

Nybakk knipperde een paar keer met zijn ogen. Haalde zijn schouders op. Harry wachtte. Toen gleed er een vermoeide glimlach over Nybakks gezicht. 'Wat denk jij, Harry?'

Hij knikte naar zijn voet.

Harry gaf geen antwoord. Hij hoefde het niet te horen. Hij wist niet of hij het wilde horen. Dan zou hij het begrijpen en hij wilde het niet begrijpen. Dat voor twee mannen die beiden waren opgegroeid in Oppsal, voor het grootste deel onder gelijke condities, een ogenschijnlijk onbeduidend detail als een aangeboren afwijking aan een voet zo dramatisch kan uitpakken voor een van hen. Een paar botjes die verkeerd staan waardoor de voet naar binnen draait, die ook nog eens kleiner is dan de andere voet. *Pes equinovarus.* Klompvoet. Een verwarrende term, de Engelse benaming, *clubfoot,* verwijzend naar de golfclub, is beter. Een dergelijke afwijking geeft je een iets minder goede startpositie en het hangt van de persoon af of het hem lukt die te compenseren. Je zult moeten compenseren om attractief te zijn, om iemand te worden die men er graag bij heeft. Jongens die een team kiezen, de coole gozer die coole vrienden wil hebben, het meisje achter het raam met de lach die je hart sneller doet kloppen, zelfs al is die lach niet voor jou bedoeld. Stig Nybakk was op zijn klompvoet onzichtbaar door het leven gegaan. Zo onzichtbaar dat Harry hem zich niet kon herinneren. En het was behoorlijk goed gegaan. Hij had een goede opleiding gevolgd, hard gewerkt, een baan als chef gekregen, mocht nu zelf het team kiezen. Maar het belangrijkste ontbrak: het meisje achter het raam. Ze lachte nog steeds naar de anderen.

Rijk. Hij moest rijk worden.

Want geld is als make-up, het bedekt alles, het verschaft je alles, ook zaken waarvan ze zeggen dat die niet te koop zijn: respect, bewondering, liefde. Kijk maar goed om je heen, schoonheid trouwt iedere keer met geld. Nu was zijn, Stig Nybakks, klompvoet aan de beurt.

Hij had violine uitgevonden en de wereld zou aan zijn voeten moeten liggen. Dus waarom wilde ze hem niet hebben, waarom wendde ze zich met slecht verborgen afschuw van hem af hoewel ze wist – ze wíst – dat hij al een rijk man was en iedere week rijker werd. Was het omdat ze aan iemand anders dacht, de jongen die haar die idiote nepring had gegeven? Het was onrechtvaardig, hij had zo hard en onvermoeibaar gewerkt om aan alle criteria te voldoen. Ze moest hem liefhebben, ze moest. Hij had haar weggetrokken bij het raam, haar vastgeketend zodat ze nooit meer weg kon gaan. En om het gedwongen huwelijk te onderstrepen had hij haar ring van haar vinger gehaald en hem om die van hemzelf gedaan.

Die goedkope ring die Irene van Oleg had gekregen, die hem op zijn beurt gestolen had van zijn moeder, die hem op haar beurt op een rommelmarkt gekregen had van Harry, die hem op zijn beurt... het leek wel een kinderversje: neem de ring en zoek een ander. Harry ging met zijn vinger over de zwarte vlek op het vergulde oppervlak. Hij was ziende blind geweest.

Ziende omdat hij bij de eerste ontmoeting met Stig Nybakk had gezegd: 'De ring. Ik had er ook zo een.'

En blind omdat hij er niet over na had gedacht waarin de gelijkenis zat.

De vlek door het koper die zwart was geworden.

Pas toen hij Martines trouwring zag en haar had horen zeggen dat hij de enige op de wereld was die geen gouden ring kocht, had hij Oleg aan Nybakk gekoppeld.

Harry had niet getwijfeld, hoewel hij niets verdachts had gevonden in de woning van Stig Nybakk. Integendeel, alle compromitterende zaken waren zo vakkundig verwijderd dat Harry automatisch had gedacht dat Nybakk zijn slechte geweten ergens anders moest hebben verborgen. Het huis van zijn ouders stond leeg en hij had het niet verkocht. Het rode huis op de heuvel achter het huis van de familie Hole.

'Heb jij Gusto vermoord?' vroeg Harry.

Stig Nybakk schudde zijn hoofd. Zware oogleden, hij leek wel slaperig.

'Alibi?' vroeg Harry.

'Nee. Nee, dat heb ik niet.'

'Vertel.'

'Ik was daar.'

'Waar?'

'In de Hausmannsgate. Ik zou naar hem toe gaan. Hij had gedreigd me te zullen aangeven. Maar toen ik daar aankwam stonden er overal politieauto's. Iemand had Gusto al vermoord.'

'Al? Dus jij was van plan hetzelfde te doen?'

'Niet hetzelfde. Ik had geen pistool.'

'Wat had je dan?'

Nybakk trok zijn schouders op. 'Scheikundige opleiding. Gusto had ontwenningsverschijnselen. Hij wilde dat ik violine kwam brengen.'

Harry keek naar Nybakks vermoeide lach en knikte. 'Dus wat voor witte stof je ook bij je had, je wist dat Gusto het gelijk zou inspuiten.'

De ketting ratelde toen Nybakk zijn hand optilde en naar de deur wees. 'Irene. Mag ik nog een paar woorden tegen haar zeggen voor...'

Harry keek naar Nybakk. Hij zag iets wat hij herkende. Een gewonde man, een opgebrande man. Iemand die in opstand was gekomen tegen de kaarten die het lot aan hem had uitgedeeld. En hij had verloren.

'Ik zal het haar vragen,' zei hij.

Harry liep de gang in. Irene was weg.

Hij vond haar in de kamer. Ze zat in een stoel met haar voeten onder zich getrokken. Harry haalde een jas uit de garderobekast en legde die over haar schouders. Hij sprak zacht en kalm met haar. Ze antwoordde met een heel klein stemmetje, alsof ze bang was voor de echo's van de koude kamermuren.

Ze vertelde dat Gusto en Nybakk, of Ibsen zoals ze hem noemden, samen hadden gewerkt om haar gevangen te nemen. Dat Gusto er een halve kilo violine voor had gekregen. Dat ze vier maanden opgesloten had gezeten.

Harry liet haar uitspreken. Hij wachtte tot hij wist dat ze alles had verteld. Tot hij haar de laatste vragen stelde.

Ze wist niets over de moord op Gusto, alleen wat Ibsen haar had verteld. Of wie Dubai was of waar hij woonde. Gusto had niets verteld en Irene had het niet willen weten. Het enige wat ze over Dubai had gehoord waren dezelfde geruchten die in de stad al de ronde deden. Dat hij een soort geest was die rondwaarde, dat niemand wist wie hij was of hoe hij eruitzag en dat hij was als de wind: onmogelijk om te pakken.

Harry knikte. Hij had dat beeld de laatste tijd een beetje te vaak gehoord.

'H.C. zal je naar de politie brengen, hij is advocaat en zal je helpen met de aangifte. Daarna zal hij je naar de moeder van Oleg brengen, daar kun je zolang logeren.'

Irene schudde haar hoofd. 'Ik bel Stein, mijn broer, ik kan wel bij hem logeren. En...'

'Ja?'

'Moet ik aangifte doen?'

Harry keek naar haar. Ze was zo jong. Als een klein vogeltje. Het was onmogelijk te zeggen hoeveel er kapot was gemaakt.

'Dat kan wel wachten tot morgen,' zei Harry.

Hij zag dat haar ogen zich vulden met tranen. En zijn eerste gedachte was: eindelijk. Hij wilde een hand op haar schouder leggen, maar bedacht zich nog net op tijd. Een hand van een vreemde, volwassen man was misschien niet iets wat ze nu nodig had. Maar het volgende ogenblik waren de tranen weg.

'Is... is er geen alternatief?' vroeg ze.

'Zoals?' zei Harry.

'Dat ik hem niet meer hoef te zien.' Haar blik liet hem niet los. 'Nooit meer,' fluisterde ze met dat heel kleine stemmetje.

Toen voelde hij het. Haar hand op de zijne. 'Alsjeblieft.'

Harry klopte op haar hand, legde hem terug in haar schoot en stond op. 'Kom, dan loop ik met je mee naar buiten.'

Toen Harry de auto zag wegrijden, liep hij het huis weer in en ging naar de kelder. Hij kon geen touw vinden, maar onder de trap hing een tuinslang. Hij nam die mee naar Nybakk en gooide hem voor Nybakk op de grond. Hij keek naar de balk. Hoog genoeg.

Harry pakte het doosje Zestril dat hij had gevonden in Nybakks zak, leegde de inhoud in zijn hand. Zes pillen.

'Heb je last van je hart?' vroeg Harry.

Nybakk knikte.

'Hoeveel pillen moet je per dag innemen?'

'Twee.'

Harry stopte de pillen in Nybakks hand en het lege doosje in zijn eigen jaszak.

'Ik kom over twee dagen terug. Ik weet niet wat herinneringen aan jou je waard zijn, de schaamte zou erger zijn geweest als je ouders nog leefden, maar je hebt vast wel gehoord hoe medegevangenen een verkrachter behandelen. Als je hier niet meer bent als ik terugkom, dan word je vergeten, je zult nooit meer worden genoemd. Als je hier wel bent, breng ik je naar de politie. Begrepen?'

Toen Harry vertrok, achtervolgde het geschreeuw hem tot de voordeur. Het geschreeuw van iemand die helemaal alleen is met zijn eigen geweten, zijn eigen geesten, zijn eigen beslissingen. En óf hem dat bekend voorkwam. Harry gooide de deur hard achter zich in het slot.

Harry kon op de Vetlandsvei een taxi bemachtigen en liet zich naar de Urtegate rijden.

Zijn hals bonkte en klopte alsof hij een eigen hart had gekregen, een opgesloten, geïnfecteerd dier van bacteriën die eruit wilden. Harry had de chauffeur gevraagd of hij iets pijnstillends in de auto had, maar hij had nee geschud.

Toen ze in de richting van Bjørvika reden, zag Harry in de hemel boven de Opera afgestoken vuurpijlen. Er viel iets te vieren. Hij bedacht ineens dat hij ook iets te vieren had. Het was hem gelukt. Hij had Irene gevonden. En Oleg was vrij. Hij had gedaan waar hij voor was gekomen. Waarom voelde hij zich dan niet in een feeststemming?

'Wat is de aanleiding?' vroeg Harry.

'O, de première van een of andere opera,' zei de chauffeur. 'Ik heb eerder deze avond allerlei hotemetoten gereden.'

'*Don Giovanni*,' zei Harry. 'Ik was ervoor uitgenodigd.'

'Waarom bent u niet gegaan? Het is vast geweldig.'

'Ik word altijd zo neerslachtig van tragedies.'

De chauffeur keek Harry verbaasd in zijn spiegeltje aan. Lachte toen en herhaalde: 'Ik word altijd zo neerslachtig van tragedies.'

Harry's mobieltje ging. Het was Klaus Torkildsen.

'Ik dacht dat we elkaar nooit meer zouden spreken,' zei Harry.

'Dat dacht ik ook,' zei Torkildsen. 'Maar ik... ik heb het toch even gecheckt.'

'Het is niet meer belangrijk,' zei Harry. 'De zaak is wat mij betreft afgesloten.'

'Prima, maar dan is het goed om te weten dat kort voor en na het tijdstip van de moord Bellman – of in elk geval zijn mobieltje – in Østfold was, dus hij kan onmogelijk heen en weer zijn gegaan naar de plaats delict.'

'Oké, Klaus. Bedankt.'

'Oké. Nooit meer?'

'Nooit meer. Ik ga nu weg.'

Harry verbrak de verbinding. Legde zijn hoofd tegen de hoofdsteun en sloot zijn ogen.

Nu kon hij blij zijn.

Aan de binnenkant van zijn oogleden kon hij de schittering van het vuurwerk zien.

DEEL IV

HOOFDSTUK 38

'Ik ga met je mee.'

Het was volbracht.

Ze was weer van hem.

Harry stevende in de vertrekhal van de luchthaven van Oslo af op de rij voor de incheckbalie. Ineens had hij een plan, een plan voor de rest van zijn leven. In elk geval een plan. En hij voelde iets verslavends, een gevoel dat hij niet beter kon omschrijven dan 'gelukkig'.

Op de monitor boven de incheckbalie stond Thai Air, Businessclass.

Het was allemaal zo snel gegaan.

Van Nybakks huis was hij direct naar Martine gegaan in Fyrlyset om haar haar mobieltje terug te geven, maar hij had te horen gekregen dat hij het kon houden omdat ze een nieuwe had gekocht. Hij had zich ook laten overhalen om een jas aan te nemen die zo goed als nieuw was zodat hij er enigszins fatsoenlijk uitzag, plus een paar paracetamols tegen de pijn. Maar hij had het niet goed gevonden dat ze naar zijn wonden keek. Die zou ze dan willen verzorgen en daar was geen tijd voor. Hij had Thai Air gebeld en een ticket besteld.

Toen was het gebeurd.

Hij had Rakel gebeld, om haar te vertellen dat Irene terecht was, en dat nu Oleg vrijuit ging zijn opdracht erop zat. Dat hij het land uit moest voor hij zelf werd gearresteerd.

En toen had ze het gezegd.

Harry sloot zijn ogen en speelde de woorden van Rakel nogmaals af: 'Ik ga met je mee, Harry.' Ik ga met je mee. Ik ga met je mee.

En: 'Wanneer?'

Wanneer?

Hij wilde het liefst zeggen: nu. Pak je koffer en kom nu!

Maar het lukte hem om enigszins rationeel te reageren.

'Luister, Rakel, ik word gezocht en de politie houdt jou vast in de gaten om te kijken of jij ze naar mij kunt leiden, oké? Ik vertrek alleen, vanavond. Dan kom jij morgenavond met het vliegtuig van Thai Air. Ik wacht in Bangkok, van daaruit vertrekken we samen naar Hongkong.'

'Hans Christian kan je verdedigen als je wordt gearresteerd. De straf zal niet zo...'

'Het is niet de duur van de straf waar ik bang voor ben, zolang ik in Oslo blijf, kan Dubai me overal vinden. Weet je zeker dat Oleg veilig is?'

'Ja, maar ik wil dat hij met ons meegaat, Harry. Ik kan niet weggaan als...'

'Natuurlijk kan hij mee.'

'Meen je dat?' Hij hoorde de opluchting in haar stem.

'We zullen samen zijn, in Hongkong kan Dubai ons niets doen. We laten Oleg nog een paar dagen hier en dan stuur ik een paar mannen van Herman Kluit naar Oslo om hem te escorteren.'

'Ik zal het tegen Hans Christian zeggen. En ik ga mijn ticket voor het vliegtuig van morgen bestellen, lieveling.'

'Ik wacht op je in Bangkok.'

Het was even stil.

'Maar jij wordt toch gezocht, Harry. Hoe kom jij in het vliegtuig zonder dat...'

'Volgende.' Volgende.

Harry opende zijn ogen weer en gaf de grondstewardess het ticket en het paspoort. Toen toetste ze de naam van het paspoort in.

'Ik kan u niet vinden, meneer Nybakk...'

Harry probeerde geruststellend te glimlachen. 'Ik zou eigenlijk pas over tien dagen naar Bangkok vliegen, maar ik heb anderhalf uur geleden telefonisch omgeboekt voor vanavond.'

De dame toetste weer wat in. Harry telde de seconden. Haalde diep adem. Uit. In. Uit.

'Hier, ja. Late boekingen zijn niet altijd direct zichtbaar in het systeem. Maar hier staat dat u samen zou reizen met een Irene Hanssen.'

'Zij reist zoals we oorspronkelijk van plan waren.'

'O juist. Hebt u bagage om in te checken?'

'Nee.'

Opnieuw op de toetsen.

Ineens fronste ze haar voorhoofd, deed het paspoort weer open. Harry zette zich schrap. Ze legde de boardingpass in het paspoort en gaf die aan hem. 'U moet opschieten, meneer Nybakk, ik zie dat het boarden al is begonnen. Goede reis.'

'Bedankt,' zei Harry met iets te veel dankbaarheid dan hij wilde, en hij rende naar de veiligheidscontrole.

Pas toen hij aan de andere kant van de doorlichtapparatuur was, toen hij de sleutels en het mobieltje van Martine wilde pakken, zag hij dat hij een sms'je had. Hij wilde het opslaan bij de andere berichten voor Martine, maar zag dat de afzender een korte naam had. B. Beate.

Hij rende naar gate 54, Bangkok, *final call.*

En las het berichtje.

'Heb de laatste lijst te pakken. Er staat één adres op dat niet op de lijst staat die jij van Bellman hebt gekregen. Blindernvei 74.'

Harry stopte het mobieltje in zijn zak. Er stond geen rij voor de pascontrole. Hij deed zijn paspoort open en de douanier controleerde de boardingpass en het paspoort. Keek Harry aan.

'Het litteken is nieuwer dan de foto,' zei Harry.

De douanier keek hem aan. 'Zorg voor een nieuwe foto, Nybakk,' zei hij, en hij gaf de documenten terug. Hij knikte naar de persoon achter Harry om aan te geven dat hij aan de beurt was.

Harry was vrij. Verlost. Een heel nieuw leven lag voor hem.

Voor de balie bij de gate stonden nog vijf laatkomers in de rij.

Harry keek naar zijn boardingpass. Businessclass. Hij had nooit anders dan economyclass gereisd, zelfs voor Herman Kluit. Stig Nybakk had het goed gedaan. Dubai had het goed gedaan. Dééd het goed. Doet het goed. Nu, vanavond, op dit moment, stonden ze daar, bevend, met een uitgehongerde blik te wachten tot de jongen in een Arsenalshirt zei: 'Kom.'

Nog twee voor hem.

Blindernvei 74.

Ik ga met je mee. Harry sloot zijn ogen om Rakels stem weer te horen. En daar was het: *Ben je een politieman? Ben je dat gebleven? Een robot, een slaaf van de mierenhoop en de gedachten die anderen hebben gedacht?*

Was hij dat?

Hij was aan de beurt. De dame achter de balie keek hem dwingend aan.

Nee, hij was geen slaaf.

Hij gaf haar de boardingpass.

Liep door. Liep door de slurf naar het vliegtuig. Door een raam zag hij de lichten van een vliegtuig dat binnenkwam. Het vloog over het huis van Tord Schultz.

Blindernvei 74.

Mikael Bellmans bloed onder Gusto's nagel.

Verdomme, verdomme!

Harry ging aan boord, vond zijn stoel en zakte diep weg in de leren zetel. Mijn god, wat zacht. Hij drukte op een knop en de stoel zakte achterover tot hij in een horizontale stand lag. Hij sloot zijn ogen weer, wilde slapen. Slapen. Tot hij op een dag wakker werd en een ander was geworden op een heel andere plaats. Hij zocht naar haar stem. Maar vond in plaats daarvan een andere, een Zweedse stem: *Ik heb een valse priesterkraag, jij een valse sheriffster. Hoe standvastig geloof jij in jouw evangelie?*

Bellmans bloed. ... *in Østfold was, dus hij kan onmogelijk...*

Alles staat met elkaar in verband.

Harry voelde een hand op zijn arm en opende zijn ogen.

Een stewardess met de hoge jukbeenderen van een Thaise keek glimlachend op hem neer: *'I'm sorry, sir, but you must raise your seat to an upright position before take-off.'*

Upright position.

Harry haalde diep adem en zwaaide zijn benen van de stoel. Pakte zijn mobieltje. Zocht naar zijn laatste oproep.

'Sir, you have to turn off...'

Harry stak zijn hand omhoog en drukte op 'hoorntje'.

'We zouden elkaar toch nooit meer spreken?' antwoordde Klaus Torkildsen.

'Waar precies in Østfold?'

'Pardon?'

'Bellman. Waar in Østfold was Bellman toen Gusto werd vermoord?'

'Rygge, bij Moss.'

Harry stopte zijn mobieltje weer in zijn zak en stond op.

'Sir, the seat belt sign...'

'Sorry,' zei Harry. *'This is not my flight.'*

'I'm sure it is, we have checked passenger numbers and...'

Harry beende naar de uitgang. Hij hoorde de stewardess achter hem aan trippelen: *'Sir, we have already shut...'*

'Then open it.'

Er kwam een purser op hem af gelopen: *'Sir, I'm afraid the rules don't allow us to open…'*

'I'm out of pills,' zei Harry die zijn zakken afzocht. Hij vond het lege doosje met het Zestril-etiket en hield het voor het gezicht van de purser. *'I'm mister Nybakk, see? Do you want a heart attack on board when we are over… let's say Afghanistan?'*

Het was al elf uur 's avonds geweest toen de luchthaventrein in de richting van Oslo suisde. Harry keek afwezig naar de nieuwsberichten op het scherm dat aan het plafond voor in de wagon hing. Hij had een plan gehad, een plan voor een nieuw leven. Hij had twintig minuten om weer een nieuw te bedenken. Het was idiotie. Hij had nu in het vliegtuig naar Bangkok kunnen zitten. Maar dat was het nu net, hij kón niet in het vliegtuig naar Bangkok zitten. Hij bezat dat talent nu eenmaal niet, het was een gebrek, een functiebeperking, zijn klompvoet was dat hij nooit kon zeggen: verrek allemaal maar. Dat hij nooit kon vergeten, nooit kon weglopen. Hij kon drinken, maar hij werd weer nuchter. Hij kon naar Hongkong gaan, maar hij kwam terug. Hij was ongetwijfeld compleet gestoord. En de pillen die Martine hem had gegeven waren bijna uitgewerkt, hij moest er meer hebben, hij werd duizelig van de pijn.

Harry hield zijn blik gevestigd op de berichten over kwartaalcijfers en de sportuitslagen toen er een gedachte door zijn hoofd schoot: wat nu als dat precies was wat hij nu deed? Weglopen. Er als een lafaard vandoor gaan.

Nee, dit keer was het anders. Hij had zijn ticket omgeboekt voor morgenavond, dezelfde vlucht als die van Rakel. Hij had zelfs een stoel in de businessclass naast die van hem gereserveerd en betaald voor de opwaardering van haar ticket. Hij had overwogen om haar op de hoogte te stellen van de verandering van zijn plannen, maar hij wist wat ze zou denken. Dat hij niet was veranderd. Dat hij nog steeds door dezelfde gekte werd gedreven. Dat niets zou veranderen, nooit. Maar als ze daar zouden zitten, samen, en ze door de acceleratie in hun stoelen werden gedrukt en ze voelden dat ze werden opgetild, dat ze licht werden, dat het onafwendbaar was, dan zou ze eindelijk begrijpen dat ze het oude achter zich lieten, onder hen, dat hun reis was begonnen.

Harry sloot zijn ogen en mompelde twee keer het vluchtnummer.

Harry stapte uit de luchthaventrein, liep de voetgangersbrug naar het Operahuis over en beende over het Italiaanse marmer naar de hoofdingang. Door de ruiten zag hij feestelijk uitgedoste mensen met hapjes en drankjes achter de rode koorden in de peperdure foyer.

Voor de ingang stond een man in pak met een oortje en zijn handen voor zijn kruis alsof hij als voetballer in een muurtje voor een vrije schop stond. Breedgeschouderd, geen grammetje vet. Zijn getrainde blik die Harry allang had gespot keek nu of de zaken om hem heen eventueel iets betekenden. Dat kon er alleen maar op duiden dat hij bij de Veiligheidsdienst werkte, en dat de burgemeester of iemand van de regering aanwezig was. De man zette twee stappen in zijn richting toen Harry naderbij kwam.

'Het spijt me, besloten premièrefeest...' begon hij, maar hij zweeg toen hij Harry's ID-kaart zag.

'Dit heeft niets met de burgemeester of zo te maken, collega,' zei Harry. 'Moet alleen met iemand een paar woorden wisselen over een lopende zaak.'

De man knikte, zei iets in het microfoontje dat op zijn revers zat en liet Harry naar binnen gaan.

De foyer was een reuzeniglo en Harry stelde vast dat de ruimte bevolkt werd door veel gezichten die hij herkende ondanks zijn langdurige ballingschap: de poseurs uit de gedrukte media, de *talking heads* van de televisie, de feestbeesten uit de sport en de politiek, plus de min of meer éminence grise uit het culturele leven. En Harry begreep wat Isabelle bedoelde toen ze zei dat het moeilijk voor haar was om een date te vinden die lang genoeg was als ze hoge hakken droeg. Ze torende zo hoog boven de menigte uit dat ze makkelijk te vinden was.

Harry stapte over het koord en baande zich een weg onder het herhaaldelijk roepen van 'neem me niet kwalijk' terwijl de witte wijn om hem heen klotste.

Isabelle stond met een man te praten die een halve kop kleiner was dan zij, maar haar opgewonden, vleiende gelaatsuitdrukking deed Harry vermoeden dat hij een paar hoofden hoger in macht en status was dan zij. Hij was binnen een radius van drie meter gekomen toen een man ineens voor hem opdook.

'Ik ben de politieman die zojuist buiten met een collega van u heeft gesproken,' zei Harry. 'Ik moet haar spreken.'

'Ga uw gang,' zei de bewaker, en Harry meende iets tussen de regels door te horen.

Harry zette de laatste passen.

'Hallo, Isabelle,' zei hij, en hij zag de verbazing op haar gezicht. 'Ik hoop niet dat ik je... carrière onderbreek?'

'Inspecteur Harry Hole,' antwoordde ze met een schaterende lach alsof hij een geweldige mop had verteld.

De man naast haar kwam razendsnel met zijn hand en stelde zich – enigszins overbodig – voor. Een lange carrière op de bovenste verdieping van het gemeentehuis had hem geleerd dat menselijkheid zich op de verkiezingsdag uitbetaalde. 'Heb je genoten van de voorstelling, inspecteur?'

'Ja en nee,' antwoordde Harry. 'Eerst was ik blij dat het afgelopen was en ik naar huis kon, maar toen begreep ik dat ik nog een paar dingen moest regelen.'

'Zoals?'

'Nou, aangezien Don Giovanni een dief is en een onruststoker, is het wel gerechtvaardigd dat hij in het laatste bedrijf wordt gestraft. Ik geloof dat ik heb begrepen wie dat standbeeld is dat Don Giovanni komt halen om hem mee te nemen naar de hel. Wat ik me alleen afvraag is: wie heeft eigenlijk verteld waar Don Giovanni op dat moment is? Zou je me daar antwoord op kunnen geven...' Harry keek haar aan. 'Isabelle?'

Isabelle glimlachte stijfjes. 'Als je een complottheorie hebt dan is dat altijd interessant om te horen. Maar een andere keer misschien, ik sta nu net te praten met...'

'Ik moet dringend een paar woorden met haar wisselen,' zei Harry, die zich naar haar gesprekspartner had gewend. 'Als u het goed vindt, uiteraard.'

Harry zag dat Isabelle wilde protesteren, maar haar gesprekspartner was haar voor. 'Uiteraard.' Hij glimlachte, knikte en wendde zich tot een ouder stel dat in de rij stond om hem de hand te schudden.

Harry pakte Isabelle bij haar arm en trok haar mee in de richting van de toiletten.

'Je stinkt,' snauwde ze toen hij zijn handen tegen haar schouders zette en haar tegen de muur duwde naast de ingang van de herentoiletten.

'Het pak heeft een paar keer tussen het afval gelegen,' zei Harry. Hij zag dat ze bij sommige mensen de aandacht trokken. 'Luister, we kunnen het beschaafd of onbeschaafd doen. Waaruit bestaat jouw samenwerking met Mikael Bellman?'

'Wat? Loop naar de hel, Harry.'

Harry schopte de deur van het toilet open en trok haar mee naar binnen.

Een man in smoking die bij de wastafel stond keek hen via de spiegel met grote ogen aan toen Harry Isabelle tegen de deur van een van de wc's smeet en zijn onderarm tegen haar keel drukte.

'Bellman was bij jou toen Gusto werd vermoord,' siste Harry. 'Gusto had Bellmans bloed onder zijn nagels. De mol van Dubai is de naaste medewerker van Bellman én zijn trouwe jeugdvriend. Als je nu niet praat, bel ik mijn mannetje bij *Aftenposten* en dan hebben we het morgen allemaal zwart op wit. En dan zal alles wat ik heb bij de landsadvocaat op het bureau liggen. Dus wat wordt het?'

'Neem me niet kwalijk,' zei de smoking. Hij was dichterbij komen staan, maar wel op veilige afstand. 'Heb je hulp nodig?'

'Maak verdomme dat je wegkomt!'

De man zag er geschokt uit, niet door de woorden die tegen hem waren gesproken, maar door het feit dat Isabelle hem had afgeblaft.

'We neukten,' zei Isabelle half stikkend.

Harry liet haar los en aan haar adem kon hij ruiken dat ze champagne had gedronken.

'Jij en Bellman neukten?'

'Ik weet dat hij getrouwd is en we hebben geneukt, dat is alles,' zei ze terwijl ze over haar hals wreef. 'Gusto dook ineens op en krabde Bellman toen hij hem eruit gooide. Wil je tegen de pers uit de school klappen over deze neukpartij, ga je gang. Ik neem aan dat jij nog nooit met een getrouwde vrouw hebt geneukt. Of dat je je zorgen maakt wat Bellmans vrouw en kinderen zullen doen als de pers er lucht van krijgt.'

'En hoe hebben Bellman en jij elkaar ontmoet? Probeer je me te vertellen dat deze driehoek met Gusto en jullie twee puur toeval is?'

'Hoe denk je dat mensen met een machtspositie elkaar in de huidige tijd ontmoeten, Harry? Kijk rond. Kijk naar wie er op het feest is. Iedereen weet dat Bellman de nieuwe commissaris van Oslo wordt.'

'En dat jij promotie krijgt?'

'We zijn elkaar tegengekomen bij een opening, een première, een vernissage, ik weet niet meer. Zo gaat het nu eenmaal. Je kunt Mikael bellen om te vragen waar het was. Maar misschien niet vanavond, ze hebben met het gezin een gezellige avond. Het is... gewoon zoals het is.'

Het is zoals het is. Harry staarde haar aan.

'Hoe zit het met Truls Berntsen?'

'Wie?'

'Hij is toch jullie mol of niet? Wie heeft hem naar Leons gestuurd om mij te pakken? Was jij dat? Of was het Dubai?'

'Waar heb je het in godsnaam over?'

Harry zag het. Ze had werkelijk geen idee wie Truls Berntsen was.

Isabelle Skøyen begon te lachen. 'Harry, kijk niet zo beteuterd.'

Hij had in het vliegtuig naar Bangkok kunnen zitten. Naar een ander leven.

Hij liep al naar de deur.

'Wacht, Harry.'

Hij draaide zich om. Ze stond tegen de wc-deur geleund en had haar jurk omhooggetrokken. Zo hoog dat hij de jarretels kon zien waaraan haar kousen vastzaten. Een blonde haarlok viel op haar voorhoofd: 'Nu we toch het toilet voor ons alleen hebben...'

Harry zag haar blik. Die was omfloerst. Niet van de alcohol, niet van geilheid, het was iets anders. Huilde ze? Die stoere, eenzame Isabelle Skøyen? Zelfverachting? En wat dan nog? Nog een verbitterd mens dat bereid was het leven van anderen te verruïneren omdat ze meende dat het haar geboorterecht was: er moest van haar worden gehouden.

De deur bleef na het vertrek van Harry nog een aantal keren

heen en weer zwaaien, hij klapte tegen de rubberen strip, steeds sneller en sneller, als een steeds luider, laatste applaus.

Harry liep over de loopbrug terug naar Oslo Centraal Station en nam de trappen in de richting van Plata. Aan het eind daarvan zat een apotheek die dag en nacht open was, maar daar stond altijd een lange rij, en hij wist dat pillen zonder recept niet sterk genoeg waren om zijn pijn weg te nemen. Hij liep door naar het heroïnepark. Het begon te regenen en het licht van de straatlantaarns weerkaatste zwak in de natte tramrails van de Prinsensgate. Hij dacht na over de kwestie terwijl hij doorliep. Hagelpatronen kon hij het makkelijkst vinden in het huis van Nybakk in Oppsal. De hagel had bovendien een groter bereik. Om het geweer achter de klerenkast in kamer 301 te pakken te krijgen moest hij zorgen dat hij ongezien Leons binnen kwam, maar hij was er niet zeker van dat ze het geweer nog niet gevonden hadden. Maar het geweer was preciezer.

Het slot op de poort naar de binnenplaats achter Leons was kapot. Onlangs vernield. Harry nam aan dat die twee mannen in pak daarlangs waren binnengekomen toen ze op bezoek kwamen.

Harry liep door en inderdaad – het slot van de achterdeur was ook kapot.

Harry nam de smalle trap die dienstdeed als nooduitgang. Geen mens te zien op de gang van de derde verdieping. Harry klopte op de deur van kamer 310 om Cato te vragen of de politie er geweest was. Of misschien iemand anders. Wat ze hadden gedaan. Wat ze hadden gevraagd. Wat hij ze eventueel had verteld. Maar niemand deed open. Hij legde zijn oor tegen de deur. Stilte.

Er was geen poging gedaan om de deur van zijn kamer te repareren, dus een sleutel was overbodig. Hij stak zijn hand naar binnen en duwde de deur open. Hij zag dat er bloed in het kale cement was getrokken waar hij de drempel had verwijderd.

Er was ook niets aan het kapotte raam gedaan.

Harry deed het licht niet aan, hij ging gewoon naar binnen, stak zijn hand achter de kast en stelde vast dat ze het geweer niet hadden gevonden. Hetzelfde was het geval met het doosje patronen, dat lag nog steeds naast de bijbel in het nachtkastje. Harry begreep dat de politie niet geweest was, dat Leons en zijn bewoners en buren geen reden hadden gezien om de sterke arm te bellen vanwege een paar schoten, niet zolang er geen lijk achterbleef. Hij deed de kast open. Zelfs zijn kleren en koffer waren er nog, alsof er niets gebeurd was.

Harry zag de vrouw achter het raam aan de andere kant.

Ze zat op een stoel voor een spiegel met haar blote rug naar hem toe gekeerd. Ze kamde haar haren leek het. Ze droeg een jurk die er merkwaardig ouderwets uitzag. Niet oud, maar ouderwets, als een pasgenaaid kostuum uit een andere tijd. Zonder te begrijpen waarom schreeuwde Harry uit het kapotte raam. Een korte kreet. De vrouw reageerde niet.

Toen Harry weer buiten stond, begreep hij dat hij het niet zou redden. Het leek of zijn hals in brand stond en door de koorts kwam het zweet uit al zijn poriën. Hij was doorweekt en voelde de eerste rillingen.

In de bar werd een ander nummer gedraaid. Uit de open deur klonk 'And It Stoned Me' van Van Morrison.

Pijnstillend.

Harry stapte de straat op, hoorde een doordringend, wanhopig belgeluid en het volgende moment had hij een blauwwitte wand in zijn blikveld. Vier seconden stond hij doodstil op straat. Toen was de tram voorbij en zag hij de open deur weer.

De barman schrok toen hij opkeek van zijn krant en Harry in het oog kreeg.

'Jim Beam,' zei Harry.

De barman knipperde twee keer met zijn ogen zonder zich te verroeren. De krant gleed op de grond.

Harry trok zijn portemonnee en legde euro's op de bar. 'Geef me maar de hele fles.'

De mond van de barman was opengezakt. De onderkin hing over zijn tatoeage.

'En dan,' zei Harry, 'verdwijn ik.'

De barkeeper wierp een blik op de biljetten. Keek weer op naar Harry. Zonder hem met zijn ogen los te laten pakte hij een fles Jim Beam.

Harry zuchtte toen hij zag dat de fles minder dan halfvol was. Hij liet hem in zijn jaszak glijden, keek rond, probeerde een paar memorabele woorden te vinden ten afscheid, gaf dat op, knikte kort en verdween.

Op de hoek van de Prinsens- en Dronningensgate bleef Harry staan. Eerst belde hij Inlichtingen. Toen opende hij de fles. De geur van de bourbon deed zijn maag samentrekken. Maar hij wist dat hij zonder verdoving niet kon doen wat hij moest doen. Het was drie jaar geleden. Misschien ging het nu beter. Hij zette de fles tegen zijn mond, legde zijn hoofd in zijn nek en dronk. Drie jaar nuchter. Het gif explodeerde als een napalmbom in zijn lichaam. Het was niet beter, het was erger dan ooit.

Harry boog zich voorover, stak zijn arm uit en steunde wijdbeens tegen de muur van een huis zodat hij zijn schoenen en broek niet zou treffen.

Hij hoorde hoge hakken op het asfalt achter zich. *'Hey, mister. Me beautiful?'*

'Sure,' kon Harry nog net zeggen voor zijn keel vol was. De gele straal trof het trottoir met een imponerende kracht en spatte hoog op. Hij hoorde de hoge hakken in castagnettenvaart verdwijnen. Hij veegde met zijn handrug over zijn mond en

probeerde het opnieuw. Hoofd achterover. De whisky en de gal spoelden naar beneden. En kwamen weer omhoog.

De derde slok bleef binnen. Zolang als het duurde.

De vierde leek op een schot.

De vijfde was de hemel.

Harry hield een taxi aan en gaf de chauffeur het adres.

Truls Berntsen haastte zich door het donker. Hij stak de parkeerplaats van het appartementengebouw over. Goed, veilig licht scheen achter de ramen waar nu de koffiekan met wat lekkers op tafel werd gezet of misschien zelfs een pilsje. De televisie was aan, het nieuws was geweest en er werd een gezellig programma opgezocht. Truls had het hoofdbureau gebeld en gezegd dat hij ziek was. Ze hadden niet gevraagd wat hem mankeerde, ze wilden alleen maar horen of hij langer dan drie dagen ziek dacht te zijn. Of hij zijn zogenaamde baaldagen opnam. Truls had geantwoord dat hij verdomme toch niet kon weten hoe lang hij ziek zou zijn. Dit kloteland, waarin schijnheilige politici beweerden dat mensen eigenlijk wel wilden werken als ze konden. De Noren stemden op de Arbeiderspartij omdat deze partij het tot een recht had gemaakt dat mensen spijbelden, en wie zou er verdomme niet stemmen op een partij die je het recht gaf om drie baaldagen op te nemen om lekker te gaan skiën of bij te komen van een kater? De Arbeiderspartij wist heel goed wat voor cadeautje dit was, maar probeerde toch te doen alsof men de verantwoording kon dragen, men had 'vertrouwen in de meeste mensen' en zag het recht op deze baaldagen als een soort sociale verbetering. Dan was de Vooruitgangspartij verdomme eerlijker, die kocht stemmen door middel van belastingverlaging en deed daar niet geheimzinnig over.

Hij had er de hele dag over nagedacht, terwijl hij zijn wapens controleerde, ze laadde, weer controleerde, voelde of de deuren op slot zaten, en alle auto's die de parkeerplaats op reden had gevolgd met de kijker die op het Märklingeweer zat. Dat enorme geweer stamde van een zaak van tien jaar geleden en de verantwoordelijke persoon van de wapenopslag in K1 op het hoofdbureau dacht dat het er nog steeds lag. Truls wist dat hij vroeg of laat eten moest gaan kopen, maar hij wachtte tot het donker werd en er weinig mensen op straat waren. Toen het bijna elf uur 's avonds was, sluitingstijd van Rimi, pakte hij zijn Steyr, sloop naar buiten en rende in looppas naar de supermarkt. Hij liep langs de schappen met één oog gericht op de producten en het andere oog op de klanten die er waren. Hij kocht voor een week gehaktballen van Fjordland. Kleine zakjes met kant-en-klaar aardappels, doperwten, vlees en saus. Je hoefde het zakje alleen een paar minuten in een pan met kokend water te leggen, het open te knippen en de inhoud zakte met een gorgelend geluid op je bord. Als je je ogen sloot leek het verdomd op een echte maaltijd.

Truls Berntsens was net bij de toegangsdeur van zijn flatgebouw en wilde de sleutel in het slot steken toen hij snelle voetstappen in het donker hoorde. Hij draaide zich bliksemsnel om met zijn hand al op de holster onder zijn jas, toen hij in het geschrokken gezicht van Vigdis A. staarde.

'Hé… heb ik je laten schrikken?' stamelde ze.

'Nee,' zei Truls kortaf. Hij liep naar binnen zonder de deur voor haar open te houden, maar hij hoorde dat het haar lukte om haar enorme lijf toch naar binnen te persen voor de deur dichtviel.

Hij drukte op de liftknop. Geschrokken? Wel verdomme, hij was zeker geschrokken. Hij had die Siberische Kozakken in zijn nek, dat was reden genoeg om van alles te schrikken.

Vigdis A. stond hijgend achter hem. Ze was net zo dik als al die anderen waren geworden. Niet dat hij had bedankt, maar waarom zei niemand het gewoon, dat Noorse vrouwen zo vet werden dat ze niet alleen zouden bezwijken aan een of andere ziekte, maar dat ze ook het Noorse ras verzwakten en reduceerden. Want uiteindelijk zou geen enkele man zin hebben om in zoveel vlees te moeten ploeteren. Behalve bij zichzelf, uiteraard.

De lift kwam, ze stapten naar binnen en de kabel kermde onder de last.

Hij had gelezen dat mannen ook steeds dikker werden, maar om de een of andere reden was dat minder zichtbaar. Hun kont werd minder dik, ze zagen er alleen maar sterker en groter uit. Zoals hijzelf. Hij zag er beter uit sinds hij tien kilo was aangekomen. Maar vrouwen kregen van dat klotsende, trillende vet waardoor hij zin kreeg om ze te schoppen, alleen maar om te zien hoe zijn voet in al dat zachte vlees verdween. Iedereen wist dat vet de nieuwe kanker was, maar toch bespotte men de slankheidhysterie en dweepte men met het 'echte' vrouwenlichaam. Alsof het ongetrainde en overvoerde lijf een soort schoonheidsideaal was. Liever honderd mensen die stierven aan hart- en vaatziekten dan één die overleed door een eetstoornis. En nu zag Martine er zelfs zo uit. Jazeker, hij wist dat ze zwanger was, maar hij kon de gedachte niet van zich afzetten dat ze een van hen was geworden.

'Het lijkt wel of je het koud hebt,' zei Vigdis A. glimlachend.

Truls wist niet waar A. voor stond, maar dat stond bij haar bel, Vigdis A. Hij kreeg zin om haar een oplawaai te verkopen, een fikse rechtse, hij hoefde niet bang te zijn voor zijn knokkels met die bolle wangen van haar. Of haar te neuken. Of allebei.

Truls wist waarom hij zo chagrijnig was. Dat kwam door die verrekte mobiele telefoon.

Toen ze de centrale van Telenor eindelijk zover hadden gekregen om de telefoon van Hole te *tracken*, hadden ze ontdekt dat die zich midden in het centrum bevond, om preciezer te zijn rond Oslo Centraal Station. Er is geen plaats in Oslo te vinden waar dag en nacht zoveel mensen zijn. Een dozijn politiemensen had de mensenmassa afgespeurd naar Hole. Uren waren ze daarmee bezig geweest. Nada. Uiteindelijk was een heldere geest met het banale idee gekomen om al hun horloges gelijk te zetten, zich te verspreiden over het gebied en dan zou een van hen om het kwartier een secondelang het nummer van Hole bellen. Als iemand op dat moment een telefoon hoorde, of iemand zijn mobieltje zag pakken, was het gewoon een kwestie van toeslaan, het moest immers daar ergens zijn. Zo gezegd, zo gedaan. En ze vonden de telefoon. In de zak van een junkie die half zat te slapen op de trap voor het station. Hij vertelde dat hij het mobieltje had 'gekregen' van een kerel in Fyrlyset.

De lift stopte. 'Goedenavond,' mompelde Truls terwijl hij uitstapte.

Hij hoorde de deur achter zich dichtglijden en de lift weer op gang komen.

Gehaktballen en een dvd nu. De eerste *Fast & Furious*, misschien. Een klotefilm, natuurlijk, maar er zaten een paar mooie scènes in. Of misschien *Transformers* met Megan Fox, om zich lekker lang af te kunnen trekken.

Hij hoorde haar achter zich hijgen. Ze was samen met hem uit de lift gestapt. Kut. Truls Berntsen zou vanavond kunnen neuken. Hij glimlachte en draaide zich om. Maar iets hield hem tegen. Iets hards. En kouds. Truls Berntsen draaide zijn oogbol. Een geweerloop.

'Ja graag,' zei een bekende stem. 'Ik ga graag met je mee naar binnen.'

Truls Berntsen zat in een leunstoel en staarde in zijn eigen pistoolmond.

Hij had hem gevonden. Of omgekeerd.

'We kunnen elkaar niet op deze manier blijven tegenkomen,' zei Harry Hole. Hij had de sigaret in zijn mondhoek gedaan zodat hij geen rook in zijn ogen kreeg.

Truls gaf geen antwoord.

'Weet je waarom ik liever jouw pistool gebruik?' zei hij, kloppend op het jachtgeweer dat op zijn schoot lag.

Truls hield nog steeds zijn mond.

'Omdat ik liever wil dat de kogels die ze in je lichaam vinden naar jouw wapen leiden.'

Truls haalde zijn schouders op.

Harry Hole leunde naar voren. Truls kon het nu ruiken: alcoholadem. Verdomme, de kerel was dronken. Hij had gehoord wat die man in nuchtere toestand kon doen, en nu was hij beschonken.

'Jij bent een mol, Truls Berntsen. En hier is het bewijs.'

Hij hield een ID-bewijs omhoog dat hij samen met het pistool uit Truls' zak had gehaald. 'Thomas Lunder? Is dat niet degene die de dope van Gardermoen heeft opgehaald?'

'Wat wil je?' zei Truls Berntsen. Hij sloot zijn ogen en leunde achterover in zijn stoel. Gehaktballen en een dvd.

'Ik wil weten wat de link is tussen jou, Dubai, Isabelle Skøyen en Mikael Bellman.'

Truls schoot overeind. Mikael? Wat had Mikael er verdomme mee te maken? En Isabelle Skøyen, dat was toch die dame uit de politiek?

'Ik heb geen idee...'

Hij zag dat de haan van het pistool omhoogkwam.

'Voorzichtig, Hole! Het overhalen van de trekker duurt korter dan...'

De haan ging verder.

'Wacht! Wacht, verdomme!' Truls Berntsen ging met zijn tong door zijn mond op zoek naar speeksel. 'Ik weet helemaal niets van Bellman of Skøyen, maar Dubai…'

'Schiet op.'

'Ik kan je over hem vertellen.'

'Wat kun je me vertellen?'

Truls Berntsen haalde adem, hield die even vast, liet die vervolgens met een kreun los en zei: 'Alles.'

HOOFDSTUK 39

Drie ogen staarden naar Truls Berntsen. Twee lichtblauwe, door alcohol omfloerste, irissen. En een zwart, rond oog dat van zijn eigen Steyr was. De man die het pistool vasthield lag meer dan hij zat in de leunstoel en zijn lange benen had hij recht voor zich gestoken. Hij zei met een ruwe stem: 'Vertel, Berntsen. Vertel me over Dubai!'

Truls Berntsen schraapte twee keer zijn keel. Die verdomde droge keel.

'Op een avond ging hier de voordeurbel. Ik pakte de telefoon van de intercom op en een stem zei me dat hij met me wilde praten. Ik wilde hem eerst niet binnenlaten, maar toen noemde hij een naam en... ja...'

Truls Berntsen ging met zijn duim en middelvinger langs zijn kaken.

De ander wachtte.

'Een ongelukkige zaak waarvan ik dacht dat niemand daar vanaf wist.'

'Namelijk?'

'Een arrestant. Hij moest een lesje leren. Ik dacht dat niemand wist dat ik hem... dat geleerd had.'

'Flink gewond?'

'Zijn ouders wilden een aanklacht indienen, maar de jongen zag geen kans om me eruit te pikken bij een line-up. Ik had blijkbaar zijn oogzenuw beschadigd. Geluk bij een ongeluk, toch?' Truls lachte die nerveuze grommende lach, maar stopte abrupt.

'En nu stond die man voor mijn deur en zei dat hij het wist. Hij zei dat ik een zeker talent had om uit het blikveld van de radar te blijven en dat hij bereid was om veel te betalen voor iemand als ik. Hij sprak keurig Noors, maar wel met een licht accent. Ik liet hem binnen.'

'Jij hebt Dubai ontmoet?'

'Alleen die ene keer. Daarna heb ik hem slechts twee keer heel even gezien. Hoe dan ook, hij kwam alleen. Een oude man in een elegant, maar ouderwets pak. Westers. Hoed en handschoenen. Hij vertelde me wat hij wilde dat ik voor hem deed. En wat hij wilde betalen. Hij was voorzichtig. Hij zei dat we na die ontmoeting geen direct contact meer zouden hebben, geen telefoon, geen mail: niets wat een spoor zou achterlaten. En ik vond het best, om eerlijk te zijn.'

'Maar hoe kreeg jij als mol de opdrachten doorgespeeld?'

'Die werden op een grafsteen geschreven, hij vertelde me waar die lag.'

'Waar dan?'

'Het kerkhof van Gamlebyen. Daar kreeg ik ook mijn geld.'

'Vertel me over Dubai. Wie is hij?'

Truls Berntsen staarde zwijgend voor zich uit. Hij probeerde de rekensom te maken. De consequenties te overzien.

'Waar wacht je nog op, Berntsen? Je zei dat je me alles over Dubai zou vertellen.'

'Weet je wat ik riskeer als ik...'

'De laatste keer dat ik je zag, probeerden twee van Dubais mannen je lek te schieten. Dus zonder dat dit pistool naar je wijst, zit je al flink in de nesten, Berntsen. Vooruit. Wie is hij?'

Harry Hole keek hem recht aan. Keek dwars door hem heen, las Truls' gevoel. Nu bewoog hij de haan van het pistool weer en dat versimpelde het rekensommetje.

'*All right, all right,*' zei Berntsen, die zijn handen afwerend in de lucht stak. 'Hij heet geen Dubai. Ze noemen hem zo omdat zijn dealers voetbalshirts dragen die reclame maken voor een vliegtuigmaatschappij die vliegt op landen in die regio. Arabische landen.'

'Je hebt tien seconden om me iets te vertellen wat ik zelf nog niet had begrepen.'

'Wacht, wacht, dat komt! Hij heet Rudolf Asajev. Hij is Russisch, zijn ouders waren intellectuele dissidenten en politieke vluchtelingen, in elk geval heeft hij dat tijdens de rechtszaak gezegd. Hij heeft in vele landen gewoond en spreekt zo'n zeven talen. Is in de jaren zeventig naar Noorwegen gekomen en was een van de pioniers op het gebied van de hasjhandel, kun je wel zeggen. Hij heeft zich altijd op de achtergrond gehouden, maar is in 1980 door een van zijn mensen aangegeven. Dat was in de tijd dat het verkopen en invoeren van hasj ongeveer dezelfde strafmaat had als landverraad. Nadat hij zijn straf had uitgezeten verhuisde hij naar Zweden en stapte over op heroïne.'

'Ongeveer dezelfde strafmaat als hasj, maar met een veel betere winstmarge.'

'Precies. Hij bouwde in Göteborg een liga op, maar nadat een undercoveragent werd gedood, moest hij ondergronds gaan. Ongeveer twee jaar geleden is hij teruggekomen naar Oslo.'

'En dat heeft hij je allemaal verteld?'

'Nee, nee, dit heb ik allemaal zelf uitgevonden.'

'O ja? Hoe dan? Ik dacht dat de man een geest was van wie niemand iets wist.'

Truls Berntsen keek naar zijn handen. Keek weer op naar Harry Hole. Hij moest bijna lachen. Want dit had hij al vele malen aan iemand willen vertellen. Maar er was niemand om het aan te vertellen. Hoe hij zelfs Dubai te slim af was geweest. Truls ging snel met zijn tong rond zijn mond. 'Toen hij in de stoel zat waar jij nu in zit, hield hij zijn armen op de leuningen.'

'En?'

'De mouw van zijn overhemd kroop wat omhoog en er was een stuk blote huid te zien tussen zijn handschoen en de mouw. Hij had een paar witte littekens. Je kent het wel, van het verwijderen van een tatoeage. Toen ik de tatoeage zag, dacht ik...'

'Gevangenis. Hij had handschoenen aan om geen vingerafdrukken achter te laten die jij in de databank kon opzoeken.'

Truls knikte. Hole was snel, dat moest je hem nageven.

'Precies. Maar toen ik had ingestemd met de voorwaarden, leek hij wat te ontspannen. Dus toen ik mijn hand uitstak om de afspraak te bekrachtigen, deed hij een handschoen uit. Ik had een paar mooie vingerafdrukken op de rug van mijn hand. De computer vond de match.'

'Rudolf Asajev. Dubai. Hoe heeft hij zijn identiteit zo lang geheim kunnen houden?'

Truls Berntsen haalde zijn schouders op. 'We zien dat de hele tijd bij GC, er is een belangrijk verschil tussen de mannen op de achtergrond die niet gepakt worden en degenen die wel gepakt worden. Een kleine organisatie. Weinig banden. Weinig vertrouwelingen. De drugsbaronnen die denken dat ze veilig zijn met een leger om zich heen, worden altijd gepakt. Er is altijd wel een of andere afvallige medewerker, iemand die de zaak wil overnemen of wil verraden in ruil voor strafvermindering.'

'Je zei dat je hem misschien nog een keer hebt gezien?'

Truls Berntsen knikte. 'Fyrlyset. Ik denk dat hij het was. Hij zag me, draaide zich om en vertrok.'

'Dus het is waar, dat gerucht dat hij als een schim door de stad gaat?'

'Wie zal het zeggen?'

'Wat deed jij in Fyrlyset?'

'Ik?'

'Politiemensen mogen daar niet werken.'

'Ik kende een meisje dat daar werkte.'

'Hm. Martine?'

'Ken je haar?'

'Jij zat daar naar haar te kijken?'

Truls voelde dat hij bloosde. 'Ik...'

'Rustig maar, Berntsen. Je hebt jezelf zojuist vrijgepleit.'

'Wa... wat?'

'Jij bent de stalker, van wie Martine dacht dat het een undercover was. Jij zat in Fyrlyset toen Gusto werd doodgeschoten, of niet?'

'Stalker?'

'Vergeet het en geef antwoord.'

'Wel verdomme, je dacht toch niet dat ik... Waarom zou ik Gusto Hanssen koud willen maken?'

'Asajev zou je die opdracht kunnen hebben gegeven,' zei Hole. 'Maar je had ook een goede persoonlijke reden. Gusto had je een man zien vermoorden in Alnabru. Met een boor.'

Truls Berntsen dacht na over wat Hole had gezegd. Dacht na zoals een politieman dat doet die de hele dag leugens moet aanhoren en onderscheid moet maken tussen bluf en de waarheid.

'Die moord gaf je ook het motief om Oleg Fauke te vermoorden die ook getuige was geweest. De gevangene die heeft geprobeerd Oleg neer te steken die...'

'Die werkte niet voor mij! Je moet me geloven, Hole, ik had daar niets mee te maken. Ik heb alleen bewijs laten verdwijnen. Dat in Alnabru was puur een ongeluk.'

Hole hield zijn hoofd scheef. 'En toen je in Leons bij me kwam, was dat niet om me koud te maken?'

Truls slikte. Die Hole kon hem vermoorden, zeker kon hij dat. Een kogel door zijn slaap jagen, de vingerafdrukken afvegen en het pistool in zijn hand drukken. Geen tekenen van inbraak, Vigdis A. kon vertellen dat ze Truls alleen had zien thuiskomen, dat hij er koud uit had gezien. Eenzaam. Hij had zich ziek gemeld op zijn werk. Depressief.

'Wie waren die twee die opdoken. Mannen van Rudolf?'

Truls knikte. 'Ze konden ontsnappen, maar ik heb een van hen geraakt.'

'Wat gebeurde er?'

Truls haalde zijn schouders op. 'Ik weet kennelijk te veel.' Hij probeerde te lachen, maar het klonk als een droge hoest.

Ze zaten elkaar zwijgend aan te kijken.

'Wat ben je van plan te gaan doen?' vroeg Truls.

'Hem vangen,' zei Hole.

Vángen. Het was lang geleden dat Truls iemand dat woord had horen gebruiken.

'Dus jij denkt dat hij mensen om zich heen heeft?'

'Hoogstens een stuk of drie, vier,' zei Truls. 'Misschien maar twee.'

'Hm. Wat heb je verder nog aan ijzerwaren?'

'IJzerwaren?'

'Afgezien van dit hier.' Hole knikte naar de salontafel waarop twee pistolen en een MP5-machinepistool lagen, geladen en gebruiksklaar. 'Je kunt het me net zo goed zeggen anders bind ik je vast en doorzoek ik je hele flat.'

Truls Berntsen dacht na. Toen knikte hij naar de slaapkamer.

Hole schudde zijn hoofd toen Truls de kastdeur van de slaapkamer opende en het licht aandeed zodat de tl-buis blauw licht wierp op de inhoud: twee grote messen, een zwarte knuppel, een boksbeugel, een gasmasker en een zogenaamde riotgun, een kort, robuust geweer met een cilinder in het midden waarin grote patronen met traangas zaten. Truls had kans gezien de meeste wapens mee te nemen uit het politiedepot waar men enig verlies gewoon incalculeerde.

'Je bent knettergek, Berntsen.'

'Waarom?'

Hole wees. Truls had spijkers in de achterwand geslagen en met krijt de omtrek op de wand getekend. Alles had zijn eigen plaats.

'Een kogelvrij vest op een klerenhangertje? Bang dat het zou kreuken?'

Truls Berntsen gaf geen antwoord.

'Oké,' zei Hole en hij nam het vest mee. 'Geef me de riotgun, het gasmasker en de munitie voor de MP5 die in de kamer ligt. En een rugzak.'

Hole keek toe terwijl Truls de rugzak vulde. Ze liepen terug naar de kamer waar Harry de MP5 pakte.

Even later stonden ze in de deuropening van het appartement.

'Ik weet wat je denkt,' zei Harry. 'Maar voor je gaat bellen of op een andere manier probeert me tegen te houden, is het misschien goed om te weten dat alles wat ik over jou en de zaak weet wordt bewaard bij een advocaat. Hij heeft instructies gekregen wat hij moet doen als er iets met mij gebeurt. Begrepen?'

Onzin, dacht Truls en hij knikte.

Hole lachte even. 'Jij denkt dat ik hier onzin sta te verkopen, maar je kunt daar nooit helemaal zeker van zijn, of wel?'

Truls voelde dat hij Hole haatte. Hij haatte die neerbuigende, nonchalante grijns van hem.

'En wat gebeurt er als je het overleeft, Hole?'

'Dan zijn jouw problemen voorbij. Ik verdwijn, ik vlieg naar de andere kant van de aardbol. En ik kom niet terug. Nog een laatste ding...' Hole knoopte zijn lange jas over het kogelvrije vest dicht. 'Jij hebt Blindernvei 74 op de lijst die Bellman en ik hebben gekregen laten verdwijnen, of niet?'

Truls Berntsen wilde automatisch nee antwoorden. Maar iets – een ingeving, een vage gedachte – deed hem stoppen. De waarheid was dat hij nooit had kunnen ontdekken waar Rudolf Asajev verbleef.

'Ja,' zei Truls Berntsen terwijl zijn hersenen de informatie trachtten te verwerken. Hij probeerde te analyseren wat die impliceerde. ... *de lijst die Bellman en ik hebben gekregen.* Hij probeerde de conclusie te trekken. Maar hij dacht niet snel genoeg, dat was nooit zijn sterkste kant geweest, hij had meer tijd nodig.

'Ja,' herhaalde hij, hopend dat zijn verbazing niet werd opgemerkt. 'Uiteraard heb ik het adres weggehaald.'

'Ik laat dit jachtgeweer hier achter,' zei Harry. Hij wipte de patronen eruit. 'Als ik niet terugkom, kan het worden afgeleverd bij advocatenkantoor Bach & Simonsen.'

Hole smeet de deur achter zich dicht en Truls hoorde hoe hij met grote stappen de trap af ging. Hij wachtte tot hij zeker wist dat hij niet terugkwam. Toen reageerde hij.

Hole had het Märklin-geweer niet ontdekt dat naast de balkondeur achter het gordijn tegen de muur stond. Truls pakte het zware, indrukwekkende geweer en rukte de balkondeur open. Hij legde de loop op het balkonhek. Het was koud en het regende licht, maar wat belangrijker was: het was bijna windstil.

Hij zag Hole beneden uit het gebouw komen, zag de jaspanden flapperen toen hij naar de wachtende taxi op de parkeerplaats draafde. Hij vond hem in de lichtgevoelige kijker. Duitse optiek en wapenkennis. Het beeld was korrelig, maar in focus. Hiervandaan kon hij Hole zonder problemen zien, de kogel zou hem van schedel tot voetzool vernietigen, of nog beter – via zijn voortplantingsorganen zijn lichaam verlaten, het wapen was immers oorspronkelijk voor de elandenjacht bedoeld. Maar als hij wachtte tot Hole onder een van de lantaarns op de parkeerplaats was gekomen, zou hij hem nog beter onder schot kunnen hebben. En dat zou geweldig praktisch zijn: er waren zo laat weinig mensen op de parkeerplaats en Truls zou het lijk maar een klein stukje naar zijn auto hoeven te slepen.

Instructies aan de advocaat? Nee, verdomme. Maar hij moest er natuurlijk over nadenken of die niet ook, voor de zekerheid, geëlimineerd moest worden. Hans Christian Simonsen.

Hole naderde de lantaarn. De nek. Of het hoofd. Het kogelvrije vest was van het type dat hoog sloot. Zwaar als de hel. Hij duwde de trekker naar beneden. Een klein, maar nauwelijks hoorbaar stemmetje vertelde hem dat hij het niet moest doen. Het was moord. Truls Berntsen had nog nooit eerder iemand vermoord. Niet direct. Tord Schultz, dat was hij niet, dat waren die verrekte honden van Asajev. En Gusto? Ja, verdomme wie had Gusto afgemaakt? Hij in elk geval niet. Mikael Bellman. Isabelle Skøyen.

Het stemmetje verstomde en het kruis van het vizier leek aan Holes achterhoofd geplakt. Ka-pof! Hij zag de fontein al voor zich. Hij drukte de trekker verder in. Over twee seconden stond Hole in het licht. Jammer dat hij het niet kon filmen. Het op dvd kon branden. Dat zou Megan Fox zonder meer verslaan, met of zonder de gehaktballen van Fjordland.

HOOFDSTUK 40

Truls Berntsen haalde diep en langzaam adem. Zijn hartslag was gestegen, maar onder controle.

Harry Hole was in het licht. En vulde het vizier.

Echt zonde dat ze dit niet konden film...

Truls Berntsen aarzelde.

Snel denken was nooit zijn sterkste kant geweest.

Niet dat hij dom was, maar af en toe ging het gewoon langzaam.

Dat was, toen ze opgroeiden, ook het verschil geweest tussen hem en Mikael: Mikael was degene geweest die had nagedacht en het woord voerde. Het punt was dat Truls uiteindelijk ook wel tot hetzelfde besluit kwam. Zoals nu. Met dat ontbrekende adres op de lijst. Of dat stemmetje dat zei dat hij Harry Hole niet moest vermoorden, niet nu. Het was simpele wiskunde, zou Mikael zeggen. Hole wilde Rudolf Asajev en Truls pakken, gelukkig in die volgorde. Dus als Hole Asajev koud maakte, zou hij in elk geval een van Truls' problemen elimineren. En datzelfde was het geval als Asajev Hole koudmaakte. Aan de andere kant...

Harry Hole liep nog steeds in het licht.

Truls' vinger bewoog rustig. Hij was de op een na beste schutter met geweer van Kripos geweest en de beste met een pistool.

Hij leegde zijn longen. Zijn lichaam was ontspannen, er zou geen ongecontroleerde beweging komen. Hij haalde weer adem.

En liet het geweer zakken.

De verlichte Blindernvei lag voor Harry. Hij liep als een berg- en daltreintje door het glooiende landschap van oudere villa's, grote tuinen, universiteitsgebouwen en grasvelden.

Hij wachtte tot de lichten van de taxi waren verdwenen, toen begon hij te lopen.

Het was vier minuten voor één en er was geen mens te zien. Hij had de taxi voor nummer 68 laten stoppen.

Blindernvei 74 lag achter een drie meter hoog hek, zo'n vijftig meter van de weg. Naast het huis stond een cilindervormig stenen gebouw met een hoogte en diameter van ongeveer vier meter, net als een watertoren. Harry had nog niet eerder zo'n toren in Noorwegen gezien, maar het viel hem op dat de buren er ook een hadden. Er liep inderdaad een grindpad naar de trap van de imposante houten villa. De voordeur, van donker, solide hout, werd verlicht door een simpele lamp.

Achter twee ramen op de begane grond en een op de eerste verdieping brandde licht.

Harry ging aan de overkant van de weg in de schaduw van een eikenboom staan. Hij zette zijn rugzak neer en maakte hem open. Hij laadde de riotgun en zette het gasmasker zodanig op zijn hoofd dat hij het snel over zijn gezicht kon trekken.

De regen zou hem hopelijk helpen om dichtbij te komen. Hij controleerde of het korte MP5-machinepistool geladen en gezekerd was.

Het werd tijd.

Maar de verdoving was bijna uitgewerkt.

Hij pakte de fles Jim Beam, draaide de kurk los. Er zat nog een nauwelijks zichtbaar bodempje in. Hij keek weer naar de villa. En naar de fles. Als het lukte, zou hij naderhand nog een slok nodig hebben. Hij duwde de kurk weer op de fles en stopte de fles in zijn binnenzak samen met het extra magazijn van de MP5. Hij concentreerde zich op zijn ademhaling, zodat zijn hersenen en spieren zuurstof kregen. Hij keek op zijn horloge. Een minuut over één. Over drieëntwintig uur ging het vliegtuig van Rakel en hem.

Hij haalde twee keer diep adem. Waarschijnlijk zou er een of ander alarm van de poort naar het huis gaan, maar hij was te zwaar beladen om het hek te kunnen forceren, en hij had geen zin om weer een levende schietschijf te worden, zoals op de Madserudallé.

Tweeënhalf, dacht Harry. Drie.

Toen stapte hij op de poort af, duwde de klink naar beneden en zwaaide het hek open. Hij hield de riotgun in zijn ene hand, de MP5 in de andere en begon te rennen. Niet over het grind, maar over het gras. Hij rende naar de zitkamerramen. Hij was bij voldoende politie-invallen geweest om te weten dat verrassing een grote rol in de hele operatie speelde. Niet alleen het voordeel van het eerst schieten, maar ook het shockeffect in de vorm van geluid en licht konden de tegenstander volledig verlammen. Maar hij wist ook hoe kort de houdbaarheid van het effect was. Daarom begon hij in zichzelf terug te tellen. Vijftien seconden. Dat was de tijd die hij dacht te hebben. Als hij ze in die tijd niet onschadelijk maakte, zouden ze zich kunnen verzamelen, hergroeperen en terugslaan. Zij kenden het huis: hij had niet eens een plattegrond gezien.

Veertien, dertien.

Vanaf het moment dat hij twee gaspatronen door het kamerraam schoot die explodeerden en een lawine aan wit gas verspreidden, leek het of de tijd vertraagde en een schokkerige film werd waarin hij registreerde dat hij bewoog, dat zijn lichaam deed wat het moest doen, terwijl zijn hersenen er slechts brokstukken van meekregen.

Twaalf.

Hij trok het gasmasker naar beneden, stak de riotgun de kamer in, veegde met de MP5 de grootste glasscherven uit het raamkozijn, legde de rugzak op het kozijn, zette zijn handen erop, trok zijn voet omhoog en zwaaide naar binnen terwijl de witte rook op hem af kwam rollen. Het kogelvrije vest maakte het zwaarder om te bewegen, maar toen hij binnen was, was het alsof hij door een wolk vloog. Het beperkte gezichtsveld door het gasmasker versterkte het gevoel in een film te bewegen. Hij hoorde schoten en ging op de grond liggen.

Acht.

Nog meer schoten. Het droge geluid van parket dat wordt opengescheurd. Ze waren niet verlamd van schrik. Hij wachtte. Toen hoorde hij het. Gehoest. Dat kun je onmogelijk binnenhouden als het traangas in je ogen, neus, slijmvliezen en longen brandt.

Vijf.

Harry tilde de MP5 op en schoot in de richting van het geluid in de grijswitte nevel. Hij hoorde korte, stampende voetstappen. Traplopen.

Drie.

Harry krabbelde overeind en spurtte erachteraan.

Twee.

Op de eerste verdieping was geen rook. Als de vluchtende persoon kans zag te ontsnappen, zou Harry's aanval een dramatische wending nemen.

Eén, nul.

Harry zag de omtrekken van de zijkant van een trap, zag het hekwerk met spijlen. Hij stak de MP5 tussen de spijlen door, duwde hem opzij en omhoog. Haalde de trekker over. Het wapen schudde in zijn hand, maar hij hield het vast. Leegde het magazijn. Trok het machinepistool naar zich toe, verwijderde het magazijn terwijl zijn andere hand naar zijn jaszak ging voor een nieuw. Hij vond alleen de bijna-lege fles. Hij was het extra magazijn kwijtgeraakt terwijl hij op het parket lag! Het andere zat nog steeds in de rugzak op het raamkozijn.

Harry wist dat hij dood was toen hij voetstappen op de trap hoorde. Op weg naar beneden. Ze kwamen langzaam, bijna aarzelend. Toen sneller. Toen stormden ze naar beneden. Harry zag een gedaante uit de mist vallen. Een wankelend spook in wit overhemd en zwart pak. Hij smakte tegen het hekwerk, klapte dubbel en gleed levenloos naar beneden. Harry zag de rafelige gaten in het rugpand van het colbert waar de kogels naar binnen waren gegaan. Hij liep naar het lichaam, pakte de man bij zijn haren en trok zijn hoofd omhoog. Hij kreeg het benauwd en moest vechten tegen de impuls om het gasmasker af te rukken.

Een kogel had op weg naar buiten de halve neus weggerukt. Toch herkende Harry hem. Het was die kleine uit de deuropening bij Leons. De man die op de Madserudallé op hem had geschoten.

Harry luisterde. Het was helemaal stil, afgezien van het gesis van de traangaspatronen waaruit nog steeds witte rook kwam. Hij trok zich terug in de zitkamer, pakte de rugzak, stopte een nieuw magazijn in het machinepistool en stak er ook nog een in zijn jaszak. Pas nu merkte hij hoe het zweet langs zijn lichaam liep.

Waar was die grote? En waar was Dubai? Harry luisterde weer. Gesis van gas. Maar had hij boven geen voetstappen gehoord?

Door het gas zag hij vaag nog een kamer en een open deur naar de keuken. Slechts één gesloten deur. Hij ging naast de deur staan, opende hem, stak zijn riotgun naar binnen en vuurde twee patronen af. Sloot de deur weer en wachtte. Telde tot tien. Opende de deur en ging naar binnen.

Leeg. Door de rook zag hij boekenkasten, een leunstoel van zwart leer en een grote open haard. Erboven hing een schilderij van een man in het zwarte uniform van de Gestapo. Was dit een villa van de nazi's geweest? Harry wist dat Karl Marthinsen, de Noorse nazi en opperbevelhebber van Hirden – de paramilitaire organisatie van de Noorse nazi's – in een gevorderde villa aan de Blindernvei gewoond had tot hij doorzeefd met kogels aan zijn eind kwam voor het gebouw van exacte wetenschappen van de universiteit.

Harry liep terug, door de keuken, deed de deur van de voor die tijd typerende kamer voor het dienstmeisje open en vond dat wat hij zocht. De achtertrap.

Gewoonlijk deden deze achtertrappen dienst als brandtrap, maar deze leidde niet naar een buitendeur, integendeel, deze ging door naar de kelder, en wat ooit een buitendeur was geweest, was dichtgemetseld.

Harry controleerde of hij nog een traangaspatroon in het trommelmagazijn had en stapte geluidloos op de trap. Vuurde het laatste patroon af in de gang, telde tot tien en ging naar binnen. Hij duwde deuren open, de pijn in zijn nek was onverdraaglijk, maar hij zag nog steeds kans zich te concentreren. Behalve achter de eerste deur, die op slot zat, waren alle ruimten leeg. Twee slaapkamers leken in gebruik te zijn. Het bed in de ene kamer had geen laken en Harry kon zien dat het matras donker was alsof het doortrokken was van bloed. Op het nachtkastje van de andere kamer lag een grote, dikke bijbel. Harry keek ernaar. Cyrillisch schrift. Russisch-orthodox. Daarnaast lag een *zjuk*, klaar voor gebruik. Een rode baksteen met zes spijkers erin. Ongeveer net zo dik als de bijbel.

Harry liep terug naar de gesloten deur. Het zweet achter het masker maakte dat het glas beslagen was. Hij drukte zijn rug tegen de muur tegenover de deur, tilde zijn voet op en schopte tegen het slot. Bij de vierde trap was het kapot. Harry hurkte en vuurde een salvo af in de kamer, hij hoorde het glasscherven regenen. Hij wachtte tot de rook van de gang de kamer in was gedreven en liep naar binnen. Hij vond het lichtknopje.

De kamer was groter dan de andere. Het hemelbed langs de muur was niet opgemaakt. Op het nachtkastje fonkelde een blauwe steen in een ring.

Harry stak zijn arm onder het dekbed. Nog warm.

Hij keek rond. De persoon die hier net nog in bed lag, had natuurlijk de kamer kunnen verlaten en de deur op slot kunnen draaien. Als de sleutel niet nog steeds aan de binnenkant van de deur zat. Harry controleerde het raam, dicht en op slot. Hij keek naar de massieve klerenkast tegen de korte muur. Deed hem open.

Op de eerste gezicht was het een gewone klerenkast. Hij duwde tegen de achterwand. Hij gleed open.

Een vluchtroute. Duitse grondigheid.

Harry schoof de overhemden en colberts aan de kant en stak zijn hoofd door de valse achterwand. Er kwam hem een koude tocht tegemoet. Een schacht. Harry ging tastend met zijn hand rond. Er waren ijzeren treden in de muur aangebracht. Het leek erop dat het er meerdere waren, ze moesten naar een kelder leiden. Er schoot een beeld door zijn hoofd, een losse flard uit een droom. Hij duwde het beeld weg, trok het gasmasker van zijn gezicht en perste zich door de valse muur. Zijn voeten vonden de treden, en terwijl hij voorzichtig naar beneden stapte en zijn gezicht inmiddels op de hoogte van de bodem van de kast was, zag hij iets liggen. Het was U-vormig, een stuk gesteven katoen. Harry pakte het en stopte het in de zak van zijn jas en ging verder het donker in. Hij telde de treden. Na eenentwintig treden had hij vaste grond onder zijn voeten. Hij verloor zijn evenwicht, maar landde zacht.

Verdacht zacht.

Harry bleef roerloos liggen en luisterde. Toen haalde hij zijn aansteker uit zijn zak. Deed hem aan en liet hem twee seconden branden. Deed hem weer uit. Hij had gezien wat hij moest zien.

Hij lag op een mens.

Een onwaarschijnlijk groot en onwaarschijnlijk naakt mens. Met een huid zo koud als marmer en de typerende blauwbleke kleur van een lijk van een dag oud.

Harry maakte zich los van het lijk en sloop over de cementvloer naar de bunkerdeur die hij had gezien. Hij tastte langs de betonnen muur om het lichtknopje te vinden. Met een brandende aansteker was hij een schietschijf, met meer licht was iedereen een schietschijf. Hij hield de MP5 gereed terwijl hij met zijn linkerhand het licht aandeed.

Er verscheen een lijn van licht. Die strekte zich uit over een lage, smalle gang.

Harry constateerde dat hij alleen was. Hij keek naar het lijk. Het lag op een tapijt op de grond en had een bloederig verband rond zijn buik. Vanaf zijn borst staarde een tatoeage van de Maagd Maria hem aan. Harry wist dat dat betekende dat de drager al van kindsbeen af een crimineel was. Aangezien het lijk geen andere verwondingen had, ging Harry ervan uit dat de wond onder het verband de doodsoorzaak was geweest, waarschijnlijk veroorzaakt door een kogel uit Truls Berntsens Steyr.

Harry voelde aan de bunkerdeur. Op slot. De korte muur waar de gang eindigde bestond uit een metalen plaat die vastgemetseld was in de muur. Rudolf Asajev had met andere woorden maar één vluchtroute gehad. De tunnel. En Harry wist waarom hij eerst alle andere routes probeerde. Door de droom.

Hij staarde de smalle gang in.

Claustrofobie is contraproductief, geeft verkeerde alarmsignalen, iets waartegen je moet vechten. Hij controleerde het magazijn van de MP5. Wel verdomme, spoken bestaan alleen als je ze toelaat.

Toen begon hij te lopen.

De tunnel was nog smaller dan hij dacht. Hij moest gehurkt lopen en toch stootte hij zijn hoofd en schouders tegen het met mos begroeide plafond en de muren. Hij probeerde zijn hersenen gefocust te houden om de claustrofobie geen ruimte te geven. Hij bedacht dat dit een vluchtroute moest zijn geweest die de Duitsers hadden gebruikt, dat het klopte met de dichtgemetselde achterdeur. Uit gewoonte had hij ervoor gezorgd dat hij de richting enigszins in de gaten hield, dus als hij zich niet vergiste, was hij op weg naar het huis van de buren met de identieke toren. De gang was goed gebouwd, er waren zelfs putten in de vloer gemaakt voor het geval er lekkage optrad. Vreemd dat die Duitse autobaanbouwers zo'n nauwe tunnel hadden gebouwd. Op het moment dat hij 'smal' dacht greep de claustrofobie hem naar de keel. Hij concentreerde zich op het tellen van zijn voetstappen, probeerde te visualiseren waar hij zich bevond met betrekking tot wat er boven de grond was. Boven, buiten, vrij, ademhalen. Tellen, tellen, verdomme! Toen hij bij honderdtien was gekomen zag hij een witte streep op de vloer. Hij kon zien dat de lampen een eind voor hem stopten en toen hij zich omdraaide begreep hij dat de streep het midden van de gang markeerde. Met de smalle stapjes die hij genoodzaakt was te nemen, schatte hij de afstand die hij had gelopen op zestig tot zeventig meter. Hij was er bijna. Hij probeerde sneller te lopen, zijn benen schuifelden onder hem als bij een oude man. Hij hoorde een klikgeluid en keek naar de grond. Het kwam van een van de waterputten. De schuine bladen draaiden, keerden hun brede, gladde kant naar boven zodat ze elkaar overlapten, ongeveer net zo als bij het afsluiten van de ventilatieroosters in een auto. En op hetzelfde ogenblik hoorde hij een ander geluid, een diep gerommel achter zich. Hij draaide zich om.

Hij zag het licht weerkaatsen in het metaal. Het was de metalen plaat die aan het eind van de gang neerklapte. De plaat bewoog. Hij zakte naar de grond, daar kwam het geluid vandaan. Harry stond stil en hield zijn machinepistool gereed. Hij kon niet zien wat er achter de plaat zat, het was te donker. Maar hij zag iets glinsteren, als het zonlicht dat op een mooie herfstmiddag reflecteert in de Oslofjord. Een ogenblik was het volkomen stil. Harry's hersenen draaiden op volle toeren. De dode undercoveragent had midden in de tunnel gelegen en was verdronken. De torens waren watertorens. Deze veel te kleine gang. Het mos aan het plafond was geen mos maar alg. Toen zag hij de muur komen. Groenzwart met witte randen. Hij draaide zich om om weg te rennen. En zag eenzelfde muur van de andere kant komen.

HOOFDSTUK 41

Het was alsof hij tussen twee aanstormende treinen stond. De muur van water voor hem trof hem het eerst. Gooide hem achterover. Hij voelde dat zijn hoofd tegen de grond sloeg, dat hij weer werd opgepakt en verder werd gesleurd. Hij spartelde wanhopig, zijn vingers en knieën schraapten langs de muur, hij probeerde iets vast te pakken, maar was kansloos tegen de krachten om zich heen. Ineens, net zo snel als het was gestart, stopte het. Hij voelde de tegengolf in het water toen de twee watervallen elkaar neutraliseerden. En hij voelde iets tegen zijn rug. Twee witte, groenige armen omarmden Harry van achteren. Harry schopte en draaide zich om. Hij zag het lijk met het verband rond zijn middel in het donkere water ronddraaien als een gewichtloze, naakte astronaut. Open mond, zijn haar en baard dansend in het water. Harry zette zijn voeten op de grond en duwde zijn hoofd naar boven. Het water stond tegen het plafond. Hij hurkte weer, zag vaag de MP5 en de witte streep op de grond onder zich en begon te zwemmen. Hij was de richting kwijtgeraakt, maar door het lijk wist hij welke kant hij op moest als hij terug wilde. Harry zwom met zijn lichaam diagonaal langs de muren, zodat hij de meeste armslag had, hij ging vooruit, stond zich die andere gedachte niet toe. Het was geen probleem om diep te blijven, integendeel, het kogelvrije vest trok hem naar beneden. De andere gedachte kwam toch. Harry overwoog of hij de tijd zou nemen om zijn jas uit te doen, die dreef gedeeltelijk boven hem en zorgde voor veel weerstand. Harry probeerde zich te concentreren op wat hij moest doen, terugzwemmen naar de schacht, niet het tellen van seconden, niet de meters tellen. Maar hij voelde de druk in zijn hoofd al, alsof het ging exploderen. En de gedachte kwam toch. Zomer, vijftigmeterbad. Vroeg in de ochtend, zon, Rakel in een gele bikini. Oleg en Harry zouden een wedstrijdje doen om wie het langst onder water kon zwemmen. Oleg was in vorm na het schaatsseizoen, Harry had een betere zwemtechniek. Rakel moedigde hen aan en lachte haar heerlijke lach terwijl ze zich opwarmden. Ze deden allebei stoer voor haar, want zij was de koningin van het Frognerbad en Oleg en Harry waren haar onderdanen die om haar goedkeurende blik smeekten. Toen gingen ze van start. En kwamen beiden even ver. Na veertig meter hadden ze beiden het wateroppervlak gebroken, snakkend naar adem en verzekerd van de overwinning. Nog tien meter naar de kant. Met een duik van de zwembadrand en een vrije armslag. Iets meer dan de helft van de afstand naar de schacht. Hij was kansloos. Hij zou hier doodgaan. Nu doodgaan, zo meteen. Hij had het gevoel of zijn oogbollen uit hun kassen werden gedrukt. Het vliegtuig ging om middernacht. Gele bikini. Tien meter naar de kant. Hij deed weer een slag. Hij moest er nog een kunnen. Maar dan, dan zou hij doodgaan.

Het was halfvier 's nachts. Truls Berntsen reed door de straten van Oslo terwijl de motregen fluisterde en smiespelde tegen de voorruit. Hij reed al twee uur. Niet omdat hij naar iets zocht, maar omdat het hem rust gaf. Rust om na te denken, rust om niet na te denken.

Iemand had een adres doorgestreept op de lijst die Harry Hole had gekregen. En hij was dat niet geweest.

Misschien was alles toch niet zo'n uitgemaakte zaak als hij had gedacht.

Hij speelde de nacht van de moord nog een keer af.

Gusto had bij hem aangebeld, zo wanhopig op zoek naar drugs dat hij trilde. Hij had gedreigd Truls te verraden als hij geen geld gaf voor violine. Om de een of andere reden was er in de laatste weken bijna geen violine te krijgen, het was *panic in needle park* en een shot kostte minstens drieduizend. Truls had gezegd dat ze naar de pinautomaat moesten rijden en dat hij alleen zijn autosleutels even ging pakken. Hij had zijn Steyr-pistool meegenomen, hij twijfelde wat hij moest doen. Gusto zou iedere keer weer met hetzelfde dreigen, drugsverslaafden zijn zo voorspelbaar. Maar toen hij terugkwam bij de voordeur was de jongen verdwenen. Waarschijnlijk had hij bloed geroken. Truls had besloten dat hij het best vond: Gusto zou hem niet verraden zolang hij er niets bij te winnen had, bovendien was hij zelf ook bij die inbraak geweest. Het was zaterdag en Truls had dienst, dat wil zeggen: hij kon worden opgeroepen, dus was hij naar Fyrlyset gegaan, had daar een beetje gelezen, naar Martine Eckhoff gekeken en koffie gedronken. Toen had hij de sirenes gehoord en een paar seconden later was zijn mobieltje gegaan. Het was de meldkamer. Ze hadden een melding gekregen dat er in de Hausmannsgate 92 was geschoten en er was niemand van de afdeling Geweld beschikbaar. Truls was erheen gerend, het was maar een paar honderd meter van Fyrlyset. Hij had al zijn politie-instincten op scherp staan, had de mensen die hij op straat zag geobserveerd, wetend dat het belangrijke observaties konden worden. Een van hen was een jongeman geweest met een wollen muts op, hij stond tegen de gevel geleund toen Truls bij het huis arriveerde. De blik van de jongen was gericht op de politieauto die voor de poort van de plaats delict stond geparkeerd. De jongen was Truls opgevallen omdat hij het niet prettig vond dat hij zijn handen zo diep in de zakken van zijn North Face-jack hield. Het jack was te groot en te dik voor het jaargetijde en in de zakken kon van alles zitten. De jongen had een ernstige uitdrukking op zijn gezicht, maar leek niet op een drugsdealer. Toen de politie Oleg Fauke bij de rivier had opgepakt en hem naar de politieauto had gebracht, had de jongen zich snel omgekeerd en was de Hausmannsgate uit gelopen. Maar Truls kon zeker tien andere personen aanwijzen die hij had gezien rond de plaats delict, en allerlei samenzweringstheorieën bedenken.

De reden dat hij zich deze ene herinnerde, was omdat hij hem opnieuw had gezien. Op de familiefoto die Harry Hole hem bij Leons had laten zien.

Hole had gevraagd of hij Irene Hanssen herkende, en hij had – naar waarheid – ontkennend geantwoord. Maar hij had Hole niet verteld wie hij wél had herkend op dc foto. Gusto uiteraard, maar nog iemand. Die andere jongen. De pleegbroer. Hetzelfde ernstige gezicht. Dat was de jongen die hij op de plaats delict had gezien.

Truls bleef in de Prinsensgate voor Leons stilstaan.

Hij had de politieradio aan en eindelijk kwam de melding van de meldkamer waarop hij had gewacht.

'Aan nul één. We hebben de melding van de inbraak aan de Blindernvei gecheckt. Het lijkt er wel een slagveld. Traangas en sporen van schietpartijen. Gegarandeerd een automatisch wapen. Een doodgeschoten man. We zijn naar de kelder gegaan, maar die staat vol water. Delta zal moeten komen om de begane grond te checken.'

'Kunnen jullie in elk geval uitzoeken of er nog iemand aanwezig is?'

'Kom hierheen en doe het lekker zelf! Hoorde je niet wat ik zei? Gas en een automatisch wapen!'

'Goed, goed. Wat willen jullie hebben?'

'Vier surveillancewagens om de omgeving af te zetten. Delta, recherche en misschien een... loodgieter.'

Truls Berntsen zette het geluid zachter. Hij hoorde een auto hard remmen en zag een lange man de straat oversteken, vlak voor zijn auto. De auto toeterde woedend, maar de man keek niet op en beende gewoon verder in de richting van Leons.

Truls Berntsen tuurde.

Was hij dat echt? Harry Hole?

De man had zijn schouders hoog opgetrokken en zijn jas stond open. Pas toen hij zijn hoofd omdraaide en het gezicht werd verlicht door de straatlantaarn, zag Truls dat hij zich vergiste. Er was iets bekends aan hem, maar Hole was het niet.

Truls leunde achterover. Nu wist hij het. Wie er had gewonnen. Hij keek uit over zijn stad. Want die was nu van hem. De regen mompelde op het autodak dat Harry Hole dood was en de tranen liepen langs de voorruit.

Tegen twee uur waren alle hoerenlopers klaar en naar huis en werd het in Leons stiller. De jongen bij de receptie keek even op toen de lange man binnenkwam. De regen droop van de jas en uit het haar van de priester. Hij had Cato een poosje gevraagd waar hij was geweest als hij weer midden in de nacht, na een afwezigheid van een paar dagen, zo voor hem stond. Maar de antwoorden die hij kreeg over de misère van vreemde mensen waren altijd zo langdradig en gedetailleerd dat hij daarmee was opgehouden. Maar vannacht leek Cato nog vermoeider dan anders.

'Drukke nacht gehad?' vroeg hij, hopend dat hij alleen 'ja' of 'nee' te horen zou krijgen.

'Ach, weet je,' zei de oude man glimlachend in het Zweeds. 'Mensen, mensen. Ik was trouwens bijna vermoord.'

'O?' zei de jongen, en op hetzelfde moment had hij al spijt. Nu kwam er vast en zeker een lang verhaal.

'Een automobilist leek zojuist van plan me te overrijden,' zei Cato terwijl hij doorliep naar de trap.

De jongen haalde opgelucht adem en concentreerde zich weer op zijn Schim.

De lange, oude man deed de sleutel in het slot en draaide hem om. Tot zijn verbazing ontdekte hij dat de deur al open was.

Hij liep naar binnen. Deed het licht aan, maar de plafondlamp deed het niet. Hij keek op. En zag dat de lamp boven het bed aan was. De man die op het bed zat was lang, zat wat voorovergebogen en was gekleed in een lange jas, net als hijzelf. Er droop water uit de jaspanden dat op de grond drupte. De gelijkenis kon niet groter zijn, toch viel het de oude man nu pas op: het was als staren naar je spiegelbeeld.

'Wat doe je hier?' fluisterde hij.

'Ik heb uiteraard ingebroken,' zei de ander. 'Om te zien of je iets van waarde hebt.'

'Heb je iets gevonden?'

'Van waarde? Nee, maar wel dit.'

De oude man ving op wat de ander naar hem toe slingerde. Hield het tussen zijn vingers. Knikte langzaam. Het was een stuk gesteven katoen, in de vorm van een U. Niet zo wit als het zou moeten zijn.

'Dit heb je hier gevonden?' vroeg de oude man.

'Ja, in de klerenkast. Doe het om.'

'Waarom dat?'

'Omdat ik mijn zonden wil opbiechten. En omdat je er naakt uitziet zonder.'

Cato keek naar de ander die voorovergebogen op het bed zat. Het water liep uit zijn haar, langs het litteken op zijn kaak door naar zijn kin. Daarna druppelde het op de grond. Midden in de kamer had hij de enige stoel gezet. De biechtstoel. Op de tafel lag een pakje Camel en daarnaast een aansteker en een doorweekte, gebroken sigaret.

'Zoals je wilt, Harry.'

Hij ging zitten, knoopte zijn jas open en deed de U-vormige priesterkraag op zijn plaats onder de boord van zijn priesteroverhemd. De ander schrok toen hij zijn hand in zijn zak stak.

'Sigaretten,' zei de oude man, die zijn hand uit zijn zak trok waarin een geopend pakje sigaretten lag dat hij naar voren stak.

'Je spreekt ook goed Noors.'

'Iets beter dan Zweeds. Maar als Noor hoor je het accent niet als ik Zweeds spreek.'

Harry pakte een zwarte sigaret. Keek ernaar.

'Het Russische accent, bedoel je?'

'Sobranie Black Russian,' zei de oude man. 'De enige goeie sigaret die je in Rusland kunt krijgen. Wordt nu vast in Oekraïne geproduceerd. Ik pikte ze altijd van Andrej. Over Andrej gesproken, hoe gaat het met hem?'

'Slecht,' zei de politieman en hij liet de oude man zijn sigaret aansteken.

'Het spijt me dat te horen. En wat slecht betreft, jij zou dood moeten zijn, Harry. Ik weet dat je in de tunnel was toen de sluizen werden opengezet.'

'Dat was ik ook.'

'Dan begrijp ik het niet. De meeste mensen raken in shock en verdrinken.'

De politieman blies de sigarettenrook uit zijn mondhoek. 'Zoals de verzetsmensen die de chef van de Gestapo probeerden te verdrinken?'

'Ik weet niet of ze hun val ooit zelf hebben kunnen testen.'

'Maar jij wel. Op de undercoveragent.'

'Hij was net als jij, Harry. Mannen die denken dat ze een roeping hebben zijn gevaarlijk. Zowel voor zichzelf als voor hun omgeving. Jij had net als hij moeten verdrinken.'

'Maar zoals je ziet ben ik er nog steeds.'

'Ik begrijp nog steeds niet hoe dat mogelijk is. Wil je beweren dat je, na door het water omver te zijn gegooid, voldoende lucht in je longen had om tachtig meter te zwemmen in ijskoud water in een smalle tunnel en met al je kleren aan?'

'Nee.'

'Nee?' De oude man lachte en leek oprecht geïnteresseerd.

'Nee, ik had te weinig lucht in mijn longen. Maar ik had genoeg voor veertig meter.'

'En toen?'

'Toen werd ik gered.'

'Gered? Door wie?'

'Door de man die volgens jou goed was tot op de bodem.' Harry hield de lege whiskyfles omhoog. 'Jim Beam.'

'Je werd gered door whisky?'

'Een whiskyfles.'

'Een lége whiskyfles?'

'Integendeel. Een volle.'

Harry zette de sigaret in zijn mondhoek, draaide de kurk van de fles en hield de fles ondersteboven boven zijn hoofd.

'Vol met lucht.'

De oude man keek hem argwanend aan. 'Jij...?'

'Toen er in mijn longen geen lucht meer zat, was het grootste probleem om mijn mond tegen de fles te zetten, ik moest de fles zo draaien dat de hals omhoog wees en de lucht omhoogsteeg en ik dat kon inhaleren. Het is als de eerste keer duiken, het lichaam protesteert. Want het lichaam heeft een begrensd begrip van natuurkunde en het denkt dat het water naar binnen zal zuigen en zal verdrinken. Wist je dat de longen vier liter lucht kunnen bevatten? Nou, een fles vol lucht en een beetje goede wil waren genoeg om nog eens veertig meter te zwemmen.' De politieman zette de fles weg, pakte de sigaret uit zijn mondhoek en keek er sceptisch naar. 'De Duitsers hadden een iets langere tunnel moeten graven.'

Harry keek naar de oude man. Zag zijn gerimpelde, oude gezicht openbarsten. Hoorde hem lachen. Het klonk als raderen die over elkaar gingen.

'Ik wíst dat je anders was, Harry. Ze vertelden me dat je naar Oslo terug zou komen als je zou horen over Oleg. Dus ik heb inlichtingen over je ingewonnen. En nu begrijp ik dat men niet heeft overdreven.'

'Nou,' zei Harry, terwijl hij de gevouwen priesterhanden in de gaten hield. Hij ging op de rand van het bed zitten met beide benen op de grond, alsof hij zo kon opspringen, met zoveel druk op de bal van zijn voeten dat hij de dunne nylondraad tussen de schoenzolen en de vloer kon voelen. 'Hoe zit het met jou, Rudolf? Heeft men bij jou overdreven?'

'Waarover?'

'Tja, bijvoorbeeld dat je in Göteborg een heroïnebende hebt geleid en daar een politieman hebt gedood.'

'Het lijkt erop dat ík moet biechten en niet jij.'

'Het leek me goed voor je om je te ontlasten van je zonden en ze op te biechten aan Jezus, voor je doodgaat.'

Opnieuw die lach. 'Goed, Harry, goed! Inderdaad, we moesten hem elimineren. Hij was onze mol en ik kreeg het gevoel dat hij niet te vertrouwen was. En ik kon niet weer naar de gevangenis. Die muffe, vochtige lucht eet je ziel op, zoals schimmels muren opeten. Iedere dag neemt die een hapje van je, de mens in je verteert, Harry. Dat is iets wat ik alleen mijn ergste vijand toewens.' Hij keek Harry aan. 'Een vijand die ik boven alles haat.'

'Jij weet waarom ik ben teruggekomen naar Oslo. Maar wat was jouw reden? Ik dacht dat de markt in Zweden net zo goed was als in Noorwegen.'

'Om dezelfde reden als jij, Harry.'

'Dezelfde?'

Rudolf Asajev nam een trek van zijn zwarte sigaret voor hij

antwoordde. 'Vergeet het. De politie zat me na de moord op de hielen. En het is vreemd hoe je ondanks alles in Noorwegen ver weg bent van Zweden.'

'En toen je terugkwam, werd je die mysterieuze Dubai. De man die niemand ooit had gezien. Maar die 's nachts door de stad liep. De schim van Kvadraturen.'

'Ik moest me schuil houden, niet alleen vanwege mijn zaken, maar omdat de naam Rudolf Asajev slechte herinneringen naar boven kon halen bij de politie.'

'De jaren zeventig en tachtig,' zei Harry. 'De heroïneverslaafden stierven als ratten. Maar misschien heb je ze in je gebeden herdacht, priester?'

De oude man haalde zijn schouders op. 'Men veroordeelt ook de fabrikanten van sportwagens, parachutes, handwapens en andere dingen niet omdat mensen ze kopen om plezier te hebben terwijl ze eraan dood kunnen gaan. Ik lever iets wat men wil hebben, met een kwaliteit en een prijs die concurrerend zijn. Wat de klanten met de waar doen, dat moeten ze zelf weten. Weet je dat er goedfunctionerende burgers zijn die opiaten gebruiken?'

'Ja, ik was een van hen. Het verschil tussen jou en een fabrikant van sportwagens is dat wat jij doet verboden is.'

'Je moet voorzichtig zijn met het verwarren van wet en moraal, Harry.'

'Dus jij rekent erop dat jouw god je zal vergeven?'

De oude man steunde met zijn kin op zijn hand. Harry voelde zijn vermoeidheid, maar hij realiseerde zich dat het gespeeld kon zijn, en hij lette goed op zijn bewegingen.

'Ik wist dat je een plichtsgetrouwe politieman en een moralist was, Harry. Oleg had het vaak over je als hij samen met Gusto was, wist je dat? Oleg hield van je zoals een vader wenst dat een zoon van hem houdt. Plichtsgetrouwe moralisten en naar liefde hunkerende vaders zoals wij beschikken over een geweldige daadkracht. Onze zwakheid is dat we voorspelbaar zijn. Het was slechts een kwestie van tijd dat je kwam. We hebben een contactpersoon op de luchthaven Oslo die passagierslijsten kan checken. We wisten al dat je onderweg was nog voordat je in Hongkong in het vliegtuig stapte.'

'Hm. Was het jullie mol, Truls Berntsen?'

De oude man glimlachte slechts ten antwoord.

'En hoe zit het met gemeentesecretaris Isabelle Skøyen, werk je ook met haar samen?'

De oude man zuchtte diep. 'Je weet dat ik de antwoorden mee zal nemen in mijn graf. Ik sterf graag als een hond, maar niet als een verrader.'

'Goed,' zei Harry. 'Wat gebeurde er verder?'

'Andrej is je van de luchthaven naar Leons gevolgd. Ik logeer in een aantal van dat soort hotels als ik me uitgeef voor Cato. En in Leons heb ik verscheidene malen gelogeerd. Dus ik heb de volgende dag ingecheckt.'

'Waarom?'

'Om in de gaten te houden wat je van plan was. Ik wilde zien of je meer over ons te weten kwam.'

'Zoals je hebt gedaan toen Sixpence hier logeerde?'

De oude man knikte. 'Ik begreep dat je gevaarlijk kon worden, Harry. Maar ik mocht je. Dus heb ik je een paar keer vriendelijk gewaarschuwd.' Hij zuchtte. 'Maar je hebt niet geluisterd. Natuurlijk deed je dat niet. Mensen zoals jij en ik doen dat niet, Harry. Daarom hebben we ook succes. En daarom zullen we uiteindelijk ook falen.'

'Hm. Wat vreesde je dat ik zou doen? Oleg laten praten?'

'Dat ook. Oleg heeft me nooit gezien, maar ik wist niet precies wat Gusto hem over me had verteld. Gusto was helaas niet te vertrouwen, vooral niet nadat hij zelf violine begon te gebruiken.' Er was iets in de blik van de oude man waardoor Harry plotseling begreep dat het geen vermoeidheid was. Het was pijn. Pure, echte pijn.

'Dus toen jij begreep dat Oleg zou gaan praten, heb jij geprobeerd hem te laten vermoorden. Toen dat mislukte, heb je me aangeboden te helpen. Omdat ik je zou kunnen leiden naar de plek waar Oleg zich schuilhield.'

De oude man knikte langzaam. 'Het is niet persoonlijk, Harry. Het zijn gewoon de regels binnen onze branche. Verraders worden geëlimineerd. Maar dat wist je, of niet?'

'Ja, dat wist ik. Maar dat betekent niet dat ik jou niet zal doden omdat jij je aan je eigen regels hebt gehouden.'

'Dat blijf je maar zeggen. Waarom heb je het nog niet gedaan? Durf je niet? Bang dat je zult branden in hel, Harry?'

Harry drukte zijn sigaret uit op het tafelblad. 'Omdat ik eerst een paar dingen wil weten. Waarom heb je Gusto vermoord? Was je bang dat hij je zou aangeven?'

De oude man streek zijn witte haar naar achteren, achter zijn Dombo-oren. 'Gusto had slecht mensenbloed in zijn aderen, net als ik. Hij was van nature een verrader. Hij had me eerder aangegeven, als hij daar wat bij te winnen had gehad. Maar hij werd wanhopig. Verlangde naar violine. Het is pure chemie. Het vlees is sterker dan de geest. We worden allemaal verraders als het verlangen te groot wordt.'

'Ja,' zei Harry. 'Dan worden we allemaal verraders.'

'Ik...' De oude man schraapte zijn keel. 'Ik moest hem laten gaan.'

'Gaan?'

'Ja, gaan. Zinken. Verdwijnen. Ik kon hem de zaken niet laten overnemen, dat begreep ik al. Hij was slim genoeg, dat had hij van zijn vader. Het ontbrak hem aan ruggengraat. Dat had hij van zijn moeder. Ik heb geprobeerd hem verantwoordelijkheid te geven, maar hij heeft de test niet doorstaan.' De oude man bleef zijn haar maar naar achteren strijken, steeds harder en harder, alsof er iets in zat wat hij probeerde te verwijderen. 'Hij doorstond de test niet. Slecht bloed. Dus ik besloot dat het iemand anders moest worden. Eerst dacht ik aan Andrej en Peter. Heb je ze ontmoet? Siberische Kozakken uit Omsk. Kozak betekent "vrij man", wist je dat? Andrej en Peter vormden mijn regiment, mijn *stanitsa*. Ze zijn loyaal aan hun *ataman*, trouw tot in de dood. Maar Andrej en Peter waren geen zakenmensen, begrijp je?' Het viel Harry op dat de oude man met veel gebaren sprak, alsof hij zich verloor in zijn gepeins. 'Ik kon de zaak niet aan hen overlaten. Dus ik besloot dat het Sergej moest worden. Hij was jong, had de toekomst voor zich, kon gevormd worden...'

'Je hebt een keer tegen me gezegd dat je zelf een zoon hebt gehad.'

'Sergej had misschien niet Gusto's talent voor getallen, maar hij was gedisciplineerd. Ambitieus. Hij was bereid te doen wat nodig is om een *ataman* te worden. Dus gaf ik hem het mes. Dat was de laatste test die hij moest doorstaan. Als in vroeger dagen een Kozak een *ataman* zou worden, moest hij alleen de taiga op en terugkomen met een levende wolf, vastgebonden en wel. Sergej was bereidwillig, maar ik moest kunnen zien dat hij ook *to sjto nuzhjo* kon doen.'

'Wat zeg je?'

'Het noodzakelijke.'

'Was Gusto jouw zoon?'

De oude man trok zijn haren zo hard achterover dat zijn ogen twee smalle spleetjes werden.

'Gusto was zes maanden oud toen ik in de gevangenis belandde. Zijn moeder zocht troost waar ze het kon vinden. In elk geval voor een poosje. Ze was niet in staat voor hem te zorgen.'

'Heroïne?'

'De kinderbescherming heeft Gusto van haar afgenomen en

hem in een pleeggezin geplaatst. We hadden besloten dat ik, de gevangene, niet bestond. In '91 nam ze een overdosis. Ze had het eerder moeten doen.'

'Je zei dat je bent teruggekomen naar Oslo om dezelfde reden als ik. Jouw zoon.'

'Ik had gehoord dat hij bij zijn pleeggezin weg was, dat hij de controle had verloren. Ik was al van plan weg te gaan uit Zweden en de concurrentie in Oslo was niet meer dan gemiddeld hard. Ik ontdekte waar Gusto rondhing. Heb hem eerst van een afstand geobserveerd. Hij was zo knap. Zo verdomde knap. Net als zijn moeder, uiteraard. Ik kon een hele tijd gewoon naar hem zitten kijken. Ik keek en keek en dacht: hij is mijn zoon, mijn eigen...' De stem van de oude man stokte.

Harry keek naar de grond, naar de nylondraad die hij in plaats van een gordijnroede had gekregen, hij drukte de draad met zijn schoen op de grond.

'En je nam hem op in jouw zaak. En testte of hij die over kon nemen.'

De oude man knikte. Hij fluisterde: 'Maar ik heb nooit iets gezegd. Toen hij stierf, wist hij niet dat ik zijn vader was.'

'Waarom had het ineens zo'n haast?'

'Haast?'

'Waarom moest hij het zo snel overnemen. Eerst was het Gusto en toen Sergej.'

De oude man glimlachte mat. Hij leunde voorover in zijn stoel, kwam in het licht van het bedlampje.

'Ik ben ziek.'

'Hm. Ik dacht al zoiets. Kanker?'

'De artsen hebben me een jaar gegeven. Dat is zes maanden geleden. Het heilige mes dat Sergej heeft gebruikt, lag onder mijn matras. Voel je de pijn in jouw messteken, Harry? Dat is mijn lijden dat het mes aan jou heeft doorgegeven, Harry.'

Harry knikte langzaam. Het klopte. En het klopte niet.

'Als je nog maar een halfjaar te leven hebt, waarom ben je dan zo bang om aangegeven te worden door je eigen zoon? Zijn lange leven tegen jouw korte?'

De oude man hoestte zacht. 'Urka's en Kozakken zijn de simpele mannen van het regiment, Harry. We zweren een code en daar leven we naar. Niet blind, maar ziende. We zijn opgevoed om onze gevoelens te tuchtigen. Daardoor kunnen we meester zijn over ons leven. Abraham stemde toe om zijn zoon te offeren omdat...'

'... omdat God hem dat beval. Ik heb geen idee om wat voor code het gaat, maar die code zegt dus dat het geen probleem is dat een achttienjarige Oleg moet zitten voor jouw misdaad?'

'Harry, Harry, heb je het niet begrepen? Ik heb Gusto niet vermoord.'

Harry staarde de oude man aan. 'Zei je zojuist niet dat dat jouw code was? Je eigen zoon vermoorden omdat het moet?'

'Jazeker, maar ik zei ook dat ik geboren ben bij slechte mensen. Ik hield van mijn zoon. Ik had Gusto nooit van het leven kunnen beroven. Integendeel. Ik zeg: de duivel moge Abraham en zijn god halen.' De lach van de oude man ging over in gehoest. Hij legde zijn handen tegen zijn borst, boog zich voorover naar zijn knieën en hoestte en hoestte.

Harry knipperde met zijn ogen. 'Maar wie heeft hem dan vermoord?'

De oude man richtte zich weer op. In zijn rechterhand hield hij een revolver. Het was een groot, lelijk ding en zag er nog ouder uit dan zijn eigenaar.

'Je had beter moeten weten om zonder wapen bij me te komen, Harry.'

Harry gaf geen antwoord. De MP5 lag op de bodem van een ondergelopen tunnel, het geweer stond nog bij Truls Berntsen.

'Wie heeft Gusto vermoord?' herhaalde Harry.

'Dat kan iedereen zijn geweest.'

Harry dacht dat hij gekraak hoorde toen de oude man zijn vinger rond de trekker deed.

'Iemand vermoorden is niet echt moeilijk, Harry. Mee eens?'

'Mee eens,' zei Harry die zijn voet optilde. Er klonk gepiep onder zijn schoenzool toen de dunne nylondraad omhoogschoot naar de haak van de gordijnroede.

Harry zag het vraagteken in de ogen van de oude man, zag hoe zijn hersenen razendsnel de stukjes informatie verwerkten.

Het licht dat het niet deed.

De stoel die precies in het midden van de kamer stond.

Harry die hem niet had gefouilleerd.

Harry die helemaal niet van het bed was opgestaan.

En misschien zag hij nu ook de nylondraad in het schemerdonker. De draad die vanonder Harry's schoenzool via de gordijnhaak naar het oogje van de plafondlamp liep, recht boven zijn hoofd. Waar geen plafondlamp meer zat, maar het enige wat Harry, naast de priesterkraag, had meegenomen. Het enige waar hij nog aan dacht toen hij op adem lag te komen op Rudolf Asajevs hemelbed. Drijfnat, snakkend naar adem terwijl zwarte stippen in en uit zijn gezichtsveld kwamen en hij het idee had dat hij elk moment het bewustzijn kon verliezen. Hij vocht om aan deze kant van de duisternis te blijven. Hij was opgestaan, had de slaapkamer rondgekeken en de *zjuk* meegenomen die naast de bijbel lag.

Rudolf Asajev bewoog net op tijd naar links, de draadnagels in de baksteen troffen niet zijn hoofd, maar de huid tussen het sleutelbeen en de monnikskapspier waar ze het zenuwknooppunt, de plexus brachialis, raakten, met als resultaat dat toen hij tweehonderdste seconde later schoot, de spier in de bovenarm verlamd was, zodat de arm zeven centimeter naar beneden viel.

Het kruit siste en brandde in het duizendste deel van de seconde dat de kogel nodig had om de loop van de oude Nagant-revolver te verlaten. Drieduizendste deel van een seconde later boorde de kogel zich in de bedrand tussen Harry's benen.

Harry stond op. Hij schoof de zekering opzij en duwde op het knopje. Het handvat trilde even toen het lemmet naar voren schoot. Harry zwaaide zijn hand langs zijn heup en met gestrekte arm stak hij het mes dwars door de jas, onder de priesterkraag. Hij voelde de verende druk van de stof en de huid op het moment dat hij stootte. Toen gleed het lemmet zonder weerstand tot het heft naar binnen. Harry liet het mes los en wist dat Rudolf Asajev een stervende man was toen de stoel achterover kiepte en de Rus met een kreun de grond raakte. Hij schopte de stoel weg, maar bleef op de grond liggen waar hij zijn benen optrok als een gewonde maar nog steeds gevaarlijke wesp. Harry ging wijdbeens over hem heen staan, met aan iedere kant een been, boog voorover en trok het mes uit zijn lichaam. Hij keek naar de abnormaal donkere kleur van het bloed. Van de lever misschien. De linkerhand van de oude man ging tastend over de vloer rond de verlamde rechterarm op zoek naar de revolver. En in een fractie van een seconde hoopte Harry dat de hand de revolver zou vinden, zodat hij een excuus had om…

Harry schopte de revolver weg, hoorde hem tegen de muur klappen.

'De kogel,' fluisterde de oude man. 'Geef me alsjeblieft de kogel, mijn jongen. Het brandt. Voor ons allebei, maak er een eind aan.'

Harry sloot even zijn ogen. Voelde dat hij het kwijt was. De haat. Die heerlijke, witte haat die als brandstof had gediend om hem aan de gang te houden. Ineens was het op.

'Nee, bedankt,' zei Harry. Hij stapte over de oude man heen. Knoopte zijn natte jas dicht. 'Ik ga nu, Rudolf Asajev. Ik zal de jongen bij de receptie vragen een ambulance te bellen. Daarna bel ik mijn voormalige chef en zal hem vertellen waar je bent.'

De oude man lachte zacht en er kwamen lichtrode luchtbellen in zijn mondhoek. 'Het mes, Harry. Dit is geen moord, ik ben al dood. Je komt niet in de hel, ik beloof het je. Ik zal bij de poort zeggen dat ze je daar niet heen moeten sturen.'

'Ik ben niet bang voor de hel.' Harry stopte het natte pakje Camel in zijn jaszak. 'Maar ik ben politieman. Het is ons werk om wetovertreders voor de rechter te krijgen.'

De luchtbellen knapten toen de oude man hoestte. 'Toe, Harry, jouw sheriffster is van plastic. Ik ben ziek, het enige wat een rechter me kan geven is een bewaker, verzorging en morfine. En ik heb zoveel mensen vermoord. Concurrenten die ik aan de brug heb laten hangen. Werknemers, zoals die piloot bij wie we de baksteen hebben gebruikt. Ook politiemensen. Sixpence. Ik heb Andrej en Peter naar je kamer gestuurd om je dood te schieten. Jou en Truls Berntsen. En weet je waarom? Omdat het eruit zou zien alsof jullie elkaar hadden vermoord. We zouden jullie wapens hebben achtergelaten als bewijs. Vooruit nu, Harry.'

Harry veegde het mes schoon aan het laken van het bed. 'Waarom wilden jullie Berntsen doden, hij werkte toch voor jullie?'

Asajev draaide zich op zijn zij en het leek of hij zo beter kon ademhalen. Hij lag een paar seconden stil voor hij antwoordde: 'De optelsom van risico's, Harry. Hij heeft achter mijn rug om ingebroken in een heroïneopslagplaats in Alnabru. Het was niet mijn heroïne, maar als je ontdekt dat jouw mol zo inhalig is dat je hem niet kunt vertrouwen, en hij tevens genoeg over je weet om je kapot te maken, weet je dat de optelsom van de risico's te groot is. En dan zorgen zakenmensen zoals ik dat het risico verdwijnt, Harry. En we zagen een perfecte mogelijkheid om van twee problemen af te komen. Jij en Berntsen.' Hij lachte zacht.

'En ik heb geprobeerd om jouw jongen in de gevangenis te laten vermoorden. Hoor je dat? Kun je me nu haten, Harry? Ik had bijna je jongen vermoord.'

Harry bleef bij de deur staan. 'Wie heeft Gusto vermoord?'

'Mensen leven volgens het evangelie van de haat. Voel de haat, Harry.'

'Wie zijn jouw contacten bij de politie en in de gemeenteraad?'

'Als ik het je zeg, help je me dan om hieraan een eind te maken?'

Harry keek hem aan. Knikte kort. Hoopte dat de leugen niet te zien was.

'Kom dichterbij,' fluisterde de oude man.

Harry boog over hem heen. En ineens had de hand van de oude man zich als een klauw vastgeklemd aan zijn jas en hem naar beneden getrokken. De slijpsteenstem siste zacht in zijn oor.

'Je weet dat ik iemand heb betaald om de moord op Gusto te bekennen, Harry. Maar jij dacht dat ik dat deed omdat ik Oleg niet te pakken kon krijgen zolang hij op een veilige plaats zat. Fout. Mijn mensen bij de politie hebben toegang tot het beschermingsprogramma voor getuigen. Ik kon Oleg net zo goed daar laten doodsteken. Maar ik had me bedacht, ik wilde het hem niet zo makkelijk maken...'

Harry probeerde zich los te rukken, maar de oude man hield hem vast.

'Ik wilde hem ondersteboven in een plastic zak hangen, Harry,' rochelde de stem. 'Zijn hoofd in een doorzichtige plastic zak. Water vanaf de voetzolen naar beneden laten lopen. Het water dat langs het lichaam de plastic zak in loopt. Ik zou het filmen. Met geluid, zodat je zijn geschreeuw kon horen. En die film zou ik naar je opsturen. En als je me laat gaan, dan is dat nog steeds mijn plan. Je zult nog verbaasd staan hoe snel ze me vrijlaten wegens gebrek aan bewijs, Harry. En ik zal hem vinden, Harry, ik zweer het, je hoeft alleen maar op je brievenbus te letten. Die dvd zal komen.'

Harry handelde instinctief, zijn hand zwaaide gewoon. Hij voelde het lemmet naar binnen gaan. Hij draaide. Hoorde de oude man kreunen. Ging door met draaien. Sloot zijn ogen en voelde de ingewanden en organen ronddraaien, kapotgaan, kronkelen. En toen hij de oude man hoorde schreeuwen, was het Harry's eigen schreeuw.

HOOFDSTUK 42

Harry werd wakker van de zon die één kant van zijn gezicht bescheen. Of was het een geluid geweest dat hem had gewekt?

Hij opende voorzichtig een oog en keek.

Zag een zitkamer en een blauwe lucht, maar hoorde niets, nu in elk geval niet.

Hij snoof de geur op van een doorrookte bank en tilde zijn hoofd op. Toen herinnerde hij zich waar hij was.

Hij was van de kamer van de oude man naar zijn eigen kamer gegaan, had kalm zijn oude koffer ingepakt, het hotel verlaten via de achtertrap en een taxi genomen naar de enige plek waar ze hem niet zouden kunnen vinden: het huis van Nybakks ouders in Oppsal. Het zag er niet naar uit dat hier iemand was geweest sinds de laatste keer, en het eerste wat hij had gedaan was in de kasten van de keuken en de badkamer zoeken tot hij een doosje pijnstillers had gevonden. Hij had vier pillen geslikt, het bloed van de oude man van zijn handen gewassen en was toen naar de kelder gegaan om te zien of Stig Nybakk een besluit had genomen.

Dat had hij.

Harry was naar boven gegaan, had zich uitgekleed, zijn kleren in de badkamer te drogen gehangen, een wollen deken gevonden en was op de bank in slaap gevallen voor hij verder ook maar iets kon denken.

Harry stond op en liep naar de keuken. Hij nam twee pijnstillers en spoelde die met een glas water weg. Hij opende de koelkast en keek erin. Er lagen een heleboel kant-en-klaarmaaltijden in, hij had Irene blijkbaar goed te eten gegeven. De misselijkheid van gisteren kwam terug en hij begreep dat hij niets naar binnen kon krijgen. Hij liep terug naar de kamer. Gisteren had hij het barmeubel al gezien. Hij was er met een grote boog omheen gelopen voor hij ging slapen.

Harry opende het barmeubel. Leeg. Hij haalde opgelucht adem. Voelde in zijn zak. De nepring. En op dat moment hoorde hij het weer. Hetzelfde geluid dat hij dacht te horen toen hij wakker werd.

Hij liep naar de openstaande kelderdeur. Luisterde. Joe Zawinul? Hij liep de trap af naar de deur van Nybakks hok. Keek door het raampje. Stig Nybakk draaide langzaam rond, als een astronaut, gewichtloos in de ruimte. Harry vroeg zich af of het de vibrerende mobiele telefoon in zijn broekzak kon zijn die fungeerde als propeller. De ringtoon – de vier, eigenlijk drie, tonen van 'Palladium' door Weather Report – klonk als een oproepsignaal van gene zijde. En dat was precies wat Harry dacht toen hij de telefoon pakte: dat het Stig Nybakk was die belde omdat hij met hem wilde praten.

Harry keek naar het nummer op de display en drukte op het hoorntje. Hij hoorde de stem van de receptionist van het Radiumhospitaal: 'Stig! Hallo! Ben je daar? Hoor je me? We proberen je overal te bereiken, Stig, waar ben je? Je had een vergadering, meerdere vergaderingen, we zijn ongerust. Martin was vandaag bij je huis, maar je was er niet. Stig?'

Harry verbrak de verbinding en stopte het mobieltje in zijn zak. Hij kon het later nodig hebben, dat van Martine was kapotgegaan tijdens zijn zwempartij.

Hij nam een stoel mee uit de keuken en ging op de veranda zitten. De ochtendzon scheen in zijn gezicht. Hij pakte het pakje sigaretten en stak een van de donkere, kromme sigaretten op.

Het ging. Hij toetste het nummer in dat hij zo goed kende.

'Met Rakel.'

'Hoi, met mij.'

'Harry? Ik herkende het nummer niet.'

'Ik heb een nieuwe telefoon.'

'O, ik ben zo blij je stem te horen. Is alles goed gegaan?'

'Ja,' zei Harry, en hij moest lachen om de blijdschap in haar stem. 'Alles is goed gegaan.'

'Is het daar warm?'

'Ontzettend warm. De zon schijnt en ik ga zo meteen ontbijten.'

'Ontbijten? Is het bij jou niet een uur of vier?'

'Jetlag,' zei Harry. 'Ik kon niet slapen in het vliegtuig. Ik heb een mooi hotel voor ons gevonden in Sukhumvit.'

'Je hebt geen idee hoe ik me erop verheug je weer te zien, Harry.'

'Ik...'

'Nee, wacht, Harry. Ik meen het. Ik heb de hele nacht wakker gelegen en eraan gedacht. Dat het goed is. Dat wil zeggen, dat gaan we ontdekken. Maar dat is goed, dat we het gaan ontdekken. O, stel je voor dat ik nee had gezegd, Harry.'

'Rakel...'

'Ik hou van je, Harry. Hou van je, hoor je me? Hoor je hoe plat, raar en fantastisch dat klinkt? Het is als het dragen van een knalrode jurk die je écht aan wilt hebben. Ik hou van je. Of overdrijf ik nu?'

Ze lachte. Harry sloot zijn ogen en voelde hoe de heerlijkste zon zijn huid kuste en de heerlijkste lach ter wereld zijn trommelvlies kuste.

'Harry? Ben je daar nog?'

'Ja hoor.'

'Het is zo raar, je klinkt zo dichtbij.'

‘Hm. Binnenkort zal ik heel erg dichtbij zijn, lieveling.’

‘Zeg dat nog eens.’

‘Wat?’

‘Lieveling.’

‘Lieveling.’

‘Hmmm.’

Harry voelde dat hij op iets hards zat. Iets in zijn achterzak. Hij haalde het eruit. De zon deed het laagje op de ring schitteren als goud.

‘Zeg,’ zei hij, en hij ging met zijn vingertop over de zwarte vlek. ‘Jij bent nog nooit eerder getrouwd geweest, of wel?’

Ze gaf geen antwoord.

‘Hallo?’ zei Harry.

‘Hallo.’

‘Hoe denk je dat het zou zijn?’

‘Harry, maak geen grapjes.’

‘Ik maak geen grapjes. Ik weet toch dat je nooit met een geldklopper uit Hongkong zou willen trouwen.’

‘O nee, met wie zou ik dan wel willen trouwen?’

‘Ik weet het niet. Wat dacht je van een burger en ex-politieman die lesgeeft aan de politieacademie over moordonderzoek?’

‘Dat klinkt niet naar iemand die ik ken.’

‘Misschien iemand die je kunt leren kennen. Iemand die je nog versteld kan doen staan. Er zijn vreemdere dingen gebeurd.’

‘Jij hebt anders altijd gezegd dat mensen niet kunnen veranderen.’

‘Dus nu ik een persoon ben geworden die beweert dat mensen kúnnen veranderen, bewijst dat wel dat een mens kan veranderen.’

‘Slimmerik.’

‘Laten we, hypothetisch, zeggen dat ik gelijk heb. Dat mensen veranderen. En dat het mogelijk is om dingen achter je te laten.’

'Om de schimmen uit je verleden te laten verdwijnen?'

'Wat zeg je daarop?'

'Op wat?'

'Op mijn hypothetische vraag om te gaan trouwen.'

'Moet dit een aanzoek voorstellen? Hypothetisch? Via de telefoon?'

'Nu ga je wel een beetje te ver. Ik zit gewoon in de zon wat te praten met een mooie dame.'

'En ik hang op!'

Ze verbrak de verbinding en Harry zakte met gesloten ogen en een vette grijns achterover op de keukenstoel. Warm van de zon en zonder pijn. Over veertien uur zou hij haar weer zien. Hij zag Rakels gezichtsuitdrukking al voor zich als ze aankwam bij de gate op Gardermoen en hem zag zitten wachten op haar. Haar blik als Oslo onder hen verdween. Haar hoofd dat tegen zijn schouder zakte als ze sliep.

Zo bleef hij zitten tot de temperatuur ineens daalde. Hij opende een oog half. Een wolk was voor de zon gedreven, maar dat zou niet lang duren.

Hij sloot zijn ogen weer.

Volg de haat.

Toen de oude man dat had gezegd, had Harry eerst gedacht dat hij bedoelde dat Harry zijn eigen haat moest volgen en de oude man moest doden. Maar wat als hij iets anders bedoelde? Hij had het gezegd direct nadat Harry had gevraagd wie Gusto had vermoord. Was dat een antwoord geweest? Bedoelde hij dat Harry de haat moest volgen en dat hem dat naar de moordenaar zou leiden? In dat geval waren er veel kandidaten. Maar wie had de meeste reden om Gusto te vermoorden? Afgezien van Irene, uiteraard, zij zat immers opgesloten toen Gusto werd vermoord.

De zon werd weer aangezet en Harry besloot dat hij te ver ging, dat zijn klus erop zat, dat hij moest ontspannen, dat hij zo meteen weer een pil moest innemen en daarna Hans Christian moest bellen om te zeggen dat Oleg nu eindelijk buiten gevaar was.

Eén gedachte kwelde Harry. Namelijk dat Truls Berntsen, een foute politieman die werkte bij GC, onmogelijk toegang kon hebben tot het getuigenprogramma. Dat het iemand anders moest zijn. Iemand hogerop.

Hou op, dacht hij. Hou verdomme op. Laat ze allemaal verrekken. Denk aan het vliegtuig. *Nightflight*. Sterren boven Rusland.

Toen liep hij naar de kelder, overwoog om Nybakk los te snijden, verwierp het weer en vond de koevoet waarnaar hij zocht.

De poort van Hausmannsgate 92 stond open, maar de deur van het appartement was opnieuw verzegeld en zat op slot. Misschien vanwege de nieuwe bekentenis, dacht Harry voor hij de koevoet tussen de deur en de deurpost zette.

Binnen leek er niets veranderd. De strepen licht van de ochtendzon vielen als pianotoetsen op de kamervloer.

Hij zette zijn koffer bij de ene muur en ging op een van de matrassen zitten. Hij voelde of hij het vliegticket in zijn binnenzak had. Keek op zijn horloge. Nog dertien uur voor vertrek.

Hij keek rond. Sloot zijn ogen. Probeerde het voor zich te zien.

Iemand met een bivakmuts.

Die geen woord zei omdat hij wist dat ze zijn stem zouden herkennen.

Iemand die Gusto hier had opgezocht. Die niets van hem wilde hebben, behalve zijn leven. Iemand die haatte.

Het projectiel was een 9.18 mm Malakov geweest, de moordenaar had dus hoogstwaarschijnlijk met een Malakov geschoten. Of een Fort-12. Desnoods met een Odessa als dat een standaard wapen was geworden in Oslo. Hij had hier gestaan. De trekker overgehaald. En was weer vertrokken.

Harry luisterde, hoopte dat de kamer tegen hem zou praten.

De seconden tikten weg, werden minuten.

Een kerkklok begon te slaan.

Er was hier niets meer te vinden.

Harry stond op en liep weg.

Bij de deur gekomen hoorde hij een geluid tussen de slagen van de kerkklok in. Hij wachtte tot de klok opnieuw had geslagen. Daar was het weer, een zacht gekrab. Hij sloop terug en keek de kamer in.

Het beestje zat bij de deurpost met zijn rug naar Harry toe. Een rat. Bruin met een kale, gladde staart, oren die aan de binnenkant lichtrood waren en witte spikkels op de vacht in zijn nek.

Harry wist niet waarom hij bleef staan. Een rat hier, dat was te verwachten...

Het kwam door die witte spikkels.

Het leek of de rat door waspoeder was gelopen. Of...

Harry keek rond. De grote asbak tussen de matrassen. Hij wist dat hij maar één kans kreeg, dus hij trok zijn schoenen uit, sloop de kamer in terwijl de klok sloeg, pakte de asbak en bleef doodstil staan, anderhalve meter van de rat vandaan die hem nog steeds niet had gezien. Hij berekende en timede. Terwijl de klok weer sloeg, liet hij zich vooroververvallen met de asbak voor zich. De rat had geen tijd om te reageren en zat gevangen in de aardewerken pot. Harry hoorde de rat piepen en voelde de bewegingen. Hij duwde de asbak over de vloer naar het raam waar een stapel tijdschriften lag en legde die boven op de asbak. Toen begon hij te zoeken.

Nadat hij alle kasten en laden in het appartement had doorzocht had hij nog geen enkel stukje touw of draadje kunnen vinden.

Hij greep het versleten voddentapijt en rukte aan de kettingdraad. Het werd een lange dikke draad, die voldoende moest zijn. Hij maakte aan een kant een lus. Toen pakte hij de tijdschriften weg en tilde de asbak op, voldoende om zijn hand eronder te duwen. Hij zette zich schrap voor wat er komen ging. Op het moment dat hij de tanden in het zachte vlees tussen duim en wijsvinger voelde gaan, wipte hij de asbak op en greep het beest met zijn andere hand bij zijn rug. Het piepte terwijl Harry een van de witte korrels uit de vacht plukte. Hij legde hem op zijn tong en proefde. Bitter. Overrijpe papaja. Violine. Iemand had hier een geheime stashplaats.

Harry schoof de lus rond de rattenstaart en trok hem strak. Hij zette het beest op de grond en liet het los. De rat schoot weg terwijl de dikke draad door Harry's hand gleed. Naar huis.

Harry volgde. De keuken in. De rat schoot achter een vet fornuis. Harry wipte het zware, getekende fornuis omhoog, op de achterwielen, en trok het naar voren. Er zat een vuistdik gat in de muur waar de draad in verdween.

De draad lag stil.

Harry stak zijn hand waarin al een rattenbeet zat in het gat. Voelde aan de binnenkant van de muur. Isolatiematten links en rechts. Hij voelde aan de bovenkant van het gat. Niets. Het isolatiemateriaal was opengekrabd. Harry legde de draad onder een van de poten van het fornuis en liep naar de badkamer. Hij trok de spiegel van de wand die vol zat met bloed- en slijmvlekken. Hij sloeg de spiegel stuk tegen de rand van de wasbak en nam een stuk mee dat groot genoeg was. Hij liep een slaapkamer in, rukte een leeslamp los van de muur en liep terug naar de keuken. Hij legde het stuk spiegel op de grond, zodanig dat een deel in het gat stak. Toen stopte hij de stekker van de leeslamp in het stopcontact naast het fornuis en richtte het licht op de spiegel. Hij leidde de lamp langs de muur tot hij de juiste hoek had en toen zag hij het.

De stashplaats.

Het was een zak, hij hing een halve meter boven de grond aan een pin.

Het gat was te smal om je hand erin te steken en tegelijkertijd je onderarm te draaien naar de zak. Harry dacht na. Welk gereedschap had de eigenaar gebruikt om in zijn stashplaats te komen? Hij was door alle laden en kasten van de flat gegaan en nam de opgeslagen data in zijn hoofd door.

De staaldraad.

Hij liep de kamer in. Hij lag nog steeds op de plek waar hij hem de eerste keer dat hij hier met Beate was had zien liggen. Hij stak onder de matras vandaan en had een hoek van negentig graden. Alleen de eigenaar van de staaldraad hoefde te begrijpen waarvoor hij diende. Harry nam hem mee naar de keuken, stak hem in het gat en gebruikte de y aan het uiteinde van de draad om de zak van de haak te lichten.

De zak was zwaar. Precies zo zwaar als hij had gehoopt. Hij moest voorzichtig manoeuvreren om de zak uit het gat te trekken.

De zak was zo hoog opgehangen dat de ratten er niet bij konden, maar kennelijk was het de beesten toch gelukt er een gat in te knagen. Harry schudde de zak en er vielen een paar korrels poeder uit. Dat verklaarde de poederkorrels in de vacht van de rat. Toen opende hij de zak. Haalde er twee zakjes violine uit, waarschijnlijk een kwart gram. Er zat het gereedschap in van een drugsverslaafde: een lepel met een gebogen steel, een gebruikte spuit, een riem en een aansteker.

Het lag onder in de zak.

Harry gebruikte een theedoek om geen vingerafdrukken achter te laten.

Er was geen twijfel mogelijk. Grof, raar, bijna komisch. Foo Fighters. Dit was een Odessa. Harry rook aan het wapen. De geur van kruit kun je maandenlang ruiken als een wapen is afgevuurd en in de tussentijd niet is gepoetst en geolied. Dit wapen was nog niet zo lang geleden gebruikt. Hij controleerde het magazijn. Achttien. Er ontbraken er twee. Harry wist het zeker.

Dit was het moordwapen.

Toen Harry naar de speelgoedwinkel in de Storgate ging, was het nog twaalf uur voor vertrek.

De winkel had twee setjes om vingerafdrukken mee te controleren. Harry koos de duurste met een vergrootglas, led-lampje, penseel met zachte haren, poeder in drie kleuren, tape om de vingerafdruk aan vast te kleven en een eigen catalogus om de vingerafdrukken van je familie in te verzamelen.

'Voor mijn zoon,' legde hij uit toen hij betaalde.

Het meisje achter de kassa glimlachte geroutineerd.

Hij liep terug naar de Hausmannsgate en ging aan de slag. Gebruikte dat lachwekkend kleine led-lampje om naar vingerafdrukken te zoeken en de miniatuurbuisjes om er poeder op te strooien. Zelfs het penseel was zo klein dat hij zich de reus op Gullivers reizen voelde.

Er zaten afdrukken op de kolf van het pistool.

En een duidelijke afdruk, waarschijnlijk van de duim, op de achterkant van dat deel waarop je drukt, de stamper, waarop ook zwarte stipjes zaten. Die konden natuurlijk van alles zijn, maar Harry wilde wedden dat het kruitdeeltjes waren.

Toen hij alle vingerafdrukken op het plastic tape had verzameld, vergeleek hij ze met elkaar. Het was een en dezelfde persoon die het pistool en de spuit had vastgehouden. Harry had de muren en de vloer rond de matras gecheckt en een aantal vingerafdrukken gevonden, maar geen ervan matchte met de afdruk op het pistool.

Hij liep naar zijn koffer, opende het zijvakje, pakte wat daarin zat en legde het op tafel. Hij deed het microlampje aan.

Hij keek op zijn horloge. Nog elf uur. Een zee van tijd.

Het was twee uur en Hans Christian leek helemaal niet op zijn plaats in Restaurant Schrøder.

Harry zat achterin bij het raam, aan zijn favoriete tafeltje.

Hans Christian ging zitten.

'Goed?' vroeg hij met een knikje naar de kan met koffie voor Harry.

Harry schudde zijn hoofd.

'Fijn dat je wilde komen.'

'Geen probleem, het is zaterdag dus een vrije dag. Een vrije dag en niets te doen. Wat is er aan de hand?'

'Oleg kan naar huis komen.'

De advocaat lichtte op. 'Betekent dat...'

'Degenen die een gevaar voor hem vormden zijn weg.'

'Weg?'

'Ja. Zit Oleg hier ver vandaan?'

'Nee, twintig minuten rijden buiten de stad. Nittedal. Wat bedoel je met dat ze weg zijn?'

Harry tilde zijn kopje koffie op. 'Weet je zeker dat je dat wilt weten, Hans Christian?'

De advocaat keek Harry aan. 'Betekent dat ook dat de zaak is opgelost?'

Harry gaf geen antwoord.

Hans Christian leunde naar voren. 'Jij weet wie Gusto heeft vermoord, of niet?'

'Hm.'

'Hoe?'

'Slechts een paar vingerafdrukken die matchten.'

'En wie...'

'Niet belangrijk. Ik vertrek nu, dus het zou fijn zijn als Oleg het vandaag te horen krijgt.'

Hans Christian lachte. Een gepijnigde lach, maar een lach. 'Voor Rakel en jij vertrekken, bedoel je?'

Harry draaide zijn kopje rond. 'Dus ze heeft het je verteld?'

'We hebben ergens geluncht. Ik heb beloofd een paar dagen op Oleg te letten. Ik heb begrepen dat er iemand uit Hongkong komt om hem op te halen, iemand van jouw mensen. Maar ik moet het verkeerd hebben begrepen, ik dacht dat jij al in Bangkok zat.'

'Ik heb vertraging opgelopen. Ik zou je iets willen vragen…'

'Ze vertelde nog meer. Ze zei dat je een aanzoek had gedaan.'

'O?'

'Ja. Op jouw manier, uiteraard.'

'Nou…'

'En ze zei dat ze erover had nagedacht.'

Harry stak zijn hand op, hij wilde de rest niet horen.

'De conclusie van haar overdenkingen was "nee", Harry.'

Harry blies uit. 'Goed.'

'Toen is ze gestopt om erover na te denken, zei ze. En begon ze naar haar gevoel te luisteren.'

'Hans Christian…'

'Haar antwoord is "ja", Harry.'

'Luister naar me, Hans Christian…'

'Hoor je me niet? Ze wil met je trouwen, Harry. *Lucky bastard.*' Het gezicht van Hans Christian Simonsen straalde alsof het van geluk was, maar Harry wist dat het straalde van wanhoop.

'Ze zei dat ze tot haar dood bij je wilde blijven.' Zijn adamsappel ging op en neer en zijn stem schoot heen en weer tussen falset en huilen. 'Ze zei dat ze het goed en fijn en gewoon met je zou hebben. Het zou krankzinnig en avontuurlijk met je zijn. En ze zou het fantastisch met je hebben.'

Harry wist dat hij haar woordelijk citeerde. En waarom hij dat kon doen. Omdat ieder woord gebrandmerkt was in zijn hart.

'Hoeveel hou je van haar?' vroeg Harry.

'Ik…'

'Hou je genoeg van haar om de rest van je leven aan haar en Oleg te geven?'

'Wat...'

'Geef antwoord.'

'Ja, uiteraard, maar...'

'Zweer het.'

'Harry.'

'Zweer het, zeg ik je.'

'Ik... ik zweer het. Maar dat verandert toch niets.'

Harry lachte even. 'Je hebt gelijk. Niets zal veranderen. Niets kan veranderen. Dat kan nooit. De rivier stroomt door dezelfde verdomde bedding.'

'Dit heeft toch geen zin. Ik begrijp het niet.'

'Je zult het wel gaan begrijpen,' zei Harry. 'En zij ook.'

'Maar... jullie houden toch van elkaar. Ze zei het met zoveel woorden. Jij bent de liefde van haar leven, Harry.'

'En zij is de liefde van mijn leven. Altijd geweest. Zal ze altijd blijven.'

Hans Christian keek Harry aan met een mengeling van verwarring en iets wat op medelijden leek. 'En toch zul je haar niet hebben?'

'Er is niets wat ik liever wil hebben dan zij. Maar het is niet zeker dat ik er nog lang zal zijn. Als dat niet het geval is, dan heb jij je belofte gegeven.'

Hans Christian snoof. 'Ben je nu niet een beetje melodramatisch, Harry? Ik weet trouwens niet eens of ze me wel wil hebben.'

'Overtuig haar.' Het leek of de pijn in zijn hals het moeilijker maakte om adem te halen. 'Beloof je me dat?'

Hans Christian zuchtte. 'Ik zal het proberen.'

Harry aarzelde. Toen stak hij zijn hand uit.

De ander pakte hem.

'Je bent een goeie vent, Hans Christian. Ik heb je opgeslagen als H.C.' Hij tilde zijn mobieltje op. 'Na de H van Halvorsen.'

'Wie?'

'Gewoon een oude collega van me die ik hoop weer te zien. Ik moet nu gaan.'

'Wat ga je doen?'

'De moordenaar van Gusto ontmoeten.'

Harry stond op, draaide zich om naar de bar en maakte een buiging naar Nina die terugzwaaide.

Toen hij buiten liep en dwars tussen de auto's door overstak, voelde hij de reactie komen. Er sprong iets achter zijn ogen en zijn keel leek uit elkaar te scheuren. En in de Dovregate kwam de gal. Midden in de verlaten straat stond hij dubbelgeklapt tegen de muur en serveerde Nina's eieren, bacon en koffie. Toen richtte hij zich op en liep verder in de richting van de Hausmannsgate.

Uiteindelijk was het ondanks alles een simpele beslissing.

Ik zat op een van die vuile matrassen en voelde mijn doodsbange hart tekeergaan terwijl ik belde. Ik hoopte en hoopte niet dat hij de telefoon zou opnemen.

Ik wilde het net opgeven toen hij de telefoon opnam. De stem van mijn pleegbroer klonk luid en dodelijk: 'Stein.'

Ik heb weleens gedacht hoe toepasselijk die naam eigenlijk was. Een ondoordringbare laag op een steenhard innerlijk. Onbeïnvloedbaar, donker en zwaar. Maar ook stenen hebben een zwak punt, een plek waar ze door een zachte tik splijten. In het geval van Stein was het eenvoudig.

Ik schraapte mijn keel en zei: 'Met Gusto. Ik weet waar Irene is.'

Ik hoorde zijn zachte ademhaling. Hij ademde altijd zacht, die Stein.

Hij kon uren en uren rennen, maar had bijna geen zuurstof nodig. Of een reden om te rennen.

'Waar dan?'

'Dat is het nou juist,' zei ik. 'Ik weet waar, maar het kost geld om het te weten te komen.'

'Waarom?'

'Omdat ik het nodig heb.'

Het leek op een golf warmte. Nee, kou. Ik kon zijn haat voelen. Hoorde hem slikken.

'Hoeveel wi...'

'Vijfduizend.'

'Goed.'

'Ik bedoel tien.'

'Je zei vijf.'

Fuck.

'Maar ik heb haast,' zei ik, hoewel ik wel wist dat hij al startklaar stond.

'Prima. Waar ben je?'

'Hausmannsgate 92. Het slot van de poort is kapot. Tweede verdieping.'

'Ik kom eraan. Niet weggaan.'

Weggaan? Ik vond een aansteker, zocht een paar peuken in de asbak in de kamer en rookte ze op in de beklemmende stilte van de keuken. Verdomme, wat was het warm daarbinnen. Ik hoorde gekrab. Ik ging op zoek naar het geluid. Daar was die rat weer, hij rende langs de muur.

En verdween achter het fornuis. Daar verstopte het beest zich kennelijk.

Ik rookte peuk nummer twee.

Toen kwam ik ineens overeind.

Het fornuis was verrekte zwaar, maar ik ontdekte dat het twee achterwieltjes had.

Het rattenhol achter het fornuis was groter dan nodig was.

Oleg, Oleg, mijn beste vriend. Jij bent slim, maar dit heb je van mij geleerd.

Ik zakte op mijn knieën. Ik werd al high terwijl ik aan de gang ging met de staaldraad. Mijn vingers beefden zo dat ik bijna gek werd. Ik voelde dat ik beet had, maar ik raakte het weer kwijt. Er moest violine zitten. Dat moest!

Eindelijk had ik beet en het was een vette vis. Ik haalde hem binnen. Een grote, zware zak. Ik deed hem open. Het moest er zijn, het moest gewoon!

Een plastic riem, een lepel, een spuit. En drie kleine, doorzichtige zakjes. Het witte poeder in de zakjes had bruine spikkels. Mijn hart zong. Ik was herenigd met de enige vriend en geliefde waarop ik altijd kon vertrouwen.

Ik stopte twee zakjes in mijn broekzak en opende het derde. Nu had ik genoeg voor een week als ik zuinig was, nu was het slechts een kwestie van een spuit zetten en weggaan voor Stein of iemand anders kwam. Ik deed het poeder over op de lepel en knipte mijn aansteker aan. Ik deed er altijd een paar druppels citroen bij, van dat sap dat mensen kopen in een flesje om in hun thee te doen. Door de citroen klonterde het poeder niet zo makkelijk en op die manier kon je alles in de spuit opzuigen. Maar ik had geen citroen en geen geduld, er was slechts één ding dat telde: het spul in mijn bloedbaan krijgen.

Ik legde de plastic riem rond mijn bovenarm, stopte het uiteinde in mijn mond en trok. Ik toverde een grote, blauwe ader te voorschijn. Ik zette de spuit in de juiste hoek om de kans dat ik raak prikte zo groot mogelijk te maken en om minder te beven. Want ik beefde. Jezus, wat beefde ik.

Ik prikte mis.

Nog een keer. Twee keer. Ik hield mijn adem in. Niet te veel nadenken, niet te blij zijn, niet in paniek raken.

De naaldpunt danste. Ik viel aan op de blauwe worm.

Miste weer.

Ik vocht tegen mijn wanhoop. Ik bedacht dat ik beter eerst een beetje kon oproken, om rustiger te worden. Maar ik wilde de hele roes hebben, de kick als de hele dosis in het bloed ging, recht naar de hersenen, het orgasme, de vrije val!

Het was de warmte en het zonlicht, die prikten in mijn ogen. Ik liep de kamer in, ging in de schaduw tegen de korte muur zitten. Verdomme, nu zag ik die verdomde ader niet meer! Rustig. Ik wachtte tot mijn pupillen aan het licht gewend waren. Gelukkig was mijn onderarm zo wit als filmdoek geworden. De ader zag eruit als een rivier op een landkaart van Groenland. Nu.

Mis.

Ik had hier geen kracht voor en voelde de tranen komen. Er kraakte een schoenzool.

Ik was zo geconcentreerd geweest dat ik hem niet had horen komen.

Toen ik opkeek stonden mijn ogen zo vol tranen dat de contouren verwrongen waren als in zo'n verrekte lachspiegel.

'Hoi, daar hebben we de Dief.'

Ik was lang niet meer zo genoemd.

Ik knipperde de tranen weg. En de contouren werden bekend. Ja, ik herkende alles. Tot en met het pistool. Het was niet door een gelegenheidsdief uit de repetitieruimte gestolen, zoals ik had gedacht.

Het vreemde was dat ik er niet bang van werd. Integendeel. Ik was ineens helemaal rustig.

Ik keek weer naar de ader.

'Doe het niet,' zei de stem.

Ik keek naar mijn hand, die was zo vast als een leeuwenklauw. Dit was mijn kans.

'Ik schiet je neer.'

'Dat geloof ik niet,' zei ik. 'Want dan zul je nooit weten waar Irene is.'

'Gusto!'

'Ik doe wat ik moet doen,' zei ik, en ik stak. Raak. Ik tilde mijn

duim op om hem op stamper van de spuit te leggen. 'Dus jij kunt doen wat jij moet doen.'

De kerkklok begon weer te slaan.

Harry zat in de schaduw van de korte muur. Het licht van de straatlantaarn buiten viel op de matrassen. Hij keek op zijn horloge. Negen uur. Drie uur voor het vertrek van het vliegtuig naar Bangkok. De pijn in zijn hals was heftiger geworden. Als de warmte van de zon voor hij achter de wolken verdwijnt. Maar zo meteen zou de zon weggaan, binnenkort zou hij pijnvrij zijn. Harry wist hoe dit moest eindigen, het was net zo onontkoombaar als het feit dat hij terug moest komen naar Oslo. De menselijke behoefte aan orde en samenhang maakte, zo wist hij, dat hij zichzelf manipuleerde om een bepaalde logica in alles te zien. Omdat de gedachte dat alles slechts kille chaos was – dat er geen reden was – moeilijker te verdragen was dan de ergste, maar duidelijkste tragedie.

Hij stak zijn hand in zijn jaszak op zoek naar een pakje sigaretten en voelde het heft van het mes tegen zijn vingertoppen. Hij had het gevoel dat hij zich van het mes had moeten ontdoen, dat er een soort vloek op rustte. Op hem. Maar het zou geen verschil maken: hij was al ver voor het mes in de ban gedaan. En die vogelvrijverklaring was erger dan welk mes dan ook, die zei namelijk dat zijn liefde een pest was waarmee hij rondliep. Net zoals Asajev had gezegd dat het mes lijden en ziekte van de eigenaar overbracht naar degene die het lemmet in zich kreeg gestoken, zo moesten alle mensen van wie Harry had gehouden daarvoor boeten. Ze waren te gronde gegaan, van hem afgepakt. Alleen hun schimmen waren er nog. Van iedereen. En nu dan ook Rakel en Oleg.

Hij deed het pakje open en keek erin.

Wat had hij zich verbeeldt: dat hij zich ineens kon vrijmaken van die vloek, dat hij met hen naar de andere kant van de aarde kon vluchten en *happy ever after* kon leven? Daar dacht hij aan terwijl hij gelijktijdig op zijn horloge keek en nadacht over wat het laatste moment was waarop hij hier weg kon gaan en toch het vliegtuig kon halen. Het was zijn gulzige, egoïstische hart waarnaar hij luisterde.

Hij pakte het gekreukelde familieportret en keek er weer naar. Naar Irene. En naar haar broer, Stein. De jongen met die grauwe blik die Harry zich, toen hij hem in levenden lijve ontmoette, van twee keer kon herinneren. De ene keer was van de foto. De andere keer van de avond dat hij in Oslo aankwam. Hij was in Kvadraturen geweest. Die onderzoekende blik die hij op Harry had geworpen, had hem doen denken aan een politieman. Maar hij had zich vergist, absoluut vergist.

Toen hoorde hij voetstappen op de trap.

De kerkklok begon te slaan. Het klonk ijl en eenzaam.

Truls Berntsen bleef boven aan de trap staan en keek naar de deur. Zijn hart bonkte. Ze zouden elkaar weer zien. Hij verheugde zich, maar zag er ook tegenop. Hij haalde een keer diep adem en belde aan.

Hij trok zijn stropdas recht. Hij voelde zich niet prettig in een pak. Maar hij had begrepen dat er geen ontkomen aan was toen Mikael hem had verteld wie er allemaal op het inwijdingsfeest kwamen. Van allerlei mensen met blinkend messing, van de afscheidnemende commissaris tot hun voormalige chef van de afdeling Geweld, Gunnar Hagen. En er zouden politici komen. Die sexy gemeentesecretaris, Isabelle Skøyen, van wie hij de foto's maar al te goed kende. En er zouden ook een paar televisiesterren komen. Truls had geen idee hoe Mikael hen had leren kennen.

De deur ging open.

Ulla.

'Wat leuk dat je er bent, Truls,' zei ze. De glimlach van een gastvrouw. Glanzende ogen. Maar hij begreep onmiddellijk dat hij te vroeg was.

Hij knikte alleen, want het lukte hem niet te zeggen wat hij zou moeten zeggen, namelijk dat ze er prachtig uitzag.

Ze kuste hem snel op zijn wang, vroeg hem binnen te komen en zei dat ze de welkomstchampagne nog niet hadden opengemaakt. Ze glimlachte, wreef in haar handen en wierp een lichtelijk panische blik naar de trap naar de eerste verdieping. Ze hoopte zeker dat Mikael zou komen zodat hij het over zou nemen. Maar Mikael stond zich waarschijnlijk om te kleden en in de spiegel te kijken of zijn haar wel goed zat.

Ulla sprak een beetje te snel en te hectisch over mensen uit hun jeugd in Manglerud, of Truls wist wat ze nu deden?

Dat wist Truls niet.

'Ik heb al een hele poos geen contact meer met ze gehad,' antwoordde hij. Hoewel hij er tamelijk zeker van was dat ze wist dat hij nooit contact met ze had. Met geen van hen. Niet met Goggen, Jimmy, Anders, Krøkke. Truls had maar één vriend: Mikael. En ook hij hield Truls op een armlengte afstand naarmate hij sociaal en maatschappelijk steeds verder van hem vandaan kwam te staan.

Ze hadden niets meer te zeggen. Zij had niets meer te zeggen. Hij wist vanaf het begin al niet wat hij moest zeggen. Toen zei ze het: 'Heb je een vriendin, Truls? Nog een nieuwtje te vertellen?'

'Geen nieuwtjes.' Hij trachtte het net zo vrolijk te zeggen als zij. Hij zou nu erg graag dat welkomstdrankje hebben.

'Is er echt niemand die jouw hart kan stelen?'

Ze hield haar hoofd scheef en knipoogde lachend, maar hij kon zien dat ze er spijt van had dat ze het had gevraagd. Misschien omdat ze zag dat hij bloosde. Of misschien omdat ze, zelfs al was er nooit iets over gezegd, het antwoord wel wist. Namelijk dat jij, ja, jij Ulla, mijn hart kon stelen. Dat hij daarom altijd drie passen achter het superpaar Mikael en Ulla had gelopen, altijd aanwezig, altijd bereidwillig, met een uitdrukking op zijn gezicht die van het tegendeel getuigde: een ongeïnteresseerde blik van ik-verveel-me-ik-heb-niets-beters-te-doen. Maar ondertussen klopte zijn hart voor haar, terwijl hij uit zijn ooghoek al haar bewegingen en gezichtsuitdrukkingen registreerde. Hij kon haar niet krijgen, hij wist dat dat onmogelijk was. Maar toch bleef hij hoop houden, zoals een mens hoopt ooit te kunnen vliegen.

Toen kwam Mikael eindelijk langzaam de trap af, terwijl hij aan de mouwen van zijn overhemd trok zodat ze onder zijn smoking vandaan kwamen en de manchetknopen zichtbaar werden.

'Truls!'

Het klonk als die licht overdreven hartelijkheid die gewoonlijk is gereserveerd voor mensen die je eigenlijk niet kent. 'Waarom kijk je zo nors, mijn beste vriend? We hebben de inwijding van een paleis te vieren!'

'Ik dacht dat we vierden dat je commissaris van politie bent geworden,' zei Truls terwijl hij rondkeek. 'Ik zag het op het nieuws vandaag.'

'Een lek, want het is nog niet officieel. Maar we gaan vandaag je terras inwijden, Truls! Hoe staat het met de champagne, schat?'

'Ik ga die nu inschenken,' zei Ulla, een onzichtbaar stofje van de schouder van haar man vegend voor ze verdween.

'Ken jij Isabelle Skøyen?' vroeg Truls.

'Ja,' zei Mikael, nog steeds lachend. 'Ze komt ook vanavond. Hoezo?'

'Niets.' Truls haalde diep adem. Het moest nu gebeuren of anders helemaal niet meer. 'Ik vraag me nog iets anders af.'

'Ja?'

'Een paar dagen geleden ben ik naar Leons gestuurd, dat hotel, weet je wel, om iemand te arresteren.'

'Ik geloof dat ik daar iets over heb gehoord, ja.'

'Maar terwijl ik daarmee bezig was, doken er ineens twee andere politiemannen op die ik niet ken en zij wilden ons beiden inrekenen.'

'*Double booking?*' lachte Mikael. 'Praat met Finn, hij gaat over de coördinatie van de operatieve zaken.'

Truls schudde zijn hoofd. 'Ik geloof niet dat het om *double booking* ging.'

'Niet?'

'Ik geloof dat iemand me met opzet daarheen heeft gestuurd.'

'Je bedoelt dat iemand een grap met je heeft uitgehaald?'

'Ja, iemand wilde een grap met me uithalen,' zei Truls, en hij zocht in Mikaels gezicht naar signalen dat hij begreep waar Truls het feitelijk over had. Had hij het toch bij het verkeerde eind? Truls slikte: 'Ik dacht dat het misschien iemand was die jij kent, dat jij er meer van afwist.'

'Ik?' Mikael legde zijn hoofd in zijn nek en lachte hartelijk. En Truls keek in zijn geopende mond en herinnerde zich dat Mikael nooit gaatjes had bij de schooltandarts. Zelfs Karius en Baktus – de trollen uit het kinderboek bij de tandarts – hadden geen gaatjes in hem gekregen.

'Ik zou wel willen!' schaterde Mikael. 'Vertel me eens, hebben ze je op de grond geduwd en in de boeien geslagen?'

Truls keek Mikael aan. Dus hij had het bij het verkeerde eind gehad. Daarom lachte hij mee. Zowel vanwege de opluchting als vanwege het beeld van zichzelf met twee dienstkloppers op zijn rug, en door de aanstekelijke lach van Mikael. Die hem altijd tot lachen had weten te verleiden. Nee, had bevolen om te lachen.

Maar die hem ook had omarmd, had verwarmd, hem deel had gemaakt van een geheel, lid van iets: het duo Mikael en Truls. Vrienden. Hij hoorde zijn eigen grommende lach terwijl die van Mikael wegstierf en hij een ernstige uitdrukking op zijn gezicht kreeg: 'Dacht je echt dat ik daarvan op de hoogte was, Truls?'

Truls keek hem lachend aan. Hij vroeg zich af waarom Dubai juist bij hem was gekomen en dacht aan die jongen die Truls tijdens zijn voorarrest blind had geslagen, wie dat aan Dubai kon hebben verteld. Hij dacht aan het bloed dat technisch rechercheurs onder de nagel van Gusto in de Hausmannsgate hadden gevonden. Het bloed dat Truls had vernietigd voor het geanalyseerd kon worden. Maar waarvan hij voor de zekerheid een beetje had bewaard. Het waren van dat soort bewijzen die waardevol konden zijn op een regenachtige dag. En aangezien het absoluut was gaan regenen, was hij vanmorgen met het bloed naar het gerechtelijk laboratorium gereden. En vlak voordat hij hier 's avonds naartoe ging, had hij de uitslag gekregen. De analyse duidde er voorlopig op dat het om hetzelfde bloed en hetzelfde nagelfragment ging die ze een paar dagen geleden van Beate Lønn hadden gekregen. Of ze bij hen niet met elkaar communiceerden? Dacht men misschien dat ze in het gerechtelijk laboratorium niet genoeg hadden te doen? Truls had zijn verontschuldigingen aangeboden en opgehangen. Hij had gepiekerd over de uitslag, die luidde dat het bloed en de nagel van Mikael Bellman afkomstig waren.

Mikael en Gusto.

Mikael en Rudolf Asajev.

Truls' hand ging over de knoop in zijn stropdas. Zijn vader had hem niet geleerd hoe hij die moest maken, hij kon niet eens zijn eigen stropdas knopen. Het was Mikael geweest, die keer dat ze hun eindexamenfeest hadden. Hij had Truls laten zien hoe hij een simpele Windsor-knoop moest maken, en toen Truls had gevraagd waarom de knoop in Mikaels eigen stropdas er veel mooier uitzag, had Mikael geantwoord dat dat een dubbele Windsor was, maar dat die Truls niet zou staan.

Mikaels blik rustte op hem. Hij wachtte nog steeds op antwoord. Waarom Truls dacht dat Mikael op de hoogte was van die grap.

Dat hij op de hoogte was van het plan om hem samen met Harry Hole af te slachten in Leons.

Er werd gebeld, maar Mikael verroerde zich niet.

Truls deed of hij zich op zijn hoofd krabde terwijl hij zijn vingertoppen gebruikte om het zweet weg te vegen.

'Nee, hoezo?' zei hij, en hij hoorde zijn nerveuze grommende lach. 'Het was maar een idee. Vergeet het.'

De trap onder Stein Hanssens voeten kraakte. Hij voelde iedere tree en kon elke jammerende kreet voorspellen. Boven aan de trap bleef hij staan en klopte op de deur.

'Binnen,' klonk het.

Stein Hanssen stapte naar binnen.

Het eerste wat hij zag was de koffer.

'Klaar met inpakken?' vroeg hij.

De ander knikte.

'Heb je je paspoort gevonden?'

'Ja.'

'Ik heb een taxi naar het vliegveld besteld.'

'Ik kom.'

'Oké.' Stein keek rond. Zoals hij in elke kamer rond had gekeken. Afscheid had genomen. Had verteld dat ze niet terug zouden komen. En geluisterd naar de echo's uit hun jeugd. Vaders opgewekte stem. Moeders geruststellende. Gusto's enthousiaste. Irenes vrolijke. De enige stem die hij niet hoorde was zijn eigen stem. Hij had gezwegen.

'Stein?' Irene hield een foto in haar hand. Stein wist welke, ze had hem boven haar bed gehangen op de dag dat advocaat Simonsen hier met haar was gekomen. De foto waarop ze zelf stond samen met Gusto en Oleg.

'Ja?'

'Heb je ooit de behoefte gevoeld om Gusto te vermoorden?'

Stein gaf geen antwoord. Hij dacht slechts aan die avond.

Het telefoontje van Gusto waarin hij zei dat hij wist waar Irene was. Hoe hij naar de Hausmannsgate was gerend. En toen hij daar was: de politieauto's. De stemmen om hem heen die zeiden dat die jongen daarbinnen dood was, neergeschoten. En het gevoel van opwinding. Ja, vreugde bijna. En daarna de schok. Het verdriet. Ja, in zekere zin had hij verdriet gehad om Gusto. Tegelijkertijd had hij hoop gekregen dat het eindelijk allemaal goed zou komen met Irene. Die hoop was uiteraard verdampt toen hij langzamerhand besefte dat Gusto's dood betekende dat hij de mogelijkheid was kwijtgeraakt om haar te vinden.

Ze was bleek. Afkickverschijnselen. Het zou zwaar worden. Maar het zou hen lukken. Het zou hen samen lukken.

'Zullen we?'

'Ja,' zei ze, terwijl ze een la opende. Ze keek nog een keer naar de foto. Ze drukte er snel haar lippen op en legde hem in de la, met de voorkant naar beneden.

Harry hoorde de deur opengaan.

Hij zat in het donker zonder zich te verroeren. Hij luisterde naar de voetstappen van de ander. Zag bewegingen bij de matrassen. Hij zag de staaldraad glimmen toen hij het licht van de straatlantaarn ving. De voetstappen verdwenen naar de keuken en het licht werd aangedaan. Harry hoorde dat het fornuis werd verschoven.

Hij stond op en liep naar de keuken.

Hij bleef in de deuropening staan en keek naar degene die

geknield voor het rattenhol zat en met bevende handen de zak opende. De spullen werden naast elkaar gelegd. De spuit, de plastic riem, de lepel, de aansteker, het pistool. De zakjes met violine.

De drempel kraakte toen Harry van standbeen wisselde, maar de ander had niet door dat hij in de gaten werd gehouden, hij ging slechts door met zijn zenuwachtige handelingen.

Harry wist dat het door zijn verslaving kwam. Dat de hersenen gefocust waren op één ding. Hij kuchte.

De ander verstijfde. Zijn schouders kwamen omhoog, maar hij draaide zich niet om. Hij zat daar maar met gebogen hoofd voor zijn stashplaats. Draaide zich niet om.

'Ik had het wel verwacht,' zei Harry. 'Dat je eerst hierheen zou gaan. Jij ging ervan uit dat het nu wel veilig was.'

De ander had zich nog steeds niet omgedraaid.

'Hans Christian heeft je verteld dat we haar voor je hebben gevonden, of niet? Toch moest je eerst hierheen.'

De ander stond op. En opnieuw viel het Harry op. Hoe groot hij was geworden. Bijna een volwassen man.

'Wat wil je, Harry?'

'Ik ben hier om je te arresteren, Oleg.'

Oleg fronste zijn voorhoofd. 'Voor het in bezit hebben van een paar zakjes violine?'

'Niet voor de drugs, Oleg. Voor de moord op Gusto.'

'Doe het niet!' herhaalde hij.

Maar ik had de punt van de naald al diep in mijn ader die trilde van verlangen.

'Ik dacht dat Stein of Ibsen zou komen,' zei ik. 'Niet jij.'

Ik zag zijn fuckings voet niet komen. Die trof de spuit die door de lucht vloog en achter in de keuken terechtkwam, naast de overvolle afvalbak.

'Verdomme, Oleg,' zei ik naar hem opkijkend.

Oleg keek Harry lang aan.

Het was een ernstige, rustige blik. Zonder echte verbazing, het leek er eerder op dat het terrein werd verkend, de situatie werd ingeschat.

En toen hij eindelijk zijn mond opendeed, klonk Oleg eerder nieuwsgierig dan kwaad of in de war.

'Maar je geloofde me, Harry. Toen ik je vertelde dat het een andere man, een man met een bivakmuts was, geloofde je me.'

'Ja,' zei Harry. 'Ik geloofde je. Omdat ik je zo graag *wilde* geloven.'

'Maar Harry.' Oleg praatte zacht en keek naar het zakje poeder dat hij had geopend. 'Als je je beste vriend niet kunt vertrouwen, wat moet je dan?'

'Vertrouwen op de bewijzen,' zei Harry, die voelde dat zijn keel dikker werd.

'Welke bewijzen? We hebben toch verklaringen gevonden voor die bewijzen, Harry. Jij en ik, we hebben samen die bewijzen ontkracht.'

'Andere bewijzen. Nieuwe.'

'Wat voor nieuwe?'

Harry wees op de grond voor Olegs voeten. 'Het pistool daar is een Odessa. Dat is hetzelfde kaliber als waarmee Gusto is doodgeschoten, Malakov 9.18 mm. Ballistisch onderzoek zal vast met honderd procent zekerheid uitwijzen dat dit pistool het moordwapen is, Oleg. Jouw vingerafdrukken zitten erop. Alleen jouw vingerafdrukken. Als iemand anders het had gebruikt en de kolf naderhand had schoongeveegd dan zouden jouw afdrukken ook weg zijn.'

Oleg hurkte en legde een vinger op het pistool, alsof hij wilde bevestigen dat ze het over dat wapen hadden.

'En dan is er nog de spuit,' zei Harry. 'Daarop zitten meerdere afdrukken, misschien van twee personen. Maar jij bent in elk geval degene die met zijn duim op de stamper heeft geduwd.

Het deel waarop je drukt als je injecteert. En op die duimafdruk zitten kruitsporen, Oleg.'

Oleg legde zijn vinger op de gebruikte spuit. 'Waarom is dat een nieuw bewijs tegen me?'

'Omdat je hebt verklaard dat je high was toen je de keuken binnen kwam. Maar de kruitsporen wijzen erop dat je de spuit hebt gezet nadat je kruit op je handen had gekregen. Dat bewijst dat je eerst Gusto hebt doodgeschoten en daarna de spuit hebt gezet. Je was niet onder invloed tijdens de daad, Oleg. Het was moord met voorbedachten rade.'

Oleg knikte langzaam. 'En jij hebt mijn vingerafdrukken op het pistool en de spuit gecheckt bij het politieregister. Dus ze weten allemaal dat ik...'

Harry schudde zijn hoofd. 'Ik heb geen contact gehad met de politie. Alleen ik weet het.'

Oleg slikte. Harry zag de kleine bewegingen in zijn keel. 'Hoe weet je dan dat het mijn vingerafdrukken zijn als je ze niet hebt kunnen checken bij de politie?'

'Ik had afdrukken waarmee ik ze kon vergelijken.'

Harry haalde zijn hand uit zijn jaszak. Legde de witte gameboy op de keukentafel.

Oleg staarde naar de gameboy. Hij knipperde voortdurend met zijn ogen alsof er iets in was gekomen.

'Waardoor kreeg je argwaan?' fluisterde hij bijna.

'De haat,' zei Harry. 'De oude man. Rudolf Asajev. Hij zei dat ik de haat moest volgen.'

'Wie is dat?'

'De man die zich Dubai noemde. Het duurde even voor ik doorkreeg dat hij zijn eigen haat bedoelde. Zijn haat jegens jou. Haat omdat jij zijn zoon hebt gedood.'

'Zijn zoon?' Oleg tilde zijn hoofd op en keek Harry uitdrukkingsloos aan.

'Ja, Gusto was zijn zoon.'

Oleg liet zijn hoofd weer zakken, zat nog steeds op zijn hurken en staarde naar de vloer. 'Als...' Hij schudde zijn hoofd. Begon opnieuw. 'Als het waar is dat Dubai de vader van Gusto was en als hij me zo haatte, waarom heeft hij er dan niet voor gezorgd dat ik in de gevangenis direct werd vermoord?'

'Omdat je precies zat waar hij je wilde hebben. Omdat de gevangenis voor hem erger was dan de dood, de gevangenis eet je ziel op, de dood maakt hem alleen maar vrij. De gevangenis was iets wat Rudolf Asajev alleen zijn ergste vijand toewenste. Jou, Oleg. Hij hield uiteraard alles in de gaten wat je daar deed.'

'Ik merkte het niet, maar voelde het wel.'

'Hij wist dat jij wist dat wanneer jij over hem kletste dat het dan was gebeurd met je. Pas toen jij met mij begon te praten, werd je een gevaar voor hem en moest hij er genoegen mee nemen jou te doden. Maar dat is niet gelukt.'

Oleg sloot zijn ogen. Hij bleef zo zitten, nog steeds op zijn hurken. Alsof hij meedeed aan een belangrijke wedstrijd en ze nu zwijgend samen zaten om zich te concentreren.

De stad speelde buiten zijn muziek: de auto's, in de verte een scheepshoorn, een vage sirene, geluiden als som van de menselijke activiteit, als het gelijkmatige, monotone, slaapverwekkende geritsel van een mierenhoop. Veilig als een warme deken.

Oleg boog zich langzaam voorover terwijl hij Harry onafgebroken aankeek.

Harry schudde zijn hoofd.

Maar Oleg greep het pistool. Voorzichtig, alsof hij bang was dat het zou exploderen in zijn hand.

HOOFDSTUK 43

Truls was naar de eenzaamheid van het terras gevlucht.

Hij had een paar halfslachtige pogingen gedaan zich te mengen in een gesprek, had van zijn champagne genipt, wat hapjes naar binnen gewerkt en getracht eruit te zien alsof hij erbij hoorde. Een paar van die beleefde lui hadden een poging gedaan hem bij hun gesprekken te betrekken. Ze hadden zich voorgesteld, gevraagd wie hij was en wat hij deed. Truls had korte antwoorden gegeven zonder dat hij hen dezelfde vragen had gesteld. Alsof hij niet in die positie was. Of bang te moeten aanhoren wat voor verrekt belangrijke banen ze hadden.

Ulla was druk geweest met het bedienen van, praten met en lachen naar deze mensen en Truls had slechts een paar keer oogcontact met haar kunnen maken. Zij had hem lachend gemimed dat haar gastvrouwenplicht haar riep, maar dat ze anders graag met hem had gepraat. Geen van de andere jongens van zijn afdeling had de moeite genomen te komen en noch de afdelingshoofden, noch de commissaris hadden Truls herkend. Truls had bijna de neiging gehad om hun te vertellen dat hij degene was die de jongen blind had geslagen.

Maar op het terras was het fijn. Oslo lag als een juweel onder hem te glinsteren.

Met het hogedrukgebied was de koelte van de herfst gekomen. Er waren al meldingen dat het in de bergen 's nachts rond het vriespunt was. In de verte hoorde hij sirenes. Een ambulance. En minstens één politieauto. Ze kwamen ergens uit het centrum.

Truls had zin om stiekem weg te gaan en de politieradio aan te zetten. Luisteren wat er aan de hand was. De hartslag van de stad voelen. Voelen dat hij er deel van uitmaakte.

De terrasdeur ging open en Truls deed automatisch twee stappen naar achteren, de schaduw in, om te voorkomen dat hij in een gesprek werd betrokken waarin hij nog meer kromp.

Het waren Mikael en die gemeentesecretaris. Isabelle Skøyen.

Ze was duidelijk aangeschoten. Mikael ondersteunde haar in elk geval. Flinke dame, ze stak boven hem uit. Ze gingen bij het hek staan met hun rug naar Truls toe, voor de raamloze uitbouw waar ze onzichtbaar waren voor de gasten in de kamer.

Mikael stond achter haar en Truls verwachtte half een aansteker te zien om een sigaret op te steken, maar dat gebeurde niet. En toen hij geritsel van de stof van de jurk hoorde en Isabelle Skøyens zachte, protesterende lach, was het al te laat om uit de schaduw te stappen. Hij zag de vrouwendij wit oplichten voor de jurk met een beslist gebaar naar beneden werd geduwd. In plaats daarvan draaide ze zich naar hem om en Mikael en Isabelles hoofden smolten samen tot één silhouet tegen de stad daarbeneden. Truls kon de natte tonggeluiden horen. Hij draaide zich om naar de kamer. Hij zag Ulla met een dienblad met nieuwe hapjes lachend rondlopen tussen de mensen. Truls begreep het niet. Begreep het verdomme niet. Niet dat hij geschokt was, het was niet de eerste keer dat Mikael met een andere dame bezig was, maar hij begreep niet dat Mikael het lef had. Het hart had. Als je een vrouw als Ulla hebt, wanneer je zoveel geluk hebt, de hoofdprijs had gewonnen, waarom ben je dan bereid alles op het spel te zetten voor een neukpartijtje? Komt het doordat God, of wie dan ook, je de dingen heeft gegeven die vrouwen zo graag zien – uiterlijk, ambitie, een gladde tong die weet wat hij moet zeggen – dat je het dan als je plicht voelt om je potentieel te gebruiken? Zoals mensen van twee meter twintig wel móéten basketballen?

Hij wist het niet. Hij wist alleen dat Ulla beter verdiende. Iemand die van haar hield. Die van haar hield zoals hij altijd van haar had gehouden. En altijd van haar zou houden. Dat met Martine was een dwaas sprookje geweest, niets serieus, iets wat zich toch niet meer zou herhalen. Hij had af en toe met de gedachte gespeeld dat hij Ulla moest laten weten dat, hij, Truls, er voor haar zou zijn wanneer zij op de een of andere manier Mikael kwijtraakte. Maar hij had nooit de juiste manier gevonden om het te doen. Truls spitste zijn oren. Ze spraken samen.

'Ik weet alleen dat hij weg is,' zei Mikael, en Truls kon aan de ietwat slordige manier van praten horen dat hij niet helemaal nuchter was. 'Maar ze hebben die twee anderen gevonden.'

'Die twee Kozakken van hem?'

'Ik geloof nog steeds dat het opschepperij was dat het Kozakken waren. Hoe dan ook, Gunnar Hagen van Geweld heeft contact met me opgenomen om te vragen of ik hem kon helpen. Er waren traangas en automatische wapens gebruikt, dus men denkt dat het om een afrekening van een bende gaat. Hagen vroeg zich af of GC kandidaten had. Zelf tasten ze volledig in het duister.'

'En wat heb je geantwoord?'

'Ik heb naar waarheid geantwoord dat ik geen idee heb wie het geweest kunnen zijn. Als het een bende is geweest, hebben ze kans gezien uit het zicht te blijven.'

'Denk jij dat die oude man kan zijn ontsnapt?'

'Nee.'

'Nee?'

'Ik denk dat zijn lijk ergens ligt te rotten.' Truls keek naar de hand die gebaarde naar de sterrenhemel. 'Misschien vinden we het snel, misschien nooit.'

'Lijken duiken toch altijd op?'

Nee, dacht Truls. Hij stond met zijn volle gewicht boven zijn voeten, voelde ze tegen de terrastegels drukken. Dat doen ze niet.

'Hoe dan ook,' zei Mikael. 'Iemand heeft het gedaan en hij is nieuw. Het zal snel duidelijk worden wie de nieuwe drugskoning van Oslo is.'

'En wat zal dat voor ons betekenen?'

'Niets, schat.'

Truls kon zien dat Mikael Bellman zijn hand in Isabelle Skøyens nek legde. In silhouet leek het alsof hij haar wurgde. Hij wankelde even. 'We zijn nu gekomen waar we willen, hier springen we af. Het had eigenlijk niet beter kunnen eindigen dan zo. We konden die oude kerel niet meer gebruiken en de gedachte aan wat hij allemaal te weten was gekomen van jou en mij gedurende... onze samenwerking, dat...'

'Dat?'

'Dat...'

'Haal je hand weg, Mikael.'

Zacht aangeschoten lachje. '... dat als de nieuwe koning de klus niet voor ons had geklaard, ik het misschien zelf had moeten doen.'

'Beavis het had moeten laten doen, bedoel je.'

Truls schrok bij het horen van zijn gehate bijnaam. Het was Mikael geweest die de bijnaam op de middelbare school in Manglerud voor het eerst had gebruikt. En men had hem overgenomen omdat hij met zijn grommende lach en onderbeet zo had geleken op Beavis uit de tekenfilmserie. Mikael had hem een keer tijdens een avondje stappen uitgelegd dat hij eerder had gedacht aan de 'anarchistische realiteitszin' en 'non-conformistische manier van denken' van de tekenfilmfiguur van MTV. Hij had het gebracht alsof hij Truls een verrekte heldentitel had gegeven.

'Beslist niet. Ik heb Truls nooit iets verteld over mijn rol.'

'Ik vind het nog steeds vreemd dat je hem niet vertrouwt. Hij is toch je jeugdvriend? Heeft hij niet dit terras voor je gelegd?'

'Dat heeft hij gedaan. Moederziel alleen en midden in de nacht. Begrijp jij dat? We hebben het over iemand die niet honderd procent toerekeningsvatbaar is. Hij kan van alles verzinnen.'

'En toch heb je die oude kerel getipt dat hij Beavis als mol moest rekruteren?'

'Dat is omdat ik Truls al vanaf mijn jeugd ken en weet dat hij zo corrupt is als de hel en dat hij te koop is.'

Isabelle Skøyen lachte hard en Mikael maande haar zachter te zijn.

Truls' adem stokte. Zijn keel werd samengeknepen en het leek of er een beest in zijn maag zat. Een klein, beweeglijk dier dat naar buiten wilde. Het krabde en bewoog. Het zocht zich een weg omhoog. Het drukte op zijn borst.

'Je hebt me trouwens nooit verteld waarom je mij hebt gevraagd voor de samenwerking,' zei Mikael.

'Omdat jij zo'n lekkere pik hebt, natuurlijk.'

'Nee, serieus. Als ik niet had ingestemd om met jou en die oude man samen te werken, had ik je toch moeten arresteren?'

'Arresteren?' Ze snoof. 'Alles wat ik heb gedaan was in het belang van de stad. Men legaliseert marihuana, deelt methadon uit, stelt geld beschikbaar voor een spuitruimte. Of je maakt de weg vrij voor een drug die minder sterfgevallen ten gevolge van een overdosis oplevert. Wat is het verschil? Drugspolitiek is pragmatisme, Mikael.'

'Rustig maar, ik ben het uiteraard met je eens. We hebben van Oslo een betere stad gemaakt. Proost.'

Ze negeerde zijn geheven glas. 'Je had me toch nooit gearresteerd. Want dan had ik iedereen die het horen wilde verteld dat ik met je heb geneukt achter de rug van jouw lieve, schattige vrouwtje om.' Gegrinnik. 'Letterlijk achter haar rug, zelfs. Herinner je je die eerste keer nog toen ik je tijdens het premièrefeest zei dat je me mocht neuken? Je vrouw stond achter je, net buiten gehoorafstand, maar je knipperde niet eens met je ogen. Je vroeg me om vijftien minuten te wachten, de tijd die je nodig had om je vrouw naar huis te sturen.'

'Sst, je bent dronken,' zei Mikael en hij legde zijn hand op haar onderrug.

'Toen begreep ik dat jij een man naar mijn hart was. Dus toen de oude man tegen me zei dat ik een bondgenoot moest zoeken met net zulke hoge ambities als ik, wist ik precies wie ik moest vragen. Proost, Mikael.'

'Eh... we hebben niets in ons glas, misschien moeten we naar binnen gaan om...'

'Streep dat wat ik zei over "naar mijn hart" maar door. Er bestaan geen mannen naar mijn hart, alleen naar mijn...' Diep, behaagziek gelach. Van haar.

'Kom, we gaan naar binnen.'

'Harry Hole!'

'Sst.'

'Dat is een man naar mijn hart. Een beetje dom, uiteraard, maar... nou, ja. Waar is hij volgens jou?'

'Ik neem aan dat hij het land uit is, want we hebben al zo lang vergeefs naar hem gezocht. Hij heeft Oleg vrij kunnen krijgen, hij komt niet meer terug.'

Isabelle wankelde, maar Mikael ondersteunde haar.

'Je bent een duivel, Mikael, en wij duivels verdienen elkaar.'

'Misschien, maar nu moeten we weer naar binnen,' zei Mikael terwijl hij op zijn horloge keek.

'Kijk niet zo gestrest, gekkie, ik ben getraind om aangeschoten te zijn. Begrijp je?'

'Ik begrijp het, ga jij maar eerst naar binnen, anders ziet het er zo...'

'Verdacht uit?'

'Zoiets.'

Truls hoorde haar harde lach en hoe haar hakken nog harder over het cement tikten.

Ze was weg en Mikael bleef alleen achter, leunend tegen het hek.

Truls wachtte een paar seconden. Toen stapte hij naar voren.

'Hoi, Mikael.'

Zijn jeugdvriend draaide zich om. Zijn blik was omfloerst, zijn gezicht een beetje opgeblazen. Truls nam aan dat het door de alcohol kwam dat het even duurde voor hij hem herkende.

'Ben jij daar, Truls. Ik hoorde je niet aankomen. Is er daarbinnen nog leven in de brouwerij?'

'Ja, nou.'

Ze keken elkaar aan. Truls vroeg zich af waar en wanneer het precies was gebeurd dat ze vergeten waren hoe ze met elkaar moesten praten. Dat zorgeloze gebabbel, het dagdromen dat ze samen deden, die tijd waarin alles gezegd kon worden en ze over alles spraken. Die tijd dat ze één waren. Zoals in het begin van hun carrière toen ze die kerel te grazen hadden genomen die zich had proberen op te dringen aan Ulla. Of die verrekte homo die bij Kripos werkte en Mikael had proberen te versieren en die ze een paar dagen later in het verwarmingshok een lesje hadden geleerd. Die kerel was gaan huilen en had zich verontschuldigd en gezegd dat hij Mikael verkeerd had begrepen. Ze hadden zijn gezicht ongemoeid gelaten zodat het niet zo duidelijk te zien was, maar dat verrekte gejank had Truls zo kwaad gemaakt dat hij harder met de gummiknuppel had geslagen dan hij van plan was geweest. Op het laatste nippertje had Mikael hem kunnen stoppen. Dat waren niet echt goede herinneringen misschien, maar toch waren het ervaringen die twee mensen binden.

'Ik sta hier het terras te bewonderen,' zei Mikael.

'Bedankt.'

'Ik heb me iets bedacht. Die nacht dat jij hier beton hebt gestort...'

'Ja?'

'Je zei toch dat je gewoon rusteloos was en dat je niet kon slapen. Maar ik realiseerde me later dat het dezelfde nacht was dat wij Odin hebben gearresteerd en daarna Alnabru zijn binnengevallen. En later was die, hoe heet hij ook alweer, weg.'

'Tutu.'

'Ja, Tutu. Jij zou toch meegaan met die arrestatie. Maar je was ziek, zei je tegen me. En in plaats daarvan heb je beton gestort voor dit terras?'

Truls glimlachte een beetje. Hij keek Mikael aan. Eindelijk lukte het hem zijn blik te vangen en die vast te houden.

'Oké, Mikael, wil je de waarheid horen?'

Mikael leek te aarzelen voor hij antwoordde. 'Graag.'

'Ik heb gespijbeld.'

Het was een paar seconden stil op het terras, het enige wat ze hoorden was het gebulder van de stad in de verte.

'Gespijbeld?' Mikael begon te lachen. Argwanend, maar hartelijk. Truls hield van die lach. Iedereen deed dat, zowel mannen als vrouwen. Het was een lach die uitdrukte: je bent zo grappig en sympathiek en verrekte slim dat je het waard bent om hartelijk om te lachen.

'Heb jíj gespijbeld? Jij die nooit spijbelt en van actie houdt?'

'Ja,' zei Truls. 'Ik kon gewoon niet. Ik had een afspraak voor een potje neuken.'

Weer werd het stil.

Toen barstte Mikael in een schaterlach uit. Hij wierp zijn hoofd in zijn nek en hikte van het lachen. Geen gaatjes. Hij boog weer naar voren en sloeg Truls op zijn rug. Het was zo'n bevrijdende, vrolijke lach dat Truls er na een paar seconden niets meer aan kon doen. Hij lachte mee.

'Neuken en storten,' hikte Mikael Bellman. 'Je bent me er een, Truls. Je bent me er een.'

Truls voelde dat het compliment hem weer een beetje naar zijn normale lengte deed groeien. En een kort ogenblik was het weer bijna zoals vroeger. Nee, niet bijna, het wás zoals vroeger.

'Je weet het,' gromde Truls lachend. 'Af en toe moet je dingen helemaal alleen doen. Alleen dan wordt het goed gedaan.'

'Helemaal waar,' zei Mikael, en hij sloeg een arm om Truls' schouder en stampte met beide voeten op de terrasvloer. 'Maar dit hier, Truls, is heel veel cement voor een man alleen.'

Ja, dacht Truls en hij voelde een lach opborrelen in zijn borst. Dat is heel veel cement voor een man alleen.

'Ik had die gameboy moeten houden toen je ermee kwam,' zei Oleg.

'Dat had je moeten doen,' zei Harry leunend tegen de deurpost. 'Had je je Tetris-techniek een beetje op kunnen vijzelen.'

'En jij had het magazijn uit het pistool moeten halen voor je het terugstopte in de zak.'

'Misschien.' Harry probeerde niet te kijken naar de Odessa die half naar de grond en half naar hem wees.

Oleg glimlachte witjes. 'We hebben allebei fouten gemaakt. Of niet?'

Harry knikte.

Oleg kwam overeind en stond naast het fornuis. En weer viel het Harry op hoe groot Oleg was geworden. 'Maar ik heb niet alleen fouten gemaakt, toch?'

'Nee hoor. Je hebt een heleboel goed gedaan.'

'Zoals wat dan?'

Harry haalde zijn schouders op. 'Door te beweren dat je naar het pistool reikte dat de fictieve aanvaller in zijn hand had. Dat hij een bivakmuts op had en geen woord zei, slechts gebaren maakte. Je liet het aan mij over om de voor de hand liggende conclusies te trekken. Dat het de kruitsporen op je huid verklaarde. En dat de dader niet sprak omdat hij bang was dat je zijn stem zou herkennen, dus dat het iemand was die in de drugshandel zat of bekend was bij de politie. Ik gok dat je op die bivakmuts bent gekomen omdat je had gezien dat de politieman die met jullie mee was naar Alnabru er een op had. In jouw verhaal is hij naar het appartement hiernaast gegaan omdat het opengebroken was en hij op die manier langs de rivier kon ontsnappen. Je gaf me hints zodat ik zelf kon concluderen dat jij Gusto níét had gedood. Een verklaring waarvan je wist dat mijn hersenen die zouden vinden. Omdat hersenen altijd bereid zijn om gevoelens te laten beslissen. Altijd paraat om de troostende antwoorden te vinden die onze harten nodig hebben.'

Oleg knikte langzaam. 'Maar nu heb je al die andere antwoorden. De juiste.'

'Afgezien van één,' zei Harry. 'Waarom?'

Oleg gaf geen antwoord. Harry hield zijn rechterhand omhoog terwijl hij met zijn linker langzaam in zijn broekzak ging en er een verfrommeld pakje sigaretten en een aansteker uithaalde.

'Waarom, Oleg?'

'Wat denk je?'

'Ik heb een tijdje gedacht dat het om Irene ging. Jaloezie. Of omdat je wist dat hij haar aan iemand anders had verkocht. Maar als hij de enige was die wist waar ze zich bevond, kon je hem niet doden voor hij zei waar ze was. Dus het moest om iets anders gaan. Iets wat net zo sterk was als de liefde voor een vrouw. Want eigenlijk ben je geen moordenaar, of wel?'

'*You tell me.*'

'Jij bent een man met een klassiek motief dat zelfs de beste mensen gedreven heeft tot het doen van vreselijke dingen, inclusief ondergetekende. Het onderzoek is in cirkels gegaan. Verder- en teruggaan is even ver. Ik ben weer terug bij waar we begonnen zijn. Bij de start, een verliefdheid. De ergste verliefdheid.'

'Wat weet jij daarvan?'

'Ik ben op dezelfde dame verliefd geweest. Of op haar zus. 's Nachts is ze prachtig en als je de volgende ochtend wakker wordt is ze foeilelijk.' Harry stak de zwarte sigaret met het gouden filter en de Russische arend op. 'Maar als de avond valt, ben je het weer vergeten en ben je weer net zo verliefd. En niets kan tegen die verliefdheid op, zelfs Irene niet. Zie ik het verkeerd?'

Harry nam een trek van zijn sigaret en keek Oleg aan.

'Waar heb je me voor nodig?' vroeg Oleg. 'Je weet alles al.'

'Omdat ik je het wil horen zeggen.'

'Waarom?'

'Omdat ik wil dat je zelf hoort dat je het zegt. Dan kun je horen hoe ziek en zinloos het klinkt.'

'Hoezo? Dat het ziek is om iemand dood te schieten die bezig is jouw dope te jatten? De dope waar jij zoveel moeite voor hebt moeten doen om het te krijgen?'

'Hoor je niet hoe banaal en treurig dat klinkt?'

'Dat moet jij zeggen!'

'Ja, dat zeg ik. Ik heb de beste vrouw in mijn leven verloren omdat ik geen kans zag om de verleiding te weerstaan. En jij hebt je beste vriend gedood, Oleg. Zeg zijn naam.'

'Waarom?'

'Zeg zijn naam.'

'Ik ben degene met het pistool.'

'Zeg zijn naam.'

Oleg grijnsde. 'Gusto. Waarom moe...'

'Nog een keer.'

Oleg hield zijn hoofd scheef en keek Harry aan. 'Gusto.'

'Nog een keer!' schreeuwde Harry.
'Gusto!' schreeuwde Oleg terug.
'Nog een ke...'
'Gusto!' Oleg haalde adem. 'Gusto, Gusto...' Zijn stem begon te beven. 'Gusto!' Er kwamen barstjes. 'Gusto. Gus...' Er kwam een snik tussendoor. '... to.' Tranen persten zich naar buiten toen hij zijn ogen dichtkneep en fluisterde: 'Gusto. Gusto Hanssen...'
Harry deed een stap naar voren, maar Oleg tilde het pistool op.
'Je bent jong, Oleg. Jij kunt nog veranderen.'
'En jij dan, Harry? Kun jij niet meer veranderen?'
'Ik zou willen dat ik dat kon, Oleg. Ik zou willen dat ik het zo zou kunnen doen dat ik beter vóór jullie zorgde. Maar het is te laat voor mij. Ik blijf wie ik ben.'
'En dat is? Een alcoholist? Een verrader?'
'Politieman.'
Oleg lachte. 'Alleen dat? Politieman? Niet mens of zo?'
'Vooral politieman.'
'Vooral politieman,' herhaalde Oleg en hij knikte. 'Is dat niet banaal en treurig?'
'Banaal en treurig,' zei Harry. Hij haalde de half opgerookte sigaret uit zijn mond en keek er ontevreden naar, alsof hij niet gedaan had wat hij had moeten doen. 'Dat betekent dat ik geen keus heb, Oleg.'
'Keus?'
'Ik moet ervoor zorgen dat jij voor de rechter komt.'
'Je werkt niet meer bij de politie, Harry. Je staat hier zonder wapen. En er is verder niemand die weet wat jij weet of dat jij hier bent. Denk aan mama. Denk aan mij! Voor één keer, denk aan ons, denk aan ons drieën.' De tranen stonden in zijn ogen en er was een jammerende, metalige klank van wanhoop in zijn stem gekomen. 'Waarom kun je hier nu niet weggaan, dan ver-

geten we alles en zeggen we dat het niet is gebeurd?'

'Ik zou willen dat ik dat zou kunnen doen,' zei Harry. 'Maar jij hebt me onder schot. Ik weet wat er is gebeurd en ik moet je stoppen.'

'Waarom liet je me dan het pistool houden?'

Harry haalde zijn schouders op. 'Ik kan je niet arresteren. Je moet je zelf aangeven. Het is aan jou.'

'Mezelf aangeven? Waarom zou ik dat doen? Ik ben net vrijgelaten!'

'Als ik je arresteer ben ik zowel je moeder als jou kwijt. En zonder jullie ben ik niets. Ik kan niet leven zonder jullie. Begrijp je dat, Oleg? Ik ben een buitengesloten rat die slechts één weg naar binnen heeft. En die weg loopt via jou.'

'Laat me dan gaan! Laten we alles vergeten en opnieuw beginnen!'

Harry schudde zijn hoofd. 'Moord met voorbedachten rade, Oleg. Ik kan het niet. Jij hebt nu de sleutel en het pistool. Jij moet aan ons drieën denken. Als we naar Hans Christian gaan, kan hij alles regelen, jij kunt je aangeven en je zult aanzienlijke strafvermindering krijgen.'

'Maar lang genoeg moeten zitten om Irene kwijt te raken. Niemand wacht zo lang.'

'Misschien. Misschien niet. Misschien ben je haar al kwijt.'

'Je liegt, je liegt altijd!' Harry zag dat Oleg steeds moest knipperen om de tranen uit zijn ogen te krijgen. 'Wat doe je als ik weiger me aan te geven?'

'Dan moet ik je nu arresteren.'

Er kwam een kreunend geluid uit Oleg, dat het midden hield tussen een hik en een argwanende lach.

'Je bent gek, Harry.'

'Zo zit ik in elkaar, Oleg. Ik doe wat ik moet doen. Zoals jij moet doen wat jij moet doen.'

'Moet? Je doet alsof het een verdomde vloek is?'

'Misschien.'

'Bullshit!'

'Verbreek de vloek, Oleg. Want je hebt echt geen zin om weer te doden, of wel?'

'Ga weg!' schreeuwde Oleg. Het pistool trilde in zijn hand. 'Vooruit! Je bent niet meer bij de politie!'

'Klopt,' zei Harry. 'Maar ik ben, zoals ik al zei...' Hij duwde de sigaret tussen zijn lippen en trok er stevig aan. Hij sloot zijn ogen en twee seconden leek het of hij genoot van de sigaret. Toen liet hij de rook en de lucht uit zijn longen ontsnappen, '... een politieman.' Hij liet de sigaret op de grond voor hem vallen. Hij trapte erop en liep op Oleg af. Met opgeheven hoofd. Oleg was bijna net zo groot als hij. Harry's ogen kruisten de blik van de jongen achter het pistool. Zag dat de haan omhoogkwam. Hij wist de uitkomst al. Hij stond in de weg, de jongen had ook geen keus: ze waren twee onbekenden in een vergelijking zonder oplossing, twee hemellichamen in een onontkoombare ramkoers, een wedstrijdje Tetris waarin er maar één kon winnen. Slechts een van hen zóú winnen. Hij hoopte dat Oleg zo slim zou zijn om zich hierna te ontdoen van het pistool, dat hij het vliegtuig naar Bangkok zou nemen, dat hij nooit iets aan Rakel zou vertellen, dat hij niet midden in de nacht wakker zou worden in een kamer vol geesten, dat het hem zou lukken een leven te krijgen dat het waard was om te leven. Want zijn leven was dat niet. Niet meer. Hij zette zich schrap en bleef op hem af lopen, voelde de zwaarte van zijn lichaam, het zwarte oog van de pistoolloop groeide. Een herfstdag, Oleg, tien jaar, de wind die door zijn haar speelde, Rakel, Harry, sinaasappelkleurig herfstblad, terwijl ze in de lens keken en wachtten op de klik van de zelfontspanner. Het bewijs op beeld dat ze helemaal boven waren geweest, dat ze op de top van het geluk geweest waren. Olegs wijsvinger was wit rond het bovenste kootje dat de trekker naar achteren trok. Er was geen weg terug naar waar ze waren geweest. Er was nooit voldoende tijd geweest om het vliegtuig te halen. Er was nooit een vliegtuig, geen Hongkong, slechts een idee over een leven dat niemand van hen in staat was te leven. Harry voelde geen angst. Alleen verdriet. Het korte salvo klonk als een schot en deed de ruiten rinkelen. Hij voelde de fysieke druk van de kogels die hem midden in zijn borst troffen. De terugslag zorgde ervoor dat de loop omhoogkwam en dat het derde schot hem in zijn hoofd trof. Hij viel. Het was donker onder hem. En hij viel in die duisternis. Tot die hem opslokte in een behaaglijk pijnloos niets. Eindelijk, dacht hij. En dat was Harry Holes laatste gedachte. Dat hij eindelijk, eindelijk vrij was.

De rattenmoeder luisterde. Het gekrijs van de jongen klonk nog luider nu de kerkklok zijn tien slagen had geslagen en de politiesirene, die een poosje dichterbij had geleken, nu langzaam verdween. Alleen de zwakke hartslag was nog te horen. Ergens in het geheugen van de rat lag een herinnering opgeslagen van een kruitlucht en een ander, jonger, mensenlichaam dat hier op dezelfde keukenvloer had liggen bloeden. Maar dat was in de zomer geweest, lang voordat de jongen waren geboren. En toen had het lichaam bovendien niet voor de ingang naar het hol gelegen.

Ze had ontdekt dat het moeilijker was dan ze had gedacht om door de maag van de man te komen. Ze moest een andere weg zoeken. Dus ze ging terug naar waar ze was gestart.

Beet nog een keer in de leren schoen.

Likte aan het metaal, het zoute metaal dat omhoogstak tussen twee vingers van de rechterhand.

De rat trippelde over het colbert dat rook naar zweet, bloed en voedsel, zoveel soorten voedsel dat de stof in een vuilnisbak moest hebben gelegen.

En daar was het weer, een paar moleculen van die merkwaardige, sterke rooklucht die nog niet helemaal weg was. En zelfs dat paar geurmoleculen deed pijn aan haar ogen, ze gingen tranen en het was moeilijk om adem te halen.

Ze liep over de arm, over de schouder, vond een bloederig verband rond de nek dat haar een ogenblik in de war bracht. Toen hoorde ze het gejammer van haar jongen weer en rende ze over zijn borst. Het rook sterk uit twee ronde gaten in de borst. Zwavel, kruit. Het ene gat zat daar waar het hart was, de rat kon in elk geval de bijna onmerkbare vibraties voelen wanneer het klopte. Nog maar net klopte. Ze liep door naar het hoofd, likte het bloed op dat in een eenzaam, dun streepje uit het blonde haar liep. Het liep door naar de vlezige delen: de lippen, de neusvleugels, de oogleden. Er liep een litteken over de wang. De rattenhersenen werkten zoals rattenhersenen werken in laboratoriumexperimenten: verbijsterend rationeel en effectief. De wang. De open mond. De nek vlak onder het achterhoofd. Dat zou de achterkant zijn. Het rattenleven is hard en eenvoudig. Je doet wat je moet doen.

DEEL V

HOOFDSTUK 44

Het maanlicht liet de Akerselv glinsteren en de kleine, donkere beek als een gouden ketting door de stad stromen. Er waren niet veel vrouwen die ervoor kozen om over het verlaten pad langs de rivier te lopen, maar Martine deed het. Het was een lange dag geweest in het opvangcentrum van het Leger des Heils en ze was moe. Op een prettige manier. Het was een lange, goede dag geweest. Er kwam een jongen uit de schaduw op haar af, hij zag haar gezicht in het licht van de lantaarn, mompelde zacht 'hoi' en trok zich weer terug.

Rikard had haar een paar keer gevraagd of ze nu ze zwanger was niet een andere weg naar huis moest nemen, maar ze had geantwoord dat dit de kortste weg was naar Grünerløkka. En dat ze door niemand de stad van zich liet afpakken. Bovendien kende ze zovelen van de mensen die onder de bruggen bivakkeerden, dat ze zich hier veiliger voelde dan in een of andere chique, hippe bar. Ze was langs de dokterspost en het Schousplass gelopen en was nu bijna bij Blå toen ze gestamp op het asfalt hoorde. Korte, harde dreunen van schoenen op het asfalt. Een lange jongeman kwam haar tegemoet gerend. Gleed door de afwisselend donkere en verlichte velden over het pad. Ze zag zijn gezicht in een flits toen hij passeerde en ze hoorde zijn hikkende ademhaling achter zich verdwijnen. Het was een van die bekende gezichten, een van degenen die ze in Fyrlyset had gezien. Maar het waren er zoveel geworden dat ze af en toe dacht mensen te zien van wie haar collega's zeiden dat ze al maanden geleden gestorven waren, soms zelfs al een jaar. Maar het gezicht deed haar op de een of andere manier denken aan Harry. Ze sprak nooit over hem met iemand, natuurlijk al helemaal niet met Rikard, maar ze had een klein plekje in haar hart voor hem, een heel kleintje waar ze hem af en toe kon bezoeken. Zou het Oleg geweest zijn, dacht ze daarom aan Harry? Ze draaide zich om. Keek naar de rug van de rennende jongen. Alsof de duivel hem op de hielen zat, alsof hij van iets weg probeerde te rennen. Maar ze zag niemand achter hem aan komen. Hij werd kleiner. En verdween toen in het donker.

Irene keek op de klok. Vijf over elf. Ze leunde achterover in haar stoel en keek omhoog naar de monitor boven de boardingbalie. Over een paar minuten zouden ze beginnen met boarden. Papa had een sms gestuurd dat hij hen op het vliegveld van Frankfurt zou ophalen. Ze zweette en haar lichaam deed pijn. Het zou niet makkelijk worden. Maar het zou gaan.

Stein drukte haar hand.

'Hoe gaat het, kleintje?'

Irene glimlachte. Drukte zijn hand.

Het zou gaan.

'Kennen we die vrouw die daar zit?' fluisterde Irene.

'Wie?'

'Die vrouw met het donkere haar die daar alleen zit.'

Ze zat daar al toen ze hier aankwamen, bij de gate tegenover hen. Ze las in een Lonely Planet-gids over Thailand. Ze was knap, het type schoonheid waarop leeftijd geen invloed leek te hebben. En ze straalde iets uit, een soort stille blijdschap, alsof ze in zichzelf zat te lachen.

'Ik niet. Wie is het?'

'Ik weet het niet. Ze lijkt op iemand.'

'Op wie dan?'

'Ik weet het niet.'

Stein lachte. Die veilige, rustige lach van haar grote broer. Hij drukte haar hand weer.

Er klonk een lange piep en een metalige stem meldde dat het vliegtuig naar Frankfurt klaar was voor boarden. De mensen stonden op en dromden bijeen voor de balie. Irene hield Stein die ook wilde opstaan tegen.

'Wat is er, kleintje?'

'We wachten tot de rij is opgelost.'

'Maar het...'

'Ik kan nu niet in het gedrang staan.'

'Uiteraard. Stom van me. Hoe gaat het?'

'Nog steeds goed.'

'Goed.'

'Ze ziet er eenzaam uit.'

'Eenzaam?' zei Stein. Hij keek naar de dame. 'Ben ik niet met je eens. Ze ziet er blij uit.'

'Ja, maar ook eenzaam.'

'Blij en eenzaam?'

Irene lachte. 'Nee, ik zie het misschien verkeerd. Misschien is degene op wie ze lijkt dat wel.'

'Irene?'

'Ja?'

'Denk aan wat we hebben afgesproken. Alleen maar vrolijke gedachten.'

'Ja hoor. Wij tweeën zijn immers niet eenzaam.'

'Nee, want wij hebben elkaar. Voor altijd, of niet?'

'Voor altijd.'

Irene stak haar hand onder de arm van haar broer en legde haar hoofd tegen zijn schouder. Dacht aan de politieman die haar had gevonden. Harry, had hij gezegd dat hij heette. Ze had eerst gedacht aan die Harry over wie Oleg het zo vaak had, die ook politieman was. Maar zoals Oleg hem had beschreven moest hij langer, jonger en misschien wel knapper zijn dan die tamelijk lelijke man die haar had bevrijd. Maar hij had Stein ook bezocht en nu wist ze dat hij het was. Harry Hole. En ze wist dat ze zich hem de rest van haar leven zou blijven herinneren. Dat gehavende gezicht, het litteken over zijn kin en het grote verband rond zijn nek. En zijn stem. Oleg had niet verteld dat hij zo'n prettige stem had. En ineens wist ze het zeker, ze had geen idee waar het vandaan kwam, het was er gewoon: het zou goed gaan.

Als ze uit Oslo vertrok, zou ze alles achter zich laten. Ze kon niets meer aanraken, geen alcohol en geen dope, dat hadden papa en de arts met wie ze had gesproken aan haar uitgelegd. Violine zou er zijn, altijd, maar ze zou die op een afstand houden. Net als de geest van Gusto als hij haar kwam bezoeken. Of die van Ibsen. En de schimmen van al die arme mensen aan wie ze de poederdood had verkocht. Ze moesten maar komen als ze wilden. En over een paar jaar zouden ze misschien verbleken. En ze zou naar Oslo terugkeren. Of misschien ook niet. Het belangrijkste was dat alles goed zou gaan. Dat het haar zou lukken een leven op te bouwen dat het waard was om te leven.

Ze keek naar de lezende dame. En ineens keek de dame op alsof ze haar blik had gevoeld. Ze zond haar een korte, maar stralende lach, toen was ze weer terug in haar reisgids.

'We gaan,' zei Stein.

'We gaan,' herhaalde Irene.

Truls Berntsen reed door Kvadraturen. Hij reed langzaam door de Tollbugate, daarna door de Prinsensgate en door de Rådhusgate. Hij was vroeg vertrokken van het feest, was in zijn auto gaan zitten en begon maar wat te rijden. Het was koud en helder en Kvadraturen leefde vanavond. De hoeren riepen naar hem, ze waren op zoek naar testosteron. De drugsdealers boden onder elkaars prijzen. Uit een geparkeerde Corvette dreunden bastonen, boem, boem, boem. Er stond een stelletje te kussen bij de tramhalte. Een man rende breed lachend over straat met een overjas flapperend achter hem aan en een man in exact dezelfde outfit volgde hem rennend. Op de hoek van de Dronningensgate stond een eenzame ziel in een Arsenalshirt. Niet iemand die Truls eerder had gezien, kennelijk was hij nieuw. De politieradio kraakte. En Truls voelde zich merkwaardig tevreden; het bloed dat door zijn aderen stroomde, de bastonen, het ritme in alles wat er gebeurde, het zien van al die radertjes die niets van elkaar wisten, maar die elkaar deden bewegen. Alleen hij zag het, het geheel. En zo moest het zijn. Want dit was nu zijn stad.

De priester van de Gamlebyen kerk draaide de deur op slot. Hij luisterde naar het geruis in de boomkruinen op het kerkhof. Hij keek op naar de maan. Een mooie avond. Het concert was prachtig geweest en de opkomst was groot. Beter dan morgenochtend voor de kerkdienst. Hij zuchtte. De preek die hij voor de lege banken zou gaan houden ging over vergeving van de zonde. Hij liep de trap af en wandelde over het kerkhof. Hij had besloten dezelfde preek af te steken die hij voor de begrafenis van afgelopen vrijdag had gehouden. De overledene had zich volgens zijn nabestaanden – zijn gescheiden vrouw – de laatste jaren in de criminaliteit begeven en ook zijn leven daarvoor was niet bepaald vrij geweest van zonden, dat zou nog wel spektakel hebben kunnen opleveren. Maar ze hadden zich geen zorgen hoeven maken, de enige mensen die waren gekomen waren zijn ex-vrouw en zijn kinderen geweest, plus een collega die luidruchtig had zitten snotteren. De ex-vrouw had hem naderhand toevertrouwd dat de collega waarschijnlijk een van de weinige stewardessen was geweest met wie de overledene niet het bed had gedeeld.

De priester liep langs een van de grafstenen en zag in het maanlicht dat er restanten van iets wits op zaten, alsof iemand er met wit krijt op had geschreven en het weer had uitgeveegd. Het was de steen van Askild Cato Rud. Ook wel Askild Øregod genoemd. Het was een ongeschreven wet dat graven van meer dan een generatie oud werden geruimd, tenzij er voor het onderhoud werd betaald. Een privilege dat was voorbehouden aan de rijken. Maar om onduidelijke redenen was het graf van die armoedzaaier Askild Cato Rud behouden gebleven. En aangezien het graf inmiddels erg oud was, lieten ze het maar zo. Kennelijk had men de hoop gehad dat het een bezienswaardigheid voor geïnteresseerden zou worden: een grafsteen voor iemand uit de armste wijk van Oslo van wie de nabestaanden slechts geld hadden gehad voor een kleine steen en waarop – aangezien de steenhouwer betaald werd per letter – slechts de initialen van de voornaam en de jaartallen stonden. En verder geen tekst. Een antiquair had bovendien beweerd dat de juiste achternaam Ruud was en dat ze op die manier kennelijk nog wat geld hadden uitgespaard. Maar er was nooit belangstelling geweest, Askild Øregod was vergeten en mocht – letterlijk – rusten in vrede.

Op het moment dat de priester het hek achter zich dichtdeed gleed er een gedaante uit de schaduw bij de muur. De priester verstijfde automatisch.

'Heb medelijden,' zei een krakende stem. Een grote, open hand werd uitgestoken.

De priester keek naar het gezicht onder de hoed. Het was een oud gezicht met een getekend landschap, een krachtige neus, grote oren en verrassend helderblauwe, onschuldige ogen. Ja, onschuldig. Dat was precies wat de priester dacht nadat hij de stakker twintig kronen had gegeven en weer doorliep naar huis. De onschuldige blauwe ogen van een pasgeborene die nog geen vergeving van zonden kende. Hij moest iets daarvan in zijn preek van morgen gebruiken.

Ik ben bij het eind gekomen, papa.

Ik zit daar, Oleg staat over me heen. Hij houdt het Odessa-pistool met beide handen vast alsof hij iets nodig heeft om zich aan vast te klampen, een tak om een val te breken. Hij blijft maar schreeuwen, gaat volledig uit zijn dak. 'Waar is ze? Waar is Irene? Zeg het, anders... anders...'

'Anders wat, junkie? Je bent toch niet in staat om te schieten. Je hebt het niet in je, Oleg. Jij bent een van the good guys. *Rustig aan nu, dan delen we dit shot. Oké?'*

'Nee verdomme, niet voordat je hebt gezegd waar ze is.'

'Krijg ik dan het hele shot?'

'De helft. Dit is het laatste dat ik heb.'

'Deal. Leg eerst het pistool neer.'

De idioot deed wat ik hem zei. Vlakke leercurve. Net zo makkelijk voor de gek te houden als die eerste keer na dat concert van Judas. Hij boog zich, legde dat rare pistool voor zich op de grond. Ik zag dat het knopje op de zijkant op C stond, dat betekende dat het salvo's af zou schieten. Een klein tikje tegen de trekker en dan...

'Dus waar is ze?' zei hij overeind komend.

En op dat moment, toen de loop van het pistool niet meer op me gericht was, voelde ik het komen. De razernij. Hij had me bedreigd. Net als mijn pleegvader. En als er één ding is dat ik niet verdraag, dan is het bedreigd worden. Dus in plaats van die aardige versie af te spelen dat ze naar een afkickkliniek in Denemarken was gegaan, helemaal in haar eentje, zonder dat er contact mogelijk was met haar vrienden en bla, bla, bla, martelde ik hem. Ik moest hem martelen. Er stroomt slecht bloed door mijn aderen, papa, dus hou je mond. Wat er nog over is van mijn bloed, want het meeste is op de keukenvloer gelopen. Maar ik martelde hem dus, idioot die ik ben.

'Ik heb haar verkocht,' zei ik. 'Voor een paar gram violine.'

'Wat?'

'Ik heb haar verkocht aan een Duitser op Oslo Centraal Station.

Ik weet niet hoe hij heet of waar hij woont, München, misschien. Misschien dat hij nu met een vriend in een flatje in München zit en zich laat pijpen door het mondje van Irene die zo high is als een schoorsteen en geen idee heeft welke pik van wie is omdat ze alleen maar kan denken aan... Zijn naam is...'

Oleg stond met open mond te knipperen met zijn ogen. Net zo dom als die keer dat hij me vijfhonderd kronen gaf in de kebabzaak. Ik gebaarde als een fuckings goochelaar met mijn handen: '... violine!'

Oleg knipperde nog steeds met zijn ogen, hij was zo in shock dat hij niet reageerde toen ik me vooroverboog naar het pistool.

Dacht ik.

Want ik was iets vergeten.

Dat hij me die keer vanaf de kebabzaak was gevolgd, dat hij had begrepen dat hij geen ice zou krijgen. Dat hij dingen kon. Dat hij mensen kon lezen, ook hij. In elk geval een dief.

Ik had het kunnen weten. Ik had genoegen moeten nemen met een halve shot. Hij was eerder bij het pistool dan ik. Raakte misschien alleen de trekker aan. Die op C stond. Ik zag de schok op zijn gezicht toen ik in elkaar zakte. Ik hoorde dat het zo stil werd. Hoorde dat hij zich over me heen boog. Ik hoorde een zacht gepiep, alsof hij in zijn vrij stond, alsof hij wilde janken, maar het niet kon. Toen liep hij langzaam door de keuken. Een echte drugsverslaafde doet de dingen in volgorde van prioriteit. Hij zette de spuit in zijn arm terwijl hij naast me zat. Hij vroeg zelfs of we zouden delen. Dat zou mooi zijn, maar ik kon niet meer praten. Alleen maar horen. En ik hoorde zijn zware, langzame voetstappen op de trap toen hij vertrok. Toen was ik alleen. Meer alleen dan ik ooit was geweest.

De kerkklok sloeg niet meer.

Ik heb het verhaal kunnen vertellen.

Het doet ook niet meer zo'n pijn.

Ben jij daar, papa?

Ben jij daar, Rufus? Heb je op me gewacht?

Ik herinner me iets wat die oude kerel zei. Dat de dood de ziel bevrijdt. Fuckings bevrijdt de ziel. Weet ik verdomme veel. We zullen zien.

BRONNEN, HULP EN DANK AAN:

Audun Beckstrøm en Curt A. Lier voor informatie over algemeen recherchewerk, Torgeir Eira, EB Marine over duiktermen, Are Myklebust en Org-krim in Oslo voor informatie over het drugsmilieu, Pål Kolstø *Russland*, Ole Thomas Bjerknes en Ann Kristin Hoff Johansen *Etterforskningsmetoder*, Nicolai Lilin *Sibirisk oppdragelse*, Berit Nøkleby *Politigeneral og hirdsjef*, Dag Fjeldstad voor het Russisch, Eva Stenlund voor het Zweeds, Lars Petter Sveen voor het Frændialect, Kjell Erik Strømskag voor informatie over farmacie, Tor Honningsvåg over luchtvaart, Jørgen Vik over grafstenen, Morten Gåskjønli over anatomie, Øystein Eikeland en Thomas Helle-Valle over geneeskunde, Birgitta Blomen over psychologie, Odd Cato Kristiansen over de nachtclubs van Oslo, Kristin Clemet over gemeentepolitiek, Kristin Gjerde over paarden, Julie Simonsen voor het schrijfwerk. Dank aan iedereen bij uitgeverij Aschehoug en Salomonsson Agency.